魅丽文化 心晴坊 女性新阅读

阅读越美丽
开卷好心情

亲爱的阿基米德

典藏版

I

Dear Archimedes

玖月晞 著

中国出版集团 东方出版中心

图书在版编目（CIP）数据

亲爱的阿基米德/玖月晞著. — 上海：东方出版中心，2017.3
ISBN 978-7-5473-1090-8

Ⅰ.①亲… Ⅱ.①玖… Ⅲ.①言情小说-中国-当代 Ⅳ.①I247.5

中国版本图书馆CIP数据核字（2017）第032251号

《亲爱的阿基米德》（典藏版）

出版发行：东方出版中心
地　　址：上海市仙霞路345号
电　　话：（021）62417400
邮政编码：200336
经　　销：全国新华书店
印　　刷：湖南天闻新华印务有限公司
开　　本：880×1230毫米 1/32
字　　数：510千字
印　　张：20.5
版　　次：2017年4月第1版第1次印刷
书　　号：ISBN 978-7-5473-1090-8
定　　价：59.80元（全二册）

版权所有，侵权必究
东方出版中心邮购部 电话：（021）52069798

Contents

卷一
阿基米德的童话
001

卷二
琵琶与鹦鹉螺
062

卷三
药，谎言，恶作剧
114

卷四
恶魔降临枫树街
213

卷五
严肃的真爱
280

Contents

卷六
糖果屋历险记
311

卷七
爱之幻想
414

卷八
溯爱
503

番外卷
601
[谢琛·兰斯洛特]
[言家宝宝的养成方式]
[言溯、甄爱和他们的小海豚]
[爱与旅行,永无止境]
[贝拉小公主]

后记
636

S.A.YAN ♥ AI ZHEN

卷一　阿基米德的童话

Dear Archimedes

冬末春初，气温还很低，天空却湛蓝得像拿水洗过。前几天下过大雪，蓝天下的山林银装素裹，一片静谧，美得叫人心旷神怡。

甄爱无暇顾及。一下车，冷气扑面而来，小腿冻得发麻。她下意识裹紧呢子大衣，快步走向面前的古堡。

天地间只有漫天呼啸的风。对面那欧式的城堡在白雪的衬托下，干净又典雅，像童话故事里王子和公主住的地方。可城堡的窗子太多，乍一看像人的眼睛，黑洞洞的，直勾勾盯着雪地中央的甄爱。

什么人会住在这种诡异的地方？

甄爱撇去心头的异样，从口袋里掏出一张名片。白底黑字，没有任何装饰或色彩，手写着古典的斯宾塞体英文。

S. A. Yan

The Man of Letters

他叫言溯。

卡片反射着白雪刺眼的光，折进她漆黑的眼眸里。

从欧文那里拿到名片时，她有些意外。解密专家、逻辑学家、行为分析专家、FBI 和 CIA 的特别顾问，外加一堆数不清的头衔，落到名片上只有这一个简洁的描述：The Man of Letters。学者？解密者？

看似低调，实则骄傲。

甄爱走上厚重的石头台阶，摁了门铃。开门的是皮肤暗黄的女佣，操着一口语音纯正的东南亚英语说："请等一下，我去转告先生。您请自便，但最好不要。"

甄爱点头道谢，却暗想最后一句话怎么听都像是这家主人的语气。

果不其然，她一扭头，看见玄关右侧墙壁上的白底黑字，和那张名片上一样的字体——

You may suit yourself, but do not!

请自便，但最好不要！

真是个傲慢的家伙。

屋内暖气很足，她无视门口的衣帽架，解开扣子，松了松围巾，却不脱下一件衣物。

古堡内温暖又干净，装饰是文艺复兴时期风格。窗子很多，天光明亮却不刺眼，柔柔地映在历经沧桑的名画上，一室岁月的味道。

十分钟过去了，还没有主人的身影。她沿着大厅石阶上去，走了几步，瞥见走廊尽头有彩色的光。

出口是另一番天地，五彩缤纷的光如瀑布一般从高高的天空流泻下来，一切都笼在一层淡淡的彩色光幕里。

面前是宽敞的圆厅，四周从底层到几十米高的屋顶全是木制的书架，一整圈从上到下摆满数以万计的书。高低不同，颜色各异，像一颗颗彩色的糖果，安安静静等人来品尝。

书架两边有两道旋转楼梯，自下往上每隔两米便有一圈圆形走廊，方便取书。

抬头仰望，头顶是大圆形的彩绘玻璃窗，洁白的天光从中穿过，变成一道道五颜六色的光之瀑布。

她从没见过这么大的私人图书馆，古老的书香仿佛蕴含着时间洗涤的力量。

她深深吸了口气，这才看向图书室中间的一架白色三角钢琴。在这种地方放钢琴，这主人的兴趣还真奇……脚步陡然一滞，她看见了钢琴架后面坐着的年轻人。

二十五岁左右的年纪，眼眸深邃，肤色白皙，五官精致夺目，仿佛上帝亲手雕刻。西方人一样轮廓深刻的脸，像古典油画里走来的英伦贵族。尤其那双浅茶色的眼眸，澄澈明净，像秋天高远的天空。

只是一眼，就让甄爱的心"怦"了一下。

他见来了人，表情淡漠，不闻不问，只一双疏淡的眼睛盯着甄爱，乌黑的睫羽一垂，把她打量个遍，平平静静地收回了目光。

那一眼实在太微妙，甄爱总觉他是在判断什么，可转念一想或许是自己多心。

绕过钢琴才发现他并非坐在钢琴凳上，而是轮椅里。

他个子很高，穿着浅色的毛衣长裤，折在轮椅里，却很安逸的样子，正在五线谱上画蝌蚪。谱曲？甄爱不免惋惜，这么好看的年轻人竟是……残疾？

他或许正有灵感，自顾自地埋头写着，似乎忘了甄爱的存在。写到某处，他想到什么，伸手去够钢琴架那边的书。

甄爱见他动作困难，下意识要推他的轮椅，手刚伸出去又想起这种"好意"很不礼貌，结果手悬在半空中，有些尴尬。

他看着她收回去的手，默了半响抬眸看她，浅色的眼眸淡漠却掩不住凌厉，带着有所探究的意味。

甄爱被他看得奇怪，先开口："你好，我找言溯先生。"

"我就是。"

甄爱愣住。来之前听过一些关于言溯的传闻：性格孤僻，没有朋友，常年住在深山的神秘古堡里。她自然就想象出一个身形佝偻、面容嶙峋的驼背老头，拎盏老旧的煤油灯，从阴森古堡的漆黑长廊里走过，黑窗子便闪过一串鬼火。

她知道和"严肃"同音的言溯是华裔，理所当然以为他是个年纪很大的人，看到这年轻人还以为是言溯的儿子呢。谁能料到那么传奇的人会如此年轻！

"把后面书架上那本白色的书拿过来给我。"他的嗓音低沉又清润,像某种乐器,"正对着你,从下往上数第十三排,从右往左数第五本。"

甄爱过去把书拿来,他接过书,不动声色地吸一口气,目光落在她白里透红的手上,不冷不热地问了句:"没戴手套？"

这突兀的问题让甄爱愣了一下:"没有。"低头一看,手上的皮肤因为频繁在骤冷骤热间切换,红一点白一点的。

轮椅上的男人从口袋里拿出一张手帕,十分仔细地把书皮上刚才甄爱碰过的地方擦拭了一遍。

甄爱:"……"

他抬眸,见她看着,安之若素地解释:"人的手会分泌油脂,因人体质不同可能是饱和脂肪酸和不饱和脂肪酸,通常来说微弱偏酸性。书本身有一层保护膜,可被人碰过不擦拭干净,这种油脂就会破坏……"他看见女孩因诧异而明显睁大的眼睛,于是说到一半就闭了嘴,沉默半晌,"当我没说。"

甄爱失笑。

言溯清俊的脸白了一度:"怎么？"

"没事。"

甄爱收了笑意,想起来时欧文的提醒——"不要主动和他握手,因为他会跟你说人的手上有百万种细菌,包括几十万种球菌杆菌螺旋菌,除了细菌还有真菌甚至病毒。而研究表明女人手上细菌的种类和数量比男人还多。所以国际礼仪把男女之间的握手主动权放在女人那边是不公平的。为了尊重对方,人应该避免身体接触,尤其是手。"

甄爱把大信封递给他:"是欧文让我来的,他说你可以帮我。麻烦你了。"

言溯接过,手指微微摩挲,很有质感,拆开信封取出一张卡片,上面十几行密密麻麻的数字方阵"98. 23. 15. 85. 85. 74. 66. 93……"

"这信封是你的,还是和这张卡片一起的？"

"是我的。卡片没有包装,直接被人塞进门缝。"甄爱见他若有所思,多说了一句,"我也奇怪,送卡片竟然不带信封。"

"纸张的材料能透露很多信息。卡片是很普通的薄磅单光纸。"他微微眯眼,扬起信封,"但这种手工夹宣纸,只有中国城一家作坊里拿得到。"

"一个信封就看出这么多？"甄爱诧异地扬眉。

这个反应落在言溯眼里有一丝疏淡。她惊讶得略微刻意,就是说,她的表情撒了谎。

他收回目光,把信封和卡片放在钢琴盖上,不说话了。

甄爱又把另外几张纸递给他："欧文说你不帮不了解的人解决问题，这是我的简历。"

言溯接过来快速翻了一下，放在钢琴上，还是不说话。

甄爱觉得他一下话多一下话少的状态很古怪，刚要问什么，女佣走进来，对言溯说："欧文先生来了。"

欧文进来，便笑容和煦地看向甄爱："Ai，谈得怎么样？"

出乎意料，言溯打断了话："我有话和你说。"根本没看甄爱的意思。

欧文愣了愣，稍显歉意地冲甄爱笑笑，神色尴尬。

甄爱并不介意，说声"打扰了"就先离开。

欧文等甄爱走了，才到言溯身边，一脚踢向他的轮椅："你这种遇到棘手的事就从轮椅里找安慰的癖好能不能改改？"

言溯两指夹起那张卡片，道："你的这个朋友不是委托人，这不是她收到的。"

欧文顿住，他清楚言溯的性格，他只接部分委托人亲自上门委托的案子。

"你是不是搞错了？万一……"

"那么紧张干什么，我又没说拒接。"

欧文张大嘴巴，比之前更惊讶。言溯这人很古板，做事只按自己的规矩来，既然他认为甄爱不是委托人，且骗了他，那他怎么反而答应？

"为什么？"

言溯打开钢琴盖，修长白皙的手指划出一串轻灵的曲调，他慢条斯理地道："因为她接受了证人保护计划，是你负责保护的证人。"

欧文被他看穿，惊得背脊一跳，哪还有心思看他玩琴？他把他的手扒开，将钢琴盖"啪"地盖上，盯着他："她不是……"

他本想否认，可很快意识到谎言逃不过这家伙的眼睛。

言溯重新抬起琴盖，淡然自若地弹琴，嗓音隽秀低沉，和着琴音有种说不出的悠扬："她右手受过伤，被囚禁虐待过。警惕性很强，会用手枪。父母中应该有一个或者都是某个领域金字塔顶端的专家，死了。她接受过专业的自我保护或防御培训，懂得基本的密码学。和简历上说的新闻专业不同，她真正的专业应该是生物类，偏向细胞研究或制药。专业程度或许可与她父母媲美。"

"你和她待了多久？十分钟，五分钟？"欧文瞠目结舌，"怎么看出来的？"

"很明显。"言溯淡定地看他，五彩的天光落在他浅茶色的眼眸里，光华淡淡，涤净尘埃。

哪里明显……欧文张了张口，他真是嘴贱才问他。

虽然已经无数次见识过别人云里雾里而他一眼看穿事实时的欠扁调调，无数次在他说"很明显"时恨不得摇着他的脖子把他掐死，但也和无数次一样，欧文很想知道言溯是怎么看出来的。

他倚在钢琴旁，做了个请的手势。

言溯将轮椅往后一滑，彩绘玻璃窗的光在他浅色的眼眸里映出一抹淡淡的蓝色。

"你给我的介绍和简历上一样。Sorrel Fraser 大学，新闻与大众传媒研究生。但实际情况是——这么冷的天不戴手套，可能因为会降低手指敏感度，从而在出现突发状况时措手不及。屋内温度很高，她出汗了却不脱大衣和围巾，她没安全感，随时准备走。裤脚宽松没有褶皱，外面很冷雪很厚，她却不穿靴子，裤脚藏着东西，看轮廓是把枪。学生会带枪？不会。如果是重点保护对象就另当别论。从城中心到这里一个多小时，她的大衣上没有安全带压出来的褶痕。你不系安全带，是因为特工出勤要保持最快的反应速度，而系安全带费时间，有时还会卡住。她不系是跟你们学的，担心突发状况。她有轻度的被害妄想症，是证人换身份初期最普遍的反应。

"她进来时扫了一遍书架上的书，看到新闻书籍时，跟看其他书籍一样没有停留，她不感兴趣。可看到细胞生物药理那块区域，目光停留五秒以上，右手无意识在信封上敲打。她不仅在看，还在记书名，这是对自己专业知识的习惯性摄入和补充。

"她站立时，右手放在左手上，不是左撇子。但递东西给我以及后来拿书都用左手，是想遮蔽右手腕上的电击钳疤痕。"

欧文瞠目结舌，言溯推断得太多了，他在接手甄爱时，拿到的资料都没这么全面。当时，他仅仅知道她是被某暗黑组织追杀的高层人物，小小年纪却掌握着最核心的机密科研技术。也正是由于她有如此高端的利用价值，CIA 才肯保护，或者说，掌握和利用她。

言溯流利地继续道："另外，她的手有医用蜂蜡油和滑石粉的味道。蜂蜡油是经常对手进行消毒，需要保护皮肤防脱水的人用的，滑石粉是戴橡胶手套进行灵活工作的人要用的。她是外科医生？不是。医生要十二年的专业学习，她最多二十二岁。结合之前的想法，她是实验室研究细胞生物制药的。而你很关心她，这足以说明问题。"

他挑出简历第一页，对着光倾斜，白纸上浮起一层透明的印迹，"打印前，她曾在这张纸的前一张上写过东西，学大众传媒的学生记电话会用摩斯密码？至于她父母，是我看了你的表情，确定她是证人保护对象后才想到的。她还在做相关的实验说明她在这个领域掌握了核心知识技术。但在生物研究和药理学领域，没有天才之说，关键是经验和积累。她这么年轻，只有可能是父母传承。另外还有最重要的一点，"言溯怀疑又探究地盯着欧文，"你身边突然出现一个我不认识的女生，不是你的女朋友，你却非常关心她的安全，还让我给她解什么幼稚的密码。大材小用。"

他不屑地哼一声，总结道："最可能的情形是父母叛离某个组织，被人杀害，死前把所有的机密交给女儿，女儿以此换取证人保护。"

空旷的图书室里一片沉寂，欧文惊讶的脸上写着四个字——"叹为观止"。

"当然还有其他可能。"言溯奇怪地笑了笑，乌黑的眉眼盯着他，"比如她在卖蜂蜡油的店里打零工，业余兴趣广泛，喜欢买男性饰品，喜欢研究密码，喜欢生物药理，个性叛逆，不系安全带，装着假枪吓人。同时具有很强的迫害妄想症……矛盾了？我得出的结论就是可能性大的那个。"他不经意间就露出自负，"你的表情告诉了我答案。谢谢！"

欧文脸都黑了。

他还不咸不淡地加了句："所以说，表情丰富，弊大于利。"

欧文气结，对着从小一起长大的朋友难道还要摆扑克脸？

言溯起身，把那本白色的书放回书架内。

欧文低头拿手指戳着钢琴键，音符毫不成调："很厉害，不过，有一点你说错了。"

言溯回身看他。

"她并不是初期证人，已经五年了。前几任保护她的特工都殉职了。"

言溯静静看他半晌，声音低沉："欧文。"

"嗯？"

"给你一句忠告。"

欧文竖着耳朵听。

"当心别死了。"

"……"

言溯说完，收拾钢琴架上的纸张，欧文看着甄爱送过来的卡片，问："你不准备看看？"

言溯漫不经心的，没有太大的兴趣。

欧文凑过来拿甄爱的简历。高中及以前在欧洲，大学及以后在美国，单调平实。他把纸张微微倾斜，顺着光，果然看到纸上有痕迹。虽然符号有变体，但毫无疑问是摩斯密码。

****–-–**.*.*-**.**-*****–***.*.-*****–*.. –*.**.. ***.-****-
*––––.*****..––––****–**.––– *****.–––––****––––. ****–.****–.
..*––––****–**–––..–*-*–-****–

"电话便条，挺清楚的。"欧文不自觉地念出来，"Delf Ben Agust，号码

150-250-0441-2！中国的手机号？"

言溯一顿，目光飘向他手中的纸，一串串符号在他脑子里飞快运转，他皱了眉："这不是人名和电话，是死亡威胁。"

欧文脸色微白，道："有些证人不尊重生命会故意杀人，但 Ai 不会。"

"她写字时用左手还是右手？"

"右手。"

"她右手受过伤，力气不够，而且她个性警惕，怎么会留下这么深的印迹？"他似气似笑，有些恼，"不是她写的。"言溯抬眸看欧文，"她有一个懂摩斯密码的室友，你们没调查过她身边的人？"

欧文赶紧给甄爱打电话，没人接转语音信箱，他立刻动身往外走。

"你现在应该祈祷，这个威胁不是发给她的。"言溯语气淡淡的，眼看欧文要松气，又加了句，"可能性不大。"

"……"

甄爱电话静音了，进学校图书馆掏卡时才发现十几个未接来电。

回电话给欧文，对方松了一大口气，问了一堆问题后，说他和言溯马上过来。挂电话时还听欧文很紧张地对谁嘀咕，说人没事，取消定位追踪。

电话那头一个淡漠的声音给欧文回应："要死早死了。"

甄爱折回学生公寓等人。

时近傍晚，校园里到处是开车回家或约会的同学，雪地上一片彩色人影。

甄爱立在矮矮胖胖的小雪人旁，没一会儿就看见言溯从白茫茫的冬天走来。

第一反应是惊讶。他没坐轮椅，腿好好的，还很笔直修长。

他坐进轮椅时就个头不小，现在看来更显高显瘦，黑色的长风衣，灰色的围巾，身形挺拔颀长，低调又令人过目不忘，像英国电影里的贵族绅士。

甄爱等他走近，冲他礼貌一笑，呼出的气在冰冷的空气里凝成一阵白色的水雾，很快被风吹走。

言溯显然对她的笑容没做准备，不怎么生动的表情更显僵硬，像被冷风冻住，浅茶色的眸子幽静得像教堂里染着阳光的玻璃。

甄爱双手插在大衣口袋里，长时间的等候冷得她直跺脚，笑容也在发颤。他们不熟，相对格外尴尬。甄爱见他一脸淡定，只好自己没话找话："欧文开车带你来的？"

这毫无疑问是句废话，和"天气好坏"与"吃饭没有"一样无意义，却是寒暄的好方式。

但言溯显然不认同这句话的价值。

他无声看她,浅色的眼睛在白雪照映下颜色更浅,略带嘲讽:"一只大鸟把我叼过来的。"原话是"I hitchhiked a giant bird."分不清是典型的美国式冷幽默,还是对无聊问题的反讽。

甄爱认为更接近后者,他有人际交往障碍吧?

甄爱接话困难,好半天才岔开话题:"欧文停车去了?在这儿等他?"

"进去。"他迈开长腿,脸上带着不愿聊天的冷漠,"寒冷会弱化人的心理防线。这或许能解释你为什么突然话这么多,像鸟一样叽叽喳喳。"

甄爱望天,谈话彻底失败。这人思维太跳跃,她绞尽脑汁也不知怎么接这话。

才进大楼,他毫无预兆地脚步一停,甄爱差点儿撞到他背上。

言溯扭头看她,眼睛干净得像外面的雪地:"欧文说你看到我名片时,说我是个看似低调实则内心十分高傲的人?"

甄爱没来得及退后,离他很近,仰头看他俊逸平静的容颜,感到一股无形的压力,但尽管尴尬,她还是承认:"是。"

"高傲,"他缓慢地念了一遍,"尽管我本身很喜欢这个词,但你应该是不认同的。"

甄爱坦然:"不算不认同,只是觉得谦虚总是好的。"

他背脊挺直地上楼梯,目光直视前方:"我不同意有些人把谦虚列为美德。对逻辑学家来说,一切事物应当是什么样就是什么样,对自己评价过低和夸大自己的才能一样,都是违背真理的。"

甄爱一怔,条件反射道:"《希腊译员》。"

"福尔摩斯迷?"他极轻地挑眉,清澈的眼中闪过难以捉摸的意味,可下一秒说出的话依旧欠扁,"明显白看了。"

甄爱不怒不恼,也无所谓:"欧文说过会儿带我去吃生日晚餐。你也去吗?"

他淡淡地回答:"神奇的解密之旅变成温馨的生日晚餐。温馨这个词太适合我了,perfect!"

甄爱失笑,没见过能把反话说到这种程度的人,别扭得像个小屁孩。

言溯察觉到她在笑,神色清凛下来,脑袋里蹦出一串分析。

她的笑不合理。逻辑上说不通,行为分析的角度也看不出任何隐含意义。明明不好笑,她为什么要笑?不合逻辑的东西让他觉得不惬意。他微微蹙眉。

甄爱转过走廊:"我当你这句话是生日快乐。"

他默了半响,规矩地回答:"生日快乐。"

走到门口开锁,她回头望他,"欧文说你看出死亡威胁,能解释一下吗?我很有兴……"

话没说完，门自动开了，浓重的血腥味扑鼻而来。

甄爱已有不祥的预感，缓缓推开门，就见室友江心躺在一片狰狞的血泊中，脖子上一道骇人的刀口，血放得到处都是。

言溯绕过她，神色如常地走进去，"估计你今天吃不下晚饭了。"

甄爱拨通电话："911吗？我室友被杀了，请……"

"屠杀。"言溯蹲在地上，声音带着说不清的冷冽。

甄爱一顿。确实，这样血腥的场面不是谋杀而是屠戮，可她没理他，按自己的想法报了警。放下电话，她轻掩房门，站在门边不进不退。

"为什么没叫救护车，为什么知道她死了？"言溯戴着手套，正检查死者。

这个时候还晓得审问她，果然是他的风格。

甄爱倒不觉得他唐突，平静地道："从浴室到宿舍，起码两升血。"

"眼神不错。"他意味不明地说，"这么精确，你懂人体解剖学？"

甄爱心里一个咯噔，乌黑的睫羽一垂，遮住漆漆的眼眸，平静如初地回答："不懂。"

惊讶加迟疑的这几秒钟，对言溯来说，完全不难分析，答案是——说谎。

"在你刚才反应的时间内，地球已绕太阳走了七万四千四百七十五米。"

嫌她反应速度慢，甄爱干脆没反应了。

言溯手指压着江心的脖子，盯着伤口，不紧不慢地说："小型水果刀，刀口不长却很深，精准地刺断颈动脉，凶手运气真好。"

甄爱听出最后一句是反话。

果然。"不过，让一个逻辑学家相信运气这种抽象的东西，呵……"他笑一声，语气里其实没半点笑意。

死者江心盛装打扮，穿着精致整齐，齐肩头发是湿的，鬼手一样在地上张开，从浴室到房间有很长的血迹。

言溯蹲在原地把死者检查一遍。脖子两侧有掐痕，肩膀上有隐约的瘀青，因为死亡时间不长，尚未完全显现，还看不太清。

他起身，目光扫视一圈，却没走动，怕破坏现场。

很普通的双人宿舍，左边是江心的床和桌椅，东西很多，主要是衣服和配饰，看上去价值不菲。梳妆台上摆着形形色色的化妆品，几乎挤不下。还有一本画着很多圈圈的日历，显示主人日常繁忙。有个饰品盒摔在地上，胸针、发卡、耳环之类的东西散落在地板各处。右边是甄爱的床和桌椅，干净简单，书桌上几排大众传媒的书，床上挂着几件昂贵又性感的衣服，再无其他。

言溯的目光落在江心的梳妆台上，问："她有几个饰品盒？"

甄爱望着滚落一地的饰物，漫不经心道："一个？不知道。"

"这话有问题，"严谨的逻辑学家皱了眉，"既然回答'一个'，为什么说不知道？既然不知道，为什么要猜测着回答？"

甄爱："……"

梳妆台旁边的窗户半开着，下午这一带有小型雨雪，在深色的桌子上留下两个清晰的干燥印记。

甄爱也看到了，一个正方形，一个长方形。长方形刚好符合地上饰品盒的形状，而正方形……她四周看看，现场少了一样东西。

刚这么想，言溯自言自语："少了两样东西。"

两样？她没看出来，好奇地想问，但看言溯的脸，明显写着"请勿打扰"。

言溯望向浴室，墙壁上满是喷溅型血迹，可以断定这是第一现场，而梳妆台前全是点滴型血迹。看得出凶手特意把死者拉到房间里来，为什么？死者的衣服很整齐，头发却湿漉漉的，为什么？放了这么多的血，凶手身上不可能没有血，他怎么大摇大摆地从这里出去？

他扭头看门边的甄爱，不咸不淡地说："觉得害怕或不舒服，就出去吧。"

"我没有觉得。"

言溯微微眯眼，那表情似乎是被挑战了，他看她半晌，扭过头去，语气变得不容置疑："从进来到现在你一直抱着手，这是潜意识里自我安抚的姿势。不用骗我。"

面对他的质疑，她不承认也不否认，无所谓地说了一个字："哦。"

言溯沉默了，表情有点古怪。她的回答一点不符合语言学里的对话有效性规则，前言不搭后语，毫无章法和逻辑，这段对话无法继续。

他不打算继续，可半晌后还是说："你站在这里打扰我了。"

甄爱抬眼："我没动也没说话。"

"呼吸有声音。"

"……"甄爱无语，开门出去。

很快欧文来了，辖区的警察也来了，法证人员开始搜集证据。

来人里有位漂亮的拉美裔女法医，小麦色皮肤，波浪卷发性感身材，见到言溯，笑也不笑："Hey,weirdo!（你好，怪胎！）"

言溯不理。

女法医叫伊娃·迪亚兹，欧文称呼她伊娃，言溯却生疏地称呼她迪亚兹警官。

甄爱透过门缝看，房里拉了窗帘，一片黑暗，紫色荧光下，猩红的血迹触目惊心。

还在看着，欧文挡住她的视线，拍拍她的肩膀："Ai, 别怕。"

甄爱点头。

"S.A.。"有人叫言溯,这次是黑发黄皮肤的警官,看上去和言溯与欧文很熟。

她胸前的名牌卡写着Jasmine VanderBilt,贾丝敏·范德比尔特。非常传统而老牌的姓氏。范德比尔特是政坛数百年来十分活跃的家族。

但这女孩不像混血,至少不像言溯那样有明显的混血儿特征:眼窝深,瞳仁浅,鼻梁高,皮肤白,五官立体得像石膏。

贾丝敏是典型的东方面孔,脸平眉细额线低,眼睛细长,肤色偏暗。

她很有气质,举手投足落落大方。在这方面,甄爱很迟钝,从小到大她没有社交,常常不懂别人的表情或举止承载的意思。

甄爱立在一旁不说话,但贾丝敏还是注意到她。

甄爱的外貌太出众,眉眼轮廓宛如手工精心描画,美得像中世纪宫廷里出来的,淡静沉然,毫无攻击性。非常安静而古典的美人。

贾丝敏忍不住多看她几眼,才继续看言溯,询问他对犯罪现场的看法,想听他的意见。

但言溯以法证人员证据采集未完成为由拒绝,说他只是观察到一些东西,不希望他的意见干扰警官的判断。

贾丝敏更欣赏他。

甄爱也侧目,诧异于他的原则,原来他并不是一味出风头、秀智商的人。

言溯抬起清淡的眉眼,迎上甄爱的眼神,又波澜不惊地移开。

贾丝敏看过现场后,出来和言溯谈论:"少了一个类似珠宝盒的东西,会不会是抢劫?"

言溯淡淡地答道:"抢劫没必要把人从浴室拖来房间,操作困难还容易留脚印。"

"我去查有没有类似的案件,看是不是连环……"

"不用浪费时间。即使她是目标类型,连环杀手也会诱拐,而不是选在学生宿舍杀人。不过这个凶手,"他微微眯眼,"有手段,冷静,有备而来,这次的愤怒得到发泄……很可能发展成连环杀手。"

贾丝敏疑惑,不知言溯怎么看出凶手的个性,虽好奇但终究没问,点点头:"和我想的一样。"

言溯对里面的法证人员道:"椅子下有一处血迹不规则,像被擦拭过;那边有什么东西把血点压瘪了,重点看看;检查一下梳妆台上长方形的印记,是不是有不干胶的成分。"现场人员依言照做。

死者被抬出时,言溯又交代伊娃:"检查死者的肺部。"

这时,有警官问是谁打的报警电话,能不能回警局协助调查。

通常来说，第一个发现现场并报警的人有很大嫌疑。

言溯毫不犹豫地指甄爱。

警官诧异："你不是死者的室友吗？"

欧文知道言溯是警局的熟人，赶紧说："她和S.A.一起的。"

言溯不太满意地看了欧文一眼，对警官说："她是和我一起来的。但来案发现场前，我和她只相处不到五分钟，死者死亡约半个小时，不能用作不在场证明。"

这么配合，十足模范好公民。

欧文无语看他，对甄爱交代："Ai，我会通知律师，你要不想说话，可以一句不说。"

言溯点头："欧文给你找的律师一定是最好的。"

欧文继续无语，你个墙头草，究竟在帮哪边？

甄爱坐在询问室里接受询问，言溯和几个警官立在玻璃窗外看。

贾丝敏近距离和甄爱面对面，又不动声色地打量甄爱几眼。她的资料显示是中国留学生，可看上去分明像西方人，那种清丽的美莫名让人想到伊甸园里上帝最珍视的花，柔弱，不染凡尘，透着一股仙气。尤其一双眼睛，很黑很亮，像水底的黑曜石，清澈，波光粼粼。

言溯身边出现这样少见的绝美女孩，贾丝敏不太舒服，但一想言溯的性格，想他一路都没看甄爱几眼，又有一丝得逞的幸灾乐祸。

贾丝敏先问基本信息。她以为甄爱英文不好，所以说话格外慢，像和听力不好的老人说话。

"你和江心什么关系？"

"室友。"

"能描述一下当时看到案发现场的场景吗？"

甄爱流利地答道："回宿舍的时候门是松的，一碰就开了。她躺在地上，到处是血，我只看了一眼，后面就没了。"

"之后呢？"

"报警。"

回答得太过干净利落，让贾丝敏有些措手不及："之后你就一直在现场？"

"是。"

"在做什么？"

"站着。"甄爱没理会她话里的疑问。

"站着？"尾音袅袅上提，不相信的意味很浓。

甄爱依旧淡淡的："嗯，站着。"

"正常人看到室友躺在血泊里，不会过去看看还有没有救？"

"有人在尸体旁边，我不必凑热闹。"甄爱脸颊白净，很坦然。

"谁？"

"言溯先生。"

"那时 S.A. 就在？"贾丝敏诧异，"他怎么会去你宿舍？"

甄爱淡定地反问："这个问题和案子有关系吗？"

贾丝敏眼中闪过一丝不耐。

玻璃窗外，言溯若有所思地看着甄爱："她太镇定了。"

欧文警惕："你什么意思？"

"看到杀人现场时，她没有尖叫后退，甚至没有一丁点惊恐或躲避的反应，仅有的只是抱着手。就像现在，她回答得有条不紊，一句语法错误都没有，语速逻辑全部没问题。她真的一点儿不惊慌。"

欧文也看向甄爱，无论是接受检查汇报情况，还是日常生活，她都是这样，眼睛黑漆漆的，像一潭深水，没有半点涟漪，脸颊干净白皙，平平静静，即使是微笑也没有真正的笑意。

她本身就美，笑起来尤其惊艳，她应该多笑的。

欧文蓝灰色的眼眸微微一敛："你怀疑她？怀疑到哪种地步？怀疑纸上的密码是她写的，为了吸引我们跟过去？她先到杀了人，等着我们来证明她的清白？你认为她有牵连？这不可能，Ai 她……"

"当然不可能。"言溯打断他，笑了一下。

欧文缓了脸色："谢谢你相信她！"

"什么？"

"我很开心你终于开始相信他人，而不是永远拿那些冰冷的数据和证据。"

"你在鄙视我。"言溯挑眉。

"是表扬。"

"你认为我会被'相信'这种抽象又感性的东西左右？"言溯很平静，"我不认为是她杀的，因为刚才在现场把她支出去后，我检查了她的东西。"

欧文扶额。

"浴室里只有一个人的洗漱用品，甄爱床上的衣服不是她的风格，是死者的。因为没地方放，所以摆到她床上。她不在宿舍住。没什么接触的人不会有什么仇恨。如果有仇恨，出于较量的心理，死者也不会把衣服摆在她床上。另外，打印机是死者的，甄爱用过，说明两人关系不坏。宿舍里只有书架上的书是甄爱的。按颜色分大类，不同颜色摆在不同层次，再按字母顺序排列，不住的地方都整理成这样，她有严重的强迫症。可杀人现场换来换去，血迹拖得到处都是，在她看来，一定会觉得一点美感都没有。"

他得出结论："如果她杀人，会用一种更优雅又不失狠烈的方式。"话中竟含着极浅的赞许和认同。

欧文整个人都不好了："你这是在表扬人？"

"当然。"

欧文望天，这人没救了。

"不过，有个问题我很好奇。政府会给部分证人免责权，杀人不会受到处罚，我相信她也有。"言溯背着光，眼眸在这一瞬乌漆漆的，"如果她杀了人，你会怎么办？"

欧文反驳："她不会。她没有社交圈子，所有的精力都在她的专业上。这样认真纯粹的女孩根本不会去……"

"是啊。"言溯笑笑，"因为她认真又专业，所以她永远不会杀人。"

欧文噎住，挫败地叹气，言溯这人在逻辑问题上是天性爱较真。

"我也知道这句话的前因后果毫无逻辑，但我还是相信她。就算你说的这种事真的发生，"他没有丝毫犹豫，"我也要履行我的职责，不管遇到什么情况，不管对方是谁，拼尽全力护她安全，即使殉职也在所不惜。"

言溯不语，抿住嘴唇。

他小时候在中美两地切换，环境的频繁转变让他孤僻冷清，不善交际，三番四次被妈妈拎去做自闭症检查。如果说他在美国有朋友，那就只有一个欧文。

欧文也是混血，因为母亲被杀而立志当警察，成了最优秀的特工。从以前到现在，他的信念一直坚定。

言溯看向玻璃窗那边的甄爱。这些时时刻刻都要伪装身份的人，他们的信念又是什么。

贾丝敏还在提问："可不可以问一句，为什么你的室友被杀了，你一点儿都不难过惊慌？"

甄爱莫名想起言溯的话，有样学样地反问："你既然征询我可不可以问，为什么我还没准许你就直接问了？既然你原本就要问，为什么开头还要征询我的同意？"

贾丝敏："……"这种绕来绕去的调调怎么似曾相识？

玻璃窗外的欧文脸有点儿灰，古怪地看言溯一眼，后者淡定自若，没有任何反应。

"这是礼貌的习惯用语。现在可以回答我的问题了吗？"贾丝敏把甄爱岔开话题当作逃避。

甄爱只答一句："或早或晚，人都是要死的。"

贾丝敏想，这人真是冰冷，没有同情心。"详细说一下死者的情况，包括朋友人际圈。"

"刚开学时，她很活泼开朗，参加了很多社团，攀岩、跳舞之类的。她朋友很多，尤其是男性朋友……"

"有男朋友吗？"

"不知道。"

"不知道？你们是室友……算了，还有别的吗？"

"前段时间她说太忙，退掉很多社团，唯独留了密码解读社。她总爱在课堂上睡觉。"

贾丝敏觉得这些信息毫无用处，认为甄爱在打马虎眼。"这些细枝末节的事，你倒记得清楚。"

"我和她就讲过几次话，不难记。"

"你们关系不好？"

甄爱不答了，缓缓往椅背上一靠："剩下的和我律师谈吧！"

贾丝敏一愣，程序上她一句话也不能问了。通常非本土的人没有那么强的自我保护意识，会极其配合，没想到甄爱突然不肯说了。

律师很快把甄爱带出来，还警告贾丝敏："我可以投诉你言语误导！"

贾丝敏灰着脸不吭一声，这一刻她真恨司法体制给嫌疑人那么大的自由。

律师带甄爱去登记信息。

贾丝敏出来见言溯一直在隔间，不禁脸红，觉得刚才很丢人，又向言溯提出咨询的申请。他是 FBI 和 CIA 的特别顾问，大家自然想得到他专业的意见，尽早破案。

可很明显，言溯不感兴趣，他还没来得及拒绝，欧文把他拉到一边，低声说："你必须参与这个案子。"

言溯的眼眸静静瞧他，一副"没吃错药吧，轮到你来命令我"的表情。

"要搞清楚江心和那串密码是怎么回事，还要搞清楚有没有别的密码。"欧文语速很快，"这案子可能和 Ai 没有关系，也可能江心要害 Ai 结果出了意外，还有可能有人要杀 Ai 却杀错了江心。这么多种可能，必须弄清楚。"

言溯一副"这种小型案件地方警方完全有能力解决不需要我出马"的表情："哦，让我去处理十年前我就能解决的案子，哈，我的生活真是每天都在进步。"

欧文头疼地纠正:"'十年前'这种话不适合一个二十几岁的人说。"

言溯木着脸:"请你相信警方。"

"我不信。"

"不信你自己来。"

"地方辖区的独立案件,非恐怖袭击、非危害公共安全,特工不能插手。"他声音很低,急得手都攥成拳。

言溯有自己的骄傲,可此刻他唯一的朋友紧张又着急,他不能置之不理。他斟酌半响,转身看向贾丝敏:"可以。"

贾丝敏很开心,笑道:"S.A.你喜欢音乐,纽约国际音乐节要开幕了,我朋友在那儿做策划,拿票的话……"

言溯点点头,掏出支票簿唰唰地签字递给她:"我要四张,谢谢。"说完人就走了。

贾丝敏捧着支票愣住,她不是这个意思啊!

欧文跟着言溯离开,直摇头,有这么迟钝的人吗?

从警局出来,欧文把律师拉去一边单独交代事情。

言溯和甄爱则并排站在路边,望着雪地中央一条条的车轮印,互不说话。乍一看,像路边平行的两棵树,各自成长,毫无交集。

甄爱经过白天的事,早彻底打消主动和他说话的念头。

言溯习惯安静和沉默,更不会觉得不妥,他双手插在风衣口袋里,夜间冷风呼呼地吹,他仍背脊笔挺,像一株不怕风霜的白杨。

甄爱就没那么自在了。她缩成一团,冻得瑟瑟发抖,偶尔扭头看他一眼。

北半球冬天的夜来得早,夜幕中他的侧脸越发白皙,轮廓也越发分明,刀刻斧凿一般,额头饱满,眼窝深深。他的眼睛很漂亮,明明很静,却令人有种水波荡漾的错觉,映着街对面的霓虹灯,闪着湛湛的光。鼻子的峰度很完美。薄唇轻抿,下颌的弧线干净利落。

他丝毫没察觉到甄爱的注视,专注地望着街道对面,渐渐地,唇角微微扬起一丝不易察觉的弧度,好似看到什么有趣的事。

甄爱顺着他的目光看过去,什么都没有。她又扭头看他,猜他在看什么。

他忽然眼眸一垂,感应到她的目光,缓缓侧头看她,眼眸被夜染成深茶色,纯净得像月夜的雪地。他静谧无声,会说话的眼睛却在问:看什么?

甄爱被他逮个正着,尴尬地扯扯嘴角,忙不迭地问:"你在看什么?"

"那个广告牌很有意思。"他朝对面的方向,抬抬下巴示意。

甄爱这才发现他在看沃尔玛的户外广告牌,上面是打折促销广告——

"O!GEE!ON SALE!MAR.1ST ALL@N.Y.T(噢天,大折扣,3月1日尽在N.Y.T)"

N.Y.T 是他们所在的这个城市 North Yearfield Township 的缩写。

广告牌上画着黄澄澄的橙子，冬日里这样明媚的黄色真好看，可她不知道有趣在哪里。

言溯兀自看着，似乎心情不错，隔了一两秒发觉她没反应，出乎意料地耐心解释道："那串文字很有意思。"

这句话基本没起到解释的作用。

甄爱张了张口，很想接过他的话来，却嘴拙，完全不知该说什么。

他的世界真的很难理解。又或者，从来没有朋友的她，嘴太笨了。她兴致索然地低下头。

言溯抿唇看她几秒，问："你玩过 Anagram 游戏吗？"

甄爱抬头，不明所以地迎视他。

她知道 Anagram 是变位，把单词或句子里的字母换顺序，组成新的单词或句子。可她不明白这和刚才他们说的话有什么关系。

"这种问题也要想上四五秒？"言溯望向远方，淡淡地评价，"你的反应速度真是慢到惊天动地。"

甄爱抿抿嘴，赶紧小声道："没玩过，听过。"

言溯微微侧过身子，面对她开始提问："比如，eat 可以换成什么词？"

他突然发问，她愣了愣，才道："Tea！"

"速度真慢。"他毫不掩饰鄙视的表情，继续，"Lived."

"Devil."

"嗯，不错。"言溯低头，眼睛里似乎有一丝笑意，问，"继续玩？"

她从没玩过任何种类的游戏，这种考画面记忆力、空间想象力和反应速度的游戏，很新奇。她心里莫名闪过一阵难以言喻的刺激感，赶快点点头。

她一激动就会脸红，夜色中，她小脸白皙清透，染着淡淡的绯色。

他的声音不知怎么轻了下来："准备好了吗？"

低沉的询问，让甄爱莫名地心如擂鼓，仿佛第一次参加知识竞赛的选手："准备好了。"

"听人说话的时候，最好保持安静，因为……"

"因为 Listen（听）换个顺序就是 Silent（安静）。"甄爱立刻回答。言溯已经把词说出来，这个不难。

"参加葬礼不要太伤心，为什么？"

"葬礼 Funeral，那是……"甄爱眼睛一亮，"Real fun."真有趣。

"为什么儿媳妇都害怕婆婆？"

"婆婆是 Mother-in-law。"她蹙眉想了想，小声问，"因为她是 Woman Hitler，女希特勒？"

"是啊。"言溯似乎很满意她的速度和配合，俊脸看上去带了一丝少见的轻快，"最后一个，为什么那么多人喜欢汤姆·克鲁斯？"

"Tom Cruise？他的名字可以重新排序转换成……"甄爱咬咬唇，灵光一闪，"啊！So I'm cuter，我最讨人爱。"

言溯眉梢微抬，似笑非笑："你真这么认为？"

甄爱一愣，他这瞬间究竟是正经，还是不正经？

她的脸颊陡然涌上一种陌生的发烫感，低头搓着手，小声解释："我是说他的名字可以拼写成'我最讨人爱'，不是说我自己。"

言溯挺配合地"哦"了一声，又看向那个一堆橙子的沃尔玛促销广告牌："那你试试看，把那个句子里的字母打乱了重组。"

O! GEE! ON SALE! MAR. 1ST ALL @ N.Y.T

单词拆散的话总共二十一个字母，怎样才能把它分配成几个独立的单词，刚好字母一个不多一个不少，而重新组装的单词还要组成一句语法正确、语义完整的句子？

甄爱紧紧盯着广告牌上五颜六色的单词，一瞬间这些字母全在她脑海里跳跃，一个个蹦出来拼凑。

Sea, rest, moon, rang, year, tale, or, tally, total……

都不对。

不管出现哪个单词，剩下的字母都不能组成有意义的单词，更别说一句完整的句子。

究竟是一句什么话？

甄爱情不自禁握紧拳头，忽然看到广告牌上大片片的橙子，Orange？

刹那间，她豁然开朗，所有的英文单词飞旋起来，重新组合成了一句话：An ET stole all my oranges！

"一个外星人偷走了我所有的橙子。"促销广告牌上一大堆黄澄澄的促销橙子要被外星人偷走了，哈！

她忍不住会心一笑，是啊，言溯说得没错，这个广告牌很有意思。

原来，他就是这样独自沉浸在自己满是创意和思考的世界里。

这种人，真的好神奇。

她兴奋地说出答案，没有得到表扬，却听……

"游戏结束。"言溯淡淡地说着，目光飘向其他户外牌子上的广告和联系电话。

甄爱意犹未尽，而他恢复一贯的冷清，刚才给她出题时短暂的交流像没发生过。或许他的世界里只有数据密码行为分析，只有这些能让他有交谈的兴趣。

他不会知道，刚才小小的游戏对身边这个孤独而寂静的女孩来说，就是暗淡冬天里散着果香的金灿灿的橙子。

难得的清香，难得的色彩。

甄爱深深吸一口气，很凉，刚才分心了没有注意，现在又觉得冷了。她努力抱紧自己，斟酌半响，问："今天的案子你怀疑我吗？"

彼时，言溯正试着给视线里一串电话号码解密，听了她的话，慢悠悠地转过头来："没有。"

甄爱的"谢"字发音刚到一半，他接着说："我只相信客观，'怀疑'这种主观的情绪，对理性的人来说是大忌。"

甄爱换了种方式问："客观表明我是凶手吗？"

"证据不足。不过我认为如果你杀人，应该会选一种比较优雅的方式，比如下毒。当然，你不会用轻易就能买到的毒药，而是比较稀少却致命的。"

甄爱："……我……应该说谢谢吗？"

"不用谢。"

甄爱不说话了，盯着虚空出神。

某一刻，好像有一朵细小的雪花飘过，打起精神定睛一看，什么也没有。望望天，依旧是黑漆漆的。

原来刚才的雪花是幻觉。

冷风一吹，更加冷了。

她的牙齿止不住地打战，一时间没忍住，竟"咯吱"一响。她窘迫极了，立刻咬紧牙。

言溯当然听见她牙齿打架了，低头看她："怕冷？"

"嗯。"

他"哦"了一声没下文了，继续望向远处灯箱上的数字。过了好一会儿，也不知在和谁说话："从中医的角度，怕冷是因为肾阳虚；从西医的角度，是因为血液缺铁，甲状腺素分泌不……"

他见她脸色苍白，睁大眼睛像看外星人一样看着他，于是闭嘴，默了默才说："这个时候好像不应该说这些话。"

他复而望天，隔了两秒："我的意思是，你应该去医院看病。"

"……"谁会神经不正常到因为怕冷就去医院看病？

甄爱无语，背后忽然一阵温暖。下一刻，自己被裹进一个暖暖的东西里，遮住了冷风。欧文不知什么时候走过来，把他的风衣给甄爱披上了。

甄爱见他只穿了薄毛衣，想要挣脱，可他摁住大衣的领口，把纽扣系上，接下来又扣上其他扣子，把甄爱裹得严严实实的，像个小粽子。

他拍拍甄爱的肩膀，没所谓地笑："我擅长产热，不怕冷。"话说着，呼出的热气一捧捧的，像棉花般被风吹散。

甄爱没再拒绝，和欧文一起走去停车处。

走了几步，发现言溯没跟上，两人奇怪地回头。

言溯笔直地站在原地，揪着眉毛，若有所思地看着甄爱。

忽然，他迈开长腿，大步朝甄爱走去，一边走一边把自己的围巾解下来，两三步走到她面前站定，把厚厚的围巾往她脖子上绕。

这个动作太突然，甄爱完全没反应过来，只觉得脖子上瞬间温暖。直到他近在咫尺，开始绕第二圈时，甄爱才回过神，条件反射地往后缩："不用。"

"别动。"

他嗓音低沉地命令，白皙修长的手指轻轻一带，牵动围巾一收，把甄爱扯了回来。

她差点儿撞进他怀里，狼狈地站稳。他非常专注，盯着手中厚厚长长的灰色围巾，一圈一圈往她脖子上套。

围巾质地柔软舒适，亲昵熨帖，挟带着男人熨热的温度，还有一种甄爱从没闻过的淡淡香味，像夏末秋初的天空，不太热烈，淡淡的醇。

甄爱一点儿都不冷了，讷讷地抬眸看他，见他极轻地敛着眉，表情认真严肃，像面对一串数字、密码或逻辑问题。

这样暧昧的动作，他做得清净典雅，眼神纯粹又倨傲，从头到尾都不带一丁点狎昵的意味，干干净净的，就像他这个人。

甄爱被他澄净的气质感动，悄悄抿唇，也不觉得尴尬或脸红，自然地接受了他的好意。

言溯给甄爱系好围巾，点了点头，似乎很满意，然后手放在甄爱的肩膀上，很不熟练很笨拙地拍了拍，规规矩矩地说："我也擅长产热，不怕冷。"

甄爱："……"

他在学欧文对人好。这瞬间，她觉得他像某种跟着人类有样学样的灵长类动物，又像处于认知期跟着大人学习的小婴儿。

甄爱刚要说谢谢，但……

言溯看她白皙的小脸裹在自己厚厚的围巾里，视觉上感到非常奇怪："你不适合灰色，戴着真难看，像一只干枯的竹节虫。"

他竟用竹节虫来形容她？甄爱彻底没了道谢的心思。

欧文提议："最近流行鲜艳的围巾，Ai 皮肤白，戴红色肯定好看。"

言溯似有似无地"呵"一声。

欧文扭头见言溯明显不认同地挑着眉，问："怎么了？"

"没事。"

可他那表情让欧文十分不自在，他纠结道："你奇怪的想象力又飞到哪里去了。红色让你联想到什么，牛？"

言溯鄙夷："牛是色盲，由红色联想到牛，这很不科学。"

欧文无语，半晌之后，还是忍不住："那你想到什么？"

"肾上腺素。"

……这才不科学！

白色实验室里一尘不染。两排透明的玻璃饲养箱，一台巨大的方形仪器。

甄爱一身白衣坐在中心仪器旁，操作台上放着饲养箱，里面一只小白鼠四脚朝天倒在血迹里。

她看着视频里的小白鼠影像，握着耳机线录音："HNT-DL 神经毒素，十万倍稀释。2月29日23:30注入小白鼠体内，一分钟后药物作用于心肺，白鼠丧失行动能力，呕吐发抖，心律不齐，三分钟后休克。23:33，注射 Anti-HNT-DL 抗毒血清，症状持续。3月1日01:47，白鼠重新获得行动能力，在饲养箱内爬行五厘米后再度失去行动能力。03:19，再次休克，喉部出血。05:38，没有生命迹象。"

她说到此处，停了停，平静道："Anti-HNT-DL 第4301次抗毒血清试剂，失败。"

复而补充一句："HNT-LS 神经毒素，百万倍稀释后注入小白鼠，瞬间死。尚未采集毒素作用机理，下步尝试千万倍稀释。"

存储好录音，开始解剖小白鼠。她坐在试验台前，寂静无声地工作。

她做事从来心无杂念，在专业领域效率高得惊人，短短几小时就把各项重要数据记录在案，又重新配置了抗毒血清。输入配方比例后，仪器开始自动合成，需要十几个小时。

时间刚好十点，她起身脱去白衣，走到衣帽架旁取大衣，目光却凝住。

言溯的那条灰色围巾正安静地挂在架子上。

她拿起来，一圈圈围在脖子上，轻轻摸了摸，手感还是柔软舒适的。她不禁收紧手心，缓缓握住那片温柔。

这条围巾的主人似乎和它一样，冷肃，一点儿不花哨，可其实很温暖呢。她垂下眸，湛黑的眼里闪过一丝柔和。想起数小时前立在冷风肆虐的路边，他说如果是她杀人，一定会用优雅又狠烈的方式。她自认为，这句话是赞许。

欧文说他很无趣，不好相处，可她觉得，他很有趣。她喜欢冬天的橙子，冰凉却沁人心脾，淡淡的香味，可以留恋很久。再度握了握脖子上的围巾，她的嘴角轻微地牵了牵，却没笑。

耳畔响起妈妈的教导："不要有所期待，期待是所有不幸的根源。"

她的脸色便缓缓平寂下来，再无波澜。

最终，她把它一圈圈摘下，和欧文的大衣一起挽在手上出去。

实验室外是五十米长的密闭白色走廊，一尘不染，没有棱角，茫茫的，很吓人。

走到尽头，经过视网膜扫描、指纹验证和密码输入后，甄爱离开实验室乘电梯上到地面。地面是普通的工厂，用作掩护，正所谓出人意料。

出去就见欧文的车停在一边。他说言溯有问题找她。

到言溯家，女佣照例用纯正的东南亚英语说言溯在 Libluebarri。

到图书室却不见人。

抬头一望，书架三层的走廊上有一团白色的毛茸茸的东西，或许被来人的脚步声惊扰，窸窸窣窣的，动了一下。甄爱伸着脖子看，竟是言溯，他睡在走廊上，头上还盖着书。

欧文喊一声，他才坐起来，无意识地揉揉眼睛，似乎怔了一会儿，才起身顺着旋转楼梯下来。

一壁书籍的背景下，他白衣白裤，看上去清清爽爽，唯独头发飞扬，脸色不太好，像罩着一层霜，俊眉轻拧，眼眸阴郁，有很重的起床气。

他才走下楼梯，就凌厉地看向甄爱，声音中透出很重的怨念："给我倒杯水。"

"哦。"甄爱莫名其妙地应着，转身去找水。

欧文质疑："干吗叫她倒水？"

言溯浅茶色的眼眸闪过一丝不理解，觉得他的问题很奇怪，半晌后字斟句酌地道："我五行缺水，不喝水，我会麦毛。"

欧文脑袋转了好几圈才发现自己给言溯绕进去了。他想破脑袋也不明白，言溯这种 IQ207 的人是怎么理解人话的？

那句话重点是——干吗叫"她"倒水，而不是干吗叫她倒"水"。

甄爱已端来第三杯水，言溯又无声无息地喝了大半杯，心满意足了，抿抿唇，走到三角钢琴前，也不知从哪里摸出一把白色小提琴，然后蹲在钢琴椅上，弹吉他般拿手拨弄琴弦，不知在想什么。

甄爱悄悄打量他，或许因为刚醒，他身上少了冷淡和疏离的气质，整个人都透着随意的柔和，散漫又慵懒。

白衣白裤白袜子，像不愿起床的孩子，拧着眉心在小提琴上发泄，轻轻几弹，挺好听的。

他弹了会儿，看向甄爱："你那个舍友喜欢上课睡觉是什么时候的事？"

角色和状态转换得太快，甄爱脑子还没转过来，回想才发现在警察局接受询问时，她提到过的。贾丝敏没深究，言溯却记住了。

甄爱还在回忆，言溯已蹙了眉。

他不开心地跳下凳子，大步朝她走来，双手握住她的肩膀，在她微愕的目光里把她平移到钢琴凳前，按到凳子上。

言溯指指她的右腿，命令道："把它放到这只腿上。"

甄爱不明所以，刚要问为什么，见他神色不好地敛了眼瞳，便乖乖照做。

她才把双腿交叠，他突然左手握成空心拳往她膝盖处重重一敲。

右腿狠狠一弹。甄爱怔住："你干吗？"

"膝跳反射，不知道吗？"他后退一步，拉开和她的距离，疏淡地说，"看见没，你脑袋的速度明显没你的脚快，以后用脚思考吧。"又被他嫌弃反应慢。

跟这思维迅速又百变的人在一起，甄爱的神经高度紧张，道："好像四五个月前，她说太忙退掉各种社团的时候。"

言溯极轻地点一下头。

甄爱意识到他心里其实有答案了，不想干扰证词所以等着她说。

"你不住在宿舍所以不清楚她的作息时间和生活习惯，但你应该注意到你的床和桌子被她用来摆东西了。"

"也是四五个月前。"甄爱试探，"你有答案了？"

言溯睨着她："她桌上摆着很高档的化妆品，看分量用了四五个月。名贵的衣服也是去年十月以后的款式。知道她加入密码社的具体时间吗？"

"不太清楚。"看来江心的死和四五个月前她的转变有关。那时，江心忙碌起来，也更有钱。

"和她比较亲近的人？"

"也不知道。"甄爱赧然，她和同学几乎没交集，"你的意思是熟人作案？"

"凶手去双人宿舍杀人，除了熟悉她的作息，还要清楚宿舍另一个人的生活规律。"

话音未落，电话响了。

他接起来听了一会儿，说："我马上来。"放下电话，片刻前还有起床气的人已精神抖擞："去见迪亚兹警官。"

"尸检结果出来了？"

"嗯，"言溯唇角不经意地微勾，淡淡的眼瞳中闪过一丝幽静的光，"发现了有趣的事。"

伊娃·迪亚兹坐在办公室里，一边翻杂志一边悠闲地喝酸奶吃三明治，丝毫不在乎办公桌对面的百叶窗没拉上，对面是解剖室，她抬头就可以看见江心的尸体。

不难想象甄爱跟着言溯和欧文过来看到这番场景时，觉得多诡异。

欧文敲敲窗上的玻璃："对着死人，你怎么这么好胃口？"

伊娃随口回答："又不是对着S.A.那败兴的家伙，干吗没胃口？"

言溯脸上风波不动，跟没听见一样。

伊娃起身，把食物塞入保鲜盒，放入冰箱。甄爱看见冰箱里一摞摞整齐的保鲜盒，里面全是器官和肌肉之类的东西。

法医的心理素质果然好。

言溯见甄爱一脸灰色，一下两下，很笨拙地拍拍她的肩，安慰道："人类是一种很会适应环境的生物。"

"……"甄爱真不觉得这种解释能减少把食物和人体器官放在一个冰箱的诡异感。

伊娃自然知道言溯在说她，慢悠悠地回了句："在人类足迹遍布的陆地、海洋和太空，言溯无疑是迄今为止人类未能适应的最极端恶劣环境之一。"

甄爱眨眨眼睛，把一个人比喻成环境这种事，她怎么觉得听上去很带感？

她以为言溯会说这话逻辑有问题，但他只云淡风轻地问了句："和新男朋友分手了？"他的"武器"总是独特。

伊娃望天："老天，我恨死了这个怪胎。你怎么看出来的？"

"这种低智商的问题，我拒绝回答。"

伊娃握紧拳头往前一步，被欧文拦住。

"……前天都在别人家过夜，结果周末一个人吃早午餐，还留了晚餐的分量。"言溯平静地表示惋惜，"噢，迪亚兹警官真可怜。"

甄爱："……"

一个不见面都能把人看穿的男人，一个不放过任何细节的男人，一个让所有人都怀疑智商的男人，果然是恶劣环境。

伊娃咬牙切齿："我真想现在就把你解剖。"

言溯微微颔首："我的荣幸。"

欧文抓头发，像独自看家的走投无路的爸爸："幼稚园小朋友们，看在上帝的分上，给我停下！"

言溯和伊娃同时闭嘴。

甄爱轻轻呼出一口气,科学家之间的口水战什么的,果然科技含量高。

众人随伊娃去到对面的解剖室,甄爱站在好几米之外,没有靠近。

伊娃掀开白布,露出死者的头部和肩膀。言溯探过去看。伊娃指着几个地方解释:"脖子两侧的掐痕显露出来了。比较奇怪的是,两边的肩膀下方,就是和锁骨平齐的这个位置。你看,两道暗红色的瘀痕,是在一条直线上。不知是什么东西弄的。"

言溯直起身子:"呼吸道和肺部的检查结果?"

伊娃答:"肺部有一定量的水,呼吸道有轻微的损伤。"

现在的她,丝毫没了刚才和言溯抬杠的样子,而是和此刻的言溯一样认真而专注。

"这就对了。"言溯缓缓抬起手,半握住虚空,做示范,"因为一开始,凶手从后面掐住她的脖子,一次次地,把她按进洗脸池满满的水里。"

伊娃恍然大悟:"这就解释了她肩膀两侧的伤,我一直找不到能留下这种直线型凹痕的工具,原来是洗脸台的边缘。"又补充,"法证科那边没发现异常的指纹、脚印和DNA。至于你提到的两块形状奇怪的血迹,有一块被人擦拭过,另一块被什么东西压瘪。那一小滴血迹里有极少的油墨,但目前没找到匹配的油墨类型。"

言溯抬起眼帘,深深盯着虚空在想什么,很快又垂下眼皮。

伊娃转身去旁边的柜子里端来一个小盘子,上面放着一枚铂金尾戒:"这是在死者的胃里发现的。"

甄爱听闻,远远看了一眼,有些反胃。

言溯掏出手机拍下那枚戒指,若有所思地弯了弯唇:"原来少了三样东西。"

欧文奇怪:"又少了一样?"

"是啊。"言溯瞥一眼戒指,掀开白布看看死者的手指,得到确认,"崭新的戒指,戒指盒去哪儿了?"他不再看了,却问,"食道有没有被金属剐伤的痕迹?"

"有的。"

他点点头:"吞下去的时间不长。"说完,把白布盖好,又对伊娃道了谢,人就往外走。

欧文问他去哪儿,言溯道:"可以开始询问证人了。"

三人一边下楼,言溯一边解释。

原来警方已经根据不在场证明和作案动机排查缩小范围,找出了近段时间和死者有过争执的四个人。他们都愿意协助调查。

贾丝敏凌晨就打电话跟言溯说可以一早去调查，她知道他向来不愿拖沓。但言溯破天荒地说不急，下午去也不迟。

三人已坐上车，欧文边系安全带边奇怪地问："你也有觉得破案不急的时候？"

言溯简短道："等尸检结果。"

"那现在你发现什么新线索了没？"

"我们的这位凶手，思维快，随机应变能力非常强。"他靠在汽车后座，双目微合，黑色风衣的衣领高高竖着，半遮住利落的下颌，看上去疏远而不可接近。

他说得轻松，车里的人再次如坠雾里，不知道他怎么从江心身上的几点痕迹看出凶手思维快应变快的。

欧文习惯他的调调，已经懒得问，甄爱却好奇："为什么？"

半晌，他缓缓睁开眼，头未动，浅茶色的眼瞳转过来盯住她。

车窗外景色流转，他的眼瞳像是沉在水底的琥珀，泛着粼粼的波光，澄澈而清透。

她知道，他这样光华灿烂的眼神，带着最纯粹的自负和倨傲，只在他思维现出火花、精神得到振奋时才出现。

他傲慢地轻呼一口气："之前，有一点让我不能理解。凶手弄了一身血又不引人注目地离开现场，说明他很有手段。现场除了凌乱的血迹，其他全部完好，没有打斗，说明他控制了整个现场，有备而来。但，在人来人往的公共宿舍弄得鲜血喷溅是很烂的办法。泄愤的话，一刀太少。另外，凶器是非自带的水果刀。一部分看上去是有备而来，另一部分又像是冲动杀人。这两者，矛盾。"

甄爱听得入神，不自觉参与进来："你认为凶手一开始准备的杀人方式是溺水淹死？"

"聪明。"言溯似乎满意她和他思维的碰撞与分享，不吝啬地夸了她一句，道，"往人身上捅刀，看着生命一点点流逝，这是发泄怒火的好方法。但同样，一次次把人按进水里，看着手中的受害者挣扎求生，一点点失去反抗，这样强有力的控制也让他享受。"

享受？他的用词还真是奇葩。

甄爱脊背一颤，但好奇心更盛，情不自禁地分析："把人一次次按进水里，折磨后淹死，凶手会获得更大的刺激，且不会弄脏自己。凶手一开始是这样准备的，不然他不可能不带刀而用江心的水果刀。可为什么后来又换成刀子？"

"这就是有意思的地方了。"言溯眼中闪过一丝光亮，毫无笑意地牵动唇角，"有某种原因干扰了凶手的心志，让他觉得淹死她都不足以泄愤，要换个新方法。"

甄爱一愣："你的意思是他中途受了刺激？"

"嗯。虽然中途换了方法，但他还是完美地逃走了。这个杀手看上去很混乱，但其实聪明又有组织性，做事谨慎又随机应变。他极度喜欢控制的感觉。这一类杀手会让自己尽可能介入调查，想知道警方在找什么，甚至会误导警方。"

"你的意思是？"

他眼中闪过一丝对挑战的期盼，言语中也有难得的不羁："亲爱的，真正的凶手就在这几个配合调查的人里。"

虽然知道他此刻因为思维高速运转而处在兴奋状态，但这句"亲爱的"还是让甄爱的心，蓦地"怦"了一下。

到警局门口和贾丝敏会合。上车时她看见甄爱，诧异地问言溯："她怎么还和你在一起？"

言溯对这问题没兴趣，闭着眼心不在焉地答："她是证人。"

第一个相关人是江心的男朋友西德尼·泰勒，现住在父母的郊区别墅里。

汽车驶入宁静的郊外社区，到处是宽草坪的大别墅。

很快到了泰勒家，一个二十多岁的年轻小伙正在清理车库，汽车道上停着刚刚清洗的红色跑车。

在郊外宁静的环境里，每一辆过往的车辆都足够引人注意。西德尼·泰勒抱着杂物箱，回头望了一眼。

言溯等人下了车。出乎甄爱的意料，言溯走在最后，慢吞吞的，四处看。

贾丝敏介绍身份说明来意后开始询问，首先是不在场证明："2月29号下午三点到四点，你在哪里？"

"学校宿舍。"

"有没有人和你一起？"

"没有。"

泰勒看上去很平静，只是精神不太好，黑眼圈很深。

言溯盯着他手中的纸盒看了一下，又看贾丝敏，后者明白，问："我们的问话还有一会儿，你可以把纸盒先放下来。"

泰勒脸色不太轻松，犹豫了一下，还是转身走进车库把纸盒放好，又走回来。

贾丝敏："你和江心什么时候开始谈恋爱的？"

泰勒怀里没了纸盒，很不自在，纠结地抱着手："一年前。"

"同学说你们俩关系很不好，经常吵架？"

泰勒警惕了，缓缓地道："我们以前很好，只是最近在一起的时间少，才出现摩擦。"

"她和其他男生的关系怎么样？"

"她朋友很多，男的女的都很多。"

"那你……"贾丝敏的下一个问题被打断。

"西德尼。"一对衣着朴素却很有气质的夫妇从屋内走出，制止了问话。是泰勒的父母。

他母亲走过来，不太友善地看着贾丝敏："他和死者的关系太亲密，又没有不在场证明，为了防止警方套取不该说的话，我们请了律师。"

意思就是以后对泰勒的每次提问，必须有律师在场。

贾丝敏顿觉挫败，刚想好言表达自己没有恶意，一旁的言溯却开口问泰勒："你喜欢打篮球？"

这个问题并没让他的父母感到不妥，泰勒点点头："我们学校还拿过东部大学生篮球比赛冠军。"

言溯没问题了，拍拍那辆保时捷跑车，没来由地赞许："车很漂亮。"

泰勒扯扯嘴角："生日礼物。"

第一个拜访将结束。贾丝敏不甘，向泰勒的父母争取，说想拿律师的名片以便联系。

言溯挺拔地立在道路对面，望着继续洗车的泰勒，唇角微微一弯："所有人都会撒谎。"

所有的人都会说谎？听上去是言溯一早的推断。可现在隐含的意思是泰勒已经说谎了。

甄爱坐在车里，透过车窗仰头望言溯。

北风吹着他的短发，利落清俊。

他的唇抿出一弯上扬的弧度，没有笑意，却赏心悦目。从她的角度看，他的身姿显得越发颀长，映着冬天淡蓝色的天空，像一棵挺拔的树，干净清朗，自成一景。

甄爱自问从来不是好奇心强的人，可这几天屡屡被挑战，就像此刻，她很想知道让他兀自心旷神怡的秘密是什么。

她趴在窗口，探头问："泰勒哪里撒谎了？"

言溯缓缓低头看她，表情安静："你自己不会想吗？"

要是一般的女孩，会面红耳赤，但甄爱只理解字面的意思，真听他的，认真想起来："泰勒家很有钱，可他在学校里很普通，就好像……"她独来独往，和同学的交往浅，一切只是大致印象，也不知对不对。

"就好像是家境一般的学生。"言溯出乎意料地接过她的话。

"你看得出他在学校的样子？"

言溯扬了扬下巴："喏，那辆保时捷跑车没有学校的停车证，不是上学工具。"

这么炫的车不开去学校，他很低调。这一点从他和他父母的着装也可以看出来。"

甄爱配合他，努力回想："有次我听江心跟别的女生说，羡慕她的男朋友比泰勒有钱。她后来穿衣那么暴露，男朋友是不会买那样的衣服让女人穿去给别的男人看的。"

言溯："噢，吵架的原因出来了。"

"泰勒为什么要对江心隐瞒家境？怕她因为钱才和他在一起？"

"死者一开始或许不是因为钱，你看，他家车库里一大堆奖杯，大学里运动好的男生往往受欢迎。"言溯说到这儿，脸上闪过一丝不快，道，"但后来就变质了。"

甄爱敏感地捕捉到他的异样，重点歪掉："你读大学的时候，体育好吗？"

淡淡的蓝天下，言溯清俊的脸阴沉了一度，不说话。

"哦。"甄爱恍然大悟的表情，手指轻轻敲打着车窗玻璃。

言溯："我那时才十三岁。"

"哦。"甄爱可怜同情的样子。

言溯："……"

甄爱轻轻笑了，拂了拂被风吹乱的碎发，移开话题："戒指是他买的？"

"是。泰勒左手小手指第二关节处有很新的一圈擦伤，是戴了新戒指后急着拔下来扯出的伤痕。他一直抱着纸盒就是想遮住手。"

甄爱闻言一愣，言溯打量观看就是在看这些细节？他真的很厉害。

贾丝敏从屋子里出来，大家启程去下一个地点。

第二个证人是文波，密码社的组织者，他是华裔，在学校旁的街区开了家漫画书店。店不大，现在不是下课时间，没什么客人，就他一个守着。

依旧是贾丝敏问问题。

言溯不善和人正面打交道，自顾自地走去书架之间。

甄爱跟着去。

他习惯性地将双手插在风衣口袋里，背脊挺直。

她见他目光扫过一排排的书，却始终自持收敛，问："怎么不看书？"

"没戴手套。"

她知道他的意思，碰一本无数人借过的书等于和无数人握手。

"你看过漫画书吗？"

"没有。"他回答得干脆。一阵漫长的寂静后，才后知后觉地意识到延续对话的责任在他这边，无意义地回问，"你呢？"

她缓缓摇头："也没有。"

然后，又无话了。两个人都不是擅长对话的人。

言溯拧眉思考了一会儿，说实话，他遇到的女孩要么叽叽喳喳太聒噪，要么说话永远不在重点。但这个女孩显然很有度，话不多，声音轻和，他听着也不讨厌或排斥。

他于是开口，继续聊天："我小时候的梦想是做书店老板，把从古到今各语种书籍里的谜题和密码都解开，可后来才发现，密码不在书里，而在人心里。"他嗓音低沉，透着说不出的悦耳。

甄爱心里也异常平和："我小时候的梦想是做棒棒糖店的老板。有很多不同颜色口味和形状的棒棒糖，最多的还是彩色波板糖，一圈又一圈，越大越好。"她说及此处，唇角不经意就染了一层光彩。

"女孩都喜欢吃糖吗？"他垂眸看她，目光不似以往清淡，"研究说吃甜食会增加人的幸福感，对此我深表怀疑。拔牙一点儿都不幸福。"

她被逗乐了，微笑："但其实我从没吃过棒棒糖。小时候妈妈不许吃，长大后，忽然有一天，就对那些鲜艳的色彩不再憧憬了。"

她声音渐小，心里生起一股淡淡的伤感，仿佛被时光欺骗，那些味蕾上的甜蜜终究是错过了品尝的最佳时机。

"呵，真是遗憾啊。"他垂眸看她，缓缓道出她的心声。

甄爱愣愣抬眸，见他竟浅浅地弯了唇角。他是笑了，如雪夜的月光一般清浅，却别样地美好。他这人表情一贯寡淡，不冷酷也不温暖，就连此刻的笑容也是，很浅很淡，仿佛本来就该是那样安静。

可因他难以言喻的调侃语气，这笑又变得格外动人心弦。

她忽然就想起妈妈的话：内心平静的人，笑容都是克己的。

她一直固执地认为，克己是一段隐忍的苦行，是一种哀屈的束缚，就像不能吃糖，就像不能哭泣，就像不能倾诉，就像不能信任。可他对克己的诠释，却是游刃有余，是内敛有度，是收放自如，是兀自的低调又张扬。

甄爱有一丝触动，安安静静地垂下头。

随和又闲适地跟着他的脚步在书架间走了一圈，她问："你不需要听证人的话吗？"

"我在听。"言溯盯着漫画屋的装饰橱窗出神，说，"虽然世上有你这种想一件事都慢吞吞的人，但也有那种同时想很多事又反应飞快的人……比如我。"

甄爱："……"果然三句话不离欠扁。

她顺着他的目光看过去，橱窗里出乎意料地摆着很多体育用品，诸如篮球、网球和乒乓球。言溯敛瞳细想片刻，继续之前的话："比起证人们的话，我更相信自己的眼睛和脑袋。"

甄爱缩缩肩膀，这傲慢的家伙完全不相信证人证言。

走过去，听见贾丝敏问文波："之前有人看见你和死者在街上大吵。"

"她弄脏了我店里的绝版收藏漫画。"

询问接近尾声，没有突破性的发现。贾丝敏见言溯走来，更着急没有任何成果，问："密码社是你成立的吧？"

文波解释："是让对密码有兴趣的人互相交流。"

听到这句，言溯问："死者生前记录的最后一张字条，你知道是怎么回事吗？"

陡然传来陌生的声音，文波一愣，道："社团成员都懂一些基础的密码学，有时候相互交流或玩闹就用密码记录。但成员之间的事情和习惯，我不知道。"

甄爱一愣，想要提醒言溯，却见他眸光闪闪地看着自己，浅茶色的眼眸不起一丝波澜，却仿佛心有灵犀地交流了一句话。她一怔，蓦然明白，什么也不说了。

言溯目光挪到收银台旁边的小纸盒里，发现几张出租车票根，问："案发那天早上你几点起床？"

这个问题太无厘头，听上去和案件关联不大，文波并未隐瞒："呃，十点左右。"

言溯没深究，目光往上移，落在他身后的一排相框上，下颌微微一点："那根棒球棍卖了多少钱？"

他指的是文波和传奇棒球明星乔纳森的合影。照片中，文波抱着一根棒球棍。可言溯怎么知道他把那根球棍卖了？文波无声良久："一百美元。"

言溯问完，不和任何人打招呼，直接出去，好像他过来只是看看书聊聊天的。出去时，背影安然，自在掌握，只可惜他把其他人扔进了云里雾中。

甄爱跟在旁边，小声说："你问文波字条时，只说了字条没提密码，但他的回答却暴露了。"

"对。"他走得很快，淡静的眉目之间全是信手拈来的从容，"他就是写密码和死者交流的人。而且他撒谎了，那不是死亡密码。"

不是死亡威胁？

甄爱奇怪，却没立刻问，而是试着先梳理别的细节："你怎么知道他卖了棒球棍？"

言溯头也不回，大拇指往身后一扬。

甄爱回头见他指着书店的橱窗，那里挂了很多体育用品，墙上有条很浅的球棒形状。

"阳光让墙上的漆褪色了，球棒挂了很长时间，并非一开始就想卖掉。他最近缺钱。"

甄爱感叹他敏锐的观察力："你问他几点起床，是不是因为看了盒子里的出租车票根，知道他很晚回家，但直接问他会否认，所以反过来问？"

言溯听完，脚步停了一下，低头淡淡一笑："甄爱小姐，我很欣赏你的观察力和智商。你没有我想象的笨。"

虽然最后一句很欠扁，但甄爱把它当表扬来看，一抬头撞上他纯粹又澄澈的眼神，她不禁微微脸红。

这脸红却无关其他，只因她从没受过如此直接而坦诚的表扬，心里涌上了陌生的欣喜。

言溯说完又解释："票根显示他常常凌晨还在外边，地点是有名的夜生活区。他和死者用密码交流，或许和他们不好见人的夜生活有关。"

不好见人的夜生活？甄爱拧眉，江心卷进了不法的勾当里？

剩下的两个证人和文波的背景相似，华裔，密码社成员，男的叫赵何，女的叫杨真。

言溯等人先去赵何的宿舍，彼时他正在写字桌前画符号。贾丝敏问起，他拿了本《基础密码学》给她看，说他在画弗吉尼亚密码。

贾丝敏看了几眼，没兴趣，便开始询问。

赵何那天独自在练功房练习跆拳道，也没不在场证明。

他书桌上都是漫画书，墙壁上贴了好多单人照，跆拳道、马拉松、游泳等，各种各样，多人的只有一张密码社合影。

贾丝敏奇怪，这三个证人都喜欢体育。

她问江心和泰勒的关系，赵何的回答和文波差不多，不太熟，只知道两人经常吵架。

贾丝敏问："别人看到你和江心曾在体育馆争吵，你怎么解释？"

"江心不礼貌，踢了更衣室的门。我说一句，她回十句。"

"江心有没有和谁关系不好，有仇恨？"

赵何的回答是和文波差不多——江心活泼可爱，温柔爱撒娇，男生们都觉得她挺好，也没见她和哪个女孩争执过。

言溯看了眼他书桌上的透明盒子，问："你收集棒球卡？"

"是的，一整套。"

他还要讲这套珍贵的卡片，但言溯没兴趣地"哦"一声，进入下一个问题："你们宿舍丢东西了？"

赵何一愣，摸不着头脑，顺着言溯的目光看过去，才发现旁边整整齐齐的桌上摆着一张没填完的失物招领表。

"这个啊，舍友收藏的棒球金卡丢了，所以写招领表。但这么难得的卡片人家捡到也不会还。"

"那倒是。"言溯点头，"死者生前记录的最后一张字条，你知道是怎么回事吗？"

赵何望住他："什么字条？"

"没事。"言溯看上去不介意，转身出去了。

甄爱出门时，回头望一眼室内的两个书桌，轻轻拧起眉心。

这个小动作没逃过言溯的眼睛，他眼中浮起一丝微妙的笑意："你也发现了？"

"嗯。"甄爱懵懂地抬头，有些诧异，明明认识言溯没多久，两人却奇怪地很有默契，"我觉得那套棒球卡不是他的。"

"嗯。"言溯嗓音低沉，"他手中拿着密码学的书，可书架上不仅没有其他密码书，也没有留给他手中那本书的空位。他坐的不是他的桌子，旁边整齐的书桌才是。不过……"他停住，眸光浅浅地看向甄爱，"棒球金卡丢了是真的。整套卡里最珍贵的就是金卡，要是搜齐了，那么宝贵的东西不会随意放在桌子上。"

甄爱歪头："我还发现了一个问题。"

"什么？"

"我注意到失物招领表有两种格式，他舍友桌子上也有，而且日期是错的，就好像……"甄爱没推理过，因而稍显犹疑。

言溯鼓励她："像什么？"

甄爱一咬牙："他的舍友直接在以往的电子模板上改了丢失的物品内容，却忘记改日期。他的舍友经常丢东西。"

言溯意味深长地看她，眼里的光彩静默地绽放："不是经常丢东西，而是经常被偷。"

甄爱点头："男生宿舍那么整洁，有整理癖的人不容易丢东西，可能是内部作案。"

言溯对她的参与很满意："他看上去太坦诚了。有一部分撒谎的人不像惯常理解的那样回避提问者的眼神，他们更需要眼神交流来判断别人是否相信他说的话。"他弯弯唇角，似乎在看不堪一击的对手。

甄爱听着，觉得新奇。

聊着聊着，到了女生宿舍。

第四个证人杨真就住在这里，和江心同一栋楼。

甄爱经过楼梯间时，望了一眼自己的宿舍，仍旧拉着警戒线，空落落的。

有人轻拍她的肩膀，回头却是言溯。他动作还不熟练，拍两下，不多不少，表情肃穆庄严地安抚："别怕。"这正是事发当天欧文对她做的安慰性动作。

甄爱发现，自从见欧文频繁拍肩膀给她鼓励安慰后，言溯就学会了这项技能。

但他的动作很生涩，总像在拍一只狗。她猜，他一面很真挚地想要友好，一面又不受控制地想到各种数据显示的狗狗身上带了多种寄生虫细菌。可无论如何，他的细心足够令她心头一暖。

周末，杨真的舍友不在，宿舍就她一人。她刚从超市回来，正独自吃泡面，坐在电脑前玩Facebook。甄爱莫名就想到言溯今早用在伊娃身上的那个"分手论"。

杨真和另外三个证人一样，对贾丝敏的提问还算配合，但她的回答和其他人惊人地类似。

不在场证明？独自游泳，没有。

江心和泰勒的关系？经常吵架。

你和江心有过剧烈争吵？拉拉队排练的时候推搡到了。

有没有谁恨江心？没有，她是万人迷，活泼可爱。

在甄爱看来，杨真和其他人一样，问什么答什么，不多说一句，看似配合，实则谨慎。或许只有言溯才能看出异样。

但他没有观察杨真，而是扫视着宿舍内的环境。整齐干净的宿舍，没有不妥。书本、化妆品、衣物都有度，风格比较开放，不太适合她冷冷的性格。

言溯望向浴室，问："有洁癖吗？"

"没有。"

"有男朋友吗？"

"……也没有。"

"死者生前记录的最后一张字条，你知道是怎么回事吗？"

"不知道。"

最后一次拜访，在贾丝敏看来，依旧一无所获。

从宿舍楼出来，天都黑了。

贾丝敏立在冰冷的夜风里，不甘心地咬唇，这四人明明答应配合调查，可一个个什么重要的东西也没有。她原想和言溯一起吃晚饭，顺便问问他的意思，可警局临时有事，只能匆忙回去。

甄爱跟在言溯身后，不紧不慢地从台阶上下来，他突然一停，她差点儿撞到他身上。这次他没笑她反应慢，而是挺拔地立在夜幕里，淡淡一笑："和我说的一样，所有人都说谎了。"

他的背影映在夜幕中格外笔挺,眸子也被黑夜浸染得漆黑,像粼粼水波下的黑曜石,精明,洞悉一切。

经过刚才和他三次短暂的思维碰撞,甄爱期待知晓他脑子里的想法:"你从行为上看出杨真在说谎?"

"我问她问题时,她几乎想也没想就回答。又不是知识竞赛抢答题,正常人都会有片刻的考虑。"

甄爱想起之前他对赵何的判断,汗颜。

回避,对视,眼神,时间,从每一个参数的细微改变都能判断一个人撒谎与否,他成精了。

言溯说:"她没男朋友,但有喜欢的人;她说没洁癖,但有洁癖。"

"洁癖我看得出来,但男朋友?"

"有没有男朋友是个很简单的问题,她却犹豫,说明她有喜欢的人,很喜欢,以至于别人问起时她想回答 Yes。而且她的衣服、化妆品,你不觉得有既视感?"

"像江心的风格?"

"女人模仿另一个女人,要么是喜欢,要么是嫉妒。"言溯说完,忽而又问,"你注意到她桌上的购物纸袋没有?"

"像是毛巾之类的日用品。"

"记忆力不错。"言溯弯弯唇角,"但浴室里没有旧毛巾,垃圾篓里也没有。"

甄爱一经提点,只觉恍然间有些东西渐渐清楚:"没有人会在没买新牙刷之前把旧牙刷丢掉,也不会在买新毛巾之前把旧的扔掉,除非那块旧的擦过什么不该擦的东西。"她脑海中灵光一闪,"现场有一块血迹被擦拭过。"

"聪明。"言溯毫不吝啬地夸她。

甄爱抿着唇,表面淡淡的,心里却按捺不住兴奋与激动,她喜欢这样刺激的思考和对话。她忽然发觉,她在不知不觉中被他引导着参与了很多,这样的参与让她很开心。

他其实不像表面那样不可接近。他需要的,只是一个能够与他在思维层面对话,跟得上他的人。

难题随之而来,现在一看这四人都有嫌疑了。

甄爱问言溯:"你知道凶手是谁吗?"

他淡淡地说:"不告诉你。"

甄爱微愣,之前还说得好好的,这人怎么说变就变?

"为什么不告诉我?"

言溯拧着眉,不太开心地垂眸:"肚子饿了。"

"谁？"甄爱想不通，肚子饿了是什么理由？

"我。"他目视前方，气定神闲地道，"在我对食物的需求没有得到满足前，我不会满足你对好奇心的需求。"

"马上要去吃饭，你那么别扭干什么？"

他微微侧头，斜睨着她："我没别扭。我刚才说的那句话只是我一贯的态度，你却因此推断我很别扭，这毫无因果关系。"

甄爱张了张口，无力反驳，于是慢慢闭了嘴。

欧文跟上来："错过在餐厅预订的时间，没位置了。"

言溯倒安然接受，大步往车的方向走："自己做。"

欧文道："让 Ai 一起吧。"

言溯脚步一顿，研判地看着甄爱："为什么？"

甄爱没来得及阻拦，欧文已开口："Ai 的旧公寓太吵退掉了，新住处还没找到。可以让她在你那儿先住几天吗？"

言溯不解："她不是有宿舍？"

"……那宿舍才死过人。"

言溯更不解："难道不是更安静？"

他脑子怎么转的？欧文一头黑线："你让一个女孩子住在刚发生过凶杀案的房子里？"

"哦。"言溯恍然大悟，回头看甄爱，很体谅的样子，"原来你怕鬼。可你要相信科学，世界上没有鬼魂一说。"

甄爱平静道："我不相信有鬼，但世上不是有一种比鬼更可怕的生物吗？"末了，低下眼帘，自言一笑，"虽然这种生物我也不怕。"

言溯微微眯眼，夜色把女孩的小脸衬得白皙清盈，刚从室内出来还带了绯红，漂亮的眼睛黑漆漆的，空灵又淡漠，没有一丝情绪，就好像天地万物都不曾影响她，不曾在她眼睛里留下哪怕一丝的痕迹。他若有所思地看她半晌，似乎在思考什么，最终答案是："不行。"

欧文挫败，差点儿咆哮："看在上帝的分上，S.A. 你绅士点儿！"

言溯自若地反驳："原来绅士的判定标准是请甄爱小姐回家住。"

欧文濒临抓狂："为什么？你们家房间一大堆！"

某人义正词严："她会破坏家里的平衡。"

"什么平衡？"

"我家除了玛利亚、Isaac 和 Albert，还没住过任何雌性生物。雌性荷尔蒙是一种感性分子，我排斥任何感性因素。"

甄爱艰难地理解好半天，结果头顶一串问号。

欧文给她解释道："玛利亚是新加坡女佣，Isaac 是只鹦鹉，Albert 是条热带鱼。"

甄爱不可置信："你用爱因斯坦 (Albert Einstein) 和牛顿 (Isaac Newton) 的名字给你的宠物命名。"

"尽管我很欣赏你看出它们名字的出处，但我不喜欢你对它们的态度。"言溯倨傲地抬着下巴，颇有不满，"Albert 是条很聪明的热带鱼，而 Isaac 背得下全英文的力学三大定律，英国德文郡口音，而且它还很喜欢吃苹果。"

甄爱点头："你选玛利亚做女佣，该不会因为她的名字和居里夫人一样吧？"

言溯眯眼看她半晌，抿唇："你比我想象中的聪明。OK，你可以在我家借宿。"

一个小时后……

甄爱坐在开放式厨房的吧台这边，怀疑地看着身形修长的男人脱下外衣在厨房里做饭。

她从没见过有人做饭竟用到量杯、试管、小天平和滴管，主菜、配菜、调味料全部整整齐齐按先后顺序排列，像军训的小朋友乖乖排队在盘子里站军姿。

做饭的人在心里默念计算着秒数，看准时机用量，顺序丝毫不乱。

欧文在一旁喝水，说言溯心里的计时和闹钟丝毫不差时，甄爱诧异地伸着脖子看："反正都是要吃的，不用那么精准也可以。"

言溯根本不理她。

欧文戳戳甄爱的手，道："看见没，他竟然还分析别人有控制欲。"

言溯："这不是控制。做菜是一门科学，横切面、纵切面、食材大小比例、火候、食物顺序、控制时间，每一项指数都会影响最终结果，就像是做化学实验一样。"

鸦雀无声，不对，三只乌鸦从甄爱头顶飞过。

她想了好几秒，才犹犹豫豫地"哦"一声，表示她听懂了。

等菜端上来，甄爱傻了眼。

松仁绿豆摆成麦田怪圈，甜玉米是梵高的向日葵，虾仁果蔬是玛雅金字塔，芥末三文鱼是小长城，青椒牛肉是杨辉三角。

甄爱咽了咽口水："你做成这样是给人吃的？"

她的重点在于——是给人"吃"而非"看"的。

可言溯的理解——是给"人"吃的。

所以，他莫名其妙地问："你为什么要质疑自己身为'人'的属性？"

甄爱："……"

甄爱开动，尝了一口，便称赞："言溯，你要是不破译密码了，可以去做厨师。"

这样的赞美不会让言溯有半点反应。

"你还真容易被收买。"他鄙视她,"如果擅长什么就要做相关的职业,我有一百条命都不够活。"

"为什么?"

"赌徒、盗墓者、神偷、厨师、西点师、钢琴师、小提琴师、围棋手、国际象棋手……我不会累死吗?"

他只是陈述事实,却不妨碍欧文听着很想扁他:"闭嘴!"

甄爱:"赌徒?你心算很厉害?有没有去砸过拉斯维加斯赌场的场子?"

言溯脸色略灰:"我说了那么多,你就听到这一个,还是我最鄙视的一个。"他不开心地低头吃饭。

甄爱想挽回:"那你为什么选择密码逻辑和行为分析?"

言溯不理她。

甄爱追问:"为什么啊?"

"因为智商太高,不想暴殄天物。"

甄爱彻底闭嘴。

欧文问:"Ai,你不喜欢吃三文鱼?"

"不是啊。"

"那你怎么一片没吃?S.A.切得很好。"说到这儿,欧文忍不住笑,"他真的计算过不同厚度的三文鱼入味的速度,还有酱油芥末的比例。"

言溯迅速地说:"喜欢吃鱼的人聪明,不喜欢吃鱼的人笨。"

"……"甄爱也跟他较上劲,"生的三文鱼可能携有沙门氏菌、肠炎弧菌等多种细菌,还会携带很多寄生虫和线虫。"

一群乌鸦从餐桌上空飞过。

欧文的刀叉掉进盘子里,一脸悲痛地趴倒在餐桌上,闷声闷气地控诉:"Ai,如果你也这样,我真的会疯的。"

甄爱笑笑:"啊,我只是说着玩玩,三文鱼还是很好吃的。"

晚饭后,欧文独自去山林散步,言溯在图书室看书,甄爱则跟着玛利亚去看房间。

二楼是古典的欧式城堡风格,羊绒地毯和石壁挂画,繁复的幽静长廊,要是没有女佣带领,绝对会迷路。

她的房间在言溯的隔壁,室内装饰简单干净,没半点儿繁冗。

玛利亚帮她铺床,边拾掇边自言自语说言溯骨头不好,所以家里的床都是硬板的，还嘀嘀咕咕说什么："他是个奇迹。"

甄爱没懂，也没问，收拾好了和玛利亚一起下去。

去到图书室，言溯双目微合坐在轮椅里，修长的双腿交叠着搭在钢琴凳上。不知是在小憩，还是在思考。许是闭上了那双洞悉人心的眼睛，此刻的他看上去异常清润，甚至有些柔弱。

钢琴和书架间拉了几条长长的线，夹着一排现场照片和记录纸。

"在想证词的事？"甄爱没地方坐，靠着钢琴。

言溯睁开眼睛，见她立着，把双腿往这边挪了一点儿。甄爱看着钢琴凳上缓缓消散的一个脚后跟印子，心里怪怪的，在他脚边坐下。

"不是。"他垂眸，不知在想什么，抬眸时已恢复一贯的清明，"知道为什么这四人的回答都类似吗？"

甄爱不答，她知道这种时刻他宁愿自说自话。

"因为最模糊的回答就是最安全的。每个人都有想隐瞒的事，却又想知道自己隐瞒的事警方知不知道。"

甄爱轻咬唇角，黑漆漆的眼睛在灯光下眸光流转："但你想说这种小案子根本难不倒你，是不是？"

"是。"

"人的交流中，75%是非语言的。即使他们口语表达出25%的谎话，我也能看到75%的真实。"言溯抬手往钢琴键上划过，一串轻快的音符，"真遗憾，他们碰上了我。"

这样傲慢自负的话，由他一说，变得格外的真实。今天访问证人时，她已瞥见他脑子里的闪光。

甄爱抿唇，因为他，她参与到了外面陌生而新奇的世界，她忐忑而无措，却开心而期待。但表面上她仍是神色淡淡，抬眸直直盯着他看。

太过直接的对视让他脸色一僵："怎么？"

"你竟然没有推断他们的性格。比如泰勒不甚明朗，文波谨小慎微，赵何左右逢源，杨真个性诡谲。"

言溯鄙夷："你这种行为分析说出去会被人打死。"

甄爱耸肩表示无所谓。

言溯微一低头，浅色的眼眸遁入幽深："根据证据推断事实可以，但擅自给他人做心理画像就牵强了。这不是连环杀人案里虚幻的不明人物。他们四个很正常地站在我们面前，连犯罪嫌疑人都称不上。以自己的专业知识去窥探普通人的心理并下定论，这是精神上的侵犯。毫无疑问，这不是我学这门专业的目的。"

甄爱微讶，被他这瞬间平静无波的浩然正气所震撼。

有气势也有收势，这才是一个真正可靠可信的男人。

难怪这么年轻就成了FBI和CIA的特别顾问，拥有这样专业技术的人不少，可他这样底线分明的人才最可贵。

言溯补充："行为分析不是单独的学科，也没你们想象中的那么神奇。很多时候都要辅助心理刑侦法证。有些时候，连证据都可能是假的。"

甄爱心里忽然一片宁静，听得见自己缓缓的心跳声。

"一开始你说少了三样东西。除了珠宝盒和戒指盒。第三样应该是纸条，可你怎么确定现场有纸条？"

言溯从绳子上摘下一张照片，递到甄爱跟前。

是梳妆台被雨沾染后留下的两块印记的特写，一个长方形，一个正方形。长方形印记上有一个小三角的凸起，被他用红色马克笔圈出来，格外明显。

甄爱心服口服。当时在现场的时候他就看出来了，观察力太敏锐了。

"原来饰品盒下压了张便签纸，现在饰品盒摔在地上，纸却不见了。"

"嗯，我特地叫人检查那里，有不干胶的痕迹，是便签纸上的。"

"会不会是凶手拿走了？"

"可能性不大。"言溯把玻璃杯稳稳放在钢琴上，淡然道，"饰品盒是有人抽那张纸条时不小心摔在地上的。之所以抽，是因为来人站的位置不方便，不想踩到血迹，但又隔得太远，不能把饰品盒拿起来再拿纸。饰物掉进血泊里，却没沾上血，说明来人取走纸时，血迹已开始凝固。我不认为是凶手回来取的。他要是一开始想拿走什么，就不会忘记。"

他靠向椅背："所以说，在我们发现凶案现场之前，就有人去过了。"

他像一个巫师，完全控制了她的思想。她的脑子一片空白，只能听到他清沉又醇雅的声线，不慌不忙，像弹钢琴般优雅，抽丝剥茧般地细数案件。

这是她从未接触过的，证据、推理、细节，一切紧张又刺激，每一点细微之处的发掘都牵一发动全身，一点点汇集，在将来的某一刻，量变引起质变。

那是多惊心动魄的一件事！

她认真看着他，突发奇想，不知道他的脑袋是怎么运作的，好想解剖开来看一看。

言溯眸光一转，正好撞上甄爱静静的眼神。和往常一样，很干净，却很清深，没有透露任何情绪，没有任何行为学和心理学的理论可以依靠。

第一次见面，他看出她大量的信息后，之后的每次相处，反而看不出她在想什么，再也没有新的信息可以补充。

她真是一个奇怪的女孩子，越接触反而越看不透。

更奇怪的是，他们的思维总能碰到一处，不会无话可说，不会节奏不对，也不会莫名其妙。

甄爱问："你……是不是已经知道凶手是谁了？"

他漫不经心地"嗯"一声。

"那你在等什么？"

"凶手是怎么离开现场的？"言溯双手合十，抵在嘴唇边，眼神锐利地看着虚空。

甄爱也皱眉，凶手原计划溺水杀人，那后来是怎么让自己不溅到血，或者溅了血却安全离开的？

言溯放空眼神，仰头望着图书室屋顶高高的彩绘玻璃窗。

窗外是无边的黑夜，衬得玻璃上的彩色图画格外鲜明，他忽然说："想起小时候听的童话，那个世界总是善恶分明，十分简单。"

甄爱惊讶："你小时候也看童话书？"

言溯一副"这不是重点吧"的表情："我的母亲是一个神奇的女人，直到我有行动能力后，才摆脱她的童话故事摧残。两岁后，我宁愿听名家演讲都不愿听她讲故事。"

"两岁？"

言溯脸上写着"你怎么还抓不住重点"的表情，僵僵地说："对不起，我比较早熟。"

甄爱脑中浮现出一幅画面，年轻的妈妈捧着童话书柔声细语地讲述，而婴儿床里的小孩子手脚扑腾，到处乱滚。她的嘴角忍不住噙了笑意。

言溯清逸的脸灰了一度："立刻停止你脑子里无聊的想法！"

甄爱收了笑，不满："你懂读心术还是什么？"

"我看上去像吉卜赛人吗？你对这种非科学的东西还真是热情。"

甄爱反驳："说两个字——'不是'，就够了。"

言溯别过头去，不赞同地低声："童话看多了就相信非自然。"

"我妈妈没给我讲过童话，从小到大，我听过的也只有两个。"

言溯回过头来，见她不是说谎："这不科学。"

甄爱耸耸肩："真的。我妈妈给我讲的第一个故事是《糖果屋历险记》，很可怕。"

言溯神情古怪："你是说《韩赛尔与格蕾特》？"

"嗯，"甄爱点头，脸色微白，"讲一对兄妹被父母抛弃，去到森林里的糖果屋。河里淌着牛奶，石头是糖果，篱笆是饼干，墙壁是奶油蛋糕，烟囱是巧克力，屋顶是烤肉片……"

他的眉梢小心翼翼地抬起，无限配合："所以……这是一个恐怖故事？"

毫无疑问，他搞不懂女人的心里在想什么。

甄爱脸红了，轻声解释："糖果屋的巫婆用这些来迷惑韩赛尔，把他养肥了吃掉啊。"

他的表情有如醍醐灌顶，缓缓地连连点头，"是啊，好吓人。"

甄爱："……"突然好想拿他去做小白鼠。

言溯见她垂眸不说话，脸微白手握拳，她的恐惧不是假的。这让他疑惑不解，思量了片刻，脑中突然划过一个想法。难道，童话之所以变成梦魇，是因为感同身受。

"你有个哥哥？"他随意一问。甄爱乌黑的睫羽狠狠震颤，想否认，可考虑到他的观察分析能力，说谎是徒劳，索性缄默。

再深入一分析，"而且……"他刚要说什么，剩下的话却凝在嘴边。

难道……死了，或许，还很惨。他们一家人很可能是某种组织的人，只有她逃出来了。对她来说，那个地方不就是邪恶的糖果屋？

言溯的话撂在半路，静默不语。

甄爱低头盯着自己的手指，不知过了多久，忽然抬头："我上次给你的密码，你看出来了吗？"

"没看。"言溯直言不讳，"尽管我对世上所有的密码都感兴趣，但我不会让我的能力成为别人利用的工具。这句话不是针对你，但你的那个密码，显然是你自己写的。"他顿了顿，道，"如果有人威胁或骚扰你，我会帮你处理。可如果只是你的业余爱好或私人交易，我不会满足你。"

甄爱并不觉得忤逆，反而有些好笑。

任何和解谜有关的事都对他有着天生的吸引力。那一串密码放在他这里，他忍着不看，一定很难受。如果有人想用密码干坏事，他当然不能为了满足他的兴趣和表现欲就擅自解答。

她笑笑："等我想好了告诉你它的来由，再请你帮忙。"

言溯抬眸看她，她比他想象的要随性豁达，不拘小节。他可以想象到她恶劣的成长环境和谍战片里才会有的恐怖经历。可她呢，虽然淡定从容，却不曾冷漠冰凉，看上去也不阴郁嫉恨。

这样的人，让他看着好想……研究。

"另一个童话呢？你不是听过两个童话吗？"

"哦，"她微笑了，显然这个童话是幸福的，"是阿基米德的故事。"

"……我怎么不知道阿基米德写过童话？"

"不是他写的,是以他为主角的故事。"这一瞬,她乌黑的眉眼里眸光流转,"他很自信,说'给我一根杠杆,我就能撬动地球',一个人的力量可以改变世界,不是很有豪气、振奋人心吗?后来罗马兵破城来杀他,他蹲在地上写写画画,满不在乎地说……"

"先等我把方程式写完。"

"先等我把方程式写完。"

两人异口同声。

言溯说完意犹未尽,不动声色地吸了一口气:"是啊,任何时候,科学和知识,都不能向政治和武力低头,学者更不能向强权低头。"

甄爱微微一怔,垂下眼睑,淡淡微笑:"这是我听过的最美的童话。"

言溯看着她唇角满足的笑意,心弦微动,起身去书架最底层的一角,抱了堆书过来,齐齐摆在钢琴盖上,道:"我来给你补课。"

甄爱奇怪。

言溯拿起一本,很快投入状态开始讲故事:

"从前有个公主,很笨,她吃了巫婆的毒苹果,死了,被一个王子亲了,就活了。"他不开心地皱眉,讲不下去了,"这么不合逻辑的故事谁写的?换一个。"

他把书扔在一边,探身重新拿了另一本:"有一个住在阁楼里当女佣的姑娘,和王子跳了一支舞,就嫁给了王子。"

甄爱丝毫没有听童话的幸福感,而是谨慎地看着他,果然,他浅茶色的眼眸中闪过一丝莫名其妙:"这乱七八糟在讲些什么?"

又换一本。

"有条美人鱼,用自己的声音换了一双人腿,想和王子在一起。但王子却和别人结婚,然后她死了。"

"……"

"悲剧?"言溯颇有不满,暗暗懊恼没给甄爱讲一个好点儿的故事,"换动物世界。"

"有一只小鸭子,它又丑又伤心,最后变成了一只大白鹅。"

"……"

一阵古怪的沉默之后,言溯摇摇头,沉默地笑了:"果然,阿基米德的故事才是童话。"

他微微抬头,目光沿着一排排静默的书籍往上,不知停在哪儿。柔和的灯光打进他的眼瞳里,流光溢彩,他说:"毫无疑问,这是我听过的最好的童话。"

这句认同让甄爱心里很温暖。她深吸一口气,淡静地挪开目光,看到言溯身后的现场照片,问:"欧文说你看出密码是死亡威胁,你还一直没讲原因。刚才又说不是了?"

言溯随手抄了一张纸,拿笔画起来。

甄爱凑过去,见他在画摩斯密码,刚要问,目光一抬,落在他清俊的脸上。刚才不知分寸地一凑,距离很近,她闻见他身上清新的香味,像清晨的树林。她的心怦怦地跳,小心翼翼往后缩一小点儿,声音稍弱:"纸上的印记你记得?你有过目不忘的本领?"

"人的脑袋像图书馆,"他头也不抬,"人的六种感觉像一本本的书,杂乱无章堆成一团,有很多信息会被遮盖,只看得到表层。可如果分类排序,清理归类,要找时,输入索引就可以快速调取。比如这个密码,我给它贴的标签关键词是'甄爱''摩斯''不值一提'……"

他听到周围一片静谧,连女孩近在耳边的呼吸声都屏住了。

他手指微微一顿,不用想都知道她现在什么表情:微微睁大眼睛,不可思议的样子,就像第一次见面他跟她说人的手分泌油脂一样。她肯定会无语地说:你只用回答"是"就可以。

他打住,继续写密码,隔了半晌,说:"是,我过目不忘。"随后又补充,"还有听到的……闻到的……尝过的……感觉到的……"他默默皱眉,干吗跟她说这么多?

但甄爱觉得这很可爱。她幻想出他令人看不透的脑袋瓜像此刻的图书室,高高的书架直上云霄,里面住着一个小人儿,勤勤恳恳地整理着他的记忆。

她心中忽而划过一个想法,微风般在湖面撩过涟漪,说不出,抓不住:"那,很多年后,你不会忘记我吧?"

他握笔的左手白皙修长,顿住,低着头,垂着眸,乌黑的睫毛遮住了眼底的情绪,平静道:"不会忘记……但,应该也不会想起。"

他见过的一切,不存在忘记一说,全凭他愿不愿意回想,去记忆里寻找。如果以后是路人,当然不会想起。

甄爱的心海平静如初,唇边泛起微笑:真是一个连说话都笔直的家伙。

言溯根据记忆复原了密码:"看得懂摩斯密码吗?"

甄爱不说话,拿过他的纸和笔,在纸上写:"DELF BEN AGUST 150 250 0441 2!"

言溯看她写完,唇角微扬:"我一开始把这三个单词的首字母当关键词,英文看上去像人名,数字像中国的手机号。后面的数字换成字母。之所以分三段,是因为有的字母代表的数字是十位数。比如15,它可能是第1个字母A和第5个字母E,

也有可能是第 15 个字母 O。所以 15 后面的数字 0 是为了表示，这个字母不是个位数。"

甄爱："所以 150 是第 15 个字母 O，250 是第 25 个字母 Y？"

言溯抬眉："剩下的不用我解释了吧？"

"剩下的 0441 特地把 0 放在最前面，就是为了和前面两个数字区分，说明这次的字母都是个位数。故意写成 441，不写成 144 或 414，也就是因为英文字母只有 26 个。所以 0441 代表的是 DDA。后面标明的 2 感叹号，是要重算两遍。"

甄爱在纸上写画，"所以现在的字母，是 DELF BEN AGUST，再加两个 OYDDA。"手中的笔尖停顿，她抬头看他，目含征询，"要用字母变位？"

这猛地一抬头，刚好迎上他近在咫尺的脸。

他见她低头写画，欺身过来准备指点，没想到她毫无预兆地仰头，两人的脸相距不过五指。

甄爱愣愣的，眨巴眨巴眼睛，她的背后是钢琴，已无处可退。

他的呼吸不紧不慢，痒痒地挠她的脸，可偏偏他还没反应过来，眼睛澄澈干净得像秋天的银杏树林，一眨不眨地盯着她。

她可以清楚地看到自己在他浅茶色眼瞳里细小的影子，却看不清自己的脸，红了没。

言溯没觉得有什么问题，直到感受到女孩温热的鼻息，暖暖软软的，他才后知后觉地发现这个距离不对。他缓缓地退了回来，完完全全坐进椅子里，脸倒没红，却带着木木的凝滞感。

他垂下眼眸，看着甄爱手中的纸，语气略显僵硬："嗯，字母变位。"

甄爱将刚才的诡异抛诸脑后："我来试试。"

"我们还是节约时间吧。"他忽又恢复了傲慢的调调，直接说出答案，"Dead body at SFU, golden day。" SFU 是 Sorrel Fraser University。

黄金日，大学死尸。

"Golden day？有些地方认为闰年闰月的最后一天是 Golden day。"

"所以我之前说的死亡密码，清楚了吧？"

甄爱兴致盎然，密码竟这么有意思。现在看起来简单，可一开始找头绪时没那么轻松，要不是言溯提示，她不知要想多久："你真厉害，这种密码对你来说小菜一碟吧？"

"很多时候，一种密码往往有很多不同的解法，所以我才说它不是死亡威胁。"

甄爱不解："已经有人死了，验证了啊。"

"这其中有个逻辑问题。"言溯双手十指交叉抵在下颌处，眼瞳微眯，"单纯的数字和字母密码解法太多,所以发出人和接收人之间,必然达成一种约定俗成的解密方式,方便交流。因此,如果接收人也就是死者,她看懂死亡威胁,知道有人来杀她,她还悠闲地在宿舍里等死,说明她视死如归到了一定的境界。如果死者看不懂威胁,那发出人还煞费苦心搞一出接收人看不懂的密码,说明这人无聊空虚到了一定的境界。所以,结果就是这个密码不是死亡威胁。"

甄爱恍然,不愧是逻辑学家。经他这么抽丝剥茧一推敲,她不得不感叹。

他交叉的食指有规律地轻拍着手背,像振翅的蝴蝶:"那天我以为你的舍友会对你不利,先入为主把它翻译成死亡威胁。可之后,我都没认为它是威胁。"

"那是什么?"

言溯眸光浅浅看向甄爱:"口渴了。"

"啊?"甄爱听得津津有味,突然被打断,愣愣看他。

言溯见她微感,冷不丁地问:"声音的速度是多少?"

甄爱讷讷的:"三百四十六米每秒。"

"我刚才说的话都跑到山下去了,你却还没反应过来。"

再次被嘲笑反应慢。

"三百四十六米每秒是气温 25 摄氏度的时候,现在五摄氏度,只有三百三十六米每秒……还是比你快。"

还被嘲笑物理不好。甄爱起身去倒水。

直到他慢吞吞喝完半杯水,他才从甄爱手中抽过纸笔,握着橡皮,把刚才的分析擦掉,只留了原来的人名和电话号码:"之前是我想复杂了,字母就是字母,数字就是数字。你先只看字母,对 DELF BEN AGUST 进行变位看看?"

"Feb"有了刚才的讨论做铺垫,甄爱首先想到二月,剩下的是……

她一震,惊讶:"Angel Dust!"

言溯眸光渐深:"你也知道天使尘?"

甄爱心里猛跳,却不显山不露水地解释过去:"不就是普斯普剂嘛。我之前对迷幻类毒品做新闻调查,所以了解。"

她了解的不止如此,她还知道普斯普剂的专业名是苯环己哌啶。但她想不出江心怎会和毒品扯上关系。

"那这些数字呢?"

"三个单词对应三个数字。Angel150,是一家酒吧;对应 dust 的是 250 克;Feb 对应的是 01442,29 号。"

甄爱缓缓道:"原来意思是,2 月 29 号往 Angel150 酒吧带 250 克的 Angel

Dust。"

言溯散漫地看她一眼："真聪明。"

"我听得出你是在笑话我。"

言溯转着手中的水杯："你的室友,叫什么来着我忘了,她近几个月忙碌又有钱,极有可能是参与毒品贩卖。"

甄爱无意识地咬咬玻璃杯："我也觉得那个女生怪怪的……呃,她叫江心。"

言溯一抬眼,见她用一排小牙在咬他家的玻璃杯,揪着眉心沉默了,很想说"我觉得你这个女生也怪怪的……呃,你叫甄爱",但他终是别过眼去,不理会她奇怪的小动作。

案情讨论完,再无别的话可说。静谧的图书室内,两人面对面,各自捧着玻璃杯慢吞吞喝着水,气氛有些微妙。

欧文散步回来,和言溯说起山里的风光,说有处溪水很好,等到春天雪化夏天水涨,会有大批的鲑鱼逆流而上。

甄爱前一晚没睡好,先上楼。这次没玛利亚的带领,她竟迷路了。

古堡二层的走廊四通八达,弯弯绕绕,哪条走廊看上去都相似。甄爱好几次以为找到房间,拧门锁又打不开,只得重新找。

好在试了几次终于找对,她洗完澡后没有睡衣,裹着浴巾上床睡觉。躺了一会儿,发现黑暗中,她的心里异常宁静。

这个陌生的地方莫名给她安宁。

她缩在被子里微微一笑,爬下床从衣服口袋里摸出欧文给她买的助睡眠药,吞了两片舒舒服服地躺下。

言溯看书到很晚,回房间进浴室洗澡时,发现浴室像不久前清洗过,湿漉漉的。而且浴巾不见了。他走到镜子前拉开,柜子里其他洗漱用品还在。浴巾呢?他立在原地左右看了一圈,百思不得其解。这么晚了也不能去问玛利亚,就拿了备用的。

从光亮的浴室出来,眼睛不能适应黑暗的卧室,可他对这里一清二楚,闭着眼睛就找到床,掀开被子躺上去,安眠了。

也不知睡了多久,言溯感到似乎有一根羽毛,绵绵软软的,在他脸上挠痒痒。

他是一个任何时候都起床气严重的人,很不满地睁开眼睛,却在一瞬间,所有的睡意都幻化成灰,飞到月球上去了。

甄爱的睡颜宁静安然,近在咫尺,月光下女孩的脸蛋清透得几乎透明,他还清楚地闻到她身上清新的香味,和自己一样的香味。

她动了他的香皂,还用了他的浴巾,能不是他的味道?

闻见一个和自己一样味道的人，言溯不满地拧了眉。

半晌之后，他缓缓坐起身，抿着嘴，眸光阴郁，无声地侧头看她。难怪我睡不好，原来身旁躺着一个雌性荷尔蒙挥发器，干扰了我的生理系统。

他很确定，现在这种不可思议的局面就是她造成的。可罪魁祸首睡得很安稳，乌黑的长发散在枕头上，衬得小脸月牙一般皎洁；清瘦的肩膀也露在外边，锁骨纤细；在他看不见的地方，浴巾松散开来，露出胸口一抹窈窕的弧线。

言溯默默看了她几秒，心里却奇怪地平静了，原来她和我一样有裸睡的习惯。嗯，裸睡有助于提高睡眠质量。

他认为她的裸睡是对他的赞同，复而暗想自己真是善良，竟然克制住了一脚把她踹下床的冲动，最后暗暗地，不知在和谁较劲，兀自说了一句："这是我的床。"

说完居然直接躺下继续安稳地睡了。

甄爱一夜好眠。

可早上醒来，见言溯安安静静睡在自己身侧，她眨巴几下眼睛，某人俊美的侧脸并没消失。她脑中一片空白，还没想清楚怎么回事，言溯醒了。

他迷茫地睁开眼睛，照例揉了揉，掀开被子下床。

坐起身的一瞬间，仿佛想到了什么，不动声色地从床边拉了浴巾系在腰间，站起身回头，十分坦诚地说："差点儿忘了你在。"

甄爱不去想他平常或许就光着身子起床的画面，而是捕捉到其中的含义："你昨晚就知道我在？"

言溯没听出这是个问句，以为是陈述句，于是说："我昨晚就知道，但我刚才忘记了。或许，你应该向我学习存在感。"

甄爱无语："昨晚就知道我在，你还睡这儿？"

言溯静静看她："因为你跑错房间所以我也要跑错吗？因为你睡错了床我就不能睡自己的床，我为什么要因为你的错误惩罚自己？"

甄爱知道他脑子构造不一样，可心里还是憋着气，关键是她知道跟他争论不会有好结果。她绞尽脑汁想了半天，一咬牙，盯着他腰间的浴巾挑衅："不用遮了，我看过很多。男人的身体对我来说，一点儿不稀奇。"

言溯的眼波动了动，轻描淡写地说："原来你和迪亚兹警官一样。放心，等我死了，会把身体捐给科研机构。让你看个够。"

甄爱："……"

她挑衅失败，还疑似暴露了身份。甄爱头一次抓狂，愤愤地拿浴巾裹住自己，动静很大地爬下床找衣服，忍不住抱怨："古怪的人住古怪的房子，正常人怎么可能找对房间!"

"自己笨还怪我的房子。作为人类,你应该清楚自己是一种能够记忆的生物,走过的地方,可以在脑海中形成一张平面的路线图。"

甄爱极度无语,他这话在挑战全天下的路痴,虽然她不是路痴。"你奇葩不代表所有人都是!"

言溯淡定反讽:"噢,我能找到我的房间,是因为我和鸽子一样,脑袋里面装了磁场感应器。"末了,很不给面子地说,"你比鸽子笨,因为鸽子绝对不会扑腾着飞到人类正在炒鸡肉的锅里去。"

甄爱坐在餐桌前一下一下狠狠地揪面包片吃,偶尔眼珠一转瞥言溯一眼,后者正趴在餐桌上睡觉。

欧文过来坐下,问他:"昨晚没睡好?"

言溯没动静,静悄悄地趴着,一秒后,原本抵在额前的左手抬起来,以手肘为中心做圆周运动,转了120度,指着甄爱。

甄爱一惊,狐疑地看他,不知他是醒是睡。

下一秒,他闷闷开口:"被这个人散发的雌性荷尔蒙骚扰了一个晚上。"

甄爱之前不觉得,但现在拿到欧文面前说,不免脸微微发烫。

"我就说了,雌性生物会影响我家的平衡。"

欧文莫名其妙,只当他又闹古怪脾气了,冲甄爱抱歉地笑笑。

言溯仍是趴着,左手却准确地找到黄油刀的位置,从盒子里挖了一块黄油。

甄爱和欧文同时扭头,他还在睡,小刀却找到面包片,一层层涂上去,力道均匀。几下之后,白白的面包上便覆了层金箔般淡黄色的涂层。

甄爱看一眼自己面包片上深浅不一的黄油块,说不出话,怎么会有这种人,事无巨细,到他手中全成了艺术?

吃完早餐,言溯去散步,走到门口,忽然退回来,叫上甄爱一起。

甄爱觉得早晨山里气温太低,而且起床时他们分明闹了小小的不愉快,她不想去。

可言溯直接吩咐玛利亚给她找双雪地靴。

玛利亚飞快拿来,特热情:"这鞋非常干净,也很暖和呢。"

甄爱转念想想他从来独来独往的性格,现下被点名同他一起去散步,只当他是示好,心理上挺过得去。

山间的积雪没化,银色的树梢偶尔露出一截干枯的枝干或墨绿色的常青树枝。

冬日清晨的阳光稀薄又寡淡，空气中飘着一层轻纱般的雾霭，不时折映出细砂般的晨光。

两人一前一后，互不说话地走在雪地里，除了窸窸窣窣步调不一致的踩雪声，天地间安静得没有一丝声响。山林的空气甘醇清冽，像刚融化的泉水，吸进身体里一片神清气爽。

甄爱虽然怕冷，可在过脚踝的深雪里艰难跋涉十几分钟，身体暖得像捧着热水袋。

言溯步子比较快，走上一会儿就把甄爱甩开几十米，不催促也不回头，就那样没有任何预告地停下来等她。

甄爱每每抬头，就见他黑色的身影在银色的雪地里格外的英挺，内敛而又安静，像一棵沉默无言的树。

她知道他在等她，不免加快脚步，跑得气喘吁吁，呼出的白气在空气里张牙舞爪。可到离他还有四五米距离的时候，他又迈开大长腿，无声地继续前行。

反反复复，总是如此。

走了一圈，这场散步就以这样一言不发的方式结束了。

直到走近古堡，他忽然没来由地问："冷吗？"

"不冷。"甄爱这才意识到，室外的气温零下好几度，她竟没有寒冷的感觉，心里一闪而过一个念头，好像明白了什么。

言溯说："增加阳气最好的方法就是锻炼，比如清晨散步、跑步、游泳。"

看似无厘头的话让甄爱心里涌过大片的暖意，自然而然想起那天晚上他莫名其妙关于怕冷一事的"病理分析"。

她微笑："我知道了。"

绕到正门，门口停了辆红色跑车。甄爱觉得眼熟，这不是第一个证人西德尼·泰勒的车吗？

"他怎么会来？"

"我让贾丝敏查出了戒指的购买记录。"

进门去，泰勒坐在客厅里等候，脸色不好不坏，垂着眼皮沉思着。

言溯坐进他对面的椅子里，也不先开口，而是示意玛利亚倒水，然后……自己喝起来了。

两人坐着，谁都不说话。

甄爱在一旁打量。泰勒和言溯其实年龄相仿，但气质截然不同。

言溯倨傲冷清，虽不至于像冰山，但也给人很强烈的疏离感，一双眼睛里全是凛然的睿智。而泰勒阳光帅气，笑容温和灿烂，加上篮球队员的身份，是学校里的白马王子。

两人比谁更沉得住气，当然是泰勒先败下阵来："我给她买那枚戒指，是想和好，挽回她的心。"

言溯手臂搭在椅背上，双手悠然地十指交叉，闲闲地开口："我知道。"

泰勒诧异。

"戒指是案发当天上午买的，那天不是节日，不是生日，更不是你们的纪念日。不要一脸惊讶地看着我。死者的日历上，把所有重要的日子用红笔圈起来外加标注，29号那天空白，所以戒指不是纪念。"

泰勒瞠目结舌。

言溯淡淡地说："我长了眼睛。"

泰勒回过神来，声音流露出无尽的忧伤："是的，我爱她。我们之前很好，她很单纯，可爱又贴心，我从没这样爱过一个女人。可不知道她怎么突然变了。"

言溯手指交叠，轻点着手背，脸色不耐，似乎在听极度无聊的东西。

泰勒越说越伤感："她没什么钱，最近却有那么多价值不菲的东西，说是别的男人送的。有时我们吵架，她怪我只会送花送巧克力，给她的惊喜不值钱。我觉得用我父母的钱来表达我对她的爱意太不纯粹。这次我拿到实习的第一笔工资，就给她买了戒指。可她还是不理我。"

毕竟是认识的人，甄爱有些感动。

没想到这时，言溯不冷不热杀出一句："很好，在你讲完一堆废话后，我们进入正题开始讨论你是怎么把她杀了的。"

泰勒惊愕，差点儿从沙发上跳起来："我没杀她！我怎么可能杀她！"

言溯冷着脸："是吗？那你为什么要把新戴上的戒指拔出来，怕别人发现和她肚子里的那枚是一对？"

泰勒被这问题袭击得呆若木鸡，甄爱也觉得此刻的言溯似乎哪里不对。

泰勒惊愕："肚子？什么意思？"

言溯罕见地咄咄逼人："法医在死者的胃里找到了你送她的那枚戒指。请你解释一下为什么戒指会被她吞进肚子，而戒指盒不见踪影？我相信陪审团会对这个问题十分感兴趣。"

泰勒脸色惨白，疾声道："我没杀她！我那天是去过她的宿舍。我们约好了吃晚饭她却不来，我就上去找她。第一次去的时候她不理我，我把戒指放在桌子上就走了；之后我不甘心，想当面和她说清楚，才第二次返回。可是……"他嘴唇剧烈颤抖，眼里全是惊恐，"再一去，就……我很害怕，想报警却看见戒指盒掉在门口而戒指不见了。我怕警方怀疑我,就捡起盒子跑了。"

客厅里死一般的宁静,甄爱深深蹙眉。

她被动参与了案件的调查,已经想象得到当时错过的悲剧。这么凄惨震惊的真相,她不知道他该怎么承受。

可言溯语气越发凌厉:"为什么你以为她不理你?"

"她以前就是这样,一和我生气,就自己关进浴室里,怎么哄都不理。"

"你在死者的宿舍过过夜?"

"是。"泰勒脸色微红,"她说舍友不在宿舍住,所以有时候就……"

"好了。"言溯打断,"第二次回去时,地上除了血,有没有什么别的东西?"

"什么东西?"

"亮闪闪的。"

"没有。"

"你可以走了。"言溯直接轰人,起身又想起一句,"哦,对了,我知道你没杀她。"

泰勒一怔:"什么?"

"你不怎么配合,废话太多,答一个问题找不到重点,七弯八绕一大堆。"言溯很不客气,"果然还是吓你一下比较省事。"

泰勒满脸愕然,甄爱无奈扶额。

言溯眸光冷淡,语气微凉:"不好意思,我不允许任何效率低下的人浪费我的时间。"

甄爱想提醒说这话太直了,但她什么也没说,而是沉默地端了一杯水到泰勒面前,又沉默地看了言溯一眼。

言溯分析:她的第一个动作,对泰勒,是鼓励和安抚;第二个动作,对自己,是抗议和不满。他拧眉想了想,心里有一小点陌生的不爽。

今天甄爱做午饭,意大利千层面。

端到两人面前,欧文神情古怪,嘴上倒是没说什么,言溯皱了眉:"这一大坨泥巴是什么东西?"

"千层面。"

"千层面听了你的话会自杀的。它的体型是长方块,一层层的,不是这样……"他盯着盘子里那坨古怪的东西,找了半天的形容词,最终还是失败,不管风度地指着那一小坨,"它现在就像一堆被人暴打了一顿的彩色西红柿。"

甄爱也知道自己做得很失败,哄他:"我尝过了,虽然长得不好看,但味道很好。你就委屈一下吧。"

言溯板着脸:"为什么你厨艺烂就要我受委屈?"

"……"甄爱稍稍有那么一点儿想拍死这倒霉孩子的心思,他说话不那么直会死啊。

欧文很配合地拿勺子挖了一勺送进嘴里,愣住:"很好吃!S.A.,真的很好吃。"

"怎么可能好吃?"言溯面无表情看着盘子里一堆小山形状的泥巴,又看欧文,"你是骗子。"

甄爱走过去拿起言溯的勺子舀了一小坨,送到他嘴边:"看着不好,可味道真的不错。你尝尝,就一口。"

言溯垂眸盯着嘴边的不明物体,默默地别过头去,很是威武不能屈地说了一个字:"不。"

"为什么?你就试一下嘛。我要是骗你,我就是小狗。"

他依旧别着头:"你这句话无效,没有任何保证作用。即使你骗了我,你也不可能从灵长类动物变成犬科动物。没有逻辑的骗子。"

甄爱挑眉:"你怎么知道我骗你?"

言溯回头看她:"从理论上说,你的千层面没有考虑到顺序、火候、时间、形态等一系列因素,它不可能好……"

甄爱直接把那勺千层面塞进他嘴里,言溯愣住,眨了眨眼睛,叼着勺子一声不吭。

甄爱松开手:"怎样,我没骗你吧?"

言溯细细品味了一下,那一小团入口即化、香香滑滑的泥巴味道真挺不错。他又神情古怪地舀了一勺放进嘴里。

甄爱得意:"现在承认我做的千层面好吃了吧?"

言溯脸上划过一丝别扭,转瞬即逝。他摇摇头,面无表情:"你做的这个,根本就不是千层面,而是千层泥。所以,我只承认你做的千层泥,味道不错。"

午饭后,甄爱去图书室找言溯。

他坐在沙发上,望着虚空,他一没事就会发呆,脑海里高速运转着外人不知道的事,甄爱才认识他几天,却早习惯他这种状态。

她问:"你已经知道犯人是怎么离开犯罪现场的?"

言溯语速很快:"是。"

"那……"

"我要喝水。"

甄爱起身给他倒水,看他手中把玩的手机:"你在等过了午休时间……"

"对。"他接过她手中的玻璃杯。

甄爱话还没问完,已经没问的必要。可心里有了另一个问题:"你找到证据了?"

"嗯。"

甄爱吃惊。

案发现场除了死者、其男友以及甄爱的日常残留的指纹和少量头发,并没有别的关键证据。和案情有关联的浴室、桌子以及水果刀上都没有指纹。地上也被擦去了鞋印。

目前来说,甄爱还看不清谁是凶手,

二号证人文波和江心发生毒品纠纷?三号证人赵何去偷东西?四号证人杨真嫉妒生恨?

仿佛感受到她的目光,他缓缓扭过头来,背着光的眼眸静幽幽的,开口问:"对我有意见?"

"为什么这么问?"

"那你一直看我干什么?"

"……"即使刚才和他对视了好几秒,甄爱也没脸红发热,可这直言不讳的一问让她有些许尴尬。甄爱气他说话直接,索性说:"因为你好看啊。"

原以为他会不知所措,运气好或许还会脸红,没想到他面无表情地眨了眨眼睛,转过头去:"那你多看看吧。"

"……"

言溯握着手机,手指灵巧地翻飞,手机在掌中转动极快。她看得眼花缭乱,没想到手机运动戛然而止,一下凑到她跟前。

甄爱一愣。他神色淡淡的,抬抬手中的黑色手机:"看得那么入神,想自己玩玩?"

甄爱犹豫片刻,刚要去拿,他却一下子收回去,淡淡地笑:"百试不爽。"

"试什么?"

"就知道你突触多,神经反射弧长。"

"……"

"太无聊了。"他忽然起身,"想不想去还原现场?"

甄爱和江心的宿舍还拦着警戒线,里面的摆设和当初一样,清扫过后血迹淡了很多,地板中央用白线画着江心死时的人影。

桌上的台历永远停留在2月。甄爱这次细心看了,上面有记事笔迹,但29号没有。

她望向浴室,想到案发当天,或许泰勒就站在这个位置,他望着安静的浴室,没有进去，再一出门，就是永别。

她扭头看言溯："泰勒如果知道他错过，肯定很悲伤。"

言溯静静思索半晌，倏尔唇角一弯。

"我们来演一遍吧。"他忽然迈开大步，朝她逼近。

甄爱见他气势逼人地过来，条件反射地往后躲，却耐不住他手长，一把抓住她的肩膀。他的眸光幽暗："你事先不知道我是来杀你的，为什么要躲？"

甄爱怔了怔，回过神来，立刻进入江心的状态："嗯，我给你开了门，但不知道接下来会发生的事，所以没有叫喊，也没有挣扎。"

没有叫喊，没有挣扎。

言溯脸色微微一凝，这话从她口中平平静静地说出来，不动声色地蛊惑人心。

她的脸背着光，虚幻而莹白。

他收回思绪，深深望着她，嗓音低沉："你今天很漂亮，过会儿要去哪儿？"

甄爱的心一跳，愣愣看着他英俊的眉眼，却又醒悟过来，他是说那天的江心。他都这么认真地演戏了，自己当然不能拖后腿，她低下头，漫不经心地别过身："泰勒约我去吃晚餐，他给我买了贵重的礼物呢！"

说到这儿，甄爱一愣，凶手不是泰勒。江心盛装打扮，已打算跟他和好。泰勒是傻子才会在杀人后把戒指塞到她嘴里去。

言溯踱步过来，斜倚着书桌，看着立在梳妆台前的她，目色寂寥，语含轻愁："所以你不管我了？"

甄爱望见镜子里他颇显颓然的神色，心里又是一颤，她脸色冷淡，硬下心去洗手间："我要洗脸化妆，你走吧。"

她打开龙头放水，手摸在台子上，沁人的凉。镜子里，言溯从身后走近她，一步一步站定，贴住她的后脊背，甄爱脚底冷飕飕的。

这一次，镜中的人脸色沉冷，微微低头，像在催眠："你的意思是我们再也不见面了？"

洗脸池的水位不断上升，甄爱手抓着池沿，一动不动。她早该想到也不是杨真，她哪里来那么大的力气？

她咽了咽口水："对，不要再见面了。"话音未落，她浑身一颤，因为他微凉的手已握住她的后颈。

他压低身子，重量都在她身上："我送了那么多东西给你……"

甄爱反驳："那些廉价的珠宝还给你。"

"这就是你的衡量方式。只有这些？我为你付出的，只有这些吗？"

他的手微微用力，甄爱一抖，知道自己现在被"按"进水里了。她轻轻咬唇，不再说话。

世界一片安静，只有汩汩的水声。现在，她沉在水底，窒息了。

可他忽然松手，回了头。

甄爱于是"听"到手机响，是泰勒"打"过来的电话。

下一秒，言溯毫无预兆地捂住她的嘴，甄爱猝不及防被他半抱半拖到洗手间门口，很快锁了浴室的门。

他抱着甄爱在门边，一手捂住她巴掌大的小脸，一手"掐"在她细细的脖子上。

甄爱突然间浑身发烫，他的手微凉，身体却ため热，贴着她难受死了，而他手就这么捂着她的脸，全是清淡的男人香味，叫她心绪混乱，胸口乱跳。她轻轻挣扎一下，可他并没有松手，漂亮的脸上干净又分明。

甄爱热着脸，窘迫地闭了闭眼，算了，索性配合到底。

此刻的她就是江心，她应该被淹得没了丝毫的反抗意识，听见泰勒在门外和她说话给她道歉求她出去。她悲恸地希望他能冲进来。可她之前太任性，他每次都让着她，这次也一样。她听见泰勒说他把戒指放在桌上了。

凶手受了刺激，手上的力量愈来愈大，捂着她不能呼吸。她越来越恐慌，泰勒终于走了，她彻底绝望。

"想哭吗？他已经走了，没人来救你了。"言溯贴在她耳边，一字一句，说出来的话悲凉又阴狠，"为什么，你不爱我？"

甄爱眨眨眼睛，彻底傻了，小小的脸蛋瞬间成了番茄。

言溯关了水龙头，打开洗手间的门带她走出来，一扭头，愣住了，她怎么忽然间红彤彤的？

言溯神色古怪，上上下下地打量她。

甄爱梗着脖子，没好气："看什么看？"

他揪揪眉心，不解："为什么你像一只煮熟了的虾米？"

"⋯⋯"苹果、番茄、西瓜、桃子各种形容都有，他怎么就选了虾？

甄爱略微负气地别过头，不说话。

言溯思量半刻，探过头来，问："你被吓到了？"

甄爱无语望天，这人在人际交往和情感方面真的是白痴！

言溯一下两下拍拍她的肩膀，安慰："我不会杀你的，我没有杀人动机。"

这算是安慰？她无语："说案子的事吧！"

言溯走到梳妆台边："凶手恨泰勒，恨那枚戒指，就把它塞进了死者嘴里。而他不甘心自己那么久的付出，所以把买给她的东西都拿走。衣服和化妆品带不走，但能带走首饰盒。"

甄爱走到桌前，一愣："有两个盒子，他并不知道哪个装的是首饰，哪个装的普通饰品。而且，在这个角度，他看得到饰品盒下压着纸条。他看了，但不论他把上面的字样看成死亡威胁还是毒品交易，他都没拿走。因为这会成为转移警方视线的证据。"

一切都豁然开朗。

也不是写密码的文波。

甄爱再一次心跳加速，却和刚才在他怀中的窘然无措不一样。这次激动又兴奋，在这样的交流中，她已不知不觉进入他脑海中那个飞速运转却井井有条、一切都明晰可辨的世界。

"只有赵何了。"

"这次反应倒挺快，还难得是正确的。"言溯唇角微弯，似乎在夸她。

甄爱神色尴尬："其实，我没看出来他喜欢江心。"

言溯睨她一眼："赵何的宿舍，给你什么印象？"

"很干净，很整洁。他体育很好，很多体育项目都拿奖。"

"你怎么知道的？"言溯一笑。

甄爱愣了愣，自己都觉得不解："我当时看到照片墙，都是他一个人拿奖……"她恍然，"他很骄傲，不太合群，没什么朋友。大学生一般不会在宿舍里放那么多独照而没有和朋友的合照。不，他有一张。"

她聚精会神，那个场景给她的感觉源源不断地涌出来："和密码社团的人一起拍的，他和江心站在一起。"

言溯眼睛里有无声的笑意："不错，值得表扬。"

甄爱抿唇一笑，很开心："我也不知道为什么会想起来。"

"去一个陌生的环境，那里的一切会在潜移默化中给你留下印象，看你有没有花心思去想。继续。"

甄爱思索一会儿："他好像很节俭，衣服什么的都很普通。"

"一个参加众多体育比赛拿了很多奖金的男人，不买奢侈品，不过夜生活，没有收集爱好，吃饭穿衣尽量节俭，还要偷别人的东西，他的钱去哪儿了？"

甄爱问："你就这么看出他喜欢江心？"

"他说他和江心曾经吵架，因为江心踢了更衣室的门。"

"这话有什么问题？"

"赵何这种在体育方面'小有成就'的校园明星会因这种小事和女生争吵？"言溯轻抬眉梢，"虽然原因不对，但这话也有真实的部分。江心确实在更衣室，还真踢过门。"

甄爱蹙眉，不理解。

言溯换个方式："如果过会儿回去，欧文问你你脸怎么这么红，你会怎么说？"

甄爱很窘，小声道："言溯带我去还原现场，宿舍里暖气太高了。"说完就愣住。

"你觉得你去了哪儿这件事，瞒不过欧文。"言溯意味深长地看着她，道，"赵何就是这样，为了让他的谎言更可信，他会和真实结合。他想隐瞒和江心的感情部分，这里他说谎，而剩下的人物和地点都是真的。"他说完，微微一笑，"大部分的人都是这么撒谎的，包括你。"

甄爱脸红，刚才他说"赵何想隐瞒和江心的感情"，他怎么能用这个来类比她和他，她对欧文撒谎是想隐瞒和他的感情部分？

白痴！

可，她为什么第一反应要撒谎？他怎么就笃定她会撒谎？甄爱眨眨眼睛，完全蒙了。

言溯却没在意："女生会随便跑去男生的更衣室？"

甄爱收回心思。她对赵何没有印象，模模糊糊地认为他是一个爱好体育的心思简单的人。哪里会想他那么傻又那么执着地用钱培养一段爱情？而江心用的哪些手段她也不得而知了。

言溯继续："他拿走首饰盒，离开现场。然后泰勒第二次过来，看到惨状，捡了空戒指盒逃走。"

甄爱的脑子高速运转："后来文波来了，他抽走密码纸条，使饰品盒摔落在地上。"

言溯微微蹙眉，但暂时没有打扰她："嗯，泰勒没有第三次回来，他的脚印呢？"

"被人擦掉了。泰勒惊慌失措从宿舍跑出去，正好被杨真看见。她以为泰勒杀了人。她想保护他，还很开心，就拿毛巾把地上的脚印擦掉。"

"分析得不错，"言溯低头见她安静地兴奋着，小脸微红，他心思微动，却还是说，"但有一个问题。"

甄爱立刻抬头，认真地看他，像等待点评改错的学生。

"泰勒跑出去后，杨真就来了。"

甄爱一窘："那就是等杨真走了之后，文波再来拿纸条的。"

言溯见她有些乱，忍不住弯起了唇："文波的脚印呢？他预见到有凶杀案，带着毛巾来擦？"

甄爱不好意思地笑笑。

"如果纸条是文波拿走的，他一开始就不会提。那天他故意误导我们说是死亡威胁，就是担心密码在现场。"

甄爱一拍脑袋:"是啊,你问杨真纸条的时候,她反应太快。她知道。"

"嗯,她看成死亡威胁,以为是泰勒写的,就拿走了。"

一切都理顺后,甄爱的思路异常清晰:"我想到一个证据,有个血滴被压瘪过,上面还有奇怪的油墨,或许就是棒球卡上的。他把金卡送给江心,杀了她后又带走了,却不小心掉在地上。"

言溯浅茶色的眼中闪过一道光,心情愉悦:"聪明。"

甄爱兴奋却又小声地说:"可我不知道他是怎么不引人注意地离开宿舍的。"

言溯:"泰勒不是常在宿舍住吗?"

甄爱瞬间被点醒:"他换了泰勒的备用衣服离开!所以现在的问题是,他的那包带血衣服去了哪儿?不能烧,他没车也不能乱扔,带回宿舍洗也太危险。那……"

"他每天下午要干什么?"

"运动队要训练。"甄爱灵光一闪,"体育馆有私人储物柜。他的第一反应肯定是放到那儿,然后周末再处理。"

"他的失物招领表,是自己的却说是舍友的。丢失的那一栏只写了开头字母K,和金卡没有半点关系。K是Key的开头。"

"他弄丢了运动队私人储物柜的钥匙。"

言溯微微一笑:"钥匙丢了,可以找管理员开锁,何必大费周章贴寻物启事,除非那里有不能看的东西。"

"太好了!周末学校没人,不会有人看到他的寻物启事。"甄意狠狠地佩服了言溯一把,居然这么快就要结案。

"体育馆有摄像头,可以看到他穿着泰勒的衣服背着运动包的场景。"言溯才说完话,手机响了,是贾丝敏。

他语速飞快把推理分析以及证据的位置告诉对方后,说:"顺带查一下文波漫画屋橱窗里的体育用品,或许会发现有意思的东西。"

关门下楼去,甄爱还在想事情。

下了一层,言溯问:"你想问文波的漫画屋?"

甄爱不知他怎么看出来的,还慢吞吞地想:这人说话总是这么直接?

言溯见她半天没反应,鄙视道:"你上辈子是蜗牛。"说着探头往她背后看上一眼,"我看看,是不是背上的壳太重了。"

甄爱恍然想起还没回答他的问题,于是赶紧点点头。

言溯哼笑一声:"果然是。"

甄爱一愣,马上辩解:"我点头的意思是,我想问漫画屋的事,不是说我背上的壳太重了。"

言溯唇角的笑容无声地扬起来，眼中笑意点点。

甄爱微窘，居然被他绕进去，没好气地说："我背上没有壳。"

言溯慢条斯理地答："他的毒品不能放在家里和学校，放在橱窗的体育用品里最好，非卖展出。"

"万一错了呢？"甄爱疑问。

话音未落，身边的人僵了一下，背脊笔直地走出去。她居然怀疑他出错？言溯一向不在意"笨蛋"们的想法，但这次，他不太开心。

甄爱也察觉了不对，尴尬地跟着。

终于，他没忍住开口："你质疑我？"

"不是。"甄爱解释，"如果错了，文波可以把你告死的。"

嗯，听上去疑似是关心。言溯满意了："大部分逛漫画屋的，都不爱运动，是书呆子。"

甄爱笑："这么说，你应该经常逛漫画屋。"

言溯古板地看她："大部分逛漫画屋的人是书呆子。这是一个非完全直言命题，这种命题反推不成立。从书呆子推出他要逛漫画屋，犯了最基础的逻辑错误。"

甄爱望着高高的淡蓝天空，背着手轻轻地摇头："啦啦啦，我没听。"

言溯："……除此之外，我不是书呆子。"

"啦啦啦，我还是没听。"

言溯缓了脚步，看她。

她不知不觉走到前面去了，粉嫩白皙的小手背在白色大衣后边，红色的围巾在雪地里格外的耀眼，腿细细的，套着栗色的雪地靴，踩着积雪吱吱呀呀地响。

她仰着头望着天，似乎心情不错。

他也抬头望了一眼，冬末的天空，很高，很蓝。

卷二　琵琶与鹦鹉螺

Dear Archimedes

早上六点，甄爱缓缓睁开眼睛，居然看见言溯光脚盘腿坐在木椅上，清浅的眼眸一瞬不眨地盯着她。

虽然他莫名其妙跑到她房间里来看她睡觉这事很诡异，但甄爱并未受到惊吓，而是揉揉眼睛，不明所以。

言溯目光很微妙，带着一丝难以察觉的躁，突兀地说："你的睡相真难看。"

"我当你的意思是一句温暖的'早上好'了。"甄爱大度地笑笑。

不知为何，一醒来就看到他，她突然不想起床。

冬末的清晨，天光依旧灰白，从古典的欧式窗里透进来。这几天又下了雪，便感觉天亮得比往常早。玻璃窗上凝了蒙蒙的水雾，壁炉里还有微微的火光，这样温暖的地方，睁开眼睛还不是孤单一人。这种窝心的感觉，还真是不错的。

可是，言溯眼中全是探究的光，因审度而犀利："没有工作的冬天还这么早自然醒，睡梦中皱着眉心，睡醒了却平平静静好像解脱。你每天都睡眠不好，还做噩梦。建议你去看医生或者咨询师。"

"你无聊！"甄爱瞪他一眼，动静很大地直接翻个身，拿背对他。眼不见为净。

言溯愣了愣，沉默了。

甄爱缩在被子里，瘪着嘴，哼，一点点美好的感觉全让他破坏了。

几秒钟后，有人拿手推推她的肩膀，语气生硬："喂，天亮了，懒虫起床。"

甄爱无语地扭头。

"哦，小时候，我有一个猪八戒闹钟就是这么叫的。"言溯很认真地解释，表情却僵硬，"果然毫无美感，猪怎么会像小鸟一样发出'啾啾，懒虫起床'的叫声，完全不符合逻辑美学。"

甄爱抓抓耳朵："一早醒来就听你这番深刻且毫不幼稚的话，今天真是美好的一天。"

"……"言溯平静看她，"讽刺？"

"聪明！"

"……第二次讽刺。"

"嗯。"甄爱扭回头来，背对着他缩在被子里微微一笑，略感得意。

他神色未变地垂眸，想了想，说："我刚才分析你，是我不对。"

甄爱揪着被子不说话，唇角的笑意却忍不住持续上扬。

某人很快又认真道："但是你说我无聊。"

原来道歉是有条件的。甄爱瘪嘴："你本来就无聊。哪个有聊的人会清早像大狗一样蹲在人的床边？"

"大狗？你的形容能力真是惨不忍睹。"言溯停一会儿，"我来是为了告诉你，我可以帮你解答卡片上的密码,所以快点告诉我,那个密码是用来干什么的?"

甄爱慢慢转过身来,狐疑地盯着他,半晌后明白了。学校杀人案结束后的这几天,刚好他手头上其他工作也结束了。现在,某个连睡觉脑袋都高速运转的人可以说是……无聊到爆。

他一定是百无聊赖的时候想到甄爱卡片上的密码,心里挂念,偏偏他的原则是不解来历不明的密码,所以这家伙才那么失态地大清早蹲在她床边。

甄爱突然想逗他,便善解人意地一笑:"言溯你真好。但那是我的隐私,不能告诉你,你想帮我就解密,不想就算了。我不强求你的。"

言溯听完,清俊的脸灰了一度。他放下腿从椅子上站起来,气压不低地俯视她,眼瞳幽暗,薄唇轻抿,一点儿没了刚才别扭而柔和的姿态。盯着她看了好半晌,他才吐出一个词:"阴险。"说罢,光着脚没有一点声音地离开房间。

甄爱缩缩脖子,她就知道她的想法完全没有逃过他的眼睛。哈,要的就是这个效果,别扭死他。

等甄爱起床去到图书室的时候,三角钢琴的顶板被收起来平放,白衣白裤的言溯,盘腿坐在三角钢琴顶上,面无表情地抬头望天,准确地说,是望着虚空。旁边躺着一把寂寞的白色小提琴。

欧文立在钢琴旁,无奈地仰头望他:"S.A.,在每年最短的那个月里,你破解了全国各地一百零一个密码,外加十七个案子,其中包括三个连环杀人案。已经够……"

"'够了'这个词是留给能力有限的人的。"他望着天,语速极快打断欧文的话。

欧文握了握拳:"可你需要休……"

"'休息'这个词是为意志脆弱的人发明的,我不需要,谢谢。"再次打断。

他气势凌厉地回头,像一头暴躁的狮子,近乎狰狞地对欧文咬牙切齿:"我需要案子,我需要密码。我不知道你的脑袋是什么做的,但我的脑子是精密仪器,如果不运转让它停留哪怕一天、一小时,都会生锈。生锈你明白吧?欧文,给我密码,给我案子。我需要事情做!"

欧文被他少见的心急火燎的气势吓到,出主意:"希尔教授不是请你回母校MIT作演讲吗?"

"不去!"言溯一口回绝。

"为什么?"

"我没兴趣对着一屋子智商低于我的人讲上一两个小时的课,他们会听不懂,而我会口渴。"

欧文：……

甄爱：……

欧文对自己说"别和他计较"，又建议："你不喜欢公共演讲，可希尔教授也提议让你带逻辑学的博士生。数量少，智商高，和他们讨论逻辑问题，你难道不觉得很有挑战？"

言溯望着天，一字一句道："我厌恶那群博士生！"

甄爱不明所以，看着欧文。

欧文扶额："S.A.，有人把你错认为是高中生，这不是他们的错，而且这件事过去好多年了。"

甄爱默然，很多博士都是工作后再攻读，年龄较大，言溯这种不满二十岁就拿三四个博士学位的人，活该在年龄上受鄙视。

欧文仍孜孜不倦地给他的好朋友提解闷的法子："旅游？"

"人多。"

"运动？"

"平凡。"

"找朋友？"

"没有。"

"看亲戚？"

"无聊。"

欧文黔驴技穷，望天兴叹："太聪明了，是一种罪过！他在折磨完身边的人后，终于开始折磨他自己了。"

甄爱不解："言溯你为什么不看书呢？你……"

"站在你的位置，二十三点方向，图书室 G 区从下往上数第二十九排，从左往右数第三十五本书，那是这个图书里最后一本我没看过的书。昨天晚上十一点四十五分，也看完了。"他嗓音低沉，却掩饰不去极浅的急躁，手里拿着小提琴弓，毫无规律地切割着琴弦，发出一阵又一阵锯木头般扰人神经的声音。

甄爱诧异，他刚才只扫了一眼，怎么把那本书的位置记得那么清楚；最惊讶的不是这个，她望一眼偌大的图书室和一壁的图书，不可置信："这里所有的书你都看完了？怎么可能……"

他猛然扭头看她，背对着早晨倾斜的阳光，眼眸幽深得像夜里的琥珀，语气很是挑衅："你想看哪本？我现在背给你听。"

他一贯都优雅而疏离，淡漠又有风度，像极了英国的绅士，很少有现在这样凶恶的一面，甄爱下意识往后小小挪了一步。

欧文叹息:"S.A.,你看书太快……"

依旧不等他说完,言溯便反唇相讥:"一目十行、过目不忘不是我的错。"说完,他陡然睁大眼睛,醒悟,"迪亚兹警官说得没错,我就是一个怪胎。"默了半晌,眼瞳一暗,轻声说,"怪胎不开心了。"

他低着头不说话了,很忧伤地拉着小提琴。看上去要多可怜有多可怜。

欧文摇摇头,表示实在无能为力了。

言溯拉了一小段音乐,忽然倒在钢琴板上,发脾气地滚了一圈:"无聊,无聊,无聊死了!"

甄爱眨巴眨巴眼睛,他这样突如其来的孩子气还真是……好可爱。

欧文沉默半刻,颇为语重心长地说:"S.A.你这样发脾气,莫扎特会觉得难过。"

甄爱狐疑,这关莫扎特什么事,该不会是……

这下言溯不出声了,一点儿动静没有,好一会儿,才轻轻地摸了摸他的钢琴,小声说:"对不起。"

原来,这座钢琴叫莫扎特……

甄爱:"……"

她走过去,伏在钢琴边,拿手指戳戳他的肩膀,他一动不动,声音硬邦邦的:"别戳我,我很难过。"

甄爱微微一笑:"你家小提琴叫什么名字?"

面前的人背对着她,还是不动,声音却有所缓和:"埃尔维斯。"

甄爱托着腮,手指轻点着白色的钢琴架,问:"言溯,听说你什么都会,那你会写钢琴小提琴协奏曲吗?"

他歪过头来,刚好一束蓝色的光投影在他浅茶色的瞳仁里,他的眼瞳干净澄澈得像秋天的天空,就那样直直地看她,看得她心思微颤,脑子里一片空白。

他却突然凑近她,揽住她的脖子,给了她一个贴面礼。甄爱挨住他温热的脸颊,蓦然浑身一烫。

他的声音清润又有磁性,吹过她耳边:"你真是个天才……尽管只是偶尔灵光一闪。"

甄爱全然没听到他的话,只知道脸瞬间高烧。

他却很快松开她,下一秒从钢琴上跳下来,掀起琴盖便开始试音了。

欧文总算松了一口气,冲甄爱竖起了大拇指。

甄爱立在彩绘玻璃窗下斑驳的阳光里,白净的脸被清晨斜斜的阳光照得微微发红。

言溯很快往乐谱架上贴好白纸,扭头看甄爱,下巴微扬,无比高傲地说:"等我写成这首协奏曲,就起名叫《致甄爱》。"

甄爱吃惊地看他,他早侧过头去开始定调了,只看得到阳光下,他利落的短发上全是金色的光晕。她知道他说这句话时,心思有多么的单纯,可她的心还是不受控制地狠狠颤动。

甄爱在言溯家住了一个多星期后,找了新房子准备搬家。

过去这段不长不短的日子里,两人相安无事。大部分时候甄爱都在图书室里看书——戴着手套。至于言溯,他说要把他喜欢的书重看一遍。

于是,甄爱或趴在高高的环形走廊上,或坐在栏杆边荡脚时,偶尔低头一看,就会看见室中间的白色钢琴旁,他坐在轮椅里,修长笔直的双腿交叠搭在琴凳上,十指交叠放在身前,看上去像在闭目养神。书本都在他的脑袋里,他要是重看的话,只用打开脑海中的图书,一本本翻阅。

这种时候,他整个人安静得像一尊塑像,坐在彩绘玻璃窗下,一坐就是一整天。玻璃窗的光线在古老的城堡里安静而沉默地走一圈,倾斜又直立,直立又倾斜,从阳光稀薄的清晨到光彩厚重的傍晚,从山水墨画的宁静致远到西方油画的浓墨重彩。

有时她爬得太高,脚步走在木制回旋梯上发出吱吱呀呀的声响,轻微一声在细尘轻扬的空气里荡开,扰乱了落针可闻的静谧。他便会极轻地蹙眉,偶尔睁开眼睛,静默望着书架高处像小松鼠一样穿梭来回的小人影儿,默默地想:再安静的女人都是吵闹的。复而闭眼。

甄爱临走这天中午,照例她做饭。

把饭菜端到言溯跟前时,某人照例挑剔地扫一眼盘子里散乱得不成形的米饭,和糊成一团的牛肉青菜胡萝卜,皱了眉:"我需要的是食物,而不是……饲料。"

"你比马牛羊难伺候多了。"甄爱拿手撑着桌子,"最后一顿,将就点儿行吗?"

言溯拧着眉毛,觉得不公平,"我每天都非常认真地做晚餐,为什么最后一顿你都不好好做?"

甄爱噎住:"……我已经非常努力了,言先生。"

"言先生"这个称呼让他抬了眸:"可我没有看到。"

甄爱微怒,拿叉子在他盘子里戳戳戳:"看上去它们是糊成一团的,但事实上只是汤汁很多,它们是一个个独立的个体。"

言溯抿唇沉默,看着她把自己盘子里那一团黏稠的东西分解成了糊糊,良久才道:"说你不努力是我的错,我向你道歉。"

甄爱稍稍满意，大度地道："算了，我也不介意你……"

"这不是努力的问题，这是能力的问题。"

"……"

欧文几乎把脸埋进盘子里去。

甄爱眯起眼睛，轻轻磨着牙，半晌微微一笑，道："假如我是一只小狗，那我也是一只包容的小狗。我喜欢狗粮，但也不讨厌你这块粪坑里的石头。"

欧文扑哧一声笑，言溯沉默无声看她。甄爱无所谓地歪歪头，表示爱吃不吃。

这时门铃响了。甄爱去开门，来人是位优雅美丽的白人女士，妆容精致，衣着高贵，举止高雅，笑容和煦。

甄爱没来得及询问，对方淡淡微笑着自我介绍："海丽·范德比尔特，S.A.的妈妈。"

甄爱愣住，言溯妈妈的姓氏和贾丝敏一样？

海丽脱下大衣挂在衣帽钩上，和甄爱一起去餐厅。

欧文先打招呼："嗨，海丽！"

言溯没反应，自顾自吃东西。

海丽看见言溯盘子里一团没有任何卖相的食物，微微睁大眼睛，很惊讶她那个挑剔的儿子怎么会安之若素地吃这种东西。她不经意看了甄爱一眼，后者正在乖乖吃饭。

海丽便让儿子帮忙介绍一下这个新朋友。

"我的厨师。"言溯头也不抬，补充，"坏厨师。"

甄爱："……"

海丽一愣。

欧文忍住笑，解释："她叫甄爱，是我的朋友。"

海丽不多说了，目光柔和地看着言溯吃饭，等到他快吃完，说："Honey，不要挑食，把胡萝卜吃了。"

甄爱这才发现言溯盘子里的东西吃得干干净净，连多的米粒都没有，却剩下了很多胡萝卜。她有些不好意思，她不知道他不喜欢吃胡萝卜。

言溯不紧不慢地拿餐巾擦拭嘴唇，说："不。"

"为什么？"

"我不是兔子。"

甄爱强忍着没笑。

海丽倒是很好的脾气，劝："胡萝卜对眼睛好。"

"你觉得我眼神不好？"言溯微微挑眉，继而睫羽一垂，把自己母亲看一遍，道，"你早晨参加政治女性小组例会，会后霍金森太太向你抱怨她丈夫出轨，查威尔斯太太劝说你买 AT 通信的股票。之后你去了哥哥家，在那里外婆跟你说哥哥的婚礼一定要我去，然后你来了，带着请柬。"

甄爱睁大眼睛，虽然推理好神奇，但那是长辈啊。

海丽一点儿不诧异，这么多年她早就习惯。她打开包，把请柬递到言溯面前。

言溯看也不看："人多很无聊，婚礼更无聊，一家人都在谈政治，最无聊。"

海丽起身拍拍他的肩，晓之以理："Honey，相信我，这次大家绝对不会谈那些你认为无聊的事。"

言溯面不改色："政治家都是骗子。"

海丽又笑，动之以情："Honey，大家都很想见你。"

言溯："既然如此，我更不应该抢新郎的风头。"

"……"海丽发现，她永远不可能在辩论上赢过这个满脑子都是逻辑的儿子，干脆道，"Honey，你不去，我就把你图书馆里我们家的书全部收回。"

言溯挑眉："看吧，威胁和暴力，政治家的一贯手段。"

海丽满意地走了，临走前优雅地和甄爱与欧文告别。

海丽才走，欧文便问："刚才那一通分析，怎么回事？"

言溯淡淡地说："她毛衣的左胸口有别针穿过的痕迹，又短又小，不是胸针，是政治女性小组的小会徽；头发上有露水和黄色的花粉，这个时节她能去又有花的地方，就是我外祖母的温室花圃；至于霍金森太太和查威尔斯太太的事，网上播了霍金森先生的桃色绯闻，查威尔斯家的 AT 通信最近高层变动致使股票震荡，当然希望外界多买股了。"

说完，见甄爱似乎没听他讲，而是时不时瞥一眼请柬，他伸手把请柬推到她面前，语气古怪："你想去？"

"没有，我看到地点在汉普顿，听说那里很漂亮。"说完，人已经起身，"好啦，我也差不多该走了。"

甄爱东西不多，收拾了一个小背包就出门。

离开时，言溯身形笔直站在门口，也不低头，只傲慢地垂眸睨她一眼："真好，散发雌性荷尔蒙的坏厨师要走了，再见。"

一旁的欧文狠狠戳了他一下。

言溯重新站好，顿了顿，绷着脸微微颔首，举止礼貌又优雅，像个绅士，用一种类似机器人般平稳而没有停顿的语调说："甄爱小姐，和你住在一起的日子很开心，我会想你的。"

甄爱面无表情从他跟前走过："撒谎！"

言溯点头："当然。"

她换鞋时，却听他很轻地说了一句，近似于低喃："记得经常锻炼。"

甄爱的心蓦然一暖，想起这几天早晨和他一起无声地散步，唇角便含了一朵淡淡的笑颜，低低地"嗯"了一声。

推开门，门外刚好来人，竟是贾丝敏。两人在风中四目相对，甄爱平静无波，贾丝敏一脸诧异："你怎么在这儿？"

"我正准备走的。"

言溯看她，没什么兴趣的样子："又死人了？"

贾丝敏眼睛一红："我要死了。"

言溯淡淡地说："那你不赶紧去医院？"

狭窄的玄关里站着四个人，一片冷气中，仿佛有乌鸦飞过。

甄爱立在门口，寒风吹得她的头发乱飞，她下意识拉紧领口。面前忽然有人伸手过来，把门一拉，冷风便被关在了门外。

她顺着那白皙而指节分明的手看过去，言溯早已回头，看着贾丝敏："有事快说。"

贾丝敏深深皱眉，慌乱又害怕："证人调查后，你没给我打电话之前，我就想到现场血滴里的油墨可能是棒球卡上的。我猜，或许赵何是凶手。当时他的室友来警局做笔录，我就让另一个警察去暗示他……"她抬眼警见言溯冰冷的目光，羞愧地低下头，"让他说，确定他的棒球金卡在赵何手里，又成了犯罪现场的证物，还让他到时候出庭作证。"

欧文愣住："你们和他说这些话的时间比搜查赵何储物柜的时间早，那时候警方并没有找到赵何的赃物。这是误导证人，操控取证程序。"

贾丝敏急得声音都抖了："我怎么知道后来能找到关键证物啊！打开赵何的储物柜后，我就没打算这么做。可糟糕的是记录员把那个警察和他舍友的话记录下来，放进了公诉方的证据里，结果被辩护方的律师发现了。"

甄爱和欧文皆是一怔。

言溯的脸上依旧没有任何表情，看着贾丝敏，淡淡道："恭喜你，拯救了一个穷凶极恶的杀人犯。"

结案后，甄爱回去宿舍，把江心的遗物寄回中国。

下车前，欧文说："Ai，别害怕，没事了。"

甄爱不解："原本有什么事？"

"你其实担心过，身边的人死了是因为你的连累吧？"他伸手过来，标志性地拍拍她消瘦的肩膀，"现在真相出来了，和你没有任何关系。"

甄爱望着他蓝色的眼眸，忽然感动得一句话也说不出来。她确实想过，是不是组织的人追来了，本来要杀她却误杀了江心。

她很清楚，要不是欧文的要求，言溯根本不会参与这种小案子。而她跟着言溯了解进程，从一开始就摆脱了自己害死江心的想法，并没受到精神上的折磨。

一切，都多亏欧文的细心和体贴。

甄爱粲然一笑："谢谢你，因为你，我这些天过得很轻松。你知道的，'轻松'这个词对我来说，从来都是奢侈。"

欧文蓦然脸红，这是他第一次看到甄爱真正的笑颜，从唇角弥漫到眼底，有些腼腆，有些生涩，却掩饰不住干净与纯粹。他就知道，她真正笑起来时，很好看。

她不笑的时候，只是静静的就美得让人慢了呼吸，这么一笑，只是浅浅的，就仿佛让人心都停了。

真正难得的美人，不怪有人一直追逐她的足迹。

他别过头去，尴尬地直视前方："我让S.A.把江心和赵何的证物都看过一遍，没有发现其他的密码，也没有和你有关的任何事情，所以这些你也不用担心。"

"嗯，我知道。"

他兀自脸红着，甄爱已经下车。欧文立刻摇下玻璃，接近零度的空气却怎么也吹不散脸上的热度。

去到楼上，宿舍门口的警戒线早已拆掉，推门进去，全是消毒水的味道。

甄爱关上门，才刚开始收捡江心的遗物，电话响了，是陌生的号码。

"Hello？"

对方明显堵了一下，半晌之后，颇为不满："你为什么不存我的电话？"

甄爱翻白眼："你谁呀？"

他略微惊异而郁闷："你竟然听不出我的声音？"

甄爱："……""你谁呀"意思是"你以为你是谁呀"不是问"你是谁"。这人怎么就听不懂人话呢？"我的意思是，你又没有告诉我你的电话。"

那边收了脾气，平静地"哦"了一声，这才说："我打电话是想告诉你，赵何无罪释放了。"

好几天没联系，他的声音熟悉又陌生，透过电话线，竟有一种低沉的悦耳。

其实甄爱中午从欧文那里知道了结果。

虽然有视频记录赵何穿着泰勒的衣服，背着装有血衣的运动包进了体育馆，他的储物柜里也搜出了运动包，包里有血衣、手套和死者丢失的珠宝盒，还有沾了血迹的棒球卡，卡上的痕迹与现场的血点完全吻合。但陪审团依旧没有全票判赵何刑事有罪，因为公检方违反了取证过程中最基本最不可侵犯的原则——公正与真实。

贾丝敏和她的同事代表的国家一方在取证过程中，诱导证人做出对被告不利的陈词，因为这一个污点，所有的证据都蒙上了阴影，蒙上了不公不真陷害被告的嫌疑。

自从Twelve angry men（十二怒人）后，陪审团的成员大都偏向一条定律：宁可放过可能性99.9%的坏人，不能错判0.1%的好人。

言溯在电话那头说："谁能确定那些确凿的证据不是警察栽赃嫁祸的？"

甄爱无言，她知道其实言溯很确定，可他却能如此平和地接受这个结果，他的心理真的很让人费解……或者，这也是一种强大的包容吧。

"你早就预料到这个结果了，是不是？"

"嗯，赵何绝对会无罪释放，然后继续杀人。"

甄爱奇怪："他为什么会继续杀人？"

"赵何在庭审现场一句自我辩护都没有。这个人没有是非观念，没有怜悯，做事从来随心所欲，还异常不合群。这类人往往在受到重大刺激后会越发偏执。而这次的杀人会成为开启罪恶的钥匙。"

甄爱意味深长"哦"了一下，暗暗地想：做事从来随心所欲，还异常不合群，这不是说你自己吗？

言溯声音一沉："立刻停止你脑袋里无聊的想法。"

甄爱瘪嘴，隔着电话线都能察觉，他真是神了。

甄爱忽然想到什么，故意逗他："抓的人就这么被放走了，你会不会觉得遗憾又憋气？"

言溯很平静："不会。"

"为什么？"

那边，他的声线异常的平稳而有张力："这就是游戏规则。站在正义的一方不能用非正义的手段去打击他们眼中邪恶的一方，这是规矩，也是公平。要知道，正义是对的，但代表正义的人，不一定对。或者说，没有人能代表正义。"

甄爱默然半响，微微一笑，是啊，是人就会犯错。这就是人治和法治的区别？

她拉开窗户，望着远处淡淡的蓝天，含着笑，问："你是不是觉得，如果赵何这次被定罪了，那才是法律的失败？"

"对。"那边的人字字铿锵，"他有罪，但司法要公平。而且，"桀骜不驯的坚定，"下次，我照样会抓到他。"

甄爱望着天，不动声色地深吸一口气，这个男人真的像此刻她的目光所及——广阔，干净，如天空般透明，如时空般亘古不变。

不过，天空还有另一个属性，阴晴不定："喂，现在该你说话了。"

甄爱愣头："啊？什么？"

那边停了停，隐忍着抗议的情绪："我说完一句话之后，你居然不出声。哼，你应该多学学社会语言学。把维持聊天和对话的责任都压在我身上，这样不能构成一个和谐而有趣的交流。"最后下结论，"甄爱小姐，你不会聊天。"

哦，原来他打电话是来找她聊天的。只是，会聊天的言溯先生，聊天选这种内容，真的好吗？

甄爱很有使命感地接话："嗯，你去庭审现场了？"

"当然，"他稍微提高声调，倨傲又神气，"有警察违背职业道德的案子，真是精彩。"

她就知道他的侧重点古怪。

"那，贾丝敏呢，她会不会受到处罚？"

"她的同事因为误导证词被开除了，她没受到牵连。"

这就是言溯说的"政治"？甄爱斟酌再三，还是问："她和你，是什么关系啊？"

"没有关系。"平平淡淡的语气。

"可，她和你妈妈一个姓……"

"哦，想起来了，我妈和我爸离婚之后，因为我住在中国，我妈觉得孤单，就收养了一个中国小女孩。"

甄爱一头黑线，世界万物对你来说不要这么没有存在感好不好……

不过，她心里突如其来的开心是怎么回事？她兀自偷偷地浅笑着，忘了说话。

很长的一阵沉默后，甄爱才发觉气氛转冷，该自己说话了，赶紧找话："江心的父母好可怜，肯定伤心死了。"说完，似乎更冷了。

甄爱抓了一下自己的头，你怎么这么不会聊天。

可言溯竟然毫无负担地接过去了："我找律师联系了她的父母，请他们来美国打民事官司。虽然刑事法庭判定无罪，但民事法庭会判定故意杀人和巨额赔偿的。赵何如果没有钱，有生效的死亡保险。"

甄爱一怔，她差点儿忘了刑事判罪和民事赔偿是独立的。而让她没想到的是，言溯竟然会为一个陌生人做这些。这人虽然傲娇又古怪，却也是善良正直的。

她感慨得一塌糊涂，于是又忘了接话。

又是一段诡异的沉默之后，言溯不开心了："甄爱！"

"嗯？"

"你是一个糟糕的聊天对象，我不想和你说话了。"

甄爱眼珠一转，故意气他："言溯！"

"嗯?"傲慢的语气。

"你也很糟糕。你说的这些话其实欧文都告诉我了,你没必要给我打电话的。哼,你提供的信息一点儿都不具有时效性,也不满足语言学社会交际学科里对话的信息性原则!"

结果,对方疑似憋屈地沉默了,真的沉默了。

甄爱说完,心里一个咯噔,呀,该不会挫伤学习和人聊天的小孩子的自尊心和积极性了吧?

令人心乱的安静后,他的语调恢复了一贯的冷清和倨傲:"我打电话是为了提醒你,离赵何远一点,小心他去杀你。"

"你这个乌鸦嘴!"甄爱小声吼他,把收拾整理的东西弄得噼里啪啦响。

"你在干什么,拆房子吗?"语气不善,一听就知道他皱着眉。

"我在给江心收拾东西。"

他的声音陡然冷了一度:"你在案发现场?"

"废话,我……"

他居然直接挂电话了。甄爱盯着手机屏幕,觉得他真是不可思议。

刚才打电话的工夫,她已收拾好了纸盒。几天没人住,宿舍里染了一层灰,她手上脏乎乎的。

推开洗手间门去洗手,抬眼便看到镜子,甄爱瞬时狠狠一惊。

洗手台的镜子上用鲜艳的口红写着几个狰狞的字,乍一看竟像人血:"For you, a thousand miles!"(为你,追遍天涯万里!)

他来了!

耳畔蓦然响起那个男人的声音:"C,你以为逃得掉吗?"

她原本就不是甄爱,而是暗黑组织里的 C 小姐。

她很清楚,叛逃者从来不会有好下场,就像父母和哥哥的惨死。她能活到现在,除了 CIA 特工的保护与她千百次变换身份,更重要的是,A 先生和 B 先生不想杀她,想活捉她。不然,她就是有百条命都不够活。

可她不能回去,她不要再和害死她亲人的凶手在一起,不想再过着被他们囚禁的生活,更不想回去那个是非颠倒的黑暗组织里。

For you, a thousand miles! 镜子上的字,像火一样灼烧着她的眼,这是他亲口对她说过的。这是她无数次逃命的时候看到过的,这是危险来临的预兆。

他来了!

甄爱脸色惨白,双腿止不住发软,她死死拧着门把手,好几秒才恢复了力气。下意识地摸摸腰间,枪还在。

瞬间的安定。

她靠着门,环视一圈,宿舍里没有人,也没有动静,却陡然间陌生得可怕。

突然,房间门被人缓缓推开,悠扬的吱呀一声。

甄爱浑身僵硬,紧紧握着腰间的枪,一动不动。

她死死盯着房门上那人古铜色的手指,心悬到了嗓子眼。他露面的那刻,她心都差点儿跳出来,却又骤然回落。

是赵何。

赵何没料到这儿有人,见到甄爱也是微微一愣,半响后却微微一笑,关上门,又在不经意间落了锁。

甄爱瞬间平复了适才忐忑的情绪,冷淡地看着他。他回犯罪现场的原因,一目了然。就像言溯说的,这人是个变态,而江心的死开启了他心里的黑匣子。

赵何站在房门口,望着洗手间门口的甄爱,问:"这里死过人,你不害怕?"

甄爱不理。

赵何冷笑了几声,拿出一截口红,在墙上写起来:"没想到这次还能遇到她的朋友,真不孤独。"

甄爱认得他手中的口红是江心的,他在墙壁上写的字也正是洗手间玻璃上的。

甄爱试探着问:"你很喜欢这句话?"

"她很喜欢,"赵何诡异地笑,"我第一次为她跑马拉松,得的奖金给她买了项链,她能不喜欢吗?"

甄爱不语,看着墙上的字迹,又看看镜子上的,一模一样,原来这句话也可以理解成,为你奔跑几千英里。

可,口红和镜子,是那个人的标志,这真的只是巧合?

镜中的女孩,脸色微白。

赵何写完字,回头看她:"这里对我来说,很有纪念意义,你知道为什么吗?"他的声音又轻又诡,带着几丝讲鬼故事般的悬疑感,似乎想吓唬面前的女孩。

但甄爱很不配合,脸色平静,甚至带着淡淡的冷笑:"果然凶手都有重返犯罪现场的爱好,无聊!"

他微愣,半响才笑道:"你确定我是凶手?"

甄爱冷淡地瞥他一眼,懒得解释:"你长了一张杀人凶手的脸。"

赵何眼中顿露凶光:"什么是杀人凶手的脸?"

"让人没来由地,厌恶。"甄爱回答得异常简短,仿佛和他多说一个字都难受。

赵何眼中闪过浓郁的恨,自己是个杀人犯,可她竟然一点儿不害怕惊惶!到了这种程度,他还是不能吸引女孩子的半点儿注意,哪怕是变态的恐惧!她竟然说他的脸让人一看就厌恶！呵，这就是江心玩弄他感情的理由？

他一直孤独又内向，而啦啦队里那个叫江心的女孩，灿烂活泼，像阳光一点一点温暖进他的心里。他第一次怀着忐忑的情绪送她一串小珍珠，她开心地亲了他的脸颊。

这就是美妙的爱情吧？

这就是盲目的爱情吧？

即使她一次次和别的男人成双入对，只要她一个亲吻一次拥抱，他的愤怒便顷刻消散。他知道贵重物品能让她开心，就努力买给她。那次的项链让她开心地和他共度一晚，还允诺很快和男朋友分手。

可等来的却是毫无预兆的翻脸与绝交。

江心无意中得知泰勒的真实家境，她再也不可能和泰勒分手，不仅如此，她坚决不肯和赵何继续地下情了。这对还憧憬着和江心光明正大在一起的赵何来说，无疑是晴天霹雳。

他从来没有和女生交往过，和江心的交往，让他觉得刺激又癫狂，只要一想到本来应该属于他的女孩却要永远属于另一个男人，他便彻底疯了。

在杀死江心的那一刻，看着她在他手中凋零，看着她的生命一点点剥离，他的身体变得疯狂，如坠云端，竟变态地到达了高潮。

啊，老天，杀人的感觉，太美妙了！

而此刻看着甄爱，他身体里那灼热的快感一瞬间奔袭着在下腹堆积。

他之前跪着祈求爱情的卑微，受过的羞辱隐忍，遭受背叛抛弃的愤怒，全在这一瞬间爆发。他的身体，他的情感，全需要释放！

面前的女孩比江心要漂亮一千倍，高傲冷淡一千倍，这让他心里生起前所未有的征服感。要知道，即使甄爱极少在学校露面，低调而冷漠，关于她的猜测和倾慕从未中止。有人说她是欧洲的公主，有人说她是神秘的亚欧混血。

现在，这样的美人在他面前，他要用男人的身体和力量蹂躏她，让她哭着求饶，等玩够了再割断她的喉咙。

这样美妙的幻想叫他几乎控制不住脸上的情绪，笑得极度扭曲："这里太有纪念意义了，它也是我第二次杀人的地方。"

甄爱倚着门，面不改色。果然是言溯口中自信到自卑的心理变态，果然会发展成连环杀人。她还记得言溯很桀骜地说："下次我照样会抓到他。"

甄爱歪着头，薄唇轻弯，淡淡一笑："你这样没本事又不值一提的男人，还是不要浪费他的时间了。"

赵何虽然不知道甄爱口中的"他"是谁，但他很清楚她口中的"你"是谁，她竟然说他没本事又不值一提？！

"你和江心一样，从来没把我放在眼里。我杀了人还能站在这里，我没本事？"他凶光毕露，朝她扑过来，"今天你死在这里，我还是能够全身而……"

啾一声轻响。

赵何止了脚步，惊愕地睁大眼睛，他不可置信地低头，就见汩汩的血水从左胸涌了出来。他来不及发声，还不明白，就直直朝后倒下去。

"Ai，开门！"赶来的欧文猛地敲打房门，一秒后，一脚踹开。冲进来就见甄爱面无表情地握着手枪，枪口余烟袅袅，正对着自己的方向。

她白净的脸上，溅满了鲜血。

欧文立刻关上门，顾不得看赵何的情况，赶紧拿甄爱手中的枪，拔了一下，没动静。她眼睛里一片空洞，不知道在看什么，就是不松手。

他握住她的手："Ai，没事了，把枪给我。"

甄爱眼神空茫，却极度冷静："他要杀我，我是正当防卫。但我是故意刺激了他，从这个角度说，是我引导的。"

欧文神色不明，轻叹："你不引导，他也想杀你。刚才S.A.打电话说赵何可能重返现场，让我注意。我就立刻从停车场跑过来了。"

甄爱缓缓收回枪，眼神冰冷得可怕："他进来的那一刻，我就想杀他。"

欧文一愣，紧张起来，她却盯着他身后的墙壁发呆，他回头看见墙壁上的字。

她不想他担心，平静地说："是巧合。"可说出来的话她自己都不信。

欧文没多问，到一旁打了个电话，又拿纸巾去浴室，一看到镜子上猩红色的英文单词，就蹙了眉。他知道，虽然甄爱说是巧合，但这些字肯定刺激到她了。

欧文走出浴室时，甄爱正坐在地上发呆，身上都是喷溅到的血迹，一点点像细小的红梅。他蹲下用湿纸巾给她擦脸。她乖乖的没有动，像是找不到方向的孩子，怔怔地望着他，漆黑的眼珠像水洗过的黑葡萄。他被她安静的眼神看得心头乱跳，赶紧垂下眼眸。

他忽然就想到言溯的问题：欧文，如果有一天她杀了人，你会怎么办？

他无声地闭了闭眼，Ai，如果你杀人放火，我便帮你毁尸灭迹。

把她苍白的小脸擦拭干净，他又给她擦去脖子上的血迹，女孩的皮肤细得像瓷，白皙清润，他别过目光去，轻轻擦去她衣服上的血。

不过几分钟，来了几个穿得像水电工一样的人，面无表情，一声不吭，戴着手套，全副武装，找了把椅子放在房屋中间，把地上的赵何搬到椅子上，放一把消音手枪在他手里，对着胸口扣动扳机。

甄爱坐在地上静静看着，人影在她清黑的瞳仁里闪动，没带起一丝涟漪。

完毕后，一个人走过来指了指甄爱，对欧文说："虽然她有免责权，但按照惯例，我们要带她回去审问。"

甄爱面无表情地站起身。

欧文却拦住，冷硬地说道："他要杀她，这是正当防卫，不需要任何审问。"

那人十分坚持："这是应该走的程序。"

欧文挪了一步，结结实实挡在甄爱面前，一字一句："我说了，我不会让你们任何人带她走。"

双方就这样僵持十几秒，一阵沉重的安静后，这群人又以水电工的姿态离开了。

"Ai，没事了。"欧文舒一口气，回头看甄爱，心口却猛地一痛。

甄爱小脸惨白，固执地望着他，眼睛里是前所未有的激烈情绪，咬牙半天，最终还是狠狠地颤声问："我的特工，你们，殉职后就是这样死第二次的吗？"

"砰砰砰……"连续六声枪响，射击场人形靶子的头部六个清晰的洞口。

甄爱还不满意，重装弹匣，选择移动人靶。

欧文陪在旁边，沉默看着。

甄爱是他的第一个证人保护对象，他不知道是不是所有证人都像她这么坚强又有毅力。刚认识甄爱时，她的枪用得并不好。短短一年，技艺突飞猛进。

此刻，她戴着淡黄色的护目镜，双臂笔直举着枪，目光坚定毫不动摇，发发击中目标。

她曾说：如果她的枪法再好一点儿，保护她的第三个特工就不会死。

这是她跟他说过的唯一一件和过去有关的事。

而他，不能问。

一小时的枪击训练很快结束。

走出射击场，阳光很好，这几天气温回升了。

欧文开车去接言溯。

其实几天前甄爱犹豫过要不要再次换身份，可那时言溯打电话过来："想去汉普顿玩吗？"

"婚礼还有一个多星期呢！"

"在那之前，哥伦比亚大学举办文化节，有对外开放的公众讲座请我去讲。"

他想让她听他演讲？甄爱傻傻地不接话。

他沉默半响，声音更不自在："咳，婚礼前纽约有春季音乐节，顺便陶冶一下你可怜的情操。"

摇摆不定的心绪在那一刻定了下来。

甄爱望着窗外青青的春天,问欧文:"他不是不喜欢讲课吗?"

"但他同时认为学者肩负着对公众传播知识的责任。"欧文认真开车,"这次要讲的是符号学,内容比较浅显,只是科普级,并非学术。"

很快接到言溯,但上车时出现问题。

甄爱以为他会坐副驾驶,所以她坐在欧文后边。

言溯走到驾驶室后边,一拉车门见甄爱坐得稳稳当当,面无表情地关上门绕去另一边。

欧文指自己身旁:"你不过来这里?"

言溯望着窗外:"事故率最高的座位?谢谢。"

欧文道:"你现在那个位置就安全了?"

"副驾驶和副驾驶后侧一样不安全。"说完,扭过头去意味深长地看一眼驾驶位正后方的甄爱,"安全意识不错。"

甄爱被他凌厉的目光看得发麻:"你要是不喜欢,我们换位……"

"不用了。"他目视前方,飞快打断。

真是别扭。甄爱轻笑:"你也怕死?"

他靠进椅背,调整了一个舒服的姿势,懒懒地说:"死不死不重要,怎么死比较重要。如果我的名字出现在报纸讣告栏里,死因是车祸的话,在我看来,这和被雷劈死一样无厘头又无意义。"他扭头看她,浅茶色的眼眸淡定又认真,"这样,我会死不瞑目的。"

甄爱无语:"可每年有几百万人死于车祸。"

言溯板着脸,无比庄严:"愿上帝保佑他们。"

前边的欧文听闻,嘀咕一句:"骗子,他根本不信上帝。"

甄爱扑哧轻笑。笑完却想起最近的压力,她望着窗外的风景,平静地收了笑容:"那,你对死亡的态度是什么?"

言溯缓缓睁开眼,道:"如果我生命的旅程到此为止,我也可以问心无愧地视死如归。我相信,我从未把我的力量用在错误的地方。"

甄爱一愣,愕然地扭头看他。

彼时,初春的高速路旁,青黄交加的茫茫原野像河流在窗外流泻,青嫩的色彩涌动着,生生不息。而言溯俊白如玉的侧脸,疏淡又静谧,一如亘古的时间,永远的棱角分明,倨傲而不驯。

这一瞬,她被谁狠狠敲醒。

是啊,甄爱,如果你生命的旅程到此为止,你也可以问心无愧地视死如归,因为,你从未把你的力量用在错误的地方。所以,害怕什么?

即使敌人和厄运全部尾随，你也可以豁然开朗，可以坦然面对。你的生命问心无愧，即使戛然而止，也没什么可怕的。

想到这里，她的唇角不自觉洋溢起幸福的笑。

言溯似乎感应到她毫不避讳的目光，侧头过来，刚好就看见她情绪万千的眼眸。

他神色微僵："看什么？这话不是我说的。"

"我知道，福尔摩斯说的。"甄爱粲然一笑，别过头去，笑望着窗外苍茫的原野。

这话不是言溯说的，但她知道他心里是这么想的。所以他这人永远都那么云淡风轻，宠辱不惊，那么遇变不乱，安危不惧。这样的豁达开阔，也是她毕生的追求。

言溯静静看她，女孩正迎风趴在车窗前，长风呼啸，她的乌发肆意飞舞，嚣张又飞扬，真不像她一贯冷静淡漠的样子。其实这样很好，不是吗？

车窗外是一望无际的原野，甄爱迎着风探头张望，漫长的公路无边无际，隐入遥远的天边。天地空旷，他们像风一样呼啦啦地奔驰。

汽车电台播放着轻快悠扬的美国乡村音乐"*Summer vibe*"，曲调舒缓又清新，仿佛带着夏天海滩的阳光，一瞬间，春风里就有了夏天的味道。

她闭着眼睛，呼吸着初春清冽的空气，跟着哼起了歌。

哼了没一会儿，却听言溯散漫地评价："真难得。"

甄爱脸一红，以为他要夸她，没想下一句却是："居然每一句都能唱走调。"

欧文没忍住笑出了声。

甄爱小小地恼了，甩了鞋子，一脚踹到言溯腿上。

后者始料未及，瞠目结舌地看她。他不至于被甄爱踹疼，但明显，他惊异的是甄爱的动作本身。

甄爱踢他之后也觉不妥，立刻红着脸望向窗外。她想，她真是被这样空旷的天地和轻快的音乐影响了。不过，影响就影响了吧。

甄爱坐在昏暗的阶梯大教室里，眼睛一眨不眨望着黑暗里唯一的一束光。光束下的讲台上，男人英俊冷清，气宇轩昂。

言溯西装笔挺，立在讲台前，幻灯片光影飞旋，上面有两个五角星，一正一倒。此刻他正讲到女性生殖器崇拜。

"正五角星象征渴望与精神，倒五角星则代表魔鬼。连环杀人犯理查德·拉米雷兹在犯案后，会在现场留下倒转的五角星。但从自然崇拜的角度，五角星起初代表女性，阴柔神秘，万物之源。"

甄爱沉迷其中，意犹未尽，听到这话稍稍一讶，没料到他这样傲慢又不可一世的天之骄子，会把女性放在这么高的地位。不是说男人或多或少都有些大男子主义吗?

周围的女学生和白领们窃窃私语:"太男人了!"

甄爱感觉怪怪的,淡淡的吃醋,又淡淡的骄傲。但转念一想,以她现在的位置,好像两种情感都不该出现。

"下一个符号。"幻灯片上出现了六芒星的标志。

"由一正一倒两个三角形组成,上面的正三角呈尖锐状,象征男性生殖器;下方的倒三角呈杯状,象征女性生殖器。表示男女性合一,同时也暗示女性承受并储藏的能力多于男性。六芒星最开始是印度教的女性崇拜标志,后来成为犹太人的象征图形,在犹太教中代表大卫王,也叫大卫之星。"

这时,甄爱身边一个女生抢着发言:"言教授,有人说六芒星可以看成是紧紧相拥的男女,在无尽的性行为中达到精神的合一。这个说法你赞同吗?"

教室里窸窸窣窣起了笑声。虽然演讲很精彩,但言教授明显不爱交流,所以忽然有人打岔,大家都很欢乐。

甄爱也是其中之一。她很好奇言溯的回答,更好奇面对这种问题,他会不会难堪。

言溯脸上没有一丝尴尬,只是极轻地抿了一下唇,道:"我并不赞同。"

那女生还不放过:"为什么?"

言溯的目光看过来了,甄爱身子一僵。

他波澜不惊地答道:"当男女互相吸引,肉体的欲望无可厚非,但精神的合一更在于彼此对自己、对对方、对世界,相似的认同。这种认同,与其说是互相说服,倒不如说是发现另一个自己。人的精神是独立的,不需要去迎合。真正的合一,是相似的灵魂之间天然的吸引。"

几百人的阶梯教室里鸦雀无声。

甄爱愣住。她早该想到,他这样高傲而孤寂的灵魂,怎可能屈从或是迎合别人。在他的爱情里,他不会改变自己,也不会让对方为他改变。守不住自己灵魂的女人,他必然也看不上。他喜欢的人,一定像他一样,内心强大,灵魂独立。和他互相吸引,却不会迎合屈从对方。这样自由独立的爱情,将会是多么的震撼!

此刻他立在光亮之中,看着她这个方向。她不知道他是不是在看她,可她莫名感到心里有一股承受不了的重量,终究低下了头。

她早该想到,他们的境遇就像此刻,他永远身处光明,而她永远藏身黑暗。考虑要不要换身份时,她心里那一丝莫名其妙的希冀与不舍,其实是不应该的。

言溯继续道:"男性的生殖器象征随处可见。黑色项链绳上的小牛角、狼牙、希腊神话里的神杖……"

演讲结束后，听众全体起立鼓掌，经久不息。

甄爱去到休息室时，见他东西都已收好，整装待发。

见了甄爱，他微微皱眉："怎么这么慢，去了趟火星？"

"教室里几百人呢，门就那么一小点，你让我爬窗户？"

言溯不说话了，目光灼灼看着她。

甄爱心颤颤的："你看什么？"摸摸脸，"我脸上有东西？"

"我当然不是在看你。"语气里有那么点儿不满。

甄爱伸手在他面前晃一下："不是看我，你看鬼啊！"

言溯的目光近乎抱怨，一声不吭就绕过她出门去。

甄爱莫名其妙。

从走廊出教学楼，他走得飞快，甄爱一路小跑："你怎么了？"

言溯快步走下石阶，也不看她，眯眼望着大学里纷繁热闹的文化节，淡淡地问："刚才你鼓掌了吗？"

甄爱愣了足足三秒，才反应过来他说的是演讲的时候。而事实是，她的确没鼓掌。隔那么远，他怎么看到的？

言溯不满："回到休息室，你也没有表扬我。"

甄爱张了张口，见他看上去真挺受伤的，赶紧小声说："我太震撼了，你讲的那些内容，我还没完全消化。"

这下，他的步速明显慢了缓，自言自语中带着点儿懊恼，似乎后悔刚才的小心眼："噢，我忘了考虑你的反应速度。"

甄爱："……"她干吗那么好心表扬他？就该别扭死他！不过他从来不在乎别人的看法，今天怎么……

甄爱正暗自开心，石阶上围来了学生和听众继续向他提问，他也配合，绝不敷衍。有人给他送小礼物，他皱着眉，但也接下，礼貌道谢。

甄爱无事，望着周围的风景。学校道路两旁是各种文化展台，要是过会儿拉言溯一起去看看就好了，不知道他有没有这份闲心。

人群有人散开，有人进来，一度混乱，甄爱差点被挤倒，忽然感觉有谁扯了自己一下。

与此同时，言溯看向甄爱身后："你等一下。"

甄爱回头，只见一个戴帽子的男子匆匆离开，很快就是言溯追过去的身影。

甄爱摸着后脑勺，隐隐有种不祥的预感，刚才，那人扯了她几根头发。

而片刻前，言溯在人群中接到那个礼物的第一秒，就感觉到了异样。

一双白手套递过来的。

他抬头,见甄爱身后立着一个男人。这人深深低着头,棒球帽外边还套了件宽松的帽衫,乍一看像死神的黑斗篷。那人转身就走,他被围在人群中,好不容易跑出去,校园街道上人来人往,那人一下子隐匿在人群中,再也看不到踪影。

言溯最终停下脚步,眸光阴沉地低头,掌心躺着那人塞过来的袖珍木雕——一个琵琶,弦槽、弦轴等组成部分细微精致,栩栩如生,木体上刻了类似加号的十字。

那个神秘人,想表达什么意思?

言溯没来得及多想,脚下的地面陡然一晃,周围的一切都在震颤!一声震耳欲聋的爆炸声响彻整个校园。他惊愕地回头,刚才他站的台阶,已成一片浓烟滚滚的火海,血液和残肢四处飞溅。

言溯的心狠狠一沉,他把甄爱丢在那里了。

教学楼石阶附近的几个展位被炸得七零八落。火舌乱舞,浓烟滚滚。

石阶上血流成河。受伤的年轻人躺在地上,没受伤的人痛哭着捂着耳朵报警,更多的人帮伤者止血、按伤口。

原本美丽的校园瞬间变成人间地狱,空气里全是浓郁的血腥味和炸药的硝烟,刺激得人睁不开眼。

言溯的脑子被爆炸瞬间的冲击波震得嗡嗡直响,失魂地跑回来,目光四处搜索。甄爱,甄爱,马尾,白上衣,牛仔裤,甄爱……

看到了!他立刻奔过去。

甄爱跪在一个受伤女生的身上,双腿压着她汩汩冒血的大腿。那正是演讲中打岔的活泼女孩。甄爱的发带被利物割断,头发全散开,满是尘土血迹,凌乱地垂落着。她的双手死死按住女生腹部,殷红的血像泉水一样往外冒。

她在和她说话:"嘿,告诉我,你叫什么名字?"

女生满头鲜血,目色惊恐:"安琪。"意为天使。

言溯快速扫了甄爱一眼,她看上去没有受伤。他即刻起身掏出手机,却在听到甄爱的话时,身形一顿。

他没想过一贯冷淡的她,声音会如此温柔,同时又如此充满力量:"嘿,安琪,相信我,你会没事的,好吗?"

安琪躺在地上,剧痛之下反而不能感受到任何痛楚,大大的眼睛清澈却无光:"好的。"说完便要闭眼。

甄爱赶紧喊:"安琪,不要睡觉,和我说话!说……你有男朋友吗?"

安琪睁开眼睛,无力而艰难地微笑:"没有,但……有喜欢的人呢!"

"救护车马上就来了，等你好了就和他表白好吗？"甄爱说着，心里却一抽一抽地疼。

她拼命按着她肚子上的缺口，可黏稠的血浆奔涌着从她指缝溢出。她很清楚，这个女孩的生命正从她手中一点点流逝。

安琪表情呆滞，某个瞬间忽然深深蹙眉："我感觉到了。"

"感觉到什么？"

"疼……痛！"她一咬牙，豆大的眼泪便颗颗砸下，她悲怆又无助地痛哭，"老天，是谁？为什么要这么做？"

甄爱也想知道，为什么人们总要伤害自己的同类！

可现在最紧张的是安琪的伤势，情绪激动只会让血流得更快。她刚要安抚她，安琪却镇静下来，眼中泪光荡漾："求求你，帮帮我。"

"安琪，你要我帮你什么？我会陪着你。"

女孩的眼泪像决堤的河流："求求你，转告我妈妈，对不起我太不懂事。对不起我今早和她吵架，对不起，我爱她。我很爱她。"她痛苦得连连摇头，"上帝啊，求你保佑我的母亲……"

"你不会有事，救护车马上就到。"甄爱痛得剜心，急切地望向远处闪烁的车灯，"你听……"

可再低头，安琪已闭上眼睛，她指间的血液也缓缓停滞……

言溯拍下几百张照片再回到甄爱身边时，安琪早已死去，甄爱却仍保持着跪坐的姿势，双手血红地按压着她的腹部，极深地低着头。

他刚要过去拉她起来，却看见几滴晶莹的泪珠，一颗颗滴落。

于是他的脚步顿住。

这是他第一次看见她落泪。

他原以为，她这样外表疏离冷淡、内心坚硬漠然的女子，是不会流泪的，更何况对一个陌生人。

甄爱跪立埋头的身影雕像般，一动不动，静默无声。

言溯俯视着她，抿了抿唇，他忽然感到，她身上有一种前所未有的愤怒与悲伤。

他稍稍怔愣，不明白突然之间怎么感应得到她的情绪。这是他一贯的弱项。

救护车和警车同时赶来。直到医务工作者过来检查安琪的情况，甄爱才迅速站起身，眼睛里没有半点泪光，就像什么也没发生一样。可言溯很确定，他看到了她的眼泪，沉默而又隐忍，悲伤却又无声。

她站起身，他才看见她胸腹处大片的血渍，一惊："你……"

"不是我的血。"她打断他的话,罕见的速度飞快。

言溯不说话了,静静看她。

甄爱低着头,乌发披散,衬得小脸越发白净,干净得没有一丝情绪,就连低垂的睫毛都不曾轻颤。

他知道她喜怒不形于色,内心其实是难过的。

良久,他抬手,一下两下,拍拍她的肩膀。

甄爱缓缓抬头,黑白分明的眼睛定定看着他,有些柔弱。

他语气有些冷:"我向你保证,一定马上抓到那个浑蛋。"

甄爱莫名心中一暖,又听他淡淡地道:"我向你保证,不会让他有机会第二次作案。"

甄爱旋即一愣。

一般来说,这样的爆炸案,有了第一次,很快会有一连串。可这样的毫无头绪,能抓到凶手吗?但转念一想,他是言溯啊。

她用力点点头,满是信任:"嗯,我相信你。"

言溯冰封的脸稍有松动,很快又淡下来。

市警局的几位警察过来了。

为首的是布莱克警官,他和言溯有过合作,所以不用介绍和寒暄。

布莱克吩咐旁边几个炸药专家:"速度快一点儿。"

"你们来之前我看过了。"言溯说,"炸药用钢管装载,主要成分是硫酸铵、氯化钾和铝末。就刚才的爆炸程度来看,化合物配比非常精确。引爆器上连接了水银弯管,只要装置倾斜,即刻引爆。"

警官们全惊呆,蹲在不远处的专家抬头,插了句嘴:"他说的都对。"

"至于装置是怎么引爆的,"言溯指了指对面的路灯,"那里有监视器。虽然我推测有人把装置放在石阶上,等着不知情的人走过去不小心踢翻,但还是看监控更保险。"

话音未落,有警官过来:"监控室那边看到了,确实有人把炸弹放在台阶上,然后等人踢翻。但不明人物放置的地方刚好是死角,只看到了一只手,没看到人。"

他全说准了!

布莱克警官晃了晃神,道:"还有别的线索吗?"

言溯说:"把你的人都叫过来,我不想重复第二遍浪费时间。"

布莱克很快照做。

甄爱见警察们围着言溯,要退出人圈。

言溯眸光一斜就瞥见她的动作。他后退一大步，一下拦住甄爱的去路，不等她反应就捉住她的手，冷着脸命令："别动，哪儿都不许去。"

甄爱吓了一小跳，周围警官们的目光让她脸红，她本能地想挣开，他却似乎来劲儿了，死死箍着她。她终究是拗不过他，低着头躲到他身后，却任他攥住自己的手。

言溯其实是担心不盯着她又出什么意外，才把她拉在身边。可这一握紧手，他清晰地感到，掌心里她那一小截手腕柔软滑腻得不像话，像是握着凝脂。

他不太适应，思绪放空了几秒，才回过神来，淡定地开口："不明人物是男性，23到35岁之间，很不合群，有犯罪史或少年管制史，比如打架斗殴，但最有可能是蓄意破坏公物；他曾受过伤，不具对抗性，沉默稳重，共事的人经常忘记他的存在，或者小看他的能力。从炸弹的焊接技术和开关设计看来，他行为做事非常有条理，完美主义。他非常聪明，智商在150以上；他没有引人注目的职称或头衔，屡屡在学业、升职或课题研究上受挫，很有可能是学校的研究生或是教授导师的助理，对学校的评定制度不满；学科大致在机能性方向，独立时间很多。"

言溯边飞快说着，边拨弄手机，很快布莱克警官的手机嘀嘀一响，是言溯发过去的图片包。

"你们来之前我把周围的目击者、报警者、救助者全部拍下来了。不明人物就在这些照片里。你们可以开始排查抓人了。"

布莱克咽了咽口水，他只是问有没有什么线索，而得到答案是……破案了？其余的警官们没回神似的盯着他，鸦雀无声。

言溯见大家都没动静，俊眉一挑："哦，原来这场爆炸只是演习。"

有警官不理解："什么意思？"

言溯冷着脸："意思是你们的响应速度慢得令人叹为观止，真对得起纳税人养你们的钱。"

甄爱低头，呃，他对反应速度的讽刺已经从她一个人上升到全社会了。

大家如梦初醒，刚要行动，言溯又叫住他们："等一下，我说的这些是初步推断，只是根据现场判断出的最大化可能。因此，我保留有一两条错误的权利。"

甄爱立在他高大的背影里，诧异地抬头，只看到他利落的短发在风中张扬。刚才他说的话那么谨慎而保守，竟不像往常的自负。

"通常我不会这么快下定论，但鉴于爆炸案的巨大伤害性，我们必须争分夺秒。"

布莱克听出别的意思，紧张起来："你是说……"

"一天或几小时内，还会有一场爆炸。"言溯看看周围，忽然奇怪地笑了笑，轻蔑又讥讽，"警车、救护车、死亡、伤痛……所有人都在痛苦。他终于得到重视，当然要发挥到极致。"他顿了顿，复而平静道，"我已经给他画了一个模糊的图像，剩下的重任，就交给你们了。"说罢，他微微颔首。

幅度不大，却满载着托付和信任。

甄爱又一愣。她恍然发觉，就是这一低头，让她看到了另一种魅力，无关智慧，只关乎人格。

布莱克警官一怔，重重点头："交给我们了！"

警察们立即行动。

言溯转过身来，见甄爱脸色好了很多，脸还有些红，刚要问什么，她却立刻抽回手，低声道："不好意思，把你的手弄脏了。"

言溯这才发觉她的手上全是黏稠的血液，而自己手上也沾染了血渍。他望一眼草地，便牵她过去，拉她蹲到洒水器旁洗手。

他很快洗干净了，可她手上的血结成了块。毕竟是人血，她不免心急，又搓又抠，一双手红红的。

言溯拧眉，从口袋里掏出手帕，不由分说拉过她的手，帮她擦拭起来。

甄爱又要挣脱，却再次拗不过他的气力。

"别动。"他低沉地命令。说这话时，头却不抬，只一丝不苟地擦拭她的手心手背，指缝指甲。

甄爱不动了，看着他低垂的眉眼。他那么认真，动作那么轻柔细致，像是对待他最心爱的书籍。

手帕柔和的材质，掺杂着流水，还有他掌心不温不火的温度，一股脑儿汇集在甄爱的手心，有点儿痒。清凉的感觉缓缓蔓延到心尖，更加痒了。

从小到大，没人给她洗过手，包括妈妈。那时，妈妈抱手立在洗手台边，看着小小的甄爱踮脚站在板凳上，在水龙头下搓小手。

她恍惚："以前我洗手时，我妈妈就在旁边说，洗手要洗二十一秒。"

言溯头也不抬："你的手太脏了，要洗好几个二十一秒。"

甄爱默默不语，又陷入沉思。

她有次在学校看见泰勒给江心洗手，他从背后环着她，浅铜色的手在透明的水流下亲昵地搓着江心白嫩的小手。两人咯咯地笑。水珠闪着太阳的光，很美好。

那时她莫名其妙地想，泰勒经常打篮球，他的手掌一定有很多茧，粗糙却很有质感，那才是生机勃勃的男生。

而现在，青青草坪上，细细水流下，和甄爱交叠在一起的那双手，白皙修长，骨节分明而硬朗。

甄爱愣愣看着他把她的手捧在掌心，他细细拭去她指缝的血迹，他和她十指交叠……

她的脸渐渐发烫了。

可正如他这个人,这样的动作他依旧做得干净,没有任何狎昵的意味,只是纯粹的照拂与关爱。

她狂跳的心又渐渐平静下来。似乎,他总有安抚人心的力量。

甄爱定下心,问:"你是怎么给这个投炸弹的不明人物画像的?"

"有一部分是站在前辈的基础上。"他真诚而又恳切,丝毫没有独揽功劳或是邀功的样子,"诸如精神病人、虐待狂、PTSD(创伤后综合征)、连续纵火犯、投弹手……都有前辈们根据经验画出来的犯罪画像。"

"是吗?"甄爱好奇,"这么说警察系统里,对不同类型的犯罪者,比如连环杀手,都有大致的画像了?"

"嗯,联邦调查局 20 世纪 80 年代提出了一种分类方法,有组织力的连环杀人犯,和无组织力的连环杀人犯。"

甄爱推测:"精神病人就属于无组织能力的?"

言溯正细心用指腹揉去她手背上一块凝血:"除了精神病人,还有严重的 PTSD 杀人犯。这两者都属于无组织能力。由于他们的理智和社会功能相对迟钝,犯案现场比较好判断——一时冲动,不刻意选择被害人,不自带犯罪工具,作案后不清理现场。"

"那有组织能力呢?比如纵火犯。火灾不是最难搜集证据吗?"

他毫不费力:"在美国,94% 的纵火犯是男性,75% 是白人,年纪不大,在 17 到 27 岁之间。童年尿床,与异性交往困难,自尊心低下。且手法会升级,纵火犯最终都会演变成连环杀人犯。"

甄爱默然。

正如言溯所说,这一项项数据背后,是无数警察和画像师一点一点积累的成果,这才在长年累月中一笔一画勾勒出罪犯的轮廓。这么一想,这就是一代一代正义力量的汇集和凝聚啊!坚守正义的人,从来都不是孤独地行走!

甄爱心中涌过一丝温暖的力量,回到原题:"那,投放炸弹的人呢?"

言溯正低头,就着水轻轻擦拭甄爱细细的指甲缝。她指尖痒痒的,微微一缩,却再次被他捉住。

半响他才道:"投弹手一般分为三个原因驱使:恐怖袭击,政治目的,个人恩怨。"

"恐怖袭击会选择地铁或时代广场那样人群聚集的地方。至于政治目的,还不如去政府机构和军事大楼。"

"聪明。"言溯弯弯唇角,"我真喜欢自主思考的人,虽然只是偶尔灵光一闪。"

甄爱："……关于投弹手，也有数据？"

"嗯，联邦调查局对投弹手的画像是，98%是男性，不合群，有蓄意破坏的历史。50%的投弹手会把自己炸伤，还有一部分会在放置炸弹时把自己炸死。"

甄爱一头黑线："真是吃力不讨好，愚蠢的人类。"

言溯听了这话，竟微微笑了："相反，做炸弹的人通常比较聪明。当然，那些随意混合石墨硫磺把自己炸死的除外。"玩笑开完，他才继续，"被个人恩怨所驱使的投弹手，他的目的是泄愤和谋杀，炸弹是他的工具，因此他会准确地选择目标。所以，爆炸的地点和人群，就显示了他的恩怨和身份。"

言溯望了一眼小范围爆炸后混乱的校园，"他长期生活在这个环境，却总是被这里的人忽视。爆炸，是他情绪的爆发，也是他吸引注意力的方式。那一刻，他在对这个校园里的人说：你们看啊，我在这里，声势浩大地登场。"

甄爱的心微微一震，那人心理是有多扭曲，才非要以这样的方式证明自己的存在？

"所以，你才认为投弹手是这个学校的学生或教职工。那……他这个炸弹是随机选人的？"

"不。这些忽视他的人里，总有那么一个或几个，格外触动他的神经。"言溯握着她湿漉漉的小手，觉得那手软若无骨，绵绵的，滑丝丝的，比他家的鹦鹉好摸，也比莫扎特和埃尔维斯好摸。

他定了定心绪，简短地道："这是他第一次投入使用炸弹，他需要试验，需要转移警方注意力。"

甄爱蹙眉，想清楚了："他不仅是情绪爆发，更是精心布置的谋杀。无差别的杀人，当然比锁定仇人的杀人更安全保险，更远离警方视线。一批批的爆炸案，无数的受害者里，总有一批他真正想杀的人。可到了那个时候，警方又怎么会知道他真正的目标究竟是谁。找不到真正的目标，就难以找到真正的凶手。"

言溯似有似无地弯弯唇角，她真是聪明得可爱。

她兀自说完，倏尔一笑："还好有你，你一定能阻止他的，对吧？"

言溯被她这样信任和奉承，脸色微僵。一回想，他又在不知不觉中和她讲了很多话，而她不仅听得津津有味，还全都明了，甚至能跟上他的节奏和他交流，真是特别。他含糊不清地"嗯"了一声，默默地决定把她的手再洗一遍。

甄爱完全参与到推理中，也没发觉自己的手早洗干净了："那他做事有条理、完美主义，是从炸弹的构造上看出来的？"

"那个炸弹对普通的炸弹手来说，已经非常精细。他还用水银平衡器，他很有想象力和创造力，把自己的作品当成了艺术。"

甄爱冷汗，能把杀人武器当作艺术来研究的人，果然变态又恐怖，这样的人不能久留："那你怎么知道嫌疑人在你的照片里？"

"炸弹是一种非常具有杀伤力和破坏力的武器，是智慧和超自然力量的结合，制作过程越危险，爆炸瞬间带给制作者的认同和享受就越非比寻常。几百上千个小时与危险共舞，他会放弃最终派上用场的一瞬间？"

甄爱彻悟地点头："所以他会在现场等着看爆炸。"

这话让言溯一愣，他忽略了一个细节！

他也不管手是湿的，摸出手机给布莱克打电话："嫌疑人范围缩小了，他一直在那条街的某个文化展位上。这样才能时刻观察台阶上的炸弹，却又不被任何人怀疑。"飞速说完他挂了电话，他凑过去拥抱甄爱，赞叹，"聪明的女孩。"

甄爱突然被他抱住，他宽阔又硬朗的怀抱里满是男人的味道，让她差点心乱，好在只是短短的一瞬。她不好意思地笑笑，很开心能帮到他。

"其实，还有另外一种可能。"言溯松开她，"或许是那些想满足英雄主义，扮演拯救者角色的医生或警察，但考虑到两点，一是他们没有足够的独立时间，二是炸药剂量太大，所以就排除了。"

"如果是警察，不如直接枪击；如果是医生，不如直接投放病毒……"甄爱说到此处，心里一震，赶紧闭嘴。

言溯却没在意，关了水管，拧干手帕，细心地把她的手擦干。

两人这才起身去看监控录像。

刚好警察局的炸弹专家带着炸弹碎片准备离开，言溯眯着眼看，忽然喊停："等一下。"

他拿起专家手中的一块碎片："中间这条刻痕怎么回事？"

专家解释道："不是爆炸留下的，应该是制作者留的印记。通常来说，制作炸弹的人把它当作艺术品，就会在炸弹内部留下专属符号。都很简略，看不出任何信息。"

言溯不置可否地挑眉，问："碎片拼出来是什么符号？"

"应该是一个三角形，顶端有条直线。"

言溯想了想，迈开长腿继续走路，一边示意甄爱跟着他，一边掏出手机拨号："布莱克警官，投弹手今天很可能穿白色衣服。"

等他收线，甄爱追问："为什么他今天很可能穿白色衣服？"

"三角形顶端有条直线，这个图形倒过来看呢。"

甄爱想起几个小时前言溯的演讲，立刻道："那是杯子的形状。"

"聪明。"言溯几不可察地一笑，很满意她认真听了自己的演讲，"那是圣杯的形状。"

"你的意思是他信教?"

"不一定,但起码他对教义故事很了解,并且认同。考虑到他沉默严苛又古怪的性格,这样的人一定会遵守那条不成文的规矩。"

"那条规……"甄爱脑中光亮闪过,"九月劳动节后,不穿白色?"

言溯侧身瞥她一眼,没说话,却有赞许。

秋天到来,不穿白色。而现在,甄爱望向路边的新绿:"立春了。"

到了学校监控室,言溯把甄爱按坐在走廊的椅子上,躬下身子,视线与她平齐:"坐在这里别动,我马上出来,好吗?"

甄爱脸微红,不明白他忽然哄小孩一样讨好的语气是怎么回事?

她不做反应,他便理解错了。他颇为严肃地拍拍她的肩膀:"不要怕,我很快会抓到他。"

甄爱微笑:我其实没有害怕。

言溯进去看视频。

和警官说的一样,放炸弹的地方是视频监控的左下死角,只看到一只手放了个小盒子在台阶上。时间是早上六点多。

死角……更加确定作案的是在校人员。

言溯要看的不是这段时间的监控,而是他从教学楼走出来的那刻。

视频里,甄爱跟在他身后,有人围上去和他说话。某一刻,视频右下角出现一个戴着黑兜帽的男子,很快朝言溯那边走过去。

他越过甄爱的肩膀,往言溯手中塞了礼物,而他的另一只手在甄爱的帽子里放了什么东西!那人转身离开,言溯追过去,跑出了监控范围。但身后的甄爱有一个奇怪的动作,她望着那人的方向,捂着后脑勺。

那人扯了甄爱的头发。

言溯蹙着眉继续看。很快,甄爱追了过去。几秒后,一个女学生蹦跳着从视频左下角跑过,视频里轰然炸开。

台阶上的人群像礼花一样四下绽放。

屏幕右下角的甄爱惊讶地转身,那个叫安琪的女生浑身浴血,在爆炸瞬间冲击波的作用下,扑到她身上。

看上去,就像她保护了甄爱……

言溯走出去时,甄爱乖乖坐在原来的位置,一动不动,只是执拗地一下一下狠狠搓着手。

他坐在她身边，脸色不太晴朗，声音却很轻："怎么了？"

她吓了一跳，尴尬地再不动了，好半天才说："还有味道。"

言溯知道她说的是血腥味，可不知该怎么安慰她。

甄爱看上去也并不需要，她似乎在想别的事，盯着自己的手指，沉默很久，才说："你早就看出我的身份了吧？"

言溯不会撒谎，点头："第一眼就看出来了。"

"我早该想到。"甄爱弯弯唇角，望天。

言溯也望望天。

又过了好久，甄爱静静地说："我的第四任特工叫哈维，阿拉巴马州人。他说，阿拉巴马州的名字来源于印第安语，意思是：我为你披荆斩棘。他说阿拉巴马男人的血液里住着战士的魂。他的名字哈维意思也是战士。他是战士中的战士。"

我为你披荆斩棘，为保护你，奋战到底。

"每次回家，他都会先把室内检查一遍。那天他踩到重力感应的时间炸弹，还有一分钟爆炸。我知道，重力时间炸弹一旦撤去压力之后，时间就会成倍地加快。他说松脚之后一分钟或许会缩短成十几秒。他说：一二三，我们头也不回，一起跑……"甄爱低下头，轻轻笑出一声，"啊……我真傻。"

言溯默然不语，想象得到当时的情况，那位战士一定是看着她跑出了安全的距离，才松开脚的。

相比两人一起的十几秒，他宁愿给她一分钟，而只给自己几秒。

"跑出很远后，我踩到一截脏兮兮的手……他是个很爱干净的帅小伙儿……我冲回去，就像今天这样，按着他胸口的伤。可他却说：跑！Kim，快跑！"

那时，她的名字叫Kim。

甄爱望着走廊顶上的日光灯，深深地呼出一口气。

言溯眼瞳幽深，看不出任何情绪，下颌的弧线紧紧绷着。他知道，这只是她黑暗过往的冰山一角。良久，他突然扭头看她，定定地说："甄爱，看着我。"

甄爱回头迎视他浅茶色的眼眸，不明所以。

他沉声道："毫无疑问，你是我见过的最坚强最善良的女孩。"

甄爱怔忡地睁大眼睛，不管是对她还是对他，这都必然是一个相当高的评价。她怀疑言溯是不是想安慰他。

可言溯却十分确定。

经过那么多常人无法想象的悲剧，她还能坚守自己的底线和专业，从不为自己的遭遇伤春悲秋，却能为同胞的苦痛而落泪。"我想，今天，我看到了你的心。"他毫不吝啬地夸赞，"很干净，很美丽，我很开心。"言溯微微一笑，"不，我应该说，我为你骄傲。"

就是这么无厘头又毫不成章法的赞美让甄爱心里生出大片的暖意。他果然不会安慰人，可他的赞许和认同已经让她心情豁然开朗，再次充满斗志。

既然他真心实意地夸奖，她便当之无愧地收下。她丝毫不脸红，还给他一个大大的笑容，表示感谢。

她的笑真诚又单纯，带着一点儿不太习惯的青涩。他微微怔住，一瞬间心里莫名其妙地想，啊，是啊，欧文说得没错，她笑起来真的很好看。他有点儿窘，收回目光，又问："这些经历，你和别人说过吗？"

甄爱摇摇头："我不被允许看心理医生。而且，我也不需要。我自己能处理好。"

"我也相信你能处理好。"他点头表示支持。与此同时，心里莫名有种奇异的优越感，半响后，又为这种优越感鄙视自己。"对不起。"他双拳紧握，按在腿上，"我以后不会再说那些话。"

甄爱不解："你说什么了？"

"那些让你看医生的话。"说完，他神色转阴，眯着眼，"原来我说的话这么让你不放在心上。"

甄爱感觉他又被自己逆了毛，赶紧顺顺："我觉得那些话是你的关心，只是你关心的方式比较奇特。"

"谁关心你？我是分析问题解决问题。"话虽这么说，脸上却有一丝尴尬的微红。

"哦，这样。"甄爱不无失望，悻悻地扭头回去看墙壁。

言溯见她这样，不觉拧了浓浓的眉毛，却最终什么也没说。又默了半天，探手进她背后的帽子里，摸索了一下。

甄爱一愣，赶紧回身，却见他变戏法似的拿出了一样彩色的东西："你会变魔术？这是海螺？"

"这叫鹦鹉螺。"言溯刚准备详细解释鹦鹉螺的来源演化，但唯一的听众没听，而是捣鼓着小螺，好奇地摇啊摇："真好看。"

言溯默默地闭了嘴。

"难怪叫鹦鹉螺，它像鹦鹉一样色彩缤纷呢。"

言溯忍了忍，最终还是决定纠正她的错误："大自然的三百五十八种鹦鹉里，很多都没有色彩缤纷的颜色。比如非洲灰鹦鹉，一身的灰毛，特别难看……"

"你刚才是怎么变出来的？"甄爱故意不听。

言溯黑了脸："我说了我不是变戏法的。"

"啦啦啦，我没听。"甄爱望着天，听着鹦鹉螺里的声音，不理他。

言溯无声地看着，忽然想，不告诉她这只鹦鹉螺是怎么来的，也不错。他不知道那个神秘人是针对自己还是甄爱，但无论如何，他都不想让她不安。目前可以确定的是台阶上的炸弹不是他放的，毕竟那人不能保证自己上台阶时刚好没人踢到炸弹。可琵琶和鹦鹉螺，他想传达什么信息？

电话响了，是布莱克警官打过来的。他接了电话，便和甄爱起身离开。

甄爱大约听到一点儿内容，问："是不是锁定嫌疑人了？"

"恩里克·杰森，三十一岁，在哥伦比亚大学读书近十年，本科物理，研究生机械自动化，博士研究领域为机械物理。他作为组员和一个科研小组在研究电子物理工程技术。可前段时间他多年的研究成果宣告失败，论文被导师批为激进不现实。他竞争对手的项目却获得五百万美金的政府拨款，正式成为导师助理，马上要开始第二阶段的研究。而他，被排除在外。"言溯语速飞快，步调更快。

甄爱不得不又跟着他一路小跑，她看了一下手表，心中暗叹：不到五十分钟，就找出犯罪嫌疑人了。

可抬头一看，言溯铁青着脸，脚步飞快，她不免奇怪："你不开心？"

言溯声音清冷："人跑了。"

甄爱心一提，那个叫杰森的太警惕了。她看他心情不好，不再多问。

言溯冷冷道："警察已经找到他住的地方，但那里肯定不是他制作炸弹的地点。他比我想象的还要谨慎，第一时间就发现警方在怀疑他。照这么看，他势必会提前进行下次行动。他是得克萨斯人，在纽约没有任何亲戚和可借用的场地。所以，他的炸弹研制点在哪里？"

甄爱跟着他飞速地走下台阶，她可以清晰地感觉到他身上冷鸷的气息，她知道他生气了。

因为他答应过她，一定在下次爆炸之前抓到那个嫌疑人。可现在，聪明的杰森敏感地察觉到异样，立刻躲起来了。

甄爱尴尬地紧张着，真希望那个承诺不要给他太大的压力。

一走神，她的脚下忽然踩空，"啊"的一声惊呼还没发音完全，她就猝然摔倒在台阶上。

言溯完全没料到这个突然状况，听到她的叫声，立刻回身去扶。可他走太快，把她甩开了好几级台阶，已经来不及，只能眼睁睁看着她重重摔倒在自己脚下。

他这才意识到自己走得太快了，瞬间把她扶起来，担心地扫了她一眼，拧着眉沉声说："对不起。"

甄爱一愣，吃痛地说不出话，赶紧摆摆手，觉得他没道歉的必要。

她看他脸色很不好，也不知该如何应对。他又低低地问："很疼吗？"说话间，竟有一丝他自己都未察觉的柔和。

甄爱摇摇头，不介意地笑笑："只是摔一跤，哪有那么娇气。"

他却黑着脸，在和自己生气。他不动声色地气着，又躬下身子，轻轻拍去她裤子上的灰尘。

甄爱看着他弯下的背脊，再看一眼来来往往的学生，微微窘迫起来。她赶紧弯下腰："我自己来……"

没想到他正好直起身。

电光石火之间，她的下巴轻磕到他的额头，正好在他额头上吻了一下。

他的肌肤比她想象中的要细致紧实，带着男人的硬朗，发间还有森林般清淡的味道。

甄爱彻底窘了，干脆不说话地装傻。

言溯也是微微一愣，足足两秒后眼眸才恢复清明。他立在两级台阶下，视线刚好和她平齐，保证道："下次和你在一起的时候，我不会走那么快。"

甄爱红着脸，不能接话，便乖巧地点点头。

言溯转身继续走，心里蹙了眉。刚才她的嘴唇碰上他的额头，印下一片绵软湿润的感觉。

袅袅的缠绕，挥之不去。但意外的是，他并不排斥，却有极淡的欢愉。

恩里克·杰森在大学附近的街区租了间房子，那是一栋很普通的窄窄高高的老楼房。

他人不在，房东太太不肯开门。

言溯和甄爱沿着木楼梯走到第三层时，布莱克警官在走廊上和房东太太协商，叫她打开杰森的房间。

四十五岁满头卷发的太太正用西班牙语混杂英语争辩："我的天，你不能闯进我的房子，你这是强盗。"

布莱克则解释说杰森有重大的犯案嫌疑。

房东太太坚决不信，夸杰森是"好男孩"，还说他是个"按时回家，作风干净"的好租客。

言溯走过去，目光冷峻地扫向布莱克："很显然，警官你还没有申请到搜查令。"

布莱克很尴尬："因为没有有效的证据，特批的搜查令正在审查中，可等到那时，或许第二次爆炸都发生了。"

"但是没有搜查令，房东太太是不能给你开门的。她是一位正直的女士，请不要用你的警察身份压迫她。"

所有人:"……"你是来捣乱的吧……

言溯对房东太太微微颔首,用西班牙语道歉。

房东太太很开心。

言溯问:"哪个是杰森的房间?"

太太指着言溯背后。

"谢谢!"说完,他转过身去,毫无预兆地发力,狠狠一脚踹开那道门。

这突如其来的一幕让大家全傻了眼,房东太太的下巴都掉到了地上。

全体人目瞪口呆之际,言溯淡淡地耸耸肩:"我不是警察。"意思是他不用担心负行政责任。毕竟,普通公民踹门和警察踹门完全是两个概念,有着天壤之别。

警官们都摇头:他真是个疯子。但他们一边摇头一边在偷笑。

房东太太急了,让警官们抓他这个"害虫"走。

布莱克很为难地叹气:"我是主管刑事案件的呀。这种纠纷不在我的职权范围内。要不您拨打911吧。"

甄爱:"……"

房东太太泪流:原来你们是一伙儿的。

"你们看到了。"言溯踮踮脚尖,活动活动,淡然又狡猾地一笑,"我只是踢坏了她家的门,并没有非法侵入居民住宅。"他双手插兜地立在门线上,一双眼睛已开始锐利地扫视起杰森屋内的物品。

布莱克警官见识过言溯惊人的观察和推理能力,便放心地交给他。房东太太忙说要给杰森打电话,当然是打不通的。其他警官则讨论着杰森可能的去向。

甄爱小心翼翼地把自己变成背景,她觉得周围有些吵,那个家伙估计快炸毛了。

果然,下一秒,言溯深深蹙眉,冷冷一声低斥:"你们全都给我闭嘴!"

一时间,原本嘈杂的小楼里鸦雀无声。

他还不满意,狠狠一扭头,看向一位胖胖的警官,目光暴躁:"你的呼吸声太重了,刺耳又难听,马上停止呼吸!我要绝对安静。"

胖警官很委屈,朝布莱克警官求助。后者瞪他一眼,胖警官立刻哀怨地捂住鼻子。

所有人都噤若寒蝉,大气不敢出。

"我对你们的要求不高,只是不准呼吸。"他复而脾气不好地看向屋内,半晌后,又扭头看甄爱一眼,"你可以。"

甄爱一僵。

他收回目光,还自言自语地说:"你呼吸的声音很好听。"

甄爱立在一群捂着鼻子窥探她的警官们锐利的眼神里,大窘:言大神探,您先忙案子，别管我，别抽风，成吗？

言溯身形笔直地立在门口，黑色的西装将他的身姿衬托得越发颀长，半明半暗的房间映在他的眼瞳中，格外幽深。

一秒又一秒，死一样的沉默。三十秒后，他开口了："房间里很多的木雕和模型，屋主看上去像是手工爱好者。可模型的木头颜色都变了，上面积了灰。做模型的工具诸如镊子钻头切割器却十分干净，甚至因为经常使用而磨掉了漆。照这么看，模型都是假象。反倒是桌上这十几个大大小小的钢制笔筒，他有收集笔筒的癖好，还是它们看上去像不同型号的炸药管？当然是后者。结论是：工具不是做模型的，是做炸弹。可房间里没有化学品，所以，他只是随时带着工具练习手感。那么，哪个地方能让他背着大包装着工具进进出出却不让人怀疑呢？

"门口的几双鞋子，鞋面看上去很久没洗了，但鞋底不脏，说明他没走过泥泞的地方，排除公园、码头、郊区。问题又出来了，市中心哪里有属于他的不被人打扰的地点？租场地？他没有那么多的钱。

"再看窗户，对面是狭窄的过道和墙壁，光线原本就不好，他却还是用黑色的厚窗帘。结论是：一、他睡眠很有问题，且作息不规律；二、他不想让人知道他什么时间回家。房东太太说他按时回家，其实是因为他每天早上按时出门，晚上回来却没吵到房东。因为他不开车也不坐出租，而是步行。"

独自说完这一长串话之后，言溯转身，眸光锐利："他制作炸弹的工作室，步行就可以到达，在市中心，非租用场地，他时刻背着大包进去也不会惹人怀疑，反倒是他回家晚了会让这栋楼里其他的租客好奇。"言溯冷淡地弯弯唇角，"这么说来，似乎只有一个地方了。"

在场的人都在一瞬间如梦初醒：学校。

投弹手杰森竟然还躲在学校！

去学校只有五分钟的车程，却分秒如度日。

甄爱坐在言溯的身旁，一言不发，因为此刻他身上散发着一股陌生的戾气。

她知道，刚才那一番了不起的推论并没有让他有半分的骄傲或自得，反倒让他生气了。他在气自己没有早点儿想到杰森的爆炸实验室其实就在学校内部。

但甄爱认为他对自己太过严苛了。毕竟，没人能够在完全不了解一个人的情况下，推断出他的全部心里想法。他做到现在，已经很厉害了。

安静的车厢内，言溯倏尔冷笑："果真是他的风格。"

说话的语气就像他完全了解了那个从未谋面的投弹手一样："最危险的地方就是最安全的地方，他很有信心和勇气，居然想到玩这招。好极了！"

甄爱头一次听到他这么阴森的语气,蓦然脊背发凉。

言溯又看向前方的布莱克:"马上联系拆弹专家。很可能,现在杰森的炸弹已经绑到他仇人身上了。"

甄爱一听,脸色顿时微白。

言溯透过后视镜看到她,冰冷的脸色瞬间松动,他拍拍她的肩膀,低声道:"别怕,有我在。"他这话说得自然而然,丝毫没察觉有什么不妥。

其实,甄爱并不是害怕。但她还是心头一暖,只是一抬眼看到布莱克警官意味深长的眼神,她的脸颊便红了起来。

很快到了学校。

言溯等人立刻去往杰森所在的物理实验室,但只有一个人在整理实验器材,正是杰森的竞争对手沙利文。

布莱克奇怪了,问言溯:"难道他不在学校?"

甄爱神经一紧,呃,警官你确定你要质疑言溯吗?

果然,言溯目光如刀一样剜到布莱克身上:"愚蠢的人类,谁说他想杀沙利文了?"

甄爱扶额:幼稚鬼,现在不是耍嘴皮子的时候吧?

没想言溯像是感应到了甄爱心里的想法,回头看她,十分理直气壮地快速道:"这句话是跟你学的。"

甄爱这才想起她确实用"愚蠢的人类"形容过杰森,好吧,她错了,她不该教坏小孩子。

言溯继续之前和布莱克的对话:"他怎么会杀沙利文?从刚才我们搜集的信息来看,沙利文在研究和课题上毫无成就和亮点,智商成绩都很普通,杰森根本不把他放在眼里。"

沙利文脸都黑了,举了举手:"嘿,我耳朵没坏。"

"恭喜你!"言溯不看他,对布莱克说,"杰森和利教授有很深的师徒与合作关系,他现在感到了背叛。"

布莱克硬着头皮走到沙利文跟前说明来意,询问杰森的可能所在地。

但沙利文不配合,他像大部分学者一样,对政界或警界的人怀着天生的高傲和排斥。他没兴趣地抬抬眼皮:"科研机密,无可奉告。"

布莱克束手无策时,言溯突然开口:"杰森知道警察锁定他,所以提前了最终的杀人计划,你们的教授现在在他手里。"

"胡说八道,"沙利文不满,"杰森在研究课题,利教授早就回家了。"

布莱克一惊："我们忘了利教授的家。"现在赶去来不及了。

可言溯十分坚定："不，他们就在学校的某个角落里。"

"学校周边都是警察，他的炸药带不出去。而且他追求完美，不能多制造几次爆炸已经惹恼他了。让他把爆炸的地点从他心爱的学校挪到他憎恶的人家里去，他会同意吗？"

甄爱立刻明白，由于警察的迅速锁定，杰森被迫将第二次爆炸直接对准他最想杀的人。这很可能是他的最后一次表演。连炸弹都设计出创造力和艺术感的他，当然会选在万众瞩目的校园，而非宁静无人的别墅区。把教授炸死在学校，多么讽刺。

一个多小时前就有一场爆炸，在这么多警察的眼皮子底下，再来一场更为声势浩大的爆炸，想想都令人刺激啊。

布莱克听言，立刻道："杰森一定让利教授跟他走了，他现在非常危险。"

沙利文更加恼怒："你们在说什么？杰森是一位很努力勤奋的科研工作者，以他的性格绝对不敢……"

"他的什么性格？"言溯的声音忽然阴戾起来，"为什么说他努力勤奋，不说他天赋异禀？我来给你描述。因为他很低调隐忍，喜怒不形于色。在你们中间他就像默默无闻的背景墙，没有任何色彩。你没见他笑过，也没见他怒过。你不会认为他成功，因为他从不表功，从不明争。但你不会认为他懦弱，因为他从来不说对不起，从来不说'可能'。你们的教授经常批评他，他无声地承受，丝毫不反驳，但也绝对不让步。"他语调一转，淡然地恢复了平静："你仔细想想，他这种性格的人，有什么事不敢做？"

沙利文惊愕得浑身抖了一下。杰森就是面前这个陌生男人说的那样，但他从来没觉得杰森有什么可怕之处，可现在经过言溯一分析，他吓得脸都白了："你认识他？"

言溯快速道："不认识。这是我们根据炸弹和现场分析出来的犯罪画像。"

沙利文赶紧往外跑："我带你们去！"

众人立刻跟过去。

甄爱落在最后，有些魂不守舍。言溯的那段描述让她想起了另一个人，哥哥。她的哥哥就是这样一个人，一个对大家来说很可怕的人。

她吃力地扶住额头，好像每次想到哥哥，头就有些疼，今天似乎疼得更厉害了。她脚步更慢了。

"甄爱。"远处的声音让她恍惚。

她蒙蒙地抬头，见言溯立在实验室的门口。大家都走了，只剩他在等她。他逆着光，轮廓分明的脸在白花花的光里漂亮得不太真实。

她渐渐从放空的思绪中清醒过来。

言溯原本要嫌弃她反应慢,可见她这瞬间眼神空空的,小脸苍白得有些吓人,他立刻蹙了眉,朝她走过来:"你怎么了,哪儿不舒服?"

甄爱已恢复了清明,担心自己拖慢了言溯的速度,歉然笑笑,摇摇头:"没事。"

她歉疚的样子竟叫他莫名难受,看着她衣服上已经干了的血渍,内疚地道:"是我不好,我本应该第一时间送你去医院检查。"可他必须要阻止第二场爆炸,而那个琵琶和鹦鹉螺又叫他不放心让甄爱独自一个人去。

甄爱没料到他会这么说,宽慰他:"我知道自己的身体状况,没事的。学校里都是学生,不能让他们再有危险了。我们马上过去吧。"

"嗯,我一定用最快的速度解决那个浑蛋,然后带你去医院。"

杰森的个人第二物理实验室在某栋实验楼的地下一层。

言溯和甄爱过去时,警察正在疏散楼里的学生。由于几个小时前发生过爆炸案,学生们虽然有条不紊地出来,但明显都很慌张。

言溯走上台阶,想起什么,脚步一顿,转身扶住甄爱的肩膀,直直看着她。他的眼眸澄澈得像天空,许诺说:"我马上回来,你在这里等我。"

甄爱的心蓦然一沉,仿佛瞬间没入排山倒海的痛楚中无法呼吸。

呵,何其相似啊!

哥哥也对她说过,然后,再也没有回来。这句话成了他对她说的最后一句话。

她稍显萎靡地看着他浅茶色的眼眸,那样干净的世界里,只有她一个人。蓦然间,她的情绪低落下来,不无悲伤地说:"我一定要去。"顿了顿,又道,"说这话的人都是骗子,不管我等多久,都不会回来的。"

言溯的心尖划过一丝意味不明的刺痛,极淡,极浅。这是他第一次看见甄爱流露出这样悲哀而无助的神色,不用想都知道刚才那句话说错了,一定碰到了她过去的伤处。

他收紧掌心,紧紧握住她的肩膀,欺身下来,灼灼地看着她,语气近乎于祈求她的信任:"我保证,我不会有事。"

可她执拗得近乎无理取闹,像是讲不通道理的小孩:"你骗人。"

言溯一愣,此刻甄爱的行为完全超出了他熟悉的任何学科范畴,也完全超出了他的处理能力范围。他头一次觉得手足无措,竟不知如何应对。

他微微敛瞳,神色莫测;而她也毫不畏惧,大义凛然地挑战他研判的目光。

僵持几秒,看着她清黑的眼眸和紧抿的嘴唇,他的心突然就软了,几乎是无奈地微微叹了口气,握了握她瘦弱的肩膀,低声道:"走吧。"

下到地下一层，布莱克警官表情很压抑地对言溯说："他用了所有的炸药，拆弹专家估测可以炸毁整栋楼。"

言溯没接话。

七弯八绕地走进实验室，见利教授赤着上身，身上绑满大大小小上百个钢管炸药，胸口是一个巨大的仪器箱，开了一个小洞口，显示着倒计时 00:14:59。

几个拆弹专家正紧锣密鼓地对付教授胸口的仪器装置，而罪魁祸首杰森铐着手铐，立在一旁，脸上是淡淡的、明朗的微笑。

部分防爆警察正在安装防爆墙，万一出现事故，墙体可以减小爆炸对楼体和周围环境的破坏；部分警察在清理实验室里各种制作炸药的化学物和仪器工具；还有一部分人在安装可视屏幕。

狭小的空间里十几个人在忙碌，没人发出多余的声响。

甄爱看了杰森一眼，和她想象中的不太一样，这个男人很清秀，甚至很温和。他正望着实验室里的闭路电视微笑。

那是校园里随处可见的终端信息台，原本在播放校园新闻，却在一瞬间切换成了自制的视频。视频里，利教授光着上身，颤抖着哀求："恩里克·杰森在电子物理方面很多的想法其实是正确可行的，不是激进，而是超时代。是我嫉妒他超过了我。是我剽窃了他的一些……"视频中的教授看了左上角一眼，哆嗦了一下，立刻换词语，"不，很多……很多想法和论文。还……还拿他的一个发明申请了专利……"

甄爱诧异，这就是杰森和利教授之间的恩怨。崇拜多年的恩师，夺去自己的学术和专利，到了最后还把他抛弃？

正想着，视频戛然而止，屏幕一片雪花。

言溯面无表情地松开刚刚拔下的插头，不是电视，却是实验室里的一台仪器。他摸那个体型不大的仪器，好似自言自语："远程控制？真是低端。这样的对手，总是让我觉得无聊。"

杰森脸上的笑容撤得干干净净，渐渐露出阴沉。

言溯不看他，对布莱克说："告诉学校电台的人，利教授在被人威逼之下说的话，可信度大打折扣。"

布莱克一愣，立刻明白，马上叫人去通知。

甄爱也看出来，言溯是在故意刺激杰森，后者脸色微变，探寻意味十足地盯着言溯。而言溯还是不看他，而是认真地翻看杰森留在实验室里的笔记本和草稿纸。

防爆墙已经堆好，拆弹专家仍在一点一点地拆除炸弹。

离爆炸只剩十一分钟时，布莱克宣布留下一名拆弹专家，其余的警察全部撤离去地面，通过可视电话观察情况。

众人到达地面后，无数双眼睛望着屏幕，两端都是寂静无声。

不论利教授是否真如杰森控诉的那么罪恶，正常人都不能若无其事地看着一个活人被炸成粉末。

甄爱看着视频里沉着冷静的拆弹专家和冷汗直流的利教授，也不禁悬起了心，握紧了拳头。

时间一分一秒地过去，拆弹专家终于卸下了计时匣子的三分之二块铁板。

所有人刚要松一口气时，拆弹专家厚重的防护服闪开，屏幕上出现了一个数字键盘的密码器。他冷静又简短地说道："密码。六位数。一次机会。"

出乎甄爱的意料，这是一个非常年轻的声音，听上去应该和言溯差不多大。这在拆弹专家中是很少见的。

布莱克立刻看向杰森："说出密码，我们承诺替你申请减刑。"

杰森无所谓地耸耸肩，显然不在乎。

有几个警察差点儿冲上去揍他，却被人拦住。大家都有些急躁了。

计时器上鲜红流逝的数字刺激着每个人的神经。谁都不能眼睁睁地看着屏幕上的人被炸得尸骨无存。

杰森无所顾忌地笑着，一脸的坚定和等待毁灭的疯狂。

言溯自始至终都隐在角落里，静静观察。他看见，拆弹专家说"六位数"的时候，杰森眼底闪过一丝志在必得的狂妄。

现场一度有些骚乱。

言溯的发言却格外地安定人心："不是数字，是字母。"说这话时，他仍旧定定地看着杰森，捕捉他脸上的任何一丝情绪变化。

杰森狠狠一愣，这才发现刚才那个鄙视他作品的年轻男子还在现场。

他的惊乱逃不过言溯的眼睛："看上去是数字键盘，但那样似乎太简单。以你的智商和骄傲，必定觉得不屑。所以是字母。"他并没有说，真正让他确定的，是杰森的情绪。从心理的角度去分析，这样往往能引起被分析者巨大的反感。

杰森果然眯起眼睛，沉默而诡异地盯着他。

言溯越发淡然又平静，仿佛对待不值一提的对手："是什么单词？物理名词？花草树木？地点人名？工具汽车……"他一丝不苟地看着杰森每一丝细微的反应，敲定了范围。

"人名。"

杰森的整张脸都紧绷起来。

言溯不屑地一笑，语调无波："你认为自己是个伟大的科学家，当然不用日常人名。你和利教授没有私人纠葛，也不是你们认识的熟人。物理界的名人？有很多。

从哪儿找起？嗯，对了。刚才你给利教授录制的那段视频，是你让他说的。这反映了你心里的动态，仔细想想，我好像听到了几个很有意思的关键词。发明、激进、超时代、嫉妒、剽窃、专利。这么一想，只有一个人。"

杰森的脸一分一分地变白。

"在你看来，这个人的一生拥有两千多项发明，一千多种专利，他的发明和创造改变了时代的进程。你觉得他小心眼，爱嫉妒，他把实验室工作人员的发明创造都纳为己有，冠上自己的名字。"言溯云淡风轻地宣布，"他就是上世纪最伟大的发明家——爱迪生。Edison刚好六个字母。"

杰森微微睁大眼睛，冷着脸，不可置信地盯着言溯，双手也不自觉地动了动。

言溯看他半晌，倏尔轻轻勾勾唇角："很可惜，还不是爱迪生。"

杰森的身子几不可察地轻颤了一下，握紧拳头。

"爱迪生不能给你心理上的认同。真正给你心理认同感的那个人，天资卓越，超越时代，激进又大胆，拥有无数超纪录的发明，却从来没有在历史中得到公正的待遇和评价。当举世闻名的爱迪生说直流电是科学的未来时，他发明了交流电，并放弃专利无偿献给全人类。在你眼里，他拥有无数在死后才惊世骇俗的创造，他潦倒一生郁郁不得志，频频受到同行尤其是爱迪生的排挤和打压。你以为这就是你的写照，所以你一定会把密码设置成与爱迪生同时代的另一个物理发明家，一个在爱迪生的嫉妒和打压之下变得不为人知的天才——特斯拉。"

他说完了，周围寂静无声。

短短一分钟，他便轻而易举地把杰森的心理剖开在光天化日下，如同抽丝剥茧。

杰森的眼瞳全然阴森，直勾勾地瞪着言溯。言溯不为所动，一贯的淡然。

布莱克紧张了："可特斯拉只有五个字母。"

言溯淡淡一笑："特斯拉是姓，杰森先生认为特斯拉是他的偶像，他当然会自负又亲昵地称呼他的名——Nikola！Nikola Tesla。Nikola转换在键盘上是，645652。"

言溯看着表情扭曲的杰森，平静地道："杰森先生，特斯拉是一位被遗忘的天才。你，很可惜，却注定是一个不值一提的罪犯。"

屏幕另一端的拆弹人员同步输入密码，按下确认键的那一刻，警察们的心都停止了跳动。

结果，没有爆炸，密码锁安全打开。

甄爱长长地呼了一口气，淡淡的春风一吹，手心微凉，这才发现不经意间出了层汗。一瞬间，她的脑袋因高度紧张又骤然放松而有些晕眩，模模糊糊间只有一个想法格外的清晰：言溯，他真的是个天才。她看向他的方向，只看到他俊朗的侧脸，认真而专注地盯着屏幕。

拆弹专家在拆剩下的支线。经过刚才那一轮，警察们都有片刻的放松，言溯却没有丁点儿的松懈，望着屏幕，若有所思的样子。或许是感应到她的目光，他看似出神的眼眸忽然恢复了清明，缓缓扭头看向她。

甄爱心一跳，不知道该说什么。

他原本因案件而冷肃的脸柔和了一些，说："再等一下，马上就好了。"

甄爱这才想起刚才他说要带她去医院的，她微微一笑，表示不急。

杰森完全崩溃，全然没了之前的冷静淡然，看着言溯像是看着他命里的克星，呆了半天才道："我认输，我配合警方，我需要减刑！"

布莱克警官恶狠狠地瞪他一眼："迟了。"

杰森绝望地望向言溯，后者没有像布莱克那样快地下定论，他若有所思地看了杰森半响，又重新看向屏幕，炸弹上的计时器显示为 00:03:43。

而那边的拆弹专家停了下来，沉稳地说："最后一根，黑线，还是白线？"

一片安静。

警官们陡然又从希望之地坠落黑暗。布莱克警官这才明白刚才杰森那句话的含义，他不太高兴，阴沉沉地看向后者，极不情愿地道："你说吧。"

杰森抓到了救命的稻草，急忙道："白线。剪了白线就没事。我喜欢白色，白色也能代表我。"

甄爱立在一旁，面色微白。相同的问题，她竟然再一次遇到。

爆炸线从来都是红蓝色，哪里会有黑白色的？

除了那一次，除了她遇到的那一次。

可现在，再一次出现相似的场景，只是巧合吗？

拆弹专家平静地等待最终答案："确定？"

布莱克看杰森："你确认就是白线？别给我耍花样！"

甄爱脸色不太好，望向言溯，她忽然前所未有地相信，他一定能看得出来杰森有没有撒谎！

言溯双手插兜，抿了抿嘴唇，淡定地看着杰森，在想心事。

杰森也不看屏幕，而是意味深长地看着言溯，嘴角挂着挑衅又嚣张的笑。

这时，屏幕那边的利教授开口了，说出来的话让所有人一震，包括杰森："孩子，把剪子给我吧。"利教授泪流满面，"培养一个拆弹专家要几百万美金，你的父母培养你要付出更贵重的心血和情感。孩子，把你的专业技术用在需要你的地方去。今天你已经做得很好，不要让你年轻的生命浪费在我这里。孩子，把剪子给我。"

春天的风吹过地面，沁人地凉。

镜头里，年轻的拆弹专家身影凝滞了一秒，却没转身，他的声音青涩而嘶哑："军人是不能后退的，先生。"

就是这样平静的一句话，让屏幕这边的甄爱差点热泪盈眶。

布莱克警官眉头紧锁，良久，低喃一句："如果真要爆炸，我们不能搭上另一个家庭。"

甄爱听见了。他没说另一个人，而说另一个家庭。因为悲剧，从来都是结伴而行，破碎整个家庭。

他提高音量下令："Morgan，立即撤回。这是上级的命令！"

军人的至上原则是遵守命令，不得违抗。拆弹专家终究把剪子递给利教授，退出来了。

炸弹计时器上的时间一点点流逝：00:03:16。

言溯微微眯眼，语速陡然快了三倍："你的性格，自大又不容许被质疑。我从一开始就用种种行为刺激了你。你潜意识里把我看作对手，主动说'白线'是说给我听。对你来说，进监狱服刑几十年还不如来一场惊天动地的爆炸。毕竟，这很可能是你生平最后一件完美的艺术品。你的自尊和骄傲不容许你忍受进监狱的结局，而你追求完美和刺激的个性驱使你迫不及待地看着它毁灭。所以，你一定会误导我。"

杰森一动不动，身体的任何部位，包括睫毛眼珠手指都没有动静，他早就意识到这个人不简单，他的情绪肯定逃不过他的眼睛。所以此刻，他紧张得脑子都停止了转动。

甄爱也是前所未有地焦灼，仿佛天人交战，她狠狠地握着拳，把嘴唇咬得森白。

布莱克对着镜头下令："那就是黑……"

"等一下。"甄爱突然不受控制地喊出一声，说完却蒙了。所有人的目光都集中到她身上，她才察觉自己的失态。她无措地看向言溯，却撞上他冷清而闪着点点笑意的眼眸。

没有看错。他在笑。就好像，她如果不喊出那句话，他也会阻止一样。

言溯挪开目光，复而看向杰森。

刚才甄爱喊话的一瞬间，杰森的眉心颤动了一下，很轻微，却没有逃过言溯的眼睛。就像是布莱克的话让他进入了庆祝的倒计时，而甄爱掐断了庆典的烟火。

他道："不好意思，我的话还没有说完。你很聪明，猜到了我会怀疑你误导我，猜到了我会选择相反的结果。所以，你说的，是正确答案。正确的答案是完美的，用正确的答案误导我启动了爆炸，这才最完美。"言溯唇角的笑容带着全开的气势，"白线！"

杰森的脸彻底白了。

屏幕中的利教授双手直哆嗦，默默念着老天保佑，剪刀架在白线上，闭上眼睛，一剪。

计时器彻底关闭。

所有人如释重负！大家抹着额头上的汗，长长地舒气，满脸喜气地互相祝福。

拆弹专家又重新下去处理剩余的炸弹。

警察们要过来和言溯庆祝，握手拥抱什么的，他却冷着一张脸，退得远远的："细菌培养基，不要靠近我。"

杰森被押着离开，经过言溯身边时，不可置信地看着他："你怎么……你是什么人？"

言溯并不正面回答："把白色当正确答案，是因为你认为自己是启蒙之光？"

杰森狠狠一愣，他已经被他分析得体无完肤。

言溯轻叹："可是，它被剪断了。"

杰森如遭雷击，继而苦笑："世上还从来没人这么了解过我，或许，原本可以做朋友的。"

"我不和杀人犯做朋友。"言溯很是冷淡疏离，"而且，我不了解你，我只是在推理。"

杰森失魂落魄地被带走。

甄爱原本准备问杰森，他是怎么想到用黑白线取代红蓝线的，但没有机会接近。

走去停车场的路上，她想着言溯和杰森的对话，起了玩闹的心思，凑过去故意逗他："杰森说你了解他呢！"

言溯脸灰了："了解，是一个带有感情色彩的词。不许乱用。"

"那你了解的人一定很少。"

言溯想了想："嗯，是挺少的。"

甄爱望了一眼草坪上的花儿，若有似无地问了句："那，你了解我吗？"

她心怦怦跳，说完便转过头去不看他，假装欣赏路边的风景，假装只是随口一问。

言溯眸光一闪，侧眸看她。她扭头望着路边的新芽，披散的长发上还沾着灰尘与血渍。他不觉得脏乱，反倒是莫名有种想替她拂去污渍的冲动。

他收回目光，望着前方的路，淡淡道："不太了解……但，挺想了解的。"

他话说完了，她却没有回头，脚步轻快地在前边走。

彼时，道路两旁的树都抽出了嫩嫩的芽。春风轻轻地吹，一点点细密的新绿下，她黑发白衣，小手背在身后，骄傲地抬着头。

言溯跟在后面看着，忽然就低头一笑。

今天，不知道为什么，心情真好……

开车去医院的路上，言溯接到一个电话，因为忘戴蓝牙耳机，而交通法规规定开车不能手接电话，古板遵守规矩的某人开了车载。

言溯还没来得及说话，对方就严苛而略带训斥地开口："你今天做了什么！"

这样暴怒的语气吓了甄爱一跳，有人敢这么跟言溯说话？

她第一反应是言溯的爸爸，可这人说英文，小心地探头看一眼，屏幕上显示着"希尔教授"。她没听说过。

而言溯接下来的反应更是吓了甄爱一跳。他专注地看着车，表情很平静，说："我错了。"

电话里，希尔教授的声音缓和了一点儿，但明显还有很盛的怒气："错哪儿了？"

"哥伦比亚大学的爆炸案，我不该擅自给不明人物进行心理画像。"语速不徐不疾，哪里还有半点儿平时的傲慢。

甄爱僵硬地坐在副驾驶上，猜想希尔教授只怕是言溯的老师。呃，看老师训学生这种事，太尴尬了。

可透过后视镜偷偷瞥言溯一眼，他竟然没有丝毫的不满或难为情，表情反而很诚恳："我错在过分夸大心理学在犯罪侦查上的作用。在没有任何多余线索的情况下，我完全依靠犯罪心理学。而且，我在FBI行为分析小组赶来之前就独自画像，没有向任何人进行交流或参考，这是非常危险且不科学的。"

他的道歉诚心诚意，可希尔教授越发火大，近乎苛刻地谴责："明知故犯。我看你是享受的掌声太多，骄傲自满。越学越回去了！"

言溯的脸，红了。他沉默良久，说："这是第一次，也是最后一……"

话没说完，希尔教授直接挂了电话。

言溯定定开着车，极轻地抿了抿唇，脸色越发像是要滴血。

甄爱从没见过他因为羞耻而脸红，一下子困窘得无地自容，恨不得跳车把这个空间留给他一个人才好。天，她刚才应该装睡的，干吗听这种尴尬死人的电话。

接下来十几分钟的车程里，车厢内都是一片静谧。

他始终绷着脸静默，看似认真地开着车，清俊的脸却比平时还要冷清，他无声地生气了，但是，是在气自己。

甄爱原本准备一直不说话，但等了十几分钟，觉得他差不多消气了，又觉得刚才希尔教授那样斥责他，他服服顺顺地承受，实在替他委屈。她是想安慰安慰他，便小声道："是因为你，才抓到杰森，阻止了第二场爆炸啊。"

"有百分之十的运气。"言溯冷静地接话。

"啊?"

"今天的案子天时地利人和,非常顺利就破案。这样,我或许不会反思今天犯的错误。这很危险。"

"错误?你的意思是,"甄爱想起刚才他和希尔教授的对话,自然而然就脱口而出,"没有等待FBI行为分析小组,过分依赖犯罪心理?"说完才觉唐突。

"概括能力不错。"他不以为意,居然还有心情开玩笑,"还好希尔教授把我训了一顿,不然,我要是不知不觉中养成这个习惯,以后会害死我,更会害死别人。"

甄爱的心震动了一下。

经过刚才那一通不留情面的斥责,他对希尔教授的情绪是,完全的感激?他的心是有多开阔!她很想参与其中,小声说:"能……给我讲讲这两条错误吗?"

言溯的神色稍微松缓,道:"第一点,当时现场画像时,我说过保留一两条错误的权利。如果当时有完整而专业的团队,队员之间就可以互相补充纠正。不完善的信息很可能耽误时间或是抓错人。尽管后面杰森的一切都符合我的描述,但我们不能通过结果验证过程的正确性。我今天确实冲动了。第二点,我过分依赖了犯罪心理和行为画像。"

甄爱不解:"可是我觉得很神奇,很正确啊!"

他很简短地说:"在现在这个社会,很多正常无害的人也会经常出现反常的心理,或异常的行为。"

甄爱一愣,这才发现问题所在。当时听到言溯的画像描述时,她想到了哥哥。其实仔细一想,自己也是。可她会报复社会把无辜的人炸飞吗?

她不会。

"心理侧写只能缩小范围,不能锁定罪犯。FBI行为分析小组在实际画像的过程中,也要根据法医、法证、信息调查等各种信息一遍又一遍地反复修改画像,从来没有一蹴而就的案子。从FBI行为分析小组对组员的入门要求是十年以上的工作经验,你就知道FBI对这个神奇的学科有多谨慎。"

言溯规规矩矩地陈述,脸上的红色渐渐褪去一些,却染上了一丝自责的羞耻:"希尔教授一直跟我说,在抓捕罪犯的领域,从来没有某个单独的神奇的学科,也不会有某个单独神一样的罪犯克星。有的是大家共同的努力。他是对的。我今天却忘了。"

甄爱听到这里,深深吸了一口气,想起妈妈说的话:英雄多的时代,多动荡。还好,总有这些无私而一丝不苟的人。所以这个世界,没有那么多的英雄,但也没有那么多的冤屈。

"我也不知道我今天怎么了。"他自嘲地一笑,再不说话。

甄爱的心咯噔一下,乱了节拍。她扭过头,望着窗外流动的风景,轻轻地红了脸。是因为,他给她的那个承诺吗?

医院检查显示甄爱并没有大碍,只是耳郭处有轻微的皮外伤,涂点儿药就好了。

言溯在纽约的曼哈顿区也有公寓,欧文和甄爱都没住酒店,而是住他家。

甄爱回家把自己清理一遍后已是晚上十点多,走下楼去客厅时望了一眼静静的电梯——欧文还没回来。只有言溯一人在。

他刚洗过澡,头发还有点儿湿,换了身白色的棉布T恤和长裤,正坐在台灯下看书。

甄爱倒了两杯水,放一杯在他身边,自己则捧了一杯,窝在他对面的沙发上慢吞吞地喝。

言溯瞟一眼茶几上的玻璃杯,复而垂眸看书,随口问:"还不睡觉?"

"习惯了晚睡,睡不着。"

言溯不说话了,心思重新回到书上。

甄爱问:"欧文这几天都不见人,他在忙什么?"

言溯没有回答。

欧文说要去查一查甄爱的过去。那天他对言溯说这事时,言溯先是鄙视了他的职业操守,然后对他此行的成功性表示深深的怀疑。毕竟,证人的资料保密程度极高。

可其实他也有些好奇。

比如今天,就发生了好几件不同寻常的事。神秘人的鹦鹉螺,甄爱口中的黑白线。

甄爱见言溯埋头不语,以为自己打扰了他看书,刚想要起身离开,言溯却抬头:"有一件事,我很好奇。"

听一贯清心的人说出"好奇"这个词,还真是难得:"什么事?"

灯光下,他的眼瞳黑黢黢的:"今天在现场,为什么你知道是白线?"

甄爱料到他会这么问,并不惊讶。

她重新靠近沙发里,抱住双腿,淡淡地说道:"我以前遇到过这种情况。"

他合上了书,眸光静静锁在她身上:"所以?"

甄爱不太习惯他的直视,低低地垂下乌黑的睫羽,遮去了眼眸中的一切情绪。她从来都不会倾诉,也不会聊天。可今天,哥伦比亚大学的林荫道上,他不是说很想了解她吗?

那句话很神奇,她突然也想被他了解。

想了解,就要先知晓吧?

"那个人给了我一个遥控器，黑白键控制着黑白线。我请求他不要这样。他说摁下白色键吧，那样就不会爆炸了。"

淡色的灯光里，她的脸白皙得近乎透明，没有丁点儿波澜起伏，仿佛说着和她没有任何关系的故事："我知道他是个恶魔，他一定不会告诉我正确的答案，所以我选择了相反的按钮。可显然，他早就猜到我会怀疑他。结果我按了黑色的键，爆炸了。"

言溯垂眸，抚摸着手中的书，波澜不惊地问："死的人，是你的第几任特工？"

"不是，"甄爱轻描淡写，"是我妈妈。"

言溯清俊的身影顿了一下，他抬眸看她，她的眼睛黑白分明，没有哪怕一丝的悲伤，看上去像已经麻木。

可，他很确定，她并非麻木，而是经历的一切在超出她的承受范围时，她会选择本能地缩回去，以一种旁观者的姿态来看待，不悲不喜。

看着她平静而苍白的容颜，他的心头突然涌上一阵陌生的疼痛。

"我并不伤悲。"她静静的，"我的父母被称为是世纪末最邪恶的科学家，很多人都认为他们该死，认为他们的存在是对人类的威胁。或许，我也想杀死她吧。爆炸后，他就是这么跟我说的。"

她失神地重复着回忆里的内容："他说：'我都告诉你正确答案了，为什么要选择错误的呢？你想杀死她对不对？果然是恶魔之子。'"

恶魔之子，这曾是外界给她的称号。她继承了父母聪明绝顶的头脑，和他们手中一切的科学机密与神秘研究。曾有一度，她被列在 CIA 世界危险分子名单的前十位，谁会想到，现在她竟倚靠 CIA 的庇护存活。从小到大，她生长在那个封闭的组织里，没有是非观，不知对错。她自小和父母的关系不好，他们触犯了组织的禁令，必须被处决。他们的死只是让她难过，却没想逃离。直到她最亲的哥哥也死了，她的心里头一次有了恨，恨那个从小生长的地方。可真等到离开组织，来到外面，她的世界观开始彻底被颠覆。原来，她赖以生存的组织和亲人全部是邪恶和黑暗的，包括她自己。

她迷茫，恐惧，在黑与白的夹缝中，战战兢兢，找不到方向。

她歪了头，看着虚空："我的父母确实是坏人，没错。"

言溯脸色阴沉，不自觉地握紧了拳头。何其残忍！他定定看她："他是谁？"

甄爱转着水杯，若有所思："一个没有真实身份的人，不是谁。"

言溯一愣，瞬间又明白。

那样邪恶的组织，成员之间互相的接触必然严格受限，身份通常也只有一个代号。确实不可能在短时间内找到任何线索。他蹙着眉，沉默良久，很想再问点儿什么，可看着甄爱安静得不寻常的容颜，终究是止住了。他的脑海中却回想起甄爱仅有的几次提到她母亲的情形。

没有任何性格外貌上的描述，没有任何情感方面的流露，有的只是机械地重复她母亲说过的话，哪怕很小时候听过的话也能重复出来。

这种回忆的方式，很古怪，很不正常。

她，真的认识她的母亲吗？

言溯轻轻地敛着眼瞳，莫名感到一种不祥而阴谋的气息，可他终究什么也没说。如果不能解决问题，说出来的一切都是空话和徒劳。

"我去睡觉了。"甄爱喝完了水，默然起身。

言溯却微微一笑："喝完水就睡，对肾不好，而且明天早晨起来眼睛会肿。"

甄爱捧着空空的水杯，侧身立着，进退都不是。

言溯仰头看她："作为交换，我也讲一个和炸弹有关的故事给你听。"

甄爱想了想，退后一步，四平八稳地坐下："嗯，这样才公平。"

言溯看着她淡定听故事的样子，又笑了。说实话，他真喜欢她这种性格！不以物喜，不以己悲。偶尔缅怀过往，从不沉溺悲伤。不拖累自己的路，不打扰他人的心。

只是，尽管他喜欢她这种性格，却不妨碍他百分之百地心疼她。

他看她几秒，无声地拿起茶几上的玻璃杯，喝了几口水，把杯子和书稳稳放好，这才靠进沙发里，十指交叉放着，一副准备认真说话的姿态："我准备好了，开始聊天。"

甄爱："……"

他自说自话："今天的事，其实我以前也遇到过。五年前，有一个不可思议的人。"

甄爱认真看他，微微来了兴致。她从来没听过他用"不可思议"来形容一个人。

言溯敲着手指，问："你看过汤姆·克鲁斯的《碟中谍》吧？"

甄爱点点头。

"那个人几乎是用了电影里才有的技术，神出鬼没地入侵美联储中央银行，指纹、视网膜、温度感应、重力感应对他全没用。他还制造十几处假火警，把银行大厦弄得一团糟。最后成功地偷走了十亿的财富。"

"十亿？"甄爱愣住，"那么厉害？"

言溯眸光暗了暗，话里有一丝难以察觉的奇怪腔调："哦，原来你喜欢这种男人？"

甄爱微微一愣，继而捋一下耳边的碎发，心跳加速地小声道："我对高智商的男人没有抵抗力。"

可言溯这个笨蛋没想明白，他极度阴沉地皱了眉——甄爱为什么喜欢他？我比他智商高!

他平复好脸上的表情,有意无意地说:"咳,他是我的同学,智商205。"

甄爱一开始没听明白这无厘头的话是什么意思,脑子绕了几个圈之后,无语了,某位智商207的人还真是时时刻刻都骄傲自负。不过,言溯你这只好斗的小公鸡,你的智商就高人家两点,你好意思说吗你?

甄爱轻轻瞪他:"说重点。"

"我们都是希尔教授的密码学博士生,平时见面的机会不多。当时,中央银行的系统有好几次被侵入。警方曾经请我们过去筛选密码。也就是这几次的过程中,我察觉到了他的异样,怀疑那几次侵入都是他的试验。可等到我最终确定的时候,他已经带着十亿美金跑了。"

令甄爱意外的是,说到此处,言溯脸上竟然没有一丝的愤怒或是不甘,反而有点淡淡的遗憾:"他消失了,可我还是一个人找到了他的目的地和藏身地点。见到他的时候,他全身绑着炸弹,十亿美金却不翼而飞。我学过拆弹,那次是我第一次用在实战上。"

甄爱听得后怕,抱着双腿,身子紧张而僵硬:"你太乱来了,万一有个闪失,你会死的。"

"是在郊区,只有十几分钟,叫拆弹专家根本来不及。而我,很想救他。"他的语气中有极淡的伤感。

"最后是玻璃匣子里的黑线白线。他说遥控器在车里,让我按黑色的按钮。"

言溯沉默良久,"我没有分析他当时的心理状态,听了他的话,结果,"他平静地做结束语,"他死了。"

甄爱愣住:"他为什么这么做?"

言溯没回答。他其实也很想弄明白,他为什么这么做?越是聪明的人往往越珍视生命。

可如言溯一样桀骜的那个人,为什么选择死也不肯说出那十亿美金的下落。

甄爱见他不说话,也不问了。现在的言溯是平静的,脸上是一贯的淡然自若。可她感到了他的疑惑和伤感。她听得出来,他和那个同样绝顶聪明、酷爱密码的人,或许是惺惺相惜的。亲手葬送一个像朋友般的对手,他的心里一定不好受。

她脑中忽然想起,玛利亚说过言溯骨头不好,还说他是个奇迹。她心里一颤,试探着问:"你,其实被那次爆炸伤到了吧?"

言溯抬眸看她,很是平常的表情:"哦,坐了一段时间的轮椅。不过,养成了沉思的好习惯。"

过去的伤痛,或许刻骨铭心,却被他这么风淡云轻地揭过去了。

甄爱不知道当时的具体情况，也不好多问，便缩在沙发上，愣愣地坐着。

言溯却被提醒了，望她："你擦药了没？"

"什么药？"

"那就是没有了。"言溯扭头，吧台上还摆着从医院拿回来的药盒。他皱了眉，睨她一眼，"真不省心！"

甄爱微窘："……"

片刻之间，他已经坐到她身边，拆开药膏，挤了一小点在食指肚上，复而看她，命令的语气："转过头去。"

甄爱不太好意思："我自己可……"见他脸色阴了一分，闭上嘴，乖乖地侧过头去了。

言溯凑近，低下清亮的眉眼，伸着食指，轻轻碰了一下甄爱的耳洞，茸茸的，像某种小动物。

待到把药粘上去之后，他又悉心地把它抹匀。

药膏凉丝丝的，在她白得近乎透明的耳朵上铺陈开。

灯光下，小丫头光露的脖颈细腻如瓷，竟有荧荧的光。言溯不经意垂下眼眸，目光顺着她清秀的锁骨而下，宽松的睡袍里，有一抹窈窕的阴影。

言溯突然间心跳加速，立刻从沙发上蹿起来，直直站着。

甄爱莫名其妙地仰头看他："擦好了吗？"

言溯一字一句地说："嗯，好了，早点儿睡觉吧！"说完，跟逃命一样，一溜烟就蹿上楼梯不见了。

甄爱望着那迅速消失的白色身影，眨眨眼睛，发生什么事了？

言溯近乎落荒而逃地跑去自己房间，哗啦锁上门，身体里那种奇怪的炙热好像稍微平息了一些。

哼，荷尔蒙，真讨厌！

他拧眉走到窗边拉开窗户，春夜的凉风呼呼吹进来，深深吸了一口气，平去心头的焦灼。

又站立半晌，拿出手机，手指飞快移动，找到了"中央情报局，B特工"的号码，发了条短信出去："搜索：恶魔之子！"

十分钟后，手机嘀嘀一声：档案封存……

卷三　药，谎言，恶作剧

Dear Archimedes

两年前。

新泽西州，新林顿镇郊公路附近小树林，凌晨。

瓢泼大雨中，黑色的夜幕吞没了大树底下的深蓝色车辆。四周没有任何光亮，只有滔滔的风雨声。

渐渐地，树林深处一道道手电筒闪闪烁烁，逐渐汇集，萤火虫一般慢慢流向那辆深色的面包车。

凌乱而暴躁的车门开关声此起彼伏，穿着雨衣的年轻高中生们陆续上车。

坐在驾驶位置的红雨衣少年不耐烦地扔下雨衣，狠狠捶了一下方向盘。他一头鲜红的头发，发尖的雨水簌簌地坠落。

他骂骂咧咧道："众议员的女儿了不起啊，我爸还是财政部长呢！她哪儿来的臭脾气？这么大的雨，说跑就跑，找了半天都不见人。让她给我死在这树林里好了！"

"你说什么？"后排中间的绿雨衣少年愤怒了，跳起来要和他理论，却被旁边几人拦住。绿雨衣少年有一双湖绿色的眼眸，金发白肤，漂亮得像是童话里的王子。

后排束着马尾的女生冲红头发的男生嚷："凯利，你闭嘴！"

"我闭嘴？"凯利发动汽车，震了一下就停住，他恶狠狠地嗤笑，"刚才是谁说话把罗拉气走的？我记得好像是你吧，戴西？"

叫戴西的女生不说话了。

"都别吵了！我们要团结，慌什么！"坐在副驾驶位置的少年叫托尼，他看上去是最大的一个，黑发黑目，似乎最有权威。他一呵斥，车内便安静了。他随即又道，"现在该怎么办，继续去找她，还是先离开这个鬼地方？"

金发碧眼的绿雨衣少年斩钉截铁："一定要先把罗拉找回来。"

这下，坐在前边的凯利没有反对，只是近乎讽刺地笑："我无所谓，反正想走也走不了。"

所有人一惊："什么意思？"

凯利掏了根烟，打火机打半天都没有火星，烦闷地一把扔开火机，指着仪表盘道："刚才罗拉那个疯子抢方向盘，害得车从公路上冲下来。撞到油箱，漏油了。"

"太诡异了。"坐在后座的另一个少年个子最小最瘦弱，黑框眼镜衬得他脸色更加发白，他嗫嚅道，"会不会是那个人的报复？我们现在赶紧离开这里吧，万一那个人追过来杀我们怎么办？"

一瞬间，车厢里死一样的静谧，只剩外边呼啸的风雨和无边的黑夜。

他身旁坐着一个浓妆艳抹的女生，当即鄙夷地看他："齐墨，你也太胆小了吧。那个什么玻璃上的字就是恶作剧涂鸦，和我们没有半点关系。"

她似乎是在给自己壮胆，特意加重了后面几个字。

中间绿雨衣的金发美少年冷哼起来:"没半点关系?安娜,你倒是第一个收拾东西上车的,不肯度假非要连夜赶回去。"

安娜脸色僵了,咬牙半天,一字一句念出他的全名,甚至包括中间名字:"哈里·西蒙·帕克!要真是有谁来报复,第一个该杀的人就是你!"

哈里脸色一白,阴沉沉看着她。

安娜一愣,自知话说重了,又别过头去看齐墨:"都是你疑神疑鬼。哼,那件事是个意外,除了我们几个,没人知道。谁来报复?谁会替她来报仇?"

个子小小的齐墨看着她,忽然脸色惨白如同见了鬼,眼睛瞪得似乎要大过他的黑框眼镜了。他苍色的面容映着车窗外的狂风骤雨,格外瘆人。

安娜叫道:"你要死啊,这样看我干什么?"

齐墨惊愕地瞪大眼睛,声音像鬼一样飘渺:"安娜……你的……后面。"

安娜瞬间毛骨悚然,见车厢里的其他人脸色都变了,吓得浑身发抖,僵硬地扭头去看。

车窗外黑风雾雨,树叶像鬼手一样招摇,玻璃上全是雨打的水珠,却映出清晰的图形和字迹。一个小小的五角星,旁边一行英文字母:You are my medicine.(你是我的药。)

这正是他们在海边度假酒店的水果刀上看见的那句。

齐墨细细的手哆哆嗦嗦的:"那,那不是林星情书的最后一句话吗?"

再平凡不过的一句话,却让车内所有人的心里都蒙上一层深深的恐惧。

齐墨抓着头,死死盯着那块玻璃,发疯似的重复:"他追过来了,他来给林星报仇的。他追过来了!"

"闭嘴!"安娜尖叫一声,扯扯嘴角,扭曲着面容极力笑笑,"不可能。我们开车走了两个多小时,他不可能追上。这个字母一定是灵异……"

可一瞬间,她闭了嘴,惊愕地睁大眼睛。黑色的眼珠像是要从眼眶中崩裂出来。她身旁的其他人亦是同样的表情。

即使是车厢里有那么多人为伴,每个人却都被吓得浑身僵硬,一张张被雨夜映得死白的脸上,全是惊恐和震撼。

那块写了字母的玻璃上,有什么白色的东西轻飘飘地被狂风吹过去,不出半秒,又轻飘飘地荡回来,像钟摆一样,晃晃荡荡,摆来摆去。

偶然风止,摆动的物件隔着玻璃窗的雨幕,终于清晰——竟是谁的一双脚。闪电一过,森然的惨白。

"啊!!"好几声凄厉的惨叫刺穿风雨交加的夜幕,却很快被树林吸收,一片静谧……

等到大剧院音乐汇演的那天，言溯忽然不想去了。因为那天，刚好中央公园有一场茱莉亚德音乐学院的露天交响乐会。

伊娃家住在纽约，欧文从一开始就叫上了伊娃。结果，四个人分开。欧文和伊娃去看音乐汇演，言溯和甄爱去露天音乐会。

春季交响乐会晚上八点准时在中央公园举行。言溯的公寓就在中央公园附近，两人一起步行过去。

那时天已经黑了，城市的灯光却很明亮，映得灰暗的夜幕中一道道白光。公园周边车流熙攘，人声鼎沸，他们两个安静无声却又步履很快地行走着。

言溯换了件薄薄的风衣，依旧是他钟爱的黑色，双手插兜，眼睛望向虚空，似乎是在出神，步子一开始极快。他走路一贯如此，速度快得都可以起风。可某个时刻像是想起了对甄爱的承诺，便立刻收了脚步，温吞吞的，速度慢得像蜗牛。

一路过来两人都无话，她不知道他在想什么，也不好问他。因为她知道，大部分时间他都在思考，她不好打扰。

可现在是去听音乐会的，脑袋休息一会儿都不行吗？

甄爱低头想着，忽然耳边传来一阵尖锐的汽车刹车声。她一愣，朝那声音的方向扭头，就见一辆高速行驶的轿车向她这边，瞬间平移过来。

她什么时候一个人跑到路中央来了？

甄爱狠狠一惊，下意识想后退或是跑开，可她的身体在这一刻根本不听使唤，运动能力完全滞后于脑中的想法。眼睁睁看着那辆车朝她撞过来，千钧一发之际，手臂却被谁抓住，身子整个儿地被扯回去。仿佛全世界的车灯路灯在她面前旋转，混乱中，她看到了言溯满是惊愕的眼眸。

下一秒，紊乱的汽车滑行声戛然而止，而她猛地撞进他温热的怀里。

他拉她的时候，用力太猛，结果她撞过来，连带地推着他后退几步，一下子撞到路边的梧桐树干上。

这下撞击不轻，他吃痛地微微咬了咬唇，树干猛地一摇晃，冬末的枯叶就着春天的新叶簌簌地坠落，落满了两人的头发、衣衫。

甄爱愕然看着他，隔了半刻，才猛然发觉自己被拥在他怀里，双手竟不知什么时候环着他的腰。男人的体温顷刻间传遍全身，她顿时脸颊发烫，慌忙松开手，立刻拉开和他之间的距离。

这真是要死人了。

可她也没有表现出太多的尴尬，拍拍身上的落叶，装作无意地看他几眼，见他根本没看她，而是慢条斯理地拨弄着头发上的叶子，她心里也就稍稍松了一口气。

路灯从树梢上投射下来，昏黄的灯光里，一阵奇怪的静谧。

"那辆车挺好看的。"言溯看似随意地开口。

"啊？有吗？"

"都朝你撞过来了，还看得那么入神。"声线还是那么低沉悦耳。

甄爱脸一红，知道他又是讽刺她反应速度慢了。

果不其然，"你的反应速度还真是……"他无语地咬牙，脸上是少见的不耐。半晌后，"你是哪种单细胞生物？草履虫？蓝藻？"

"啊？"甄爱讪讪的，她第一次知道有人会用草履虫和蓝藻来形容人的。

"不，草履虫都比你快。"暗黄的灯光从他头顶垂直而下，他的五官越发深邃，却依旧淡漠冷清，"你的神经反射弧长得简直是……可以绕地球五圈了。"

甄爱：……

她静静地看他，不知道他为什么忽然咄咄逼人。她也不满了，抿着嘴别过头去，不看他。

他不怎么开心地皱眉。明明是她乱走路不对，还好意思生气？

几秒钟后，他突然上前一步，欺身捉住她的手。

甄爱手中一烫，睁大了眼睛望着他。她条件反射地要挣脱，他却攥得更紧，没什么情绪地命令，近乎低声呵斥："不许动。"

甄爱不动了，黑白分明的眼睛里全是警惕。她很少见他这样微微地发火，莫名有些发怵。

"跟着我乖乖地走，别老想往人家的汽车上扑，你的属性是蛾子吗？"他的声音平淡下来，迈开长腿继续走。

虽然又被他取笑成蛾子，但甄爱一句话也说不出，只觉得手心里他的温度像是烫进了她的心里，陌生又怪异，可她并不讨厌，也不排斥，反而还觉得很窝心。他分明，看上去那么冷淡的。

他这样疏淡的人，即使是牵手，也是桀骜强制的，带着不容拒绝的温柔。

她的心像是被暖暖的棉花兜住，偷偷开心的感觉无限放大。她想稍微用力，握住他的手，斟酌半天，小手动了动，却最终没有使力。终究是不敢，只是任由他牵着，走过川流不息的街心，走过斑驳陆离的灯光。

而言溯脑袋里早放下了之前思考的逻辑问题。

刚才甄爱撞进他怀里的时候，他很清晰地感受到，有两团软软的东西压在他的胸口，隔着温热的布料透进他心里。那种绵软细腻的感觉仿佛在心口萦绕，挥之不去了。

他倒是没有想到别的层面上去，很清楚这只是男人身体的正常反应。她散发的雌性荷尔蒙已经造成他体内雄性荷尔蒙分子的紊乱和不安，真是讨厌。可这个笨蛋竟然都不会过马路，现在还要他牵她的手，真烦躁！

好在他言溯是个适应力极强的人，才不会影响心绪。只是原本只打算牵甄爱过马路的，牵着牵着就忘记松手了。

他脑子里总想着别的事，竟然习惯性地握着她的手，放进风衣口袋里。

甄爱吓了一跳，即使是她，也知道这个动作太过狎昵。可言溯这个少根筋的竟然淡定自若。

两人才走到中央公园门口，忽然听见有人喊甄爱："Ai！"

甄爱立刻停住脚步，回头望，忽然意识到他还牵着她的手，立刻挣脱开。

言溯的口袋里忽然就空了一小块。

他的手装在兜里，不动声色地握了握，又低眉回想了一下，从客观的角度说，刚才手心里那一小团绵绵的小手，触感好像真不错。

甄爱尴尬地缩回手，望向来人，是她在实验室的男助理赖安，和另一个白人男子。

赖安亲密地挽着那个男子的手走过来。

甄爱早就知道赖安是同性恋，这在美国很常见，所以她并不惊讶，反而为了转移刚才和言溯牵手的尴尬，先熟络地问："这是？"

赖安笑眯眯地介绍："艾伦，我的男朋友。"

甄爱肩负着接话和介绍的重任，不善交际的她慢吞吞地点点头，绞尽脑汁不冷场："哦，这就是你经常提起的男朋友？"

高高帅帅的艾伦笑了："他经常给你提起的是他的前男友。"

甄爱脸色微僵，暗想好不容易试着和人主动说话，结果……尴尬死了。

可不过一秒，艾伦又朗声笑开："我就是他的前男友啦，分分合合，兜兜转转，又和好。"

赖安跟着自己的男朋友笑了起来。

甄爱干笑一声。

言溯低头看她："一点儿都不好笑。"

"……"甄爱觉得更尴尬时，艾伦却没介意，反而惊讶地盯着言溯看了一会儿，忽然就笑了起来："S.A. Yan？"

言溯侧着看他，脸上没有任何情绪，甚至没有一点儿被人认出的诧异感。

甄爱猜想，或许他经常被不认识的人认出来，见怪不怪了。

赖安很惊讶："你们认识？"

"是我认识他。全美有名的密码学家，逻辑学家，行为分析专家，"艾伦列出了一长串头衔，又崇拜地加了一句，"言溯先生破译过很多奇特的密码，过去的光辉事迹一大堆。很多关键重要的场合都是等他决定拍板的。我最近也开始学习密码，但是太难了，半途而废，要是能从言先生这里取经就好了。"

甄爱眼珠一转，想想原来他是言溯的粉丝，她抬眸看言溯一眼，还以为某人会隐隐地傲娇一把，没想，言溯微微眯眼，眸光一闪，便把他扫了个遍，简短地问："记者？"

艾伦受宠若惊："你认识我？"

言溯木着脸："不认识。"

一群乌鸦从甄爱头顶飞过。

艾伦一愣，却也不介意，随和地说："言溯先生还是和以前一样，眼神敏锐，一眼就可以看出很多信息。"

对于这种客套又礼貌的夸赞，言溯的态度一贯都是——没反应。

甄爱这才明白过来，言溯不认识他，却一眼看出了他的职业，她也忍不住把赖安的男朋友上下打量了一遍，除了觉得他衣着讲究应该是中产阶级，实在挖掘不出更多的信息。

艾伦眼光闪闪，问："今天既然遇到，想请教一下言先生，五角星一般代表什么意思？"

言溯微微敛瞳，似乎有些警惕："意思多了。"

"你解决的符号和意义太多，估计都没什么印象了。"艾伦善解人意地笑笑，语气一转，有意无意地放慢速度，"哈里·西蒙·帕克，不知道这个名字，对言先生有什么特别的意义？"

甄爱和赖安云里雾里，

言溯脸色平静："你想说什么？"

艾伦微笑："他的父亲老帕克议员，近期竞选纽约州长的时候，在媒体面前说起了当年他儿子的冤死案。你当年参与了案件调查，却草草结案。这些年老帕克虽然一直不肯接受你的裁定，但也从来没有给你施压。他真宽容。不知道对老帕克的伤感，你有什么想法？"

甄爱怔住，他在说什么？

她的助理赖安却看着她微笑，并没有不好意思，反而在为他的男朋友骄傲。任何追求真实、挑战既定现实的人，都是讨人喜欢的。

言溯风波不动，没兴趣地评价："老帕克是位不错的政治家。"

艾伦的脸上划过一丝不可置信，仿佛没见过言溯这么固执的人。他在讽刺老帕克拿儿子的被杀做政治向上的阶梯？

赖安终究是甄爱的助理，不想太尴尬，打着圆场冲甄爱笑道："我都不知道你谈恋爱了,既然那么巧遇见,哪天我们一起四人约会吧?"

话虽这么说,其实是带着一点儿帮男朋友探寻真相的心思。毕竟,两年前,纽约州众议员千金和参议员家公子的离奇死亡轰动一时。

甄爱知道赖安误会了,刚要解释,艾伦却看着言溯,十分诚恳地说:"四人约会?很好啊,我正想找个机会和言溯先生聊聊呢!"那个样子就像是求知若渴的学生。

"其实我和他不……"甄爱话没说完,被言溯打断,"可以!"

甄爱一愣:我和你又不是情侣关系,为什么要四人约会?

可言溯长手一伸,扣住甄爱的肩膀,一带,就把她拉到身边,牢牢固定住,再次拍了拍甄爱的肩膀,依旧是不轻不重的两下。

甄爱知道他不会干无聊的事,想他或许有什么别的目的,所以略带尴尬地表示默认。

赖安很开心,热情地和甄爱约好了四人约会的时间和地点才告别。

等他们走了,言溯才松开甄爱的肩膀,淡定自若地走进公园。

甄爱跟着:"你怎么看出他是记者的?"

言溯:"自己想。"说着,竟近乎抱怨地白了她一眼,"回回都问我。"

甄爱:"……"

走了没几步就到了表演的草地上,舞台上灯光璀璨,周围人群熙熙攘攘。

甄爱的心思却全在小帕克的身上,想了好久,还是问:"哈里·西蒙·帕克,他出了什么事?"

"死了。"言溯专注地望着舞台,漫不经心地应着。

这不是废话吗?

甄爱没心思地看着舞台,过了一会儿又问:"怎么死的?"

"吊死的。"

"凶手呢?"

"牵扯进去的全是未成年。"

意思就是不能说了。

"可老帕克仍然提起那个案子,说明受害者的家属没有得到安慰……"甄爱深吸一口气,挑战地说,"没抓到凶手吧?"

言溯的侧脸凝了半秒,似乎顷刻间罩了一层淡淡的怒气。

甄爱知道说错话了,噤声不语。而言溯确实是在生她的气。

今天艾伦的一系列挑衅,两年前的那场风暴,两年间无数人的问询,都没让他心里有哪怕一丝的烦闷或不平。

从两年前做出那个决定的时候起,他就预料到了一系列可能对他名誉造成的损害,他置若罔闻,毫不挂心。到了今天,他也是同样的想法。

可此刻,甄爱质疑他了,这是他没料到的,更没料到她的一丁点儿质疑都让他极为不爽。

他居然一时失控,违背当初的决定,语气不善:"因为老帕克撒谎了。"

"撒谎?为什么?"

她原意是问老帕克撒的什么谎,但言溯却习惯性地出现理解偏差,看到更深的层面。

他扭头看她,眼眸在这瞬间漆黑又清亮,似乎在嘲笑什么,却没半点笑意:"因为有的人以为,谎话说多了,就会变成真话。"

甄爱望着他深深的眼眸,像被蛊惑了,完全忘了刚才的问题,不受控制地问:"为什么有的人会这么想?"

"因为更多的人,听多了谎话就以为那是真的。"他倏然一笑,"比如你,刚才就在想,是不是有可能,我犯了错,害了人。"

甄爱被他说中,狠狠一怔,她不知道这种想法有没有惹怒他,本想求证,但他已收回目光,重新看向舞台。

他的眼眸安静又沉默,倒映着舞台上各色的灯光,再也看不清心思。

两年前,纽约市华顿高中壁球俱乐部更衣室。

"凯利你能不能别抽烟了,熏死人了!"安娜皱着眉,烦躁地挥了挥鼻子跟前的烟雾,涂了厚厚睫毛膏的眼睛愤怒地瞪着他。

凯利顶着一头红发,邪肆地笑笑,偏偏吐了口烟雾到她跟前。

安娜怒极,冲上去就要扑打,被齐墨和戴西拦住。齐墨个子小,戴西又是女孩儿,两人几乎拦不过安娜。

年龄最大的托尼站在一旁,脸色不好,习惯性地训斥:"我说你们能别吵吗?现在警察都调查过来了,大家就不能和气一点,团结一点?"

凯利深深吸了口烟,吞云吐雾的:"团结个屁!发现罗拉尸体的时候,我说挖个坑把她埋了,谁听了我的?一个个要报警,这下好了吧?警察来了,说凶手就在我们这几个人里。你要我们团结,是团结凶手吗?"

"你不要这么说。罗拉被吊在车顶的树上时,我们大家都在森林里找她啊!"齐墨脸都白了,推了推鼻梁上的黑框眼镜,小声说,"警察怀疑我们,是因为我们没有说出当年林星的那件事。你不要自乱阵脚,中了那个复仇者的计。"

"就你最烦人!"凯利不耐烦地看他一眼,后者立刻低下头不说话了。

凯利吐出一口烟,又说:"那个叫什么S.A.的,昨天好像把壁球俱乐部的名单拿走了,那上面也有林星的名字。我告诉你们,你们都给我小心点儿,谁要是敢透露半点风声,就给我走着瞧!"

"可是,"一直不开口的戴西犹豫起来,"他好像已经找过哈里谈话了,我还看见哈里脸色很不好。就怕,他是不是已经说出去了。"

凯利冷冷一笑:"不可能!"说着掏出手机,自言自语,"不过说起来,帕克他去哪儿了?约了我们过来,自己却不见人。电话也打不通……咦,开机了。"

与此同时,空旷的更衣室里响起一阵清脆的手机铃声。

所有人都吓了一跳,你看看我我看看你,眼睛里全是恐惧。

好半天后,有人轻轻喊他的名字"哈里·帕克?",没人理会。

铃声还在唱。

学生们渐渐毛骨悚然。刚刚还吵成一团的少年们互相抓紧双手,大着胆子,顺着铃声的方向走过去。

目光最终落到了淋浴室。一排排透明的玻璃门,只有一个雾气腾腾。

安娜颤声道:"或许只是他在这里洗澡,忘记手机了。"可谁会带着手机进淋浴室?

几个人紧紧簇成一团,哆哆嗦嗦地靠近那扇雾气蒙蒙的门。

戴眼镜的齐墨眼尖,惊愕地睁大眼:"你们看玻璃!"

众人一看,雾气上再度出现了一个五角星和一行字:你是我的药。

安娜和戴西两个女生腿脚发软怎么都不敢靠近了,齐墨也吓得和她们挤成一堆,拼命在胸口画十字:"他来了,复仇者来追杀我们了!"

凯利听得烦躁,骂道:"一群没用的东西。"说罢,冲淋浴房里吼,"帕克你在捣什么鬼!"他暴躁上前,一把拉开浴室的门。

和雨夜死去的罗拉一样,这次的哈里·西蒙·小帕克,光着身子,悬在高高的淋浴喷头上。

中央公园的大草地上,成百上千人汇集于此,目光齐齐望向中央的临时舞台。在指挥家扬起手指的那一刻,万籁俱寂。

台上学生们忘乎所以地演奏着自己心爱的乐器,大提琴、小提琴、长号、钢琴……一股股的音乐像水流一般,随着指挥棒在夜晚的空气里回旋,流进听众的心里。

甄爱立在人群当中,满心的虔诚和敬畏。在这样震撼天际的纯音乐里,脑子里的杂念被驱逐得干干净净,只有沉醉。

起起伏伏的音乐把她感染得欢欢喜喜，扭头去看言溯，他依旧双手插兜，稀罕的是，他嘴角噙着清淡的笑，看上去心满意足。

于是，甄爱心里不动声色地落了一口气。

曲终人散，人群离开。

言溯的步子比来时放缓了很多，依旧面容沉静，缄默不语。甄爱跟在他身旁慢吞吞地走，犹豫着看了他好几次。

浓郁的音乐氛围渐渐消散，她心里对那个未成年案的疑惑与好奇，又升腾上来。可现在并不是问他的好时机。虽然他看上去总是疏淡有礼非常绅士，但她也清楚，如果真惹了他，没准会爹毛呢。

想起音乐开场前他说的那几句话，怎么看都像是已经爹毛。甄爱兴致全消地低下头，有点儿懊恼当时的嘴快。

而言溯心里也是同样的惆怅，外加浅浅沮丧。

从他阴森森说出那几句话后，一个多小时的音乐会，两人再无言语。他不禁有些怀疑是不是自己话说重了，不然按平时的相处模式，她这会儿早该说话了。

言溯心里一沉，为什么总是要等着她先开口？侧眸看她一眼，她低着头，垂着睫毛，不知在想什么，很是悻悻的样子。一定是之前他说话的表情不对，惹她尴尬了。

她该不会以后再不问他问题再不说话了吧。

言溯拧眉沉思片刻，冷不丁就说："既然你那么好奇两年前的案子，我带你去熟悉一下证人们。"

"哎？"甄爱原以为他在生气，思索怎么打破这沉默，没想到他突然这么说，当然是兴奋。一时间，黑白分明的眼睛亮闪闪的。

言溯忐忑的心绪蒸腾不见，只觉夜风吹得整个人都畅快了，语气却依旧是寡淡的："嗯，今天不是你的节日吗？总该送你一份礼物的。"

甄爱的嘴角立刻垂下来，今天是愚人节。

他边走还边嘀咕："笨蛋真幸福呢，全世界都给你过节。"

甄爱："……"

甄爱托着腮，望着面前的两个纸盒："这就是你说的带我熟悉证人？"

言溯脱了风衣，利落地卷起袖子，先取出一个盒子的东西："我当初就是这么了解他们的。"

甄爱动动眉毛："你只看证据口供和线索就破案了？"

言溯瞥她一眼，带了点儿傲慢："不行吗？"

"我的意思是程序有点儿奇怪。"甄爱改口。毕竟，他通过个人关系疏通，大半夜地带她来档案室，已经很合着她的心意了，她总该带着点儿感激，见好就收。

某人还是很容易被骗过去的，规矩地解释起来："哦，当时我在协助弗吉尼亚州警方查一个连环杀人案，也是恐吓，留下五角星的密码。纽约这边看了这几个学生的口供，以为有联系，就把材料寄给了我。"

甄爱却没听，无意间一抬眸，目光落在他干练卷起的衬衫袖口，小手臂的线条流畅又紧致，像石雕的艺术品。

她的心一跳，不受控制地再往上看。白色的罩灯从他头顶落下来，被他额前冷硬的碎发遮住，沉进眸子里，黑漆漆的，像幽幽的潭水一样好看。她赶紧收回目光，一边平复心情一边道："因为是未成年人，所以录口供都有律师在场是吗？"

"嗯。"言溯已经把笔录和照片都整理好，放成几堆。

凯利，托尼，齐墨，安娜，戴西，哈里·小帕克。

甄爱目光依次划过："咦，怎么有死者帕克的笔录？"

"他是在罗拉死后三天才死的。"言溯拍了拍旁边那个空盒子，眸光幽幽地盯着她，似乎不满，"注意观察。"

一看，盒子上写着罗拉·罗伯茨。呃，他们先研究死者罗拉。

"都是高官子弟。"甄爱先看案件陈述，感觉脚发凉，"她怎么会被吊死在树林里，还被扒光衣服。这也太诡异了。"

话音未落，对面的目光冷了冷，声音带着教导的味道："我带你来不是让你看恐怖电影的。"

甄爱耸耸肩，刚要看卷宗，言溯已经等不及地开口："鉴于我不相信你的快速归纳能力，还是我先给你介绍。"

"不要！"甄爱捂住耳朵，"我要自己看。"

言溯一愣，不作声了。

甄爱细致地翻了一会儿，大致弄清楚了来龙去脉：七个学生去海岸度假。结果收到恐吓信，连夜开车回纽约。死者也就是罗拉，和男朋友帕克吵架，赌气要下车。全车的人都劝她。她却抢了方向盘，汽车偏离公路冲进树林。她跳车跑了。剩下的六人分头去找，约定十五分钟后不管找没找到都回来商量。十五分钟后，谁都没有找到她。坐在车里后，看见了她的脚……她被扒得精光，挂在树上，而绳子的另一端系在车轮轴承上。

甄爱默默地梳理案情。

小房间里黑乎乎的，只有头顶上的灯光。真奇怪，虽然警察和他很熟，也不至于把以前的案子调出来给他看啊，难道还有什么别的原因？

但不论如何，她很开心他带她过来，了解他过去办的案子。

对面，言溯闲散地靠着椅背。灯光留下的阴影里，他的眸子黑漆漆的，直直看着甄爱。

甄爱一抬头撞见他黑洞般的眼睛，心底一颤，仿佛给他吸进去，本想说的话全忘在脑后。

言溯抿唇，声线温和："有话要说？"

甄爱："呃……"要说什么来着？忘了！

言溯点点头，赞叹："如果夏季奥运会有一个反应速度最慢比赛，你一定可以拿金牌，而且十连冠。"

你才十连冠，你全家都十连冠！她嘴上并没计较，很快理好逻辑："应该从给他们发恐吓信的人查起？我看看。"

她翻着档案，抽出几张纸："这几个学生在口供里说，有人在度假酒店的水果刀上用番茄酱留下了恐吓。他们家都来自政界，以为是父母的仇人，就吓得立刻赶回家。"甄爱立刻发觉哪儿不对。

可没来得及发言，对面的人就哼出一声笑："真聪明！这个神秘的恐吓者既然能进入他们酒店的房间，不直接绑个人或捅谁一下，反而用番茄酱留信息。这群政治家的孩子不晓得报警，却大晚上出逃。而恐吓者还神奇地预料到他们会吵架，车会出故障，大家会分头找，罗拉会落单。"他俊眉一挑，"哈，真是史上最神奇最完美的犯罪。"

甄爱歪着头，无所顾忌地看他，换了平平淡淡的腔调："言先生，你确定要用这种语气跟我说一个晚上？"

"言先生"这个称呼让言溯莫名脊背一僵，愣了愣，摸摸鼻子："呃，不这样也可以。"

"很好！言归正传。"甄爱满意地点点头，抬起下巴，"只有他们中间的人，能控制整个步骤。所以凶手就在这些学生里面。"

言溯刚准备说一句"聪明"，话到嘴边，忍了忍，憋下去了。刚才甄爱冷脸的样子唬到他，他可不想再看第二遍。他眸光幽幽地锁在甄爱身上，后者跟小松鼠一样这里翻翻那里看看，弄得窸窸窣窣的。

言溯的手指飞快动了动，估计是等不了她的速度。

半晌，低头看材料的甄爱缓缓抬头，盯着他飞速运动的手指，那白皙修长的手指立刻停止动作。

甄爱微微眯眼："你有意见？"

言溯乖乖摇头，口是心非："没有。"

甄爱说正事："根据他们的口供，罗拉是个被宠坏的女孩，脾气不好，喜欢捉弄同学。学校里就这几个人跟她玩得好。小帕克是她的男朋友，什么事都顺着她。嗯，还有一条，帕克在学校是万人迷，所以罗拉很受同龄女生的嫉妒。但这些都不足以成为杀人的理由，更不会让人把她的衣服扒了吊死在树上。"

"这像一种……"甄爱轻咬下唇，在脑海里找寻合适的词，"报复，泄愤，也像……仪式。"

言溯始料未及地走神了，一句话也没听进去，只出神地看她。

莹白的灯光下，黑幕为背景，她长发垂落耳畔，巴掌大的脸莹莹的，眼神因沉思而略显迷蒙，难得一见的娇娆，贝齿轻咬着殷红的嘴唇，莫名带着一种纯真的蛊惑。

他立刻别过眼去，狠狠吸了一口气，又很快屏住呼吸。

荷尔蒙，荷尔蒙，周围的空气里全是荷尔蒙！他要不能呼吸了！他是有病才大晚上的带她一个人到这种密闭幽暗的空间里来。

甄爱见他奇奇怪怪的："你干吗？"

言溯岔开话题："从证词里面就可以看出谁是凶手。"

甄爱继续看卷宗。

凯利的证词：罗拉在她的房间里发现了恐吓文字，就把我们喊过去看。她没事就大惊小怪的。齐墨那个胆小鬼立刻嚷着要离开，真是没用。罗拉一直在发疯，我看到车上有烟酒和大麻，就让大家都用一点儿。没想到越来越乱了……车子冲进树林后，罗拉跳下车就不见了。这女的每次一喝酒就发疯。我不想去找她，但托尼说一定要去。齐墨害怕，说万一大家走丢了怎么办？帕克就说，十五分钟回来聚一次。回来后我不想找她了，发动车要走，车子才动了几米，就发现油箱漏油了……

托尼的证词：我们没准备当天就回来的，可罗拉嗑药了，很激动一直吵。在车上，安娜说罗拉任性刁蛮，两人又吵起来了。当然，因为我喝了酒，说话稍微冲了点，也指责了罗拉几句……汽车冲到树下后，罗拉不见了，安娜还赌气不肯去找，帕克急得骂她，说都是她把罗拉气走的。安娜也喝了酒，一气之下反而最先冲进树林。齐墨和凯利也不肯去找，因为我最大，说了他们几句，他们就去了。

齐墨的证词：不是总有高官子弟被报复的案件吗？我很害怕啊，所以罗拉说要回来的时候，我是绝对支持的。车是帕克的，应该是由他开。可罗拉大吵大闹，他要照顾她，就给凯利开车了。我真怕凯利开车，他性格暴躁，速度也快。我早就料到会出事，可大家都没人理我……其实，后来去找罗拉的时候，我没有分头找。不是我胆小，而是因为我脑袋晕沉沉的，只好偷偷跟在托尼身后。留在原地太可怕了，自己一个人进树林也可怕。可是跟着托尼走了一会儿，就走丢了。吓死我了。

戴西的证词：或许大家都觉得，这个事都是罗拉自作自受。她太固执太骄纵，以前出去玩，她一不开心就喜欢抢方向盘，都养成习惯了。但其实我们也有责任，大家回去的路上，心情都不好。除了开车的凯利，我们喝了酒，又抽了点大麻，情绪比较激动，最后才吵成那个样子……因为内疚，所以我也去树林里找了，可我真的害怕，而且神志不太清醒，半路跑回来，结果撞见了凯利在挪车。我怕他骂我不找人，又跑进树林……

安娜的证词：罗拉那个人一直都很任性，她说要回来大家都跟着她。什么怕恐吓啊，还不是因为她看见海滩上有美女和帕克说话了。嫉妒心比谁都强，一路都跟帕克吵，在车厢里又嗑药又抽烟的，帕克一直哄她，我都看不过去了。嗯，其实是因为我也嗑了药，脾气暴躁了。但连脾气最好的托尼都说了她几句……她仗着有大家都喜欢的好男友帕克护着，越说脾气越暴，还要开车门跳车，还好帕克拦着。最后她还去抢方向盘，帕克再次去拦，可罗拉跟发疯一样，还把车门的内锁都打开了。我差点儿从车上滚下去。哼，她就喜欢撒泼演戏，一出又一出，抢方向盘跳车什么的，一下子就不见了。就喜欢别人找她，真是烦人。

帕克的证词：罗拉说要回去，作为她的男朋友，我当然是支持她的。大家心情都不好，都有意见，所以我一路上都在努力活跃气氛。可罗拉心情越来越不好，最后我都控制不了了。她差点儿跳车，还好我拦住了她……后来出了事大家很烦躁，都不想去找她。只有戴西和托尼同意去找。好在托尼说服了其他的人。我担心大家分散了会有意外，就说十五分钟后集合。可很遗憾，我没有找到，其他人也没有找到。最后她还是出了意外……

甄爱扶着脸颊，皱着眉思索，她第一眼看到的时候，觉得案子太简单了，凶手就是那个人。可转念一想，不可能，怎么会？

"不可能吧？"甄爱小声嘀咕着，歪了头，抿着唇左思右想。

言溯知道她应该想出什么来了，也不急，慢慢等着。

对面的甄爱低着头，白白的手指戳来戳去，像小学生一样，一次次从证词上的关键地方划过。女孩眉心如玉，微微蹙着。乳白色的灯光把她的肌肤照得透明，真……好看。

言溯默默垂下眼眸，盯着自己的手指。

甄爱认真想了很久，把心里的想法按逻辑顺序梳理一遍，先后顺序也都想好了。她平常对自己专业以外的东西不敏感，很迟钝，总被他取笑。现如今，她难得发现自己对推理感兴趣，言溯都那么好心地带她过来，她自然希望让他看到自己比较聪明……呃，不呆……的一面。

"作证的都是高中生，心理年龄较小，单独录口供，证词里带有部分感情色彩。证人之间的内容有多处重叠，所以我认为这些证词的可信度应该在90%以上。"甄爱严肃了容颜，很认真，说着把帕克的证词单独拿出来，指了指，"但帕克的供词很奇怪。其他人或多或少加入了主观想法和情感，一说一长串。而他的供词像完成任务，很客观，有条理，没有透露一点儿对罗拉的感情。"

言溯点头："我很开心你看到了这一点，这也是判断供词正确性的常见手法。但并非完全准确。日常比较淡漠或有条理的人都可以做到。举个例子，假如今天你死了，我作为证人去录笔录，我做出的证词会比帕克的这份更加客观逻辑，且毫无错处。"

甄爱："……谢谢你为我的被杀案做出的积极配合与贡献。"

言溯颔首："应该的。"

还应该的！甄爱瞪他："你是逻辑清楚的大人。我说了，他们不是高中生吗？"

言溯较真起来："我读小学的时候也能这样清楚有条理。"

甄爱不爽地眯眼："迪亚兹警官口中的怪胎先生，你要炫耀吗？"

言溯再次背脊一僵，愣了愣，道："……我不说了，你继续。"

"先从最关键的杀人手法上看。"甄爱抬起眼眸，见他真的规矩了，继续，"虽然大雨冲掉了很多证据，但最基本的两个问题没被掩盖。"

言溯配合地点点头，一副愿闻其详的姿态。

"第一，上车前大家都没有看见尸体，上车后却看见了。第二，即使是男人，也很难把尸体吊到高高的树枝上，而这几个学生手上没有抓绳子留下的擦伤，附近也没有手套等防护设备或是其他抬尸体的工具。唯一的解释，就只有利用那辆汽车。"

言溯双手合十，抵在唇前，安静地听着，浅茶色的眼眸中不时划过几丝赞许。

甄爱大受鼓舞，大胆地说："戴西的证词里提到过，她中途跑回来看见凯利在挪车。在这一点上，我认为她没有撒谎。不过，暴风雨的晚上，她很有可能看不清楚那个人是谁。只因为之前开车的人是凯利，所以她理所当然地把车内的人当成凯利。当然，这也不能排除凯利的嫌疑。究竟是谁在开车姑且不论，但当时车里的人很可能就是凶手。凶手先用绳子把罗拉勒死，绳子一端系住她的脖子，另一端绕过树枝，绑在车底的轮子轴承上。把车倒退几步，车轮的马力就会把尸体吊起来，再调整一下高度，将尸体遮进树里面。大家都上车后，凯利开车挪了几米就发现油箱没油了。就是这时候，车往前开了一点儿，所以尸体下滑了一段距离，落到了车窗上。照这么看，油箱也有可能是凶手弄坏的。"

甄爱总结道："罗拉的死法，和尸体的移动与出现，只有这一种解释。以此来看，如果凯利下车时拿了车钥匙，那凶手就只有可能是有车钥匙的人——凯利或帕克。可如果凯利下车时没有拿走车钥匙，那么所有人都有可能是凶手，包括女生。"

"不错，"言溯赞叹一声，补充证据，"事实是，凯利把钥匙落在车上了。"

甄爱微微蹙眉，估计这就是当时警方没有定下凶手的原因吧，因为看上去谁都有可能。

言溯见甄爱推理得井然有序，又问："那，凶手是怎么在那么短的时间内找到出逃的罗拉，并杀了她的呢？"

"我一开始也在好奇，那么大的树林，凶手是怎么那么快找到罗拉的。"

甄爱把证词摆好，指着上面的几处："安娜说罗拉抢方向盘，把车门的内锁打开，害得她差点儿滚下去，还说罗拉一下子就不见了。而另外几位证人都是同样的说法，并且提到，罗拉喝了酒还嗑了药。我大胆设想一下，极有可能，罗拉意识不清滚到树丛里或是车底下去了。而撞车的那个瞬间，其他人都顾着自己，很有可能就是这个时候，凶手朝黑暗中喊了声'罗拉'。于是，剩余的人在恢复镇定后，先入为主，以为罗拉跑进了树林。可事实上，她昏迷在汽车底下。"甄爱说到这里，耸耸肩，"这个，有点儿猜测的成分。我不知道凶手是怎么控制她昏迷的。"

言溯定定地盯着她，从旁边的文件夹里摸出一张纸递到甄爱面前。

是尸检报告。死者的胃里除了酒精还有致幻剂和镇定剂，无非就是让人过度亢奋后又陷入昏睡的药物。

半刻前还吐舌头不太自信的甄爱，立刻得意地扬扬下巴："我真是个天才！"

言溯轻哧一声，嫌弃地白她一眼，片刻后低下头，自顾自地笑了。

甄爱也在心底偷偷地笑。

明明只是这么简单的场景，不温暖也不浪漫，逼仄的审讯室，一张桌子两把椅子，一束灯光无尽黑暗，却让她感觉意外的欢愉。

世界真静，只有窸窣的纸张翻动声和他们的对话，可因为安静，每一句都可以讲到心里去。

尽管讲的都是案子，无关感情。可就这样智慧的交流，也很让她欣喜。

言溯身子前倾少许，声音低醇像夜里的风："继续说，我很期待。"

他是在考她吗？

甄爱甘之如饴，继续分析："从证词里面，我看到了几个疑点。这群高中生经常会玩High，喝酒、抽烟、吸大麻都是常有的事。案发当天，除了开车的凯利，剩下的几个人都和罗拉一样，喝了酒，抽了大麻，神志都有些不清醒，这也解释了车撞到树上后，大家反应半天都不知道罗拉在哪儿，以为她跑了，只有一个人没有。罗拉第一次要跳车的时候，他反应很快地抓住了她；罗拉抢方向盘的时候，他也去阻止。明面上阻止，暗地里却很可能使坏，或许，他还打开了车门的内锁，推了罗拉一把。"

言溯弯弯唇角："你怀疑哈里·帕克？"

"是的。"甄爱很坚定，"明明可以很简单地勒死死者，却非要扒光她的衣服挂在树上。这分明就是一种泄愤,凶手的杀人手法不是临时突发奇想,而是早有准备。这一切看似意外的事件,只有帕克一个人能够联系起来。一开始酒店水果刀上的威胁,一定吓得齐墨要离开,他很胆小,同行的人都知道。罗拉嫉妒心强,却看见美女勾搭帕克。安娜和戴西两个姑娘都站在帕克这边,认为罗拉小心眼。凯利和托尼等男生也认为罗拉无理取闹。帕克越是哄她,罗拉越骄纵,其他人则越反感。凯利性格暴躁,喜欢用非常手段解决问题,帕克在车里放上他们平常最喜欢的大麻,凯利看到了一定会扔给大家用,让大家别吵了。但这些还不是最重要的。"她说到此处,微微停顿一下,"因为凶手早有准备,所以在车钥匙这点上,他不会容许任何失误。我从一开始的客观分析,就认为凶手最有可能是凯利或者帕克。但凯利他不肯去找罗拉,照理说,凶手会想让大家都看见自己离开车。反观帕克,他很微妙地约定十五分钟,又刺激最不愿意离开车的安娜冲进树林。他不是担心大家在树林迷路,而是暗示大家,没到十五分钟,不许回来。这么一想,这个案子真是太简单了。"

甄爱说完,看向言溯,殷切地盼望表扬,又似乎害怕推理出错。

"有些时候案子没你想的那么复杂。再说了,高中生犯的案子,从来都很低级。"言溯淡淡一笑,不知在想什么,眼瞳暗了暗,几秒钟后才抬眸,继续问,"相比这些,我比较想知道,你一开始在犹豫什么。"

甄爱有些赧然:"因为他死了。"

言溯努努嘴:"哦,这样。因为他死了,所以他活着的时候不可能杀人。"

甄爱一愣,经他这么一说,她才发现这种想法毫无逻辑。为什么这么简单的道理,她一开始没想明白?帕克后来死了,不能代表他之前没杀人。

"那帕克为什么死了?"

言溯的语调变淡:"这个问题,我也想弄明白。"

甄爱见他脸色不好,心中狐疑,难道还没抓到凶手?但她终究没问,而是指了指标着"帕克"的另一个盒子:"能看看那个吗?"

"请便。"

甄爱干劲满满,精神十足,很快把帕克案子的材料看了一遍,事情的经过非常诡异。

所有人都收到了帕克发的短信,说有要事商量,让大家晚上九点在壁球俱乐部的更衣室里集合。这期间有人给帕克打过电话,是关机。

几个人聚在一起等了几分钟,帕克没来。凯利给他打电话,电话开机了。众人循声过去,就见帕克光着身子吊在淋浴喷头上,和罗拉的死法一模一样。而隔间的玻璃上留下的五角星和字符,和罗拉死时汽车玻璃上的一样。几个学生进更衣室时,没听见水声,但学生们根据铃声走到浴室门口时,玻璃上有很浓的水雾。以此推断,学生们进更衣室时,热水管关掉不超过十分钟。再加上法医的推断,帕克也是在那个时间段窒息而死的。

"太诡异了,"甄爱摸摸手臂,"凶手为什么要把时间安排得那么匆忙?难道不怕有人提前来更衣室,撞见杀人现场?"

更诡异的是帕克留了一封遗书。遗书字迹工整,没有任何错别字或是语法错误。长短句错列,像写作文,甚至带着丝丝的文学色彩:

"爸爸、妈妈、哥哥:

对不起,内疚和罪恶已经压得我喘不过气来,我想远离,一想到你们,我就感觉万分的苦痛。犯错的人都该死,我也该死。是的,是我杀了罗拉。我再也不能忍受那丑恶的嘴脸,虚伪的高贵。啊,我把自己写得正义了,不,实际上,我是害怕已经有人发现我的罪恶。所以,与其等他来惩罚我,不如让我自己死得其所。今天,我要在魔鬼面前结束自己的性命。

在那之前,先给罗拉的父母一个交代吧,毕竟,父母都该知道自己孩子死亡的真相。

是我在罗拉房间的水果刀上留下了字迹……"

后半部分详细交代了他杀死罗拉的过程,和甄爱推测的没有半点儿差池。

甄爱看着这封诡异的遗书,反而开始怀疑自己之前的推理,真的是那样吗?

和他的口供一样,遗书没有透露任何对罗拉的感情。

更奇怪的是,遗书末尾提到了言溯:S.A.,你看得到这片阴影吗?

没了。这哪里是一封遗书,简直就是一张密码纸。

甄爱一下子就疑惑了,罗拉真的是被帕克杀死的吗?而帕克真的是自杀吗?

她立刻指出疑点:"按常理来说,人在写遗书的时候,情绪不稳定,容易波动,这些表现在文字上就是会出错,短句多,没有逻辑,情感丰富。可帕克的这封遗书完全就是反的。他这根本就不是自杀,这遗书极有可能是伪造的。"

言溯眸光凝了半晌,问:"那你看出来,凶手是谁了吗?"

甄爱一怔,红了脸,小声道:"我看了剩下几个人的口供,安娜是和戴西一起来的,她们在街角的超市转了好一会儿才进体育馆;凯利在路边抽烟,因为体育馆禁烟,监控录像也拍到了他;齐墨和托尼则是从宿舍一起过来的。他们几个,好像都有不在场证明。"

"然后?"

"这里面肯定有什么错位的不在场证明,或者是什么诡异的杀人手法。但只有口供,又没有现场调查,还时隔多年,怎么看得出来呢?"

言溯倏尔一笑:"那倒也是。"说罢,站起身把东西往箱子里收。

甄爱不解,帕克的死因和凶手,她都还没找出来呢:"干什么?"

"收拾东西回家啊!"言溯看了看手表,瞥她一眼,"怎么,好奇心还没满足?"

甄爱一愣,他这话什么意思?

言溯见她呆呆的,心里也不知怎么想的,双手撑着窄窄的桌子便朝她倾身过去。他高大的影子一下就遮住她面前的灯光,将她笼在他的阴影里。

甄爱坐在椅子里,后退不能,睁大眼睛,紧张地盯着他。

他静静看她两三秒,觉得她这样呆滞又略显懵懂的样子很是可爱,不知不觉就沉了声线,说:"为了满足你的好奇心,我都带你来这里了。怎样,开心吗?"

低沉的男声在逼仄昏暗的小房间里,很是蛊惑人心。他,在逗她开心?

甄爱完全无法理解他的思维,持续发蒙:"为什么?"

言溯依旧杵在她跟前,近距离地看着她:"音乐会前,你问我是不是没抓到凶手。那时我说话的语气好像重了点儿,表情也不对,所以你不开心了,就不和我说话。那么,我要逗你开心。于是我带你来这儿,满足你的好奇心。"他眉梢微挑,略带邀赏的意味,"我做得还好吗?"

甄爱张了张口,她哪有不开心不说话?

原来,脑补和神展开是这个意思。

不过,这样一想,他这种以为她不开心就深夜带她来档案室看杀人案的哄人方式还真是……好酷!

甄爱的心都温软了,笑笑:"我很开心啊。"

"那就走吧!"他已经收拾好东西。

尽管甄爱心里对帕克的死还有疑惑,但她感兴趣的并非这个人或这个案子,而是他。她感兴趣的,只不过是这个案子与他的牵连。但他明显没有自愿说的意思,她也不必追问。今天的事,她已足够欢喜。

才到家,下了电梯,言溯便自言自语:"肚子饿了。"

甄爱一路心情都不错,自告奋勇:"我给你做消夜吧?"

言溯沉默,在隐忍着什么,他不想打破刚才重塑的友好关系。可任何时候,真理永远都占上风。于是最终他没忍住,道:"虽然我不想打击你,但是甄爱,你做的东西真的不能称之为食物,而是灾难。"

她都示好了,他就不能别嘴贱乖乖地接受吗?甄爱不痛快地挑挑眉:"这不是由你定义的。"

"OK!"言溯耸耸肩,"我们来看看《朗文字典》对食物的定义。"

甄爱停下脚步,以为他要去找字典,没想到他张口便来:"食物,解释为可以让人吃的东西,你做的那些东西,很显然不满足这个定义。反观灾难这个词,意思是引发巨大痛苦和煎熬的突发事件,这可不正是说的你的厨艺?"

甄爱胸腔里顿时憋了一口气,为了嘲笑她,他开始动用如此科学又高级的方法了!但她的注意力很快转移。不过与被打击相比,另一点更叫她惊讶:"你背熟了一本《朗文字典》?"

"牛津、柯林斯、韦氏、朗文,各种……不过这不是重点,你岔开话题。"言溯蹙着眉毛,对她不科研的态度很不满意,越说语气越鄙夷,"喂,我说,你说话就不能有逻辑有条理一点儿?"

甄爱很是无所谓:"我说话有没有条理,跟你没关系。"

言溯自在反问:"没关系那你还说。"

"……"甄爱无语,永远不要和他斗嘴,只会输。

做夜宵的时候,言溯甚至不让甄爱帮忙。眼看甄爱要插手,他居然毫不留情地打击说:"你对美食的天生破坏力会影响食材的心情,进而影响到做出来的美食的效果。"

甄爱抗议:"你这话没有科学依据。"

言溯淡定地指了指自己:"科学家说出来的,就是依据。"

甄爱头一次见到他这么耍赖,还没反应过来,却又听见他自言自语:"用惯了科学的手段,偶尔也要用用非科学的方法。"

……这个浑蛋!

甄爱便一直坐在开放式橱柜旁,拿勺子敲着盘子,看着言溯衬衫笔挺,不紧不慢地做消夜。

黄油在平底锅中化开,嫩白的面包片在冒泡的黄油里煎得金黄喷香。

吐司片、奶酪、煎鸡蛋清、烤火腿片、生菜、黄瓜,一层层井井有条地堆砌好,四四方方,一切为二,两个金黄色的三角层放在盘子里,缀着小番茄和黄瓜片,看得人食欲满满。外加猕猴桃柠檬鲜榨汁。

他把精致的餐盘端过来,见她眼睛放光,张大了嘴巴,先一步冷淡地打断:"不用道谢了,我做的这些不是你能够用言语补偿的。"

甄爱心里的感激瞬间灭成渣渣,她抓起三明治张口就咬:"刚好,我本来没打算道谢。"

言溯脸一灰:"赶紧吃。"

甄爱冲他瘪嘴,唇角还沾着一抹黄油:"你管我?"

言溯盯着她嘴角的黄油，几不可察地蹙眉。那一抹浅浅嫩嫩的鹅黄色，沾在她水盈盈白嘟嘟的肌肤上还真是……难看死了。

他拉过高脚凳，在她对面坐下。

甄爱知道他吃东西时不喜说话，也就不搭话。两人便坐在朦胧的装饰灯罩下，安静地吃东西。

一室安静。

某个时刻，客厅另一头的电梯叮咚一声响，来的人是海丽。

甄爱立刻放下三明治，拿纸巾擦擦嘴，拘谨地冲海丽笑笑，算是打招呼。她还不好意思像欧文那样直接称呼她的名字。

海丽冲她优雅一笑，眼神里有几丝探寻。在她看来，幽暗的客厅和餐厅，唯独这一角灯光暧昧，两人相对吃消夜，怎么都有点儿亲昵的味道。

言溯奇怪："你怎么会来？"

海丽自以为理解，也不靠近他们，直接挥挥手就走上楼梯："我过来拿点儿东西。"很快人就消失不见。

言溯也就当她没来过一样。

半分钟后，海丽从楼上下来，打了声招呼就走。快上电梯的时候，言溯想起什么，喊了声："等一下。"他没直接说，而是起身拿餐巾纸擦了擦手，然后走了过去。

甄爱喝着果汁，好奇地回头望。

言溯在和海丽说着什么，海丽静静听着，偶尔笑笑，后来竟还意味深长地往甄爱这边看了一眼。甄爱赶紧收回目光，心里却十分疑惑。

海丽乘电梯下去了，言溯回来继续吃东西，完全不提刚才的事。甄爱也没多问。

两人才吃完，电梯又是叮咚一声，这次欧文回来了，伊娃也跟着。

欧文面带微笑走到甄爱身边，从口袋里掏出一张CD递给她。甄爱接过来一看，瞬间惊喜："Sanni的钢琴曲音轨，还是他亲自签名的。你从哪里弄来的？"

欧文没所谓地笑笑："认识一个朋友是做演出策划的，轻而易举的事。"

言溯瞥了一眼，神色淡淡。

欧文习惯性地拍拍甄爱的肩膀，这才坐到言溯的旁边："老帕克在竞选州长的拉票活动上，又提起了小帕克的案子，你看新闻了没？"

言溯含糊地回答："嗯。"

伊娃走到言溯对面坐下，敲了敲大理石桌面："S.A.，你当初是怎么弄的，为什么老帕克参议员回回见媒体都要提到他儿子的事？"

伊娃·迪亚兹警官一贯冷静淡定，可现在语气中也透着少见的忧心："原本媒体就一直对那两个高官孩子的死因猜疑，再让他这么说下去，大家的矛头都会指向你的。"

"那又有什么关系?"言溯慢悠悠地转动着水杯,"我不介意。"

伊娃无语地扶额:"你平时不介意什么也就算了,可这次人家说你……"她后面的话到了嘴边,没说出口,但甄爱听得出来,她想说的是"弄错了"。

屋里的气氛一瞬间极其古怪。

言溯慢吞吞地喝水,道:"我都不急,你急什么?"

伊娃脖子一梗,冷冷道:"那个未成年案的法医是我,我可不想被你拖累得毁了名声。"可谁都听得出来这话不是真的。

她说完,人就起身离开,走了几步,却轻轻地叹息:"S.A.,我不希望你像LJ.那样。你们天赋异禀,实力超群,你们这样的人是正义的希望。我不希望,不,我害怕你像她一样,因为一次失误,从此被世人嫌弃,之前的光辉都被践踏。"

甄爱微微一愣,那个和言溯一样的专业天才LJ.,是个女的?

言溯手中的玻璃杯稳稳放在大理石桌面上,不轻不重的一声脆响。他眼眸轻敛,目光锐利:"我可以很确定地告诉你。在那个案子里,我没有犯错。"

伊娃的背影微微一动,语气僵硬,却是笑着的:"我相信你!"

甄爱心里起了疑惑,早早上楼特意上网搜了一下。她意外发现赖安的记者男朋友艾伦写的评论文章,抨击冤假错案,其中就提到小帕克案。艾伦在文章中说,种种迹象表明当年的高中生被害案是连环杀人,尤其是小帕克的案件,疑点重重。诡异的死法,未知的密码,虚假的遗书,一切都是凶手聪明的计策。而大名鼎鼎的判案专家言溯居然睁眼睛说瞎话,坚称小帕克是自杀。这其中绝对牵扯到了政治阴谋!

艾伦对言溯的种种言语抨击,让甄爱心中不满;可那句"言溯认定小帕克是自杀的",让甄爱完全惊住,为什么?

那封遗书明明就是假的,为什么认定帕克是自杀?

第二天是言溯、甄爱和赖安、艾伦四人约会的日子,地点在 Villa Pac 餐厅。

言溯和甄爱从各自的房间走出来,看了对方一眼,同时奇怪地蹙了眉,异口同声:"你穿成这样?"

言溯一袭墨色西装,英气逼人,冷静的黑色衬得他的气质清冽而倨傲,五官也越发白皙俊秀。他挺拔地立着,像古远城堡里孤寂一生的王子。

甄爱片刻失神,不动声色地看了他好几眼。

而他浓眉轻拧,看似若有所思实则颇有嫌弃地看着甄爱。

甄爱穿着最普通不过的白色外套、牛仔裤。

"你穿成这样是去给人端盘子的吗?"他丝毫不掩饰语气中的嫌弃,"哦,服务生都会穿得比你好。"

甄爱搓搓手:"那你一个人去好了,反正我们也不是真的恋人。"

"哟?"他俊眉一挑,"还破罐子破摔了?"那似笑非笑的样子,像是在逗一个赌气的小孩。

"你才是破罐子。"甄爱小声地怒了。

言溯居然无声地笑开,走过来在她背后拍了拍,示意她出门。

进电梯的时候,甄爱从镜子里看见两人的倒影,他矜贵而清雅,干净古典,像中世纪的皇室贵族,又像原野上笔直挺拔的树;而她的衣着实在是太路人、太大众了,站在他身边真的很不搭。

甄爱看得自惭形秽,别过头去。言溯目光始终平视前方,见她直接灰着脸扭过头去,他眸光闪了闪,唇角似有似无地一弯。

出门后的第一站竟然是瓦伦蒂诺门店,甄爱早猜到去的地方有着装要求,倒没有太多惊讶。

她不常买衣服,望着华丽的礼服,有些迷茫,不知从何选起。

言溯扫了一眼,挑出一件淡绿色的单肩连衣及膝裙和一件白色风衣,与搭配袜子和小靴一起,递给她,说:"综合了衣服颜色和你皮肤颜色的配合程度、保暖程度、三围的相配度,以及衣服的美观度,这件是最好的。"

一旁的服务员面色纠结,这段话她理解得很困难。

甄爱捧着柔软的衣服,四周张望了一下:

"那个红色……"

"太风情,像蒂塔·万提斯。"

"黄……"

"太暴露,像布兰妮。"

服务员脸都黑了。

"那个 V……"

"……你想穿去给谁看?"言溯不善地眯眼,默了默,"再说,你胸围不够。"

服务员忍着轻笑。

甄爱脸微红,站直了小身板,还疑似轻微地挺了挺胸,不满地看着言溯。

可言溯没理解她的意图,居然满意地点点头:"果然我选的最好吧。"

甄爱干脆没意见了,进去换衣服。出来的时候,人已经是焕然一新。

言溯回过头来看她时,淡然的眼眸也微微凝了半秒。

就像他之前目测的,这套衣服很合身,很配她白皙的肤色,简洁大方又不失时髦俏皮，色彩淡雅，衬着她那张清丽的小脸，在初春的季节看着都心旷神怡。

甄爱对这样的装扮也很满意，就这么穿着去赴宴了。

只是这次约会，她不免想到赖安的男朋友艾伦。昨晚上网搜到的内容让她的心里蒙上淡淡的阴霾。她对今天的约会有些担心。这么想着，她又不自觉轻拧着眉心望了他一眼。

他很专注地目视着前方，不知在和谁说话，声音平淡又古板："第九次。"

甄爱四处看："什么东西？"

"你第九次看我了，这次又在看什么，终于发现我是外星人？"

他眼睛怎么长的？他一直看着前面，她还以为他没注意到。

甄爱微窘："呃……"

言溯垂眸瞥她一眼，习惯了她的反应慢半拍，懒得等，索性直接开口："你有话想问我？"

"嗯，我……"

"想问小帕克？"

"嗯……"

"是想问他的事，还是想问我的事？"

你也要给我机会开口啊？"都想知道。"

言溯点点头："哦，原来你喜欢听故事。"默了默，说，"真遗憾，我不是喜欢讲故事的人。"

甄爱头顶挂了三条黑线："那你跟我说那么多有的没的干什么？"

言溯穿梭在夜色中，唇角不经意地轻轻勾起："我只是没想到，你居然有这么强的好奇心。过了昨天，还念念不忘。"

甄爱一愣，倏尔低头，在心里微微一笑，她并非好奇案子，而是好奇他。那么想知道他的过去，哪怕是一丁点儿微不足道的东西。好像知道他的过去，她就认识他好久了一样。

真是奇怪的心理。

不过，他不说就算了。她不需要知道，只需要相信。他说帕克是自杀的，那她就认为，他是对的。

到了约会的地点，赖安见了甄爱，眼前一亮，夸赞甄爱漂亮，又拉着她的手来了个亲密的贴面礼："Ai，晚上好！"

言溯立在一旁，皱了眉。

走去座位时，赖安和艾伦在前面，言溯和甄爱在后边。言溯也不知在想什么，忽然就揽住甄爱的腰，把她带到身边。

甄爱始料未及，撞进他怀里，他已经低头，凑近她耳边，微微一侧，贴住她的脸，轻声说："Ai，晚上好！"

甄爱挨着他温热的脸颊，愣住。

他在学赖安给她贴面礼问好，竟不像平时疏淡地喊她"甄爱"，而是类似外国人的发音，Ai，音调平声，尾音略长，像是一声呢喃，被他低沉的嗓音唤着，绵绵的，说不出的柔和迤逦。

他行了礼便直起了身子，松开了搭在她腰间的手，脸上依旧是淡定自若。

对于他这种学习人类的行为，甄爱已经见怪不怪。

走到餐桌前，他竟然还骄矜地代替服务员给她拉椅子，绅士风度十足，这让甄爱颇为受宠若惊。她原以为他对这种事懵懂迟钝，却没想，他要是做什么事上心起来，对细节的要求都极尽完美。

赖安看在眼里，自以为理解地冲甄爱眨眨眼，又替好朋友开心似的冲她笑笑。

甄爱抿着水杯，稍稍心乱地移开目光。

赖安个性活泼开朗，也算是甄爱比较固定的朋友，虽然两人时常在实验室里见面，但大都静心研究，互不说话。此番遇到，他难免像见到多年不见的好朋友一样尽情聊天。艾伦则是斯文稳重的样子，偶尔笑着插话几句，却不多。

倒是言溯，自始至终都不讲话，默默听着……或许没听。

直到后来，赖安问起上次见面，说音乐会效果怎么样时，艾伦转而问言溯："那天你是怎么看出我是记者的？"

这也吊起了甄爱和赖安的好奇心，齐齐看言溯。

言溯放下水杯，语调平平地说："你上衣口袋里的两支笔，一支是录音笔，另一支的笔帽上安着针孔摄像机。手里拿着手机，屏幕头两个快捷键就是录音和相机。还有你的手表，也是可以录像的。结论是，要么你是个变态的记录窥视狂，要么这就是你的职业。"

这么一听，竟像是：变态的记录窥视就是你的职业。

甄爱不好意思地笑笑："这已经是他最温和的评论。"

言溯眼珠一转，略带抗议地看了甄爱一眼。

艾伦也不介意，反而开玩笑："真荣幸，言溯先生没有第一眼把我列为变态，看来我长得不像。"

言溯沉默了半秒，说："不是的。那是因为还有别的特征，让我把你清除出了变态的队伍，归到了记者那一类。"

"……"甄爱已经控制不住，沉默望天。

艾伦愣了愣,还是问:"我哪里显露出来我是做记者的?"

言溯干净利落地回答:"语域!"

艾伦一愣,瞬间恍然。

甄爱和赖安则没太明白,齐齐看向言溯。

后者极其快速地解释:"你说话省掉了很多系动词,这是常见的新闻标题写法。你说的七句话六十个单词里,用了十五个书面语、九个行业用语和十六个阅读三级以上词汇。要么你喜欢咬文嚼字,要么你就是做文字工作的。"

艾伦和赖安张口结舌。

就连甄爱也瞠目,他的脑袋是怎么运转的,点头之交的人说的几句话,他都能从语法语义语言学的角度分析得这么清楚。这……

艾伦连连点头,心服口服。

赖安眼中闪过崇拜的光,兴奋又好奇地问:"那你知道我是干什么职业的吗?"

言溯平淡看他:"你在食品药品监督管理局的国家毒理研究中心工作。"

赖安大吃一惊:"你是怎么看出来的?"

言溯面无表情,"没有看,甄爱告诉我的。"

"……"

艾伦喝了一口红酒,看似漫不经心地问:"S.A.很厉害,但是,你的判断有没有过出错的时候?"

甄爱心里微微一震,知道艾伦的职业性和探究性显露出来了,她有些担心地看了言溯一眼,后者则很简单地回答:"没有。"说着,竟一脸淡然自若地把甄爱的盘子端到自己面前,拿着刀叉帮她切牛排。

甄爱一怔。她右手力度不够,控制不住刀叉,原本还略微发愁,却不知他是怎么看出来的,竟主动帮她切牛排。

她胸腔里突然涌满了温暖的感觉,可一抬眼看见赖安暧昧的神情,一贯淡然的她竟有些赧然。扭头再看言溯,他垂着眸,安静又认真,熟练地用刀叉把盘子里的牛排切成很多小块,动作干净优雅,像是艺术家。

甄爱莫名心跳如擂鼓,脸颊也发烫起来,心思混乱,只好捧着红酒咽了一大口。

言溯把牛排切好递给她,看到她红扑扑像小番茄一样的脸,奇怪地看了一会儿,问:"你发烧了?"

"……喝了红酒。"

"东西都没吃你喝那么多酒干什么?你的一些生活习惯还真是……"言溯皱眉,"你该不会是那本书的作者吧?"

"哪本书?"

"《早死的妙诀》！"

"……"

对面的赖安和艾伦都轻轻笑起来。

甄爱倒不介意，低头用叉子挑起一块牛肉放进嘴里，味道很好，她不经意地弯弯唇角。

半晌，艾伦重拾话题："人都是会犯错的。S.A.，你哪来那么多自信？"

言溯的回答像在背教科书："自信来源于对正确的追求和不害怕出错的勇气。"

"那你哪里来的勇气不害怕出错呢？"

"因为我本来就不会让自己出错。"

得，又绕回去了。

艾伦耸耸肩，笑出一声，拿谚语来压他："我们只是凡人，凡人都会犯错。"

言溯弯弯唇角："你没懂我的话。"

艾伦不解："什么？"

"是啊，'我们只是凡人'。这是很好的一句借口，不是吗？"言溯放下手中的刀叉，习惯性地十指交错，撑在桌上，眼瞳幽深，表情认真，"我是卡车司机，我可能偶尔晚睡酩酊大醉；我是士兵，我可能偶尔放哨偷懒；我是警察，我可能偶尔遗漏细节证据；我是医生，我可能偶尔忽略了 X 光片上一个黑点……这些都很正常，因为，我只是个凡人，我也会犯错，所以很多时候，我不需要意志坚定，我不需要承担责任，我不需要严于律己。"他淡淡看着艾伦，"我们只是凡人，凡人都会犯错。这句话听上去就好像'凡人'的属性是出错的借口。但我却认为，作为'人'的属性是区别自然界其他高等动物的标志。不然，真是浪费了人类祖先以千万年计的进化。

"所以，你懂我的话了吗？"言溯的话掷地有声，"我说我不会犯错，这不是自负，而是态度。"

甄爱盯着他坚毅的侧脸，恍如被震撼了一般，悄然无声。

是啊，他从来都不是自负轻狂，他不过是严苛自律，到了一种禁制的地步。于他来说，不会犯错，这不是骄傲，而是一段意志坚韧磨练心智的苦行。

艾伦钦佩地点头："我很惊讶你的态度，也很震撼。但是，我认为仍然存在你做到一丝不苟却仍旧出错或者判断主观的可能。比如小帕克的案子，和罗拉案一样的死亡方式，一样的五角星和留言，关键还有一封明显造假的遗书。请问，言溯先生为什么判定他是自杀的？"

甄爱的手微微一顿，她忽然又想到了艾伦在报道里用的那些尖刻的抨击。

她不免又替言溯担心，可他依旧不动声色，淡淡道："我不会把案件内容透露给你。"

艾伦耸耸肩:"当然,这是你的职业素养。而作为记者,我必须公平正义地反映社会上所有的声音,揭露所有的黑暗。所以,我会继续追踪幕后可能的阴谋。"

甄爱觉得或许是红酒喝多了,头脑一片发热的愤怒。

可当事人言溯竟然礼貌地颔了颔首:"我尊重你的看法。"

甄爱的脑袋像是被狠狠敲了一下,又是一愣,她真的从言溯淡漠平静的声线里听出了尊重。可是很奇怪,一瞬间,她莫名就心酸起来。又酸又痛!以他每天搜取各种信息的习惯,他一定会看到艾伦写的那篇文章,言辞尖刻,咄咄逼人。

可是,他这个人,太正直,太纯净,他尊重不同的声音,所以即使被艾伦这样反驳和质疑,他也平静而客观地接受。

甄爱觉得头有些沉,手中的刀叉不轻不重地落在了盘子里,发出一声响。

艾伦和赖安都抬起头来,言溯也扭头看她,眼中闪过一丝微讶,却沉淀下来,轻声问:"怎么了?"

甄爱没理,只是眸光很冷,近乎狠狠地盯着艾伦:"你说你要公平正义地反映社会上所有的声音。呵。"

一贯淡漠的她竟然冷笑了一声,自己犹不觉,周围的三个男人都愣住。

"请问,当全世界都认为帕克是他杀的时候,言溯认为他是自杀。他作为少数人,不,一个人,就不包含在你说的社会上所有的声音里了吗?新闻学的课本上说过,不能忽略少数人的声音。艾伦先生,你的公平正义在哪里?在我看来,全是自相矛盾!"

"不……"艾伦还要辩解,可甄爱根本不给他机会。

她脸蛋通红,也许是真的喝多了酒,心中的愤慨一旦开了口就像是决堤的洪水倾泻而出:"很不巧,我看过你的那篇报道。其中对于案件的推理和质疑全是你的主观之言,没有任何警方的证据做支撑。作为一个探案的非专业者,以记者义愤的角度去报道推测,你这是愚昧无知。作为一个专业的舆论引导者,你只顾展现自己迎难而上剑走偏锋的特点,却丝毫不顾你的文章会对受众的误导和影响。你英雄主义泛滥,偏执得可怕。"

艾伦脸红如猪肝,重重放下刀叉:"甄爱小姐,你这是人身攻击,毫无依据。"

甄爱却一挑眉,笑得无惧:"哦?刀子落在自己身上你知道疼了?那篇报道里,你不就是这么攻击言溯的吗?那他……"她突然就哽咽了,言溯看到那篇报道的时候,是云淡风轻的一笑而过吗?还是冷静漠然地拂去心里的一丝刺痛?

她不知道,因为他性格如此,从不争辩,从不解释。

他不辩解,所以你们就以为他没感觉,不会被伤害吗?

愤怒在短暂的遏制后排山倒海地袭过来："中国有句古话，叫己所不欲勿施于人。艾伦先生，公平正义不是口头上标榜的，而是行为上践行的。作为记者，尤其如此。"

艾伦脸色十分难看了，自己汲汲营营建立起来的高贵正义者形象，在刚才的几秒钟里被甄爱拆得干干净净。

赖安脸色也很不好，有些不满地看了艾伦一眼。

艾伦头大如斗，僵硬地反驳："甄爱小姐，你说的话，主观色彩太浓了。"

甄爱得逞地一笑，仿佛就是在等他这句话，她重重地点点头："刚才我那一番主观色彩十分浓重的批判是我不对。艾伦，我向你道歉。"

这突然的冷静得体反而让艾伦隐觉不安，而下一秒，甄爱立刻扭转话锋："所以，也请你，为了你那一番对言溯的主观攻击，向他道歉！"

后面四个字尤其大声，周围餐桌的人全讶异地看了过来。

艾伦顿时骑虎难下，面红耳赤，却一句话不说。

甄爱眼睛都红了，狠狠瞪着他，一字一顿，每个字都像是从牙缝里蹦出来："艾伦！我要你道歉。别逼……"

言溯不动声色地用力地抓住她的手。

她原本因为生气，小手握成拳紧紧摁在餐桌上。他掌心宽厚，覆上去，便将她整个儿手都拢了起来，密密实实地包住。

片刻前失控的甄爱忽然就安静了，好像暴躁的小狮子被注射了镇定剂，瞬间柔顺服帖下来。

她依旧是小脸通红，将艾伦吓到的不顾一切的眼神在扭过头看向言溯的一刻，刹那间恢复清澈。

她愣愣地看他，又呆呆地低下头，盯着感觉一片温暖的手，只看得到他白皙的手背。他坚定又温柔地攥她的手在他掌心。

她再次讷讷地抬头看他，不明所以，她其实是不胜酒力，有些大舌头地说："怎么了？"

而他看着她清亮的眸子，原本想轻轻摇摇头，最终却只是定定地，微微一笑："没事。"

这一打岔，甄爱什么都忘了。之前汹涌的情绪全退潮般落下去，只觉得脑袋昏昏沉沉，身体热乎乎的，尤其是被他覆住的手。

对面的艾伦如释重负。可赖安放下了刀叉，沉默地看向艾伦。

后者一惊，刚要说什么，赖安冷静地先开口："艾伦，我觉得甄爱说得很对。你应该向言溯道歉。"

艾伦不可置信："你说什么？"

"之前我认为你很有勇气，敢于抨击黑暗。可现在细细一想，很多都是你的主观作祟，煽动大众的情绪。比起记者，你是一个很好的演讲家。这样的人真的很可怕。"

艾伦没料到赖安也会倒戈，气愤地道："你这才是愚……"

话音未落，赖安一杯红酒就泼上去。

酒水从艾伦身上流下，在周围人惊异的目光里，赖安面无表情地站起来，毫不愧疚地说："疯子。"说罢，又看向言溯，"你没有跟一个疯子生气，这样的大度和包容，让我钦佩。"

他转身要离开，又退回来，脸色绯红地咳了咳："我和艾伦正式分手了。如果你……"

言溯眸光暗了暗，带着点儿阴恻恻的味道。

"开玩笑的，"赖安耸耸肩，朝茫然的甄爱走过去，"我只是要给 Ai 道个别。"

他刚要欺身给甄爱来个贴面礼，蓦然发觉言溯身上的寒气都扑到他身上了，他躬着的身子一僵，举着双手直起身，后退几步，笑着规规矩矩地摆摆手："那就口头上说再见吧！"

出门时，言溯从服务生手里接过甄爱的风衣，亲自给她穿上。末了，帮她把风衣上的纽扣一颗颗扣上，又竖了竖她的衣领，不经意间，微凉的拇指就触碰到她因喝酒而绯红发烫的脸颊。

只是蜻蜓点水般的一触，轻盈的感觉却萦绕指尖，他依旧平静，垂眸看她，低低地说："外面冷了。"

他声音低醇得像琴声，甄爱仰头看他，双颊绯红，眼眸清亮。她从不喝酒，今天第一次喝，觉得味道不错，就不小心多喝了一些，全身都暖暖的，她咧嘴一笑："我不觉得冷呢。"

他看着她因为酒精而暖融融的笑脸，表情凝滞了半刻，转瞬即逝。

跟着他走出去的时候，甄爱想起今晚上他的表现，不似平时的疏离，便追上去，仰着脑袋问："你演恋人，还是很有天赋的嘛。"

言溯随口答："那是因为我谈过很多次恋爱。"

甄爱脚步一顿，复而前行，声音明显弱了些："是吗？"

"当然不是。"言溯颇带骄傲地说，"因为我什么都会，我是个天才。"

甄爱忍不住微笑，半刻，又落寞地收敛。

或许对她好，只是一样简单的技能。无关感情，只关乎能力。就像弹钢琴，就像清晨散步,就像喝水,就像做饭。

但即使是这样,被他这样真挚又专注地对待过,她还是很开心。

甄爱深深吸了一口微冷的空气,心想,要是很多年后,他还会偶尔记起曾经有过这项技能就好了。

她走着走着,脚步有些虚浮,脑子也有些迷蒙,却还晓得问出心里的疑惑:"你好像对艾伦没有恶意。"

言溯稳步走路:"为什么要对他有恶意?"

"他质疑了你……"她的步履微微踉跄,"三番四次。"

"他维护了他心中的正义。"他的语调很平稳,却透着一股张力,"而且,任何时候,反对的声音都是很重要的。"

"那是我不好,让你难堪了。"甄爱晃了一晃,口齿不清。

言溯却极浅地笑笑:"没有,你那样,我其实很开心。"看见她急匆匆为他争辩的样子,他竟然奇怪地开心,那是一种从未体验过的开心。只是,他不太明白为什么。

这不合常理。

"不过,"他陡然停下脚步,转头看她,"你怎么了?"

话音未落,后面的甄爱一个刹车没稳住,撞进他怀里,于是再也站不稳了。

言溯伸手扶住她,看看夜里她黑葡萄一样清透的眼眸和红扑扑的小脸,不用想也知道:"你酒量不行。"

她蒙蒙的,伸出一根食指比划:"我只喝了……一杯。"

言溯板着脸,纠正她的错误:"酒量不行和你喝了几杯没有关系。"

她反应更慢了,摇摇晃晃半天:"现在这个时候,你要跟我讲逻辑?"

言溯:"……我不会大晚上站在路边跟一个意识不清楚的女人谈论我最心爱的学科。"言溯板着脸说,"这样很傻。"

"嗯,很傻!"甄爱重重地点点头,刚要往前走,双腿一软,差点儿往下倒。

言溯赶紧搂住她的腰,结果她就挂在了他身上,这下,他只得半扶半抱着她继续走路。

女孩的身体柔得像水,盈满他整个怀抱,这样陌生细腻的触感叫他不太适应。而且,她软软地挂在他脖子上,脑袋晃来晃去,炙热的鼻息全喷进了他衬衫领口,轻软又滑腻,搅得他的心里陡生一股奇怪的心烦意躁的感觉。

甄爱被他搂在怀里,乖乖地跟着他的步子走,还仰起小脸回头看他:"言溯,你是不是同性恋?"

言溯被她这没头脑的话气得笑了:"你又在想什么?"

甄爱嘿嘿笑，口齿不清："听说，极度优秀的男人，都是同性恋。"

言溯皱了眉："虽然我很欣赏你的眼光，看得出我是极度优秀的，但是你的逻辑思维真的是惨不忍睹。部分优秀的男人是同性恋，你却偷换概念，扩大了定义范畴，推出所有优秀的男人都是……"

甄爱的眼眸迷蒙，很明显现在她的认知能力受到了酒精的阻碍，她软软地笑："其实我觉得，你这种较真的时候，还是挺可爱的。"

言溯闭了嘴。

甄爱说着还摆摆头："但是，我现在真的不知道你在说什么。"

言溯："……"

甄爱歪靠在他胸口："你不是同性恋，那你就喜欢女人哦？"

言溯懒得回答。

她歪歪扭扭的，几乎让他手忙脚乱不说，还总是不经意地在他身上蹭蹭，他好歹也是身体各个感官都十分敏感的年轻人。这样在他怀里拱，他真的，要有反应了好吗……

她突然又是一歪头，火炉般的小脸就埋进了他的脖颈间，热乎乎的鼻子和嘴唇粘在他的锁骨上，直往他胸口呼气。他触电般的一个激灵，立刻狼狈地拉开和她的距离。

这一推，甄爱站不稳，直接往后倒去。

言溯一怔，赶紧俯身重新去搂她，抓着她的腰往回一带，她轻飘飘地又撞了回来。他低着头，两人撞了个满怀。而她仰着头，红红的嘴唇稀里糊涂地擦过他的唇角。几乎是千分之一秒的短暂唇齿触碰后，两人的脸颊摩擦出沸腾的高温，紧紧贴在一起。

言溯手忙脚乱，火速把她从自己身上揪下来拎着，而她，似乎是酒的后劲完全上来了，丝毫不知道刚才发生了什么。黑黑的眼珠乌溜溜地看着他，歪着头懵懂地问："你在想什么？"

言溯抿着唇，语气难得一见地有极轻微的气急败坏："不想说。"

"说啊。"

"我想把你扔掉。"

甄爱小心翼翼捂住嘴巴，黑眼睛乖乖看着他："我不说话了。"

言溯："……"

言溯客观地从生理角度分析了一下，虽然家不远，但这么半搂半抱着她回去，被她软乎乎的满是雌性荷尔蒙的身体蹭几下，绝对会在他身上引起一些不良的连锁反应。

刚才，他怀里满是她盈盈柔软的身体，真是水做的，娇柔又绵软。而短暂的擦唇过后，他的唇角和脸颊上也全都是她馨香的气味，还有她肌肤上滑嫩细腻的触感。

虽然他很清楚这是再正常不过的生理反应，但偏偏他天赋异禀，对任何一种感觉都……过"身体"而不忘。

他不得不承认，这个小女人的身体陌生又刺激，好几次在他心底划过电流。这些感觉，不止萦绕心头挥之不去，估计拿磨刀石都磨不掉。想了想，决定还是背她回去。

甄爱没有抗拒地任他背起来，迷迷糊糊，似睡非睡。

言溯也不知道她还有几分意识。走了一半，扭头看她一眼，她的小脑袋歪在他的肩膀上，闭着眼睛，安安静静的。

路灯光透过树影照在她白里透红的脸上，长长的睫毛下一道幽幽的暗影，偏偏脸颊的肌肤被照得几乎透明，像是一碰就会碎掉的水晶。

他淡定地收回目光，直视前方，却下意识地稍稍抬起这边的肩膀，怕她头一歪掉下去。没承想力度没有控制好，肩膀一抬，她脑袋朝里一歪，紧贴住了他的脸颊。嘴巴埋在他的脖子上，鼻息呼呼地往他衬衫里边喷。

真是自作自受。

好痒……能不能用个麻布袋把她套上，让他像圣诞老人一样拖她回去？

初春的空气里都是清冽又干净的味道。夜色微浓，米白的灯光就着枝桠斑驳的影子，在石板人行道上投映下树梢新芽的轮廓。两旁的建筑里偶尔透出温暖的光，道路中央时不时车辆驶过。他就这样安静而又沉默地背着她，从陆离的各色光线里走过。

她比他想象中轻很多，一百六十八厘米的身高，背在身上似乎只有四十二公斤左右。他眼眸一垂，便落在她的手上。因为搂着他的脖子，她的衣袖被拉上去了一些，露出纤细的手腕，上面很多道浅浅的伤痕。

他眸光幽暗，眼瞳几不可察地敛起，复而目视前方，沉稳地走着。

脖子上，她紧贴着的嘴唇却嚅动了一下，发出一丝模糊不清的音："哥……"

他望着前方，神色疏淡："谁是你哥？乱喊……"

她喃喃自语："我好笨。"

他默默微笑："这倒是。"

说着，自己都觉得好笑，他竟然跟一个迷迷糊糊醉酒的丫头对话？没逻辑！

她难过地嘀咕："我看不懂你留的密码。"

言溯的唇角便渐渐落下来。

他微微侧头,瞥了她一眼,她轻轻蹙着眉心,睫羽轻颤:"你想对我说什么?我好笨,看不懂。"

言溯收回目光,正视前方:"不仅笨,还固执。"

"4407次,还是失败……对不起。"她的声音小如细蚊,说出就被风吹散了。

可近在耳边的低语,言溯还是听出了她话里的内疚与痛苦,更深的是无力。他的脚步忽然一顿,因为,有泪水滑进他的脖子里,冰冰凉凉的。

春夜的凉风一吹,透心。

甄爱难得安安稳稳地睡了一觉,一夜无梦。

红酒的作用过去,依旧在早上六点准时醒来。醒来之后却不想起床,而是在宽大柔软的床上滚来滚去地蹭了蹭。

天鹅绒的床垫,被子蓬松又舒适,软乎乎的,像棉花糖。她从不睡软床,偶尔体会这样亲昵的感觉,她还是很喜欢的。

厚厚的窗帘遮住了外面的光,打开台灯,朦胧的光线把房间内清净典雅的装饰照得越发温馨。

她闭着眼睛,缩在被子里回想了很久,昨晚的事却像风中柳絮,抓不到一丝痕迹。罕见的赖床之后,甄爱洗漱好了下楼去。

才走下楼梯,电梯叮咚一声响,言溯走了出来,看得出是散步了回来的。

他看了甄爱一眼,神色淡然,和往常没有任何差别。

甄爱问:"昨天是你带我回来的吗?"问完才发现不妥,这个问题对他来说无疑是一句废话,以他的性格,绝对不会好好回答。

果然,他眸光无声地闪过来,说:"昨晚一个天使经过,把他的翅膀借给了你,你自己扑腾着飞回来的。"

甄爱跟在他挺拔的背后,不满地小声嘀咕:"你直接说'是'更简单。"

言溯耳朵尖,走在前边,头也不回:"你动脑子想想最简单。"

今天是欧文做的早餐。

言溯才拉开椅子坐下,手机响了,他看了眼来电显示,接起来第一句话就是:"催什么催,婚礼会跑掉吗?"

甄爱早已习惯,淡定坐下。

言溯语气不好:"饿肚子或口渴的时候,我会变得很不好相处。"

这话说得就像他其他时候很好相处一样,

"你希望我到现场的时候先把你圈子里的朋友们去过什么地方,谁和谁玩暧昧,谁和谁有一腿分析一遍吗?"

"很好。我欣赏你务实的态度。"他挂了电话，满意地准备吃早餐，拿起刀叉，也不看身边的人，说："过会儿去汉普顿。"

"婚礼？"

言溯阴沉沉看她一眼，不太开心："我家的事对你来说，就这么没有存在感？"

刚才是谁说婚礼不会跑掉的？

甄爱低声骂他："只许州官放火，不许百姓点灯的家伙。"

言溯想了一会儿，瞥她一眼："我听得懂成语。"

临行的时候，欧文却说工作忙，不去了。

甄爱莫名其妙，简直不知道他这段时间在忙什么。

她特奇怪："可是欧文，你的工作不就是我吗？"

欧文听了这话，脸立刻变成一个番茄，呼哧呼哧地跑开了。

甄爱更加不解。

这是甄爱第一次参加婚礼，心里有些期许，本想问言溯有关婚礼的信息，但言溯开车时极为认真，俊秀的脸上只有专注，仿佛写着"为了你的安全，请勿和司机讲话"的字样。

甄爱琢磨老半天，说："言溯，你真的可以一心多用吗？"

言溯皱了眉："认识这么久你还没看出来？领悟能力真差。"

甄爱灰头土脸的，你直接说"是"不就好了。"既然如此，那我们聊天吧！"

"聊什么？"言语中有微微的警惕。

甄爱装作很随意的样子，对着镜子拨弄头发："聊一些你的想法啊，比如……为什么小帕克是自杀的？"

言溯极快地从后视镜中瞥她一眼，她看似漫不经心的样子，其实心里很认真，哼，装得一点儿都不像。他收回目光，出乎意料的配合："好。"

甄爱反倒措手不及。

言溯注视前方，他的确不太愿意提已经过去的事，但想起昨晚甄爱在饭桌上对他的维护，他当时因为她而愉悦的心情……

如果她对这件事好奇，他是愿意取悦她的。

他说："一开始，有种合理的解释是小帕克杀了罗拉，学生中有人知道他是凶手，出于报复或其他原因，以同样的方式杀了他。这个凶手很聪明，把警方往连环杀人案的方向误导，就很难查出他是谁。"

甄爱赞同："我一开始也这么想。看到帕克死亡现场描述的那一刻，我第一反应是连环杀人，差点儿推翻之前的推理。"

"外界不知道帕克是罗拉死亡案的重要嫌疑人，所以帕克和罗拉的死法一样时,谁都认为是连环杀人。"言溯弯弯唇角,却没有笑意,"而这时我说帕克是自杀的,全世界大概以为我要么是疯子,要么卷入了哪些家族中在搞阴谋。"

甄爱替他委屈:"为什么不把罗拉案的分析公布,让大家看到帕克是杀死罗拉的凶手。先不管帕克是不是自杀,这个案子至少不是连环案。"

言溯扭头看她,浅茶色的眼眸澄澈干净,带着一丝费解:"帕克不是未成年吗?车上还有其他学生。难道让媒体知道他们聚在一起嗑药?相信我,媒体绝对会转移目标,以他们为典型抨击青少年教育。"

甄爱一愣,这种时候他居然还想着保护未成年人的隐私和权利。她忽然有些心疼,别过头去看窗外。

好一会儿她才平复胸腔中酸酸涩涩的情绪,重拾话题:"帕克为什么是自杀?"

"一开始我就没有排除自杀的可能。"

"为什么?"

"不为什么,只是习惯。"

甄爱听欧文说过,言溯为了保证推理结果的正确,会把各种可能性,包括最不可能的都想出来,并一个个验证。

这或许就是他说的不会犯错的原因。他太严谨。

"你说的那些错位不在场证明,诡异杀人手法,甚至双人作案,集体作案,我都考虑过了。可每个都有圆不过来的地方。"言溯直直看着前方的路,"到最后只剩一种可能。"

"那封遗书呢?"甄爱问,"那不是一封正常的遗书,一看就是伪造的。"

言溯淡淡一笑:"如果帕克想要的效果,就是让人以为他是被杀呢?"

甄爱一愣,她并未考虑到这种动机,现在考虑到了,这案子反而变得简单合理:"你认为遗书是帕克自己写的?"

"对。"言溯回答,我看过帕克的卧室。十七八岁的高中男生,收拾得极其整洁有序,书架上很多推理小说,尤其是密室和不可能犯罪。换种说法,他平时就很有条理计划,而且他有基础的推理知识和能力,知道遗书有几种写法,知道怎么有效地误导警方。"

甄爱恍然大悟:"帕克案里,我一直疑惑凶手怎么那么大胆自信。明知道帕克约了很多朋友过来,还在等人的地方杀人。在那儿杀人就算了,还只比约定的时间提前十分钟,要是有谁来早一点,就可能撞到凶手。"

"我之前考虑是不是凶手用什么方法控制了大家到达的时间,但没有这种迹象。"言溯极浅地笑笑,"帕克是自杀的。他自己是凶手,不用从浴室离开,不会撞到来人。吊死自己的那一刻打开手机,等大家不耐烦了打电话过来。即使有人来早了,等待的那几分钟也足够他窒息而死。"

帕克为什么要自杀?

甄爱刚准备问,想了想,决定自己先分析:"他自杀却伪装成他杀。一定是想传达什么信息。既然如此,他传达的信息一定会表现在案发现场不合常理的地方,让发现尸体的人一眼就看到,并被震撼。"

她声音很小,可言溯耳朵灵,听得清清楚楚。

他忍不住弯起唇角,透过车内的后视镜瞥她一眼,她正托着腮蹙着眉,细细思索着。她认真的样子真可爱。可目光一收回,言溯看见自己眼底的笑意,自己都觉得很陌生,他愣了愣,仿佛被自己吓到。这真是一种费解又难以言喻的表情。

他有些惊讶,有些不自在,更有点儿窘,最终,表情极为别扭地目视前方去了。

甄爱不觉,自顾自梳理好了线索,和他讨论:"有两个可疑点:一是玻璃上的水雾和印记。帕克特意约大家按时过来,是为了控制热水的雾气,怕死得太早,水雾散掉后大家看不到字迹。"

言溯故意问:"大家看不到,法证人员也会发现。"

"那些字迹是给发现现场的人看的,第一眼的震撼。就像第二点,他的遗书,用防水笔写了挂在身上。他的目标是那些学生!"

甄爱脑子里灵光闪过:"吊死,扒光衣服,玻璃上的字迹,一切都是他的杰作。在罗拉身上试验之后,完完整整地复制在自己身上。他做这一切是为了恐吓剩下的人!"

言溯神色未明:"是。未成年案的细节不会公布,其他人不会知道他杀了罗拉。而他的自杀现场太震撼,让他人坚定不移地认为是他杀。剩下的人一辈子都在战战兢兢,在恐惧。因为他们认为杀死罗拉和帕克的凶手还逍遥法外,下一个被杀的,是不是就到他们了。"

甄爱莫名脊背发凉,帕克想要的是这种精神上的折磨?

"他为什么这么做,这群学生究竟在害怕什么?"

言溯问:"你记得罗拉死后他们的证词吗?就是他们找罗拉没找到回到车里的那一段。"

甄爱无语,她怎么可能记得……

言溯等了几秒,见她灰着脸没反应,这才领悟过来,慢吞吞道:"哦,差点儿忘了你的脑容量。"

甄爱抗议:"不是每个人都像你那么奇特。再说,你记这么多东西,脑袋不会累吗?"

言溯:"电脑需要休息?"

甄爱："可电脑也有死机和崩溃的时候。"

言溯扭头，淡淡看她："不要把我的大脑和你这种内存小得可怜的 Windows 98 相比较。"

甄爱："……"

言溯复述："凯利的证词：上车后托尼问大家是否继续找；我开了下汽车发现油箱坏了；安娜抱怨说罗拉不懂事；帕克和她争执；这时齐墨发现车窗的威胁，五角星和一句话'钱还是命'。托尼的证词：上车后我问大家是否继续找；凯利开汽车发现油箱坏了；安娜抱怨罗拉不懂事；帕克和她争执；齐墨发现车窗的威胁，五角星和一句话'钱还是命'……"

甄爱听他把所有人的证词说完后，皱了眉："都一样，他们没有撒谎。"

"哪些地方一样？"

"事情的大致经过，每个人说的话，开口的顺序……"甄爱猛地停住，"全部一样。托尼提问，凯利说汽车，安娜抱怨，帕克争执，齐墨发现。之前的口供都有自己的侧重，到了这里却惊人的相似，他们商量过！可，为什么？"

言溯很淡定："唯一的解释是玻璃上的字，他们不约而同想隐瞒。写在玻璃上的字不是'钱还是命'，而是一件他们都害怕却不敢公开的事。"

甄爱回想起帕克的那封遗书，现在经过言溯拨开云雾的一番分析，遗书内容其实很清楚合理了。

"是的，是我杀了罗拉。我再也不能忍受那丑恶的嘴脸，虚伪的高贵。"——这是他杀害罗拉的原因。

"内疚和罪恶压得我喘不过气来。犯错的人都该死，我也该死。"——帕克其实是想杀了所有人，然后自杀。

"不，实际上，我是害怕已经有人发现我的罪恶。"——帕克死之前，言溯和他谈过话。或许，他怀疑言溯已经看出来了。

"所以，与其等他来惩罚我，不如让我自己死得其所。"——比起被发现被拘捕，他宁愿再杀死他自己一个，把恐惧留给剩下的人。

"今天，我要在魔鬼面前结束自己的性命。"——他打电话找来同伴们，死在他们面前。

因为，他们就是魔鬼！

这封遗书竟然写得如此精心！

快到海岸了，海上的风吹进车窗，带着春天亲切的凉意。

甄爱的心却很沉重。她在帕克的证物盒子里看见过他的照片，十八岁不到的白人少年，金发碧眼，帅气阳光得像童话里的王子。看上去那样阳光的少年，怎么会处心积虑地密谋出这么一场戏?甚至不惜搭上自己的性命。

这背后,究竟隐藏着什么?

甄爱靠在车窗边吹风看风景。

汉普顿在东海岸,春天来得早。道路两边的大树早已发出新芽,暗色的枝桠上一片淡淡的嫩绿,透映出微蓝色的晴空,一路蔓延,像一幅令人心旷神怡的水彩画。汽车行驶在海滨街道上,透过树木便是大海,海绵在阳光下美得像蓝宝石,熠熠生辉。

甄爱的心情也随之轻松起来。

路的尽头转弯是条棕榈大道,春风吹得叶子呼呼作响,路边停满了名贵汽车,不远处是一座大庄园。

甄爱知道这就是目的地。

言溯把车停在路边,和甄爱步行过去。

快到门口,却见前面围着不少的记者。

甄爱奇怪了:"他们来干什么?"

言溯完全不值一提的语气:"哦,忘了告诉你,斯宾塞马上要竞选纽约州的参议员。"隔了几秒,"新娘安妮是亚当斯家族的。"

甄爱原以为是个小型又温馨的婚礼,这么看来,规模不小。她拘谨起来,小声埋怨:"我都说了要穿裙子来,你非不肯。"

言溯侧眸看她:"今天降温,你想冻死吗?"

甄爱顶嘴:"可你自己穿着齐齐整整的西装呢!"

言溯:"你要是穿西装,我不介意。"

甄爱:"……"

呃,刚才这一小段类似打情骂俏的语气是怎么回事?

甄爱脸红,立刻另起话题:"其实,你至少应该参加和家人一起的婚礼彩排晚宴。"

他垂眸睨她,语调倨傲:"甄爱小姐,你是在指导我的人际交往吗?"

指导?甄爱总觉得他这话似乎意有所指,看他眼神也是含意颇丰的,她莫名心跳不稳,收回目光不回答。

又是等了几秒没反应,言溯嫌弃:"说你几次反应慢,你就干脆自暴自弃不反应了?"

他的用词还真是……甄爱一时忍不住,瞪他一眼。

这是她第一次瞪他,不满又嗔怪,可怎么都像一种温软的撒娇。他微微一愣,半刻之后,居然清浅地弯弯唇角,不说话了。

他走了一会儿，复而又说："彩排就是亲属间一个个发表煽情又感性的演讲，极度不符合我的风格。如果我开口，必定会破坏温馨的气氛。"

甄爱抬抬眉梢："你还真有自知之明。"她飞速说完，觉得狠狠出了一口恶气，满意地微笑起来。

他原本要反驳什么，可一低头瞥见她嘴角自在得意的笑容，想说的话就停在舌尖，无疾而终了。

走近门口，记者看到言溯，大感意外，一窝蜂地过来问："老帕克再度提及当年小帕克被杀案，你依旧坚定认为他是自杀吗？""你不觉得小帕克自杀的证据很牵强吗？"……

言溯见记者涌来便竖了衣领，把甄爱外衣的大帽子拉起来盖住她的头，拉到怀里。

他一手搂着她的腰，一手按着她的头，用一种霸道而强制的力度把她紧紧裹着，低头冷脸地穿过闪烁的闪光灯和尖锐的问题。

甄爱还没反应过来，就被他捂得严严实实，头被按在他的脖颈之间，余光里只能看见自己白绒绒的帽子和他高竖的衣领。

她的脸抵在他的脖子上，狭小的空间里全是他冷冽而又熨烫的男性气息，陌生而又熟悉。她呼吸困难，脸颊发烫。可她没有想挣脱，而是任由他牢牢籀着。周围的声音她都听不到了，耳畔只有他的心跳声，透过他的颈动脉强有力地传过来。

短暂又漫长的几秒钟后，他带她进入庄园，这才松开她。

言溯脸色不太好，带着些许阴霾，不知是在生谁的气。

而她脸红红的，愣愣立在原地发呆，大大的毛茸帽还戴在头上，衬得巴掌大的小脸越发白皙粉嫩，可爱得像呆呆的雪娃娃。

他忽然就消气了，有些想笑，脸上却没有表现，依旧冷淡清冽，问："热了？"

甄爱羽睫扑扇两下，慢吞吞把帽子摘下来："没有。"

婚礼草地上很多宾客在攀谈。

其中有老帕克，见了言溯，两人对视一眼，微微颔首，便再无多言。

甄爱觉得怪异，因为老帕克并未表现出半分的怨言。照理说，他应该怨恨言溯才是。或许，政界的人都善于伪装吧。

一些认识言溯的和他打招呼，但都不和他握手或是行贴面礼。唯独他在看到外婆时，躬身和老人家贴了贴脸。

海丽享受不到这种待遇，也不介意，反倒意味深长地看了甄爱一会儿。毕竟，这是迄今为止她见过的唯一一个在她儿子身边待过的女孩儿。

甄爱大窘，眼神无处安放。目光一挪，撞见言溯的哥哥斯宾塞，他冲她微微一笑，内敛而有度。

斯宾塞是海丽大学时的非婚生子,个性很好,不像言溯那么古怪。长得也是英俊明朗,五官和言溯有四五分相似。

海丽大学毕业后和言溯的爸爸结了婚,但跨国婚姻只持续半年。言溯的抚养权归爸爸,海丽想念孩子就收养了个中国女孩,起名茉莉,就是贾丝敏。

贾丝敏是伴娘之一,之前在陪新娘,后来发现宣誓台旁的篱笆是原木色的,便赶紧过来找妈妈。

她老远看到言溯,刚要欢喜,却看见他身边的甄爱。她很亲昵地同言溯打招呼,笑容虚浮地把甄爱上上下下打量一遍。

甄爱静默的,没反应。

贾丝敏先搁下心里的不愉快,对海丽和斯宾塞说新娘要求的篱笆颜色是纯白色,不是原木色。

可离婚礼开始只有半小时。

斯宾塞希望给安妮梦想的完美婚礼,决定先推迟,叫人去换。可海丽不同意。

这时,外婆慢悠悠地说:"不要紧,家里有白漆,让S.A.去刷。"

甄爱奇怪,没想言溯话不多说,真脱下风衣,卷着袖子刷油漆去了。

甄爱跟过去,看着他躬身蹲在篱笆边,手中的刷子蘸着油漆利落又熟练地刷在原木上,所过之处一面细腻平滑的白色,漆粉均匀,光滑平整,像是专业粉刷匠的杰作。

甄爱诧异:"你从哪里学来的?"

言溯专注地盯着手中的刷子,浅茶色的眼眸里映着雪白的光:"小时候的夏天,外婆家的篱笆都是我刷的。"

甄爱脑中就浮现出一幅宁静的郊外画卷:欧式的古老庄园,茂密的树荫,满墙的繁花,艳阳蓝天下,小男孩提着油漆桶踮着脚尖刷篱笆。小小粉刷匠一身的白灰,像雪娃娃。

言溯刷着油漆,嗓音悠扬:"自从看了《汤姆·索亚历险记》后,就再不给她刷篱笆了。"

"那时候她说刷篱笆不是谁都干得好的,只有天才做得好。骗子。"白光映在他脸上,白净漂亮,"那阴险的老太婆,就知道欺骗小孩子。"

甄爱忍不住轻笑,蹲在他身边托着腮。

春天的风从海上吹过来,有点凉,却很舒服。

贾丝敏立在休息室里,掀了落地窗的纱帘看着。两个大孩子蹲在白篱笆边有一搭没一搭地聊着天,脸上映着白漆的光,微笑连连。

新娘安妮望见篱笆边的言溯和甄爱,笑:"没想到S.A.会带女伴过来,好漂亮的混血美人。"

贾丝敏不说话,赌气似的拉开落地窗,走上草坪,喊:"甄爱,过来啊。"

甄爱扭头看她,没有立刻回答。

贾丝敏无端心烦,这么慢的反应是怕她欺负?看着甄爱淡静又水灵的眼睛,贾丝敏的笑容消减了几分。她即使是心里嫉妒,也不得不承认甄爱的漂亮。

甄爱刚要答话,言溯手肘轻推她一下:"不想去就不去。那里没一个你认识的人。"

甄爱道:"这里本来就没一个我认识的人。"

言溯扭过头来,眼神不善:"我不是人啊。"

"我不是这个意思,"甄爱瘪嘴,"今天的婚礼,难道我就一直黏在你旁边?"

"为什么不行?"言溯觉得理所当然,"你不喜欢陌生人,就一直跟着我好了。"

甄爱低头,心怦怦跳。

她一下一下地揪手指,斟酌着要不要说"好呀",可贾丝敏又喊她了:"甄爱,过来看看新娘子嘛!"

这一喊,海丽和外婆都往这边看。

甄爱不好拒绝,应了声。

起身时,还故作得意地拍拍言溯的手臂:"哼,我有小伙伴,才不和你玩!"说到最后自己都忍不住笑出来。她都不知道为何此刻那么心情好,好得像草地上的灿灿阳光。

言溯不理她,唇角弯了弯,继续刷篱笆。

甄爱小跑过去一看,安妮身着雪白的春款婚纱,很漂亮。七个伴娘穿着七彩小洋装配长裙,像活泼的糖果。她拘谨而真诚地向安妮道喜。安妮和斯宾塞一样,很会照顾人,拥抱甄爱表示感谢。

贾丝敏立在一旁,不太友善地盯着甄爱看。今天寒流回潮,虽然出了太阳,气温却有点低。甄爱穿着白外套,宽大的帽子堆在肩膀上,衬着荧荧的小脸很是清丽。贾丝敏想起言溯说过的话,"寒冷会弱化人的心理防线",她唇角一弯:"甄爱,女宾都穿的裙子,我给你找条礼服裙吧?"

甄爱本来就觉得穿裙子合适,挺感谢贾丝敏的。

进入试衣间,打开衣袋才发现不是春款而是夏款,<u>丝丝缕缕</u>,材质很薄。甄爱犹豫了一下,但毕竟是陌生人的婚礼,她只认识言溯,不好挑三拣四。而且她的外套可以拆掉帽子,看上去像小洋装,套上也就暖和了。

才出试衣间,贾丝敏不小心撞过来,她杯中的红酒泼到她外套上。贾丝敏忙道歉,叫人来把甄爱的外衣拿去洗,又吩咐拿一件和伴娘一样的小洋装过来。

甄爱也就没介意。只是觉得,抹胸的裙子胸前空空的,尴尬得慌。

贾丝敏笑:"甄爱,我们刚才在讨论伴郎们,你之前在外面看见过吧?"

甄爱点头。

"我们都觉得那个金发蓝眼睛的最帅,你说呢?"

甄爱望了一眼,又点点头。

"他叫威廉,是斯宾塞在剑桥大学的同学。从英国来的,和王子的名一样。"

有个伴娘笑了:"贾丝敏,你又想配对啦?可甄爱小姐是S.A.带来的女伴,不用你介绍。"

贾丝敏隐去眼中的一丝不快,答:"S.A.是顺便带甄爱过来。你们不了解S.A.?他喜欢的不是甄爱这样的女孩。"

甄爱眸光闪了闪,脸色微白。

"他那么古怪,甄爱也不会喜欢他,对不对?"贾丝敏盯着甄爱,话语温柔,眼神咄咄逼人。

甄爱的心一震。这个问题出乎意料地把她推到一个尴尬而奇怪的角度,她不得不审视自己的内心。

其实,她从来都不觉得他古怪。一天又一天,她觉得他正气浩然,真实可靠,有原则有坚守,充满了人文主义情怀,很温暖很贴心。

这样的人,她为什么不能喜欢?

这样的人,她其实已经喜欢。

甄爱的心跳得激烈,她没有回避,直直迎上贾丝敏的目光。

见她竟然坦然直视,贾丝敏心下暗觉糟糕,见她马上要回答,立刻眼珠一转,抢先开口了:"不好意思,我差点儿忘了。威廉是英国卡文迪什家的爵士,这些古典贵族之家很注重出身和教养,和你肯定没有结果。毕竟,不是每个人都像安妮。也只有安妮这样的出身才能真正从生活和事业上帮到斯宾塞!"她声音很低,只让甄爱一人听到。

甄爱再怎么迟钝,也听出了她的意思。

言溯家,不管是从父亲还是母亲的角度,都出身高贵。就像他的哥哥斯宾塞,只有亚当斯家族的安妮才能与之相配。

贾丝敏好心安慰甄爱:"不过不要紧,威廉这么帅气有型,能和他玩玩也挺好。甄爱,你不会亏的。"

甄爱的脸白了,一言不发。

这辈子,她和平凡人的交际太少,也不太懂怎么和普通人打交道。即使她遇到过更大的风浪，但贾丝敏这样的绵里藏针阴险诡计却是生平头一遭遇到。除了一贯的冷漠，她不知该如何应对。她心里的确发虚，一个连身份都虚假的人，她该怎么说喜欢？

这一瞬，她真想从婚礼上逃走，从此消失，躲进她的实验室里谁也不见，再也不出来。但她终究不是那样任性的人。

从小到大，她都不是随心所欲的人。

她不动声色地平复了胸腔中难过又隐隐凄然的心情，对贾丝敏淡淡一笑："我知道，不用你操心。"

贾丝敏调皮地笑笑，和其他伴娘一起拥着新娘出去了。

婚礼要开始了，休息室里只剩甄爱孤零零一人。给她找外套的人，也一直不来。

甄爱立在原地，渐渐冷意来袭。纱裙太薄，还是抹胸，才走到落地窗口她就瑟瑟发抖。

望一眼外边陆陆续续就座的宾客，不敢出去。只有她一人穿夏装，这样出去，绝对会吸引全场目光。

她不在乎一切人的想法，但她还是难过了，她一定会给言溯丢脸。早知道就不该跟他来参加婚礼。本来就不属于你的繁华，兴冲冲来凑什么热闹？

正想着，光影中闪过来一个人，眉目如画，眸光灼灼，正是言溯。

"你怎么又发呆了？"言溯掀开白纱帘走进来，蹙着眉，看上去颇有微词，可一看到甄爱空荡荡的表情，他便愣住，故作的嫌弃撤得干干净净，眼中闪过一丝担忧，"怎么了？"

甄爱怔怔看他，无话可答。

言溯垂眸扫一眼，眉心深深拧起："谁给你换的这套乱七八糟的衣服？不冷？"

他习惯性地抬手去摸摸她的肩膀，可这次，手伸到一半就停住。甄爱的肩膀白白细细的，很好看。这样光裸着，他摸上去会不妥。脸颊闪过一丝红，他尴尬地收回手。

甄爱不明白他的意思，心随之坠落。

不想他下一秒就脱下西装外套，甄爱猛地清醒，刚要回缩，他已不由分说把西装套在她身上。

这样更引人注目，甄爱要挣脱，言溯却紧紧扣住西装的领口。纤细的她在衣服里怎么挣都像是入了网的鱼，被他一双手便轻易地控制得牢牢的。

言溯不知她为什么闹别扭，本还不解，可见她慌乱地在他宽大的西装里拧来扭去，跟裹在蛹里的毛毛虫似的爬不出来，一时又好气又好笑，猜她是害羞，越发握紧了手，唬她："现在赶紧去后排入座，不然等过会儿所有人坐好了，我就这样拎着你出去。让大家不看新娘,都看你。"

甄爱果真不动了,黑眼珠不可思议地盯着他,想不通他为何如此反常。

她只得硬着头皮跟在言溯背后出去,到最后一排坐下,幸好没人注意到她。

甄爱的心渐渐松下来,小腿有点儿凉,胸膛却很暖和。言溯的西装对她来说太大了,套在身上空落落的,却有小孩儿偷穿大人衣服的感觉,新奇又好玩。

海上来的风吹着白色篱笆上的气球和玫瑰簌簌地摆动。

甄爱望向言溯。除去西装外套,他只穿了件衬衫,风吹来吹去,一下子鼓起他的衣衫,一下子又紧贴他的身体。

他短发冷硬,脸色白皙,甄爱猜想,他或许是冷的。但她没把外套还给他,因为知道他从来都不容拒绝。

她的心又像往常一样,莫名地温暖而又安宁,无法形容。可这一次,带了极浅的疼。

她望着陌生的人群,神思恍然。

这些天她全然忘了自己的处境,不再像以前那样深居简出,战战兢兢。而是平静又期待地跟着他,走向一个本不该属于她的世界。

究竟是从什么时候开始的?

只因为他说"以后和你一起的时候,我不会走那么快",所以她想跟着他的脚步,哪怕他沉浸在自己的世界,只给她一个宁静安逸的侧脸。只因为他拉她一次手,给她一个贴面礼,送她一个拥抱,为她披上一件衣服,她就在不知不觉中忘了自己。

此刻蓦然回想,这样小女儿淡淡哀愁的情绪真不适合她。

甄爱坐在花丛里,深深吸了一口冷空气,理智地对自己说,不过是从来没有这样一个人对你好,所以你才会不知所措。

仿佛这样说了,心中不切实际的幻想就被理智嗤笑着丢弃了。

她安定下来,望着宣誓台上扶着圣经起誓的新郎和新娘。

默默看了会儿,心里的问题终究没忍住,小声问身旁的言溯:"你到你哥这么大的时候,会不会也像他这么结婚?"

"不会。"他眸光清浅,望着台上的新人,声音很低,毫不犹豫。

甄爱没话了。她静静地,牵起唇角。

的确,她很难想象他和谁恋爱结婚的样子。他这样完美的人,心中的那个影子也该是完美的。那多难找!他应该不会对谁动心,更别说终生相伴。

即使动心,也不会是她。

甄爱不动声色地拉紧西装外套,轻轻歪头,蹭了蹭硬朗的领口,有极淡的男人香味萦绕在脸颊。她多么不舍,多么依恋。可她想,是时候回到以前了,是时候离开这段难忘的旅程了。

她是恶魔之子,他是希望之光。

终究不是一路人。

但她忘了言溯的理解从来非同常人。她这个问题的重点是会不会像他这么"结婚",而不是,会不会像他"这么"结婚。所以,言溯奇怪地想:我又不信天主教,当然不能像教徒一样捧着《圣经》结婚。

仪式结束后是婚礼晚宴。

甄爱换了衣服,拿着座位卡走到桌子前,竟看见圆桌上有自己名字的水牌AI ZHEN,放在S.A. YAN的旁边。

她愣住,这才想起在曼哈顿的房子里,她坐在厨房这边吃三明治,言溯和海丽站在电梯那边讲话。一定就是那个时候,他让海丽把她的名字加进宾客席。

甄爱顿觉窝心,四处寻找言溯的身影。

他立在不远处的花架旁,和他的家人一起。海丽和一个男人拥在一起说话,贾丝敏在欢笑,只有言溯木着脸,一副开小差的样子。

甄爱没有等他,径自去拿自助餐。

婚礼的每一道餐点都做得精致非凡,甄爱左看右看,目光先落在五彩缤纷的奶酪上,刚要去夹,熟悉的禁止声落在耳边:"脂肪含量太高,对心血管不好。"

甄爱自然地咬咬唇,除了言溯那个扫兴鬼还有谁?

他面无表情地说完,看着她盯着蛋糕略显失望又不舍的神色,觉得好笑。分明就是大人了,可有些时候不经意间流露的心思还是单纯懵懂的小女孩。他心里想笑,表面却谴责:"居然不等我。"

"你不是在忙吗?"甄爱淡淡的,话说出口,自己都觉酸得怪异,赶紧别过头去夹蛋糕。

言溯也愣了愣,见她心不在焉地去拿东西,也不知怎么想的,一下子抓住了她的手,命令道:"这个吃多了对身体不好。"

甄爱轻轻挣开他的手,也不想表现得任性或无礼,默默放下夹子,往前走。

言溯跟屁虫一样追着她,还叮嘱:"好好选,多吃点儿。"

甄爱不理,走了几步,看见五颜六色的烧烤水果肉串,刚要跟厨师说要两串,言溯轻咳一声:"嗯,不错。烧烤的水果和肉类含有丰富的致癌物。"

甄爱想说的话就哽在了嘴边,可怜地嗅了嗅水果夹杂着烤肉的清香,没精打采地扭头就走。

又见新鲜的酱汁蟹肉,刚要取,言溯再次禁止:"螃蟹太寒,你想下个冬天冻死吗?"

甄爱缩回手，愤愤地说："还说要我多吃呢，骗子！"

"我哪儿知道你挑食物没有半点水准。"言溯把自己的盘子和她的交换，"吃这个。"

甄爱一愣，不知他什么时候已夹了满满一盘子菜，牛肉、小羊排、蔬菜、水果、沙拉、生鱼片，各种各样，还摆得整整齐齐，很有格调。

甄爱捧着一盘子菜，蔫蔫地回座位去了。

坐下来才意识到，言溯给她挑的这些菜都是补充阳气的，想到这儿，甄爱心里一暖。

面前突然又多了杯牛奶，外加一个小盘子，里面放着两小块布朗尼加蓝莓奶酪："饭后甜点。"他特意加重"饭后"一次，意思是不吃完饭不许吃蛋糕。像哄小孩儿。

甄爱乖乖地接过来，乌黑的眼睛里闪过一丝欢喜。

言溯看在眼里，忽然就想起约莫一个多月前在文波的书店，她漠然而遗憾地说她不再憧憬糖果。

呵，小骗子。他几不可察地弯弯唇角，不再说话。

对面的贾丝敏看着，心底很愤怒。就连她都极少看见言溯笑，记忆中他一直都很淡漠，其他情绪也少得可怜。

而今天言溯在甄爱面前的各种表情流露，太丰富了。故作的不屑、鄙夷、不满、隐忍的轻松、私下的笑意……无一不在挑战她的忍耐力。

他居然还把衣服给她穿，那个任何东西都不许人碰、仿佛碰一下他就会死的人，居然把衣服给甄爱穿？！

贾丝敏咬着嘴唇笑，突然对甄爱道："甄爱，刚才在休息室你不是说……"她善解人意似的略去后面的话，留给人无数遐想，"我把威廉介绍给你认识啊。"说着，碰了碰她身旁金发碧眼的英国绅士。

甄爱疑惑："我和你说什……"

贾丝敏打断："甄爱，威廉。"

威廉彬彬有礼对甄爱微笑颔首，的确是个温雅的男人，一点头一微笑，满是古典的调调。

甄爱不愿失礼，对威廉点点头。

贾丝敏原本盼着介绍的这两人能说上话，但威廉的举止只限于绅士的范畴，并不主动，甄爱更不答话。

气氛一下冷了。

贾丝敏故作热络："甄爱，你是学新闻和大众传媒的吧，威廉认识很多新闻报社的人,你要想实习,可以找他帮忙哦。"

这样的寒暄超过了泛泛之交的范畴,威廉礼貌性的笑容收敛了,奇怪地看甄爱一眼。

在大家眼中,贾丝敏是个举止优雅的女孩。今天她的行为和平时判若两人。再明显不过。甄爱想通过贾丝敏认识威廉,所以贾丝敏有失礼仪撮合他们两个。

就连在这种弯弯绕绕方面很迟钝的言溯,也察觉到不对。

甄爱没发现什么问题,说:"谢谢,但是不必了。"

"可我说了要帮你。"贾丝敏"小声"地嘀咕。

甄爱莫名其妙,却听言溯冷淡道:"她说了不必。"

贾丝敏脸发烫,尴尬地圆话:"可之前她说……"

"她和你没那么熟,她的事,和你没有半点关系!"

连甄爱都吓一跳,更别说同桌其他的人。

海丽也是头一次经历这种情况,很快掩去眼中的惊愕,轻咳一下,近乎命令:"S.A.,注意你的态度。"

甄爱低下头,面红耳赤;贾丝敏羞得眼睛都红了。

她知道言溯已看出来她是故意刁难甄爱。他这种对周围人漠不关心的个性,竟会察觉。一下子委屈、嫉恨、羞辱全涌上心头:"我只是想和她做朋友……"

"说谎。"言溯简短地拆穿。

甄爱猛地抓住桌下他的手,示意不要再说。她很感谢言溯维护她的心情,可她更难堪了。

她接触的东西从来简单,实验、数据、比例。第一次接触到封闭世界外面的人——言溯。可今天的婚礼已经超出她人际交往的所有知识。

她被贾丝敏讨厌,言溯家人对她的印象也大打折扣。她不知为什么,也不知该怎么解决。这不像实验,错了就改正参数再来一次。她觉得陌生而惶惶。

言溯见她低着头,脸红得滴血,一时怔愣,隐隐发觉自己错了。

他应该用一种幽默又圆滑的方式岔开话题,可他不擅长。他只知道直来直往。见她受欺负,就帮她出气。至于为什么,他自己都不知道。他抿唇,在心底骂了自己一句:笨蛋!

言溯喝了点红酒,所以回程是甄爱开车。

一路上两人都没有话。

晚宴的困窘和尴尬,挥之不去。甄爱很沮丧,唯一的安慰是言溯的袒护。想起来纽约的这些天,言溯对她,细微之处总有温暖。可从他的性格考虑,她猜不透他在想什么。

汽车奔驰在夜色浓重的路上,甄爱想起婚礼上问他的那个问题,开口:"你这种性格应该不会谈恋爱吧?"

言溯正闭目养神,听了她的话,缓缓睁开眼睛,望着车内镜子里她的脸,眼睛一眨不眨,反问:"我是哪种性格?"

小镜子里的她表情未变,专注地正视前方,声音却没了底气:"我不知道。"

他收回目光:"所以这个问题本身不对。不知道我是哪种性格,还问我这种性格的人是不是不会谈恋爱。"

甄爱被他的较真弄得有些心乱,不满地打断:"凡事都要从理性的角度分析,排斥任何感性的因素。不表现或者本来就没有情感。智商很高,情商没有,脑子里从来不考虑人情世故。个性高傲又理智分明。"

言溯缓缓说:"除了最后一句,你前面说的所有都不属于'性格'的范畴。"

"所以你现在想和我讨论逻辑和定义的问题?"

言溯愣了愣,规矩地回答:"现在不说也可以。"

他顿了半刻,开口:"我不知道你是从哪里推断出我'这种性格'不会有感情。因为我在工作中不掺入感情,比较冷漠?人在工作中要时时刻刻挂着感情的事?因为我不喜欢感情用事,我就没感情?这完全不合逻……"

"你的长篇大论我一句也没听见。"甄爱胡搅蛮缠地打断,"你在说话吗?为什么我耳朵边有嗡嗡的小虫叫声。"

言溯闭了嘴,沉默地看她,车外斑驳的灯光从他俊秀的脸上淌过,看不清他的情绪。

车内陷入静谧,甄爱的心片刻凝滞。

他突然解开安全带欺身过来,甄爱余光瞥见他靠近,吓一大跳,想躲偏偏无处可去。

下一秒他熨烫的鼻息就喷到她脸上,热得灼人,还带着极淡的红酒醇香。他的嘴唇几乎贴着她细腻的耳朵,嗓音低沉:"这样听得清楚了吗?谁告诉你我是没感情的?"

甄爱的脑子瞬间一片嗡嗡响,脸上的热度陡然间蒸腾,脑中一片空白。

车飞速地一转弯,前面交警设着临时道路巡检,她心跳如擂鼓,回过神来慌忙踩刹车,结果踩成了油门……

汽车轰隆一声撞进了警车,一时间警笛呱啦啦地扯着嗓子叫起来。

言溯神色自若地坐好。

甄爱尴尬又憋屈,趴在方向盘上不抬头。直到警察来敲玻璃,她才下车。

最终判罚结果是开出一张罚单，外加赔偿警车的维修费。

甄爱沉默无语，看一眼言溯，他身形笔挺地立在车边的夜幕中，淡定瞧着。薄薄的唇角挂着寡淡的笑，颇有幸灾乐祸的意味。

甄爱气得咬牙，被热血冲昏头，转身对正在开罚单的警察说了一句话，意思是我上面有人，来头不小。

警察静默地看她半晌，收起罚单，拿出手铐。这是羞辱藐视警察，他严苛地命令："转过身去。"

甄爱昂着头，大义凛然坚决不转。

事态突然恶化，言溯也意外，刚要走过去，没想到警察已拧住甄爱的肩膀，一扭一推，把她摁趴在警车上，扯过她的手三两下铐在背后。

言溯止了脚步，静静看着甄爱。

亮红色的警灯在她白皙的脸上一闪一闪的，她微微扬着下巴，冷漠又无惧。那一双黑漆漆的眸子直直看着他，带了明显的挑衅和不屑。

认识她那么久，好像这一刻才是她最真实的样子。没有隐忍，没有克己，没有伪装，没有呆滞。

言溯沉默良久，后退一步，以示划清界限。他居然面不改色地说："没我事，先走了。"

甄爱："……"

她眼波微微一动，见他真跟没事人儿一样淡定自若，一身洒脱地上了车。

一瞬间，甄爱只觉二十几年的淡漠都破了功，真恨不得扑上去咬他。

汽车轮胎"哗"地和地面发出摩擦音，飞快利落地离开之前被撞的那辆警车，疾速倒出去。

甄爱眼睛都气红，这几天对她那么好都是他的心血来潮。现在潮退了，他就懒得搭理她了。可她的心早被淹死了，浑蛋！

但汽车没有转弯。

甄爱睁大眼睛，眼睁睁看着倒着行驶的车像离弦的箭一样，准确无误地撞进后面一辆完好无损的警车。

虽然撞去的瞬间刹了车，但也阻止不了那辆警车也呱啦啦呜叫起来。警察和他的小伙伴们都惊呆了。

言溯神态安然地从车里走出来，穿过苍茫的夜色和闪亮的红灯，走到惊愕的甄爱身边，出乎意料地咧嘴笑开，像个淘气的孩子。

笑完，他慢吞吞又不失优雅地转过身去面对警察，还不忘乖乖把手背在身后，回头看目瞪口呆的警察一眼，眼神很配合，似乎在说：是这样吗？

半小时后……

警察局临时看押室的铁栏杆背后,言溯笔直站立着,双手插在风衣口袋里,靠着墙壁沉默不语。他表情淡静,偶尔垂眸,看脚边的甄爱一眼。

甄爱正蹲在地上画圈圈。

同一个屋子关押的还有几个欢乐的青少年,坐在地上开心地唱着歌,大概是酒喝多了。吵闹的声音太大,甄爱听着反倒开心,她知道言溯对噪音从来都没有忍耐力。

她幸灾乐祸地抬头看他一眼,他却浅眸一垂,平静又淡然。

没有得逞。甄爱冷淡地扭过头来。

有警察过来,拿棍子敲铁窗,不耐烦地吼:"你们几个给我安静点儿!"

青少年们赶紧闭嘴,等警察走了,又开始窃窃私语。

其中有个扭头见了言溯,大着舌头问:"嘿,哥儿们,你也是掀了美女的裙子摸大腿被抓进来的吗?"

甄爱没忍住扑哧一声笑。

言溯清俊的脸白了一度,他突然无比后悔自己莫名其妙、毫无逻辑的撞警车行为。

那少年见他冷着脸不理会,也觉没趣,目光又挪到甄爱身上,自以为觉悟地点点头:"原来是因为女人被抓了。"

这下,轮到言溯清淡地勾勾唇角。

甄爱:"……"她那么正经,怎么会和他一起被抓起来?

几个青年又欢乐地唱歌去了。

甄爱蹲在地上,低头拿手指戳地面。

言溯看着,见她似乎真不怎么开心,想了想,没话找话:"这个看押室每天都会有至少几十个人进来又离开。通常被看押的人是未成年或是处在社会底层,他们的鞋在一次清理前平均走过五万到六万米的路程。路上的各种细菌、病毒都会沾到鞋底,所以你现在戳地面,就等于是把他们走过的路都摸了一遍。"

旁边的青少年侧耳听着,一脸惊悚,哥儿们,这样搭讪真的没问题吗?

甄爱的手更狠地戳地,简直像在戳他的头。

不用别人提醒,言溯也慢慢觉悟。他发现,好像气氛更不对了。言溯摸了摸头,嘀咕道:"我的意思是,别戳了,万一戳伤了手……"说完自己都觉得没逻辑又矫情,他尴尬地摸摸鼻子,继续,"手没那么容易伤,但是可能戳断指甲。嗯,指甲……"探头看一眼她细细的手指,"唔,你从来不留指甲……"

"噗!"甄爱低头忍了好半天还是笑出声,笑完又紧绷了声音,"别费心找话了,你真不擅长。"

言溯稍稍一愣，复而微微一笑，真不说话了。

好一会儿，他望着铁栏杆对面莹白的灯光，缓缓说："过会儿去看电影吧。"

甄爱扭头看他，有些惊讶。

他看了看手表："Imin电影院每周末十点后回放经典电影，今天，"他略一停顿，甄爱知道一定是他看过电影宣传单，现在正在回想，"是卓别林的喜剧。"

甄爱点点头。

没过多久，伊娃过来保释他们。警察发了传票，下星期要去法院受审。

半个小时后，甄爱坐在夜里空无他人的电影院，望着屏幕上的小个子艺术家安静无声地做出一系列令人捧腹的表演。

黑白色的电影院里，一片静谧，她安静地微笑着。

某个时刻，她扭头看坐在身边的言溯。

他专注地望着电影屏幕，清亮的眼睛似乎盛着闪烁的星光，侧脸俊秀又美好。他嘴角带着清淡的笑，黑白电影的灯光照得他的脸忽明忽暗。

甄爱心弦微动，收回目光，望着那令人开心的屏幕，渐渐地，心底悄然无声。

言溯忽而眼眸一垂，目光缓缓落到她白皙而娴静的脸上，幽深的眸中闪过一丝极淡的笑意，复而望向屏幕。

一片安静。

看到一半，言溯口袋里的手机开始振动了，拿出来一看，是贾丝敏。言溯毫不犹豫地挂断。几秒钟后，又是一下振动。

这次是短信：命案，执法官的孩子。

两天前，晚上十点。

大学的田径场格外空旷，晚间锻炼的学生早就散了。

"该死！"凯利把手中的信纸揉成一团扔在地上，又狠狠踢了一下草皮，"过了两年，那人怎么还是阴魂不散！"

剩下的几个人都是脸色惨白。

托尼攥着信纸，纸上划着五角星，写着同样的"你是我的药"，他也有点慌："安静了两年又出来，他想干什么？"

"他要杀我们！"安娜尖叫，手里抓着同样的信纸，捂着脸几乎要哭了，"两年前出现了两次暗号，结果罗拉和帕克就被杀了。可还不够，老天，那个恶魔觉得还不够！"

齐墨脸色尤其可怕，苍白得像鬼，声音哆嗦得像从地狱飘来："我就说了林星的复仇者一定不会放过我们。一辈子都不可能……"

话没说完,凯利一脚把他踹开:"你这个没胆的浑蛋,给我闭嘴!"说罢,把烟头扔在地上踩灭,"我们还有五个人,他要把我们一个个全杀掉吗?来啊!"他突然疯了一般冲黑暗的操场角落狂吼,"你在看着我们惊慌失措吗?你这变态满意了吗?你来啊!来杀……"

"闭嘴!"安娜吓得全身抽搐,厉声叫着扑上去捂住他的嘴。

齐墨呆若木鸡,虚无缥缈地问:"你说我是胆小鬼,那你猜,我们之中下一个死掉的人会是谁?你们不怕死?那你们说下一个被扒光衣服高高吊死的人,会是我们当中哪一个?"

这一声问话让所有人惶遽得停了呼吸。

夜色弥漫的空旷操场上风呼啸而过,吹得所有人的心如坠冰窖。恐惧像夜里的雾气,一点点侵入他们的五脏六腑。

戴西捂着脸,泪流满面:"我们报警吧,把当年的事说出来吧!我受不了了,我真的受不了了。再这样下去,我会崩溃。报警……"

剩下的几人同时吼:"你敢!"

凯利红了眼睛:"戴西,我们约好了的,谁要是说出去,剩下的人就会毁了他!我刚成立了自己的公司,你要是敢乱来,我杀了你。"

托尼也沉着脸:"戴西你好好想想,你不要前途了吗?"

安娜哭了:"戴西,你不能这样。我好不容易去了沃顿商学院,夏天还要参加世界青年领导者夏令营。你不能毁了我。"

时隔两年,大家早不是当初嬉闹的高中生,每个人都有自己灿烂的未来。

戴西望着昔日的同伴,泪如雨下,心底的悲哀恐慌掺杂着自责与愧疚被无限地放大。

不过是一个恶作剧,为什么会发展到不可收拾的地步?他们原本都是好孩子,为什么一个个都变成了恶魔?

谁能来拯救他们?

凯利拿出打火机,捡起地上的纸团,把它点燃。火光很快跳跃起来,他看了周围的人一眼,剩下的人都自觉地把各自手中的信递到火舌前。

火焰嚣张,一点点吞噬所有的信笺。

火光把几个年轻人的脸映得通红,像血一般,忽而一闪,光亮骤熄,所有人都被黑暗淹没。

齐墨的头昏昏沉沉的,蒙眬中听到手机在唱歌。他顺着声音摸起来接电话。

戴西那边有点儿吵，像是在聚会："齐墨，刚才你的电话我没听到，找我有什么事吗？"

齐墨脑子里重得像灌了铅，手脚都不是自己的："我没给你打过电话啊。而且，你怎么没来？"

戴西疑惑了："你现在在哪儿？你的声音怎么那么奇怪？"

齐墨扶着额头，从桌子上撑起来，"哪儿？我们大家不是约好了……"他口中的话戛然而止。

视线清晰了一些，他在空无一人的旧教室里。灯光很明亮，一排排吊扇慢悠悠地扇着风，春天的夜里，背脊很凉。

面前有一个奇怪的阴影，像幽灵一样飘来飘去，晃悠悠的。

什么东西？在他的头顶上摇晃！

"齐墨你怎么了？"戴西那边等了几秒，紧张了，声音渐渐有了哭腔，厉声叫他，"齐墨，你说话啊，你怎么了？天啊，我求你了，你说话！"

他握着电话还是沉默，僵硬地抬起头，一双雪白的脚。

再往上，一具白色的躯体挂在头顶的吊扇上，一圈又一圈地晃荡……

言溯到达现场时，刚好十一点。

那是华顿高中一栋即将废弃拆除的旧教学楼。楼下停了几辆红灯闪烁的警车，很是明亮。楼里一片黑暗，只有三楼的两间教室亮着灯。乍一看，像是黑暗中的一双眼。

言溯从楼下警察的手里拿过手电筒，走进黑黢黢的楼梯间，甄爱一言不发地跟着。

从言溯接到那个短信开始，他的气质就变了。

看电影时，安逸自在。接了短信打电话过去，人就沉默了。一路上都绷着脸不说话，清冷又安静。甄爱感觉得到，他带着隐忍的怒气。

他从来都是这样，连生气都是淡漠又克己的。

甄爱在电话里大约听到一些内容，死者安娜·霍普，二十岁，沃顿商学院学生，司法部执法官的私生女。同父异母的姐姐正是今天结婚的新娘，安妮·亚当斯。

言溯步伐很快，上楼梯时却顿了一下，突兀地缓了脚步。

甄爱知道他在等她，本想说不要紧，话到嘴边没出口，只是暗自加快脚步。

手电筒圆柱形的灯光衬得楼梯间阴森森的，待拆的楼房里充斥着破败而陈旧的腐尘味道。

真是杀人的绝佳场所。

言溯不知不觉往甄爱这边靠近一些，低声："害怕吗？"

甄爱摇摇头，末了意识到他没看，说："我以前经常被关黑屋子。"

言溯的手电筒闪了闪，刚要说什么，楼上走下来学校的管理员，刚协助完调查出来，一边下楼一边点烟，声音很不耐烦："临近拆除还死人，这楼真是不祥。见鬼，好好的打火机怎么突然打不开。"

甄爱脑袋有些凝滞，用力摇摇头，走上三楼拐角，不知是心不在焉还是怎么，脚下居然滑了一下，差点儿摔倒。

言溯反应极快，一把就将她搀住。

甄爱撞进他怀里，抬眸就见黑暗中他清幽而略显担心的眼眸，她的心怦怦直跳，不好意思地慌忙站稳。

言溯松开她的手臂，目不转睛看着她："累了？"语调没有起伏，带着点儿严肃。

甄爱以为他责怪自己走神，解释道："不怪我，地上很滑。"

"我哪里怪你了？"这下他换了语气，很温很软。

甄爱一下子心跳得厉害，不知道怎么接话。

迎面来了法证人员，带着工具箱从第二间教室走出来，边走边说："什么也没有。没有脚印，没有指纹，甚至没有皮屑和衣服纤维。除了那个发现尸体的男学生的。但也没有那个男学生的作案痕迹……就像死者是自己跑来上吊的一样。真是太诡异了，和两年前的案子一模一样。发现现场的那个学生吓傻了，说他脑子昏昏沉沉像在做梦，什么都不知道。"

言溯不知听了没有，和法证人员擦身而过。

亮灯的是第二和第三间教室。

第二间是案发现场，好几个警察在里面，伊娃和贾丝敏也在。当年的案子里就是伊娃负责尸检，所以这次她来了。死者已经被取下来放在地上，伊娃正在检查。

至于贾丝敏，她不久前从N.Y.T调来纽约，这起案子刚好在她们警署的辖区内。

贾丝敏看到甄爱的瞬间，脸色很古怪，很想质疑他们怎么这么晚了还在一起。但甄爱神色淡漠，现在场合也不对，她什么也没说，只高高地抬了抬下巴，扭头看向言溯："那几个学生在案发之后都来了，暂时没人通知家里，也没人找律师。我们也没通知媒体。可保密也只能维持到明天早上。在那之后……"

在场的人都明白。

在那之后，消息就再也瞒不住。媒体会更加笃定连环杀人案的推测，言溯也一定会被推到风口浪尖上。

言溯没什么特别的表示。

贾丝敏冲旁边喊："琼斯警官！"

正和伊娃说话的一个年轻男警官转身走过来，看到言溯还挺兴奋："嘿，S.A.，这起案子和两年前的悬案一模一样，死者都是窒息而死，被扒光衣服高高地吊了起来。"

两年前的案子，虽然言溯认为结案，但警方认为是连环杀人，而又迟迟找不到凶手，所以变成悬案。

琼斯指了指教室中间的梯子，眼睛里闪着探索的光："这次的上吊和第一次的汽车一样借助了机械力。"

顺着他手指的方向，只见中间的吊扇上挂着一段粗粗的绳子，旁边有一把和吊扇齐高的人字梯，周围的桌子四下散开。

琼斯滔滔不绝："凶手拴住死者的脖子后，把绳子绕过人字梯，固定在吊扇叶片上。扇子转动带动绳子一圈圈收紧。凶手借着绳子的力，沿着人字梯把死者往上托。等到余留的绳子长度足够短时，再松开。这样死者就挂在吊扇下。这是我的推理。"琼斯目光急切地看着言溯，"除此之外再没有别的线索，和两年前一样扑朔迷离。"

甄爱看着琼斯期待表扬的目光，默默地想，之前那些和言溯一起推理的夜晚，她的表情应该没有这么傻吧。

言溯淡淡看着琼斯："时隔两年，琼斯警官的观察能力明显进步。恭喜你发现了最显而易见的一个问题。"

琼斯警官尴尬地挠挠头，更加努力表现："一定是两年前的凶手又作案了！"

言溯也不直接回答，问："楼下的警车是你们开来的？"

"是的。有什么问题吗？"

言溯瞥他一眼："没什么大问题，就是车轮碾掉了进出这栋楼的鞋印，其中很可能包括作案者的。"

琼斯警官耷拉着脸，都快哭了。

言溯拧眉："我有时真好奇你的脑袋构造……"

甄爱看不下去，轻轻碰了碰言溯的手臂。

言溯回头，一脸疑惑："你戳我干什么？"

甄爱不满地瞪他一眼。

言溯眨眨眼睛，半响之后明白了，道："你又不喜欢我说真话了。难道我要表扬他？"

甄爱："……"

"S.A.。"伊娃冲言溯招招手，把死者的身体侧了一下。言溯会意，走过去探身看。甄爱立在这边没有看到，但也意识得到，死者的背后写了什么东西。

五角星图案，You are my medicine.（你是我的药。）

言溯敛起眼眸，似乎笑了，却很古怪："刻在身上的字是改不了也抹不去的。难怪那几个学生不告诉家长，也不找律师，怕秘密会暴露。"

这话除了甄爱，在场没人明白。

伊娃不管尸体以外的事，贾丝敏则不想显得自己跟不上言溯的节奏，于是只有琼斯发问："什么意思，以前的留言不是这句话啊！这也是唯一一件和之前的案子不同的地方。我在推测是不是凶手这两年生病了？"

言溯目光扫过去："琼斯警官的想象力真神奇。"后者还没来得及欣慰，"总是用在错误的地方。"

琼斯警官再次无语。

言溯拿手机把死者背上的字拍下来，自言自语："刀口很深，但流的血不多。"说完看向贾丝敏，"那几个学生在录口供？"

"都在隔壁教室。伊娃根据尸僵程度推断死亡时间在案发前两小时左右。接到报案是十点半，安娜的死亡时间是七点到八点左右。奇怪的是，"她也觉得棘手，"所有人都有不在场证明，除了齐墨。"

言溯若有所思："他说他在这里睡觉，一直？"

"嗯。齐墨说他最近在看心理医生，今天他吃了药就头晕做梦，刚才法证人员把他的药拿去化验了。他虽然在录口供，但好像被吓坏了，可信度不高，前言不搭后语。"

"其他人呢？"

贾丝敏犹豫了一下："其他人都很奇怪。安娜昨天给所有人发过短信，说是有重要的事要见面谈。但她分别约定的时间不一样。给戴西约的是下午五点，凯利下午六点，齐墨晚上七点，托尼晚上八点。手机的通讯记录显示，这期间，戴西在下午五点十七分给安娜发短信说她临时要参加朋友聚会，不来了。托尼在五点半左右给安娜发了两条短信，说不来了。不久之后，凯利也发短信说不来了。而齐墨六点五十七分给安娜打了一个电话，没接通，七点零九分给戴西打了电话，也没接通。"贾丝敏说到这里，扶住额头，"太混乱了，我真不知道这群学生在干什么。你现在要去问他们吗？"

言溯抿了抿嘴唇，说："再等一会儿。"说着，人已迈开长腿，径自在教室里慢慢走动。他俊秀的脸上换了严肃的表情，眸光锐利地扫视着每个角落。

琼斯好奇看着，他听说言溯有双洞察力惊人的眼睛，他看着跃跃欲试，凑上去问："有什么需要我帮忙的吗？"

"有。"言溯，"闭嘴。"

琼斯没精打采地退回来。

头顶上一排吊扇呼呼地转动，蓝色的窗帘遮得很严实，可窗户是破的，夜风吹得窗帘呼呼翻飞，地上很多的玻璃碎片。

死者躺在讲台旁，白布半遮着，脖子上有两道绳形的痕迹。整体看上去整齐干净。

讲台上摆放着死者衣物，更确切地说是摆在一起，像是叠着却很松散。最外面一件是死者的白色运动外套，沾了不少尘土。黑色的衫帽有一处颜色似乎比较深。

甄爱没看出什么所以然来，等着言溯像往常那样见微知著说出一串分析的时候，他却忽然转头，直直看向甄爱，一眨不眨。

原本所有人的目光都在他身上，这一下，大家全看住甄爱。

甄爱背脊僵硬："怎么了？"

言溯蹙着眉，不容置疑的语气："你不舒服？"

要不要这么跳脱……

彼时，甄爱正抱着手臂。听了这话，她一愣，蓦然想起江心死的那天，她也是这样抱着自己立在一旁。当时，言溯也感觉到了她的异样。不同的是这次他的话里带着点儿关切，不像当初那么冷冰。

贾丝敏几不可察地皱眉，语气却关心："甄爱，你要是害怕，就出去吧。"

甄爱犹豫半刻，拿手反复摸着脖子，看着那片白布，摇了摇头："不，不是因为她。"

那个案子她和江心认识，看见满地的血腥，会有轻微的不适；可安娜对她来说，就跟以往见到的任何陌生实验尸体一样。

言溯认真了："是因为什么？"

甄爱想起上次和言溯讲童话的场景，迟疑地低下头："也不是什么大不了的事。"

言溯显然对这个结果不满意，大步过来，直接握住甄爱的胳膊把她拎了出去。他将她拉到黑暗里，沉声命令："现场的任何异常，都是至关重要的。"

甄爱更窘，越说声音越小："其实也没什么，就是想起我妈妈以前说过的话。"

他居然没觉得无语，反而很认真："什么话？"

"我妈妈说，不要撞到黑猫，不要从梯子下面走过，不要……打碎镜子。"甄爱抓抓头发，"因为这样……"

"因为这样是不祥的，会招来祸事。"言溯平静地接过她的话。

这是西方最古怪的三条迷信，他当然知道。

直到甄爱说出来，他才发现犯罪现场也有这三样东西。讲台上安娜的黑色衫帽，人字梯中间的死者，以及窗户边的碎玻璃。

玻璃？不，他记得，还有镜子的碎片。教室里的仪容镜不在了，碎在地上和玻璃混在一起。这奇怪的违和感是怎么回事？

言溯戴上手套，走到讲台前，检查安娜的衣物和手袋。

周围的警官或许都了解言溯的习性，都静止不说话，仿佛连夜间的风都通人性地停下来，窗帘在一瞬间静默。甄爱也放缓呼吸的声音，她知道他观察的时候，极不喜欢被打扰。

偌大的教室里，仿佛只有言溯一人是活的。白蒙蒙的灯光下，他微微低着头，轮廓分明的侧脸上有一种全神贯注的性感。

他全然沉入自己的世界，周围的环境全部虚幻，只有他眼中的焦点才是真实。他有条不紊地翻看着桌上的那堆衣物，锐利的目光时不时落在桌脚的安娜身上。

高中生式的运动衫，死者没有化妆——很低调，不想引人注意，不是她一贯的风格。

运动衫背后有套帽，外加黑衫帽——两顶帽子。她想低调？

衣服上很多尘土——挣扎并在地上翻滚过。

死者的脖子，绳子勒痕不整齐，边缘大片摩擦——死者和凶手有剧烈的较量挣扎。

教室地面——没有痕迹。

上衣套帽很干燥，唯独尖端处有一团圆圆的湿润，摸上去凉凉的，形状感很强——像是帽子底下放过一团水。一团？

一套黑色的性感束胸紧身衣，丁字裤，胸衣是聚拢型的——她准备赴约。和喜欢的人的浪漫约会？可按照她和剩下四人的约定，晚上哪有时间？

打开手袋，亮闪闪的手机，手机壳上有条裂缝，但被粘上了。坏的手机壳她不会用，除非已经出门找不到替换的——最后一次出门后摔坏的。

包里很多化妆品，粉底BB霜，睫毛膏腮红，唇彩眉笔——少了一样。

运动裤的口袋里有两小管药，安眠和致幻，是谁的？安娜的？她带药干什么？凶手的？为什么不给安娜用，反而那么费力地杀人？

言溯拧着眉心，拿起安娜的手机翻看，最后一次通话记录在下午四点二十六分，打的是 NBA 订票电话。四点半收到一条确认信息，内容是安娜预订的五张篮球赛门票成功取消了三张。之后的信息，戴西和托尼的已读却无回复，凯利的未读。

言溯一边翻看手机，一边分心和警官们说话："第一，这里不是案发现场。第二，死亡时间不对。第三，那群学生里至少两人，在没人报警前就知道安娜死了。"

他看着手机，语气太过冷硬，明显没从沉思中回过神来，这番话说完，现场竟没人敢问为什么。

只有甄爱听得入神,不自禁地应和:"为什么?"

说完见大家都警惕地看着自己,甄爱莫名其妙,言溯有那么可怕吗?他很无害好吧。

言溯浅色的眼瞳里倒映着手机屏幕的光,静了一秒,侧眸看她。

甄爱看着他如秋水一样澄澈静远的眼睛,脑子里一下空白了。她还微愣着,他却恢复过来,眼眸中带了一丝极淡的人情味,弯弯唇角反问:"你说呢?"

她这才意识到她打扰了他安静的思索,所以才出现刚才片刻的陌生。可他一回过神来,就不自知地滤去了冷漠和生硬,只对她。

甄爱尚不觉得。旁边的警察们面面相觑,如此温柔的一句"你说呢",是在调情啊!怪胎难道要恋爱了?

贾丝敏脸色不好,对甄爱说:"甄爱小姐,你还不知道吧?S.A.思考的时候,不喜欢被人打扰。"

甄爱迟钝地"哦"一声,望住言溯:"我打扰你了吗?"

"没有。"他回答得迅速,丝毫不管其他人,只看甄爱,"别管他们,回答我的问题。你觉得呢?我想听听你的想法。"

伊娃蹲在一旁无语,要不是戴着摸过尸体的手套,她真想扶住额头,你们这公然在犯罪现场"谈情"真的合适吗?

他既然诚心邀请,她必定欣然赴约。甄爱说:"第一点很容易看出来。死者的衣服上有很多灰尘和褶皱,这个教室虽然有散乱的桌椅,但摆放很刻意,不像有打斗的痕迹。"

贾丝敏轻哼一声,这点大家都看得出来。

"第三点我没注意,但你说了之后,我才恍然大悟的。"甄爱不邀功,很诚实地说,"刚才看现场就觉得违和。明明有过剧烈的挣扎,死者的头发却梳得很整齐。"

话音未落,大家都愣住,齐齐看向死者的头发,梳着马尾,一点儿没乱,这太诡异了。

言溯一动不动看着甄爱。她今天也梳着马尾,但今天是忙碌的一天,婚礼、看押室、电影院……她的头发松散了一些,边缘翘起一层细细的茸毛……他挪开目光,居然莫名其妙地转移了注意力,这不科学!

甄爱补充:"她被脱光吊起来,背后还用刀刻字,看得出来凶手对她不屑一顾。他脱掉她的衣服,应该像垃圾一样扔在地上,可他把衣服整齐地摆好了,而且……"

众人的目光又刷刷扫向那堆衣服,言溯问:"而且什么?"

甄爱咬咬唇,略微尴尬,但言溯的追问给了她鼓励:"最后脱掉的是内衣,可内衣反而被塞在衣服的最里面。就好像……他在潜意识里，想给安娜遮羞一样。"她习惯性地抓抓头发，"一面藐视，一面又安抚，这就是我觉得违和的地方。我想不出缘由，你一说我就明白了，一定是这里来过好几个不同的人。"

现场一片安静，只有吊扇呼呼转动的声音。大家都恍然，这么一说就很清楚了。

言溯动动嘴角，眼睛里闪过笑意："表现不错。"说着拉下左手的手套，上前一步，拍拍甄爱的肩膀。

再平常不过的鼓励，甄爱已经习惯。但琼斯等人的眼珠差点儿掉下来，那个身体接触会死星人居然主动碰别人？

伊娃看着，笑了。

贾丝敏低声哼了句："什么乱七八糟的？说不定那内衣就是放的顺序不一样而已，她就以此看出凶手的心理？真武断！"

伊娃扭头，脸色平静："你不了解S.A.吗？即使是一种现象，他也会想出多种可能，然后剔除。你气愤又悲哀的不是这种现象和可能性的关系，而是你一开始就没有看出那种现象。但甄爱做到了。"她扭头看向甄爱，又笑了，"他们两个能够互相理解。"

贾丝敏喉中一梗，要反驳什么。言溯又说话了，却是对甄爱说的："还有呢？"

"至于死亡时间……"甄爱有种直觉，安娜的尸体好像经过冷处理，可她在这些人面前不能说。

刚要说不知，言溯替她说了："我懂了，这个跳过。"

喂，这样秀默契真的合适吗？

甄爱舒了口气："有两个奇怪的地方。我刚才在下面注意到，只有这个教室有窗帘，且全部拉着……"

贾丝敏立刻道："当然，凶手又不是傻子。杀人过程中被人看到了怎么办？"

甄爱没正面回答，继续自己的话："再就是，灯是什么时候开的？"

贾丝敏噎住，这个问题她答不上来。

安娜被吊了一两个小时。天是黑的，如果亮着灯，学校管理员早就发现了，可齐墨说他一睁眼就看见光亮中的尸体。

那，灯是谁开的？

夜风掀开窗帘吹进来，贾丝敏觉得阴森森的，毛骨悚然。

言溯放好手机，摘下手套，说："去第一间教室看看。"

甄爱一愣："你认为那里是案发现场？"

"要不然你以为尸体和书包一样，可以背着到处跑？"言溯瞥她一眼，"他们换地方，或许不是因为想转移警方注意力，而是……"

他后面的话没说完，但甄爱理解了：只有第二间教室有窗帘。这样的话，尸体吊得那么高就不会在第一时间被人发现。转移尸体的人需要的是时间差。

众人去了第一间教室，很快就怀疑那里很可能是案发现场。桌椅虽然摆得很整齐，但地上明显清扫过。琼斯用对讲机叫楼下的法证人员上来。

言溯四处看看，没什么异常，仪容镜子完好无损，只是门后边满是灰尘的角落被人踩踏且摩擦过，墙上还有什么东西击打的痕迹。他把那两处交代给琼斯，便去了第三间教室。

现在，是时候见那群熊孩子了。

教室里守着几个警察，四个大学生排排坐着，看上去忧心忡忡，但也算镇定。只是看到言溯时，他们明显紧张起来。

甄爱察觉到了异样，却不明白。

言溯也不寒暄，开门见山地说："有件东西给你们看。"说着调出安娜背部的照片，举到他们眼前，学生们同时惊愕地瞪大眼睛，满脸骇惧，像见了鬼。

言溯收回手机："这就是你们当年隐瞒的凶手留言？"

年轻人都很快恢复平静，低着头互相交换眼神，却没一个开口。

伊娃问："隐瞒？什么意思？"

言溯答，锐利的眼睛却直盯着学生们："我一直怀疑他们害怕的并不是什么讨债或是父母政敌的迫害。在留言这一块，你们撒了谎。"

一伙人全垂下眼睛，不看言溯。

撒了谎？

面对质疑，凯利最先开口，语带讥诮："先生，两年前你可不是法证人员。"言外之意谁都明白，当年法证人员确实拍到玻璃上的字。

言溯："我看过，用手在玻璃的水雾上写的，对吧？"

戴西抬起头来，又低下去："是。凶手写的。"

"帕克死时在浴室。蒸汽很浓，照理说水珠会缓缓凝聚流下来，让字迹模糊。但我记得当年的照片里，没有。"

言溯说完，在场的警官皆是一愣，几个学生看似镇定，却都不自觉地僵硬了脊背。

"罗拉死的那天，你们在外面找了十五分钟才回到车里。那时车内的热气都散了。重新回来在车里待的时间很短，玻璃上怎么会有雾气？用手写在车窗玻璃外边？那天的雨一直都没有停，会马上把字迹冲走。"

十几个人的教室里，安静得没有一丝声音。

"玻璃上原始的字迹是用一种更牢固的方法写上去的。比如说,透明的薄蜡。"

甄爱一愣。确实,蜡能让水自然排开却不会被冲刷。

几个学生还是表面镇静,一声不吭。

琼斯猛地拍脑袋:"当年有个做法证的小伙子说,案子里有点奇怪,说玻璃上有不成形的蜡的痕迹。我以为是玻璃上原有的。原来是你们刮了,改了留言。"

甄爱无语。案子的细节往往是最关键的。如果当年言溯不是通过证词来推理而是接触得更多,学生隐瞒的秘密早就被挖出来了。也不会到今天,又死了一个人。

言溯分析到此,学生们脸色变了,但还硬撑着一句话不说。

过了不知多久,托尼咬牙道:"不!我们没有,或许是凶手换留言了。再说,你没有证据。"

这句话说到了关键,其他几人纷纷附和:"我们没有。"

"心理素质不错,我很欣赏。"言溯点点头,找了把椅子坐到他们对面,长腿交叠,语调闲适,"在正式开始之前,告诉你们两个事实。第一,我是行为分析专家,我可以从你们的语气、语调停顿,眉毛、眼球、嘴角、脸颊的动作,手指、肩膀、身体、脚掌的移动,还有一系列细节上,看出你们说的话是真是假。第二,我是密码分析专家,迄今为止还没遇到我看不懂的文字或图案。所以,"他摇摇手机,"你们认为我需要多少时间看懂这句话?"

几个学生全谨慎而怀疑地看着言溯,在他说了这番话后,他们全都静止。眼不转手不抖,连头发丝儿都不动了。

戴西鼓着勇气,喊了句:"与其在这里观察我们,你不如去找真正的凶手。"

言溯淡淡道:"长大了两岁,智商还是停滞不前。凶手?不就在你们中间吗?"说着,朝做笔录的警官伸出左手。后者立刻把记录本递过来。

齐墨颤声问:"你……你要做什么?"

"陪你们演一场电影,叫《无处遁形》。"言溯翻开笔录本,补充一句,"电影时长不超过半小时。"

几个学生不自觉地坐直了身子。

周围的警官全屏住呼吸。

甄爱知道,一步一步,言溯在不动声色中,击溃他们的意志。

言溯慢条斯理看着。

寂静的夜,这一方光亮中,时间拉得极度漫长。有一种无形的压力开始施加在学生们身上。

"先……凯利。"言溯抬眸,凯利闻言下意识地咬了牙关,自然没逃过言溯的眼睛。"根据笔录,你下午一点到五点半在你的新公司工作,有员工作证。"

凯利答："是的。"

言溯看他："很好，没有撒谎。"

这话反而让凯利更紧张，言溯一眼记住了证词，已不用垂眸看纸，而是盯着他，很快开始下一问："五点半到七点半，你回到家里洗漱、吃晚饭，一个人。"

"是的。"

"撒谎。"言溯不顾凯利略显惊慌的眼神，再问，"七点半到案发，你在电影院看电影？"

"是的。"

"没撒谎。"言溯的这句话再次让凯利怔住，他怎么什么都知道？

凯利还在怔愣，言溯不轻不重地说："不过我敢打赌，你身上带着电影票，可你不记得电影的内容。"

凯利脸白了，一句话说不出来。

旁边有位警察递过来一张电影票，正是凯利主动拿出来做不在场证明的。

其他学生之前看着凯利交出来，现在看凯利的脸色便知道他的确不记得内容，一下子全警惕和恐慌起来。

"不记得内容不要紧。"言溯云淡风轻，"那你应该记得今天有没有谁伤过你吧？"

"没……没有啊！"

言溯点头："请解释一下你右手虎口处红灰色的伤是怎么回事。"

凯利猛地一震，光速遮住手，嗫嚅道："烫……烫伤。"

而甄爱和伊娃早就看过去，有点儿红，更深的是灰白。不是烫伤，是冻伤。春天里，局部冻伤？

经过这一轮，学生们全部脸白了，个个如临大敌。

言溯幽幽地看着凯利半晌，居然没有追问，而是往椅子里靠了靠，淡淡地道："下一个，谁先来？"

甄爱听出他语中的倨傲，忍不住会心一笑，哼，和言溯玩，你们太嫩了。

言溯话说完，却没一个人回答。

经过刚才对凯利一番简短又尖锐的询问，大家都紧张了，没人愿意，更没人敢答话。

言溯的目光缓缓从他们脸上滑过，手指慢慢敲打着本子，发出一下下的轻微击打声。甄爱很清楚，他想事情时从来都是静止的，没有动手指的习惯，声音是敲给对面这群学生听的。

甄爱真想知道他还有多少种不动声色的施压方法，或潜在，或凌厉。

言溯的目光先落在戴西身上,他看她一眼,近乎命令:"把你做笔录的内容再说一遍。"

戴西坐直了身子:"我下午一直在家里写实习报告,五点多的时候洗漱化妆,七点出门去参加朋友的Party,一直到刚才给齐墨打电话,才发现出事。"

"很完美的不在场证明。"言溯食指轻拍着本子的硬板壳,眼眸里含着洞悉与桀骜,戴西明显承受不住他的注视,对视不到一秒就赶紧低下头。

"我唯一想质疑你的是……"他顿了一下,语气清冷,"你说的话和笔录上的一模一样,句型、语法、单词……戴西,你在背书吗?"

他从来便是这样。表面看着清淡无害,实则跋扈嚣张。一句话,一个眼神,就能把别人的心理压迫到尘埃里去。

戴西浑身一颤,扯扯嘴角:"因为事情比较简单,没有发生特别的事,所以很好记住。"

言溯没有深究:"解释一下你为什么戴着丝巾和蕾丝手套。"

戴西赶紧取下来,露出有些许擦伤的脖子和手掌:"找朋友借的。我在聚会上被人推搡着摔了一跤,可以找人证明的。"

言溯点点头,又说:"你这身衣服很新。"

戴西调整一下坐姿,笑笑:"因为参加Party,就买了新的。"

言溯不看戴西了,转而瞥向托尼:"笔录上说,你要准备心理学考试,所以一直在社区的图书馆复习。"

托尼坦然地点头:"图书馆应该有人看到我的。"

"人对陌生人的记忆会有偏差,看到你不等于你任何时候都在。"言溯根本不吃他这一套,犀利地道,"据我所知,那个图书馆离这里只有五分钟的路程。"

托尼一愣,收起了之前轻松的语气:"是很近,但我是临阵磨枪,每分钟都很宝贵,就没有过来。"

言溯默然半刻,眼神往托尼的手上一闪:"你的手指割伤了。"

甄爱看过去,托尼的食指尖上确实有一小道伤口,不细看发现不了。

托尼低头看,恍然道:"哦,被裁纸刀划了一下,不要紧,就没用创可贴。"

言溯不问了,眸光一转看向另一边:"齐墨,到你了。"

齐墨被点了名,愣愣地抬头。

甄爱看过去,这才发现几个大学生里,表情最奇怪的就数齐墨了。他不算特别镇定,也不算特别紧张,表情很是僵硬,像是不受自己控制。她思索半刻才明白过来,要么他是真的吃了药,现在还处在药物的作用之下,要么他就是极度擅长伪装。

但她相信,言溯一定辨别得出来。

言溯问:"笔录上说,你今天一下午都在看心理医生,然后回家吃晚饭?"

"是。"

"之后呢?"

齐墨避开他的目光,呆呆地盯着地面:"我吃了药才出门,路上遇到托尼,他在星巴克喝咖啡,说晚上不去见安娜了。我也不想去,就返回家睡觉。可不知怎么,醒来就在这里了。"

言溯盯着他,眸光幽深:"可笔录上说,你晚饭后出门时吃了药,路上觉得不太舒服,到了高中学校后开始头晕目眩。"

齐墨眼睛又直又空,盯着言溯,语气幽幽的,却很专注:"啊,是我记错了。"

这种精神病人一样又阴又惧的眼神看着让人发毛。

可言溯脸色淡然如水,平平静静地迎视着齐墨。两人对视了足足十秒钟,他才淡然挪开目光,看向托尼。

后者领会了言溯的意思,看看齐墨,迟疑了好一会儿,说:"齐墨和我是……是昨天傍晚遇见的,今天并没有见面。"

他的意思是……齐墨的精神有严重的问题?

齐墨空洞洞的眼睛挪到托尼身上,被他推翻证词,他一点儿不慌,反而很认真地说:"哦,我又记错了。"

他专注又执着地说完后,室内鸦雀无声。

没有开窗户,也没有风,却阴森森的。几乎所有人脑子里都在想一个问题——齐墨这副模样,已经不是普通的心理障碍。他疯了?

甄爱拧眉不解。怎么可能?在今天之前,他或许有心理疾病,却肯定没有严重到此刻表现出来的地步。如果他的病真这么严重,他的心理医生必然不会放他走。

甄爱盯着齐墨,希望从他的某个细节判断出他是真的还是装的。可她没有言溯那样的眼睛,看了好久也只觉得,他的一举一动处处都透露着不正常和诡异。

很可能他独自出门时还好好的,究竟是什么事让他一下子就变成这副瘆人的德行?

询问到了他这儿,变得艰难又棘手。

可言溯不慌不忙,出乎意料地说:"我们就按笔录上面的来。齐墨,你放松一点儿,看着我说话。"他在对他用心理暗示,"你来赴约的路上,觉得不舒服,为什么不找医生?"

这一招果然有效,齐墨垂下眸,说:"我打电话给安娜,但她没有接。那时我已经快到学校,我怕我找不到回家的路,想让她送我去。"

"后来你见到安娜了吗?"

"我走错路了,没有看到她。我好像回家了,白白的被子和床,我就睡了。"他说着,更深地低下头。

周围的人已完全听不懂他在说什么。

"你为什么给戴西打电话?"

"我做了噩梦,想找戴西说话。"齐墨捂住眼睛,声音哽咽,"只有戴西愿意和我说话,她不像别人只是骂我胆小。"

身旁的戴西担忧地看着齐墨,眼眶湿了,近乎乞求地看着言溯:"不要再问了,他精神不好。他平时不是这样的,也不知他怎么突然恶化了。你在怀疑他吗?"戴西很悲伤,"不是他,一定不是他。他很胆小,不会杀人的。"

言溯淡淡的,没有丝毫的人情味,微嘲:"哦,胆小的人绝对不会是杀人犯。"

就连甄爱都被他突如其来的冷硬和不讲情面吓到,更何况戴西。

她脸色苍白,怔怔看着言溯,说:"我给他回过电话。我肯定不是他。他跟我说话时很不清醒,这样的人或许会失手杀人,却不会深谋远虑地把人吊起来。他真的很混乱,没有杀人的能力。他在电话里发出了惨叫,他是真的吓坏了。"

她说着说着,几乎快哭了,"不是他,真的不是他。"

言溯一双眼睛点黑如潭,盯着戴西:"我自始至终没下定论说他是凶手。"

她再次怔住。

言溯却看向齐墨,冷不丁地来了句:"你做了什么噩梦,看见杀死安娜的凶手了?"

所有人呆了,甄爱也愣住了。

齐墨猛然抬头,眼睛里闪过一瞬间的清明后,立刻空茫。他似乎在回忆什么,脸上的表情剧烈变化着,突然痛苦地埋头:"没有,不是我,不是我。"

他揪着自己的头,狠狠拍打,又悲怆地大喊,场面一度失控。几个警察立刻上来把齐墨制住。

这时,门口传来一个怒气冲冲的声音:"你们干什么?"

甄爱和大家一起回头,立刻愣住。见鬼了?哈里·帕克?

夜风从门外狂涌进来,他的金发张牙舞爪,一双蓝绿色的眼睛像深色的湖水,白皙的脸,鲜红的唇,像从夜幕中跑来的绝色吸血鬼。

甄爱诧异片刻,回过神来。他确实长得极像帕克,但年龄明显大一些,即使是与现在的齐墨和凯利相比,他也更成熟。

不用想都知道这是……

"帕克家的另一个儿子,哈维。"言溯不知什么时候挪到甄爱身边来了,贴心地低下声音给她解释。

"你不说我也猜得到。"

"你的表情一看就是见了鬼,我担心你被吓到。"

甄爱揣摩半刻,难道他的言外之意是:哼,我关心你,你竟然不领情。

甄爱自在地摆摆手:"我怎么会被吓到?我是忠实的唯物主义者。你想多了。"

居然说他想多了……言溯不高兴地看她,半响,又看向哈维·帕克。

哈维是齐墨的心理医生。他还没走近,不善的眼神就把言溯扫了一遍。在哈维心里,言溯是那个找不出杀他弟弟的凶手还说他弟弟自杀的浑蛋。他很快安抚了齐墨,对警察提出要带他走,琼斯警官同意了,条件是必须通知齐墨的父母。

想起他可能对言溯怀有愤懑,甄爱忍不住多打量他几眼,他和当年的高中生哈里·帕克一样有张帅气的脸。只是,哈里档案的照片里是一个阳光灿烂的大男孩,而现在这位成熟矜持,骨子里透着冷。

剩下的几个学生全部提出要回家。琼斯警官用眼神征询言溯的意见,言溯点头。

言溯看看手表,已经快凌晨,脑中莫名划过一个想法,甄爱累了吧?刚要叫她回家,却发现这丫头竟津津有味看着哈维。

言溯再次不高兴了,这次是真的。

他的脑袋迅速开始启动运转程序,甚至比刚才推理还快。

她为什么要看哈维?认识他,觉得他好看,他声音好听,喜欢他的职业?

她为什么不看我?#¥&*%¥(理性分析出现障碍)……不觉得我好看,不认为我声音好听,不喜欢我的职业?

等一下,问题的出发点不对……我为什么希望她看我,为什么要证明自己是最好的?就像公孔雀开屏,就像雄鹦鹉身上彩色的羽毛,就像……这不科学!

甄爱过来推他:"喂!"

言溯回过神来,"怎么?"

"就这样让他们走?"

"不然?"言溯迈步往外走了几步却停住,回头,"忘了告诉你们。凶手用干冰冷却了尸体,你们所有人的不在场证明,无效。"

屋内准备离开的几个学生全惊呆了。

言溯径自出去到走廊,才继续和甄爱说:"只能先放他们走。作案工具都在现场,没有要销毁的东西。死者和凶手可能都没出血,加之清理过现场,决定性的证据很难找到。过早地指定嫌疑人,只会陷入死胡同。"

甄爱觉得遗憾,但也能理解。安娜的尸体上没有任何他人留下的痕迹,即使是法证人员在第一间教室找到皮屑、鞋印、指纹之类的,也不能作为定罪的关键证据。抓到嫌疑人,他要是死不承认,警方也没有任何办法。

经过第一间教室时,言溯停了一下脚步,教室里黑灯瞎火的,法证人员正拿着各种散着荧光的仪器勘察证据。

言溯敲了一下门,问身旁的一个警官:"打扰一下,请问这个屋子里有饮料之类的泼洒痕迹吗?"

这个警官没来得及回答,里面有个应声了:"地上有碳酸饮料,但无法确定具体种类。"

言溯退出来,转弯下楼梯。

甄爱跟上去:"为什么这么问?难道和安娜口袋里的安眠药有关系?"

言溯"嗯"了一声:"只是设想。根据现在的情况,有很多种可能,还不能下定论。唯一可以确定的是和安娜约会的男人就在这里。但他和案子有没有关系,还不确定。"

甄爱皱眉想了一秒,马上明白:"对啊,如果别人和安娜约会,现在安娜还没出现,手机上早就应该接到电话了。"

她暗叹他心思缜密,又问:"你脑中有没有开始复原这个案子?"

言溯在黑暗中淡淡一笑:"当然。"

"是谁啊?"甄爱小声地好奇。

言溯极浅地笑出一声:"我有十几种复原方案,你都要听?"

甄爱深一脚浅一脚地下楼梯,诧异:"这么多?"

"不到最后一刻,所有细小的可能都有翻盘的机会。"

只有一束光的黑暗楼梯间里,甄爱从他的话里听出了桀骜与严谨。

她舒心地笑了,却还是跳着脚过去追问:"那先把可能性最大的一种讲给我听……啊……"脚下一个踩空,她就要滑下楼梯台阶去,将要失重时却骤然落入安稳的怀抱里。甄爱的心后怕得怦怦乱跳,全乱了。

手电筒的光在楼梯间里混乱地飞舞,他捉住了她,醇冽的气息扑面而来,很安全,又是那双有力而温暖的大手握住了她……的胸口……

甄爱眨巴眨巴眼睛,在寂静的黑暗中,小脸无声又静默地升温,变成了小番茄。

言溯把她抓稳之后,也疑惑了。手心为什么软绵绵的?凭着他天性对不明物体的好奇和探寻,他无意识地收紧掌心,握了握,软软的。

这是……什……么……啊……

一瞬间,他凝滞了。

黑暗中,他安静又沉默地吞了吞口水,握着甄爱胸部的手全然僵硬,一秒后,几乎是一个指节一个指节地挪开,一点一点地收回来,乖乖放进风衣口袋里。

仿佛在表示,咳,我什么也没做。

黑暗的楼梯间里,足足五秒钟,两人各自站好,一动不动。

甄爱先反应过来,小心地继续往楼下走,故作无意地说:"嗯,可能性最大的是……"

"哦,你想听吗?我给你讲吧。"他立刻无限地配合,"安娜口袋里的药,不太可能是凶手留的,反倒可能是她准备给别人用的。篮球赛的五张票取消了三张,不是其他人不去,而是她预料到会出什么事情其他人去不了。另外,这五个人里只有安娜家是开化工厂的,她最方便弄到干冰。"

"你的意思是安娜原准备要杀人?"

"嗯。刚开始听到她约人的时间就觉得奇怪,有什么事不能一起说,非要一个小时见一个?"

甄爱追问:"那她想要杀谁?"

言溯弯弯唇角:"以她的力气,这几个人里,她能杀得了谁?"

甄爱一怔,再想想安娜约人的顺序,难道这次杀人是正当防卫?

甄爱坐上车,问:"你怀疑戴西?"

言溯"嗯"一声,发动汽车:"把衣服叠起来,内衣收在最里面,这是非常女性化的行为。相信我,男人不会觉得女人的内衣露在外面是一件不好的事。只有女人才会为内衣的暴露感到羞愧。"

甄爱一怔,恍然大悟。她从女人的角度看没有问题,可从男人的角度,把内衣藏在最里面就是多此一举了。

只是他话语里面的那句"相信我"是什么意思。咳咳,就他这种情商白痴。甄爱没忍住,轻轻笑出了一声。

言溯从后视镜里瞥她,不解:"笑什么?"

甄爱也不掩饰,爽快地回答:"就你,也好意思从男性的性暗示角度分析问题,你这个情商白痴。"

言溯的眼中划过一丝讶异:"你比我想象的更没有逻辑。我对人,包括女人都很冷淡,是一种行为与态度,这并不代表我的大脑里没有男性生理与心理方面的常识。"

甄爱捂住耳朵,飞快地摆头:"逻辑逻辑,你就会说这个。你是啰唆的逻辑学家,不听不听。"

言溯在开车,自然不能像上次那样凑到她耳朵跟前去。他拿她没办法,心里又不满,只得哼了一声:"女人真是没有逻辑的生物,哼,逻辑学家非常排斥女人。"

甄爱心里暗笑他的孩子气,但也消停下来,继续分析案子:"我还注意到,安娜脖子上的伤痕非常粗糙。如果是男人,力气很大,不至于让安娜反抗出那么多的伤。可凯利手上又有局部的冻伤,现在想想只有块状的干冰能冻出那种伤痕。这也是为什么楼梯间那个管理员打不开打火机的原因。

"凯利肯定参与了尸体处理,但他是不是杀人的共犯呢?不太可能,如果他和戴西一起杀人,那么他们两个人可以轻易地制服安娜,不会有那么多的挣扎痕迹。"

言溯原准备补充点儿什么,可从镜子里一瞥,她说得正兴起,窗外苍茫的夜色夹着路灯光从她白皙的脸上流淌过,她漆黑的眼眸盛满星光。

他想说的话,便凝在了嘴边。

甄爱说得兴致勃勃,忽然话锋一转:"可即使是这样,也不能确定杀人的过程中有几个人在场。在场并不等于参与。万一凯利在一旁看着,或者,托尼和齐墨都在一旁看着,不插手呢?就像是观摩一场杀人盛宴。"

这种设想让甄爱头皮发麻,她托着腮,语气低了一点儿:"当然,这只是猜想,没有证据。所以说,这个案子千头万绪,可能性太多了。"说着,她低下头,声音更小,"不过,我希望不是这样。"

众人围观着杀人?很简单的一句话,却轻松地挑战着人类道德和良知的底线。

言溯也不知听到甄爱最后一句落寞的低喃了没有,照旧认真注视着前方黑暗的道路,寂静半刻,只简短地说:"我很欣赏你严谨的思路……虽然只是偶尔灵光一闪。"

说话还是那么欠扁,但不妨碍甄爱感受到了他的肯定和鼓励,刚才一小点儿低落的情绪立刻扫光,她看他:"那这个案子,你准备怎么处理?"

言溯道:"让她自己说。"

甄爱不解,人家又不是傻子。

言溯瞟了一眼手机,又看向前方:"等我拜托法证人员的事有了结果,应该就会有办法让她开口的。"

甄爱还要问什么,却一下子忍不住,轻轻打了个哈欠。看看手表,都是新的一天了。

言溯瞥她一眼:"困了?"

甄爱摇摇头,微笑着的眼睛里雾蒙蒙的:"没有,我精神好得很呢。对了,你今天晚上会熬夜研究安娜后背上的留言吧?反正我不想睡,陪你一起吧!"

她说话还带着打哈欠之后的口齿不清,言溯会心一笑,弯弯唇,从兜里摸出手机递给她:"请你解密吧,小侦探。"

他用清淡的语气说出"小侦探"这个词,在狭小逼仄的车厢里,透着一种莫名的亲昵与暧昧。甄爱的心跳停了一拍,低眉从他手中接过手机。

黑漆漆的手机还带着他的体温,很暖,一直暖到心里。划开屏幕,壁纸也是全黑的,黑得干干净净,没有一点儿杂质。纯粹又疏远,神秘又高贵,就像他。

不自觉的，甄爱的心情变好，弯起唇角，找到了图片夹打开，只有一张照片，正是安娜背后的留言。可图片放大的一瞬间，她骤然睁大了眼睛，尚未完全上扬的微笑瞬间消失了。

怎么会是这句话？

她深深低着头，一动不动地盯着手机屏幕，直到屏幕的光渐渐暗淡下去，她才回过神来，心中的情绪早已平复，逐渐发凉。

"怎么了，小侦探？"言溯问她。

甄爱没兴趣地嘟嘟嘴："这一句话能看出什么啊？You are my medicine，你是我的药。"

她对这句话再熟悉不过，同样，这是那个人曾经对她说过的。她眸光暗了暗，语气却故作轻松，"哼，听上去真像是劣质又疯狂的情书。"

言溯一愣，情书？劣质又疯狂？他转眸看她，甄爱却已低下头，看不清表情。

她探身过来，把手机放进他的口袋里。男式的风衣口袋很深，她纤细的手腕探下去，淹没了半截小手臂才触到底。口袋里很安全的质感和暖心的温度，她的心里有些许留恋，却终究是乖乖放好了手机，依依不舍地缩回手。

"啊，好困。"她嘟哝着，往椅子背上一靠，歪头朝向窗外，闭上了眼睛，"我先睡了，到了叫我。"

言溯："……"刚才是谁兴致勃勃说要陪他解密，还夸下海口说熬夜的？半分钟不到就要睡觉了。女人真是一种善变又不理性的动物。

小骗子！

言溯愤愤地瞟她一眼，心底又悄然无声了。她歪着头朝向外面，从他的角度看不到她的脸，却可以看到她莹白的小耳朵和细腻如玉的脖颈。纤纤的锁骨因为侧着头而显得越发的分明而清秀。

言溯的心莫名漏跳了一拍，缓缓回过神来，心想，睡就睡吧，到了再叫她。

这样安静无人的夜里，他专注而沉默地开车，她悄无声息地安睡。其实，也不错的。

半晌，甄爱缓缓睁开眼睛，眸子漆黑又平静，望着窗外无边的夜色，语气是一种和她冷漠的表情格外不符合的慵懒："原计划出来玩，等婚礼结束就回去的。唔，还有好多工作，我明天就先回了。"

言溯微微感到措手不及，但也能理解。

她并不是普通的学生，她还有很多自己的工作，所以他并不挽留："嗯，好。等我忙完这个案子再和你联系。"

甄爱静静地盯着黑夜，又缓缓闭上眼睛。

回到家发现欧文也在，也还没睡。

甄爱一副很困的样子，说明天要早起离开纽约，便匆匆上楼。

欧文一直看着甄爱上了楼，才有些无力地坐到高脚凳上："跑了一大圈，却没有发现什么有用的信息。我真没想到，甄爱档案的密级有那么高。费了好多功夫，居然什么也没查到。"

言溯立在橱柜旁煮咖啡，听完，他抬起眼眸，想起上次叫 CIA 的朋友查"恶魔之子"的事。

须臾间，他又垂下眼眸，继续悉心地调配咖啡豆和水的比例，语气寡淡："欧文，上面要是反侦查到了你的行为。你想过后果吗？"

欧文沉默，他当然想到了后果。

可江心宿舍镜子上的红字一直在他心里磨，他总担心是不是有人已经找到甄爱的行踪。

短短几年换了那么多的特工，纵使对方再怎么神通广大，找人的速度也太快了，就好像甄爱身上装了追踪仪。

但这只是欧文的担心，他不想说出来让言溯或是甄爱不安，所以岔开话题："甄爱的档案是空的。可我还是通过前几任特工的信息找到了一点关于她的事。"

言溯的手顿了一下，屏息听着。

欧文扶着额头："我竟然不知道她有一个哥哥。"

言溯默默开始煮咖啡。我早都知道了，喂，你们平时没有交流的吗？他漫不经心地开口问："她哥哥在哪儿？"他想起她说的密码和糖果屋，"让我猜猜，她哥哥被关在某个神秘的地方，受尽虐待？"

"我不确定。"欧文揉揉眼睛，"只知道她哥哥的事给了她巨大的刺激，她才从原来的组织里逃出来。"

言溯靠在大理石台子旁，捧了一杯水，慢吞吞喝着。

咖啡壶里发出轻微的汩汩声。

欧文烦闷地揉揉头发："我查到甄爱曾经管那个组织叫 S.P.A——Socialpath Association（反社会组织），可我找遍了网络和文字资料，根本就没有一个这样庞大的组织，倒是有几个不成气候的小联盟。"

言溯握着玻璃杯的手顿住，S.P.A？他曾经也以为这是个不存在的组织。

咖啡已经沸腾，散出幽幽的醇香。

"去睡吧，你明天还要送甄爱回去呢。"言溯转身倒咖啡。

欧文垮着肩膀起身，走了几步又回头："你要加班？"

"嗯。"咖啡的雾气袅袅，遮住了他莫测的眉眼。

甄爱一袭白衣坐在实验室里观测显微镜。

她昨晚睡得不好，早上起得太早，但她早就习惯，也不至于精神不好。回程的路上，她还收到了言溯的短信，说多亏她的提示，他发现还有第一个死者林星。当时握着手机，她有些恍惚，提示？那句话真的是情书吗？

Anti-HNT-DL防毒血清的研究取得了进展，上一批小白鼠活过了二十四个小时，只是死状依旧很惨。

甄爱隐隐觉得，这一批病毒的研究很快就会看到曙光了。她兴奋又失落，激动过后是挥之不去的迷茫。好像她的人生一直都是如此，一种又一种的病毒，一段又一段的研究，没有尽头和终点，直到她死。她什么都不会，只会做研究，这也是她唯一存在的价值。

呵，这么一想，现在保护她的机构其实和以前她成长的组织一样，都是利用她而已。

甄爱的手一震，她居然在工作中走神。她愣了愣，慢慢起身走出去喝水。

赖安也穿着白大褂忙碌，见了甄爱就咧嘴笑了："Ai，我感觉你的实验快要成功了。等这个研究告一段落，你可以申请休假，和亲人朋友出去玩一场。"

甄爱回不过神，休假？她记得妈妈说过，休息会让人懒惰，让人意志不坚定，只有弱者才需要休息。这么多年，真正的休息好像只有最近几天，和言溯在纽约听音乐会、参加婚礼，只有这短暂的几天，她的脑袋里没有充斥着各种病毒、数据、血清、抗体。

结果回来第一天工作就走神，心不在焉。看来，妈妈的话是对的。休息会让她意志不坚定。再说，她也没有亲人朋友跟她玩。

"随意啦，我并没有特别想去的地方。"甄爱微笑着转身离开，目光扫过赖安的水杯，看见上面刻着赖安名字的首字母缩写 RA。

甄爱起初没在意，往前走了几步，脑中却忽然闪过一道光，她蓦然怔住。

这个案子里死过的人，Sindy Lin（林星）、Lola Roberts（罗拉）、Harry Parker（帕克）、Anna Hope（安娜）……他们的首字母缩写，不会那么巧吧？

她必须马上赶回纽约去……

言溯早上煎鸡蛋的时候差点儿打碎两个，才发觉甄爱今天不在身边。他默默想着马上结案回去找她时，手机响了。

这么心有灵犀？

他一愣，来电却是琼斯警官，说："齐墨自首了。"

言溯立刻赶去警局。

齐墨在律师的陪同下坐在审讯室里做笔录。他的父母则站在走廊里哭泣，看得出来，是他们带着孩子来自首的。

玻璃窗另一面，灯光惨淡，齐墨脸色灰白，他很安静，也很颓废，但神志是清醒的，估计药物的作用已经过去了。

警官依照程序，问："齐墨，你现在意识清楚吗？"

他点头："很清楚。"只不过，他显得格外绝望，仿佛有什么东西崩溃了。才二十岁的年轻人，眼底沧桑得像老者。

"你要来自首什么？"

他垂下眼眸，复而抬起，十分羞愧而痛苦："对不起，是我杀了安娜。"

窗外，言溯冷静观察着齐墨的表情，得出的结论是他没有说谎。

"你为什么会杀她？"

"我……"最难的问题回答了，这个他反而说不清，"我不记得，可能是……是吵架，一时激动……失手杀人。"他用力抓着脑袋，想努力回想，却想不起来。

这个动作落在言溯眼睛里，他依旧没有撒谎。

问询的警官思索着什么，问："齐墨，你此刻是清醒的，但据我们所知，你在案发的那段时间，精神不稳定，所以你的记忆并不准确。"警官沉默了一会儿，说，"出于保护你，我们建议你不要给自己强加罪名，不要回忆一些你可能记错的东西。你是否真的是凶手，这是警方调查的职责。"

言溯对这位警官的表现很满意。但齐墨不认同，他扑在桌子上，双手紧紧抓着桌面，满目惊恐："我是不记得为什么杀她，也不记得是怎么杀的，可我记得我往她身上刻了字。我很确定，我看见了！我用刀划开了她的背！"

这下子，审讯室里里外外都安静了。

"你们把我抓起来吧！"齐墨痛哭，"我怕我已经成了神经病，我怕我还会继续杀人！"

外边，琼斯警官完全摸不着头脑了："如果他不记得过程，那也不能结案啊。"

言溯没理他，仔细想着齐墨的那句话。他说的每句话都真诚，但最后一句听上去格外奇怪。看见了？为什么说看见了？

法证人员拿来一张照片，是吊死安娜的那个风扇叶片，积满灰尘的叶片上，赫然一个大大的男人左掌印。

联络员说，因为那几个男学生里只有凯利是左撇子，所以准备先传唤他来比对。

言溯看了一眼，收回目光，说："问问齐墨，林星是谁，我昨天查找资料，发现这几个学生四年前读高中时是一个壁球社的。那时社里有个叫林星的女孩哮喘病发,死了。我怀疑留言里的'五角星'和'药',都和她有关。"

琼斯大赞言溯,可一见言溯冷淡的眼神,赶紧闭嘴,叫人去问。

但这时痛哭的齐墨再度精神崩溃,已经无法正常回答。

言溯望着载了齐墨远去的救护车,沉吟半刻,立刻也上车离去。

戴西一晚上没睡好,直到天亮才有些许睡意,做了一个噩梦后醒来,已经是下午。她望着一室的阳光,想起原本活着的五个人约好了去看篮球赛的。

一夜之间什么都变了。

或许,早在很多年前,就变了吧?

她望着镜子发呆,忽然门铃响起把她吓了一跳,惊愕半天才过去门镜旁往外看。

原来是认识的人。

她理了理头发,拉开门,仰头看着对面高高的人影:"怎么……你,你来干什么?"

言溯依旧一袭风衣,黑色的衣领挺拔地竖着,把他白皙的脸衬得清幽又冷淡。

他垂眸看她,很不客气地问:"明知故问,戴西小姐。我说过,不管你伪装得多好,我都看得出你有没有撒谎。"

戴西脸色微白,却平静了:"哦?可我真不明白你来做什么。你来问话?你有这个权力吗?我要找律……"

"我不是警察,"言溯古板地打断她,"而且你很清楚,我过来找你,是因为你是杀害安娜的凶……第一嫌疑人。"

戴西身子一震,惊愕地盯着言溯,她的手抓在门框,掐得发白,内心斗争半天,说出的话却是:"言溯先生,你不知道你说话很伤人、很过分吗?"

言溯一愣,脸庞渐渐静默下来,他心想,如果甄爱在的话,现在一定会瞪他。他斟酌半响,觉得应该表示友好。所以,他轻咳了一声,不紧不慢地说:"戴西小姐,我来找你,是因为根据各方面的判断,我的理智推理得出,你有很大的可能是促使空气无法到达安娜的肺部,造成气道阻塞,二氧化碳滞留体内,全身各器官缺氧,细胞代谢障碍,最终心脏停止跳动的原因。"他呼出一口气,"为了做到不伤人,我用了一种比较委婉的方式。"

他的语气还沾沾自喜,好像他说的话真的起到了安抚人心的作用。

戴西已经呆了,看着外星人一样不可置信地看着言溯。

言溯微微蹙眉,她的表情明显没有舒缓的迹象,难道自己刚才一番善意的尝试失败了?

他心里闪过一丝极淡的挫败，继而不满，女人真是难以理解，还是甄爱最好，只有她聪明的脑袋才能理解他。咦，她很聪明，为什么他一直没有发现？

但现在这不是重点。他收回思绪，淡漠地看着戴西，解释道："哦，众所周知，我不善交际。"末了，补充，"即使如此，我是来劝你自首的，用言语。"

戴西的脑袋转了好几个弯，才把他的一番话理解透彻。她很愤怒，更加惊慌，条件反射地狠狠关上门。

可言溯反应很快，身形一闪，就进了屋。

戴西气得发抖，扑去抓电话："我会报警的！"

"齐墨自首了，"言溯双手插兜，"另外，凯利也得陪他去坐牢。"

戴西一下僵住了。

"齐墨精神紊乱，以为他杀了人。"言溯道，"你不想拖累齐墨，不想冤枉他，所以那晚杀人后打电话给他，曝光尸体，后来说证词时，也极力站在他那一边。你连他都不想伤害，更何况帮你处理尸体的凯利？"

戴西浑身一震，惊恐地睁大眼睛，却僵着脖子不肯回头。为什么他都知道，就像他旁观了整个过程一样？

她还是不吭声，死死撑着。

言溯走到她跟前，把自己的手机递给她看："这是法证人员从吊扇的叶片上发现的。"

厚厚的灰尘上赫然一个手掌印。

"衣服和绳子不易承载指纹，其他地方你们清理的时候也会注意。唯独往吊扇上面绑绳子时，叶片的顶端看不到，容易忽视。而这是一只男人的手印，他是男人，自然不会让你爬那么高去绑绳子。对吧，戴西，他很照顾你。"

戴西死死盯着手机屏幕，咬着牙，泪水在眼眶里直打转。

"凯利现在被请去警局了。有这个证据，即使不是死罪，他也要坐十几年的牢。"言溯收回手机，"而齐墨，他精神失常，一直以为是自己杀了安娜。"

听了这句话，戴西终于挨不住，痛苦地闭上眼。她的眼泪跟断了线的珠子一般，一颗颗往下掉："安娜是我杀的，不关齐墨的事，更不关凯利的事。他不是帮凶，他甚至不在现场。他只是把我当朋友，他很讲义气。是我害了他，是我不好。"

言溯立在一旁，不说话了。

他此行过来，正是因为他十分清楚，以戴西的善良，不会让凯利替她受罪。

戴西无力地坐在沙发上，不住地哽咽："安娜约我五点见面，我刚好在附近街区，就去早了。结果意外撞见安娜往可乐里放药。我没料到那瓶可乐是给我的。见面后，我们说起死去的罗拉，说起以前的朋友，也许是心理压力太大，我和她大吵了一架。她不知从哪里弄来了绳子，我们打了起来。最后我清醒的时候她就倒在地上没气了。我好害怕，赶紧跑了。可警察一定会抓到我的，我吓得不知该怎么办，就给凯利打电话。凯利说就算自首也一定会坐牢。他说我个性太弱，到了牢里肯定会被人欺负。虽然平日里我们会争执，他也会骂我，可他始终当我是好友，他帮我清理现场，把安娜伪装成吊死。他说我没有杀人动机，警察不会怀疑我。这样就会和两年前一样，成为解不开的悬案。"

言溯安静听完，没有表情地接话："接下来，你们回到现场，把她搬去了第二间教室。"

"是。第一间教室没有窗帘，凯利怕被人看到。到了第二间教室，发现了很多干冰，还有水。凯利说太好了，可以冷却尸体，混淆死亡时间。他还说……"戴西扶着额头，嘴唇一个劲地发颤，"说这是安娜准备杀我用的……我真不知道为什么。我只是跟她说过，我可能会自首……"

她捂住嘴，哭了。

言溯无言看她，没有追问。

戴西自知失言，赶紧岔开话题："你怎么看出来的？为什么看出来是我杀了她？"

"戴西小姐，"言溯语调平平，却透着极淡的惋惜，"虽然我不想说这句话。但是，是你的善良背叛了你。"

戴西茫然不解。

午后的阳光从窗口洒进来，在言溯黑色的风衣上镀了一层淡金色的光晕："安娜死后，你给她梳了头发，叠了衣服。我质疑齐墨时，你为他辩解，情急之下说了自己都没料到的话'不是齐墨，我肯定不是他，一定不是'。你当时的眼神非常确定。可他的精神都出问题了，你哪里来的肯定？"

戴西怔了怔，低下头，苍白地笑了："安娜爱美，我不想让她乱糟糟的。齐墨胆子小，我怕你吓到他。"

言溯道："所以，戴西小姐，你是一个糟糕的凶手。在你没有留证据的情况下，还让我抓到了你。"

"是啊，"她苦笑着摇头，"我不适合做杀人犯，不适合。"

"正因如此，我才独自过来劝你自首，而且我非常乐意帮你向警方证明，安娜有杀害你的意图，绳索和干冰都是她准备的。"

"谢谢。"戴西羞愧至极，捂住脸，"不要说我善良，我已经不是了。我变成了魔鬼。天啊，离开的时候，我在镜子里看见了我的脸，好陌生，好可怕。我看到自己像鬼一样可怕。"

言溯敛眉:"你说的镜子,是第几间教室?"

"第二间。"

言溯不语,第二间教室的镜子碎成了碴儿。戴西赶到现场时,警察已经封锁了现场,所以她不知道。

他此刻不想解释,问:"安娜包里少了一瓶指甲油,是不是你和凯利拿走的?"

戴西迷茫:"什么指甲油?或许她没带呢,你怎么知道她带在身上?"

言溯依旧不解释,继续问:"你跑出去后,是什么时候和凯利一起回来的?"

戴西努力回想:"我心情很乱,一直快到六点,想起凯利要去见安娜,一定会发现,所以那时才告诉他真相。离事发应该有一个小时。回去后清理现场用了一段时间,后来天快黑了。我怕安娜冷,就关了吊扇的开关,跑了。"

那吊扇和灯,是谁开的?齐墨的精神出状况又是在什么时候?

言溯垂眸想了半刻,又道:"我来还有一件事,Sindy Lin,林星。"

戴西猛地抬头,眼神警惕:"那句留言,你还是看懂了?"

"你怕我套话?"言溯笑笑,语调里掺着一点不屑,"那是一封情书的落款,高中时期的林星写给帕克的,后来到了罗拉手里。那封情书只有你们几个知道。而她死后,你们看到那句话都害怕了。为什么?"

戴西低着头,攥紧手指,不吭一声。

言溯继续:"三年前,林星死于哮喘发作,死亡地点正是安娜吊死的那间教室。哦不,正是安娜准备杀死你并把你吊起的教室,这又是为什么?"

听言,戴西反而镇静了,发出一声冷笑:"呵,她也好意思在那里杀我?她有什么资格?"

"为什么没有资格?"言溯很快捕捉到她话中的寒意,"因为林星的死,不是意外,是你们造成的?"

戴西张了张口,刚要说什么,却又忍住了。她真的很想把心底埋了那么多年的罪恶与秘密吐露出来。可她不能,就像大家说的,她不能毁了大家的未来。

她沉下声音,一字一句,像在说服自己:"那是个意外,和现在的案子,没有任何关系。"

言溯静默地看她半晌,语调冷清:"真是愚蠢。"

戴西一愣,吃惊地看他。他居然骂她,太不绅士了。

言溯哪里管这些,他冷着脸,再次划开屏幕,调出安娜背后的血字照片:"这句话,是你和凯利刻到她身上的?"

"当然不是。"戴西差点跳脚。

"那你认为是谁刻的?你还确定这件案子和林星的死没有关系?"言溯不顾戴

西渐渐苍白的脸色,语速越来越快,"开灯,让风扇转动,在死者背后刻字,他对安娜的生命极度鄙夷嫌弃。他在恐吓你们,他想给林星报仇。戴西·艾薇你给我动动脑子,好好想想。这件事不说出来,你们之中还会有人死!"末了,他补充一句,"不怪我不善交际,人类太愚蠢了,和你们交流简直是浪费时间。"

戴西惊愕好久,还被他最后一句话打击。她颓然地垮下肩膀,没精打采地耷拉下头:"林星是很典型的亚洲女孩,学习好,很刻苦,传统又温柔。那时候,很多男同学喜欢她,很多女同学讨厌她。她一开始和我很要好,但罗拉和安娜她们都孤立她。我要是继续和她做朋友,也会被孤立的。"

言溯挑眉:"哈,真是要好。"说完,他莫名脊背一僵,心虚地往后看看。甄爱当然不在,自然也不会因为他讥讽的语气而戳他。

戴西被他一句话说得面红耳赤,内疚地低下头:"你不知道,在中学,被同学孤立在圈子之外,是一件多么可怕又孤独的事。我……总之,罗拉她们捉弄她欺负她的时候,我什么也没有说。她们还造谣说她坏话。到后来大家都不喜欢她了。"

"中学生真是一种无聊的生物。"

这话说得好像他没有经历过中学时代一样。

戴西深吸一口气,仰头呆呆望着天花板:"很奇怪,帕克不讨厌林星,罗拉她们欺负林星,他还救过她一次。有天罗拉跟我们说,她发现林星喜欢帕克。大家都觉得可笑。凯利说她肯定以为自己是灰姑娘。大家想捉弄她,就瞒着帕克以他的名义把她约到游乐场去,还骗她嗑药。我们只是想要她出丑,害她在游乐场睡一晚然后嘲笑她,让她看看自己是多么痴心妄想。没想到那天她被不认识的男人……"

戴西用手撑着额头:"可还没结束。或许大家不愿承认那个恶作剧变成了犯罪。所以我们都说林星在骗人,说那晚什么也没发生,是她装受害者。后来有一天,林星去和帕克表白,还写了情书给他。情书里说,她很怀念和帕克的初夜。那封信被罗拉在壁球俱乐部念了出来。帕克很生气,说他根本没碰过林星。林星却坚称那晚是帕克和她在一起。凯利他们见林星污蔑帕克,都很恼火,说她在做公主梦。罗拉和安娜说话尖刻,骂她不要脸。大家都在指责她,她突然面色苍白倒在地上,抓着胸口,很吓人。她说哮喘的药在她包里。可……不知道大家是怎么了。罗拉说她是装的……我们真的疯了,她伸着手在地上爬,我们却笑话她,把那个小药瓶当皮球一样踢来踢去,"戴西哽咽着捂住脸,痛哭流涕,"直到后来,她突然之间,真的没有呼吸了……老天,直到现在我都不敢相信。我们不是穷凶极恶的人,可那一瞬间,我们都变成了魔鬼。"

言溯默然不语,很简单的社会心理学原理,可此刻,他什么也不想说。他忽然想起甄爱。

甄爱不希望是这样，可这样的事情，其实很多年前就发生在这群高中生之间了。

言溯忽然无比庆幸，幸好甄爱不在这里，幸好她不用听到戴西的忏悔。

戴西想起往事，痛哭了好久。好不容易恢复平静，想起现在安娜尸体后的刀痕，她头疼不已："安娜背后的字，我实在想不出谁会这么做。齐墨不会，托尼也不会，哈维？他肯定从齐墨那里知道了什么，但他和哈里一样是个好人，他也不会。天，到底是谁？"

言溯看着她："我要问的，都问完了。"说着，双手缓缓放进兜里，以示告别。

戴西脸上还挂着泪痕，赶紧从椅子上站起来，鞠了个躬："谢谢你，等我把自己整理一下，我会去自首的。"

言溯微微颔首："嗯。"说罢，背脊挺直地出了门。

坐上车后，言溯对自己的表现很满意。戴西能去自首，对她来说是最好的结果。善良的人犯了错误，只有在正视并坦白后，才能放下负担，继续善良。

如果挽救了一份失足的心，那他此行就不算徒劳无功。

接下来的工作，还要继续。消失的指甲油，碎裂的镜子，齐墨，哈维，还是托尼？一切要等法证人员把那张镜子拼起来。或许到了最后一刻，事情还会有转机。

遇到红灯，言溯放缓了车速，不自觉地摸摸手机，他向来不依赖电子设备。但这一刻，他忽然很想给甄爱打电话。他很好奇她在干什么。可转念想想，她如果真的在工作，应该是没带手机的。

他深深吸了一口气，望向车窗外湛蓝的天空，这种和蓝天一样空落落的情绪还真是……陌生又无厘头。

还想着，手机振动了一下，掏出来划开，是琼斯警官发来的，镜子已经拼起来了。和他预想的一样，镜子上有指甲油的痕迹。

图片下琼斯发了一行字过来："失去目标。"

言溯抓着手机，拧眉想了半刻，脑子里突然滑过一个想法。

绿灯亮了。

他飞快地打方向盘，车子滑出一截，立刻朝反方向奔驰而去。

言溯一手抓着方向盘，一手拨通琼斯的电话："马上出警找戴西。有人要杀她！"

戴西沉进水里，空气泡泡一点点从口鼻中吐出来，洗脸池的水汩汩地翻腾。她需要空气，肺部憋得像要爆炸，连脑子都不清楚了。

空气！

她猛地抬起头来，望着镜子里她憋得通红的湿漉漉的脸，这就是窒息的感觉吗，焦灼得让人抓狂绝望?

她深深吸了好几口气,拿毛巾擦干脸。

才收拾好自己,外面再次响起了门铃声。言溯又回来了?

戴西没看门镜,直接打开门,看到那张美丽的脸,她瞬间愣住,这是……

面前的女孩眼睛黑漆漆的,深得像潭水,她看着戴西,殷红的唇角微微一勾,笑容安静:"我送你去一个地方。"

戴西警惕了,没有让她进来的意思:"言溯他已经走了。"

她微愣,旋即恢复冷寂的表情:"我是来找你的。但在那之前,我需要你给我解释一下,林星情书的最后一句话是什么意思。"

戴西皱眉,她真是无礼,比那个不懂交际的言溯更无礼:"凭什么?"

几声清脆的机械碰撞声,戴西一低头,冷气瞬间从脚底往上涌,她一下子僵住。甄爱手指一动,弹匣就装进了枪膛,枪口瞄准她的额头。

戴西僵硬地坐在副驾驶上,警惕地盯着车内的后视镜。阳光照在上面,白花花的。薄而窄的镜子里,甄爱白皙又清丽的脸看上去很不真实,像要融化在光里。

戴西无法把此刻安静的美人和刚才拿枪抵着她的头逼她说话的女孩联系起来。

在她说出一切后,甄爱把她推上了车,并警告,敢乱跑乱叫,她就一枪打爆她的头。

车最终停在游乐场,林星曾经出事的游乐场。

戴西满心狐疑,她记得甄爱说有人要杀她。可为什么来游乐场?她问甄爱,但后者冷冷的,不理她。

今天有嘉年华,穿着彩色服装的演员或杂耍或游行,到处都是人。游乐场里五光十色,戴西都忍不住四处张望。甄爱跟在她身旁,偶尔分心看几眼,但从不流连。

周围的人热热闹闹的脸上喜气洋洋,唯独她们两个互不说话地行走,没有目的没有方向。

戴西走了一会儿稍微放松了心情,看见前边有卖泡泡汽水,便问甄爱:"口渴吗?我请你喝汽水吧。"

甄爱没表情的脸闪过一丝茫然,顺着戴西的目光看过去,就见贩卖机里彩色的冰汽水鼓鼓地吹着泡泡。颜色好鲜艳,像透明的糖果。

她静静地收回目光,摇了摇头。

戴西努嘴:"那我去买了。"她才走出两米开外,突然有个小丑朝她扑过去。

"小心!"甄爱一愣,大喊一声,瞬间把戴西扑得撞在贩卖机上,水中的彩色泡泡撒欢似的往上蹿。

戴西措手不及，一下子摔倒在地。

甄爱早已转身去踢那小丑，可又及时收住了脚。小丑摔得不轻，老半天没爬起来，还愤恨地哼哼："谁在推我？"

不是他！

甄爱回头往人群中看，奇装异服的演员，戴着面具的游客，她飞快扫视一圈，却看不出谁有问题。

很快有人扶起小丑："对不起，是我撞……"

甄爱敛起眉心，是意外吗？

而戴西坐在地上，傻了。刚才甄爱的行为，是在保护她？

甄爱认为她有危险，而她们素不相识，刚才那一刻，她居然飞身过来护她？

戴西慢慢站起来，对甄爱的反感情绪瞬间全部转变。她走过去，轻轻道："刚才谢谢你啊。"

甄爱看她一眼，淡淡的，没有回答。

戴西也不想喝汽水了，跟着甄爱继续漫无目的地行走。走到假面摊位时，甄爱停下脚步，静静看着。戴西凑过去问："你喜欢假面？"

一壁的假面，做工精致，色彩斑斓。

甄爱仰头望着，又垂下来："我想给你买一个。"

戴西一愣，甄爱已经选了海蓝色的羽毛亮片假面递给她，没什么语气："戴上吧。"

戴西挺喜欢，照做了。戴的时候，脑子里忽然闪过一道光。游乐场，假面具，这不是最好的伪装吗？

甄爱说要带她藏起来，结果来了这里。难道她怀疑已经有人盯上她了？戴西心中一冷，可转念又安心。藏树叶最好的地方是树林，藏人最好的地方……她望一眼周围欢乐的人群，游行的花车："甄爱，你真聪明。"

甄爱没理她。

戴西觉得她们算是认识了，问："甄爱，你不喜欢说话吗？"

依旧没有回应。

戴西耸耸肩，有些遗憾："看来，你只和你的朋友说话。"

甄爱还是不语，隔了好几十秒，直到戴西都忘了这个问题，她才缓缓说："我没有朋友。"

戴西心想：……反应好慢啊。

"那个言溯，不是你的朋友吗？"

甄爱微微一愣，心里忽然柔软下来。她不明白这种奇怪的信任和依赖是怎么回事。半晌,才低下头,温温吞吞地说:"嗯,他是。"

"怪人和怪人做朋友呢。"戴西嘴快,说完才觉得说错了。

可甄爱跟没听到似的,继续在人群里漫无目的地游荡。

走了不知多久,戴西感觉眼前有红色的光晕晃了一下,她刚要伸手打开,甄爱突然抓住她的手臂往旁边的城堡里跑。

戴西莫名其妙被她拖着,跑得上气不接下气,走廊尽头出现了漂流和迷宫的标示。甄爱看了一眼迷宫在翻修的牌子,毫不迟疑拖着她闪进去。

迷宫里没有游客,也没有开灯,只有半点夕阳从高处的窗子投下来。一部分笼在血红的光线里,一部分则隐藏在层层叠叠的墙壁后面,黑漆漆的。

这是市内最大最复杂的迷宫,占地一千多平方米。路段短,岔道多,空间窄,转弯多。每隔一段距离就有求助信息台,但现在没有开放,每走一段,只能看见各种装修用具。

光线昏暗,一片死寂。

走在一个狭窄而前后左右都有岔道的地方,戴西莫名瘆得慌。

墙壁上到处是涂鸦,偶尔有骷髅幽灵和死神的画像。戴西走了没多久就吓得要死,轻轻拉扯甄爱的袖子:"甄爱,我们出去吧。这里一点儿都不好玩。"

甄爱淡定地道:"我方向感不好。"意思是出不去了。

戴西泪流。

甄爱看戴西一脸挫败又凄惨的表情,说:"我夜行视力和听力很好。"

戴西泪奔:这和出迷宫有什么关系?

"你……"她没说完,甄爱忽然捂住她的嘴,眼神瞬间变得凌厉,制止了她继续发声。

戴西云里雾里,被她搞得十分紧张。她竖着耳朵,屏息静气地听,可死一般寂静的迷宫里,没有任何声音。

但甄爱渐渐蹙了眉,仿佛听到什么渐近的东西。她很快作出判断,对戴西做了安静和缓缓挪走的手势。

戴西不明白,迷宫里就她们两人啊,但她还是配合地跟着甄爱,极轻极缓地走。

转过一道弯,墙的那一边传来清晰的脚步声。

戴西浑身一震,有人跟进来了?刚才在她面前晃的红点不会是电影里面的狙击枪吧?

她贴着墙壁,陌生的脚步声近在咫尺。她吓得脸上没了血色,无助地看向甄爱。后者却似乎更镇定,黑漆漆的眼睛里竟闪过一丝兴奋。

脚步声一步步远去,甄爱和戴西的眼睛都紧紧盯住前方的转角。陌生人,会从那里出现吗？戴西僵硬地缩在甄爱身后，冷汗直流。

甄爱心跳都屏住，下意识握紧手中的枪。

You are my medicine，那个疯子说给她的情话，死去那些人的名字首字母，刚好是她前几个特工的名字缩写。

巧合吗？她很难说服自己。

脚步声渐渐靠近前面的拐角，甄爱咬紧牙关，在心里祈祷，出来，不管你是组织的哪一级成员，让我一枪打死你。

Samual Leigh、Luis Right、Harvey Porter、Araon Hill、Derek Applegate……她要给他们报仇！

刚扣紧扳机，那人的脚步声却渐行渐远。

这就是迷宫的奇妙之处，相距咫尺，转身却谬以千里。找不到对的路，隔得再近，都走不到一起。

甄爱握着枪，说不出来的失落。戴西却如蒙大赦，紧紧挽住甄爱的手，整个人几乎都压在她身上。

甄爱扭头看着她压在自己肩上的脑袋，愣住了。这样亲密的举动叫她不适应，她沉默地抽开手臂，悄无声息地继续往前走。

戴西赶紧蹑手蹑脚跟过去，对她比划着"对不起"。

甄爱没有回应，心里却冷静了一些，有些内疚。刚才她冲动了。

戴西还在这里，她很可能会连累自己。要是能把戴西放在安全的地方，自己一个人去迎战就好了。可在迷宫里，显然不可能。把戴西留下，自己去找那人，又担心他绕回来先找到戴西。

甄爱沉默着继续前行。

太阳很快西下。迷宫里的光线更弱了。两人摸着墙壁走，遇到岔路随机选。偶尔遇到死胡同，戴西吓得心都要跳出来，甄爱却镇定地返回继续转弯。

不知走了多久，甄爱忽然停下来，止住戴西。

戴西屏气听着，依旧什么也没听到。一扭头，却发现暗色中，甄爱的唇角浮现一丝志在必得的笑容。

她看见她无声无息地拉开保险栓，挪动一步挡在自己身前，手臂举起，瞄准前方不到一米处的拐角。

戴西明白，那人学聪明了，走路没声音。可甄爱听得见。

他马上要出现了？戴西吓得腿发软，脑子里一片空白。她望着甄爱挡在自己面前那消瘦的身影，也不知怎么想的，望向身后，最近的拐角不到半米。

她一咬牙，豁出去了！

她忽然扯开甄爱的右手,死命拖着她往后逃。甄爱猝不及防,反应过来时已被扯得拐了弯。"啾"的一声,旁边的墙壁被子弹击开了花。

他果然在后边。

甄爱想甩开戴西,无奈右手使不上力气。戴西也不知哪儿来的力气,拖拉着甄爱一瞬间冲过好几个岔口。

两个女孩在迷宫里无头绪地奔跑,道上的刷子、油漆桶被踢得噼里啪啦响。身后的人也不管了,索性甩开了追。

宽阔的迷宫里,一下子全是稀里哗啦的声响,掺杂着子弹的"啾啾"声。

甄爱怒了:"你放开我。"

戴西不放,直喘气:"我是看出来了,你和这个人有过节,想利用我把人引出来是吧?"

"你知道还不放开,当心我杀了你。"

戴西嗤之以鼻:"想利用我把人引出来,又要照顾我的安全,缩手缩脚的。还真是矛盾。"

甄爱要甩开她的手,她倒拧得更紧,使劲往前跑:"甄爱,你要是敢和那人对上,我就扑过去保护你,还你刚才的情。你自己考虑吧。"她竟然威胁她。

甄爱气得笑了:"想帮我挡子弹更好。你以为我在乎你的死活?"

戴西耸耸肩,继续跑,还劝:"甄爱你真傻,警察一定会来抓他的。何必把自己贴进去?"

甄爱不解释。她要的不是处罚,是真相。但她没有再甩开戴西,这个胆小又善良到笨的丫头。带她出来,她真是脑子进水了。

两人七拐八绕地跑了一阵子,很快甩开那人。即使对方的脚步声响在身旁,迷宫的特殊构造也把人隔在千里之外。

四周再度安静,两人靠在墙上,安静地深呼吸。戴西做口型:"他在附近吗?"甄爱认真听了几秒,摇摇头,用口型回复:"另一边。"

戴西打手势:我们出去吧。

甄爱:路在哪儿?

戴西:……

两人于是望天。

太阳已完全落山,窗户里的余晖变成暗红色,越来越深。白色墙壁染了一层虚幻的黑,看着格外阴森。

没有带手机,不能通讯。

在这个到处都是拐角和出口的迷宫里,和拿着狙击枪的人斗智斗勇,度过漫长而黑暗的一夜，戴西觉得恐惧又崩溃，还不如死个痛快。

戴西难过地向甄爱表达了自己的惊恐：黑乎乎的迷宫，还有一个人在找我们，好可怕。

没想到甄爱淡淡一笑：相信我的眼睛，我会先找到并瞄准他。

戴西一愣，看向甄爱。

在安娜的死亡现场，她第一次看到甄爱时就多看了几眼。当时每个人都很慌乱，但甄爱的容颜太过引人注目，或许不该说引人注目，她的美很安静，没有攻击性，美得让当时的戴西心里都静了一秒。她以为甄爱是言溯身边的花瓶而已。

直到今天，甄爱突然执枪瞄准她的头，即使是发狠，她也比电影大片中的女主角惊艳很多。

此刻的甄爱没有化妆打扮，头发全部绾起，藏进黑色的棒球帽里，乍一看像帅气的假小子，露出细致如瓷的脖颈，仿佛白天鹅。不，她这样的女孩，应该是黑天鹅，清傲、坚韧，透着说不出的气质。她正望着头顶，那种清澈却又静得像时光一样的眼神，波澜不惊，不染尘埃，看似柔弱，却极富韧性。

她哪里来的勇气，不害怕黑暗？

甄爱没在意戴西的注视，抬头望窗户。外边是暗淡的黄昏，今天夜里会有月亮，但云层很厚，迷宫里会非常暗，只剩极淡的光线。对方很难看到她，但她可以看到对方。

等到深夜，那人休息了，她就独自过去找他。夜晚快把这里变成她经常被关的黑屋子吧！

正想着，迷宫另一边突然响起三连发的"啾啾"声。

甄爱和戴西对视一眼，同时愣住。很快响起跑步声，却只有一个人，继而是更密集的枪击声。

甄爱皱着眉，立直身子，一丝不苟地判断着各种声音。

有人闯进来了，没带枪，狙击手在追击，新来的人脚步极轻，但是很稳。

该不会是……

果然下一秒，远处有谁敲敲迷宫的墙壁，咚咚地响。随即，某人骄傲又欠扁的声音响起："哦，不好意思，我走路一向没有声音。"

拿枪的人当然被气到，又是几声枪响。

甄爱的心都揪起来了，言溯怎么跑来了？他有没有受伤？心刚悬起，又一头黑线地落下。

某人在迷宫里到处窜，不知是天生爱炫，还是故意气人，居然做起了解说，声音随意又散漫，回荡在迷宫各个角落："进来的时候，我看了迷宫的平面图，然后记住了。我可以随心所欲地去迷宫里的任何地方。你开枪只会暴露你的位置,让我找到你。"

甄爱心中感叹:这笨蛋真的好厉害。

言溯话音才落,那人没动静了。

戴西很开心,喊:"喂,你真记住地图了?"

"不要把我的大脑和你的 DOS 系统相提并论。"

甄爱想起自己被他称为 Windows 98,勉强比戴西高一级。

戴西不介意,赶紧道:"那你快抓住他啊!"

这下言溯沉默了,半晌后,很诚恳地说:"我记得地图,但不会去找他……因为我没带枪。"

甄爱:"……"你来玩儿的是吧?没带枪也不要说真话啊!

戴西扶着额头:"那你来干什么?"

言溯义正词严:"来揭穿他的真面目。"

这句话对现在危险的局面有什么缓和作用?

戴西还要说什么,甄爱用眼神制止,随即拉着她继续前行,这次是根据言溯的位置,往远离他的方向走。

身后又响起几声"啾啾"的枪鸣,戴西听得心惊胆战,更不解甄爱为什么不去和言溯会合?他没带枪,要是在迷宫里被那人撞到怎么办?

但甄爱比她更了解言溯,他记得迷宫的路线,走来窜去都是在鄙视外加激怒对方。如果真要担心,不如担心那人的怒气。

屋顶的淡淡晚霞渐渐褪去,偌大的迷宫里只剩言溯不屑的声音:"枪用得那么熟练,不怕暴露身份?"

话音未落,又是一串细小的枪响。

甄爱一路往外走,心里不是不担心的。可下一秒,让她心安的声音再度响起:"为什么要杀戴西灭口?担心她想起镜子的事,让警方知道她离开前镜子没有碎?很可惜,我让人把它拼起来了。结果发现安娜在上面写了个单词。"

迷宫的这边,甄爱和戴西都疑惑了。

对方似乎被激怒,迷宫里响起一阵阵清脆的子弹壳落地声。可言溯的声音依旧沉稳而清淡:"你以为拿走她的透明指甲油,我就不会注意了?很不巧,安娜的手机壳摔坏后用指甲油把它粘了起来。"

甄爱一愣,言溯说化妆品少了一样,指甲油。他的观察力太让人惊叹。

言溯此刻的位置离甄爱她们远了些,声音小了点儿,但清晰地透着凉薄的嘲笑:"单纯的分析,安娜在镜子上写下你的名字其实有多种动机,或许是写凶手,或许只是起了玩心拿指甲油写字。如果你不移动那面镜子,光凭镜子上一个单词,我无法判断是你。可凶手总是心中惶遽,想要遮掩一切,想要隐瞒那面镜子,所以你把第一和第二教室的镜子换了。正因如此,我才能判断,戴西慌忙逃走后,安娜还活着,她甚至在短暂的昏迷后醒了过来。"

昏暗的天光中,戴西怔住,他在说什么?

言溯的声音寡淡,带着一贯的桀骜,在空旷的迷宫上空回荡,一字一句传进另外三个不说话的人心里:"戴西在第一间教室和安娜厮打后跑了,你发现安娜没死,就掐死她,挣扎中她用指甲油在镜子上写了你的名字。你后来意外发现,已经擦不掉了,就把两个教室的镜子换了。你刚把镜子搬到第二间教室,戴西和凯利回来处理,把尸体搬去了第二间教室。那时你躲在窗帘后,等他们离开,在安娜身上刻了字。你准备再换镜子,中途出了意外,不小心打碎镜子。沾有透明指甲油的碎镜片太难找。你挑不出来,干脆把窗户打碎,混在一起,像学生扔石头砸碎的,这样不会引起警方注意。"

迷宫这边,甄爱冷冷地弯弯唇角,把镜片藏在玻璃片里,这人果然聪明,外加他对枪的熟练,一定不是这几个学生,很大可能是组织里的人。

正想着,前方突然出现一个出口。

戴西愣了愣,瞬间又惊又喜,运气太好了。她想马上向迷宫里的言溯报告,让他也快点出来,就留那个人在迷宫里瞎转圈吧!

她来不及发声,甄爱一下子上前捂住她的嘴,轻声说:"不要告诉言溯我来过。"

说着,在戴西惊愕的眼神中,她狠狠一把将她推出迷宫,自己则飞快转身,一拐弯就消失了。

戴西张了张口,不敢追也不敢喊。哪一条路都可能让神秘人找到她,现在只有外边最安全。可她抬头望天,窗户上最后一丝红晕也消失了,夜晚已经降临。她看看周围黑幕中的白墙,面前短短一截走廊和戛然而止的转弯,脚下阵阵发凉。

甄爱快速而无声地走在迷宫里,她可以准确地判断出言溯和另一个人的方位。

言溯没枪,他会躲着那人。她要做的是,不要撞到言溯,在他之前找到那人。她一定要问出那封信的事。

她带了针管,一秒钟,只要一秒钟就能让他生不如死。到时候她用枪冒充那人吓退言溯,问出结果就立刻离开。

言溯不会知道。

正打着算盘,又听到言溯的声音,隔着好几堵墙传来:"Parker。安娜在镜子上写的字是Parker!其实,即使警察看见,也会首先联想到两年前死去的哈里·帕克,以为案子又添了悬疑和诡异的色彩。但你做的一切,欲盖弥彰。帕克家还有一位儿子,就是你,哈维·帕克。"

这下,追踪着言溯一路开枪的声音停了。夜幕下的迷宫里,站着三个人,却死一般的宁静。

"一直想不通,安娜这种急躁冲动的人怎么想得出那么缜密的杀人方案。她没有强烈的杀人动机,是你教她的。你花了很多心思让她爱上你,花了更多心思让齐墨的精神问题越来越严重。那天我问齐墨,是不是看到了杀人凶手。他惊恐地说'不是我'。这句话很奇怪,后来他去自首,却说不清怎么杀的人,反而说了句更奇怪的话'我看见,我杀了人'。我想,是你往安娜身上刻字的时候,被挡在了镜子后面。而齐墨站在门口,看到了你拿刀的手,和镜子里他自己扭曲的脸。他以为自己杀了人,吓得大叫,就是这时候你去追他,打碎了镜子。他跑进第一间教室躲在角落里发抖,绝望地找戴西。为什么不给你打电话?因为他认得你的手,潜意识里排斥你。之后你给他催眠,告诉他这只是梦,又给他吃了致幻剂。等他神志不清而干冰烟雾快散去时,你带他去第二间教室,开了电扇和灯,等着学校的管理员发现异样。"

迷宫某处的哈维仿佛被这一段话说得终于清醒,黑暗中传来一丝冷笑。

下一秒,三发子弹壳落地。

迷宫里没有声音了。

甄爱的心咯噔一下,言溯中枪了?她心里一紧,朝他的方向跑去,慌乱中踢到了油漆桶,铁皮桶在地上滚动,噼里啪啦。

甄爱心一沉,听见哈维的脚步声朝这个方向来了,隔着三堵墙。

她才拉好保险栓,旁边的两堵墙外传来言溯的声音,讥讽又轻佻:"哈维,当年游乐场里,迷奸林星的人,其实是你。"

甄爱一愣,他故意在转移哈维的注意力?

她的心忽然有些痛,他以为踢到桶的是戴西,所以以身犯险救她?这个傻瓜,平时什么都不关心的高傲样子,关键时刻却本能地要挽救别人。

而这句话把哈维的怒火烧到了极致。片刻的死寂之后,是换子弹的声音,冰冷生硬的机械撞击声在黑暗里格外瘆人。

哈维这下完全不掩饰了,一边走一边阴冷而放肆地笑:"林星她死不足惜。不过真意外,天衣无缝的谋杀,却全让你看破了。今天,你们一个都别想活着出去。"

话音未落,他忽然飞快地跑向言溯的方向,一连串射击。迷宫里瞬间响起两种清晰的脚步声,你追我赶。一下远一下近。

甄爱也很快找到一个双岔路的死角,握紧了枪,无论哈维从哪个角出来,她都能准确地射击。可突然,背后的墙面传来一个声音。

隔着一堵墙,近在咫尺的低沉,透着冷峻的温柔,他说:"我马上过来找你,不要乱跑,不要开枪。"

黑暗中,甄爱背靠着他的声音,浑身一震。不可能!他怎么会知道她在这里?而她,不会听他的话。

屋顶窗的天空已变成蓝墨色,天光昏暗,整个迷宫都被笼罩在薄纱般的夜幕里。白色的墙壁在黑夜中散着诡异的光,看上去令人晕眩。

甄爱立在转角处,背脊僵硬。言溯低沉的声音仿佛还在身后。

"不要乱跑,不要杀他。"

他知道她想杀人了吗?他知道她其实是个恶魔了吗?

甄爱固执地睁着眼睛,盯着面前一堵又一堵毫无规则的白墙,眼睛被黑夜中的白光刺激得有些痛。身在迷宫,她却比任何时候都要清楚自己的方向。

她从来都不想逃。

要不是那该死的研究牵绊着她,她早就奋不顾身。一直都是他们在追踪她,她从来找不到他们的足迹。每次都是被动挨打,看着周围的人一个个死去。

她受够了。她想杀了他们,她想杀了他们!就算搭上自己的命也没关系。死就死,有什么了不起!

反正这世上她是孤苦伶仃一个人,没什么可留恋的。就算死也要拖几个组织的人下水。她要让他知道,即使是死,她也绝对不会再回去做他们的傀儡。

她如此坚定的时候,言溯偏偏出现了。她刚硬的心莫名就软了,她不明白他怎么知道自己在这里,但她很清楚,他记得地图,会很快找过来。

而她,不想让他找到。

甄爱继续沉默着,悄无声息地离开那个角落,借着微弱的天光,一点点朝哈维的方向靠近。有几次她听到哈维就在墙壁的另一端,可走过去却是死胡同,绕不到另一面。

而哈维放开了胆子,自得地在迷宫里穿梭,射击任何一个他以为是言溯的幻影。

言溯的步伐也沉重起来,带着脚步声。甄爱知道他去了她刚才站的位置,没有找到她。所以故意发出声音,吸引哈维过去。他不希望哈维撞到甄爱。

三个人你找我,我找你,一圈又一圈在迷宫里转。

哈维端着枪,在黑暗中笑得格外阴森:"女人看多了童话就以为自己可以灰姑娘变公主。林星这样的女孩只配玩玩,就她也想和我弟弟在一起?我只是设计一场恶作剧,开个玩笑,毁掉她的公主梦,就轻轻松松造成了他们之间的误会。"

哈维一边说一边跟随着言溯的脚步声,走到拐角处,飞速转弯瞄准,又窄又短的道上空无一人。

他继续前行,语中渐渐带了愤恨:"可这个贱丫头居然莫名其妙死了,用这样激烈的方式留在了哈里心里。对她的死,我不屑一顾。但她死后几年,我的弟弟哈里被人以那样一种惨烈而羞辱的方式杀死。而你这个浑蛋!居然睁着眼睛说瞎话,说他是自杀的!"

哈维提起旧事,愤怒到了极致,追着言溯的身影跑得飞快,白色墙壁被射击出一朵朵的弹花。

言溯敛眉在前边奔跑,现在哈维的注意力全在自己身上。甄爱暂时应该没有危险,可偌大的迷宫,她到底在哪里?

天只会越来越黑,接下来……

正想着,前面一转弯,却迎上了刚才追错路的哈维。

四目相对,哈维眼中闪过一丝惊异,随之化作癫狂,举枪便开始扫射。可就是他诧异的半秒钟,反应比他快很多的言溯回身退了回去。

哈维咒骂着追上去,只看见言溯黑色的风衣衣角在夜幕中一扯,闪进前边的拐角又不见了。

他的心情沮丧而悲愤到极致,飞速奔过去追言溯,一面在黑暗的迷宫中怒吼:"你这个浑蛋!我的弟弟不会自杀!"

男人嘶吼的声音在迷宫上空回荡,听得人头皮发麻。

可前方沉默良久的言溯居然清清淡淡地回了句:"他不仅自杀,还在死之前杀了罗拉。"

一瞬间迷宫里死寂了。

"哈里是我见过最好的孩子!他是世界上最好的弟弟。"哈维声音冷硬,立在原地。他的金发完全被夜色吞没,蓝绿色的眼睛像是狼,散发着幽深嗜血的光。

他动作僵硬地拉开弹匣换子弹,就着清脆的弹壳撞地声,发出一种类似于野兽般的嘶鸣:"他不会自杀。他不会杀人!你这浑蛋。浑蛋!"

他快步走在迷宫里,声音都在颤抖:"你颠倒黑白,可我自己找了出来。我从齐墨那里知道了林星的死因。原来是被他们踢走药瓶窒息死的。罗拉阴险狡猾,一定是她用这件事威胁大家,所以大家合伙杀了她。可我的弟弟哈里,他善良正直,他肯定受不了良心折磨,想要说出真相。结果被剩下的人杀死。我原本想借安娜的手把他们几个全杀了,可她那个蠢货!"

迷宫外边的戴西听得浑身发抖,而哈维疯狂的声音还在黑暗的密闭空间里回荡,仿佛不顾一切:"我要把他们全杀了。安娜、戴西、凯利、齐墨、托尼,全都该死。全都必须死。他们全要为我弟弟的死付出代价!"

"还有你,言溯。你也该死!"哈维一字一句地说出这句话,猛地追着言溯的身影一转弯,对面的人……

他条件反射地射出一连串子弹,对面的墙壁打开了花,那人却没有倒下。

迷宫中的光线已经很暗。他定睛一看,竟是涂鸦。死神的骷髅脸遮在宽大的帽子里,一袭黑色的斗篷,右手高高举起,扬着银色的割命镰刀。

或许是天黑了,骷髅的黑眼睛格外幽深,像黑洞。

即使是哈维,骤然看到这么恐怖的涂鸦,也惊得心跳停了半拍。他稳定了心绪,再看过去,蓦然又是一怔。

死神变脸了。

黑色的棒球帽,乌漆漆像深洞般的眼睛,白皙而冷漠的脸颊,修长而细腻的脖颈,她左手托着一把带着消音器的枪,冰冷地对准他的头。

她声音很低,像是从地狱传来的鬼魅:"林星的情书,是不是你教她写的?"

哈维瞬间摆正狙击枪,可甄爱比他更快,手指已动。但就在这时,两人之间的岔道上突然有人冲出来把哈维扑开。

甄爱的子弹擦着言溯的脖子飞过,她的心瞬间悬起,后怕得无以复加。

两个男人在黑暗中扭成一团。

她冲过去要查看言溯有没有受伤,却听他喊一声:"蹲下!"

甄爱立刻滑倒,子弹从她头顶惊险掠过,嵌进身后的墙壁里。

她抬头一看,言溯牢牢握着狙击枪的扳机,而哈维则在争夺。两个男人抵在墙上,沉默而无声地较量着。言溯试图一把将整个枪夺过来,但哈维显然格斗能力更强,一脚踢在言溯的腿上,便把他摁在墙上。可后者仍旧死死地握着扳机不松手。

甄爱看见模糊的光线中,言溯的脸上闪过一丝极轻的痛楚。她蓦然想起玛利亚的那句话,说言溯骨头不好。他被爆炸案伤过。

甄爱跳起来,还没判断,又听言溯隐忍着命令她:"不要开枪。"

都这个时候了,他还担心她杀哈维。

哈维听言,刚要回头,甄爱手中的枪托重重砸在他的眉骨上,哈维痛得手一缩,被言溯卸了枪。甄爱反应极快地从言溯手中抢回狙击枪,抱着厚厚的枪托往哈维的胸口狠狠一砸。

哈维被打翻在地,来不及反抗,甄爱又是重力一击,打在他的胸口,尖声吼道:"说啊!"

言溯愣住,他从来没见过甄爱如此狠烈的一面,也不知她和哈维有什么恩怨。无论从哪个方面看,他和甄爱其实没那么熟,这个想法,让他心里淡淡地有些不爽。

哈维频繁被一个女人打,气得大吼:"你又是林星的谁,你也要报仇吗?什么情书?BBS 上到处都是范本,你想杀我你开枪啊!"

甄爱愣住，BBS？

很快，琼斯警官等人赶到。

被带走时，哈维仍旧是一脸怨毒地盯着言溯，像是看着不共戴天的仇人："你这颠倒黑白的浑蛋，你收了别人家多少钱，才对全世界说谎？我向你发誓，等我出来的那天，我会杀了所有伤害过我弟弟的人，包括你，言溯。"

言溯一脸风平浪静，跟没听见似的。

哈维脸上忽然闪过奇异的兴奋，竟大笑起来："包括你在乎的人，"他忽而瞥了甄爱一眼，"言溯，我会让你也体验我的感受！"

言溯眸光闪了闪，深深地看住哈维，定定地回复："哈里·帕克是自杀的。"

"我弟弟不会！"哈维冲他怒吼。

言溯淡淡道："你父亲知道真相。"

哈维浑身一抖，震住。

"我猜想，当年设计让林星被迷奸的，应该是你，还有罗拉。帕克意外从罗拉口中得知真相，所以杀了她。而你是他最敬爱的哥哥，他当然不会杀你。"言溯看着呆若木鸡的哈维，语调平静，"他对你失望透顶，而且他憎恨所有用恶作剧骗林星去游乐场的人，他想用自己和罗拉的死，让剩下的人永远活在恐惧中。"

哈维神经质般地摇头，无法接受："不可能，不可能！"这对他无疑是毁灭性的打击。

"帕克死的那天上午给你们的父亲打过电话，长达二十分钟。他把一切都说出来了。直到帕克死后六个月，因为媒体一直攻击我，而我始终未予回复，你父亲曾登门拜访，告诉我的推理是正确的。他无法公开，所以对我道歉和……感谢。"

最后寥寥的一句，想必就是老帕克感谢言溯不曾公布帕克的罪行。

一旁的戴西听着都落泪了，哈维也全然呆滞，而言溯依旧淡淡的："你的父亲一直没有告诉你，是担心你会内疚。他说他已经失去一个儿子，没必要让另一个活在愧疚中，再度失去。但后来，这也成了他拉选票的推力。"

"不可能，不可能……"哈维目光呆滞，不住地喃喃自语，完全崩溃，却很快被警察带走。

甄爱望着闪烁的警车和游乐场里灯火辉煌的夜晚，心里空空的，没了任何想法。

戴西早抹去眼泪，走到甄爱面前，努力笑笑："甄爱，我马上要去警局协助调查了，留个方式以后联系，好吗？"

甄爱没有反应。

言溯却一大步走过来，把甄爱拎到一边，不友善地对戴西道："不好。"

"为什么?"

"不为什么,她不是你的朋友。"言溯冷冰冰的,补充一句,"她是我的朋友——我一个人的朋友。"

甄爱缓缓抬头看他,只看到他黑色的衣领和冷硬的短发。

戴西气了:"你这人怎么这么霸道?"说着,绕到他身后,一把扯过甄爱的手,从琼斯手中夺过一支笔就在甄爱手心写号码。

甄爱手心痒,要缩回来,却被戴西牢牢捏住。甄爱愣愣看着她,窸窸窣窣的痒,一直传到心里。

她才写完,言溯已经不耐烦,冲琼斯瞪眼:"还不快把她抓去警局。"

戴西还不够,生怕甄爱不打电话给她,突然道:"下次还给你。"说着一下子扯下甄爱的棒球帽,跑了。

甄爱的长发瞬间像瀑布般倾泻下来,在夜风里柔顺地翻飞。而她眼神静默冷淡,竟带着说不出的妩媚和惊艳。

琼斯看呆了。

言溯也愣了愣,良久,才缓缓收回目光。他向来不注意人的外表,此刻,他才蓦然发觉,身边的女孩,是极其少见的美人。

甄爱犹不自知,望望远去的戴西,又低头看看手心一小串黑黑的字母加数字,不说话。

她慢吞吞收回手,发现只剩她和言溯。

两人都不说话了。十几个小时的分离,再见却以这样的方式……仿佛心里拉开了距离,变得有些陌生。

夜晚灯光璀璨的游乐场里,人群欢声笑语,只有他们两个安静无声地走在人群里。

甄爱想起他刚才对戴西脱口而出的那句话,心里不是不温暖的。想了想,决定自己打破沉默,问:"你怎么知道我在迷宫里?"

他回答得安之若素:"我认得你的脚印。"

甄爱心里微颤。

她换了鞋,可他还是认得吗?不是鞋印,而是法证学上可以判断人身高、体重性别、年龄、走路习惯的脚印。

他默默地观察过她吗?还是,这只是他乐于观察的习惯?

甄爱不知道,可阻止不了心里熨烫的温暖。

言溯垂眸看她,她低着头,安然沉静的样子,和刚才在迷宫里击打哈维的那个女孩判若两人。以他的聪明,他可以想到甄爱和那封信的联系。他其实很想问她,很想听她说。就像上次的爆炸案后,她和他讲述她妈妈的死亡。

可那样的机会,似乎可遇而不可求。

而他,不想给她压力。他真不明白,自己这样的情绪化,究竟是为什么?完全无法用科学解释。

他依旧看着她,看她乌发披散,夜风吹着纤细发丝飞舞,他忽然有种想帮她捋顺头发的冲动。但他只是克制地收回目光,望向前方,温温地道:"既然都在游乐场了,有没有想玩的?"

"啊?"

言溯一见她反应慢,瞬间就鄙夷:"等你想好了,我明天早上再来找你!"

甄爱立刻四处张望,首先看到游乐场里最大的摩天轮,彩灯闪闪的,在黑暗的夜幕中,像是巨大的圆形礼花。

言溯顺着她的目光:"想玩摩天轮?"

甄爱摇摇头:"它的花纹看上去像是爆炸。"

言溯笑了:"嗯,我也这么认为。毫无美感的东西,设计它的人是笨蛋。"

目光一转。

言溯:"过山车?"

甄爱摇摇头:"要是在最高处停电了怎么办?"

言溯点头:"嗯,每年全球各地的过山车事件成百上千起。"

两人一边走一边看,像是找到了知音,十分开心地把游乐场里的所有设施都鄙视了一遍。

走到最后,甄爱看到大大的旋转木马,五光十色,精美绝伦。木马起伏,彩灯闪烁,一边旋转一边唱着歌。

那是一首很老的歌,唱歌儿的女孩声音轻得像纱,仿佛捉不住的愁绪。"Do you remember the things we used to say, I feel so nervours when……"

言溯走到她跟前站定:"想玩旋转木马?"

甄爱望着满世界的彩色灯光,记忆模糊,依稀想起小时候的场景……

她看着排队的人群,小声问言溯:"你陪我一起吗?"

言溯微微一怔,望着花花绿绿的木马,表情很是窘迫。游乐场的一切,在他看来都无聊幼稚到爆,而旋转木马是登峰造极的无聊加幼稚。

他摸摸鼻子,想着要怎么回答时,却撞上甄爱漆黑湛湛的眼神……

他把手收回风衣口袋,点点头:"嗯。陪你一起。"

玩的人太多,甄爱和言溯买了票,等下一批。

她趴在栏杆前,静静望着木马上旋转追赶的人,有情侣伸着手追赶对方,欢声笑语。

她忽然又想起妈妈的话,旋转木马是最忧伤的啊,它永远追赶不到同伴的步伐,它最终孤寂一人。

欢乐的人群下了木马,木马们安静地停下。工作人员开始检票了,甄爱忽然直起身子,对言溯说:"我不想玩了。"

言溯看看手中的票,不解地问:"为什么?"

甄爱故作无意地耸耸肩:"不为什么,觉得好幼稚哦。"

言溯也不追问,把票放在栏杆上,笑:"英雄所见略同。"

甄爱深吸一口气,走得头也不回。

两人一致认为游乐场真是一个无聊的地方。

快走出游乐场时,再次看见彩色的泡泡汽水。甄爱的目光多流连了一下,被言溯捕捉到了。他问:"想喝泡泡汽水?"

"是甜的吗?"甄爱问。

"不知道。没有喝过。"

两人心照不宣地走近售卖机,甄爱望着彩色的汽水和汩汩上升的泡泡,忍不住轻轻弯了弯唇角,像个期待糖果的小孩。

言溯看在眼里,有些好笑,问:"你喜欢哪个颜色?"

"蓝色。"

言溯很满意:"我也喜欢蓝色。"便跟小贩说要两杯蓝色的。

小贩很善良,提议:"要不一人买一个颜色吧,口味不同,可以换着喝。"

言溯面无表情地问:"我们就喜欢蓝色,为什么要体验不喜欢的颜色?"

甄爱也觉得言溯说得对,奇怪地看着小贩。

小贩道:"可以换着喝,就能喝两种啊。"

"可我只喜欢一种,为什么要喝两种?"言溯不理解,认为小贩是在质疑自己喜欢的蓝色,立刻冷了脸,说,"为什么要换着喝?在我看来,红色的像人血,黄色的像排泄物,白色的像水,黑色的像泥巴水。"

小贩惊愕了,乖乖盛了两杯蓝色的泡泡汽水给他们。

甄爱捧着一杯,尝了一口,酸酸甜甜的,还有泡泡在动。

言溯问:"好喝吗?"

甄爱开心地点点头。

言溯也尝了一口,嗯,果然不错。

两人各自捧着汽水,互不说话,慢吞吞地边喝边走,却看见一对情侣站在路对面,用两根吸管共喝着一杯。

甄爱停下脚步，好奇地看："他们为什么两人喝一杯？"

言溯自然而然地回答："因为没钱吧。"

甄爱认为这个解释很合理，点点头表示赞同。又看看自己和言溯一人一杯汽水，道："嗯，他们好可怜。"

不远处的小贩听见了：……你们这两个呆子。

卷四　恶魔降临枫树街

Dear Archimedes

晚上七点半,言溯和甄爱立在路边等伊娃。他们原计划回家做饭吃,但伊娃打电话来叫甄爱陪她去吃饭。

于是两人背对游乐场一世的灯火繁华,望着春天夜里宁谧的林荫大道,安静而又沉默地立着,像两棵相互陪伴的树。

某一刻,高高的这棵树扭头,看身旁另一棵,见她又习惯性地发呆了。和以往一样白皙又淡静的面容,不,似乎更静了。

他蓦然有种她在身边,却沉入了独立世界的幻觉。也不知怎么想的,像是忍不住要把她唤醒:"甄爱。"

她沉寂了好几秒,才"哦"一声,缓缓回过神来。

这次,他没有取笑她反应迟钝,而是不自觉低下声音,柔得像春夜的风:"在想什么?"

甄爱拂了拂被风吹散的长发,回答:"想起戴西说,他们踢林星的药瓶子,直到林星真的断气。"

戴西已经告诉她了吗?

言溯看她半晌,又望向路对面的工艺雕花路灯,神色寡淡:"有什么好想的?"

"我觉得戴西不是这样的人。"她下意识握握手心的电话号码,笑了笑。

你也不是那样的人!

言溯沉默看着甄爱,除去她坚硬又冷漠的外表,她的心其实柔软又纯净,不是吗?

路灯在他眼中投下湛湛波光,像盛着繁星。

他说:"他们其实是好孩子,也不麻木,只是人都有从众效应,身在其中而不自知,就会变得可怕。独自守住本心容易,一起,则很难。希尔教授给我讲过两个案例,有人跳楼,楼下很多人围观。其中一个人喊你跳啊,其他人也跟着喊跳啊。可他们都是坏人吗?不。平日里他们安分守己,乐于助人。事后回想起,都不明白自己当时为什么像魔鬼一样恶毒。"

甄爱脑中浮现出那个场景,不自禁寒心,缩了缩脖子。

"另一个人,四百万现金掉在地上被风吹散,有个路人喊:我们一起帮她把钱捡回去。最后所有纸币一张不少地物归原主。"

甄爱唏嘘不已:"当天是有人踢了药瓶一下,剩下的人就被下了咒语。"

言溯神色莫测:"可我一直认为,如果那天,有谁先说句'快送林星去医院',其他的人也一定会帮忙的。"

甄爱一愣,在他心底,始终认为人性本善。

她低下头,看着地上的影子。背后的路灯把它们拉长,"他"和"她"重叠着,相互依靠。她轻轻动一下手，地面上的"她"揽住了"他"，她心里悄悄地欢喜，却不敢，也不舍得和任何人讲。

"言溯。"

"嗯？"

她不看他，固执地盯着地上两个依偎的影子："如果我杀人放火，你还以为我是好人吗？"

"我不会让你杀人放火。"言溯想也不想，回答得斩钉截铁，"我会在一开始就阻止你。"

甄爱没想到是这个答案，怔住。

"杀人太多，就会忘了自己。我觉得现在的你，很好。我不希望你忘了现在的心。"言溯侧头过来，长长的睫毛在眼眸中投下深深的阴影，他看着她，没有嫌弃，没有责备，只有深深的关切，"甄爱，如果你觉得迷茫，和我讲。"

他承诺："我会帮你。任何时候。"

甄爱的心狠狠一震，像是被什么温热的东西猛烈地冲撞着，又暖又痛。她从小只知以暴制暴，直到这几年才发觉意识的扭曲。可即使如此，她受到刺激时，依旧不知怎么处理，只能选择她最熟悉的方式。

上次杀掉赵何，她恶心了一个星期，这次她居然又轻易地向哈维拔枪了。

言溯说得对，杀人会成为嗜血的习惯，让她忘记自己。这原本是她痛恨的，她不该变成这样。

她望住言溯安静的眉眼，心底忽然满怀感激："嗯，谢谢你。"

言溯只看她一眼便知她理解了，有种陌生的痛浮上心尖。他很想知道究竟是怎样的经历让她变成现在这样，一半天使一半魔鬼，又究竟是什么直到现在还能触发她内心底最深的恐惧。

不是害怕到极致，她绝对不会拿枪口对人。可即使是害怕，她还下意识地保护戴西。

想起不久前黑暗的迷宫里，她躲着他，孤身一人在夜色和危险中行走，一步一步，倔强而固执，他的心就像是被沉进水里，憋闷得像要窒息。

他不知道这前所未有的感觉叫什么。千头万绪最终汇集在手心，他抬手，拍拍她的肩膀。

两人各自想着心思，不再言语。

等了一会儿，甄爱想起什么，突然心底一软，摸摸脸颊侧头看他："言溯。"

"嗯？"

"你上学的时候，是不是经常被孤立被欺负？"她的声音柔柔的，明明是轻松地问,说出来,心口却疼了一下。

他低着眉,俊逸的侧脸凝滞了片刻,漫不经心地回答:"你脑袋里就不能放些有建设性的东西?这问题真无聊。"

甄爱微微地笑,不问了。

不问都知道。成长中,他总比同学年幼聪明,孤立和欺负是必然。于他,从来没有同龄人一说,其中的苦楚和孤独就只有他自己知晓了。

但很庆幸,他依旧长成这样,福祸不惊,淡看一切,依旧拥有一颗澄澈干净的心。真好!

正想着,伊娃的车来了。

伊娃探头看见言溯,皱了眉:"你怎么也在?"

言溯不理她,径自拉开门和甄爱一起上车:"嗯,肚子饿了。"

伊娃从后视镜里看言溯,眉头拧在一起,咳了咳:"我要和朋友吃饭,想带Ai 一起去。"

甄爱眼珠转了转,她的意思是只带她一人?

言溯抬眸,淡淡地看着伊娃:"你不带我去,我就不准甄爱跟你去。"语调清淡,却像小孩子耍赖。

"甄爱又不归你管。"

甄爱略微头大,和伊娃商量:"让言溯一起吧?"

"除非他保证不乱说话。"

甄爱刚要说好,言溯皱着眉,很不满意地开口:"我从来没有乱说话过。我说的每一句话都有意义。"

伊娃摇摇头,轻飘飘地说:"喏,废话,废话。"

言溯抿唇,显然不高兴了,沉默半晌,说:"你不是和朋友吃饭,是约会,还想问甄爱对那个人的意见。哼!"

甄爱默默地坐直,呃,这个应该就是乱说话吧……

伊娃冷冷否认:"胡扯!"

"每次被我说中,你都说这句话,没点儿创意。"言溯鄙视完,严肃地证明自己是正确的,"从刚才到现在,你看了不下四次时间,你很重视;你拿着手机发短信而不是打电话,因为短信更间接避免尴尬;不过就算你对他很满意……迪亚兹警官,"言溯冷淡地瞟一眼伊娃的亮片 V 字短裙,老学究似的皱眉,"你是不是穿得太暴露了?以一个男人的眼光看,我不喜欢。"

伊娃黑了脸,陡然发动汽车开得飞快。甄爱赶紧抓紧扶手,默默闭上眼,又是推理,不是乱说,可你就不能等下车了再说?

伊娃的约会对象是华人外科医生林丹尼,是他主动追求的。认识方式很奇特,一见钟情。

那天,伊娃和助手们去医院扛尸体,刚上电梯,助手们尿急去厕所,伊娃就陪一群尸体立在电梯里。她一人抱不下,干脆手脚分开摆成一个歪歪扭扭的十字,让死人们斜靠在她身上。她背对着电梯门,歪着头自顾自唱起 Rap。

林丹尼从电梯边走过,听见有人唱歌,一扭头,一排死人差点儿没把他的魂吓出来。好在他是新晋的医生,也不会太害怕。

接下来,他做了件在伊娃看来很无语,但在甄爱看来却很萌的事。

他走过去,对那排人说:"呃,谁带你们出来的?"问完才发现,他们当然不会回答。

歌声停止了,一排尸体后边摆着十字形的伊娃极度无语地抬头,鄙视地瞪他:"你为什么放弃治疗?"

这一瞪,林丹尼就深深地陷了,当场乐颠颠帮忙抱着一具尸体跟伊娃和助理们走了。

几人谈论的期间,服务员一直在上菜倒酒,听见他们的对话,一脸灰色,心想这人真不会说话,这么好的晚餐就要浪费了。

结果菜端上来,这四人,男男女女没一个面露不适的,全都淡定自若,继续一边讨论着尸体和爱情,一边喝红酒吃肉。

服务员凌乱了,这个世界不正常。

甄爱听林丹尼说完,夸他那句话很可爱,怎么会想到问死人"谁带你们出来的"。

言溯默默地不发一言。

言溯和林丹尼坐在桌子这边,甄爱和伊娃坐在对面。言溯略一抬眸,就见甄爱笑眼弯弯,望着自己身边的林丹尼。甄爱很少笑的。就像欧文所说,她笑起来真好看……但人家不是笑给他看的。

他敛着眼眸,蹙着眉毛,真奇怪,如此愚蠢的行为她为什么觉得可爱?

他无声地动着手中的刀叉,某一刻,放下刀具,端起酒杯喝了小半口。也就是这几秒的工夫,另一只手不动声色地伸进口袋里,划开手机,拇指飞快移动起来。一边打字,一边慢条斯理地喝红酒,外带目光灼灼地看她。

甄爱感受到他的目光,迎视过来,只觉得玻璃杯后他的眼神浓郁异常,似乎带着点儿不满意。她想了想,以为他还在和伊娃赌气,这时口袋里手机一振。掏出来一看,竟是言溯发来的。

第一感觉是诡异,刚才他们在对视好吧,他什么时候发短信的?难道串号了?

可打开一看……

那么笨又不合常理的话，有什么好笑的？ のののの

……这种语气除了他还有谁？

甄爱抬眸，无语地看他。他竟有一丝得意，脸上的阴霾稍微松散了些。甄爱不解，下一秒，手机里又蹦出一条信息：

哦，为你笨笨的脑壳解释下，后面的的符号是 Isaac 的便便。

所以，前条短信里的一串东西是他那只鹦鹉的几坨便便……

甄爱回复了一个单词，收起手机继续和伊娃聊天。

言溯的手机一振，低头一看：幼稚 :P。

她说他幼稚？还吐舌头嘲笑他？言溯绷了脸，不高兴了。她怎么这么笨？分不清幼稚的是林丹尼。林丹尼还傻乎乎地和尸体说话呢，多幼稚啊。

接下来的时间，言溯一言不发。

甄爱不理解他了，他很不高兴，真的。

半路伊娃要去洗手间，她在桌子下轻轻踢了甄爱一脚，甄爱茫然地跟着起身。

对面的言溯极轻地蹙了眉，有研究表明，打哈欠是会传染的，但没有说上厕所会传染。为什么女生上厕所喜欢成群结队，真奇怪。哎，难怪女厕所总是那么多人。

甄爱走时，随口对言溯道："看着我的包。"

言溯木木地点头："哦。"

两人一走，林丹尼便长长地呼了口气，赶紧拿纸巾擦擦脖子上的汗。

言溯飞快又奇怪地看他一眼，然后看着甄爱的包，说："这里不热。"默了半响，认真地问，"你有高血压？"

林丹尼："……不是。"

言溯："哦，高血糖？"

林丹尼："……我才二十九岁。"

言溯的眼睛仍旧一眨不眨地盯着甄爱的空位置："年龄的大小只是几率问题，并非高血糖和高血压的必要条件。而且有些还是先天的。哦，对了，你是医生，应该比我清楚。"

……其实我原本想说什么来着？林丹尼绞尽脑汁想了半天，刚才本就紧张，现在被言溯一绕，完全蒙了，好不容易说："呃，我出汗其实是因为紧张。"

言溯一愣，带着点儿懊恼地咬了咬嘴唇："又忘了从社会关系和人际交往的角度分析问题了。"

"……"

"不过，"他似有不解，"你为什么要紧张？这不合常理。"

林丹尼这下不太自在了，匆忙咽了一大口红酒，坐得端正笔直地回答："我很

喜欢伊娃，我……怕她不喜欢我。"

言溯纹丝不动，回答简短："她喜欢你。"

林丹尼一愣，眼中闪光："她跟你说的？"

"不是。"

林丹尼眼中光亮熄灭。

言溯没看他，仍是执拗地乖乖盯着甄爱的包，像只忠诚的小狗："她今天穿了淡紫色，她的幸运色，还戴了她的幸运手环，足以说明她对这个约会的重视。当然，作为唯物主义者，我本身坚定地不相信幸运物这种东西。言归正传，拿刚才来说，她和你说话时，手肘并拢撑在桌面，歪着头斜角三十度靠在手背上，这个角度看上去最好看，她想吸引你。后来她把头发束起来，是因为她觉得她的脖子很漂亮，也是以吸引你为目的。而且，下巴、脖颈和胸口在心理学上都有性暗示的作用。"默了半晌，"呃，最后一句话当我没说。"

林丹尼瞠目结舌，心里的紧张完全放下了。

周围的服务生竖着耳朵听，看着言溯，眼光里满满都是崇拜，这简直是活生生的把妹神器啊！

言溯眼珠转了转，斟酌半晌，问："你……你怎么知道你喜欢她？"

这个问题让林丹尼再次紧张，难道言溯在以伊娃好朋友的身份质疑他，他颤声问："什么意思？"

言溯奇怪了："你对这句话有理解障碍？还是这句话里有生僻字？"

他开口不过短短三分钟，林丹尼就知道他不是正常人，所以叹了口气："我当然知道我喜欢她。我想每天见到她，想拉她的手，想和她拥抱亲吻，和她睡在一起，和她一起做很多事，比如一起看电影、一起吃饭、一起讨论喜欢的东西和工作……"

言溯拧着眉，细细想着，他最近天天见到甄爱，昨天分别了十个小时，他想过她，他拉过她的手，抱过她，和她睡在一起过（人家说的睡不是这个意思啊喂），他们一起去游乐园玩（玩了？），他们一起看过电影吃过饭，讨论过很多话题，比如童话、糖果、工作和杀人犯。

嗯，他还背过她，比林丹尼说的多一样。

言溯很满意，不说话了，乖乖看着甄爱的包。

林丹尼滔滔不绝地说完，发现言溯不知从什么时候开始已经没在听了，而是盯着虚空，便好奇地问："嗯，从刚才到现在，你都在看什么？"

"我在帮 Ai 看包。"他认真地看着，像要把那小小的米色包包看出花儿来，隔了半晌，不太赞许地说，"刚才她说话你没听到吗？你对周围环境的感知度不灵敏。"

到底是谁不灵敏!

林丹尼泪奔:伊娃你们快回来。

伊娃对着洗手间里的镜子补妆,甄爱立在一旁看着,表情一丝不苟。对她而言,伊娃的化妆包就像百宝箱一样,一下一下蹦出色彩斑斓的东西来。

伊娃从镜子里瞥她一眼,笑了:"Ai,见你那么多次,你从来都不化妆?"

甄爱摇摇头:"嗯。"

伊娃继续笑:"不过你还年轻,不需要化妆啦。"

伊娃是言溯的大学同学,她已经够天才了,却还是比言溯大四五岁,自然也比甄爱大。

甄爱看着伊娃眼角眉梢都笑意盎然的样子,好奇又认真地问:"伊娃,你很开心吗?"

伊娃正在涂唇彩,听了这话,笑容更大:"当然了。"说到这儿,眼珠一转,"哼,S.A.那个怪胎算是说对了一句,我带你来就是想问问你的看法。"兴奋的语气,"你觉得丹尼他怎么样?"

"我觉得挺好的。"甄爱点点头,又不好意思道,"具体我也不知道,就是感觉。"

"足够了。"伊娃笑得甜蜜,忽然就探身过来抱抱甄爱,"Ai,谢谢你!"

甄爱一愣,顿感温暖。其实,应该是她说谢谢,这样帮朋友参考男人的经历,她从来没有。可伊娃信任她,给她这个机会,她才是觉得最开心的那个。

既然是朋友,甄爱决定多嘴一句:"哎,我看你对丹尼好像很慎重的样子,你们要……"

"我要和他在一起,做男女朋友。"伊娃很开心,不经意打断了甄爱的话。

甄爱默默闭上嘴巴,疑惑,她还以为他们要结婚呢。

伊娃对着镜子照:"这次我想和丹尼维持稳定的关系了,以前的那些都只是生理和肉体上的搭档,不是男朋友。"很典型的美国人思想。

甄爱纳闷了,生理搭档→男朋友→未婚夫→丈夫,这么多程序啊,和一个人一路下来不是更方便吗?但她只是想想,没有说什么。她很清楚,每个人都有自己的生活和爱情方式,没有优劣,也没有谁比谁更高级。

她的注意力很快被伊娃手中的唇彩吸引了过去。因为童年的缺失,她对彩色的或小孩子的东西向来没有抵抗力。

伊娃收拾化妆包的时候瞥见甄爱直直的目光,笑着把唇彩递给她:"你也涂一下吧。"

甄爱摇摇头,认真地回答:"我怕会忍不住舔嘴唇,把它吃到肚子里去。"

伊娃扑哧笑了，把唇彩往她手里塞："试一下，肯定好看！"

甄爱看着像果冻一样的色彩，心里是想尝试的，犹豫半刻，拿起来对着镜子往嘴唇上一抹一抹地涂。

伊娃立在洗手台边看着，忽然问："Ai，你和S.A.怎么样？"

甄爱手一抖，粉色的唇彩瞬间在她白皙的脸颊上画了一条口子，像大大地咧着嘴的笑脸，很是滑稽。"什么？"她惊讶地瞪着伊娃。

伊娃看她惊慌的模样，笑得更开怀，抽了纸巾递给她："你们很亲密呢，还装不知道？"

甄爱一边傻眼，一边脸蛋急速升温。

伊娃也给自己抽了方巾擦手："我们上大学时，我十六岁他十二岁，到现在整整十一年。"伊娃微微眯起眼睛，有些感慨，"我都没意识到，认识这么多年了。世界都变了，他也从当年的小怪胎成长为了……大怪胎。"

甄爱被她这番言语逗笑了，表情丰富的伊娃夸张地挑挑眉："真的。我和他这对老同学这么多年都没有过哪怕一次身体接触……"

甄爱正在擦脸，听了这话，眼睛都差点儿瞪出来。

"包括男同学。他不和任何人有身体接触。除了欧文，他朋友也很少……"伊娃忽然顿住，想起了什么似的，脸上的笑容收敛了一些，"差点儿忘了埃里克斯，那也是个天才呢。"

埃里克斯？

甄爱从来没听言溯提起过。

"好像是他读博士时的同学。"

甄爱回过神来，言溯提起过，是那个用炸弹白线骗了言溯的人。

"他和很多同学一句话都没讲过。我算是比较'幸运'的。"伊娃翻了个白眼，"这话是那个自恋鬼说的，他的原话是：'迪亚兹，尽管你的智商只有143，我却不嫌弃你，你不觉得荣幸吗'……"

甄爱听着，轻笑出声，果然是他的风格。她忽然很开心，要是有一整天的时间，能专门听伊娃讲言溯以前的事就好了，她好想知道他上学时的模样。

可伊娃话锋一转："Ai你仔细想想，他带着你到处跑，正常吗？"她笑眯眯的，"虽然S.A.对你就像我们正常人的互相交流，但考虑到他从来不正常，所以，你知道对他来说，你有多特别吗？"

甄爱被她这番话说得耳热心跳，赶紧以洗掉唇彩为由，放水洗脸。

伊娃紧追不舍："再说，那天在华顿高中，我看到他拉你的手了。"

甄爱一惊，那天晚上，他哪里是拉她的手，他是捏住了她的胸好不好？甄爱别过头去，小声嘟哝："是因为我差点儿摔倒。"

伊娃听了她的解释，又想起往事，脸立刻灰掉："去年我也是脚滑，结果他站在楼梯上，第一反应不是拉我，而是掏出手机打911叫救护车。"

甄爱扑哧一声笑，赶紧忍住。

伊娃倒无所谓："台阶只有十级，擦伤都没有。可他这个怪胎，我恨他一辈子！"

甄爱再次没忍住笑。

要出去的时候，甄爱忽然想起什么，忙道："对了，伊娃，能借你的手机上个网吗？我的忘带了。"

伊娃把手机递给她。

甄爱心里一直想着哈维的话，可她带的应急手机不能上网，又怕言溯怀疑不好找他借。这下拿了伊娃的手机，就立刻在各大校园的BBS上搜索关键词：Thousand miles、My medicine。

很快找到一个很多论坛都有的帖子，标题是Tips to impress your girl（如何获取女孩芳心），里面列举了很多情话。其中就包括大量甄爱熟悉的，在她看来，全都是威胁。

帖子最开始是五年前，出现在甄爱曾经隐瞒身份就读的高中，后来就四处传开了。

甄爱看着那些被人无数次转载的内容，不知道是无望还是放松。这些话早在N年前他就说过，他居然放到网上，让她身边的同学们都学会。日常里有人说起来，就时刻在提醒她想起旧事。呵，用这种方式吓唬她提醒她，真是煞费苦心。

不过，转念一想，那这几次的事，会不会就是巧合呢？但杰森的黑白线仍旧无法解释。

甄爱此刻虽说不上提心吊胆，但也不甚明朗。如果不是巧合，他找到了她，为什么不像以往直接来抓她？她想不通，于是默默地把手机还给伊娃，和她一起出去了。

洗手间里安安静静的，半刻后，脚步声响起。有人走到镜子前站定，黑眸幽暗，修长的手从洗手台旁的纸篓中捡起一张纸巾，那上面还沾着淡淡的粉色唇彩。

他捧在唇前，深深吸了一口气，唇角仿佛品尝到了最甘甜的空气，肆意而痴狂地勾起。

半刻，他另一只手从怀里摸出一支口红，在洗手间的玻璃上缓缓写了一串字：

For you, a thousand miles!

等甄爱回到座位，言溯很满意自己出色地完成了任务，他收回目光，眨巴眨巴眼睛，觉得盯着的时间久了有点儿酸痛，又抬手揉揉。

甄爱诧异了："你眼睛痛？"

"没有。"言溯抬眸，正好撞上甄爱因害羞红扑扑的脸，他古怪地问，"为什么你的脸看上去像番茄酱？"

甄爱："……"不加后面那个酱可以吗……

甄爱不回答，神色尴尬，伊娃却颇显得意，唇角弯弯。

言溯拧眉思索了一会儿，沉声问："是不是迪亚兹打你了？"

甄爱："……"

吃完饭后，和伊娃、林丹尼告别，甄爱猛然想起她和欧文说好了晚上十点出实验室的。现在已经九点半。

甄爱手机没电了，还是不想借言溯的手机，赶紧走到路边电话亭给欧文打电话，等到电话接通，小声道："欧文，不用去接我了。"

"你在纽约？"他看了电话显示。

"嗯，我把剩下的研究程序交给赖安了。"甄爱声音里底气不足，她从没像今天这样撂下工作乱跑，总觉得是渎职，心中有愧。

欧文听出了她的无措，软下声音，安慰道："没事的，Ai，你想做什么都可以。"

甄爱脸红了，声音更小地辩解："我没有乱跑，我只是，"撒谎的时候，人的脑子总是转得飞快，"我来这儿是因为，明天要受审了。就上次撞警车的事。"

欧文笑了："你要是不想出庭，我可以帮你解……"

"不用。"她望着电话亭外等她的那个高高瘦瘦的黑色身影，握着电话别过身来，一低头，见路灯把言溯的影子拉得极长，他的肩膀就靠在她的脚边。

她心里荡漾着莫名的情愫："不用啦，我不想弄得很特殊，就像普通人一样吧。再说……言溯他，和我一起呢。"最后这句话说得她耳朵发热。

欧文的注意力却在"普通人"这个词上，心弦像被拨动一般，陡生感慨，是啊，如果甄爱变成一个普普通通的小姑娘，无忧无虑地上学工作，肆无忌惮地哈哈大笑，那该有多好。

或许，她也是期待的吧。

欧文没有再阻拦，想鼓励她却不会，只好笨笨地又重复了一句："嗯，你想做什么，都可以。"

第二天是言溯和甄爱撞警车案的庭审日。后来甄爱才发现，和言溯一起受审并非什么美好的回忆。

其实甄爱神经比较大条，坐在小法庭的候坐席里，也不觉得有什么丢脸的。

席间坐满了人，都是什么酒驾、袭警、当街闹事之类的，一个个都等着按秩序接受审判。

就座时，甄爱看到了当初和他们一起关在拘留室的那几个年轻人。他们也认出了甄爱和言溯，几个愣头的小伙子瞬间跟他乡见故人一般激动，跑过来和甄爱打招呼："嘿，好巧啊！"

甄爱觉得好玩，应了一声。

言溯倒十分淡定，没事人儿一样，坐在原地发呆。

年轻人好奇地看了一眼，现在他们清醒了，一看言溯那样就不像是掀人裙子的人，就小声问甄爱："你们到底是因为什么原因被关起来的？"

"哦，我们把两辆警车撞坏了。"甄爱很诚恳。

小伙子们都瞪大了眼睛，半响后竖起大拇指，赞道："酷！"

甄爱越发觉得他们太可乐，笑了，刚要说什么，言溯冷冰冰的声音传过来，在命令甄爱："不许听他们说话。"哼，他们说的话有什么好笑的，看你乐呵呵的傻样。

甄爱不明所以："为什么？"

言溯紧紧抿着唇，表情很平静，但也可以从轻拧的眉间看出几分不爽。

甄爱不明白他怎么好好的突然又闹脾气，斟酌半响，哦，该不会是上次在关押室里，这几个年轻人说他掀人裙子吧？

甄爱登时就乐了，刚要取笑言溯，没想到他在她开口之前，就斩钉截铁地鄙视："哼，因为他们笨。"

几个小年轻灰着脸，挥了挥手以彰显他们的存在："呃，我们听得见呢！"

言溯理都不理他们，只看着甄爱，一副恨铁不成钢的表情："还有你，你已经够笨了。和智商比你还低的人说话，你会更笨的。"这言外之意是，看我看我快看我，我智商高，你应该多和我说话。

但甄爱没有听出来……她激他："你就会拿智商说事儿。有本事你说点儿别的！"

言溯很认真地和她探讨："甄爱小姐，我刚才说的话其实很容易反驳的。你只用说'哼，我的智商比你低，你和我说话那么多天，你变笨了没有？'……这样，我就会哑口无言了。而你，会因为让我无话可说，而获得逻辑和言语较量上的成就感。这样……"他不好意思地摸摸鼻子，"你就会很开心，然后，你就可以对我笑了。咳，这种笑容，才是有意义的。"

说罢，冷冷瞪了那几个小伙子一眼，那意思就是，对他们笑是没有意义的，应该杜绝！

言溯说到此处，感叹自己的贴心。但是，他虽然营造了这绝佳的条件，可甄爱并不领情，而他也必须维护自己的尊严。他不无惋惜地摇了摇头，"我好不容易说出一句没有逻辑又不合情理的话，千载难逢的机会，你却没有抓到。甄爱小姐，我深表痛惜。"

坐在他们前面的小伙子们寒毛都竖起来了：这人脑子绝对不正常！

甄爱："……"他是故意气她的吧，不，他没有那么无聊，甄爱可以想见，他是真心希望和她言语碰撞一下的。只是，他的思维和沟通方式真的……好气人。

甄爱木着脸，不说话了。

言溯见她不回答，深深蹙眉，她怎么了？他坐直身子，搜肠刮肚地想了好久，社会、心理、逻辑、密码、生物、化学各个学科搜了一遍，还是分析不出来。

他拧着眉心，轻轻地碰碰她的手臂："甄爱。"

后者目视前方，不理。

隔了一秒，他推推她："甄爱。"

隔一秒，又碰碰："甄爱。"

甄爱扭头，颇不耐烦："干吗？"

言溯一愣，眨眨眼睛，说："我刚才的意思，不是鄙视你的智商。"

甄爱继续面无表情："……这句话真让人欣慰。"

言溯思索了一会儿，慢慢道："嗯，我听得出来这句是反话呢。"

甄爱立刻没好气地瞪他。

他又是一愣，脸色闪过一丝尴尬，咳了咳，继续解释："你看，在我最心爱的学科上，我把我最不可能犯的逻辑错误留给你，让你反驳我。这是一种多么，咳，亲近的行为。呃，你是我的朋友，其实我，嗯，在向你表达……亲密。"

前边的小伙子们惊恐地对视：翻遍全世界，有人这么表达亲密的吗？！

但甄爱其实早就理解了他的心理，不过是傲娇地生气。现在他低声来哄她，还解释得这么明显，她心里窃窃地欢喜，脸上染着极淡的红色，嘟着嘴，眼神飞到另一边，哼哼一声："你这个怪胎！"

可话里怎么都有点儿嗔怪又娇蛮的意味，一听就知道和好了。

小伙子们泪流：这不科学！

言溯见她不生气了，极轻地弯弯唇角，继续想自己的事情去了。

甄爱乖乖坐在位置上，等着受审。

坐着坐着，原本轻松的心情渐渐不复存在了。法官要当着那么多人的面宣读被告犯的错处，以及处罚结果。这也太……难为情了。

虽然大家犯的都是小错，可纵观整个法庭，今天待审判的就只有她一个女的。

纵使她如何的后知后觉，随着时间一步步推移，她只觉得面红耳赤起来。

就在她犹豫着要不要逃跑的时候，法官已经念到他们的名字："S.A. Yan, Ai Zhen."

来不及了。

甄爱硬着头皮站起来，和言溯一起走到法庭中央的受审台前，在一庭人的目光里，恨不得把脑袋低到地上去。

和她不同的是，言溯居然站得笔直，挺拔得像棵树，茁壮又精神，完全没搞清楚自己的处境。

他垂眸看了一眼甄爱，奇怪，刚才他们和好了，怎么她又不开心？他觉得有必要关心一下她的动态，遂微微朝她倾身，小声道："怎么了？"

甄爱叹气，要是她的神经有他的那么粗，就好了。

甄爱不回答，没想到背后忽然被人一戳，她一个始料未及差点儿趴在台子上。及腰高的木台被她撞得轻轻一响。

宣读"罪状"的法官抬了抬眼皮，看了甄爱一眼，又面无表情地继续："言溯与甄爱于20××年4月2日在纽约州……"

甄爱怒目扭头看言溯，他依旧波澜不惊。

她飞快站直，知道他戳她是因为她没有回话，遂狠狠瞪他一眼，低声咬牙道："我觉得丢脸。"

言溯不理解："为什么丢脸？我不觉得。"

甄爱逮到机会，立刻讽刺他："因为你厚脸皮！"

言溯皱了眉。甄爱以为他生气了，没想到下一秒，他抬手在自己的脸上拧了一下，一副科学钻研的表情。

甄爱："……"

他揪揪自己的脸，躬身凑近她，无比认真地说："不厚。"末了，怕她不相信似的，加了一句，"不信你捏捏。"

甄爱差点泪奔。

法官还在勤勤恳恳地宣读："……本庭宣判两位当事人二十三小时社区服务……"

甄爱觉得他是故意的，怒了："我说错了，你不是厚脸皮，你是没脸皮。"

"你怎么知道，你摸过？"

甄爱一愣，扭头一看，他并没调戏或是逗弄，相反他的表情相当认真："甄爱，没有调查就没有发言权。"

这个人的理解能力有问题，她已经不是第一次见了。甄爱扶住额头，回答："我觉得不自在，是因为站在这里受审，很尴尬，很羞愧。"

言溯思索片刻，好心安慰她："不用羞愧，美国有将近一半的人都站过被告席。"

甄爱听了，精神振奋地抓住机会："哈！逻辑学家犯错了，人家有没有被告过，和我觉不觉羞耻没有关系，你……"

"你们两个可以停止讲小话了吗？"法官抬着眼皮，极度无语地看着他们俩。

法庭里一片安静，所有人的目光齐刷刷投在她身上，包括法庭记录员。

甄爱被点名了，窘得恨不得钻地洞，头低得更低。

法官静默着，等她认错，而甄爱却不知道法官的意图，依旧垂着头，只觉得现在的沉默让她尴尬得要死。

言溯瞟了甄爱一眼，复而看向法官，点点头，很诚恳地说："是，我们已经讲完了。"

这话是在认错吗？

法官不满地咳了一下："都到法庭上了，你们就不能奈着性子听听话？"

言溯听言，很诚心诚意地说："法官大人刚才说的话，我们其实都认真听了。"

法官推了推眼镜，挑起眉毛："哦？我刚才说了什么？"

言溯面无表情、语速极快地复述："言溯与甄爱于20××年4月2日在纽约州×号公路袭击警车……本庭宣判两位当事人二十三小时社区服务……你们两个可以停止讲小话了吗？"

前面一大段话一字不差，让所有人瞠目，而最后一句话让庭内静默了半秒后，瞬间爆笑一片。

言溯绷着脸，完全不明白笑点在哪里。

甄爱赶紧扶额，半遮住眼。

法官见怪不怪，淡定地说："言先生，你是在藐视法官吗？"

言溯十分不解，他那么有心，还一字不漏地复述了他的话，这不是表示尊重吗？他没有想明白，但还是微微颔首，规矩地回答："不是，先生。"

法官也是宽容大度的人，没有为难他，继续宣读。

甄爱没精打采地走出法庭，一路上都耷拉着脑袋。言溯看了，不解："甄爱，为什么你看上去像一只被人揍瘪了的茄子。"

甄爱愤愤抬头，瞪他："我是被你揍成这样的！"

言溯更加不理解地蹙眉："揍你？可我今天都没有碰过你。"

说到这儿，仿佛提醒了自己今天的任务没完成，赶紧抬起手，依旧笨笨地在她肩膀上拍拍，一下，两下，以示安慰，可脸上的表情还没调整好，僵硬地说："甄爱，不要难过。"半晌，加一句，"我会陪你的。"

甄爱被他机器人一样不会带感情的声音弄得哭笑不得，瘪嘴："什么陪我？说那么好听！你自己也受了处罚，本来就要去社区服务的。"

这话一说出口，她突然心情很好。

啊，就像言溯说的，每次能够反驳到他，她都莫名地心情好。这，果然是增加亲密感的好方法呢！

言溯奇怪地敛起眼瞳，语气探究："咦，甄爱？为什么你这下反应这么快？居然被你看出来了。"

甄爱："……"

她真想一脚把他从大理石台阶上踹下去。

言溯见她变脸了，赶紧又伸手，一下，两下，拍拍她的肩膀，低下声音哄："甄爱乖，不要生气。"

甄爱一下子说不出话来，愣愣看着他，也不知为什么，心就像是被一双温暖的手捧着，瞬间平静又安宁，还有丝丝的安逸感。

一回想，这么久以来，他从欧文那里习得的拍肩膀方式，一直都在用，从来未熟练。学习实践了那么久，还是笨拙又生涩，每次都像在拍一个各种微生物病菌集合体。可即使如此，每次的鼓励和安慰，甄爱都可以清晰而深刻地感受到。

她慢慢走下楼梯，望着春天湛蓝的天空，深深吸了一口气，默默在心里对自己说：甄爱乖，不要难过；甄爱乖，不要悲伤；甄爱乖，找出哥哥的死因，给他报仇！

言溯立在台阶上，见她再度不知不觉走到他前面去了，仍旧是标志性地背着小手昂着头。长发搭在衣服帽子上一跳一跃着。

阳光点点，她的声音很轻柔："言溯，帮我解答密码吧。"说罢回头，阳光沉入她漆黑的眼眸里，看上去有种陌生的深沉，"我不为难你，我告诉你那个密码的来历。"

言溯立在高高的台阶上，清风吹起他的风衣，衣角翻飞。他双手插兜，目光隽永地看着几级台阶下的甄爱。

其实，那天背醉酒的她回家的路上，他就决定，不管那个密码的用处是什么，只要甄爱开口，他都会帮她。没想到，她如此尊重他的解密条件和处世原则；更没想到，她已足够信任他，愿意开口向他讲述。

无论是哪一条，都叫他陡然间心如擂鼓，一下比一下猛烈，像是要从胸腔蹦出来。

甄爱一步一步上台阶，朝他走过来，到他下边的第二级台阶，站定。

她仰望着他，再度笑了："CIA，S.P.A组织，一百多位顶级解密专家都束手无策的密码。言溯先生,你想挑战吗?"

言溯先生,这也是我一开始接近你的目的。

时隔近两个月,再次进入山间,正值盛大的春天。

当初银装的树木全换了翠绿的叶子,葱葱郁郁,欣欣向荣,茂盛得几乎遮住蓝天。甄爱把头探出车窗外,望着天空中的新绿和湛蓝,心情豁然开朗。

她小声地喊:"好漂亮啊!"

欧文正在开车,听到后扭头看她一眼,她的头整个儿探出窗外,敞亮的天光中,她的笑脸白得几近虚幻,像要融进窗外流淌的绿色里。

他收回目光,目视前方,温和地笑:"是啊,好漂亮。"

前方的丛林和天空水一般流过,这段漂亮的旅程要是再多走一会儿就好了。

汽车到达城堡前,甄爱立刻蹦下车。和冬天不一样,现在城堡前的空地上全是青青的小草,不知名的野花点缀其中。

甄爱几步跑到门前,摁了门铃,余光瞥见门旁放着什么东西。一低头,就见一尾鱼在小小的玻璃缸里孤独地游弋,一只白色的鹦鹉站在绿色的吊架上,无比傲娇地扬着头,吐出一个字:"Idiot!(笨蛋!)"

甄爱一愣,哟,小鹦鹉也会骂人呢。

这平淡又欠扁的语气,和它主人一个模子里刻出来的。她刚要回嘴,说你才是笨蛋。

没想鹦鹉话没说完,小脑袋转了个方向,对着门小声嘀咕:"Idiot!S.A. is an idiot!(笨蛋!S.A.是笨蛋!)"

甄爱:"……"

难怪被扔在门口,估计是和言溯吵架了。

不过,小鱼是无辜的,人家肯定什么也没说啊!

正想着,却见小鱼摇摇尾巴,浮出水面,吐了几个泡泡,像在声援小鹦鹉。

……活该被赶出家门。

门内传来了脚步声,甄爱想如果是言溯来开门,她应该给这两个小家伙说情的。不想小鹦鹉扑腾扑腾翅膀,声音嘹亮又高亢:"Genius!S.A. is a genius!(天才!S.A.是天才!)"

甄爱心想:你情商比你家主人高多了……

开门的却不是言溯,而是女佣。

小鹦鹉仰着头,豆豆般的黑眼珠滴溜溜地转,发现来的不是自家主人,估计还是进不了屋。它可忧伤了,收起白白的翅膀在架子上蹲好,不说话了。

甄爱想笑，俯身把小吊架和鱼缸捧起来。玛利亚忙说："先生不喜欢别人碰他的东西。他会生气的。"

甄爱看着手中的一鸟一鱼，耸耸肩："可已经碰了，就多碰一会儿吧。"说着，把鱼缸递给欧文，两人一起进去。

换鞋时，鹦鹉扭了扭脖子，特平静地对甄爱说："Thank you, human.（谢谢你，人类。）"

甄爱："……"

这语气，果然是言溯的鹦鹉。

走过宽敞的走廊，前方传来一声悠扬而苍茫的音符，让甄爱蓦然浑身一颤。

她抬头仰望，这才意识到图书室的穹顶或许经过专业的音学设计，天然的音响效果，好得像歌剧院。

古老的图书室里回荡着空灵而震撼的钢琴音。

太阳升起来了。或金黄或雪白的天光从高高的彩绘玻璃窗上投射下来，水紫，浅蓝，淡绿，粉红，鹅黄……光线将钢琴前的年轻人笼罩。他挺拔而消瘦的身子笼在一层淡淡的光晕里，虚幻得不真实；低眉间，侧脸清秀绝伦。白皙修长的手指载着五彩的光，在黑白琴键上跳跃。

甄爱和欧文在一旁侧耳倾听，连鹦鹉也乖乖地歪着头，一动不动。

甄爱望着白色钢琴旁那个修长的身影，心里蓦然弥漫上一种期待又忐忑的情愫，很陌生。自从遇到言溯后，这种情愫一天天来袭，一天天明显。让她再也不能像从前那样只是悄悄地躲在后面观望，这一次，她期许着获得注视的目光。这种情愫让她的心像夏天般阴晴不定，偶尔激动又兴奋，偶尔无望又哀伤。

她不知道，有一个更确切的词，叫爱慕。

一曲完毕，甄爱沉浸在时光一样亘古的音乐里，不可自拔，最先反应过来的是鹦鹉，它扑扑翅膀，欢乐地说："Bravo!（好极了！）"

言溯神色疏淡地合起钢琴盖，头也不回："谁准你进来的？"

鹦鹉在架子上蹦跶一下，四处张望，不好意思地道歉："S.A., I'm sorry!（S.A.,对不起！）"

它的声音像机器人小孩儿，甄爱听着心都软了，忍不住摸摸它的头，小家伙和她不太熟，往一旁缩了一下，羽毛滑溜着呢。

甄爱也不问这一人一鹦鹉是为什么吵架，她把 Isaac 放在一边，走到言溯跟前，从兜里掏出一张写满密密麻麻数字字母的纸，递给他："我哥哥的密码，他说是一个地点，那里放着他留给我的东西。我猜他是放了什么秘密。"

言溯瞟一眼密码纸，指出不对："这和你上次给我的不一样。"

第一次见面的时候，甄爱给过他密码，他看一眼就扔在一旁，后来又出于保密方面的考虑特意把它销毁。当时他只看了开头，但他记得很清楚，和这次甄爱拿来的不一样。

　　甄爱坦然地笑笑："我一开始不确定你会不会帮我解密，当然要留一手。"

　　欧文一愣，担心言溯会生气，但后者只是微微挑眉，语气中似乎有赞许："不错。"

　　他说着，把密码纸平稳地放在钢琴上，自己后退一步坐进轮椅里，把钢琴凳留给甄爱。

　　欧文呼出一口气，微笑看着。他很开心甄爱终于肯说出来，让言溯帮她。尽管很想倾听，但他更尊重甄爱的隐私。所以他毫不流连，转身离开。

　　甄爱瞥见他的身影，唤："欧文你去哪儿？"

　　欧文顿住，走过去拍拍甄爱的肩膀，声音沉稳："Ai，加油！"

　　言溯默默看着，也凑过来拍拍甄爱："Ai，我很期待。"

　　甄爱心跳莫名就漏了一拍。他在期待什么？

　　图书室内恢复了安静，甄爱坐在言溯面前，听见胸腔里她的心怦怦乱撞。她没有朋友，也并不习惯倾诉，对她来说，这是比科研还困难又恓惶的事。可一想到心里埋藏好久的事终于可以在今天都说出来，她又格外期待，很快收拾好情绪："S.P.A组织是我从小就生活的地方，我住的那里是科学家基地，外面一望无际全是崇山峻岭。我十七岁以前一直生活在那个封闭的空间里。那就是我人生的整个世界——没有国家，没有城市，没有电影院，没有游乐场……一切和社会有关的东西，都没有。那里有很严格的出入管制。每个人出去，去哪儿，去多久，都会受到监控。平时也很少人出去，因为基地里有很多科学家爸爸妈妈，还有很多像我一样大的孩子，也有我们的老师，教我们学习语言，教我们做研究。军火，化工，生物，各个学科都有。那里还有一个非常大的图书馆，里面放着古今典籍、科研史料，还有每月都送进来的核心研究期刊。以及，"甄爱不好意思地拂了一下头发，"从各国政府盗取的机密资料。"

　　欧文才走出图书室，脚步顿了顿，脸渐渐发白。他无法理解，当今世界怎么会存在这种类似监狱的地方。而甄爱那么小就被关在那里，没有自由，想想便叫他心疼。

　　言溯表情淡静，微微赞叹，那个组织果然高效。

　　现代社会的天才越来越少，是因为让人分心的东西越来越多，专注力不够，坚持太难。而在甄爱的世界，他们远离信息爆炸，一辈子只接触几样东西，深入钻研，精攻于此。难怪甄爱小小年纪，就有资本和政府谈条件了。

　　但人都有自己的选择。她或许热爱科学，甘愿为此青灯孤烛寂寞一生，她或许热爱繁华,潇洒度日恣意享受人生,无论哪种选择都没有高低贵贱。这才是社会应有的多样百态。

可甄爱没有选择,她的人生一开始就被套进模具,被动地接受了一种最寂寞的使命。

把人当作工具一样使用,何其残忍。

言溯看住甄爱,她低着眉,白皙的脸上始终平静,像是早就习惯了。

"习惯"这个词让他的心一抽一抽地不适,夹着陌生而无处发泄的憋闷。可他唯一能做的,或许也只有帮她解开那个密码。

他压抑住胸腔内不太平静的情绪,不免苦笑自己的浮躁不宁和莫名其妙,他问:"组织并不是只有科学家和那个基地吧?"

"嗯。"甄爱点点头,"就像一家大型企业,搞研发的只是少数人,真正庞大的是市场、物流、营销、客服等等。我们只是组织的极小一部分,大多数人,应该遍布全世界吧。"

甄爱原准备解释最后一句话的意思,可言溯听一遍就明白了,道:"我猜,各地的政府、民营机构、大学科研机构、垄断企业、各大公司,也有被组织控制、收买或安插的人。"

甄爱一愣,呆呆地点点头。不明白言溯怎么知道,更不明白他此刻眼中一闪而过的光是什么。

言溯说完,心里却划过另一丝奇怪的想法。会不会正因如此,甄爱才总是那么快就被组织的人找到。他们的眼线无处不在,或许是名护士、大学老师、警察、法官、出租车司机……但这只是猜想,没有证据。

甄爱轻声道:"组织把研究出来的化学武器和生物武器卖给恐怖组织,或第三世界的政府民间机构,赚得大笔的钱收买成员。这些成员从各自工作的领域偷取精华信息反馈给组织。组织再把这些信息用于科研基地,或者转手高价卖出。总之,它永远都是获利的一方。"

言溯沉默不语,越是庞大机密的结构,管理就越严格,对待叛徒和泄密者的处罚也就越……他不肯继续想,一瞬间,蓦然蹦出一个想法,要是以后可以时刻看着她守着她就好了。

可他和她没有任何口头的承诺和约定,也不像欧文有保护上的契约关系。

言溯皱了眉,决定要想个方法把他和甄爱绑在一起。

"我哥哥不在基地里,我打听到他在某个科研机构工作,研究化学,但具体干什么、在哪个城市生活,我都不知道。即使是亲属,成员和成员间也是不允许透露身份和任务的。"说到这儿,甄爱微微一笑,脸上有淡淡的幸福,"我哥哥很好呢,他给我寄很多好玩的东西,而且每天都给我打电话,讲他经历的好玩的事情。整整五年,从他离开家的那天到后来他消失。"

甄爱的笑容淡了一些。

言溯于心不忍:"他只是消失,不代表他死了。"

甄爱的脸色变得苍白:"他要是知道我逃出来,一个人,那么孤单,他一定会担心。如果他还活着,他不可能五年都不联系我。是,我换了身份,可他很聪明很厉害,不会找不到我。而且我还看到了他碎裂的手指,上面纹着我的名字。或许你说他只是受了重伤,可是,"她神色落寞地低下头,"我感觉得到,哥哥他,早就不在这个世界上了。"

言溯原本想说或许是你哥哥被囚禁,写了密码让你去救他,但又觉得不对。那样一个心疼妹妹的哥哥,是不会让她去犯险的。

"我怀疑哥哥在完成某个任务的过程中出事了,或许这个密码和他的死因有关。"

言溯的心中闪过一丝怪异:"这个密码是怎么到你手上的?"

甄爱一愣,垂下眼睛:"他消失的前一天打电话告诉我的。他知道有人监听电话,但他说组织的人一定解不开。他还说让我想想小时候他说的话。可我一点头绪也没有。"

言溯不经意点点头。他前所未有地认真倾听别人的故事,一字一句都记在心里,还想了解更多,还想问她关于她父母的事。可话到嘴边转了很多圈,终究是没有问出口。她今天说得够多了。

他不问,甄爱却没有一丝悲伤地说起:"还有我的父母,他们是研究生物武器的科学家,因为违反组织的规矩,被处决。"

言溯一怔,盯着甄爱,可她只是低着头,脸上没有一星半点的情绪,看上去比之前更安静,静得像心都是死的。

她像在陈述客观事实,丝毫不带感情:"我知道这是罪有应得。他们研究的东西杀了很多很多人。就像原子弹,是邪恶而血腥的。"

言溯揣摩着,听出异样:"这句话是谁教你的?"

"没有谁教我。他们本来就是那样!"她双手握成拳,紧紧按在膝盖上,整个人都在极轻地发抖,像是气的,可比起愤怒,她其实更悲伤,更痛苦。

言溯良久不语,她的一切,已经没有任何言语可以安慰。

他缓缓倾身,手伸过去,稳稳重重地覆在她紧握成拳的小手上,用力握住。

她突然就不抖了,呆呆盯着他的手,整个人僵硬起来。

他不管,继续靠近她,低下头,额头抵住她的额头,轻声细语:"Ai,记不记得我跟你说过,你是我见过最勇敢最善良的女孩。"

甄爱固执地睁着眼睛,一动不动。

她的额头被他用力抵住,莫名传来力量。

她只看得到他修长的弹钢琴的手,那么白皙好看,握着她,像握着她的心。她默默疼痛而颤抖的心瞬间就得到抚慰和安宁。他沉稳又令人心安的声音就在耳边,好听得让她想落泪。

她只有这么一个秘密,沉重又黑暗。可是天啊,她如此信任他,想说给他听,她希望他了解,希望他倾听,可她又是那么忐忑,希望他不要嫌弃,又害怕他怜悯或同情。可他没有,他只是给了她最公正而崇高的待遇——尊重。

见她久久不回应,他近乎难过地叹了口气:"啊,原来你忘记了。"

甄爱回过神来,赶紧小声说:"没有,我记得。"说着一时心急,拨浪鼓似的摇摇头,这下蹭到他额前的碎发,肌肤间轻轻地摩挲,痒痒的,一直到心底。

他轻柔又温和地道:"你逃出来,和生活了那么久的地方做斗争,这需要多大的勇气。看你瘦瘦小小的,身子骨里哪儿来那么大的力量?"

甄爱的脸庞渐渐绯红,言溯却越发握紧她的手:"一天又一天,我发现你越来越坚强,越来越让我佩服且欣赏。"

甄爱脸全红了,小心翼翼抬起眼帘,望住他的眼睛。他浅茶色的眼眸湛湛,像夏天的水塘,清澈澄亮,那里可以看见自己小小的倒影。

她心弦微颤。

他,真好。其实,她是有私心的。如果不久后的一天,密码解开,她也从这个世界上消失了,她希望有个人记得她,记得她的所有。她希望,那个人是他。

她笑了:"谢谢你,言溯。"

言溯这才缓缓松开她,心尖却划过极淡的一丝不舍,不舍刚才抵着额头互相看进内心的亲密。但他最终还是坐直身子,目光移到密码纸上。

98. 23. 15. 85. 85. 74. 66. 93. 78. 96. 87. 65. 86.

C. E. G. P. D. O. R. X. A. U. Q. L. I.

GV. DJK. KWX. QM. RB. BC. HV. NE. UG. LT. AY. PZ. SF

943. 734. 151. 215. 186. 181. 194. 237. 278. 117. 121. 141. 245.

49.01.13.01.71.67.61.35.45.27.03.31.35

他几不可察地蹙了蹙眉,说:"我需要三天时间!"

甄爱点点头,尚不觉得任何异样。角落里的小鹦鹉拍拍翅膀,引吭高歌:"Idiot, S.A. is an idiot!"

甄爱没忍住笑。

言溯冷冷瞟它一眼："Isaac，你希望我把你的毛拔光吗？"

"No!No!（不！不！）"小鹦鹉鸣叫两声，立刻闭嘴。

言溯不再吓唬小鸟儿了，心里却隐隐生起一丝阴霾，他解密从来不需要那么久。三天对他来说，太长了。

刚才听甄爱说话的间隙，他的另一半大脑就已经开始运转，摩斯、维吉尼亚、恺撒、二进制、ECC、四方、波雷费、ADFGVX、希尔、栅栏密码加变体、单词移位、数字转化、频率分析……不对。

他是化学家，和化学有关的专有名词特殊年份、同位素、元素周期表、元素字母代表、电子分子质量……都不对。

他甚至在几分钟内解出了很多有意义的句子，可没有一个和地点有关系，也没有一个能进一步分析解密。

甄爱那天对他说："CIA、S.P.A组织，一百多位顶级解密专家都束手无策的密码。言溯先生，你想挑战吗？"

那句话没有夸张。

他现在，一点儿头绪都没有。

更奇怪的是，他隐隐觉得，似乎有哪儿不对。

甄爱坐在车窗边，白白的手指戳在玻璃上，一环又一环地画圈圈玩。玻璃颜色深，言溯的影子映在上面，薄薄的一层。

甄爱小心翼翼地戳戳"他"的脸，指尖的触感又凉又滑，她不禁偷偷地笑，像摸到真人一样怦然。

"他"不为所动，专注地开着车，脸色淡肃，一言不发。

甄爱自娱自乐了一会儿，蓦然发觉自己好无聊。她慢吞吞坐正身子，侧头看他。他和玻璃上的影子一样，冷冷清清的，不说话不搭理不注视，只看着前方的道路。

明明是在认真开车，却又总像在思考着什么。

今天是去登记社区服务的日子，甄爱早早就来叫他，但他始终都在思索，一路上都不怎么说话，看上去心情不太好。脸上平平静静的，却隐隐给甄爱一种笼着阴霾的感觉。

她猜想，或许因为他还没有解开那个密码，所以骄傲又自负的他生气了。

正想着，他乌黑的睫毛一闪。甄爱一惊，赶紧回头望窗外，没想到距离没有估测好，"砰"一声，脸结结实实撞在窗户玻璃上。

甄爱痛得龇牙咧嘴，捂着鼻子，眼泪都要出来了。

言溯一副看外星人的表情，奇异地看着她这一连串莫名其妙的行为，缓缓地张了张口,不可思议地问:"你是谐星吗?还是,你在学习鸟类的行为?"

甄爱鼻梁高,刚才撞得不轻,听了言溯这话几乎气死,她捂着鼻子瓮声瓮气地痛呼出声:"这种时候,你不幸灾乐祸会死啊?"

"你的观察和总结能力真是惨不忍睹。我哪里幸灾乐祸了?笨蛋都看得出来我是在对比你和 Isaac 的共同习性。"言溯无比认真,"它也像你这样,落地窗明明开了一半,它还非要往玻璃上撞,笨死了。真不搞懂你为什么要向它学习。"

这人还真是……甄爱捂着鼻子瞪着他,恨不得咬他一口。

言溯还不自知,蹙着眉认真琢磨,想了一会儿,点点头:"我知道为什么了。你的名字是 Ai,它的代号是 I,发音一样。你们应该是同类的……"

电光石火之间,言溯蓦然一顿。

名字代号?那段密码……

不可能这么简单。不需要任何专业解密,也不需要任何知识储备,初中生都可以解开。不可能啊。

甄爱不知他的想法,不满地反驳:"你们才是同类。我没有向它学习,刚才撞玻璃是我自发的行为……"一辩解,反而更奇怪。

言溯收回思绪,笑了:"自发的行为?你是应激性试验里被染液刺激的单细胞蓝藻,还是到了冬天往南飞的大雁?"

甄爱灰头土脸的,别过头去看窗外,愤愤地说:"哼,从来都不会从人际关系和社会心理角度考虑问题的白痴。"

言溯一愣,斟酌了半晌,想明白了:"哦,懂了。谢谢提醒。"又道,"言归正传,你看到我看你,你那么紧张干什么?转头就往玻璃上扑?"末了,眼珠转转,"你这种行为,真的很像鸟类。"

甄爱恶狠狠地瞪他,也不照顾他的情绪了,哼了一声:"我不是担心你解不出密码,自尊心受挫,对我发脾气嘛。过了一天密码都没有解出来,难怪连鹦鹉都鄙视你。"

言溯诧异地抬眉,看上去理解得很费力:"为什么解不出密码,我要对你生气?学无止境啊。虽然目前我还没有碰到难倒我的密码,但未来总会遇到的。"他说这句话时,满眼都是对未知挑战的期待,就像求知若渴的孩童,"如果我骄傲到了那种地步,那我真的是无知了。"

甄爱捂着发痛的鼻子,不经意愣住了。原本担心他因为密码而受挫,现在这种忐忑的情绪烟消云散。反倒是觉得他的心思,纯粹而博大,竟到了这种地步,令她无比汗颜。想到自己平时在研究工作上遇到挫折便渐渐灰心,不应该啊,甄爱!

她望着他线条俊朗的侧脸,感觉充满了信心和力量,又有些惭愧,刚才一时斗嘴说话过头了。

她想着要怎么转圜时，言溯再次显示了他欠扁的属性。

他一改刚才淡泊的语气，不酸不咸地来了句："再说了，不是还有某人，花了五年时间，在一百多位顶级解密专家的鼎力协助下，历尽千辛万苦……终于，把密码送到了我手里。"

甄爱："……"她悲怨地倒进椅子里，能把反讽的艺术发挥到这种地步，她真是，服了他了。

法院判决的二十三小时在纽约州内社区服务共分七次，有各种内容可选。服务地点包括公园、社区孤儿院、福利院、疗养院、戒毒所、图书馆、博物馆和监狱等。

申请和登记的时候，甄爱望着眼花缭乱的服务场所和内容，就像是进了玩具店的小孩，左挑挑右选选，觉得哪个都好，哪个都想尝试。

言溯冷淡地坐在一旁，鄙视她："社区服务从严格意义上来说，是一种判罚。你的表情可不可以应景一点儿？不要表现得这么兴致勃勃，跟吃糖果一样。"

负责登记的工作人员抬起眼皮，透过镜片看了她一眼，面无表情地垂下去了。

甄爱收敛了脸上兴奋的表情，缓缓坐直身子，拿手指在纸张上戳戳戳，无比期待又虔诚地说："这个、这个、这个……我要七样。"

言溯："……"喂喂，刚才说的话你听进去了没？

两人登记的间隙，言溯的脑袋依旧围绕着那个密码，高速地运转。

在拿到密码后的二十七个小时内，他已经尝试了无数种解法。他甚至分析出了好几种确切且实际存在的地址。但据甄爱所说，她哥哥很确定除了甄爱，没人能够解出来。

为什么他这么确定？

言溯分析出来的那一堆地址，完全可以通过人脑和电脑频率分析得出。他不认为，那一百多位解密专家都是吃闲饭的。他能解开，他们应该也能做到，只是时间问题。或许在这五年间，密码中显示过的那些地点的建筑和人都被调查了无数遍。

直到刚才，言溯才惊觉，这原本就不是密码。最简单最常见的东西，被套上密码的标签，生硬地去解剖，当然找不到正确的答案。

可如果真像他推测的那样，那么……他转眸，静静看着甄爱，她正兴致勃勃地看着登记员填写表格。那么，就是她骗他了。

他默默收回目光。

工作人员拿着笔唰唰填写完，抬起眼皮问言溯："你呢？"

"和她一样。"

言溯回答得毫不犹豫，说完才发觉这样的气氛很微妙，她兴冲冲地负责挑选，他不表示任何异议，就像顺从妻子的听话丈夫。

呵，他淡淡一笑。

回程的路上，甄爱依旧心情不错，靠着窗子画圈圈。而言溯的表情平静得完美，看不出半点儿的异样。

甄爱犹自不觉，轻松而开心地说着哪天要去哪里服务，言溯安静地听着，等到她停顿的时候，冷不丁说："密码我已经想出来了。"

甄爱小声惊呼："这么快？"她的心突然振奋起来。

等了那么久，终于出现曙光，终于可以沿着哥哥留下的信息一路走过去。仿佛直到这一刻，她的人生除去研究，开始有了不一样的目的。

很多话到嘴边，只说："谢谢你啊，言溯。"

言溯没有回应。他当初想过，密码解开的那刻，他要认真观察甄爱的表情，欣喜、激动、崇拜……

可真到了这一刻，他固执地望着前方，弯了弯唇角："我没料到这个密码这么简单。或者，不能称之为密码。"

他微敛眼瞳，透过后视镜看甄爱一眼。

甄爱不好意思地笑笑："我哥说了，只要多看书，我就一定能解开。可我看了好多书，还是不懂。"

言溯听完，更加确定他的答案是对的。

他也笑笑："你哥哥还告诉过你别的事吧？"说罢，他再度看她一眼。

甄爱察觉到不对。从刚才开始，他的话怎么都有欲言又止的意味。而她认识的言溯不是这样的。

言溯见她僵直了身子，心中一刺，收敛了笑容："你给我的这些，并不是它的全部吧？"

甄爱一抖，早该料到他会看出来的。

她蓦然想起了哥哥的话：只要多看书，你自己一定能解开。可如果你解不开找人帮忙，帮你解密的人说它很简单，怀疑这不是全部，那很有可能他成功地解开了第一步。你再用我教你的方法继续后面的步骤。如果你信任他，就和他一起解密；如果你不信任，我依旧相信你能解开剩下的密码。

甄爱心里咯噔一响，以言溯的聪明，他既然能看出密码，又怎么会看不出她的意图？

"你哥哥很聪明。他说，这是一个密码，谜底是地点。他误导了所有专家用专业的解密方法去分析，越走越远。同时，他还隐瞒了一个事实，解开这个密码需要不止一个步骤。"

甄爱听着他的话，脸色微白。言溯说对了，这就是她和哥哥之间才有的默契。

"根据这个密码直接分析出来的几十个地址全部都是假的。第一步的正确答案并不是地点。但只要第一步的结果出来，你就有办法解开。"窗外的景色在他的眼瞳中流转，看不出情绪，"我想知道，如果我告诉你第一步的结果，接下来你会怎么做？按照你原来的计划，对我说密码解不开了，然后自己偷偷地去处理？"

甄爱没料到一切被他看穿，她尴尬羞愧，不敢看他，望向外边，小声道："对不起，我向你隐瞒了。"

言溯淡淡地道："不要紧，那是对你很重要的秘密。你很小心，所以有所保留和隐瞒都是应该的。"

他头一次这么善解人意。

甄爱心底发凉，惶惶地看他，他看似很大度，眼底却没有半点儿暖意。

甄爱知道，如果一开始就说出实情，言溯也一定会帮她。可偏偏她说她会把一切都告诉他，然后偷偷隐瞒了一部分。

她低下头："你想怪我，就说吧。"

言溯很平静："不想说。"

"为什么？"

"慎行谨言。"

甄爱瞬间像是大冷天光脚站在冰天雪地里，她望着路边茂密的绿色，心底荒凉得像冬天。她再也坐不住，望见前边快转弯了，忙说："就到前面的银行停吧，我要去办点儿事。"

言溯把车停在路边，甄爱边解安全带，边低声说："你先走吧，我过会儿坐出租车。"

言溯扭头看她："我等你。"

"不用了。"甄爱极力笑笑，一心想要下车，偏偏安全带扣像是和她作对，怎么都解不开。她又急又愧，脸都红了，使性子似的握拳，狠狠捶了那带扣一下。

熟悉的白皙手掌伸过来，擦过她的手背，微凉。他欺下身子，手指一动，安全带就弹了出来。

她看着他近在眼前的侧脸，清俊的，淡漠的，没有表情。她越发无地自容。不等他坐好，她便推开车门，飞也似的逃出去。

言溯抬眸，望着满是枫树的街道上她飞奔而去的小小身影，蹙了眉。体内充斥着说不出的懊恼与挫败，分明是一件小的不能再小的事，他不知道为什么这么在意？

理智上,他很清楚她谨慎而警惕的个性,以及她天性的不安和怀疑。可情感上,他却还是莫名要生气,气自己为什么得不到她的信任,毫无保留的信任。

他不明白,也不知道该如何表达。

情感,呵,真可笑,他什么时候会从情感上考虑问题了?

但现在,敏感的她内疚又惭愧地跑了。

这不是他想要的结果。他莫名烦躁又不安,胸腔鼓动着抒发不出的闷气,抬手一拳就狠狠砸在方向盘上,可砸完又愣住,他为什么要生气?

一拳下去,碰到车灯开关。他顺着淡淡的光线看过去,路牌上写着 Maple Street,枫树街。甄爱消失的地方是枫树街 13 号的银行。

这个地址好熟悉,甄爱哥哥的那个密码,解出来的几十个错误地址里,就有这一个。

言溯心中莫名生起一丝不祥的预感,推门下车的瞬间,一连六发刺耳的枪响穿过街道上茂密的枫树林,一群群飞鸟展翅直冲蓝天。

一秒钟后,警笛大作,刹那间又是一声枪响,尖厉惨叫声打破了街道的宁静。银行门口的人疯也似的四下逃散。

言溯的心狠狠往下沉。

枫树林里落叶窸窸窣窣,鸟儿成群狂乱地飞舞,他一阵风似的朝银行奔去,风衣在落叶飞鸟间拉出一朵黑色的花。

甄爱失魂落魄地跑进银行,心情跌落到谷底。

她一开始就是那样打算的,等言溯解开第一步,她就用哥哥给她的密钥完成剩下的步骤。起初,她的确不信任任何人,只能靠自己。

现在,她信任他了,却又不舍得把他牵扯进来。

他那么聪明,把她的心思和企图看得一清二楚。他肯定生气了。

她可以想到,如果不是遵循"谨言慎行"的戒律,他一定会绷着脸,傲娇而认真地宣布:"甄爱小姐,你从此失去了我的友谊。"

她停住脚步,脑子里幻想着他的脸色和语气,心情分明很沮丧,却又很想笑。

他一定会在外面等她,还是快点办完事情,回去和好吧。

上午十一点,银行里很多人。甄爱在前台登记了名字,瞥一眼服务员的登记册,分了好几个类别,甄爱来办理的是个人密码保险箱业务,前面还有十几个人。个人密码保险箱业务流程复杂,一人平均耗时十几分钟,她估计要等到下午。

唔,要不现在请言溯吃饭去吧。

请他吃好吃的,他就不生气了呢!

可她还来不及转身，就察觉身边的空气发生了变化。

起风了。有什么比声音还快的东西嗖嗖地从她耳边飞了过去，几乎是在同一刻，震耳的枪响在耳膜边爆炸。

一切似乎发生在千分之一秒，众人尖叫，柜台那边纸币翻飞。

一个男人嚣张而散漫的命令声在整个银行回荡："全都跪下！"大厅内所有的顾客依靠着本能反应，瞬间全部跪伏在地上，抱着头瑟瑟发抖。

甄爱第一反应却是回头。

逆着光，那人宽臂窄腰，穿着灰T恤宽腿裤，左手随意地插在裤兜，右手单手拿着一把冲锋枪，直直地对着甄爱这个方向，就像是瞄准了她似的。

两人仅隔着两三米的距离，甄爱望着那黑洞洞的枪口，全身僵硬。

男人面庞干净而俊朗，举着枪，有力地立着，像一尊雕塑，衣衫很薄，裹在肌肉流畅的身体上，挺拔而带着运动的美，甚至可以用性感来形容。

甄爱一动不动，现在下蹲来不及了，反而会因为有所动作而触发持枪者的反应。

可她并不害怕，脑中一闪而过一个念头：因为和言溯一起，她没有带枪，但生性警惕的她带了神经毒素试管针，只要有机会接触到面前这个人，她就可以将他一击毙命。如果他只是抢钱，她会袖手旁观。毕竟用毒素杀人容易，事后的麻烦却一堆。可如果他要杀人，那她就不能置之不理了。

还想着，那人身后的阳光闪了一下。

门厅内的银行警卫从枪套里拔出手枪，一面瞄准这个入侵者的背后，一面对甄爱做了一个下蹲避开的手势。

甄爱的心一下子悬在了嗓子眼，随时准备趴倒。可一声枪响，倒下去的却是拔枪的那名警卫。开枪的是另一个警卫。

两名警卫中有一个是抢劫犯的同犯！

出现了两个犯人，甄爱的计划尚未成型立刻泡汤。

警卫右胸口中了枪，鲜血瞬间染红地面，他痛苦得龇牙咧嘴，躺在地上一阵阵地抽搐。抱头跪在地上的人们见状，吓得更加不敢乱动，有几个年轻的女子失声抽泣了起来。

大厅中间的那位男子岿然不动，表情极度冷漠，看了甄爱一眼，突然举起枪朝屋顶开了一枪。靠近门口的巨型大吊灯被打下，直线滑落。成千上万块细小的玻璃坠落地面，在震耳欲聋的轰响中，砸得只剩粉片和灯架，斑驳狼藉地拦在了玻璃大门口。

甄爱条件反射地往后退，但砸飞的玻璃片明显比她快。

好几片碎玻璃从她身体各处划过，有一块甚至擦过她的颧骨，脸上刀刻一般的疼。她一脚踩在玻璃片上摔倒在地,又是几片玻璃刺进手臂手心,痛得像是被扎了无数根针。

她疼得心发颤,却咬着牙没发出一丝声音。

枪声消弭的一瞬间,空旷的大厅里陡然警笛大作,红灯闪烁——有银行职员摁了报警器。

"该死的!"

甄爱听到身边有个蹲着的顾客咒骂着站了起来,她狠狠一惊,刚要爬起来去拉他,却没想到那个二十出头的男子转身冲穿警卫服的歹徒喊:"阿奇!"

这名叫阿奇的假警卫哗啦一声拉开桌子抽屉,喊了声"杰克",连着扔了两把枪过来,声音粗犷豪放,就像抢劫银行是闹着玩儿的。

顾客里面竟然还有一个同伙!

甄爱仰起头,眼睁睁看着两把枪从自己头上飞过去,落在那个叫杰克的年轻人手里。

杰克很熟练地一手把枪别在腰上,一手抓起狙击枪瞄准银行柜台对面墙壁上的红色警报器,子弹飞出去,警报器碎裂成粉末。

甄爱吃惊地看着,心中一沉。

隔着三十米左右的距离,警报器半径不到四厘米,这个人枪法很准。

不对,有哪里不对。

粉碎了警报器,世界安静了。

杰克两三步跑上去一跳,轻轻松松跃到柜台上,双脚与肩同宽,稳稳立在那扇破碎而洞开的窗口前,抱着狙击枪扫视里边缩在角落的两三名柜员,一字一句道:"他妈的,谁按的警报器?"

这一句话让整个银行鸦雀无声,先前几个抽泣的女顾客全惨白了脸,惊悚地望着那个高高立在柜台上的地狱修罗。话是平淡无奇,却在提醒所有的人,他要杀人了。

柜台那边的职员吓得魂飞魄散,没人敢承认。

杰克笑了:"不承认我就把你们全杀了。"说着就抬起了枪。柜台那边一阵恐惧的尖叫和窸窣的躲避声,而与此同时,这边的人全痛苦地捂住耳朵。

甄爱的心陡然间一抽一抽地疼,为下一个可能死在她面前的陌生人。

可他举枪的那一刻,陡然一个颤抖而坚韧的女声传来:"是我按……"

话音未落,一连三发枪响。鲜血溅在柜台的玻璃上,像盛开的红梅。

"瑞秋!我的天啊!不!"死者的同事悲恸地低声痛哭,又不敢放声,哭音压抑得像鬼叫。

外边的人质一片死寂,纷纷闭上眼,一串串晶莹的泪珠滑落。那是有怜悯之心和良知的人为同类的善与恶而落泪。

甄爱死死地盯着玻璃上的血滴,眼睛顷刻间红了。

为什么人的生命那么脆弱?为什么人要屠杀自己的同类?胸腔中涌动的悲愤和痛苦像是要爆发的火山,排山倒海地将她淹没。她双手紧紧握成拳,手指似乎要掐进肉里,却感觉不到半点疼痛。

她恨不得杀了他们,杀了他们。她就是只懂以暴制暴,怎么样?银行里开着通风换气扇,把试管针砸开在地面上吧,让他们都去死!都去死!

可偏偏,这里还有那么多无辜的人。

杰克不为所动,从阿奇手里接过大袋子扔进柜台那边,手中的枪冲里面的人晃了晃,"你们几个,赶紧把钱都装进去!"

而这时,警笛声再次响彻天际——从银行外边传来的。

甄爱立刻回头。银行门口在一瞬间被防暴警察围住,一个个端着枪,枪口全瞄准了银行内部,等着上级指令。

甄爱愣住,不可能!

刚才银行里发生一系列事情最多不超过五十秒。这么短的时间内,这么多防暴警察是从哪里空降的?

银行的玻璃大门口空空的,被巨大的破碎吊灯架子拦着。刚才那个拿冲锋枪的,已经不见了踪影。甄爱四处看,发现他早就泰然自若地指使着人质互相绑上绳子,沿着大厅围成一大个圈。

他在用人质做掩体,以免外面的警察开枪射击。

相比他的淡定,另外两个就有些慌了。

阿奇一边跟着他赶人质,一边问:"金,警察怎么来这么早啊?"

被叫作金的领导者根本不搭理。

杰克是三个人里最小的,年轻气盛,骂道:"真是一次比一次棘手,最近这些狗来的速度越来越快了。"

甄爱再次发觉不对,这个抢劫案不对。

正想着,金突然拿枪指了她一下,那双眼睛非常空洞,没有任何情绪。

甄爱觉得这人太古怪了,而旁边立刻有个女生过来,拿绳子把甄爱的手绑起来。

甄爱没有反抗,却感觉到那个女生绑她的时候,塞了一段活扣的拉绳在她手里。

甄爱一怔,扭头看她。

她却表情平静,丝毫不看甄爱,背着双手,被下一个人绑住了。而下一个绑她的人同样在不经意间偷偷使用了这个方法。

甄爱莫名心中一暖,眼睛酸酸的。不是为自己,而是为失而复得的信念。

银行在十字路口,离停车路段有几百米的距离。言溯一路飞奔过去时,迎面全是四下散开的人群和自动让路的汽车。

才跑过去,就看见警车来了。他不管那么多,直接朝银行跑去,可快到门口时,又陡然间停了下来。

他要救她。他不能进去。

言溯隔着玻璃,远远看见了甄爱。

大家都伏在地上,只有她站得笔直,眼睛一眨不眨地望着歹徒手中的冲锋枪,没有害怕,没有喜悲,就像她在任何人面前一样,静静的,习惯性地昂着头。

不知道为什么,他蓦然心痛。

他早该发现,她只在他身边,才会呆傻,才会迟钝,才会噘嘴,才会喷笑,才会脸红,才会含着或欣喜或难过或羞赧或歉疚的情绪⋯⋯还有,才会低头。

他总取笑她迟钝,为什么直到现在这一刻,他才发现,真正迟钝的是他?为什么直到现在这一刻,他才明白,这些,已经是她至高无上的信任?

巨大的玻璃吊灯砸进地面,飞溅出水花一般的碎片,也是那一瞬间,她彻底被挡在了视线之外。可他很清楚,离吊灯那么近的距离,她肯定受伤了。

他安安全全地立在外边,那盏大吊灯却像是砸进他心里,余震过后,又被无数碎片一块一块地扎着。

在长达十几秒的时间里,他都无法正常思考,脑子一片空白。但他终究是言溯,立了不到半分钟,就恢复了清明,头也不回地转身离开。

从枪响到现在,四十七秒钟,警察就来了。

那,是谁报的警?

很快,银行外边聚集了无数的警车和警察,忙碌成一片。银行里边的气氛,却格外轻松。当然,轻松的只有那几个抢劫者,尤其是金。

几十个人质围着大厅边缘蹲坐着,为他们三个营造了绝佳的防狙击堡垒。没过一会儿,外边开始有警察喊缴械投降之类的话。

毫无疑问的废话。

杰克对此嗤之以鼻。

等待装钱的空隙,金忽然提议:"我们玩一个游戏吧,谁来配合我们玩,就有优先被送出去的权利哦!"

人质们面面相觑,谨慎而警惕。

有一个黑皮肤的中年男人说:"先把女人和小孩儿送出去吧!"

"你确定?"金笑了笑,语气阴森,"我们这个游戏的名字,叫作杀人游戏。"

原本还以为看到希望之光的人,瞬间眼神惊恐。他说的"送"出去,是以尸体的名义吗?原本期望被点名的人全部低下了头。

金晃了晃手中的枪:"既然你们不愿意,那我挑人吧。我喜欢13这个厄运的数字。我们有三个人,再从人质里选十个。"

他慢吞吞地说着,一字一句都吐词清晰,一字一句都像是来自地狱。

到了这一刻,所有人都尽可能深深地低下头,生怕他点到自己。大家都变成了鸵鸟,将头埋进黑暗里发抖,仿佛不抬头,恶人就看不见。

可金的速度很快,第一个就指向一个大学女生。

那个女生是和男朋友一起来的,见杰克和阿奇过来拉她,惊恐地直往自己男朋友身边缩,一边躲避一边痛哭尖叫:"不要,不要!救我,救我!"

她的男朋友也慌了,手被绑在身后,却用下巴紧紧夹着女朋友的肩膀,哭着祈求:"求求你们,不要,不要伤害她!"

甄爱看得心惊肉跳,生怕他们一个不耐烦开枪打死这个男人。可他们没有,只是狠狠一脚把他踢开。女生尖叫着乱踢乱打,却最终拗不过,被他们拖进圈子中央,扔在地上。

周围的人脸上全是痛苦和恐惧,甄爱听见身边的女人声音极低地哭泣着:"老天啊,救救我们。上帝,救救我们!"那女人怀里还抱着一个一两岁的孩子,小孩子不明白发生的事情,却很乖,被妈妈的脸庞贴着嘴巴,不哭也不说话,只一双黑溜溜的眼珠好奇地张望着。

在一阵又一阵的哭声中,金很快选了九个人,还剩最后一个。

这一刻,几乎所有人的心都悬了起来,对各方的神灵祈祷,仿佛这是他们活下去的最后一线生机。

厄运不要降临,不要降临。每个人都在虔诚地祷告祈求,丝毫没意识到,他们祈求自己好运,就是祈求另一个无辜的人去死。

金看了一圈,目光最终落到甄爱这个方向,平静的唇角渐渐浮现一丝古怪的笑意。甄爱的心微微一沉,就见他缓缓抬起枪,指着她身旁那个女人的孩子:"你,是第十个。"

杰克和阿奇上来便拉扯女人怀里的孩子,女人一下子像是整个世界都崩溃了,极其凄然地哀求:"不要,求你们不要伤害她。她只是个孩子,她是我的孩子啊。"

杰克毫不留情,狠狠一耳光甩在她脸上,女人瞬间唇角出血,却整个儿赖在地上,死死咬着自己孩子的衣裳不松嘴。

孩子也感觉到不对,扯着嗓子大哭起来。

周围的人都红了眼,却无能为力,一个个又后悔刚才祈祷的时候没有顺带为这个孩子祈福,现在他们生命的胜利失去了光彩,再也没有了侥幸和好运的意味。

杰克狠狠拉扯着大哭的孩子,可这个母亲像是疯了,一双牙齿咬出了血水,看着像是断了,眼睛也涨出了通红的血丝,却无论如何也不肯松口。

甄爱静静看着,不知为什么,她忽然很想变成那个被母亲咬住衣服不放的孩子。

"等一下。"她漠然地抬起头,望着圈子中央的金,平静地说,"我换她吧。"

今天,是伊娃·迪亚兹的父亲,N.Y.T地方警署老迪亚兹警官生涯的最后一天。

作为土生土长的N.Y.T人,他从心底热爱这个毗邻纽约不及它热闹繁华却远胜其温馨友爱的小城市,人口不多环境优美,街道上永远都是惬意安宁的景象。

临近中午,离退休还有几个小时,警报响起。枫树街银行发生枪击劫案,两人死亡,三十几人被劫持。

这在N.Y.T历史上是史无前例的恶劣大案。老迪亚兹随队出警,最后一次执行任务,他早没了年轻时的热血与激情,只有长年累月沉淀下来的责任与坚守,以及,最后一次,对安全归来的渴望和期盼。

到达现场后,第一天接班的治安官维克警官就立刻行动,指挥分配,封锁道路,申请调集特警,一切工作井井有条。

而老迪亚兹在层层警察人影中看到了言溯。

他拿着手机,居然站在警车上,踩得警笛呱啦啦响。他犹不自知,十分认真地在拍照。

"S.A.。"老迪亚兹大声喊他。

言溯循声扭头,跳下车朝他走过来,人还没走近,就冲老迪亚兹命令道:"立刻向FBI行为分析小组申请援助。"

老迪亚兹道:"我们发过申请了。刚好几位FBI探员在本地度假,能立刻过来。其他的坐飞机要一个小时。"

维克在一旁看着,不明白老迪亚兹对这个年轻人的恭敬态度,轻轻咳了一声:"迪亚兹,他怎么知道我们警察内部要请FBI行为分析小组的事?"

老迪亚兹来不及说话,言溯冷漠地扭头看维克:"化装成警卫和顾客,带着至少三种类型的枪支,提前给警方打电话……种种迹象表明他们不是第一次犯案。而我看新闻,知道FBI前几个月在中东部好几个州追查过类似作案手法的银行抢劫案。所以,你明白了吗?"

维克一怔,又问:"可你究竟是谁?"

老迪亚兹赶紧介绍："S.A. Yan，FBI和CIA的密码解析行为分析顾问，过去在这里帮助我们破过很多案子。"

维克惊异，他当然听过言溯的大名，可无论如何没想到这人如此年轻。他到任前就知道这里藏龙卧虎，还想过有机会一定要拜访言溯。可这样年轻的人站到他面前，三十八岁的维克治安官心中生起一丝不舒服。

他犹豫着初次见面要不要握个手什么的，但面前的人一点儿都不主动。

而此时，"S.A.，久仰！"一位便装的金发美女不知从哪儿冒出来的，朝言溯伸手。

言溯不耐地蹙眉，今天怎么这么多他不认识的闲杂人等？他双手纹丝不动地插在风衣口袋里，脸色冷冰冰的。

美女愣了愣，伸着手，有些尴尬。

言溯眸光淡淡地扫了她一眼："谈判专家？"

"我叫莉莉。"美女惊讶地睁大眼睛，"你怎么看出来的？"

"麻烦你有点儿职业操守。"言溯无视她的问题，掏出手机低头划一下，把屏幕对准她，"这是银行柜台的电话，打进去，叫绑匪先把受伤的警卫放出来。如果可以，让我们的医护人员进去抬。"

维克皱眉，不满言溯这样自作主张的态度，但又不得不承认言溯的方法和反应速度的确惊人。

莉莉收起窘迫的态度，赶紧拿起临时操作台上的电话。

"等一下。"言溯突然盯住操作台上的屏幕，那里连接着银行仅剩的一个监控，其余都被抢劫犯打坏了，只有这一个在柜台内部，比较隐蔽，却刚好可以从背面看见银行大厅的全貌。

黑白色的视频里，三个持枪者从围成一大圈的人质里拉人，每个人都在拼命地挣扎。

莉莉盯着监视屏又望向路对面的银行大楼，捂住嘴："天，他们要干什么？"

言溯一言不发，目光严峻地搜索着。

甄爱蹲坐在屏幕的右下角，被绑着手，一动不动。他克制地瞥了一眼她小小的身影，心第一次像被钝刀划过一样疼。

凶犯开始去抢女人怀里的孩子，甄爱突然动了一下，她应该说了什么，因为屏幕上所有人的目光都集中在了她身上。最年轻的那个，手中的狙击枪指向了甄爱。

言溯蓦然间全身都凉透了。

可那人只是拿枪口拍了拍甄爱的脸颊，转头对中间的男人说着什么。很快，他把甄爱拉起来，解开她手后面的绳子，把她推到大厅中央。又命令其余留在外围的人全部背过身去，不许看中间。

就好像……接下来会是一场盛大的屠戮。

言溯立在习习的风里,这才发觉那一秒他出的一身冷汗,冷进了心里。

十个人已全部蹲坐在大厅中央,围成一个小圈。杰克和阿奇搜了所有人的驾照卡摆在金面前,然后像两名行刑者一样立在他身后。

金话不多,除了眼睛里时而闪过的鬼魅光彩,看上去竟然很温柔,是个样貌出众的男人,只可惜他的笑容不能让任何人感到安慰。

他盘腿坐在地上,手指一点一点地敲过地面上的十张驾照卡,每敲一个,抬起眸,对应地找准它的主人。阴森而笑意盎然的目光,看得每个人心口发凉。

他看完后,微微笑:"杀人游戏,开始!"

就在十个人面面相觑、惊惶不安时,"等一下!"一个棕发男子喊,"把他送出去吧。他就在门口,警察都不用过来。"他指了指躺在门口不断流血的警卫。

金垂下眸,看着地上的驾照卡:"亚萨·埃克斯卡利伯。"

叫亚萨的男子小声地应了。

金低着头,若有所思。甄爱全身都紧绷起来,担心他会突然爆发,杀了这个"多话"的年轻人。可就在这时,柜台的电话响了。

言溯紧紧盯着监视屏。

电话响的那一刻,金抬起头来,朝杰克做了个手势,后者立刻过来接电话。他的位置离监视器很近,很清晰的一张年轻的脸,二十出头的年纪。

在这三人里,他处于最弱势的被支配地位。

"我是市警署的谈判专家莉莉·德特莉莉。你们需要什么,可以告诉我吗?"

杰克对着电话烦闷地喊:"叫你的人全部撤走。"说完,转头看了金一眼,声音又没了刚才的狂躁,说,"我们没有任何想要的。"

莉莉毫不气馁,温和又平顺地说:"可我们需要你的帮忙。"

杰克毕竟年轻,怀有英雄主义,脱口而出:"干什么?"

莉莉的声音十分安定:"我们可以把门口的受伤者抬出来吗?他快要死了,我们不会进大厅,只让医护人员把他抬出来救治。"

杰克对这类事情毫不关心,但还是说:"你等一下。"放下电话去请示金。

这时,背对着监视器的甄爱忽然转头,往这个方向看了一眼。言溯一愣,屏幕很小,他明明看不清的,可他仍然感觉到她漆黑的眼睛在看自己。

但下一秒,她又漠然转过头去了。

几秒钟后,杰克回来了,拿起电话无比冷漠地说:"叫医生多等一下吧,过会儿还有几个人,让你们一并抬出去!"说罢直接挂了电话。

这话让中间十个人精神再度紧绷,金无所谓地笑笑:"别担心,游戏很快就结束了,只要你们足够聪明,第一关就找到凶手。"

周围人面面相觑,望着彼此眼中的惊恐,更加慌乱。

"这个游戏叫作,谁是凶手!而我是法官。"金肃起容颜,"游戏开始。天黑,请闭眼!"

十个人全部石化。他这是,要从他们之中选一个"凶手",然后,杀人!

"我们不会自相残杀的,你休想得逞!"坐在甄爱对面的女生冷冷地斥责。

金垂眸又看她:"安珀·史密斯。"

叫安珀的女生咬着唇,重复:"我们不会做你的杀手!"

金的脸色暗了一度:"哦,不遵守游戏规则的,都要死!"立在他身后的杰克面无表情地抬起枪。

甄爱刚要阻拦,安珀旁边的女生赶忙拦住,用力地说:"我们会遵守规则的!"这正是刚才给甄爱绑手却系活扣的女生。

"苏琪,我很喜欢你的识相。"金静静收回目光,杰克也移开枪口。

"不要再让我重复。天黑,请闭眼。"

经过这一轮风波,众人的心理防线已紧绷到极致,一个接一个,绝望而无助地闭上眼睛。甄爱看了一眼那个离开男朋友的女大学生,她紧闭着眼睛,满脸泪水,嘴唇因为害怕而苍白,抖得像是要掉下来。

甄爱静静闭上眼,一片黑暗。

她听见金站起身,绕着小圈缓缓走动,步调均匀而沉稳,绕到她身后,不轻不重地拍了一下她的肩膀。

甄爱猛然浑身一震。

接下来的几秒拉得极为漫长。金终于走回去坐下,缓缓道:"杀手请出动。"

甄爱坐在属于自己的一片黑暗中,心跳声在耳边,仿佛响彻全世界。一秒后,她睁开眼,平静地望向金。此刻的大厅里,就只有她和这些魔头是睁着眼的。

金眼中闪过一丝愉悦的光,继续指令:"杀手请杀人。"

甄爱静默地直视着他,纹丝不动。

一秒,又一秒,死一般的寂静。

金冷笑一下,再度下令:"杀手请杀人。"

甄爱用余光看到黑洞洞的枪口转向了自己,她整个人绷成了一张弓,脑子里一片空白,可本能依旧无法选择别人去死。

她咬紧牙关,缓慢而僵硬地举起右手臂,笔直地指向金的眼睛。

这个男人眼睛里玩弄的笑意一瞬间消失殆尽,空洞得没了一丝情绪。

杰克看过来,眼中闪过一丝对她美貌的赞叹,几秒后,终究还是歪下头,眯起眼睛瞄准。

甄爱浑身的血液都凝固了,仍是一动不动地指着金。呵,不是说指谁杀谁的吗?你不遵守游戏规则呢。胆小鬼!

她指着他,突然觉得可笑,也不多想,唇角便浮现了一抹嘲讽的笑意,傲然又讥诮,像是把他们三个大男人贬进泥巴里去。

金似乎看明白了她的笑意,脸上闪过极淡的怪异,却稳定下来,说:"临时增加一条规则,杀手不许选法官,也就是我。这一盘作废,杀手请闭眼。"

甄爱一愣,完全没想到他还有点儿骨气,她警惕地看着他,又警了一眼杰克手中的枪。后者遵循金的意思,冷冷收起。

甄爱这才闭上眼睛。

再度陷入黑暗后,她的心一下子狂跳起来,后怕的情绪像潮水一样席卷全身,骨头都像泡进醋里一样发软。

金再次选定了杀手,这次不是甄爱。

"杀手请出动。"

"杀手请杀人。"

甄爱才稳定下来的心脏又陷入紧张,新的杀手会做什么?有没有可能她没有杀人,别人却选择杀她?这么想着,她再度惶恐了起来。

安静的黑暗中,传来金冷酷得没有一丝温度的声音:"杀手已杀人,请闭眼!"

甄爱心里一个咯噔。

"天亮,请睁眼!"

惊慌失措的众人全睁开眼睛,警惕而惶恐地看着身边的人。

"被杀的人是……"金的声音带着判决的味道,吸引了所有人求生的目光,他从地上的驾照卡中抽出一张举起来。

甄爱离得近,看到那是一个很年轻的亚洲小伙子,卡片上的大男孩笑得很灿烂。

金右手一捏,驾照卡断裂成两半,掉在地上。

他宣布:"中村户。"

被点名的日裔男子愕然,所有人的目光或庆幸或悲悯地转移到他脸上,只听"砰"的一声枪响,他的额头瞬间闪过红点,鲜血妖魔一样遮盖住他半张脸。他仍惊愕地睁大着眼睛,张大着口,却已来不及争辩或是求饶,就在众人不可置信的目光里,直直倒了下去。

现场一片死寂,所有人都不肯相信看到的事实,他们就这么眼睁睁看着一个人被杀,瞠目结舌。

几秒钟的寂静后,"他是我的朋友!"一个日本女孩大哭起来,撕心裂肺地尖叫,"是谁?你们当中是谁选择杀掉他的。站出来!站出来啊!"

这一句话将剩余的人唤醒,是啊,我们当中有一个隐形的凶手,他选择了这个男人做牺牲。下一个,也会选择到我啊!

剩下的人惊慌失措,瑟瑟发抖,却又不动声色地开始观察周围的可疑者。

甄爱眼见这样下去,人们心里马上就会被怀疑吞噬,她想了想,决定转移目标,冲那个女孩很巧妙地说:"你冷静一点,小心那个叫杰克的开枪打你。"

这话很有效,女孩立刻闭嘴。

这时,女大学生也哭了:"是,杀人的是杰克,不是我们任何一个人。他们才是真正的凶手,真正的恶魔。"

金察觉到了甄爱的意图,冷笑一下,不为所动地命令:"现在,你们可以开始指认,谁是凶手了。"

没有人开口,可每个人心里都在思量,这些在银行有过一面之缘的陌生人,究竟谁是凶手。

金见没人应答,很是轻松地耸耸肩:"既然如此,我们开始第二轮。天黑,请闭眼。凶手,请继续杀人。"末了,他幽幽一笑,"下一个被杀的是谁?你们不想为自己的生命争取吗?"

恶魔的话像病毒一样在人的心里滋生,为了一线生存的希望,人的底线开始瓦解。

女大学生再也忍受不了,突然疯了般瞪着眼睛,指向之前说先放女人和小孩出去的那个黑人:"凶手是他!进银行的时候,那一对日本人窃窃私语议论他。只有他和这对日本人有仇,一定是他杀的。他是凶手!"

黑人震惊地盯着她,大声反驳:"我没有。"一边说一边慌乱地看向杰克手中的枪,赶紧辩解,"我根本就没有听到他们说什么,是她编造的。她在诬陷我。"

苏琪见大家都乱起来了,赶紧问日本女孩:"这到底怎么回事?"

那日本女孩低下头:"我们说他了,他……他还瞪了我们一眼,"她猛然抬头,指着黑人,"他一定是听见了的。他在撒谎!"

在这一刻,任何微不足道的理由都变成了杀人的原因。

金满意地笑了:"你们确定是他?"

女大学生咬牙:"确定!"

黑人绝望地怒吼:"你为什么要害我?你才是凶手。大家,她才是凶手啊!她是第一个指认别人的人。她是凶手!"

现场一片混乱，大家的目光都在这两人身上游移，都在潜意识里锁定了这两位，也不管这赌局不是游戏，而是杀人了。

"对！"叫亚萨的棕发男人转头看向女大学生，冷笑："如果说和死去的日本男人有仇，我记得你们拿号的时候争执了一下，他还骂了你。"

这话一落，女生脸白了。

而一个金发女子也帮腔："是，我看到了。他还差点和她的男朋友打起来。"

显然这个风波更加引人注意，更多的人附和："我也看见了。"瞬间，人都疯了，都在往女生的死亡处决上添砖加瓦。

女生脸色惨白，指着黑人尖叫痛哭："不是我，凶手是他，就是他！"

甄爱愣愣望着面前指指点点义愤填膺的人群，蓦然觉得所有人都成了面容扭曲的恶魔，狰狞而恐怖。对面的安珀呼吁大家冷静，可声音早被淹没。

人群中不知有谁叫："刚才你还说凶手不在我们之中，而是开枪的杰克。这句话就是你内心有愧的证明。"

甄爱的头像是被谁狠狠敲了一棒子。一句真话为什么成了罪证？

可大家都疯了，更加认定大学女生就是凶手。

金淡淡一笑："认为她是凶手的，请举手。"

一只手，两只手……缓缓上举。

甄爱很想替她辩解，可面前的人群都是恶魔，只要她说一句维护的话，她也会被判定成凶手。有什么办法才能让大家清醒？她究竟该怎么做？

望着一只只投票的手，女生吓得不会流泪了，她连滚带爬地跪伏到圈子中间，凄厉地哭喊："不是我，真的不是我。你们不要举手，不要再投票了！求求你们，不要投票了！不是我，我不是凶手啊！"

举手的人已经有四个了。

甄爱、安珀、苏琪和艾萨都没有举手的意思，女生绝望的目光瞬间落在还在考虑的黑人身上，她立刻跪着爬过去，抓住他的手："对不起对不起！我相信你了，不要举手，不要举手。我不是凶手，不是！"

黑人脸上闪过一丝痛苦，黑眼睛中泪光闪烁："我真的不是凶手。"

女生连连点头，死死看着他："你不是，你不是。"

黑人摇摇头，泪花更加晶莹："可你，一开始就指认我。只有真正的凶手才会想尽一切办法误导大家杀死平民。所以，就是你。"

女生浑身一震，张了张口，什么也说不出，就眼睁睁看着黑人眼泪落下来，手掌举上去。

他说："对不起。我要救自己。"

金挑眉，拿起一张驾照卡，那上面笑靥如花的女孩子图像瞬间被折断："戴安娜·马丁，五票处决。"

戴安娜尖叫着往外冲，可一声枪响，她绵绵地倒进血泊里，再没动静。

幸存的人目光呆滞，刚才他们因为恐惧而发疯，诅咒凶手去死；可这一声枪响又将所有人打醒，那样年轻的生命，是毁在了他们手里的，是他们亲手送这个女孩上了断头台。

没有人觉得庆幸或被拯救，可同时，心已经麻木得没有了内疚与怜悯。

而更毁灭的消息还在后面。金微微一笑："错杀平民，游戏继续。"

莉莉放下电话，沉着脸："不要条件，拒绝谈判，还说会继续杀人！"

维克愣住："不考虑撤走？他们为什么要这样做？"

老迪亚兹叹了口气："虽然我很少遇到，但不得不承认，这世上有一部分人，以杀人和虐待为乐。"说完看向言溯，希望他能给出评论。

但言溯没听，正一丝不苟地盯着屏幕。

这不仅是普通的虐待，更是心理上的。这个领导者的施压手法相当独特。

黑白屏幕上看不清人的表情，也看不到大家闭着眼。所以金起身围着十人转圈时，莉莉满心疑惑："他在干什么？"

金拍了甄爱一下，回到原地。

言溯几不可察地皱眉。他看见甄爱抬手，指向金，而杰克的枪转到甄爱面前。可周围的人一丁点反应都没有。

这是杀人游戏？

言溯想也不想要去拿电话，杰克却收起了枪。

甄爱暂时没了危险。

等不及了！

言溯看着监视器，语速飞快地说："谈判专家你听好了！三人之中的领导者，三十岁左右，短T恤宽裤，裤腿束进马靴，典型的陆军习惯装扮。枪支是改装过的M10冲锋枪，特种部队专用。军人不会屠杀民众，他是被开除出军队的。他仇恨社会和国家，觉得被利用和背叛，内心麻木，控制力强，很聪明，不屑于简单粗暴的肉体虐待，喜欢精神层面的摧残。他在玩杀人游戏。这个人你不用谈判，因为他绝对不会接受。"

莉莉望着他，钦佩又诧异。

"但你可以从另外两个人人手。假扮警卫的那个，他只开了一枪，打在非要害部位，他不想杀人，也不主动举枪。一开始让人质围成人墙，他注重安全。他的目标就是抢钱，然后离开；另一个年轻的小伙子，冲动暴躁，把抢劫当作玩乐，一旦他意识到真正的危险，他也会成为最先爆炸的那个。所以你的任务就是让他意识到他现在做的和他想象的不一样。"

才说完，一旁的维克不满："S.A.你不是警察和特工，你无法为刚才说的任何话负责。如果激怒了……"

"任何时候，我都可以为我说的任何一句话负责。"言溯冷冰冰打断他的话，眸光阴森看着他。这一刻，他似乎失去了一贯的风度。

维克气得颤抖："你……"

"他说的都是对的！"陌生的声音从身后传来，是赶过来的FBI特工妮尔。她和言溯有过多次合作，见面不用再介绍。

维克治安官原想自我介绍，但妮尔很快投入状态，直接看向言溯："我们追逐这个抢劫杀人犯快一年了。给他的画像是退役军人，盗窃技术很高，受人雇佣，把抢劫视为挑战和玩乐，没有怜悯，视生命为儿戏。另外，资源丰富。"

言溯抓住了重点，即刻就问："你说的是'他'，一个人。"

"是。他的代号是金，跟随他的两个人时常会替换，因为这个团队在抢劫十多处银行后，代号阿奇和杰克的人有的被击毙，有的被抓获。只有他一直逍遥法外。虽然推断出他是军人，也获取了他的模糊图像，却没能在数据库里找到匹配的。"

言溯风波不动地听着，提出第二个问题："为什么用'资源丰富'这个词形容？"

"他很可能是受人雇佣的，每次抢劫除了拿钱，还完成一些特定的任务。每次他都准备充分，让同伴化装成警卫和顾客，抓取大量人质，确保自身安全。但去年十二月后，他就再没有出现，直到今天。"

"十二月的最后一次抢劫发生了什么意外？"

"在我们看来没有任何不寻常，和往常一样有人质伤亡。他的两个同伴被警方打伤，后来死了，被他抛在路边。"

言溯不说话了，看向监视屏。

妮尔也看过去："他每次都会和人质做游戏，方式都不一样。上次他带人质们玩捉迷藏，跑输了被抓到的人就会被枪杀。"

"太残忍了！"莉莉平时很少见到这种类型的罪犯，听言，很是气愤，"S.A.说他们在玩杀人游戏，刚才金选择了一个女孩，就是这个。"她指着屏幕下角甄爱的影子，钦佩地道，"'杀人'时，她指了金，好勇敢。"

言溯冷邦邦的心蓦然一颤，是，那个小姑娘，一直很勇敢。他喜欢她这样勇敢的女孩。

很喜欢，最喜欢。等她出来，他一定要亲口告诉她。

妮尔看着，却皱了眉："奇怪！"

这句话让言溯回过神，是很奇怪，金为什么没有杀甄爱？

视频里，金再度起身，绕着所有人走了一圈。

这次，他没有选择杀手。或许，他更喜欢看着人们因为心中的怀疑和猜忌而自相残杀。言溯默默看着，心中的疑惑再升了一层，既然如此，为什么他第一次要选甄爱？雇他的人会是……

几秒后，金拿起一张卡片，与此同时，银行里一声枪响。

视频中，日本男子倒在血泊里。

接下来的事情更叫人瞠目结舌，圈子里的人质激烈地争吵起来。

莉莉惊愕地捂嘴："他们在干什么？"

言溯阴森森地盯着屏幕，冲莉莉喊："马上打电话。"

莉莉颤抖着去抓电话，可来不及了。五只手很快举起来，又是一声枪响！一个女大学生倒在血泊里。

莉莉的手顿住，眼泪一滴滴砸下来。

老迪亚兹也颤声："不，我们身边的人不是这样的。"作为上一届治安官，他跑过这座城市的各个角落，也熟悉这里的很多人。现在看到大家反目成仇，他如何也不肯相信。

言溯沉默着，微微敛瞳，盯着屏幕上甄爱的背影。

她的左手一直放在耳边，像是在捋头发，动来动去的。不是，更像是在敲什么。停顿，一下，两下，停顿……她的意思是……二进制密码！她在和他交流！

她在说：金的日语非常标准。

言溯忍住心里陡然涌上来的感动，沉声对妮尔说："你们对金做图像对比的时候，有没有包括海外驻军，比如日本。"

妮尔一怔："我马上打电话给佩林。"佩林是他们小组的电脑天才，最擅长信息搜索。

视频里，让人群内讧的导火索是日本少年的死，而他的死，是金的选择。

言溯想到这点，刚要开口，妮尔先说了出来："他在挑选受害者时，潜意识里加入了个人选择。即使作为军人，他有基本的反侦查能力，但他仍然会在不经意间，通过一些行为和动作表现出他的心态……"

照这么说，刚才的视频里他的一个行为，就特别奇怪。

两人异口同声："人质里有一个是……"

"电话来了。"维克打断了他们的话，"金的真名是乔·瑞尔斯洛，非常奇怪的姓氏。"

妮尔不可置信地张口:"天!十二月的银行劫案里,有位受伤的女性人质,她玩游戏时不小心滑倒被抓,被代号杰克的人枪击了,她说她叫乔·瑞尔斯洛。"

乔这个名字男女通用。

可她猛然想起什么事,无限后悔地仰起头:"当时她被打断肋骨重伤昏迷,医生问她名字时,她不是在回答,而是在喊人。天啊,难怪那两个同伴死了,是被金杀死的。因为他们错伤了她。金消失大半年,是因为他真正的唯一的同伴受伤了!"

言溯:"你记得她的长相吗?"

妮尔摇头:"银行监视器全被打碎,而她被救出来时,脸上全是血。但她给我的感觉我很清楚,如果再见一次,我一定可以认出……"

她的目光落在监视屏上,手指几乎戳上去:"是她!"

言溯看过去,一下子愣住。

妮尔指着甄爱,"就是这种感觉!就像现在……"她望着屏幕里一片混乱而独自淡定的甄爱,"她太镇定了。那个日本男人死的时候,这个大学女生死的时候,你们看到没,她很漠然,很冷血,很无情,很……"

"不是她!"言溯冷冷打断她的话,语气里是掩饰不住的怒气,硬得像砖头。

妮尔怔住。说实话,和言溯合作过那么多回,这是第一次看到言溯面带愠色。她印象中,不管遇到多么穷凶极恶的犯人,多么艰难困苦的境地,他始终都是淡定从容的。

言溯看她半秒,冷硬地收回目光:"妮尔特工,你没看到吗?游戏过程中,金这个角色很局限。他只是在维持秩序,克制而又冷淡。你想想,在这种完全由他掌控的局面里,他为什么不更加张扬一点儿?"

妮尔冷静想了片刻:"与其说玩游戏,不如说他在陪人玩。他当法官,看着他的凶手杀人,而他藐视法官的规则,不顾世俗道义地去维护她,就像疯狂又错误的宠爱。"这话的意思是,金第一选择的甄爱是凶手了。

言溯再度不悦地蹙眉:"我却认为,自从上一次的游戏出意外后,这次他们选择了更谨慎的方式。不然,万一其他人猜对真的凶手,代号杰克和阿奇的人不小心手快处决了她怎么办?所以,这次没有凶手,只有杀人。看着周围的人惊慌恐惧地互相猜忌,看到人性的扭曲,他们觉得这才是最好的游戏。"

言溯往甄爱的对面点了一下,那里坐着两个女生:"游戏中,他只往这个方向看过。他想取悦的人,在这里。"

可,金第一次为什么要选甄爱,这个问题沉进了他的心里。

话没说完,屏幕里再度发生变化。外围的人质中,大学男生冲过来,他跪在被打死的女生面前痛哭,情绪非常激动,疯狂地朝拿枪的人咆哮。换来的又是一声枪响。这一枪打在他的右肩,并非即刻致命。

一切来得太快,莉莉和维克都措手不及。言溯和妮尔却紧紧盯着其他人的反应,人质都在抱头痛哭。

甄爱首先冲过去,解开男生的绳子,双手摁住他的肩膀,又叫跟过来看情况的两个女生帮忙按着。

甄爱把按压伤口的任务交给了安珀和苏琪,站起身对金说:"让医生进来!"

周围惊慌的人都诧异地抬头看她。

金耸耸肩,无所谓的样子:"为什么?"

"你说过,玩游戏的只有我们十个人,生死都在这十人里。如果他死了,你就违反了规则。"

金被她激得无话可说,点了点头:"好。你先说谁是凶手,不管对错,你说了,我就让医生进来。"

剩下的人立刻求饶:"不要说我,不是我,真的不是我。"

甄爱细细看了一圈所有人的反应,目光静静地落在金的身上:"是……"

"不包括我们三人。"金看出她的目的,打断。

甄爱沉默了。

她在怀疑,除了他们三人,这十个游戏者里还有一个他们的同伙。她似乎看出了端倪,却不敢确定。要不要赌一把?如果她指对了,他们真的会开枪吗?可如果她指错了,岂不是杀了人?

这时,电话又响了。

莉莉等了没多久,杰克就接起了电话。莉莉看着言溯手里的指示牌,轻声道:"玩了这么久,金告诉你逃生的方法了没?"

对方声音虚了点:"我们自有办法,再说了,你怎么知道他的代号?"

"因为他抢过十几家银行,还打死了三名警察。"

杰克一怔,杀害警察是完全不同的概念。

莉莉继续看言溯的指示:"他没告诉过你他以前的光辉历史吧。他是不是不准你们自己起代号,而强迫你们叫杰克和阿奇。金一直都是他,其他两人却总是轮换,因为之前的几任都死了,其中还有被他杀死的。你们只是他的工具。"

监视屏中杰克狠狠眨了几下眼睛,回头看金一眼,又低下头恨恨地对电话说:"我不相信你的话。"

言溯再写出一行字,莉莉问:"你不怀疑,警察为什么来这么早?杰克,我们在抢劫前五分钟就收到了报警,还说有两人死亡。你认为,是谁报的警?你们三个人里,谁是发号施令的,谁可以控制死亡的人数?你这么相信他,他相信你吗?他把你们培训成高效的抢劫犯,你们一定相处了很久。你知道他真实的名字吗?"

杰克不回答,摸了一下额头的汗。

他已经开始怀疑。

怀疑,果然是最好的武器。

莉莉继续攻击:"他叫乔·瑞尔斯洛,是驻海外美军,做过少校,右耳朵不太灵,左腿有伤。这些你应该看出来了。"

这些杰克当然知道。

要让一个怀疑的人相信你说的话,你必须先说出一部分他清楚的真相,一旦他开始相信一部分,就会很快开始相信全部。

言溯很确定他的方法已经起作用了,他看着屏幕中杰克明显慌乱的眼神,再次打了指示给莉莉。

"让我们的医生进去给人治伤,多救活几个人,你身上的负担就会减轻一些。他没有开枪伤人,全让你开枪了。杰克,你现在要自救。"

杰克突然回头,冲金喊:"让医生进来,我们得想办法快点儿出去。"

金眯起眼睛,奇怪地看他,还没给指令,杰克就自作主张对着电话:"好,你们可以让医生进来。"

懂医学的警察早就化装成了医生,准备进去,这时维克治安官往医生的盒子里塞枪,叮嘱:"进去之后听我的命令。"

言溯刚要上前,妮尔已先行一步,抓住那把枪:"不行!你知道被他们发现之后的后果吗?"

维克的尊严一再被挑衅,忍无可忍:"他可以杀掉抢劫犯!"

"那里面有三个犯人至少六把枪,还有一个伪装的人质。"言溯冷冷的,压低了声音,"维克警官你脑子进水了。"

维克更加愤怒,还要说什么,老迪亚兹忽然发威,对医生道:"医生,别带枪,马上去救人。"

警察医生立刻提着医药箱进去。

老迪亚兹望向年轻的维克,刚要开口,却听见言溯猛然喊了一声:"住口!"

那个永远儒雅绅士的男人从来没有如此大声地吼叫,像一头疯了的狮子。老迪亚兹错愕地看过去,才发现他不是说自己,而是说莉莉。

几秒钟前,莉莉对着电话说:"金真正的同伴就在人质里,那是他的王后。他们两个在做游戏,你们只是工具。刚才他们一直在交流,你没看到……"

监视器中的杰克抬起头来，举枪一击，监视器画面下起了雪花。

杰克开了一枪，在所有人包括他同伴吃惊的眼神里，突然把狙击枪往背上一背，抽出手枪大步走过来。却不是对着金，而是一下子揪住甄爱的衣领，枪口抵住她的脖子，将她拎了起来。

甄爱没有挣扎，担心激怒他。

杰克于是更加确定，凑近她耳边冷笑："果然是你。"

这话一出，剩余的人质全尖叫："原来她才是凶手！"

"难怪只有她敢和他们对抗！"

"她还自愿和那小女孩对换，因为他们是一伙的。"

"刚才她去摁压那人的伤口，都是装的。她是凶手。"

柜台的电话又响了，可这次，没人去接。

甄爱想保护的人质现在群起来攻击她了，她觉得自己一点儿都不在乎，可心里还是凉透了。他们会怀疑她，外面的警察也会怀疑的吧？

言溯那个傻子呢，会不会怀疑？

杰克恶狠狠地威胁："金，你说过有办法让我们安全离开的。我现在不想玩了，你让我出去。不然，我就打死她。你别乱动，要是敢拿枪，我先崩了你真正的同伴。"

说着，他转向阿奇："他骗了我们。这个女人才是她真正的同伙。他根本就没有准备带我们离开。我们是来抢钱的，不是来杀人的。结果呢，我们两个都杀人了，他却什么也没干！"

"杰克，有话好好说！"阿奇应付着，但并没拿枪对杰克。毕竟，相较于深不可测的金，他们两人更熟。而且，玩什么杀人游戏迟迟不脱身，阿奇早有怨言。

"杰克，"金八风不动，冷冷地命令，"你不听话了？"

"我说了，我现在要离开。"杰克暴躁地拉开保险栓，抵住甄爱的脖子，"我真的会杀了她，一、二……"

连续拨了三遍，电话一直没人接。言溯握着话筒的手开始发抖了。

莉莉没有说清楚是眼神交流，杰克如果理解成言语交流，他现在一定会把枪抵在甄爱的脖子上，用她来威胁金。

他一动不动立在电话前，冷气从脚底一点点弥漫上来。

电话里一下下的"嘟嘟"声在他听来像是凄惨的丧钟，该死的，他头一次彻底失去了耐心，扔下电话就朝银行飞奔过去。

妮尔惊住，忙喊："拦住他！"

围在门口的第一排警察瞬间涌上来将他拦住，言溯心中绝望的感觉猛然间强烈。他好像突然看见了甄爱的脸,白皙而安静,常脸红,很少笑,多可爱的女孩子啊!

他几乎要崩溃,所有的情绪却堵在嗓子里,一句话也说不来,只是沉默地、用力地去推开面前一切的阻碍。

直到又是一声响彻天际的枪响,他蓦然僵住,怔怔立了好半响,渐渐眼睛红了。

他一下子狠狠甩开拉着他的特警们,转身走了一步,像是迷失了方向原地转圈的人,又转回来。

他望着半条道路对面的玻璃门,眼睛一眨不眨,固执而无望,咬了咬牙,什么也不能说,眼泪就掉了下来。

一、二、三!枪响!

甄爱跪倒在地上,捂住鲜血淋漓的左手臂,火烧般的疼痛让她止不住全身发抖。她摸了一下,虽然剧痛难忍,但还好没伤到骨头。

她即刻回头,却没看到开枪的人。

其余人质神色惊恐,面面相觑。谁也没料到后面突然冒出一发子弹,击穿了杰克的左胸膛和甄爱的手臂。

前者当场死亡,后者血流不止。

阿奇惊愕地睁大眼睛,却又马上垂眼看向金:"少了一个人,我是不是可以多分一点钱?"

金面不改色:"当然。"

可甄爱看见阿奇刚才往右边瞟了一下,受伤的大学男生,按着他胸口的苏琪,蹲在一旁的安珀,两个正义的男人——艾萨和那个黑人。

究竟谁是金的同伙?

这时,医生小心翼翼地走进来。金看他一眼,听之任之。医生先检查了门口警卫的情况,还有呼吸。他立刻叫了几个助手,把警卫抬出去了。

很快,他再度进来,给大学男生包扎伤口,苏琪和黑人跟着帮忙。

金冷漠看着,突然用枪指向医生:"你过来。"

医生毕竟是训练有素的警察,面对枪口,平稳地过来。

金的枪口往柜台那边扬了一下:"打电话,叫刚才挑拨杰克的人进来。我开出的条件是,把外围人墙的十九个放出去。"

外围被捆绑着的人质听到了生的希望,而中间玩杀人游戏的幸存者则继续活在噩梦里。

医生顺从他的命令,才走一步,又听金吩咐道:"我要的不是打电话的谈判专家,而是真正的那个。"

甄爱捂着伤口,心里一疼,该不会是言溯吧?

医生身上带了微型录像机,所以讲电话的时候,他刻意面对着金和靠近门口的那排人质。他才跟上级传达金的要求,电话那边的人就争执起来了。

除了言溯,其余的人都是一个意思:"不准去!"

妮尔特工说:"警方从来就没有人质交换的规矩!"

维克也附和道:"如果答应了他的这个无理要求,接下来我们的谈判地位会完全落入下风。"

"我们从一开始就在下风。维克警官,"言溯的声音又重又沉,很冷,"二十九个人质在那里,死伤三个。即使把这群凶手分析得再透彻,即使今天一定会抓到他们,那又怎样?中间还要死几个人?"

维克不为所动:"无论如何你都不能进去,这是命令!"

言溯冷冷反驳:"我不是你的下属,不用遵从你的命令。"

电话那边的人在较劲,这边的金却道:"他不进来,我每隔一分钟杀一个人。"

医生转达了金的话,这下,争执消停了。

甄爱咬紧牙关,自己动手,用医药箱里的绷带绑好伤口。过了大概半分钟,她听见有皮鞋踩在玻璃片上,发出碎裂的声响,有人进了银行大厅。

甄爱猛地抬头,撞见言溯熟悉的眉眼,温润而澄澈,带着隽永的说不出的情绪。

她的心狠狠一痛,忽然就委屈了。

害怕,恐慌,各种柔软的情绪,到了这一刻,才后知后觉地涌上来,仿佛到了这一刻,她才看到了让她安心的依靠。

言溯身形挺直,步履稳妥。进来的第一眼就看向甄爱,她跪倒在地上,手臂上全是血,脸色也白得吓人。他虽然担心,但也重重地松了一口气。

她还活着,没伤到要害。

他面色冷峻,快速扫了一眼银行里的情况,目光又软下来,落在她身上,一眨不眨地盯着,仿佛他只为她而来。

四目相对,执着相望。

他静静走来,忽然,冲她微微地笑了。就连深邃的眼睛里也闪着赞许的笑意,有点儿骄傲,有点儿自豪。

甄爱的心蓦地温暖,她明白他的意思。他在表扬她,呵,这个时候,这样贴心的笑容比任何安慰紧张或是担忧都管用。

他们都是可以自己照顾好自己的人。

言溯收回目光,走到了金面前,站定,居高临下地俯视着他,一点儿没有胆怯或拘谨的意思，仿佛这里是他的地盘。

他从来如此，到哪儿都不收敛他嚣张的气势。

金脸上闪过一丝怪异，才慢慢从地上站起来，平视言溯，问："你的名字叫什么？"

"S.A. Yan。"简短迅速，冷硬有力。

金不说话了。

按照之前的承诺，他示意医生可以带那十九名人质离开了。外围的人如蒙大赦，有的帮忙抬受伤的男生，有的帮忙牵小孩，大厅外围再度形成高高的人墙。

言溯蹙了眉，敦促医生立刻带他们离开；可与此同时，金抬起枪便射击大厅门口的电压器，瞬间起火了，门边的纱帘一下子烧了起来。

阿奇从柜子里拖出汽油，哗啦啦地全泼在大厅，银行瞬间成一片火海。被释放的人质尖叫着往外逃，把外边的警察阵线搅得一片混乱。

大厅中间的人质则绝望地抽泣起来，有人想往外跑，但阿奇抱着枪拦着，谁都不敢乱动。

金问道："你们来银行办什么业务的？我要陪个人保险箱业务的顾客下去拿东西。"

大家你看看我，我看看你，都不出声，谁也不想和这个恶魔一起下去。阿奇从胸口掏出前台的登记簿，和所有人的名字一一比对后，发现只有两个人是来做保险箱业务的。

一个是甄爱，一个是安珀。

其他人不知是庆幸，还是同情。

安珀抗议："我不去！"

金拿枪抵了一下她的后背，安珀立刻噤声。

言溯始终看着甄爱，见她挣扎着要站起来，上前一步去扶她，又在她手心按了一下。

甄爱一愣，复而苍白着脸笑了笑。这下轮到言溯也一愣，才知她早就看出来了。

他差点儿忘了，她其实是个聪明的姑娘！

"别担心，我没事。"她捂着手臂，稳稳站起，转身准备跟金下去。

这时，艾萨说："有她们两个人质就够了，放我们先出去吧！"其余人质全都跟着附和。金慢慢地回头，却看向言溯："你觉得呢？"

言溯沉静道："可以放他们走，我留下做人质。"

金虚浮地笑笑："S.A.你知道吗？因为你，杰克背叛了我，这群人质也不乖了。因为你，这个游戏变得一点儿都不好玩。"

言溯沉默着不回答,审度地盯着他。

金扭头看向阿奇:"不规矩的人都是他这个下场。"话音未落,他脸色陡然凶狠起来,拿枪抵住言溯的胸口,扣动了扳机……

一声枪响在甄爱耳边炸开。

她的心猛然像被狠狠击穿,眼睁睁看着那个穿着黑色风衣的瘦瘦高高的男人在子弹巨大的冲力下倒了下去。

"言溯!!"

甄爱疯了一般尖叫着扑上去,就见言溯静静地躺在地上,清秀的脸一瞬间白得没了丁点儿血色,却很固执地睁着眼睛,浅茶色的眼眸依旧清澈,像是拿水洗过的琥珀,静悄悄地、一眨不眨地看着她。

"言溯!"她轻轻唤他一声,眼泪一下子就涌出来了,大颗大颗地砸在他的衣领上,晕开一层层墨色的水渍。

他左胸口的风衣和衬衫全让子弹烧破了,防弹背心也深深地凹陷了进去。

他只是笑笑,那手点了点胸口,声音很轻:"这里,不疼……没有刚才在外面,听见枪响……疼。"他断断续续地说完,停歇了。薄薄的嘴唇惨白着冲她笑,以示没事。

甄爱的心像是被扯了一道口子,眼泪流得更猛,手枪抵在胸口那么近的距离,就算穿了防弹背心,肋骨也肯定被枪击的力量打断了几根。

不然,他不可能疼得脸都白了。居然还笑!

外边的热浪一层层地扑过来。

甄爱抹着眼泪:"起火了,把你烧死了怎么办?"

"烧成黑炭还能净化空气。"他居然开起了这么低劣的玩笑,说完,就强撑着,缓缓站了起来。

甄爱看见他咬着下颌一声不吭,可额头上分明疼出了冷汗。她心痛得要命,还要再说什么,金上前拉她:"不想他烧死你就快点儿!"

甄爱被金的枪推着,捂着手上的手臂,三步一回头,眼泪汪汪看着言溯。消防车的声音还没有响起,火越来越大,漫天地跳蹿,像一张红帘子。

他脸色白皙,挺拔地立在火幕前,看着她,苍白的唇角带着深情的微笑。

那个眼神在说,Ai,我们都会活着出去!

甄爱很快被带到地下一层的保险库,一路畅通无阻,各种密码门金都打开了。甄爱已经很清楚是怎么回事。他们背后定有 S.P.A 在支撑。目标,或许就是她的保险箱了。她早知道,保险箱里的东西会引他们上钩。

空荡的走廊上,甄爱和安珀走在前边,金拿枪跟着。三个人的脚步声很错乱。走到保险箱前,甄爱话不多说,迅速打开,又漫不经心地伸手去拿里面的东西。

"我来拿!"金担心甄爱捣鬼,恶狠狠地命令。

甄爱慢慢收回手,退后一步。

眼见金探身去拿东西,甄爱突然闪到安珀身后,左手箍住她的脖子,右手的匕首抵住她的喉咙。

安珀像是变了个人,极其镇定,没有尖叫。

金察觉到身后的动静已来不及。

甄爱眼睛阴森地像黑洞:"别想朝我举枪,你动一下,我就刺穿你妹妹的脖子。"

金的脸上瞬间划过一丝凶狠,像是要把她吃掉才甘心,但他忍住了,真的一动没动。

反倒是安珀,轻晃晃地笑:"没想到你这么警惕,居然在保险箱里放匕首,是我疏忽了。也没想到你这么聪明,猜出了我们的关系。"

"是你们做得太明显。"甄爱语调阴冷得像寒冰,哪里还有刚才在外面淡漠的样子,"你是第一个明目张胆挑战他的人,他居然没有杀一儆百。玩游戏的过程中,他意兴阑珊,并没多大的兴致,却十分在意你的情绪,三番五次看你的表情。"

那种表情是最单纯的开心与宠爱,无关男女,就像甄爱的哥哥,一心一意竭尽所能地去满足她大大小小的愿望。

"安珀,你的表情当然是很入戏了,有时疯狂,有时激烈,却偏偏没有害怕。还有,那个男生受伤时,苏琪是帮忙按伤口去的,你既怕脏了自己的手,又想多看几眼他痛苦的表情⋯⋯"

突然,"嗞"一声响。很突兀,没有任何后续反应。

安珀一惊,再次按了一下手中小物件的按钮,又是一声"嗞"。

仍旧没有任何事情发生,安珀和金都难以置信地看着她。

甄爱很配合地发出一声轻音:"嘶⋯⋯"凑近安珀的耳朵,她冷笑道,"安排你们来的人事先没告诉你们吗?这种程度的电击棒对我没用。"她把安珀扭了个方向,恶狠狠看着金,"放下枪,东西给我。"

金咬着牙,眼神凶神恶煞。

甄爱稍一用力,匕首划破了安珀的皮肤。

金愤怒地把枪扔在地上,又把手中一小块金色递给甄爱。

后者一把夺过链子。

就在这一刻,金反手抓住链子一扯,瞬间握住甄爱的手臂,一使劲,她受伤的胳膊像被拆掉一样痛得撕心裂肺。

而和金有眼神交流的安珀也在同一时间掰住甄爱的右手腕狠狠一拧,自己钻出束缚,却把她扭在地板上。

左臂的伤口被扯开,地板上一瞬间全是鲜血,甄爱痛得差点儿晕过去。

安珀跪在她身上,死死压着她的脖子,哼笑一声:"他倒是提醒过我,你的右手没有力量。"

甄爱一怔,复而咻咻笑了起来:"他?呵,他为了抓我,亲自出面安排工作了吗?就凭你们两个……好像……还没有那个能力呢!"

"他不是亲自安排工作,他是亲自来了。"安珀一字一句地说出这话,感觉到甄爱的身体不经意间僵硬了起来,她开心地哈哈大笑,低头凑近甄爱,"他就在那些人质里,你没看出来?"

甄爱的呼吸开始紊乱,他,在上面?那……她心里突然有种不祥的预感,却又死死抵制着自己不肯去想。

但安珀帮她残酷地挑明:"哎,你刚才那么担心那个叫S.A.的男人,他可都看到了。你说,他会不会杀死他?好遗憾,那个S.A.至少被我哥打断了两根肋骨,都不用较量,就输定了。唉,真可惜那么一张俊俏的脸。"

甄爱一动不动地趴在地上,整个人都静默着,像是沉睡了,仿佛没有听到任何话,没有任何感觉。

安珀还要刺激她,轻轻地笑:"他死了,你会不会伤心呢?"

被压趴在地上的人依旧没有反应。

金捡起枪,走过来,看着甄爱的后脑,想起刚才她指自己时的样子,叹息:"先生要的人,果然很漂亮。"

"不过安珀,别那么多废话!把东西和人都交出去,我们的最后一单就完成了。赶快撤,这女人很重要,中途出什么问题交不了差,都得死。"

说着,他俯身拉甄爱手中的金色链子,甄爱却忽然一把抓住了他。

很柔,很软,很无力的挣扎。

金冷笑着甩开她,要不是那人嘱咐要活人,他真恨不得把她……刚才手上是不是被什么东西刺了一下,有点儿疼……不是有点儿!金抬起手腕,赫然看到一枚蓝色的针眼。

"你给我打了什……"话没说完,手枪掉在地上。

"啊!!"一声凄厉的惨叫在整个地下保险室回荡,凄惨得像用爪子在人的心上撕扯。

安珀惊愕地扭头,那个平日总是寡言又冷漠的男人此刻完全变了形,像大虫一样缩在地上直打滚。

"乔!"安珀喊着哥哥的真名,飞扑过来,却一下子吓得魂飞魄散。

金的眼睛、鼻子、嘴巴甚至连耳朵都在大量出血。原来硬朗的脸上起了密密麻麻的黑点,而挨了针的那只手已经瞬间变黑开始腐烂。

金剧痛难忍,连话都说不完整,那么大的人缩成了球,在地上疯狂地滚来滚去,摧肝裂胆般地惨叫,一声一声撕扯着人的神经。

"你干了什么?"安珀怒目回头看甄爱,后者脸色惨白,显然也震惊于金受到的痛苦折磨。但她的目光很快移开,看向地上的那支枪。她刚要去拿,却飞快地滚进旁边的走廊里。

安珀抽出随身带的枪支,打了一发子弹。刚才,就是她的枪从背后杀了杰克。

安珀刚起身,地上的金伸手抓住她的脚,嘶吼着祈求:"安珀,杀了我!杀了我!"

安珀蹲下来,抱着他血流满面的头,红着眼睛咬牙切齿:"不,等我杀了那个贱人。等我杀了她,我带你出去,我送你去医院。就算坐牢,我也要把你救活。"

"没用的!啊!"金痛苦得无以复加,狠狠地拿头撞地,"这是组织研究的新型神经毒素,没药可解!还有,你不能杀她。杀了她,他不会放过你!拿着这个。"

他伸出黑乎乎满是血脓的手,把金链子交到她手里:"我们的任务完成了一半,换你一条命。以后,别干了。拿着钱,好好的。"

"不!"安珀握着链子,大哭,"都是我不好,都是我贪玩。是我害的你,是我害的!"

"没有,我不怪你。只希望你最后一次听我的话,不要杀她,保护自己。"金说完,突然惨叫一声,扑上去握住安珀手中的枪,用力扣动扳机,"砰"的一声打穿了自己的头颅。

安珀身上溅满了血污,而她亲爱的哥哥,黑乎乎的像团烂泥,倒在大片的血泊之中。

那个在军队里受过无数历练、被俘时面对各种酷刑都咬紧牙关的男人,在不到一分钟的时间里,不堪忍受折磨,自杀了。

安珀脸上没有一丝情绪,平平静静地站起来,提着枪,一步步走向隔壁的走廊。今天,她非要一枪一枪,一刀一刀,折磨死那个害死她哥哥的贱人!

她飞快转过走廊,两边的墙壁上是无数的密码盒子,白光一片,却没有甄爱的影子。

室内有三条走廊,她移动几步依次查看,都是空空如也,只有地上的血滴。

她知道,甄爱站在尽头的拐角里。

安珀脱下鞋子,光着脚悄无声息地走过去。她可不想和甄爱浪费时间,围着保险箱墙壁转圈圈。只要她无声无息地走去另一端,到时,不论甄爱往哪条路跑,她都可以站在笔直的走廊这边,一枪打断她的腿。

她屏住呼吸,一点一点地靠近尽头。

可没人告诉她,甄爱有极其出众的听力。

她看到甄爱影子的瞬间,猛地拉开保险栓扣动扳机。但甄爱早就预测到了她的行为,在她瞄准的那刻,甄爱比她更快地伸手,左手紧紧握住她的枪背,用力一推。

哗啦一声,弹匣落下来,掉进甄爱的右手里。

甄爱一脚踢开安珀,冲进走廊把弹匣扔进自己的密码箱,"啪"的一声关上门。

转身又迅速去抢地上金的枪。

安珀冲过来,扑住甄爱的腿将她扯倒在地,爬起来,狠狠一拳打在甄爱的腹部,又即刻像豹子一样扑去抓哥哥的枪。

而甄爱也不知哪来的力气,抱住安珀的腰用力一甩,把她撞到墙上,反身再去抢枪。安珀再度扑过去,两人同时握住枪。

安珀面容扭曲,死死握着枪管。甄爱虽然左臂受伤,但抢到了扳机,索性连连开枪,将枪中的子弹打得干干净净。

对面的保险箱上一个个的小坑,烟雾弥漫。

"你以为我就杀不了你了!"安珀咆哮着,瞬间像发狂的母狮,抓住甄爱右臂的伤口,狠狠一个过肩摔,把她整个儿砸在了墙壁上。

甄爱重重摔在地,痛得浑身散架,几度挣扎才勉强坐起来。而安珀疯叫着朝她冲过去,一脚踢下……

但就在这时,响彻天际的连环爆炸声在四处炸开,天地间剧烈震荡,地下室像装在沙漏上的房子,拼命地摇晃。

不出一秒,钢筋做的墙壁跟硬纸板一般碎裂,天塌地陷。

重重的金属墙四分五裂,噼里啪啦砸下来,安珀站得高,一下子被打倒,瞬间被掩埋。

反是甄爱重心低,眼见地下室倒塌,赶紧伏低,沿着门线跑了出去。

言溯望着甄爱消失在大厅,才缓缓挪动一下脚步,吃力地侧过身来。

浓烟滚滚地往天上涌,这座银行位于一栋上世纪的古老建筑里,只有三楼,外层木制石膏结构。照这个速度,不过两分钟,浓烟就会沉降到整个大厅,到时候所有人都会开始窒息。

消防车在外面,但很难在短时间内控制火势。

言溯望着漫天的火势和瑟瑟发抖的人质,对阿奇道:"放他们出去吧,我留在这儿。那个警卫没有死,你的手上还没有人命。"

阿奇没有回答，但也没有拿枪指着言溯。因为，正如言溯想的，他只关心钱和安全逃离。杀人的确对他没好处。

言溯看他垂下眼眸，知道他在考虑，继续道："你可以一个人带着所有的钱离开。"

阿奇一经提醒，立刻看向柜台上的旅行包，命令黑人："去把钱拿来。"

黑人照做，拎着重重的两三个钱袋过来，递给阿奇。后者爱财，弯腰把钱袋往自己脚边拉。

就在这时，黑人男子突然发力抱住他手中的枪支把他扑倒在地。阿奇条件反射地开枪，子弹却一发发打进火场。

剩余的人质全见了生的希望，在一刻间扑上来七手八脚地将阿奇制服，卸了他的枪，又找绳子把他捆起来。

直到这一刻，大家脸上才换了怔忡茫然如蒙大赦的表情，互相拥抱着庆幸痛哭。倒是苏琪十分机敏，很快把地上的枪支捡起来，提醒："先别哭，赶紧离开。小心那个变态马上就上来了！"

大家听完再度紧张起来，寻找出路。可此刻的银行大厅已经陷入熊熊的大火里。

苏琪带大家去柜台里找纸巾或毛巾，从饮水机接水打湿备用，大家齐心合力把大理石柜台那边的东西清理出来，留出足够空旷隔绝的地方，做了力所能及的自救措施后，忐忑地等待消防车。

苏琪和大家还把日本男人和戴安娜的尸体拖了进来防止被火烧焦，算是给他们留一份尊重。

言溯默默看完，转身离开。

苏琪见了，喊他："S.A. 先生，你去哪里？"

言溯头也不回："下去。"

"可你受伤了，而且下面的人有枪！"有人担心地喊。

其他人也跟着附和："不要去了！"

这下大家都暂时安全，经过刚才的齐心合力，剩下的人质空前的团结。

而且，面前这个高高瘦瘦步履虽然极力稳健却仍显吃力的男人，刚才只身进来换出去了十九条人命，还无时无刻不为他们的安全努力，丝毫不顾自身安危，这样的人，早已驱散了他们心中的猜忌、丑陋和负能量。

现在看他还要下去救人，大家都于心不忍。

黑人男子站起来："S.A. 先生，我同你一起去。"他握紧手中的枪。

言溯缓缓转过头来，目光却落在棕发男人身上："他和苏琪带着剩下的人，你陪我去。"

大家都看向亚萨。这是个沉默寡言却冷静能干的年轻人，刚才他一直不曾慌乱，帮大家搬东西找出口。

这样的人陪 S.A. 先生下去，大家都放心。

亚萨神色不明地看了言溯几秒，接过黑人手中的枪，同言溯下去了。

大火烧断了中央电缆，地下室的应急电源也受了影响。一路走过去，走廊里的灯忽明忽暗，像抽搐而垂死的病人。

两个身形颀长的男人互不说话，影子平行不相交，沉默而缓慢地走进地下深处。

灯光时亮时暗，投在同样轮廓分明的脸上，各自冷漠而严肃。

路越来越深，越来越暗。

先说话的是亚萨："你走的路，不是去密码保险库。"

黑暗中，前边的人安静地笑了："哦？你怎么知道不是去那里？"

亚瑟极轻地愣了一下，唇角即刻浮现一抹寡淡的笑意，不答反问："你看上去很吃力，需要我扶你吗？"但其实，言溯的步伐看上去出奇平稳，一点儿都不像受了重伤的人。

"不用。"他并不看他，回答得漫不经心。隔了几秒，问，"你叫什么名字？"

"亚萨。"

"哪里人？"

"华盛顿。"

"真名？"

"……"

昏暗的地下走廊里，亚萨沉默了。他看一眼身边的人，可他只是淡定地继续走着。

弯弯曲曲的地下走廊越来越狭窄，周围全是线路复杂的各种管道和仪器，仪表盘上彩灯闪烁，数字窜来窜去。走廊的灯光闪了闪，又暗了。他的侧脸虚弱而苍白，像一张纸。

亚萨心里闪过一丝讥讽的好奇。他拿着枪，而他断了两根肋骨，实力悬殊。既然他都已经怀疑他了，怎么还有胆量单独叫他下来。

亚萨闲适地说："亚瑟，我的真名叫亚瑟。"

亚瑟，和言溯知晓的那个名字重叠。

言溯的话里有了笑意："亚瑟，S.P.A 的幕后主使，真是幸会。"

亚瑟不悦地皱眉，这个人知道得太多了。而且他乔装过，连甄爱都没有认出来，素未谋面的言溯是怎么认出的？这样的竞争里，言溯认出了他，他便从此视其为对手。

他并不是不敢承认自己身份的人,散漫地轻笑:"啊……让你看出来了。"

已经挑明了敌对的方向,言溯却依旧平淡,丝毫不慌,说话的语气像是叙旧聊天:"你比我想象中的年轻。"

亚瑟耸耸肩:"子承父业。不过,是谁告诉你我的信息的?"

"看出来的。"言溯双手插在风衣口袋里,平稳地撑着自己的身体,"金他们几个如果没有强大的同伴撑腰,不可能设计出如此精密的抢劫。那场杀人游戏不需要杀手,却选择甄爱,说明有人想给她进行心理施压。她三番五次地不配合却没被杀,后来甚至被其他人怀疑。不过是让她体验,她在这个小世界里不被信任,注定背叛和牺牲。"他莫名心疼,"这一切只有组织可以解释。"

"你是这个游戏里最违和的一个人。始终淡定,不害怕,不像安珀那样沉醉在游戏里,也不像苏琪那样镇定地关心他人的安全。你很漠然,不在乎周围的任何事情。你根本就没有把这个场景放在眼里。金他一直不敢和你有眼神交流,甚至不敢看你。要去地下室时,你问他可不可以先放人质走。你是在暗示他不能放我走,并命令他对我开枪。这也是为什么金突然变得凶狠并第一次对人开枪。这些足以说明在S.P.A里,你的地位要比他高好几个级别。可我那时还以为你或许只是一个比较高位的成员,并没有往亚瑟本人这方面去想。"言溯停了一下,"但后来,起火了。"

亚瑟一愣,无意义地笑了笑,他明白了。

长时间的说话让言溯呼吸紊乱,左胸戳心般的刺痛一阵阵地袭来,他背上已全是冷汗,却不动声色地缓缓调整了呼吸,极力掩饰语气中的吃力:"起火了,人质里只有你没有流汗。我以为你有什么病症,但火光那么大,映在你的脸上,没有任何光彩。活人的肌肤在强热和强光下,都会散光。"四周的光又暗了一度,他说,"原来电影中的人皮面具竟然是真的。呵,你需要戴面具伪装,无非是怕甄爱认出你来。她和我说过,组织里等级森严,一层对一层,不可越级。她不参与任务,见过的人,寥寥可数。"

亚瑟的脸笼在暗色里:"她竟然和你讲了这些?"她竟然如此信任你!

"即使有所有这些,我也不确定是你。可刚才你自己承认了。"言溯脚步慢了点,嘴唇几乎褪去了最后一丝血色,在黑暗中森然的白。

亚瑟语气冷了一度:"既然你都知道,你不担心她此刻的安危?"

"你是说那对兄妹?"

"原来你早就看出安珀不是人质了。"

"他们的任务是甄爱的保险箱,作为内应的人质,当然也要选择保险箱业务,和金一起陪着甄爱下去。两个人,不多不少。玩杀人游戏选人质时,你们原本就要选甄爱的,挑那个小女孩不过是个插曲,你们利用了甄爱的善良。安珀的假装在我看来是小儿科。整个游戏，她一直都表现得很不配合，好像很胆大很急躁，但一点儿也不害怕。她挑衅了金，却没有激怒他，我想，是因为他们两个在交流，在一起享受游戏。另外，他们的兄妹特征太明显。绿色加琥珀色瞳孔，世上最罕见的两种瞳色。安珀右眼戴了一只浅茶色隐形眼镜，就是为了掩盖瞳孔颜色。欲盖弥彰。"

"很厉害。"亚瑟凉凉地笑笑，转而冷了面容，定定地问，"你不担心她？"

两个男人，自然都明白这个"她"指谁。

不担心是假的，但"她有办法对付他们"！

亚瑟挑眉，难掩嗤笑："她？我可不认为。"

言溯不理会他的质疑，琥珀色的眼眸里不自觉就含了温柔的笑意，缓缓道："她是个警惕又勇敢的女孩，很聪明，会自救。我相信她，也很清楚，即使她受了伤，她也有办法脱险。那对兄妹，绝对不是她的对手。"

亚瑟沉默了。她现在，变成这样了吗？他的印象里，她是个爱哭鼻子的小女孩，穿着白色的小小的碎花裙，胆小又怯弱，一只假蟑螂能把她吓得乱蹦乱跳满屋子蹿。兔子死了她要哭，揪她辫子她要哭，捏她脸蛋她也要哭。什么都只会哭着去找哥哥。等后来送去她妈妈身边，她就不被允许哭了。

以后的她便是谨慎小心，整天低着眉垂着眼，不笑不闹，招她惹她都没半点儿反应。偶尔漆黑的眼中划过一丝茫然，转瞬即逝地隐匿下去。

即便如此，她也是安分听话的。

日复一日年复一年地束着马尾，从很小开始就穿着白净清秀的长褂子，在各种仪器前穿梭，做着常人想不到的枯燥繁琐的工作。

从不质疑，从不违背，也从不反抗。

或许，他不应该遵从父亲的命令杀了她的父母，或许，他不应该一错再错逼死了她的哥哥，让她对组织没了半点留恋。

可他们都想把她送出去，远离他的世界，他怎么能不杀掉他们？一切阻止她和他在一起的人，他都要除掉！

他越来越难再见到她。一次又一次，她越来越坚韧，越来越陌生，反抗着，奔跑着，离他越来越远。他原本陪着她长大，却在不知不觉中，错过了她的日常生活和变化，不能像期望的那样陪着她成长。

他阴森森地望着身旁这个清淡的男人，他嫉妒得要发疯！

手枪的保险栓被拉开，前边的言溯停了脚步，沉静而自信十足地说："亚瑟，你不会想在这里开枪的。"

亚瑟的手掌松了又紧，紧了又松，他当然不会在这里开枪。他们头顶上方飘浮着一层薄薄的氢气，一点儿火花都会即刻引发爆炸。

呵，这就是他淡定自若引他过来的底气？

亚瑟扬了扬唇角："S.A.，你果然很厉害，居然把安珀他们的逃生方法都想到了。"

"高智商的福利。"他居然这个时候都不忘骄傲与自负，"老式建筑，出口被封，四面埋伏。除了城市宽阔的下水管道，还有什么地方能让他们人间蒸发？不，应该是沉降。"

他说完，心底一痛，如果甄爱在这里，又该瘪着嘴斥责他咬文嚼字了。只是，他不知道还能不能活着出去。眼前莫名浮现出她眼泪汪汪、惨白着脸一步三回头的样子，那样的恋恋不舍。突然好想抱抱她。他的心再次剧烈地绞痛起来，却也更加确定了他的决定。

他愿意为她涉险，甚至……而她不需要知道。

亚瑟微微眯了眯眼，夜一样漆黑的眼神和他这副明朗阳光的假面并不协调，他收起了枪，从怀里摸出一把小型军刀："你单独带我下来，只为揭穿我的真面？"

对面的人俊容白皙，摇了摇头："不，我要把你抓起来。"

亚瑟一愣，立刻就笑了："你不会是内出血，脑子糊涂……"话没说完，戛然而止。他盯着言溯的手指，眼瞳紧紧敛起。

一枚银色的打火机在言溯修长的五指尖翻滚："老式建筑，不需要太大的爆破力。这层稀薄的气体是什么，天然气？氢气？无所谓，这种时候，打火机和手枪一样好用。"

亚瑟淡淡提醒："你不要命了。爆破力再小，也不是人体能够承受的。"

电灯明明灭灭。

言溯清淡地笑："我们来赌一局，爆炸后我们都会受重伤。如果你先醒来，你可以用手中的枪杀了我；如果我先醒来，我把你送进监狱。S.P.A头目，CIA有很多的罪名在等你。"

亚瑟阴郁了，却没有丝毫的恐惧，冷峻地笑："当然会是我赢。别忘了，你已经断了几根肋骨。"

对此，言溯只是点了点头："我知道。"

我的生命，她的自由，我选她的自由。

金属打火机"咚"地敲开，闪烁的火光在他清俊的眉眼里染了一抹暖暖的色彩。手指一抬，带着火苗的打火机旋转着飞向高空。

两人几乎同时闪进了走廊两边的钢化门里。

红蓝色的火苗飞到空中，像墨水落入清澈的池里，骤然晕开。一条条纯蓝色的光如电波一般迅速蔓延开，火花闪烁。

电光石火间，狭窄的空间瞬间爆炸开。剧烈的冲击波下，老式的墙体轰然倒塌，沿着走廊的金属门在一瞬间随着波浪涌动，成排成连地扭曲……

轰隆隆，世界顿时陷入黑暗。

一切恢复沉寂后，微弱的天光透过崩裂的墙体，投进城市下水管道。

两个面容出众的男人，都脸色苍白，毫无生机地躺在碎石里。其中一个，脸裂开了，却没有露出皮肉，底下的面容清冷俊俏。

一分又一秒，地底下安安静静，只有潺潺的水声。渐渐，淅淅沥沥的水从上渗漏下来，一滴滴落进废墟里。那是消防员救火的水流。

碎石中的男人依旧没有动静。

"言溯！"甄爱顺着炸裂的地下走廊一路跑来，却见他面色灰白，双目紧闭，一动不动地沉睡在地上。爆炸后的灰烬覆满了他的风衣和头发，她从没见过他这么脏乱的样子，他一直都很爱干净的。

她痛彻心扉。

"言溯！"她伏在地上，低下头去抱他，挨着他的脸，冰冰凉凉的，几乎感受不到气息。她惊住，眼泪哗哗地落在他脸上，"你说都要活着出去的。我带你出去！"她立刻坐起来，推开压在他身上的碎石，想要背他，又担心撞到他断裂的肋骨。她的双手无力，却死命拽住他的肩膀，一点一点地往外拖。手痛得要断掉，像不是自己的，却不敢有半分松懈。

她平稳地拖着他，一寸一寸地往外移，灰蒙蒙的走廊上，他的脚边沿路留下一串血渍。鲜艳的红色像火一样灼烧着她的眼。

她抽泣着，咬着牙抹去眼泪，继续往外拖。现在不是哭的时候。言溯才不会死！

目光无意间一扫，却落在角落的另一张脸上，破碎开的肉色面具下面，是一张再熟悉不过的俊俏脸庞。甄爱吓得浑身一抖，那张脸和她噩梦中的一模一样。

他……真的在这里！

心里的恐惧像火山爆发，她怕他醒来，又不敢放下言溯去找人。如果他先醒来，一定会杀了言溯的。她死死咬住嘴唇，更加用力地把言溯往外拖。

她清楚亚瑟的性格，所以这种自杀式的爆炸一定是言溯做的，他用性命做赌注要抓到亚瑟。她一定要马上把言溯拖上去，然后带警察来抓这个浑蛋。

女孩像小松鼠拖着心爱的松果一样一点一点，窸窸窣窣地离开。

破败的地下走廊里，重新陷入静谧。

废墟中遗留的人脸色苍白，缓缓睁开眼睛，眸子如黑曜石一样漆黑幽深，敛了敛瞳，带着刻骨铭心的恨与痛。

春末的原野，青青翠翠，开着繁复的花。远山天蓝，阳光灿灿。

他的心情阴郁得像南极漫长的冬天，极夜里永远看不到光明。

灰色的公路是一条长河，在春天的原野上流淌。

黑色的 SUV 静止在路边，亚瑟戴着大大的墨镜，遮住了半张白皙的脸，只露出下颌的弧线，硬朗又流畅。

他的脚边放着一套特警制服和一张假面，这是他逃离爆炸现场的方式。

"先生，您这次太轻敌了。"驾驶位置上坐着一个稍显年长的男子伊凡，他满身肌肉，连说话都很有力气，但话间的尊重与臣服也显而易见。

亚瑟靠在车后座的阴暗里，脸色苍白地望着窗外。外边的颜色如此活泼，他的神色依旧不起波澜。

他因为受伤，嗓音略显绵弱，却掩不住天生的低醇："是，我太小看他了……也太小看她。她……长大了。"

伊凡听出他语中的寂寥，有些动容，换了语气宽慰道："那个 S.A. 以前就坏过我们的事。这次要不是他出现，计划应该万无一失，C 小姐也会被带回来。没想到 C 小姐去银行，他也跟着。这么形影不离……"料到话说错了，又生硬地转回来，"原计划让安珀他们带着密码箱里的东西和 C 小姐远远开枪引爆城市下水道。可谁能料到他居然会近距离引爆，他真是个疯子。"

亚瑟始终沉默。

他也没料到言溯竟然会在重伤的情况下再度冒险，就为赌一次抓获他的机会，当真是个疯子，却也是个很聪明的疯子。

言溯进来之前就把下水道的事情告诉了警察。爆炸后，警察很快搜查过来，下水道的几个出口都有人提前把守。要不是当时甄爱的喊声惊醒他，他只怕真的被抓获了。

他负着伤，在阴暗的下水道里走了不知多少公里，打晕一个特警，换了他的衣服，才勉强躲过一劫。

S.A. Yan！他真的小看他了。

伊凡看一眼后视镜，后座的年轻人侧着脸静默着："先生，您应该像以前那样。这些已经计划周密的事情，您本不应该亲自到场。"

亚瑟望着窗外，半晌，才寂寞地说："只是，又想她了。"

伊凡无话可说，隔了好久才道："早知如此，您当初就不该遵从您父亲的命令，杀了她的父母。"

"他们背叛组织，必须死。"他戴着墨镜，看不清表情，"包括她哥哥，也是。"

伊凡沉默良久，道："可是，C 小姐现在，也是背叛了组织。"

亚瑟不说话了，听见路上的汽车声响，摇起车窗。

后视镜里渐渐有一辆车靠近,不出两分钟,过来停在SUV车后。

安珀衣装齐整地下来,看得出爆炸后她修整过自己的装扮,可明显没有包扎她在爆炸中受的伤。

她步履很吃力,跟跟跄跄地走过来,一把扶住驾驶室的车门,看住伊凡,声音很低,有气无力地说:"A先生,我哥哥死了。"隐忍的话才一出口,人就悲愤激动起来,"我哥哥死了!"

她的指甲狠狠握着车门,因为用力和气愤,捏得更加发白:"那个叫甄爱的,她杀了我哥哥。她用了一种奇怪的神经毒素,我哥哥死了,死得好惨。"安珀捂着嘴,眼中盈了满满的泪水,像是绿宝石,她颤声道,"他都烂了!"

车内的人没有动静。

组织里没几个人见过终极Boss的真面目。Boss最善乔装,即使是见过他的,也通常是见到戴了面具的他。

安珀一过来以为伊凡是亚瑟,望着他便落下泪水,心中的苦涩与悲愤不住地往外倒,越倾诉越强烈。

一想起哥哥惨死的样子,安珀心中生起无尽的恨意,她红着眼睛,一字一句地咬牙切齿:"我!发!誓!我一定会剥了她的皮!"

戴着厚厚墨镜的伊凡侧眸看了她一眼,没有应答。

可SUV车后座阴影里的人淡淡地发话了:"你要是真的有那个意向,我就把你切成片,喂狗。"

很强的低气压。

安珀莫名浑身一凉,这才惊觉后座上有人。那人戴着墨镜,坐在深深的暗影里,看不清脸,只有一个清俊而阴冷的轮廓。

安珀心里还是冲着,却不敢反驳,忍了半刻,把手中的金色链子拿出来:"这是她保险柜里的东西。"

车后座的人没有反应,伊凡接了过来。

安珀又说:"先生,我的哥哥是为了组织的任务而死,他……"

伊凡冷漠地打断她的话:"小姐,他的任务没有完成,就算活着,也会被处死。"

安珀的眼睛再度红了,指甲几乎掐进车窗里:"你们……太过分了!"说着,眼神却不经意地往车后座瞟了一眼,漆黑一片的人影,依旧是什么都看不清,只有一道下颌的弧线。

伊凡道:"你哥哥和组织的约定是:完成任务后,得到一千万美金,以及你们在枫树街银行抢到的钱;任务未完成,交出性命。安珀你别忘了,这次你们兄妹抢银行,从监控到内部人员,从密码到建筑结构,各种信息都是我们提供的。要知道,我们组织曾经有不依靠组织帮忙，单枪匹马从银行抢去上亿美金的高手。你要怪，就怪你们技不如人。"

伊凡停了一秒，提醒道："安珀，你们没有完成任务。"

安珀咬着牙，恨不得将面前这个冷酷的男人撕裂，可现在她心里全是恐惧，害怕他会杀她。她吓得不会流泪了："可我哥哥已经死了。"

伊凡的脸上没有动容。

原野上的风呼呼地吹过，安珀躬着身子扶在车窗前，浑身僵硬。如果她成了组织的追杀对象，她一定逃不掉。

天地间一片寂静，终于，车后座的年轻人再次淡淡地开口，不带任何多余的情绪："他们拿到了保险箱里的东西，算是完成一半任务。"

意思就是放过安珀了。

伊凡不再多说，摇上车窗。

安珀身子发软，眼睁睁看着黑色 SUV 消失在广阔碧绿的原野上。天地间很快只剩安珀一人。她仰头望着高高的天空，忽然想起了三个月以前的事。

她大病初愈，可以下地走路了。

哥哥陪着她复健时说："安珀，我们去欧洲吧。已经有足够的钱让我们过一辈子了。这次都是那两个浑蛋，差点儿害死你。我们再也不干这个。"

她立刻不高兴了："可是我想玩啊。我不管，我要玩。"

哥哥摸摸她的头发，哄："太危险了，会受伤的。"

"不！"她挽住他的胳膊，拼命地摇晃撒娇，"最后一次，乔，我们就玩最后一次。陪我玩嘛！接最后一单，我们就再也不干了。我保证。"

他无奈而宠溺地叹了口气："好吧，最后一单。"

安珀望着天空，眼泪再度落了下来。

她一定要给哥哥报仇！

伊凡开着车，刚才亚瑟放掉安珀的行为，他不太理解，但又似乎理解。

但他没问，而是把链子递过去："C 小姐的，或许和谢琛留下的密码有关。"

亚瑟接过来，手指轻轻地摩挲，那是一个小小的金算盘，算盘珠子上刻着数字和字母，他握在手心："假的。她防备心很强，不会把这么重要的东西放在银行，只是为了引我找到错误的东西。"

伊凡一愣，心里疑惑，既然早知道是假的，您又何必费尽心力地去找寻？

"这件事，不需要让 B 知道。"亚瑟冷淡地命令。

伊凡应声。

他知道轻重，如果 B 先生知道，会立刻动手，便会引起 C 小姐的反弹……

亚瑟沉默地坐在后座，望着窗外。他看见，原野上有一棵孤独的树，细细的树干，蓬勃的树冠，很像基地里的那棵。

他沉默地看着，忽然想起十六岁的她，立在树下，静静地问："A，风筝是什么？"

他找了风筝，陪她在草地上，像风一样奔跑。那时候，她会抿着唇，腼腆地笑。

她的笑……他一想起，胸口便像剜心似的疼。

他终于深深地低下头，扶住胸膛，可剧烈的疼痛像电流般一波波来袭。穿了防弹衣，还是被爆炸的冲击波震断了一根肋骨。

小时候，妈妈说，夏娃是亚当的肋骨变成的。

呵，他最心爱最疼痛的那根肋骨，要被人偷走了。

而他，绝对不允许。

"消息散布出去了吗？"他问。

"是。"伊凡颔首，"调查的方向被引开了。"

"很好，清场行动可以开始准备了。"

欧文推开病房的门，一室的白色，干净得一尘不染。

甄爱手臂上缠着厚厚的绷带，安安静静地趴在病床边，好像睡着了。她歪着头，伏在言溯身旁，白白的手攥着他的大拇指，拳头小小的，安放在他苍白的掌心里。

这样的动作，有一种不寻常的亲密和依赖。

欧文蓦然想起一天前他赶到医院，甄爱的手臂不停地出血，却不听医生的话去治疗，死活要赖在言溯的手术室门口，不出声，不叫喊，只眼泪一个劲儿地流。

谁都拉不走，谁说也不睬，蛮横又不讲道理，像个骄纵而不懂事的孩子。

那时的甄爱，对欧文来说，很陌生。她最懂权衡，最是自持，表情都很克己，笑容都很少，更何况耍赖地哭泣。

而他的朋友言溯受伤很重，断了三根肋骨，右腿小腿骨折，轻度脑震荡，右耳轻度损伤，其他情况还要等他醒来后进一步观察。

此刻，欧文望着病床上面色苍白的言溯，心疼朋友的同时，莫名地想，如果是他受了这么严重的伤，甄爱会不会这样哭？

会的吧。她是个表面冷漠内心却很柔软的女孩子。

病床上的年轻人动了一下，半响，缓缓睁开眼睛。欧文赶紧去走廊上通知其他人。

言溯醒来的瞬间，并不觉得有什么难耐的痛苦，比起几年前经历的那场爆炸，这次是小儿科，反倒是手心躺着一坨小小的柔软。他垂眸瞟了一眼，甄爱趴在他身边,均匀的鼻息像羽毛拂过他的手,痒痒的。

指尖似乎轻触着她的脸颊,他的脑子里突然只有一个想法,好想摸摸她的脸。于是,指尖动了动,小丫头的脸柔柔的,滑滑的……好想再摸一下……

甄爱被惊醒了,立刻跳起来,惊愕地瞪着眼睛看他。

言溯愣了愣,缓缓道:"做噩梦了?"说出话来才发现嗓音干燥而嘶哑。

甄爱摇摇头,又想起适才她的动作,这样握着他的手,脸贴在他指尖,对她来说,太亲密了。她蓦然红了脸,绞尽脑汁,刚要问他喝不喝水。这时病房的门被推开。海丽、伊娃、林丹尼、欧文,还有贾丝敏全进来了。甄爱赶紧退到一边。

大家又担心又庆幸地询问着言溯的情况,他漫不经心地一一回答,目光却时不时追去甄爱那边。

她拘谨地立在墙边,眼神不知放在哪里。不过几秒,就似乎恢复了往常的样子,安安静静,无声无息,和周围的环境保持着疏淡的距离。

其实,经过这次的银行抢劫案,他已经很确定自己的想法。

那么多不舍的情绪,像石头一样压在心里透不过气来,这种感觉其实叫作心疼。

他心疼她一个人带着枪,在冬天的下午驱车去陌生的山里找他;心疼她深居简出谨慎度日,不熟悉同学也没有朋友;心疼她跪在安琪身旁死死摁着她流血的伤口,无助而悲怨地落泪;心疼她醉酒了伏在他的肩膀上,哀哀地唤着哥哥,说对不起还是失败了;心疼她望着彩色的蛋糕和泡泡汽水,克制而又向往的眼神;心疼她安静沉默地穿梭在迷宫里,不寻求任何帮助,一声不吭地独自解决问题……

但,不只是心疼,更多的是欣赏,欣赏她像野草一样,努力向上。经历了那么多的黑暗,依然拥有代替小女孩接受生死游戏的善良,依然拥有在被金选择为凶手时抬手指他的勇气。

更多更多的,是心灵上的契合。

她传递的二进制密码,她心领神会安珀的身份……而且,他说的话大家都不懂,只有她懂。

可是,怎么和她说?他没有经验。

爆炸的那一刻,他最后一秒的想法是——甄爱真的不会有事吧?如果他出了什么事,他希望甄爱对他是没有感情的。

可现在,看见她安安全全地站在自己面前,他的心意又可笑而自私地转变,还带着一丝丝忐忑的懊恼。他并不确定她的心意。尽管他是一位出众的行为分析专家,他在这方面,却是一窍不通。

他不悦地皱了眉,说:"我要回家。"

海丽正在叮嘱他各种事项,却被他打断,愣了愣,这才发现这个熊孩子根本没听。她也不至于生气,问:"不行,你还不能出……"

"我要回家。我要看书。"言溯语气坚定,不容反驳。

对于爱情这块知识盲区,他一定要回去恶补,迫不及待,现在就要。

卷五　严肃的真爱

Dear Archimedes

甄爱走进图书室时，言溯一身干净的白衣白裤，坐在轮椅里，双目微合，似乎在养神。

他腿上还打着厚厚的石膏，她想起昨天他才从病床上起来就疑似心情不好，坚持要求回家。

医生说他腿上的石膏绷带至少要静养一个月才能拆除。某人一听，立刻皱眉，刀一样冰冷的眼神把医生吓得汗毛倒竖，声音冷得像在咬牙："为什么要用这种累赘的东西束缚我？"

医生咳嗽一下："S.A.，骨折的愈合需要较长的时间，必须……"

言溯飞快打断："必须借用外固定物维持骨折复位的正确位置，防止它移位。这个我比你清楚。可我很清楚自己的骨头在干什么。它们很听话，不会移位。"仿佛他是机器人，可以"哐当"一声把身体里的零件取出来，捣鼓几下，装好再塞回去似的。

其实，他有很重要的正事做，他必须马上寻求各种方法，解决他和甄爱之间的问题，绑着绷带太费事儿。

当时，海丽看了她儿子半晌，不知出于什么目的，说："甄爱小姐也要养伤，让私人医生、护士去城堡，你们一起疗养一个月吧。"

某人立刻沉默地闭上嘴巴，不抗议了。

现在，他坐在彩绘玻璃窗下，闭目养神，安静又沉稳，一点儿不像发脾气时不可理喻的样子。

甄爱脚步很轻，踩在地毯上悄无声息，但还没靠近，他就被惊动了，乌黑的睫羽一动，琥珀色的眼瞳就静静地看着她。

甄爱心弦微颤，抿了抿唇。

春末夏初的阳光洒下来，静谧的图书室里，只有他们俩，真好。

她走去钢琴凳旁坐下，他绑着石膏绷带的右腿安放在凳子上，像橱窗里熊宝宝笨笨的大脚。

甄爱一时忍不住，伸手覆上去，轻轻摸着那层硬硬的没有一点儿温度的外壳，心里却涌上一种奇异的温暖和悸动。

她缓缓摸着他腿上的石膏绷带，心中莫名地甜，不敢看他，只垂着眸，小声问："还疼吗？"

"不疼，你呢？"

甄爱赶紧运动手臂，示范给他看："绑了绷带就是看着吓人，都没伤筋动骨呢！"她边活动着边扭头，就见钢琴旁的地上放着厚厚好几摞书，全是近当代女性浪漫爱情小说，最显眼的当属茱丽·嘉伍德的作品全集：《礼物》《新娘》《痴迷》……

甄爱静悄悄地抬了抬眉毛,他也看这些书?

"你都看了?"

"嗯。"言溯诚实地点点头,"一共六十五本。"

"一字不漏?"

"一字不漏。"

他回家不到一天。

但她早见过他读书的速度,也不惊讶,蹲坐在地毯上,随意地翻看着问:"看累了吗?刚才我进来见你闭着眼睛。"

言溯摇头:"我在清理大脑记忆,把今天看的东西都删除。"末了,补充一句,"永久性删除,不还原。"

甄爱仰头望他:"为什么?"

"都是对我没有帮助的东西,会占用我的脑容量。"

根本没有以天才解密专家行为分析学家为男主角,以天才生物学家身世坎坷神秘女孩为女主角的爱情小说。

男主不是公爵就是将军,不是检察官就是神父,女主不是孤儿就是公主,不是医生就是交际花,没有一对和他们的情况沾边的。没一点借鉴和学习的价值。看了半天,一点帮助没有。

他还是不懂。

他不高兴地闭上眼睛,删除这些"废书"的记忆。

甄爱耸耸肩,表示不打扰他的"磁盘清理"活动。

她从没看过爱情小说,多少有些好奇,挑挑拣拣,翻出一本,自言自语地念:"E.L.James, Fifty Shades of Grey.(E.L.詹姆斯,《五十度灰》)这个好看吗?"

言溯立刻睁开眼睛,眼疾手快地把书抢过来。

甄爱吓一跳,望着空空的手,又怔怔抬头看他。

"这个不能看。"

"为什么?"

"这属于……"言溯斟酌半天,白皙的脸上蓦然染了一抹红,"软色情小说。"

甄爱睁着黑漆漆的眼睛,半天才温温吞吞地"哦"了一声,一副不言自明的样子,看得言溯无缘无故憋闷,像吞了鸡蛋一样难受。

但不管如何,他不能给她看。这书讲的是一个大学女生去采访企业家,结果发展出虐恋情节的爱情故事。女主角的背景和甄爱的表面身份太接近,万一她效仿了怎么办?

"那我不看了。"甄爱歪着脑袋继续挑书,目光又被一本吸引,刚要去拿,言溯抢先一步夺走。

"那个是什么?"甄爱满眼好奇。

"这个也不能看。"

"我看见题目了。"甄爱嘟嘟嘴,"The Story of O!" O小姐的故事。

她托着腮:"喂,你脸红了。"

"太阳晒的。"他神色尴尬,清逸的脸颊在阳光下越发红了。

甄爱轻笑:"也是……软色情小说?"

言溯脸上闪过一丝不自在,却很诚实地说:"这个……不软了……"

甄爱眼睛亮闪闪的,不自觉地趴在书堆上往他的方向倾斜,好奇地问:"是讲什么的?为什么叫O小姐?这个代号好奇怪,有神秘的组织吗?"

言溯红着脸,满足她的好奇心:

"嗯。故事讲的是,代号为O的漂亮姑娘被她的男友R送到一座城堡。那里有一群人,也可以说是一个SM组织,用各种礼节或是仪式的方式虐待她。O小姐因为深爱她的男友R,所以心甘情愿地忍受一切。后来R把她送给了他的哥哥S。而O小姐依旧心甘情愿……"

彩色的阳光下,言溯坐在轮椅里,低头看她;而她席地而坐,手肘伏在一大摞书上,歪头靠着手臂,悠然地听着。

她听得认真,某个时刻却走神了。

故事里的神秘组织真可笑。但想想自己成长的S.P.A组织,那十七年里,她也从来不曾发觉它的荒唐。

在那个组织里,她也有代号,C小姐。

此刻,她忍不住想,组织里的O小姐是什么样子,是不是像这个故事里的那样,身处水深火热却不自知,甚至甘之如饴地享受?

人的思想真是奇怪的东西。你认为她可怜又可悲,可她和你的世界观不一样,便是既来之则安之。谁对谁错,没有分辨。她也想不清楚。

"言溯?"

"嗯?"

她抬起头:"是不是男人都喜欢这样容易受控制的女生?"

言溯微微挑眉:"这叫占有,不是喜欢,也不是爱。"或许觉得自己说的话太绝对,又补充一句,"至少在我看来,这不是真正意义上的爱情。"

甄爱笑笑,没有再问。

上次听他演讲时她就清楚了,他心里,真正的爱情是相似灵魂之间天然的吸引。不屈从,不迎合,自由平等而独立。

她低下头,继续翻书:"书名好特别。《男人来自火星,女人来自金星》。"

"在天文学里,♀符号代表金星,♂符号代表火星。书名应该是这么来的。不过,"他语调散漫,"名字很有创意,但我完全不知他在表达什么。"

那本帮人提高情商的书默默地躺在甄爱手心吐槽:我指点了千万人的情感爱情和婚姻,却对这个人束手无策,他的情商已经低得惨不忍睹了。

"那就是无聊的书了。"甄爱理所当然地把它扔到一旁,又想,"不过,应该不是所有的男人都来自火星吧。"

"嗯?"

甄爱轻轻一笑:"我觉得言溯你应该是来自木星,哈哈。"

她竟然说他木?言溯闭上眼睛,不理她了。

事到如今,他不会告诉她,不到一天的时间里,他不仅看了很多书,还在网上搜索了各种攻略。买礼物,说情话……五花八门,可哪一种在他看来都无聊而没有诚意。

目的性太强,看上去意图不轨,搞得像是甄爱是只小白兔,他送她一堆胡萝卜,她就摇着短尾巴,憨憨傻傻地往他窝里拱。

可是,他有否决一条条求爱指南的智商,却没有独立想出一条高招的情商。

他闭着眼坐在阳光里,阳光落在他眼帘上,很温暖,世界在蓝色红色的意识流里旋转。

要是原始人就好了,看中甄爱,就一棒子把她打晕,然后背回自己的山洞里去。

他微叹:"我想变成原始人。"

甄爱歪头,蹙起眉毛:"原始人都不穿衣服呢。"

"……"言溯脸色僵了僵,极度鄙视自己。这种方式粗鲁又野蛮,真是辜负人类祖先千百万年的进化。

这时,护士端着绷带和剪子来了,像是要给言溯换掉绑在胸膛上的纱布。

甄爱退到一边,却见护士把东西放在一旁,转身走了。她皱了眉,这护士,难道要病人自己换?她打抱不平地说:"我帮你换。"

一回头,言溯正在解白衬衣的纽扣,闻言,抬眸讶异地看着她。

甄爱一窘,蓦然发觉,若非迫不得已,言溯不喜欢别人碰他,那护士一定是熟悉他的脾气,才径自离开。而她这么自告奋勇……

言溯看了她半秒,自然而然地收回手,淡定地坐着,衬衣半敞,露出胸膛的皮肤和白色的绷带,等着她过来给他脱衣服换绷带。

甄爱当真过去坐在他对面,心怦怦跳,手上却有条不紊地把扣子一颗颗解开,又小心翼翼地把原先的绷带拆下来。

他个子高,平时穿着长风衣就显得格外消瘦。但现在,她发觉他的身体并不孱弱,相反胸膛的肌肉非常紧实流畅,腹肌的线条也十分性感。

她脸红心跳,拆纱布的时候手直抖,好几次碰到他的肌肤,熨烫而有质感,令她越发手忙脚乱。

只是,拆完纱布,甄爱的心就狠狠一痛,他的前胸后背好几条动过大手术的刀疤,新的旧的,一条条触目惊心。几年前的爆炸给他留下过深深的伤,听说险些要了他的命。而前几天,他还是义无反顾。

他是不是为了她?她不敢问。

她仔细而小心地给他一圈圈缠绷带,望着那一道道深深的疤痕,她再次心痛,忽然好想亲吻它们,这个想法让她吓了一跳。

她莫名想起过去几个月里和他的种种,她第一次不想工作,请假和他一起去纽约玩;她行走在黑暗的迷宫,听见他的声音便差点落泪;她被安珀按在地上,因为得知他有危险,她内心彻底冰冷,疯狂而怨毒地神经毒素针扎进金的手腕……

她其实,是喜欢他了吧?

她心跳突然紊乱,这样的发现,明媚又忧伤。

她是如此黑暗而卑微,偏偏他光明而温暖。也正因如此,她即使在尘埃中,内心也开出了喜悦的花。

她开心又落寞地笑着,偷偷在他背后系了一个蝴蝶结,又用蓝色马克笔小心翼翼地写了一行字:"给甄爱的礼物"。

如果真的可以把他系上蝴蝶结打包带走,该有多好。

如果这个男人是她的,该有多好。

可是,如果你不会给我回应,那,愿你永不知晓。

疗养的日子过得很清闲。

甄爱午睡醒来下楼,经过走廊,听见鹦鹉欢快地叫道:"蛋蛋,蛋蛋,最爱吃蛋蛋!"

甄爱回头,见案几上多了个藤编篮子,放着五颜六色的鸡蛋,蛋壳上画了色彩缤纷的图案。水彩和油墨绘制出的,彩虹般的卡通手绘图案,天蓝、淡粉、明黄、青绿,很多个小小的鸡蛋挤成一团,非常可爱。

小鹦鹉立在篮子上,很开心地扑腾白翅膀。

甄爱从来喜欢彩色的东西,看得爱不释手,小声问鹦鹉:"这是什么呀?"

"甄小姐,复活节快乐。"玛利亚说。

原来这是一篮子复活节彩蛋。

言溯怎么会买这些东西？他从来不热衷过节。甄爱纳闷，和小鹦鹉一起好奇地在篮子里翻。

身后突然一声怒气冲冲的斥责："谁准你碰我的东西！"

甄爱一吓，差点把彩蛋打翻，鹦鹉也飞起来蹦到她肩膀上，歪头看来人。

身后，贾丝敏咬着牙，生气地盯着她。

甄爱低头看看手中的两枚彩蛋，人赃俱获啊……她赶紧放回篮子里，小声说："对不起，我以为是言溯买的。"

"是他的你就可以随便碰了？"贾丝敏脸色不差，语气却不好，"真不懂礼貌，你妈妈怎么教你的？"

甄爱没反应。她神经粗，贾丝敏说什么她一点感觉也没有。

见她平静淡定，脸都不红，贾丝敏顿觉一拳打进空气里，更气了。海丽妈妈居然允许她住在言溯家里，真可笑！这女孩表面上呆呆的，说不定骨子里多狡猾阴险。

甄爱转身去图书室。

"哎！"贾丝敏喊住她。

甄爱回头。

"今天复活节，言溯要和我回家吃饭，妈妈、外婆，还有斯宾塞和安妮都在。你呢，要去哪儿？"她提醒她，我们是家宴，你别想跟去凑热闹。

但这是多此一举，甄爱根本没往那方面想，她不明所以地回答："我在家里看书。"

贾丝敏挑挑眉："你是说，回你家吗？"

甄爱想，回家也可以呢，反正她身体好了，不需要在山里疗养。她点头："在哪儿看书不都是一样的？"

贾丝敏又不痛快了。这人真把言溯这儿当自家了？刚要说她，甄爱的手机响了。接起电话，是个很欢快的女声："Ai，好久不见，你在干吗？"

甄爱回忆半晌："……戴西？"

"不是叫你联系我吗，为什么不给我电话？是不是写在手心，字迹被蹭掉了？"戴西挺会给自己台阶下的。

可甄爱诚实地说："没有。我记得号码。"

戴西："……"她觉得刚铺好的台阶被甄爱拆掉，自己摔了个大跟头。

她清楚甄爱不像一般的女孩子，所以无所谓，笑呵呵地说正事儿："Ai，原来我们是一个学校的。今天复活节Party，过来玩啊！"

甄爱呐呐的："Party？不好玩吧……"她其实没参加过。

"要画彩蛋,扮兔子哦。"

甄爱有点儿向往:"嗯,好吧……咦,有电话进来,先不说了……喂?欧文……你家?不去啦,戴西说要我去 Party,你和家人过节去吧……不用担心……什么彩蛋?"

欧文说送了她一篮子彩蛋。

甄爱正好奇,门铃响了,玛利亚在门口惊呼:"甄小姐,噢!我的天哪!好多蛋!"

快递员搬来好几篮子彩蛋,大大小小真的假的,画满漂亮图画,还有巧克力和糖果制成的。不是说一篮吗,怎么这么多?

甄爱欢喜,蹲在地上左看右看。她最喜欢的一套彩蛋上边,画了十三个漂亮的小女孩,每个蛋反面一个字母,组成一句话:AI HAPPY EASTER!(爱,复活节快乐!)

玛利亚也开心地凑热闹,说彩蛋上的小女孩长得像甄爱,漂亮又讨人喜欢。小鹦鹉扇着翅膀飞来飞去:"Egg!Egg!(蛋蛋!蛋蛋!)"

贾丝敏心里窝火,质问道:"喂,这又不是你家仓库,把你的蛋抱回去。"说着,不耐烦地拿脚推篮子。

甄爱赶紧扶住,挡着她的脚,把花花绿绿的篮子拢到一边。

"喂,甄爱!都没人陪你过复活节吗?"

甄爱觉得挺正常:"不用过啊,我又不是基督徒。"

语气居然和言溯一模一样,贾丝敏觉得牙都疼了:"你没有爸爸妈妈?受伤了都没人问候。就算父母不关心,同学总有吧?同学没有,那朋友呢?除了欧文和伊娃,你没有认识的人了?"

甄爱认真地想了一圈,答:"没有了。"

"你!"贾丝敏见她还一点儿不难过,气得要死。

小鹦鹉飞起来,扑棱翅膀:"Bully!Bully!(欺负人!欺负人)!"

贾丝敏气极,伸手要拍它,没想它越过她的头,飞过去落在言溯的肩膀上。小鹦鹉收起翅膀,黑豆豆般的眼珠滴溜溜地转。

言溯不知什么时候来的,拄着白色拐杖,神色寡淡地看了贾丝敏一眼,没有多余的表情,也没有停留,目光便落在甄爱身上。

她安安静静地垂着眼眸,但一看就知道她分了心思在数彩蛋。她极轻地抿着唇,居然隐忍着开心的情绪。

言溯无语,她的情商真是低得惨不忍睹!真呆!

他拿拐杖推推她的背:"过会儿去哪儿?"

"学校。戴西说有Party。我可以画彩蛋,还可以扮兔子。"她眼睛里有罕见的欢欣雀跃,眼神不住往彩蛋上飘。

言溯看着她的表情,不禁懊恼。他知道她喜欢色彩鲜艳的东西,可没想到送她彩蛋,太失败了。

"我和你一起去。"

甄爱一愣,贾丝敏打断他的话:"S.A.,妈妈说让你回家过复活节。"

言溯很冷淡:"不用过,我不是基督徒。"

这话甄爱不久前才说过,现在言溯再说一遍,差点儿把贾丝敏哽死。

甄爱上上下下打量他:"可你的腿……"

"没有关系。"

言溯的腿似乎恢复得比较快,又似乎他有骨折的经历,即使缠着绷带挂着拐杖,竟没一点儿累赘笨拙之感,反而依旧身形挺拔,步履稳健。

到了Party,戴西老远看见甄爱,开心地跑过来:"Ai,你太神出鬼没了。学校居然没一个人知道你的电话,我还是问的琼斯警官呢!"她看到言溯,很惊讶,"你居然也来了。"

言溯淡淡挑眉:"戴西,你的衣服真难看。"

甄爱:"……"

戴西穿的是性感兔子装,她头上还戴着长长的粉白粉白的兔耳朵;上身是一件很短的粉色裹胸,堪堪遮住胸部,边缘有雪白的绒毛点缀;下身是齐大腿根的粉色短裙,绲了一圈白色的毛毛边,裙子后边有一根短短的毛茸茸的兔子尾巴。配合这身装扮,她化了粉色系的彩妆。

甄爱怕戴西尴尬,忙说:"挺好看啊,我觉得挺可爱的。"

言溯鄙视她:"可爱?我真可怜你的欣赏水……"

甄爱在背后狠狠戳他。

言溯住嘴了,又道:"嗯,真可爱……顺便说一下,这话可信度为零。"

戴西不介意:"Ai,你不是想扮兔子吗?我给你留了一套,我们去换衣服。"

言溯一愣,这下认真地扫了戴西的衣服一眼,又不动声色把甄爱扫了一遍……他想看。

"这个是兔子?"甄爱一脸惊慌地往后缩,头摇得跟拨浪鼓似的,两手一起摆,"不不不,我不要扮这个。"

"走啦走啦!女生都要扮这个!"戴西不由分说地把惊慌失措的甄爱拉走。

言溯见状，轻轻弯唇，对自己笑了笑。

走进场内，见吧台有画彩蛋的地方，他便拿了丙烯，专心致志地画起来。才画完一个，听见有男生轻呼："太可爱了！"

言溯没兴趣，一丝不苟地盯着彩蛋，等颜料风干。

有人说："从没见过，新来的哦。要我之前见过，一定把她追到手。"

言溯心里闪过一丝异样，抬头一望，心跳一下就凝滞了。

甄爱拧着手，很拘谨地跟在戴西身边，低眉垂眸地走来。

她穿着兔子装，长发柔顺，灯光下肩膀粉白，像上好的羊脂玉，锁骨清秀分明，性感得干干净净。抹胸略低，露一抹淡淡的阴影，腰肢纤柔，盈盈一手，仿佛轻轻握住便会断掉。短裙下边，一双纤细而修长的腿，白皙匀称，窈窕夺目，蛊惑人心，又分外清纯。

她化了粉色系的彩妆，眼帘上扫着淡淡的粉色眼影，衬得一双眸子越发漆黑幽静，看一眼便勾人心魄。白皙脸颊上本有寥寥的腮红，但她自己羞得面红耳赤，早已掩去化妆的效果，脸蛋粉嫩透莹，像掐一下便能出水似的。

偏偏她表情懵懂又紧张，配着那双毛茸茸的兔子耳朵，真是痒进了人心里去。

好一个摄人心魂的美人！

这样的她，像极了芭比娃娃，让人看着便想抱进怀里，再不松手。

言溯一眨不眨地看着，她真的……好可爱。

可她还没靠近，就有很多人过去搭讪。言溯默默沉下脸色。

甄爱不爱说话，也不喜欢被搭讪，谁也不理，飞快跑来言溯身边站好，轻轻呼了一口气，仿佛这下才觉得安全妥帖。

言溯心里略微放松了。

甄爱却拧着眉："言溯，其实我也不喜欢，但我就穿这么一次。"

言溯一愣："谁说我不喜欢？"

"你刚刚说这衣服难看。"

言溯摸摸鼻子："你穿着好看。"

"真的？"甄爱舒了一口气。

他目光往她身后一挪："真有兔子尾巴。"他伸手抓抓她裙后的兔子毛，捏了捏。

一瞬间，甄爱有如浑身过了电，分明只是摸摸尾巴，她却觉得格外亲昵。她一下脸通红了，周围音乐鼎沸，她还是听见自己的心跳响彻胸腔。

好一会儿，她才平复下来，装作若无其事地移开目光，看向言溯面前的彩蛋。

言溯："看得出哪个是我画的吗？"

甄爱："……"

还用看吗？满桌子的彩蛋里，有一只黑白蛋……黑底白字，画着各种奇怪的符号，和周围的彩色蛋蛋们格格不入。

像他这个人。

她头一次觉得，没有色彩的东西也那么可爱迷人，满世界那么多色彩，她偏偏喜欢这只黑白色的蛋蛋，她伸手戳了一下。

言溯指着上面奇奇怪怪的符号，略带骄傲："这是我刚刚设计的密码，好看吗？"

甄爱："……"

没看懂怎么办？她拧着眉，无意识地咬咬嘴唇。

他看着她的嘴唇，小小的唇上抹了唇彩，水盈盈、软嘟嘟的……

"Ai！过来玩游戏！"戴西喊她。

一群大学生很快坐在一起玩游戏。规则很简单，女生在 1 到 150 任选一个数字写在卡片上。男生从 1 到 40 里任抽 3 个数字，用加减乘除换位等方法计算，得出的数字和女孩卡片上的对应，就可以亲吻一下。一人用过的计算方法他人不许用，但本人可重复使用。

甄爱小声问言溯："我不想被别人亲，怎么办？"

"123，这个数字很难被计算出来。"

甄爱写下 123。

玩了一圈，有人用 40 加 39 加 38 得出 117，然后亲了写着 117 的戴西一下，于是连续加法别人不能再用。

轮到言溯，他抽到 3、15 和 25。

甄爱想，25 开根号加上 15 减去 3 等于 17，现场刚好有数字为 17 的女孩。呃，言溯不会亲她吧？

她皱了眉，有些不开心。

言溯把数字摆好，很淡定："偶数一个，奇数四个，总共五个，得出数字 145。145 里偶数一个，奇数两个，总共三个。嗯，得出 123。"

甄爱一听，顿觉脑袋像被谁打了一棍。

她愣愣看着言溯，后者很是平静又理所当然："噢，好像你是 123。"

他不是教她，写 123 就不会被亲吗？

她还没反应，言溯已欺身过来，她条件反射要躲，可他比她速度更快，蜻蜓点水般地在她唇上印了一吻。

甄爱心都凝固了！

他嘴唇柔软，清新的男性气息扑面而来，她稳坐地上，天旋地转。心狂跳不止，脑子里一片混乱。

在她怔愣又惊诧的眼神里，他继续淡定地玩游戏，仿佛刚才亲的是一尊雕像。

她的心却揪成了一个点，耳朵烧得几乎透明。

接下来，言溯抽到24、38和17，于是"偶数3个，奇数3个，共6个。336，偶数一个，奇数两个，共三个。嗯，123"。

结果，不管抽到任何数字，他都能用相同的方法算出123，然后亲吻甄爱。刚开始轻吻，后来越来越用力，等到第七次，他居然咬了她一下。

甄爱始终有点茫然："……"怎么有种被骗了的感觉？

直到被他咬了一口，甄爱再也坐不住，抿着唇，脸色通红："不玩了，我要去画彩蛋。"

言溯一点也不遗憾，陪她去。

画彩蛋时，甄爱始终低着头，刚才莫名其妙的七个吻她实在想不通是怎么回事，一次又一次，她慌乱又无措。她记得他嘴唇柔软而熨烫的触感，记得他靠近时清冽的男性气息，现在她的心还怦怦跳着，手也在抖，他却依旧平静沉稳。

真的，只是游戏吗？她心烦意乱。

正想着，旁边伸来一只兔子手，是个大大的毛绒兔子玩偶，它欢乐地跟甄爱打招呼，还拉她起来转了一圈。

言溯见了玩偶，很尊敬地起身，对它点头："兔子你好，我是言溯。"

甄爱奇怪，兔子也愣住，大大的兔子头静静地点了点："言溯你好，我是兔子。"

甄爱："……"这什么情况？

一人一兔规规矩矩地打完招呼后，兔子走了，言溯满意地坐下。

甄爱好奇："那只兔子是泰勒哦，没想到你们这么要好。"

言溯脸色变了："那里面是人？"

甄爱扑哧一笑："你不会还停留在小孩子的阶段，以为毛绒兔子会动会说话吧？"

"你以为我是弱智？"

"那你难过什么？"

"我以为是仿真机器人……"他垂眸，淡淡的失落后，鄙视道，"那些学机械和电子智能的科学家一天到晚都在干什么？我真为他们感到羞耻！"大玩偶的形象彻底崩塌，"毛绒兔子从此失去了我对它智商的尊重。"

甄爱："……"

屋里很热闹，大家玩成一团。只有甄爱和言溯安安静静对坐着，画了一个又一个彩蛋。画了好久后，他们走出去，看外面安静的校园。

甄爱立在草地边，想起刚才的事，心跳加快，回头看言溯："那个数字是怎么回事？"

言溯实话实说："这叫数字黑洞。不管任何数字，按照我刚才的算法，最后都会得出 123。这样的数字还有很多，比如……"

他说到一半，看见甄爱吃惊的眼神，察觉到不对，于是闭了嘴。

甄爱怔怔地盯着他，他是故意的？

他像被抓现行的小偷，心里紧张，可一看她，又安静无声了。

落地窗一边是喧闹的 Party，一边是安静的校园。夜幕中，她穿着粉粉嫩嫩的兔子装，眼睛清澈得像闪闪繁星，美丽得不可方物。

两边的世界，无论繁华，或是寂寞，只有他们彼此，是心灵相通而互相理解的。

他脑袋里一瞬间没了想法，只剩刚才亲她的那七下，柔软甜腻，像是会上瘾。他还记得，每次匆忙的亲吻落在她唇上，她都会轻轻颤抖。

他突然不想考虑什么追求方式，也不想等什么水到渠成，没了逻辑，没了理智，只剩本能。

他近乎执拗地看着她，茶色的眼睛里只有她的影子，肯定地问："你喜欢我吧？"

甄爱瞪大眼睛，僵住。

他迫不及待，语速飞快地说："为什么在我的绷带上写那行字——给甄爱的礼物。你希望我送你什么礼物？送你一个真正的亲吻，好不好？"

她惊愕地张口，还来不及发音。他已陡然欺身抱紧她，低下头，他的唇舌便钻进了她的嘴里。

他似乎整个人都压到了她身上，她支撑不住他的力量，不住地往后退，可他并未松开，一下把她抵到玻璃窗上。他的呼吸早已紊乱，咬着她的嘴唇，似乎用着全身的力气在吮吸轻咬。动作极尽霸道，青涩而又狂乱，像个莽撞的少年，一切只凭本能的欲望。

两人的呼吸紧紧纠缠在一起，灼热而滚烫。甄爱只觉世界天旋地转，充斥着他强烈而独特的男性气息，很好闻很性感。她的心自此狂跳不止，脑子里一片混乱。

前面是他灼热的身体，后面是冰凉的玻璃窗，她被他压制着，进退不得。他熨烫的手掌死死箍着她裸露的腰肢，像是要把她掐断。空气全被他吸走了，呼吸不畅。

她慌乱又无措，心揪成了一个点，他的唇齿愈发紧密地贴在她嘴边。她被他吻得头晕目眩，浑身都在密密麻麻地轻颤，一点儿力气都使不上。

这样触电般极尽狂乱而刺激的感觉随着他的深吻，一波一波密集地堆砌在她心头，远远超过了她的负荷。她终于承受不了，瑟缩在他怀里，哀哀地呜了一声，头上戴的兔子耳朵都轻轻地颤动起来。

他许是听到了她呜咽的声音，猛然一震，清醒过来，立刻松开她。

她嘴唇红肿，眼神湿润又清亮，却是惊恐地看着他。

他的心莫名一沉，有些后悔，他唐突了。

他一下子蒙了，完全想不出应对措施，努力想要说什么，甄爱却用力推开他。她靠在玻璃窗上，长发都被他抓凌乱了。她静静看他几秒，眼睛红了，这下真像兔子。

她颤抖了一下，深深吸了一口气，说："我不喜欢你！我讨厌你！"

"甄爱，我……"他慌了，立刻伸手去拉她，没想她一脚踢掉他的拐杖，转身就飞快跑进了夜色里。

夕阳从欧式窗外洒进来，古典城堡内一片静雅。

年轻男子立在窗边，霞光在他棕黑色头发上染了层金红色的光，男子身形笔挺而颀长，五官俊美，像中世纪的王子。

他有着和亚瑟一模一样的脸，只是眼瞳不似亚瑟漆黑，深黑色的虹膜外边有层金色，又似透着一闪而过的紫罗兰色。

他有双和亚瑟一样白皙修长的手，指尖捏着几张照片。

第一张，漂亮的女孩蹲在一篮篮彩蛋面前，快乐地笑着。他眯眼，略一回想，好像没见过她这样笑，开朗又明媚。

"我就说，A怎么会突然跑去那个名不见经传的城市。"他看着照片中的女孩，唇角弯弯，复而抬眸，"K，他的伤怎么样了？"

科尔肃穆地立在一旁："B先生，亚瑟先生伤势不重，但心情一直不好。"

B先生伯特垂眸，看着女孩怀里抱着的那一套彩蛋，唇角浮现一丝奇异的笑："你告诉他，他送的那套彩蛋，C最喜欢。"

科尔点头："是。"

伯特继续看第二张照片，更衣室里，穿着兔子装的女孩羞怯又拘谨地立在镜子旁，玻璃里映着背影，两个角度都是曲线玲珑，身姿曼妙。

伯特意味深长地挑眉，鬼魅般的眼眸中闪过不可思议的神采："K，我们C长大了……"手指慢慢从照片上滑过，绒绒的兔子耳朵，绯红的小脸，窈窕的胸部，纤细的腰肢，性感的肚脐，勾人心魄的长腿。

他很享受地呼出一口气："小兔子，最适合她。还真是可爱啊。"

科尔是不敢看照片的，垂眸道："C小姐从小就可爱，像乖巧柔顺的娃娃。"

伯特眼瞳一暗，科尔一惊，忙道："对不起，我说错了。"

伯特从阳光中走进阴影,自言自语道:"的确,这世上没有比她更可爱的娃娃了。"

记忆里，她曾惊恐地看着他，脸色惨白，瑟瑟发抖。

他一碰她,她就吓得尖叫!

"Hi, little C!"他捏着照片下角,眼里像住了妖精,凑过去在她的肚脐上夸张地亲一口,"Miss you, so much!(我好想你!)"

找遍全世界,他还是最喜欢她的尖叫声。

城堡的图书室,夏天的阳光从彩绘玻璃窗流泻下来,正下方,白色钢琴笼在一层斑驳陆离的光晕里。

言溯一身白衣,趴在钢琴上,旁边放着珐琅金丝银线等手工材料……

安安静静的。

复活节七个吻之后,甄爱消失了。而他整天冥想。

她从来都反应慢,或许还没意识到对他的喜欢。

可细细一想,她总是呆呆的、淡淡的,看不出喜好,看到他也不会像看见彩色糖果一样,漂亮的眼睛里流光溢彩。

言溯很沉郁。他们拉过手,拥抱过,参加婚礼,看电影,睡在一起,还住在一起。不经意间,早有很多细碎的亲密。可这一切只能证明,是他动心了。

他极轻极缓地睁眼,望着高高的彩绘玻璃窗,灿烂的阳光落在他眼底,幽深而寂静。

回想那晚,他故作淡定地亲吻她,她一次比一次紧张……她该多忐忑,在她眼里,他和不问她喜好囚禁她的那些人有什么区别。

半小时后,他给伊娃打电话。

伊娃语气不善:"星期天早上九点,你不觉得这个时间很不合时宜?"

"听你的声音,已经醒来一个多小时了。"

对方哽住。

"不好意思,打扰了你和林丹尼的交配。"

伊娃石化。

言溯想起甄爱说要和善:"对不起,打扰了。早上好,顺便帮我向林丹尼问声早。"

伊娃直接风化,半晌听到林丹尼的声音远远地传来:"S.A.,早上好!"

伊娃暴躁:"谁准你和那怪胎打招呼,给我躺好!"一秒后对着话筒,"我要睡觉,有事几小时后说。"

"伊娃。"伊娃挑眉。认识他十多年,他开口闭口都是"迪亚兹"。只称呼姓,从不喊名。

"什么事?"

言溯简短地讲述了一下情况。

伊娃道："难道是你吻技不好？"
"……"
伊娃笑完，很快没了嬉闹："S.A.，我觉得 Ai 在感情方面是个很小心的女孩子。这么说吧，我喜欢一个人，不管结局如何，都会享受现在，全力争取。但她相反，即使她喜欢你，可如果她认为你们不会有结局，那她宁愿不要开始，永远维持朋友的关系，宁愿默默喜欢，也不愿破坏现在的感情。"

言溯愣了愣："她好可爱。"可同时，又让他心疼。

"S.A.，你吻了她，一切都挑明了。做朋友会尴尬。恋人？你有这方面的准备，你想好了？虽然我不想夸你，但你这样的男人太顶尖，可望而不可即。你的脑袋常人根本无法理解，你确定她是你的真命天女？这些问题我都会想到，更何况 Ai？如果这些问题你都没想好就去招惹 Ai，你一定会伤害她。她这样的女孩，常人很难伤到她，可一旦被伤，会要了她的命。"

言溯这边沉默良久："从没像此刻这么清楚。"

甄爱坐在落地窗前的阳光里，捧着玻璃杯，蒙蒙的水汽飘上来，映着她的脸安静而落寞。

妈妈说，不要爱，爱是一座囚牢；谁爱谁，谁就关进了谁的牢。爱了，就再没了自由的心情，再没了无忧的心境。

可甄爱不懂。以前的日子，没有爱，却也没有自由无忧，没有轻松惬意。

好几天没见到言溯，好几天将自己埋在实验室，研究有进展，她却没半分激动。

复活节的事历历在目。他说得对，她就是喜欢他，就是想得到他。为什么不敢承认？不仅不敢承认，还变得刻薄无礼。

她想要的，他都有。纯净，智慧，光明，正直，温暖。那么多温暖，从小到大都没体验过的温暖。

她害怕的，他也都有。太纯净，太智慧，太光明，太正直，太温暖。

阳光落在波动的水杯里，折射出七彩的光，那人的话还在耳边：亲爱的 Little C，不管你逃多远，我们留给你的印记，一辈子也抹不去。

她其实没有爱与被爱的权利。她怔怔的，本不该存有幻想，她不可能做普通的女孩子。她低下头，兀自难过。

门外传来悠扬的小提琴，是从没听过的曲子，一下忧伤一下晴朗，一下哀愁一下明媚。

甄爱的心成了流水，和着小提琴的曲子缓缓流淌。她听得入迷，情不自禁起身去开门，却看到再熟悉不过的人。

拐杖放在一旁，他的肩上托着白色小提琴，笔直地立在走廊里。

几天不见,他还是老样子,干净又清逸,即使右脚不便,也是挺拔俊秀。

她开门,他神色安然地瞥她一眼,不紧不慢拉完弦上最后几个音符,才垂眸。浅茶色的眸光幽幽静静地落在她脸上,嗓音低沉又缱绻,"Hi!"轻轻一声,就着小提琴袅袅的余音,透着说不尽的思念。

《致甄爱》。

甄爱扶着门沿,心弦微颤,黑溜溜的眼珠仰望着他,不予回应,也不邀他进来。

两人就这样无声地立在门的两边,静悄悄地对视着。

其实什么都不用说,相视一眼,诉尽一切。

她穿着居家的休闲装,小小的白色T恤,深灰色的棉布修身裤子,长发随意绾了个髻,周身散发着一尘不染的散漫气质。

即使现在她在他眼前,他还是,思念成灾。

而好久不见,她也是开心的,仿佛他有某种神奇的抚慰人心的力量,一见到他,所有的纠结忐忑和阴郁全部烟消云散。天空晴朗,太阳灿烂,她突然就开心了。

只是这一瞬间,什么都说不出来。即使能够坦然迎视,却不能豁然开口。

她问:"你来干什么?"

他腿脚不便,扶着拐杖过来,递一封平整干净的信。

甄爱接过,蓦地幻想出他坐在钢琴旁,安静淡然写信的模样,认真而隽永。

她看见他脚上的绷带:"送个信,还自己跑来。"

"本想要 Isaac 送,可它话多,我担心它飞到半路和别的鸟儿说话,嘴里叼着的信就掉了。"

"你真不擅长讲笑话,冷死了。"甄爱心里在笑,却瘪嘴,"怎么不放邮筒?"

"怕弄丢,还是亲自送比较好。"

"什么信这么宝贵?"

"道歉信。"

甄爱一愣:"为什么道歉?"

言溯不经意拧了眉,看上去有点随意,有点哀伤:"你说你讨厌我。"

他淡淡地可怜着,甄爱才知当时一句气话,他听进心里去了,这些天反反复复记挂着。

甄爱于心不忍又懊恼:"没有!"

言溯眉心舒展开,却不懂见好就收:"那你说不喜欢我也是假的?"

甄爱别过脸去:"哼,'我讨厌你,我不喜欢你',属于联言命题。一个假,不代表全部都假。亏你还是逻辑学家。"

言溯愣了愣,忽然就笑了。被心爱的女孩用心爱的学科反驳得……哑口无言。

他目光缓缓落到她如玉脖颈上,不自觉抬手覆上去,轻声呢喃:"可我认为,你喜欢我。"

甄爱只觉胸口一烫,惊愕地抬头说道:"你自恋!"

他眸光深深,一眨不眨地盯着她的眼睛,修长的手指从她的锁骨处慢慢摸上去,托住她的下颌:"是吗,再说一遍?"

甄爱一愣。

摸颈动脉,看瞳孔扩张,这是CIA最简单的测谎方式,她很早就能防范这招。可对他,却不能。

"如果我只是自恋,你能解释一下为什么我靠近你时,你脉搏的频率到了每分钟一百四十七下?"

这个白痴!

她又羞又气,想推他,却看清他眼中忐忑又紧张的情绪。他在她面前,居然会不自信,所以才傻傻地用他最熟悉也最没情商的方法来求证。

她心一软,舍不得推开他了,歪歪头,红着脸贴住他熨烫的手心,问:"你呢?"

他没有丝毫犹豫:"我喜欢你,喜欢得很深。"

甄爱的心怦怦跳,激动又惶恐,血液都沸腾起来。这是表白了吗?

当然不是。他再度开口,说出来的话很书面:"Ai,很抱歉那天在没有征求你同意的情况,用科学……欺诈的方式,亲吻你。对于这种被雄性激素冲昏头脑的愚蠢且不绅士的行为,我表示非常羞耻。对于行为本身,我认为它虽然不恰当,却十分客观地体现了我对你深刻的情感。那不是一时心血来潮,而是因为我对你的爱慕一天天与日俱增。可遗憾的是,由于我对感情领域的不熟悉和缺乏经验,我没有控制好我的行为。对不起。可是 Ai,你不要因此认为我对你的感情是轻率的。相反,我坚持宁缺毋滥的原则,即使终身孤独一人,也绝不会将就。我已深思熟虑,我很确定,如果这世上真有一个和我心灵相通灵魂契合的人,那就是你。只是你。我说过,你是我见过最好的女孩。我知道,你有沉重的过去,可我愿意和你一起面对,愿意走进你的世界,也愿意让你走进我的世界。我愿意牵着你,把你从灰暗的记忆里带出来;也愿意让你牵着我,带我从孤独的世界里走出去。"

她的心又暖又酸,没想到他竟把她的心思全看透。

这段正式严谨、逻辑严密、句式复杂、感情色彩强烈又文学性十足的话,完全超出了甄爱的承受范围。她丧失了思考能力,全然沉溺进他深深的眼眸里。

他脸色微红,抬起下颌:"另外,作为我喜欢的人,你可以终身无偿享受很多福利,无论智力心理还是身体。你要是喝醉了或不想走路,我可以背你;你不懂的问题,我会尽心尽力替你解答;你要是不开心,我会哄你开心,虽然这项还要多多学习,但你知道,我是个天才,我的学习能力很强,一定会学到你满意,哦不,你要求太低,学到我满意为止;只要你开心,任何时候你都能在我的绷带上写字画画。还有最大一个只给你的特权,你可以碰我的任何东西,包括……我的身体。从现在开始,你就可以行使你的权利了。"

他悠扬说完,指指甄爱手中的信封,神色腼腆,带着别扭的倨傲:"我刚才说的就是这封信里的内容。一字不差,哦,信里有标点符号。你可以再看看,我的字写得很好看。唔,声音也好听。"

说着发现歪题了,他又红着脸,骄傲地说:"口头的是承诺,书面的是存档。末尾签了中英文的名字,盖了印鉴。不过你也不用特别紧张这封信,就算掉了也不要哭。我给它打了'甄爱''承诺'和'独一无二'的标签,放在脑袋里记得清清楚楚。我很守信用,不会说话不算话。但这不代表你可以把它扔掉,不珍惜……"

"我会好好珍惜!"

言溯话没说完,怀里就被软软的她盈满。

他的话早已打消她所有的忐忑和疑虑,她本就不该怀疑,他哪里会不深思熟虑,哪里会只是玩玩而已?

甄爱扑过去,偎在他怀里,双臂满满地搂着他。扑面而来他的味道,充实而安全,让她心安。她踮起脚尖,熨烫着脸,凑近他的耳朵,小声道:"言溯,我也喜欢你,喜欢得很深。"

他唇角弯弯,温柔地环住她的腰,低头吻上她粉粉的小耳朵:"幸好。"

甄爱送言溯下楼,到了路边,他递给她一张纸:"解出来了。这串乱七八糟的数字和字母不是密码,而是打乱了顺序的索书号。"

"索书号?"

"看中间第三行字母。"

98. 23. 15. 85. 85. 74. 66. 93. 78. 96. 87. 65. 86.

C. E. G. P. D. O. R. X. A. U. Q. L. I.

GV. DJK. KWX. QM. RB. BC. HV. NE. UG. LT. AY. PZ. SF

943. 734. 151. 215. 186. 181. 194. 237. 278. 117. 121. 141. 245.

49.01.13.01.71.67.61.35.45.27.03.31.35

甄爱恍然:"国会图书馆分类法,没有 I 和 O,是怕和数字 1、0 弄混。第一行的年份省去了前两位,第二行是作者名字首字母,第三行是图书分类号,第四行是书次号,第五行是种次号。所以这是十三本书。难怪我哥说多看书就能解出来。言溯,亏你想得到!"

言溯把纸条翻过来,"这就是那十三个书名。"

甄爱如获至宝："谢谢。"

"接下来就靠你继续解密了，但是 Ai，我希望你不要孤身冒险。如果你相信我，你去什么地方，我陪你。"

甄爱愣住。

枫树街爆炸案后，两人再没提过那天不愉快的争执。而现在他把答案交给她，其实是妥协了，背弃了他一贯谨慎的原则。

言溯道："我以为，我们是可以说真心话的知己。"

知己？

甄爱心头顿时温暖又安静，点点头："如果我需要帮忙，一定找你。"

甄爱上楼后，静心回想哥哥送给她的小金算盘上的字母。真的那个早就销毁了，她伪造了一个假的放在枫树街银行。不过她把算盘珠子正反面对应的字母背得滚瓜烂熟。

她不敢写出来，只能在脑海里想。十三本书名替换后变成一个个杂乱无章的字母，重新组合洗牌。

哥哥留下的第二层密码是——夏至，Silverland，以及艾米丽·勃朗特的一首诗。

甄爱烧掉纸条，灰烬冲进下水道，上网查找，Silverland 是一座靠近北冰洋的小岛。哥哥的秘密就在那里，她要一个人去吗？但言溯的话还在耳边："我们是可以说真心话的知己。"

多么温暖又安心的一个词！她微微一笑，当然要和他一起去。

甄爱坐在梳妆台前，一丝不苟地编头发。她听伊娃的，在网上搜了一个漂亮的发型。虽然平日不装扮，但她的学习能力强，看一眼就会了，缓慢又细致地弄了十多分钟，大功告成。

她起身对着镜子左右看看，乌黑柔顺的长发像戴着小花环的瀑布，典雅又温婉。

她不会化妆，只因喜欢唇彩的颜色，涂了一层，对着镜子，盯着唇上的色彩，忍住了想舔舔的冲动。

言溯马上要来接她。

陪他去医院拆绷带的那天，她多看了路边的冰淇淋店几眼，彩色的水果，花花绿绿的冰淇淋。他看到了，牵她进去。

他不爱甜食，坐在落地玻璃窗前安静看她。夏天的阳光下，她的脸白皙得几乎透明，透出欢喜来。

那时，店里播放着林肯公园出道之初的歌 *"Somewhere I belong"*。甄爱愣了，她记得哥哥很喜欢这首歌。

言溯仿佛看穿她的心思,伸手过来抚去她嘴角的饼干屑:"下星期纽约有林肯公园演唱会,想去吗?"

甄爱现在想起,唇边似乎还留着他手指微凉的温度,她不禁弯弯唇角,换了鞋子下楼。

夏天到了,阳光从茂盛的树叶间洒落身上,她抬头望着树叶斑驳的天空,又绿又蓝,心情很好。坐在路边的白色长椅上,一会儿就看见了言溯的车过来,她不自觉地微笑开。

白色的车停在她面前,她乖乖地坐在路边,冲他安逸地笑。

夏风轻拂,裙角飘飘,美得自此刻进了他的记忆里。

言溯从后座拉出一只有他那么高的胖嘟嘟的大熊,单手搂住它圆圆的肚皮,两三步蹿上人行道,在她面前站定。

甄爱看看那栗色的毛茸茸的熊娃娃,脸上闪过一丝欢喜。

那天他对她说:"每次见面,我送你一份礼物;每次见面,你亲我一下。"从那之后,音乐盒,玻璃球……每次都有惊喜。

她抬头仰望他,黑漆漆的眼睛里阳光闪闪。

他七十度地弯腰,俯身凑近,嗓音清亮地打招呼:"嗨!"

她怦然心动,抿唇笑:"嗨!"

言溯穿着白T恤和浅色长裤,干净清爽,手里变出一朵七色花的发夹,轻轻别在她发间。

她睫毛颤颤,垂下眼睛。

"在等谁?"

她摇摇头:"没有等谁。"

他倏然浅笑,眼眸一垂,落在她粉嘟嘟的嘴唇上,问:"嗯,唇彩什么味道?"

她摇头:"不知道……甜味?"

他凑过去,碰一下:"嗯,是的。"

她轻笑着扭头,撞见熊宝宝萌萌的大脑袋,它歪着头,黑溜溜的眼珠乖乖地看着她。他每次送她的礼物,她都喜欢。虽然有些已不适合她的年龄,但却适合她,就好像,他在一点一点填满她空白的孩童时代,满足少女的幻想。

她欢喜地从他手中抱过比她高又比她胖的大熊,手臂环不过来,毛茸茸的,柔软又贴心,快乐盈满胸怀。她太喜欢了,不住地蹭大熊的脑袋,像是找到了伙伴的小熊崽。

甄爱给大熊起名言小溯,言溯听到这个名字,居然没抗议:"如果我不在,你想抱我，就抱他。"

甄爱对它爱不释手，一路和它挤在副驾驶上，听演唱会也要抱进去。她比熊还瘦，远远一看，像是熊宝宝的布偶。

甄爱第一次听演唱会，气氛热烈奔放，粉丝们欢叫跳跃，为台上青春飞扬的摇滚歌手欢呼。她只是纯粹被音乐吸引，每一首歌，她都能从中找到共鸣。

歌里总有淡淡的迷茫和忧伤，但也总有冲破天际的力量和希望。

甄爱靠在言溯怀里，说："我有一个很重要的人，他很喜欢他们的歌。"

他从后面环着她的腰，"Ai，"他轻声复述全场吟唱的歌词，"你是否感到冰冷无助，满怀希望却最终绝望，请铭记此刻的悲哀与沮丧，终有一天，它会随时光飘远。"

全场的人跟着和声：let it go！let it go！放手，让它过去！

甄爱听着耳边他的细语，微笑。

以前的悲哀和沮丧真的会过去。她在唱进灵魂的音乐中瑟瑟发抖。她紧紧抱着熊宝宝，而言溯紧紧抱着她。

演出结束后，甄爱去洗手间，进去前把大熊塞在他怀里，转弯时回头一看，他那样冷静淡然的脸，却单手拎着巨大的毛绒熊，还真是可爱。

言溯丝毫不在意周围人的眼光，侧头看大熊："你叫言小溯。"

大熊歪着大脑袋不理他。

言溯："你比 Isaac 还笨。"

"S.A.！"忽然有人叫他，这声音……言溯蓦然一愣，回头。

女生戴着鸭舌帽，穿宽大的 T 恤和迷彩裤，很男孩子气，却掩饰不住清丽脱俗的容貌，只是脸色不太好，眼睛湿润，像受了委屈刚哭过。

她望一眼几秒前甄爱消失的方向，又看他。

言溯平静道："女朋友。"

她愣了愣，忽然淡淡一笑："看出来了！"

"LJ，你什么时候回来的？"

她眼睛还红着，却努力笑："今天。你知道，他们的演唱会我一定会来。我有事找你。"

"什么？"

"你今天忙，改天吧！我知道你的电话和地址。"她余音未落，消失在人群。

言溯淡淡收回目光。

她走了几步，回头张望。

那个白雪娃娃般的女孩飞跑着扑进言溯怀里,熊宝宝都被压瘪了。

女孩穿着白裙,黑发如瀑,像极了希腊神话里的女神。

夜深了。言溯把甄爱送上公寓,他看着她开门进去,却没走开,而是静静靠在走廊墙壁上,适才望着她时的温柔笑意一点点收敛。

一路走来,公寓地毯上整齐的凹痕,绿植里有按压和搜索过的痕迹……她的房间里有人。

甄爱抱着大大的熊进屋,开灯,笑意荡然无存。

客厅里立着一排健壮的黑衣男子,为首的是一名二十八九岁的漂亮女人。她不动声色地扫甄爱一眼,显然诧异她的装扮:"你去约会了?"

甄爱不答,漠然:"有什么事,亚当斯小姐?"片刻后纠正,"不,现在应该称呼你范德比尔特太太。"

"都可以。"安妮微微一笑,她是主管甄爱研究进度的负责人,只在有重大事情时出现。

黑衣的特工们沉默寡言,他们早搜索检查过整个房间。每隔一段时间他们就会来排查监听监控追踪仪等设备。

甄爱有这方面的知识和警觉,完全不需要他们帮忙。在她看来,这是变相监督。

安妮的目光落到甄爱怀里的大熊上。

工作中,她从不提私人的事。她的婚礼上,甄爱是言溯的亲密朋友,冷淡又常常出神;在这里,甄爱是她的下属,一个严谨高效,冷静自持的科研人员。从五年前认识十七岁的她到现在,她一直都是素净低调、无欲无求的。

"你喜欢这种东西?"她很难想象平日那个甄爱会有小孩子的心性。

甄爱没回答。

安妮指着窗台,那里放着彩蛋、玻璃球、音乐盒和小手工之类的东西:"那些检查过了,没有问题。可你突然买这些东西,有没有想过安全?"

甄爱微微皱眉:"你有什么事?"

安妮起身,甄爱放下大熊,和她一起走去卧室。

安妮关上门:"Anti-HNT-DL抗病毒血清研制成功,这段时间辛苦你了。"

甄爱很平静,没有开心或不开心。

安妮笑容收敛:"不过,一个月前枫树街银行的爆炸案,警方发现了一具死相极惨的男尸。我们对外封锁了消息,但CIA内部还是要彻查清楚。甄爱,你擅自把神经毒素带出实验室了?"

甄爱静静抬眸看他,没有半点害怕或慌乱:"我怀疑组织的人找到我了,需要防身。"

安妮清楚她年纪虽小内心却坚韧，软硬不吃，指责无用，索性转移话题问更重要的事："上面好奇，实验室走廊壁上全是自动探测仪，你是怎么把毒素带出来的？"

甄爱缄默。

安妮深思，想起赖安说有次甄爱给小白鼠注射毒素，针管不小心划破了手，她却安然无恙。难道她的身体能容纳毒素？她扬了扬手中的录音笔："上面要知道你的下一步工作打算，和往常一样，语音记录。"

甄爱遂例行公事地回答："Anti-HNT-LS 研究。"

简短，不多说一个字。

安妮追问："这个完成之后？"

甄爱顿住，她也不知道。原以为对这两种神经毒素的研究是很漫长的过程，但几千次的高效实验后，突然成功了一半。照这么下去，研究的终点指日可待。

那她……心突突急跳，这是不是意味着不久的将来，她可以回归平凡的生活？

希望很快被安妮打破："甄爱，我们知道，你的母亲除了发明这两种毒素，还有三项绝密技术，一是克隆人，二是停止人体死亡机理，三是改变人体生物能，也就是超能力。"

甄爱波澜不惊："不论是克隆人，阻止人死亡，还是让人体拥有超能力，都有很多科学家在尝试，但都无法越过瓶颈。"

安妮似信非信："可你的母亲是绝世天才，你也是。你……难道没有从她那里……"

甄爱淡定自若地听着，表情没有任何变化，打断她："亚当斯小姐，在这两方面，我和其他科学家一样束手无策。"

安妮耸耸肩，不信："但据我们所知，至少在生物能方面，你母亲掌握多种药物，可以赋予人体像动物一样的力量，如猎豹的腿肌和速度，类猿的臂力，北极熊的咬力，蝙蝠、海豚的超声波探测，还有其他动物的夜视力和听力……"

甄爱瞥见她探究的眼神，淡淡一笑："小姐，我的夜视能力和听力，是从小关黑屋子适应出来的，不是靠吃药。"

"那就是真的有药了？"安妮微笑。

甄爱看她："可惜我不知道。"

"我觉得你撒谎了。"安妮并不深究，"CIA 内部有几个卧底被发现后，被灌食了动物类药，出现了动物属性，再也无法过平常人的生活。甄爱，你有什么办法？"

"没有。你也不用试探我。"甄爱表情冰冷，"这种药很少，你不用担心组织会让它流入市场。"

安妮反驳:"你能确定组织不会在药性实验稳定后,大量制造卖给恐怖组织?"

甄爱微微抿唇,一句话不说。她当然不能保证,她只是希望不要这样。她现在就像鸵鸟,仿佛把脑袋埋进沙子就不用面对。

病毒、实验、药物、胚胎、克隆、细胞……这些冷冰冰的伴随她从小到大的东西,究竟什么时候才是尽头!

她真的不想去管这些事。为什么这么沉重的负担全要压在她身上?

偏偏她有不得不管的理由,而以安妮为发言人的那群人深知这一点。

"甄爱,发明这一系列泯灭人性的药物的,正是本世纪最邪恶的科学家,也就是你母亲。而你的手上,拥有毁灭世界的力量。"

甄爱依旧静默,脸却白了。

安妮直奔主题:"我们要求你制作出这些药物的解药。"

甄爱抬眸:"那就首先要做出药物。这样你们和S.P.A组织有什么不同?"

安妮听出她的讥讽,解释道:"当然不同。我们不会把它们用在人体,可S.P.A的科学家也在研究,并在人身上实验。甄爱,你必须要找出解药。这是为你父母赎罪。"

一句话让甄爱完全静止。她要为她父母赎罪……赎一辈子的罪。

她静默地看她,漆黑的眼睛像空空的黑洞,没有一丝光彩,突然一闪而过莫名的狠劲。

安妮这处事游刃有余的行政官竟被她无声的眼睛看得莫名脊背发凉。

一秒又一秒,甄爱最终收回目光,一言不发地离开,走出房门,却因眼前的一幕怔住。

大大的胖胖的熊宝宝倒在地上,栗色的身体变成了一层皮,鼓鼓的肚子被直线剖开,白白的棉花散得到处都是。它歪着脑袋,黑黑的眼珠几近脱落,却仍懵懂而乖巧地看着甄爱。

她陡然间握紧拳头,愤怒又怨恨,想起言溯搂着它朝自己走来,想起他抱着她们两个听演唱会,想起他说他不在就抱着小溯,她心痛得像被剖开的是自己。

她眼睛都红了,盯着他们一字一句道:"谁准你们拆我的熊?"

没人理他,黑衣人只向她身后的安妮汇报:"检查过了,这个玩具没问题。"

它是言小溯,它不是玩具!

甄爱死死咬着牙,一句话不说,跪下来把地上软乎乎的棉花塞回熊宝宝的肚子里去。熊宝宝太胖了,之前身体撑得圆鼓鼓的。这下肚子上开了那么一条大口子,怎么用力塞,都总有棉花挤出来。

她死死忍着眼泪,花了好大的力气塞好,费力地把巨大的熊横抱起来,转身出门去。

一出门却见言溯低头立在走廊对面。他听见声音,抬起头,见到她怀里歪歪扭扭肚子大开冒出棉花的熊宝宝,微愣。

"对不起!"她哽咽着,眼泪一下就涌了出来。

白色汽车停在深夜的路边,后座亮着米黄色的灯光,温馨又安逸。

栗色的大熊宝宝躺满了车后座,眼睛已经缝好,歪着头静悄悄地看着对面的人。

言溯揽着甄爱,坐在地上给熊宝宝缝肚子。

她静静抓着大熊的肚皮,他静静一针一线缝补,车外风吹树摇,车内光影暖融,两人配合默契,默然不语。

熊宝宝脑袋大,胖腿短,割开肚皮口子有一米多。言溯耐心细致地穿针引线,偶尔分心低眸看看怀里的女孩。

他脑子里还刻着不久前她从家里冲出来的样子,长发白裙,形单影只,瘦瘦的她艰难而用力地箍着比她还高的胖胖熊。大熊冒着棉花,一脸无辜;她气得浑身颤抖,眼泪汪汪。

他早料到是 CIA 进行安全排查,却没料到熊熊会受到这种待遇。

当时,她哭着说:"对不起,他们把你送给我的言小溯拆掉了。"

而现在,她安安静静缩在他怀里,没有表情,微白的脸上,泪痕早干了。

他胸口沉闷,不问她发生了什么,只是收牢臂膀,将她拢得更紧,下颌时不时蹭蹭她的鬓角,想给她温暖和力量。

她没反应,一直呆滞。等熊宝宝的肚皮快缝好了,她才空茫地抬头,望向车窗外路灯下树影斑驳的夜,眼中闪过一丝蚀骨的怨恨,语气却飘渺无力:"我真是恨死了他们!"

彼时言溯正给线头打结,听出她语气中的恨意,手指微微一顿。他回眸,她落寞的侧脸近在唇边。

"他们……谁?"他知道她不是说那些特工。

她靠在他胸怀,不回答这个问题:"我想去看我妈妈。"

凌晨的东海岸,狂风呼啸,正是夜最黑的时候,天空中没有半点星光。

甄爱立在峻峭的悬崖上,脚下杂草萋萋,一块白色的方形石碑,光秃秃的,连字母都没有。

言溯站在她身后十多米远,不知海风里的她这样单薄的衣裙会不会冷。他想过去给她温暖,但克制住了。他知道她此刻最需要的,其实是孤独。

夜色浓重,甄爱的脚紧靠着冰凉而低矮的石碑,地下埋了妈妈的半块头骨。那天,她按下黑色按钮,妈妈在她面前变成粉末。

当时她呆若木鸡。亚瑟用力拧着她的肩膀,像要吞掉她:"你不相信我?我告诉你白色是取消键,你却选黑色的!"而伯特贴近她的耳朵:"因为我们C小姐其实想杀掉妈妈呢。哈!她和我们一样,骨子里都是恶魔。"

"你不该死吗?"此刻,甄爱望着黑暗无边的天与海,唇角微扬,"我真的,恨死你了。"

她身子单薄,在夜风中立得笔直,居高临下地藐视着脚下的石碑:"呵,最邪恶的科学家,把我的生命钉在耻辱柱上,把我的生命变成一段只有受难的苦行,竟还有资格教育我。

"我不能哭,这是懦弱;我不能笑,这是引诱;我不能期盼,这是不坚定。我不能吃甜食,不能穿有色彩的衣服,不能有洋娃娃,连头发都只能束马尾。"

夜风卷起她的白裙黑发,在夜中拉扯出一朵凄美的花。她背诵着母亲的教导,淡漠得没有一丝情绪,却字字揪心,"我不能高兴,不能生气,不能反抗,不能不听话。因为所有的情感都是欲望,而欲望是一切不幸的根源。可我被你训练得那么听话,那么会做实验,我对人生一点儿期待都没有,为什么我还是那么不幸?"

她深深低下头,仿佛肩上有什么无形的东西压得她永远直不起身来。她声音很轻很缓,没有起伏,像在述说别人的故事,可自己早在不知不觉中,泪流满面:"我吃了亚瑟的糖果,你拿鞭子抽我;我不想待在实验室,你罚我跪墙角;伯特拉我的手,你把我关黑屋。那时我才多大……四岁。我拼命尖叫哭喊,你都听到了。我那么小,你却忍心……

"你自己才是最邪恶的。现在我不听你的话了。我会哭会笑,会吃糖,会穿彩色衣服,还会编头发了,你打我啊,罚我跪墙角关黑屋啊。"

她淡淡一笑,平静的语调里,极尽了讽刺:"临死时居然对我说要过得幸福?你有什么资格?你难道不知道,因为你,我的人生早毁了?"

言溯见她上来将她抱进怀里,紧紧蹙眉,深深无力:"Ai,不要压抑,如果想哭,就好好哭一场。"

她靠在他怀里,呆呆地望着天空,泪水不停地流,可偏偏没有表情,也哭不出声。她根本不会放声哭,从小就被训练成了没有情绪的机器人,她不会啊。

她轻轻道:"我没有难过,也不想哭。我只是恨他们,他们是坏人,还把我变成了坏人。"

他握着她的头发,贴住她泪湿烫的脸颊:"你不是,Ai,你不是。"

她缓缓摇头:"我是。我是他们的孩子。因为他们,我才过得那么辛苦,东躲西藏抬不起头;因为他们,我要带着全身的罪恶替他们还债。他们痛快地死了,我却要活着，一天天做那些永远没有尽头的实验。不能停止，不能迷茫。解药不出来，每个因他们而受难，因他们而死的人命，都要算在我头上。"

她简单而平常地叙述着，像是描绘不可逆转的、早已接受的命运。

夜越来越深，冷风呼啸，她在他怀里冷得颤抖。

他知道她嘴上说恨他们，心里却因母亲死在自己手里而背负着沉重的内疚。

他也知道，她厌恶母亲的禁锢和苛责，痛恨母亲的邪恶和错误，却也义无反顾地揽下遗留的责任。不仅因为赎罪，更因为她无法逃避的良知。

她渐渐累了，再不说话，只是靠在他怀里，无力地闭上眼睛。她少有情绪波动，即使这一次，也没有。

可他的心像是泡进了海水里，沉闷，伤痛，却无能为力。

Ai，我要怎样做，才能让你不难过？

到家已是凌晨四点，窗外露出了微弱的天光。

言溯拉上厚厚的窗帘，脚步轻缓走到床边，床前灯昏黄，甄爱抱着大大的言小溯，缩成小小一团蜷在他床上。

今晚安静的流泪，却消耗了她所有的力气，她筋疲力尽地睡着了。

现在，她安静地蹭在熊宝宝身边，睫毛湿湿的。

他望着她白皙小脸上斑驳的泪痕，想摸摸她，怕把她吵醒，想抱她睡觉，见她好不容易睡得安稳，还是不忍。

他立在床边看她好久，直到她渐渐梦深，轻拧的眉心舒缓开，他才关了床前灯，走去书桌前趴着睡。

直到兜里的手机振了一下，他揉着眼睛醒来，竟已是上午十点多。拉着厚窗帘，光线进不来。

他轻手轻脚走到床边，甄爱箍着言小溯的脖子，依旧睡得安然。

都说哭后会睡得很好。

他盯着言小溯毛绒绒的大脑袋看了几秒，心想这浑蛋熊真是比自己还有福气。

言溯下楼，LJ 在图书室等他。她穿着简单的 T 恤和牛仔裤，束着高高的马尾，很利落，和以前那个爱打扮的女孩判若两人。

LJ 转头："你才醒来？"

"嗯。"他端着一杯水，边喝边在书架里找书。

她良久无言："你恋爱了？"

言溯手指划过书本，没回头："那天不是遇到过？"

"那天是看见，今天是感觉到。"她眼中闪过一丝落寞，"恋爱会改变一个男人的气质，即使他情商再低。"她看得出来，他以往冷冽疏离的气质缓和了，眉眼也不像以前清凉，变得柔和起来。

这个男人，不再独来独往了。

言溯的手顿了一下，垂下眼眸："这句话，我记得。"

"我很好奇，是哪种女孩会让你这情商负无穷的人动心？"

他想也不想，抬起眼眸："我的女孩。"

注定给你的女孩？她愣了，又笑了："就知道和你说不到十句话，一定会冒出没头脑的句子。"

"你来找我不是为了打听近况吧？"

LJ敛了笑容，回归正题："我找到和埃里克斯有关的线索了。"

"这五年你一直在干这个？"

"是。"她苦涩笑笑，"我还是很没出息地想弄清楚他究竟为什么而死。"

"LJ……"言溯想起当年的事，心里沉郁，"你……"

"太傻了是不是？"LJ望天，"为一个浑蛋毁掉我的名誉，又为了找出他的死因漂泊那么多年。"

言溯沉默了半晌："他是个很聪明的浑蛋。"

她扑哧一笑，又渐渐收了笑容："S.A.，黑白键的事不是你的错，是他自己选择死亡的，我只是想知道是谁在逼他。他死前说，他为S.P.A组织卖命。我查到当年他偷走的十亿美金之所以人间蒸发，是因为有组织的人帮他转移了钱。可风头过后，埃里克斯一人独吞了。"她轻笑，语气鄙夷却带着轻微的骄傲，"这浑蛋，利用完别人就踢掉，还真是他的风格。"

言溯默然不语，他再不懂情商，也听出了她的意思。她这么多年耿耿于怀的，不过一个问题，埃里克斯当年是真的爱她，还是利用了她然后踢掉？那时他不懂感情，看不出好友埃里克斯是否真爱LJ，而现在，再也无从得知。

"你找到了那笔钱的下落？"

"没有。我只是得知当年转移钱财的同伙要聚首了。当年他们合谋时，见面都会戴面具，称呼用暗号，大家互不认识。我想这是个好机会，可以假装成内部一员打探信息。但他们约定的时间在夏至，正好是月圆。我的身体……"

"我去。"

"S.A.，谢……"

"你的身体还好吗？"他不习惯别人对他道谢，打断她的话。

她下意识揉揉眼睛："情绪波动的时候，还是会变成紫色。"

"他们聚集的那个地方，叫 Silverland。"

言溯一愣，甄爱哥哥的密码也指向那里，是巧合吗？他心里疑虑，却没有说。

两人研究了一下，Silverland 隶属阿拉斯加最北边的旅游胜地威灵岛，是该岛北部的岛礁，属于私人，不对外开放。不过今年神秘的岛主举办了猜谜活动，猜对的人可以免费去岛礁上旅游观光，并住在神秘城堡里。

岛主把猜谜活动交给某旅游公司承办，只有坐豪华游轮去威灵岛的人才有资格参与猜谜。谜题上船才能拿到，但言溯和 LJ 认为，这会是当年同伙们聚集的信号。

LJ 把知道的都告诉言溯后，准备告辞，却见对面走来一个极美的女孩，穿着白裙子，长发披散，抱着一只巨大的毛绒熊。

女孩儿面无表情，看着她，不好奇，也不探究，停了一秒，就看向言溯。

言溯唇角微扬："醒了？"

"嗯。"甄爱朝他走来，挨在他身边，然后不动了。

LJ 极轻地扬眉，甄爱的行为简直像小孩子，她有点难以想象她和言溯的相处模式。而且看这样子，他们睡在一起了？

等甄爱站定，LJ 打量她几眼，她真的很美，有种很舒服而绝不俗气的美。她轻轻蹙眉："我们是不是在哪儿见过？"

甄爱抬眸，定定看她几秒后，摇头："我不记得你。"

"可以问你叫什么名字吗？"

"甄爱。"

"真名？"

甄爱八风不动，脸色清冷。

言溯："LJ，你干什么？"

她淡淡一笑："我问了这么没礼貌的话，她却没生气。"

言溯替她回答："她不习惯和生人说话。"

LJ 对他做口型：我能感觉到，她是组织的人。

言溯不答，可甄爱看懂了她的唇语，淡然地说道："你中了 AP3 号毒素，五年前。可你活到了现在，看来是稀释过的。"

"你！"

甄爱淡淡解释："前一秒你一时情急，眼睛闪过很淡的紫罗兰色。这是 AP3 号毒素的典型特征，你应该拥有部分异能和超常人的力量，以及一些……一些常人无法理解的痛苦和副作用。"

LJ 惊愕得不能言语。

甄爱抱着大熊，静静看着她。隔了几秒，觉得她可怜，于是犹豫着上前，抬手，学着言溯拍她的样子，轻轻拍拍LJ的肩膀，一下，两下。然后她慢慢退回言溯身边，说："我以前是组织的人，但已经逃离了。"她垂下眼眸，像是下了某种决定，又抬眸，"我一定会努力研制出解药，等我成功了，第一个帮你解毒。所以，请你再忍受一段时间。"她抱着大熊，深深鞠躬，"对不起，让你受苦了。"

LJ有些心痛，过去那么多日夜，她像怪物一样承受着痛苦，原来有人理解，也有人在努力挽救她。

"也谢谢你。"她微微一笑，没再多说，告辞了。

甄爱望着她的背影，深吸一口气，虽然难过，虽然不甘，但哭过闹过，醒来后，还是要走正确的路。

她回头对言溯微笑："你放心，我现在其实很好，我会继续做我认为对的事情。"

言溯神色莫测，点点头。心里的震撼难以言喻。

昨晚到今晨，经历了她的痛苦、迷茫，见识了她的生生不息的坚定、百折不挠的信念，他前所未有地确定，如果他这一生不是孑然一人，那她就是与他并肩的那一位。

阅读越美丽
开卷好心情

亲爱的阿基米德 典藏版

II

Dear Archimedes

玖月晞 著

Ai，我一定会回来，回来你身边。

卷六　糖果屋历险记

Dear Archimedes

甄爱缩在被子里，无精打采地抬头眺望。白色窗子外是亘古不变的蓝，浅蓝、天蓝、宝蓝、深蓝、海蓝……

她重重倒在枕头里，昏昏沉沉。这是在游轮上度过的第几天了？

几天前，她和言溯坐游轮北上，但她晕船了，上吐下泻，恹恹地软在床上昏睡，分不清日夜。

这次又不知睡了多久，懵懂地睁开眼睛，是下午吧？

阳光很好，照得船舱里暖洋洋的。她歪歪头，发怔地看向言溯。他坐在床脚的单人沙发里，拿着随身携带的记事本写写画画。

窗外是北方海洋的天空，好高好蓝。而床角是他闲散安逸的脸，眉目如画，自成一景。他做任何事，都是全神贯注的认真，心无旁骛，连谈恋爱也是。

她呆呆看着，真喜欢他认真时候的样子。

虽然这几天浑浑噩噩，对他的感觉朦胧却又清晰。晕船反应最重的那两天，她吐得肚子空空不肯吃饭，他抱着她喂食物到她的嘴边，她不听话在他怀里乱滚乱扭，气得直哭，可他仍执拗而耐心地握着勺子，盯着她一口口吞下；夜里她难过得哼哼呜呜，他搂着她轻声细语，哄她安眠。

白天她睡多久，他就在床脚坐多久，她睡得不好，难受地翻滚，他便警觉地过来低声询问。

回想这几天他的温暖与体贴，甄爱心里柔得像春天的水，又有些犯傻，她以往并不是娇弱的女孩子。

从很小开始，感冒发烧都是自己搬着小板凳爬到柜子里找药，找针剂自己打。逃命时，肩膀脱臼自己接，中了枪子弹自己取……

很多事历历在目，却不明白小小的晕船怎么让她脆弱又刁蛮了。

她望着言溯出神，或许是因为有了依靠？她不免又内疚，她这几天把言溯折磨得够呛吧？

她掀开被子，小心翼翼地爬去床脚。

言溯听到动静，缓缓抬眸。他原本极轻地蹙着眉，目光胶在本子上，淡而凉，这一刻，眸光移过来落在她脸上，自然而然，就染了温暖的笑意。

她直接从床脚爬去他的单人沙发椅。

言溯放了本子，伸手接住她，把她揽进怀里："还难受吗？"他的声音纯净通透，像海上的蓝天。

"不了。"她不专心地回答，一门心思在椅子里调整位置，小屁股拱拱，在他腿间找了空隙坐下，这才满意地搂住他的脖子，唤道，"S.A.！"

"嗯？"他稍稍不自在地托住她的臀，往里挪了挪，椅子不大，两人挤在一张，有心猿意马的暧昧。

"我们出去走走吧。"她说,"我去换衣服。"

他微微脸红,站起身:"我去客厅等你。"两人虽成了男女朋友,但彼此还有些害羞,接触只限于亲吻和拥抱。

"嗯。"她低声应着,因为刚醒,鼻音略重,听上去娇娇柔柔的,"谢谢你。都是我,你没有好好玩。听说船上有舞会和晚宴。"

他走到门口,回头笑笑,丝毫不遗憾:"我本不喜欢人多的地方。倒是……"未说的话含在嘴边,他倒是珍惜这段和她独处的光阴。

虽然她病着,还好他很清醒。

甄爱换好衣服,一起出了1003船舱。

她立在船舷,脚底是纯粹得像蓝宝石一样的大海,海平线上蓝天湛湛,美得惊心动魄。

冷风吹来,她脑中一片清明,晕船的堵滞感和凝重感在一瞬间被风吹散。

她眺望清澈的海面,心情大好:"还有多久到岸?"

"明天早上。"

"这么快?"甄爱觉得遗憾,但并不可惜,"不是有猜谜活动?"

他负手立在栏杆边:"我已经填了,也帮你填了一份。"

"谜面和谜底是什么?"

"谜面是狮子、MIT、星期一和天才。"

"这是什么?"甄爱拧眉。

"一笔钱。"

甄爱突然明白:"银行丢失的十亿美金!埃里克斯是你同学,那他就是MIT的学生;狮子是中央银行的旗帜符号;银行星期一被抢;他是个犯罪天才。"

"聪明。"他微笑。

甄爱脸微红,挪到他身边:"为什么会出这个谜题?不会是当年抢银行的人约好了去岛上分赃吧?"

"分赃大可直接去,不必弄得这么复杂。"他说,"当年埃里克斯偷钱后,依靠一些人的力量藏起来躲了风头。等后来分钱时,他卷着钱不见了。LJ说这些人还在找那笔钱,估计之前每个人都在单独寻找,毕竟自己找到就不用分给别人。可多年过去了都毫无头绪,就想聚在一起想办法。他们都是社会上有头有脸的人,当年办事用的是代号,互不认识。要聚首就只能通过谜题。"

甄爱拧眉:"既然他们都有头有脸,聚到一起不怕名誉俱毁?"

"我们两个不都可以上岛吗?这次上岛的,除了当年协助埃里克斯的,还有其他人。"

甄爱恍然大悟："也是，就算是真正的同犯，也可以推脱说看了新闻报道，才知道这件事。"

言溯没接话。埃里克斯为了不让钱落在 S.P.A 组织里，找了人帮忙。这次上岛，除了那些人，估计还有政府的人，他们也一直在找这笔钱。

那，组织的人会来吗？

言溯不害怕 S.P.A，甚至隐隐期待过和他们交锋，但这次，他暗暗希望不要在岛上遇到。

他看向甄爱，女孩伸着手，想抓住海面上的风。他莫名担忧她会被风吹走，心里不祥的预感越来越强烈，他已不敢问她。

甄爱抓了一会儿海风，停下来："和我们一起去岛上的岂不是有很多坏人？"

他配合地说："是啊，很多。你害怕吗？"

"不怕！"她转身面对他，抿唇，"有你在，我怕什么？"

海风呼呼地吹，海水蓝之上，她白皙清秀的脸美得叫人心醉。他多想吻她，但公共场合他仍知道要克制，只看一眼她光洁的额头，遂淡静地收回目光。

可下一秒钟，想起困扰他很久的问题，他忽然有种说不出的滋味。埃里克斯和甄爱哥哥是什么关系？

他和 LJ 一直不明白埃里克斯为什么要抢那么多钱。是组织的任务？那为什么把钱藏起来？不是找死吗？

以埃里克斯的个性和智商，他应该清楚这笔钱财多少人盯着，不是财富，而是灾难。如果他真是甄爱的哥哥，他不可能那么轻率而直接地留给她。

言溯希望此番上岛，没有那十亿美金的下落；希望甄爱找到的，是她哥哥留给她的其他纪念；最希望的，是埃里克斯千万不要是甄爱的哥哥，千万不要。

1004 船舱拉着厚厚的窗帘，屋里只亮了一盏昏黄的台灯。

两个看不清身形的男子坐在沙发的阴影里，茶几上两杯冰酒，一摞照片，里面无一例外有一个女孩。

游戏中，年轻男子碰碰兔子装女孩的嘴唇；阳光下，男子单手揽着一只巨大的毛绒熊，俯身亲吻白色长椅上的女孩，她长发白裙，仰着头迎接；他陪她吃冰激凌、买巧克力……

阴影中的人看不清神情。

"A，我不赞同你去岛上，你已经用消息把这些人引过去了，Tau 一个人足够清场，根本不需要你。"他散漫地说，"我希望你不要感情用事。Little C 去了，你就要跟去？如果出现上次的危险，你要是玩完，我可懒得管这么大的组织。"

他慢悠悠喝一口酒:"你知道,我最大的兴趣……在实验室里。"

A没理会,拿起一张照片——女孩背身换衣服,长发如瀑,戴着兔子耳朵,后背和腰肢的肌肤莹白如玉,没来得及穿上短裙,下面是遮不住臀瓣的白色小内裤和修长性感的双腿。

他声音冷到了骨子里:"谁拍的?"

B凑过去一看,咋咋舌,又挑挑眉:"应该是Tau的手下的手下……"

"让他消失!"

B毫不意外,幽幽一笑:"我们的C当然不能给别人看。"他起身走到窗边,掀开一丝缝隙:"让Tau杀了这个叫S.A.的,把C带回来吧。我想死她了。"

A眼眸阴沉得像下雨:"我更喜欢谢琛那种众叛亲离的死法。"

B愣了愣,笑了:"听说,被他利用的那个女孩记恨了他一辈子。"

落日西沉,大海上姹紫嫣红。

甄爱坐在船舷边,扒着栏杆荡着脚,脚底下海水湛湛,浮光跃金。言溯立在她身旁,双手插兜,料峭海风中,他身形挺拔得像棵树。

海上的树。

他立着,她坐着,看着太阳从头顶坠入海中,这样一起静默无言地看风景吹海风,也是温馨惬意的。

偶尔,他垂眸看看她在海面上晃荡的脚,心里也跟着放松而快乐。

他真希望自己能给她一份平静而幸福的生活,就他们两个人,看着她永远快乐无忧下去。

太阳西下,他低头,淡淡建议:"去宴会厅吃晚餐?"

"嗯。"她站起来,"上船这么久,什么活动都没有参加,好可惜。"

言溯和甄爱去得比较迟,双人桌和小餐桌都已人满。言溯原本打算点菜送去船舱,但甄爱觉得自助餐也不错。

大圆桌上还有另外一些人。

甄爱才坐下,就发现同桌的人目光微妙地打量了自己和言溯几眼。甄爱觉得奇怪,看向言溯,后者正在给她拆餐巾,完全没看周围的人。

没过几秒钟,言溯身旁一个三十岁左右的高个子男人热情地攀谈:"两位是1003的乘客吧?"

言溯没理他,但甄爱好奇地接话:"你怎么知道?"

那人咧嘴笑了:"我们是同一层的豪华舱。喏,从1001到1010都在,大家玩了这几天都认识了,唯独你们1003,除了第一天上船,从来都没有出现过。"

他暗叹甄爱不俗的样貌,美得惊心,见她小脸苍白有些柔弱,他目光变得意味深长:"如果我有人同行,也会几天不出舱。船外的风景哪有船内好?"

同桌有人不屑地挑眉,似乎鄙夷他的低俗,又似乎看不上这对小情侣的缠绵。

但甄爱没明白,疑惑:"为什么船外的风景没有船内好?我认为大海很漂亮啊!"

桌上其他人不由得轻笑。

言溯温柔地握住甄爱的手,眼神却凌厉而沉默,抬眸看那男人一眼:"你是网络节目主持人?"

那人受宠若惊:"你知道我?"

"不知道。"言溯冷淡道,"习惯性地夸张微笑,都是假笑;话太多,人太殷勤,太主动热场,视活跃气氛为己任:要么是推销员,要么是主持人。"

餐桌上其他人投来惊异的目光,甄爱便知道言溯说对了。

主持人脸上挂不住,但挺会给自己找台阶下:"哈哈,看来我不是惹人烦的推销员。"

言溯冷冰冰的话还没完:"推销员说的话往往更有说服力。"言外之意是……"而且推销员更懂礼貌,说的话往往不会太粗鄙。"

主持人的脸垮掉。

甄爱开心听完,发觉自己好喜欢言溯这种推理的调调,可……貌似现场气氛冷了些,她察觉到了,不以为意。

主持人旁边的男子问:"那你看得出我是什么职业?"

"作家。"言溯头也不抬,把水杯递到甄爱面前。

甄爱哪里还顾得上喝水,和其他人一起兴致勃勃看他表演。

他有条不紊地给自己拆餐巾,语速飞快,不带情绪:"看你的年纪,三十岁?刚才几分钟,你频繁揉脖子腰背,颈椎腰椎很不好,是因为长时间静坐不活动;黑眼圈很重,长期熬夜;手腕吃力,打字握鼠标太频繁,导致腕部关节不好:要么是白领,要么是作家。但你非常安静,不与身边的人进行语言和目光的交流,你有轻微的人际交往障碍;吃饭手边都放着记事本,你想把日常听到的和遇到的都记录下来。另外,白领的衣着比较讲究,可你有些,恕我直言,邋遢。这些足够了吧?"

作家愣了两秒钟,厚镜片后面的眼睛立刻展露光彩,忙不迭地拿起笔记本记录,赞叹:"你太厉害了。我最近正在写侦探小说,希望有机会和你学习一……"

"我看上去像公共课的老师吗?"言溯一句话把他冷冷堵了回去。

对面一个漂亮女人一直饶有兴致地看着,听了这话,红唇轻弯,拿手托着脸颊,温柔妩媚地问:"那你看得出,我是干什么的吗?"

甄爱循声看去,女人化着浓浓的彩妆,很漂亮,衣着很上档次,就是有些暴露。

甄爱愣愣地盯着看了几秒钟，发觉女人意味深长的目光落在自己脸上，才尴尬地收回目光。

女人看到甄爱，同性攀比的心理作祟，不太舒服。甄爱没化妆，但美丽无双，这船上几乎没人能和她比拟半分。但她还是骄傲地挺了挺胸，目光柔美地望着言溯。

言溯看半眼："演员。"说罢，专心致志地切牛排。

"为什么？"女人眨眨眼睛，尽管言溯完全不看。

言溯头也不抬："你很会摆姿势，展示自己最漂亮的一面，微笑的表情和眼神都有表演的痕迹。鉴于你的身高，又不是模特。"

女人听到此处，瞟了甄爱一眼，略显得意地笑了："真佩服。"

但甄爱丝毫不觉得言溯的话有什么不妥，她很清楚他只是阐述客观事实，并非从欣赏的角度夸赞她的美丽，而且，他话还没说完。

"你的衣服和化妆品很昂贵，但举止不够优雅，不是贵族小姐。所以你不是应召女郎，就是演员。"

女演员脸色微僵，隔了半秒钟，施施然笑起来："你希望我是应召女郎吗？"

言溯面无表情："和我有什么关系？"

演员耸耸肩，咬着唇又笑着问："那你怎么推断出我是演员？气质？"

言溯极轻地皱眉，仿佛觉得这女人的逻辑混乱得惨不忍睹："不是你自己先承认的吗？"

演员有些下不来台，又打心底觉得这个冷漠拒绝她的男人挺有意思的，于是甜甜笑道："哦，那还真是我先暴露了底牌。"

这话说得，暗示意味十足。

甄爱照例没听懂任何带有挑逗暗示意味的词，言溯不知听懂了没，没任何反应，依旧一丝不苟地切牛排，一小块一小块的，整整齐齐像机器切的。

周围别的男士觉得被抢了风头，不太开心。演员旁边的男子质疑："或许你一开始就知道了我们的职业？"

"我是第一次见到你们，是你们表现得太明显了。"

男子挑眉："哦？那我是干什么的？"

"外科医生。"言溯眸光冷清地扫他一眼，"你擦了不下五次手，严重洁癖；你的手皮肤不好，微皱很干，是因为长期用消毒水；手指上有细线勒出来的痕迹，因为手术缝合时要用细线打结；和周围人谈话时显露出很强烈的高傲感，你的社会地位比较高。可能性最大的答案就是外科医生。"

医生张了张口，很挫败。

医生旁边一个打扮素雅的女人拍手鼓掌："好厉害。我呢我呢？"

"幼师。"言溯瞥她一眼,"三十岁左右,笑容温和真诚,着装素雅又带着稚气,语调轻柔,很孩子气,拍手的动作具有幼师的显著特征。和小孩子们长期在一起,你看上去比同龄人年轻。"

幼师眼中闪过欣喜的光,这种诚挚而严肃的表扬让她很受用。

甄爱开心看着,觉得言溯好厉害,和他一起好好玩,任何时候都不无聊。

桌上剩下的另一个女人非常高,妆容素净,胸部丰满,衣着艳丽却不暴露,和演员完全相反。

她微笑:"我就不用说了,一看就是模特儿……剩下的,你看得出?"

"律师,赛车手,拳击手。"言溯扫一眼剩下的三个男人。

桌上众人无不暗自佩服,律师问:"可以问问你的职业吗?"

甄爱听了,心想逻辑学家,解密专家,行为分析专家,心理……他一定会选……

"逻辑学家。"言溯不咸不淡地回答。

甄爱微笑,她知道这是他最心爱的学科。

"逻辑?"身材强壮的拳击手忍不住笑起来,"逻辑有什么用?能卖钱当饭吃?"

听言,同桌的人都装模作样地鄙视一下他的粗鲁。

言溯并不介意,看他一眼,见他手背上有小伤痕,问:"你家里养小狗?"

拳击手愣了,回答:"养的。"

言溯继续:"看你的兴趣,一定不是你养的。"

"是我太太。"

"养小狗需要比较多的独立时间,要么你太太是家庭主妇,要么你们家请保姆。"

"是,我太太是家庭主妇,我们家也有保姆。"

"养狗同样需要相对较大的空间,你们家很有可能有独立的庭院。"

"是,我们家在郊区有别墅。"

"这么说来,你们家经济不错,你在拳击事业上比较成功。"

"对。"

"你太太没有工作,完全依赖你。你的事业不错,通常这种情况下,夫妻关系也不错。"

"很亲密。"

"所以,你一周大概能有四到五次性行为。"

"是。"拳击手完全汗颜。

言溯把切好的牛排递到甄爱面前,又把她的盘子拿过来,漫不经心地说:"从你家养小狗，推理出你一周有四到五次性行为，这就是逻辑。"

拳击手和全桌的人都瞪大眼睛。

"太神奇了。"拳击手愣了好久，才连连感叹，心服口服。

这时，服务员过来换碟子，拳击手新学了知识，立刻兴致勃勃问服务员："你家养小狗吗？"

服务员虽然觉得诧异，但礼貌地回答："不养，先生。"

拳击手颇觉可惜地叹气："唉，你的性生活不和谐。"

餐桌上有人忍不住笑起来，甄爱也觉得拳击手真是傻头傻脑。

言溯严肃地纠正他的错误："拳击手先生，从逻辑上说，这种逆向是不可推出真命题的。"

拳击手脑袋上一串问号："什么？"

言溯默了默，有种深深的无力感："没事了！"他低下头，"我是脑子不正常才和这种头脑简单的人讨论我最心爱的学科。"

甄爱正咬着他给她切的牛排，听见他不开心，放下刀叉，握住他的手，兴奋地小声表扬："可我都懂，我觉得你好聪明。"

言溯脸色缓和，却倨傲道："不用你说我也知道。"

对面的演员幽幽看着，觉得这个男人上桌这么久，唯独在给甄爱递水递盘子时才会流露丝丝的柔和，而现在他脸上极淡的笑意和神采真是迷人得要命。她轻笑，声音很妩媚："逻辑学家先生，你的逻辑真是完美。"

言溯原在和甄爱说笑，听了这话，抬起头来，认真看她："不，逻辑并非完美。相反，'哥德尔论证'表明，逻辑学科内总是存在某个为'真'却'无法证明'的命题，逻辑体系是有缺憾的。"他非常认真，近乎虔诚，"但这并不妨碍，它是我心中最完美的学科。"

可是，所有人握着刀叉，沉默了。除了甄爱，没人明白他在讲什么。

但听上去那么高端的内容，大家也不愿展露自己的不懂，各自一本正经地点头。

对同桌的女性来说，听不懂不妨碍她们完完整整地感到这个男人认真而纯粹的魅力。

女演员缓缓地眨眨眼睛，情不自禁地赞叹："哦天，你好可爱。"那声叹息简直露骨。

甄爱察觉到不对，不解地看着她，但又想不出哪里不对。

言溯极轻地敛起眼瞳，他尽管情商白痴，但高智商足够让他从女演员的肢体语言和语音语调中分析出暧昧的性暗示。

他冷淡地收回目光："我不觉得。"

女演员丝毫不受打击地耸耸肩:"明天我们都要去 Silverland,希望大家同行愉快!"

言溯和甄爱同时微愣,这桌子上的,就是他们上岛的同伴?

夏天到了,北端的威灵岛上,气候却停留在春季。

言溯和甄爱下游轮后,在岛上转了一圈。岛上干净整洁,房屋有北方特色的矮墙和小窗,色彩缤纷地堆砌着,像高低错落的糖果盒子。

他们到的这天恰逢夏至,岛上有集市。离约定的下午六点半登船去 Silverland 还有一段时间,言溯陪甄爱去逛街。

甄爱对任何新奇又色彩鲜艳的东西都有兴趣,却因从小养成的个性,对任何东西都没有拥有或独占的愿望,很多时候只抱着纯欣赏的态度观看。

可自从和言溯在一起后,这种习惯被打破了。

和往常一样,她欢欢喜喜看商品,他认认真真看着她,自作主张买下他判断出她喜欢的东西。

"S.A.,你怎么知道我喜欢那串气球?"

"因为你嘴角弯了一下。"

"为什么买万花筒?"

"因为你看它的时候脉搏跳动加速了。"

"你怎么知道我喜欢那个贝壳手链?"

"因为你拿着它不肯松手。"

"为什么给我买那条红围巾?"

"因为你戴着好看……欧文说得没错,你肤色白,戴红色的围巾很好看。"

甄爱恍然想起很久以前,小城冬夜的街道上,他笑话她是竹节虫。想起旧事,恍惚觉得和他一起的日子其实早有缩影,就是当初雪夜里那条安静而柔软的围巾。

路边橱窗里有大大的毛绒熊,她漫不经心地望过,目光便移开。

言溯:"你不是喜欢毛绒熊吗?"

她看那橱窗一眼,不感兴趣地收回目光,语气淡然安逸:"我只要言小溯。"

到了下午,天空阴沉起来,这片地区天气多变,昼夜温差大。夏季晚上往往有暴风雨。

甄爱和言溯上船时,大家早到了,豆大的雨滴冰雹似的噼里啪啦往甲板上砸。

六点二十五分,来了一个穿着女仆装的妙龄少女,说话恭顺又服从,笑容拘谨:"请各位客人做好准备,我们马上要开船了。"

不算温暖的气候,丰满的少女穿着典型的巴黎式女仆装,头发用蕾丝发带系起,短袖束腰连衣裙,外边罩一件白色围裙,十分干净,也十分性感,脸庞却青涩懵懂。

主持人笑眯眯地问:"不知要怎么称呼你,叫你女仆小姐太不礼貌。"

会开船的女仆?言溯快速地扫她一眼,乍一看着装整洁,可细看,她的衣服胸口有几道褶皱,丝袜的纹理并不均匀,手腕处有点红肿。

女仆脸红了:"客人不需要知道我的名字,现在出发吧。"

幼师立刻举手:"少了一个人,赛车手先生不在。"

律师说:"或许他临时不想去了。"

女仆看看手表,接话:"主人要求我们准时出发,就不等他了。"

其他人没意见,几分钟后,开船了。

傍晚蓝黑色的大海,阴森沉郁,蕴含着某种邪恶而庞大的力量。离海岸越远,海的颜色越发深黑,风浪也越大。

一个半小时后,天彻底黑了。

前方风雨中终于出现光亮,是座极小的悬崖岛屿,除了悬浮在海崖之上的哥特式城堡,再无他物。

城堡极瘦极高,像瘦骨嶙峋的黑色骷髅,有数座又尖又高的塔楼,像打仗阵前士兵竖起的长矛。那城堡只怕有成百上千个窗口,每个都透出金黄色的灯光,整座城堡灯火通明,在风雨夜幕中像通往天堂的无数座门。

既美丽壮观,又诡异恐怖。这么阴森的地点怎么会叫Silverland——银色之岛?

小船停靠在一条有上千级阶梯的陡峭山路旁,山路直达城堡大门。

模特拿着女仆发的伞,挑眉:"这么高,下这么大的雨,怎么走得上去?"

女仆卑微地致歉:"对不起,风雨太大,缆车不安全,怕被刮到海里。"

男人们不好对女仆严苛,只好爬石阶去了。

甄爱上岸时不小心一滑,手中的红围巾掉进海里。

浪头一打,就不见了。

甄爱望着被黑暗吞噬的红色,有些难过,言溯安慰地拍拍她的肩膀:"回去再买一条。"

"嗯。"甄爱抓着言溯的手,往上走,"S.A.,我发现每次你拍我的肩膀,都能给我鼓励和安慰!好神奇。"

言溯执伞,沉默几秒钟,才说:"这是因为,我的应激性试验成功了。"

甄爱:"……"难怪……

言溯犹不自知,解释:"每次我拍你肩膀,都说一些鼓励和安慰的话,久而久之,我只要一拍你的肩膀,就算不说话,你也会感到安慰和振奋。就像你每次给小狗吃东西时摇一摇铃,时间久了,就算不给小狗吃东西,你摇铃,它也会分泌唾液和……"

言溯住了嘴,察觉到身边的人气氛不对了。

他沉默地抿抿唇，想了想，轻轻拍拍甄爱的肩膀，一下，两下，哄："小爱乖，别生气。"

甄爱哪能不气，停了脚步："我走不动了。"

言溯很会看清眼前形势："我背你。"说罢把伞塞到她手里，蹲了下来。

甄爱望一眼上边好多级的台阶，又舍不得了。可看他蹲着身子，风衣紧绷在精窄的背上，她又忍不住想试试趴在他背上的感觉。

她箍住他的脖子，让他把自己背了起来。

他的体温隔着布料直到她胸膛，她小脸紧挨着他的鬓角，亲密又熨帖，还有点痒。

他走得很稳，一语不发。

走了几步，她渐渐滑下去，他托着她的腿往上一送，她坐海盗船一样被抛起来，落下又撞在他安全的脊背上，粗糙又柔软地摩擦着她的心怀。

她抿着唇，心里猛烈地发烫："你是第一次背人吗？"

"不是。"他毫不犹豫。

甄爱心一落："以前背过谁？"

"上次你喝醉了，背过你。"

心一下子又从低谷飘起来。

风雨的夜，他呼吸渐渐沉重。伞下的两人世界变得温暖而蒸腾，她没有要下来，红着脸乖乖趴在他背上，声音里带着点撒娇的味道："S.A.，以后只许背我哦！"

"好。"他温柔而坚定地回答，"这辈子只背你一个人。"说完，又自觉地补充，"只抱你一个人，只亲你一个人，只……"后面的没说出口，心跳突然快了，却不是因为爬这高高的台阶。

走完漫长的阶梯，女仆见人到齐，按响了门铃。

铃声不大，却在整个城堡里回响，瞬间像响起千百个铃声，又像是谁往四曲八绕的深洞里扔了无数个玻璃球。

铃声太过于诡异，即使门口站了十一个人，大家心里都惴惴的，脸色发灰，在风雨夜幕中，像一排鬼魅。

"吱呀"一声，城堡门开，一道金色的灯光穿透冰冷的夜幕。

逆着光，门口出现一位西装笔挺、头发梳得极其光亮的男士，他戴着金边眼镜，从发型到着装，从举止到言语都十分考究："我代表城堡的主人，欢迎各位客人前来参观。"

他微微鞠了一躬，全身上下没有任何多余的动作，仿佛一尊没有感情的机器人。

气氛再度变得诡秘，男人直起身子，恰好一道闪电打过，他严肃而面无表情的脸看着格外森然,模特吓得轻呼一声。

女仆温柔又怯弱地解释道:"我们管家喜怒不形于色。"

原来这是管家先生。

众人进了屋,屋内暖气很足,装饰不算富丽,却也十分典雅。屋子本应温馨,偏偏偌大的大厅周围有十三条深深的走廊。

虽然每条都灯火通明,点着一排排蜡烛灯,可每道走廊看上去都没有尽头,两边是密密麻麻紧闭着的房门。

甄爱倒不觉得害怕,但其他人,尤其是几个女人,脸色都不太好。

管家绷着脸,一丝不苟地介绍:"这座城堡有三千一百六十七个房间,二百一十五个地下室,一百四十九个阁楼,四百三十七条走廊,二万八千七百六十五级不同位置的楼梯,还有三千一百三十一面镜子和七百八十六个秘密房间。所以没有我的引导,你们最好不要擅自参观。不然走丢了饿死在里面,不是我的责任。"

主持人善于活跃气氛,开玩笑:"照你这么讲,这房子里有很多冤魂了?"

管家在前面带路,头也不回地说:"从二战至今,这座岛上死过一千九百九十五人。"

阴风阵阵。

管家往前走,嘀咕:"二战时,这里有过小型战役,死了太多的人。"

众人:"……"这种冷幽默真的好吗?

风雨声被关在门外,大家去餐厅用餐。途中,作家掏出笔记本,询问城堡历史,说可以当写作素材。管家始终冷漠,但也有问必答。

原来这城堡是属于一个隐世的家族的。最开始城堡的主人在二战时期靠倒卖军火发了横财,就带着妻子来到这座岛屿建了城堡。

城堡主人担心死在他售卖的武器下的士兵亡灵会来复仇,便把城堡建得像迷宫,机关重重。如果亡灵过来,就被北海的冷空气冻走,被海上的气流吹走,即使偶尔有几个溜进城堡,也会迷路。

夫妇从此过上深居简出的生活,只有他们忠诚的仆人和管家为伴。

两夫妇终日活在惴惴不安和战争阴影中,很快离开人世。夫妇的儿子不愿住在这里,搬走了,只剩管家的孩子继续守着主人的城堡。

又过了几十年,管家的孩子也有孩子了。

城堡里来了位年轻小姐,据说是城堡夫人的孙女儿。她带着未婚夫住进了城堡,依旧深居简出。可没过多久,这对夫妇出海,就再没回来。

城堡里人丁单薄,被外界说是诅咒的城。

再后来城堡被新的主人买走。新主人来过一次,同意让原来的管家继续服务,并建议开放城堡,改变城堡的面貌,还说要把它发展成旅游景点。

律师道:"好主意,如果你们主人需要法律方面的建议,可以找我。我个儿最高,专业知识也高。"

主持人笑:"我也是,我可以帮你们做宣传。"

演员娇柔道:"我认识很多投资人,也可以帮忙。"

众人你一句我一句,气氛融洽又欢乐。

一拐弯到了餐厅,长方形餐桌上,菜肴喷香四溢。

但就看一眼,原本笑颜常开的人们都瞬间睁大眼睛,惊恐地望着前方。

长方形桌子的两排椅子后边,站着十一个人。

甄爱、言溯、模特、演员、幼师、律师、医生、拳击手、作家、主持人,甚至没有来的赛车手。他们摆着各自不同的姿势,穿着和真人一样的衣服——是十一个栩栩如生,却又眼神空洞、面无表情的蜡像。

城堡外电闪雷鸣,城堡内灯火辉煌。

管家站在两排蜡像中间,礼貌地颔首:"尊贵的客人,这是我的主人为大家准备的见面礼,希望大家喜欢。"

暴风雨的夜晚,诡异的城堡里,竖着和自己一模一样的蜡像,这并不是什么荣幸的事。大家虽觉得怪异,但好歹见过世面。不过几秒钟,纷纷向管家道谢。

晚餐十分丰盛,室内暖意浓浓,客人们渐渐放松心情,开始热情攀谈。

律师兴奋道:"把这里开发成旅游地真是太棒了,城堡从外边看阴森森的,像恶魔住的地方,但越恐怖越吸引人。"

作家皱了眉,小心翼翼地说:"可我见城堡墙壁是绿色的,像狼的眼睛;哦不,是红色的,像果酱,像人血……"

模特嗤之以鼻:"你眼睛不好使了吧,城堡明明是黑色的。"

主持人也笑:"作家的想象力太丰富了。"

甄爱微微蹙眉,盯住作家,难道他也看见了?

中午经过海边,她依稀见蓝色的海上浮着一座城,和这座黑色的城堡一模一样,不过是彩色的,而且一眨眼又不见了,像海市蜃楼,更像……糖果屋。

甄爱心中一动,缓缓抬眸。

可容纳十三个人的长桌,牛奶咖啡葡萄美酒,黄油长棍牛角面包,烤肉奶酪新鲜果蔬;再扫一眼周围的环境,金灿灿的水晶灯,黄澄澄的壁纸和古典烛台,柔软的波斯地毯,淡淡舒心的熏香……

舒适的环境就像糖果屋,韩赛尔和格蕾特,就是这样被漂亮的食物吸引,然后被女巫养肥了吃掉。

言溯递一小盘沙拉到她跟前,甄爱不自觉微微一笑,怪自己想多了。言溯在,她怎么会有事?

面对大家的调笑,作家急得脸红了:"我说真的。"

桌尾的管家听完,面无表情地开口:"作家先生看见的是真的。这座城堡的神奇之处在于,它外表干燥时是彩色的,遇到雨水湿润后会变成黑色,就像阳光下美丽绚烂的糖果屋,到了阴雨绵绵的雨雾里,会变成黑暗阴森的鬼屋。"

其他人自然不会被童话吓到,全听得津津有味,对城堡越发好奇。

一向淡淡的医生也问:"管家先生可以给我们讲讲这座城堡新主人的故事吗?"

其他人也纷纷表示想听。

管家绷着脸说:"这是一个邪恶的故事,我还是不要说了。"

大家越发好奇,全追着问,就连害羞的女仆小姐也帮腔。

管家拗不过大家,缓缓地开口道:"我本不该议论主人的事,但考虑到现在的新主人天性洒脱,不拘小节,我想,我讲述他的传奇故事,是不会招致不满的,也不算无礼。"

众人全点头。

"新主人是一位年轻英俊的化学家,他在五年前得到一笔意外之财,买下这座岛屿和城堡。他只身开着船从北冰洋上来,像传说中的冒险家。船上有无数巨大的牛皮箱,可他不许人碰,也不许人看。他带着箱子住进城堡,不准任何人打扰。一个月后,他再次驾船离开。不过走的时候,船上空空如也。"

众人眼里闪过狼一样的光:消息果然没错,那十亿在这座岛上。

但没人敢先提问,这无疑是暴露身份。

可幼师听得入了迷:"箱子里面是宝藏吗?"

管家推推眼镜:"不知道,但那段时间,传说中央银行的电子账号和金库同时失窃,丢失了十个亿。不过他是在银行失窃后一个月才出现的。"

所有人心里又是一喜,这正是他借助他们的力量避风头后突然消失的时间。

甄爱纳闷,这就是哥哥的手下、言溯的朋友埃里克斯的故事?他不是死了吗?

"你后来见过他吗?"

管家摇头:"先生只用塔楼的电报和我交流,偶尔询问城堡的情况。"

大家各自猜疑。

有人想:听说他死了,难道他是假死?

有人想:听说他死了,那现在是谁在冒充他?

言溯慢条斯理地吃饭,不受影响。

他大概清楚这些人是怎么聚过来的,并非LJ猜想的那样,他们找不到宝藏前来商讨，而是被人牵引过来。

最大的可能是埃里克斯偷了十亿，借助在场这些人的力量躲过了风头，很可能贿赂策反了组织里地位较低的喽啰。案发一个月后，他独自带着钱藏起来。这群人没有得到甜头，从此都在寻找这笔钱。

组织也在寻找。这个过程中，中心集团的成员发现，当年埃里克斯成功逃脱是有叛徒帮助。组织绝不容许叛徒存在，所以以十亿宝藏的下落为诱饵，将消息散播到他们周围，进而把他们都吸引过来。

照这么看，这里还真是邪恶的糖果屋。童话里，女巫靠美食的幻影吸引小孩来吃掉，现实中，组织靠宝藏的消息吸引叛徒来杀掉。

大概，在场的人中除了一群地位较低的成员，还有至少一名地位较高的重要成员，负责清场。

他可以强烈地预感到接下来的杀人盛宴。但是，会用什么方式？

亚瑟先生喜欢游戏，应该不会用开枪扫射这种低技术的招式，而且在场那位来清场的刽子手应该会接到亚瑟的指令，不会对甄爱动手。

他暂时不用担心她的安危。

可面前这群言笑晏晏的人，尽管与他毫无关系，他也不愿看着他们在他面前死去。

作家问："这五年你只见过城堡主人一面？"

管家点头："人们都说这座城堡受了诅咒，主人听说后，或许是后悔买了这块地方，就再不来了。"

演员皱眉："现在还有人相信诅咒？"

模特觉得管家在说大话，心想他为了把这里培养成旅游景点，还真会故弄玄虚，她傲慢地问："城堡有什么诅咒？"

管家没直接回答，却问："你们应该都听过凯尔特神话里的亚瑟王和圆桌骑士，但或许没听过 Silverland 的传说。据说当年背叛亚瑟王的兰斯洛特骑士，他的银色佩剑落在这片海域，变成了陡峭的岛礁。王的魔法师梅林曾给他的剑下过一个黑色诅咒：杀掉叛徒。所以，到这座城堡的人都须经历一句考验……"

甄爱不自禁握紧刀叉，再次听到亚瑟这个词，即使知道不是她认识的亚瑟，她的心也猛地震了一下。

最近一次见他，在枫树街银行的地下走廊，他面容清俊又苍白，闭着眼倒在废墟里。她很快叫了警察，可他还是成功逃脱，她就该知道，不可能有人抓得到他。

甄爱强自镇定，心想不过是西方耳熟能详的神话，没什么好大惊小怪，但管家接下来的话让她的心陡然跌落冰窖。

"凡如兰斯洛特骑士之叛徒，必被铲除。"

众人不动声色地脸色发白，除了言溯。

他轻瞥甄爱一眼，见她盯着盘子出神，似有不安，这才意识到这话或许隐含着他不知道的意思，和组织有关。

一直静坐的女仆"啊"一声，害羞地拍拍脑袋："差点忘了，主人吩咐过，要请客人欣赏茶杯托上面的花纹。"

众人照做，可那并不是什么花纹，而是一行字母。

NQQDNZHWWTDWLTQWC

言溯微微眯眼，显然是密码。

估计组织成员都有密钥，所以很快就能看出其中的意思。

他虽然没有密钥，却也在几秒钟内通过大脑高效的频率分析出了原型，不过是在恺撒密码的基础上颠倒了原始密码表。密码翻译过来是——KILL ONE OR BE KILLED.（杀个人，或被杀。）

他敛起眼瞳，静默无声地生气了。这就是组织清场的方式？通过指令和恐吓让在场的人互相猜疑自相残杀？如果真是这样，甄爱也不安全了。

大家都在假装欣赏实则认真分析密码，纷纷熟练而紧张地保持微笑。

"砰"的一声脆响，演员的茶杯掉进盘子里，她愣了一下，顷刻间掩饰脸上的慌乱，施施然笑着起身："我不太舒服，请问我的房间在哪儿？我想先去……"

话音未落，窗外忽然电闪雷鸣，轰隆隆的巨雷响彻天际。在场之人浑身一震，与此同时屋内电线走火，陷入一片黑暗。

刹那间，森白的闪电像尖刃刺穿伸手不见五指的餐厅，闪亮又骤黑。

尖叫声起。

那一刹那，甄爱看见所有人在阴森森的白光闪电下，仿佛蜡像一样惨白、惊悚而扭曲。

她也看懂了密码，浑身冰凉，来不及有任何反应，就被谁猛地抓住手腕一带，她一下子撞进那熟悉又温暖的怀抱里。

瞬间心安。

黑暗中，周围的人尖叫咒骂，只有他安安静静地搂在怀里，箍着她的头，用力在她鬓角印下一吻。

他牢牢把她束在怀里，那一吻是担心她的安危，是害怕失去。从现在起，任何一刻他都不会让她离开他的视线，绝对不会。

她紧紧搂住他的腰，埋头在他的脖颈间，温柔地闭上眼睛。耳畔传来他的脉搏，沉稳而有力，她忽然心疼得想落泪，她不该来，不该带言溯卷入这场危机里。

主人借管家之口讲述的亚瑟王故事,以及那串恺撒密码的密钥……在场的人或许有一部分是来寻宝的,但她很肯定这里至少有一个人知道她的真实身份。言溯一定会有危险,怎么办?

管家点燃了打火机。黑暗中火光跳跃,把他冷酷的脸映得像狰狞的鬼。

女仆声音都变了:"管家先生,你这样……好可怕。"

"哦,对不起。"管家木讷地把打火机从自己脸旁移开,扭曲阴恶的人脸一下恢复了原来的古板。

女仆拿来蜡烛,一一点亮。

管家说:"不好意思,今天为迎接客人开了所有的灯,估计电线太老。去关掉几个区域就好了。"

周围的人心惊胆战,总觉得刚才的断电很是诡异。

一贯冷淡的女模特脸色白得像鬼。

演员嗤笑一声:"停个电也把你吓成这样?"

"蜡像!"模特竭力笑笑,比哭还难看,"蜡像不对。"

餐桌上,烛光摇曳,映出二十几个人影在两边的红色墙壁上。众人这才回身看蜡像,仿佛有阴风吹过……

空洞无表情的蜡像仍旧一动不动地站立着,立体的脸在烛光和阴影的作用下,更显诡异。

幼师抱住自己的身体,声音里带了哭腔:"赛车手,他的蜡像不见了。"

大家目光扫过去,烛光在墙上投下巨大的阴影,原本一排的蜡像少了一个,那一块撕出豁然的口子,格外明显。

大家盯着蜡像,从没觉得艺术会像此刻这般恐怖。大家各自身体冰凉,仿佛正和一群诡异的尸身对峙。

拳击手坐在赛车手对面,也在第一时间发现了不对,摸着脑袋问:"谁抱走了赛车手的蜡像?"

没人回答。

摇曳的烛台下,餐桌上的美食没了灯光,看上去丑陋而腥腻,像腐败的动植物尸体。

窗外再度一道电闪,作家的脸在白光下极其扭曲:"不仅少了蜡像,还少……少了一个人。"

众人心口咯噔,匆忙清点人头。可人数众多,一时间搞不清楚。

作家几乎哭出来:"医生……医生……"

甄爱从言溯怀里抬起头来,医生明明站在幼师的身边。

对面的律师也道:"你傻了吧,医生站在那儿呢!"

作家抓着头发,指着对面的人影大喊:"不,医生他死了!"

室内光线昏暗,灯影绰绰,医生面色惨白地立着,姿势僵硬,目光空洞,张着口像要说什么,他胸口插着一把细小的刀,心窝附近的衣服鲜血淋漓。

幼师尖叫着连连后退,一下撞到甄爱身上。

甄爱稳稳扶住她,拿起桌上的烛台走过去。

另一边的拳击手轻推医生:"喂,你没事……"话音未落,医生像一块僵硬的门板,直直向后倒去。砰的一声,他脑袋撞到墙壁,脚尖绊住椅子,身体绷直,和地面墙壁形成完美的三角形。

不是医生,是蜡像。

众人简直不知是庆幸,还是悚然。

甄爱端着烛台走到蜡像身边,摸一下它胸口的"血"和"刀",回头:"血是番茄酱,刀是西餐刀。"

几秒钟的沉默后,主持人把餐布往桌上一扔:"谁玩这种恶作剧?无聊!"

"恶作剧?"模特瞥他一眼,冷笑,"那医生人在哪里?"

空空荡荡的大餐厅里,众人沉默。

管家把手中的烛台放在桌上:"每人只有一套餐具,医生蜡像胸口的餐刀是谁的?"

众人纷纷检查:"不是我的。"

只有拳击手盯着自己的盘子,愣愣的:"我的刀去哪儿了?"

演员轻嗤一声:"多大的人了,还玩恶作剧?"

拳击手急了,声音浑厚地说:"不是我!"

律师赶紧打圆场:"现在不是争论这个问题的时候!医生去哪儿了?"

主持人突发奇想:"或许他抱着赛车手的蜡像躲起来了?"

幼师则提议:"要不要去找他?"

"不用了。"始终沉默不语的言溯冷淡地开口,"他在这个屋子里。"

众人听后四下张望,可除了诡异的蜡像和他们自己,并没有医生的身影,反倒是黑乎乎的影子映在墙壁上,每次回头看都吓人一跳。

甄爱抱着烛台走回言溯的身边站定。

言溯说:"餐厅的窗子都锁着,只有一个门,门上挂了铃铛,如果他出去过,铃会响。可除了刚才女仆小姐出去调电源,铃铛没响过。"

演员微笑着歪头:"还是逻辑学家先生聪明。"

言溯无语,这种脚指头就能想明白的事也值得夸奖?他望着几个男人,近乎命令般地开口:"把大餐桌抬开。"

男人们一起抬开桌子,长长的桌布从地毯中间滑过,露出两个笔直的人影。

繁花盛开图案的地毯上,赛车手的蜡像和医生一动不动地平躺着。

甄爱往前走一步,烛光映亮两张凄惨的脸。

地上的医生真人和刚才的蜡像一样,面色灰白,张着口欲言又止,胸口插了一把细小的刀,胸口晕染着大片的血迹。

拳击手脾气不好地过去:"不要吓唬人了。"他蹲下去摇医生胸口的小刀,"还真像,是怎么黏上去的,拔都拔不下……"只听他惨叫一声,跌坐在地,连连后退,"真的!真的刀,真的血。"

剩下的人脸都白了,面面相觑。

甄爱过去,摸了摸他的颈动脉:"死了,还有余温。"又看看他的伤口,"刀片精准地刺进心脏。"

幼师惊愕:"这怎么可能?"

"有什么不可能?"甄爱起身,淡淡地说道,"凶手就在这里。"

她回头看言溯,后者对她微微点了点头。

众人静默不语,全皱着眉各自想着心事。

作家小心翼翼地问:"万一……这是城堡的诅咒?"

"我绝不相信诅咒会杀人!"管家脸上带了怒气,毕竟,吸引游客需要的是恐怖传说,而真正的杀人案却会让游客望而却步,"一定是你们有谁对医生不满。"

主持人嘴快地反驳:"我们是偶遇结伴的,以前没见过面,怎么会有仇恨?"

"你!"管家哽住。

"我赞同管家的意见。"言溯清淡道,"凶器是外科医生用的锋利手术刀,刀具是事先带来的,和医生的职业匹配。这是一场有预谋的杀人案。"

寥寥几句,给医生的死定了性。

话音才落,水晶灯闪了闪,餐厅重新恢复明亮。

地毯中央的死尸全貌变得清晰而骇人。大家的目光立刻被赛车手的蜡像吸引过去,那张脸惨不忍睹,头被划得稀巴烂,裹满了"血淋淋"的番茄酱。

言溯望一眼,可以猜测未露面的赛车手已经死在某个地方了,很可能像这个蜡像一样面目全非。

如果真是这样,餐盘上那串密码是怎么回事?

赛车手的死可能是在大家看到恺撒密码前,而医生的死是有预谋的,并非因为密码。

照这么说,在密码的恐吓作用发挥效力之前,在场就有人起了杀心。

如果是这样，整个故事又要重新分析。那串密码究竟是组织的人留的，还是现场的某个叛徒利用密码交流方式狐假虎威，冒充组织施压？

言溯神色冷清，绷着脸。

这座城堡，每一刻变化的形势都能让他推翻之前的假设和推理，重新洗牌。这种刺激又挑战的感觉，他真是太喜欢了！

众人也都绷着脸，没有任何表情。

"报警吧！"幼师最先反应过来，可，"没有信号？"

女仆解释："手机通讯信号并不覆盖这里。"

"电话呢？你们和主人怎么联系？"

管家一板一眼地道："塔楼的电报发射台，只有一个固定频道，不能和外界交流。只能被动接收，不能主动和主人联系。"

拳击手烦躁，嚷道："不可能，谁会住在这种与世隔绝的地方。你撒谎，一定是你！"他一把揪住管家的领口把他扯了起来。

主持人和律师一起拦着他："你冷静一点！"

管家从拳击手的束缚中挣脱，他咬着牙整理西装领口，觉得拳击手侮辱了他的职业，气得面色铁青："粗鲁的浑球！我一辈子住在这里，深爱这份职业和这座城堡，我的人生过得很有尊严！你这种毫无意义的打手才是无聊！"

律师倒是冷静："大家不要吵，也不要急。把现场留在这儿，等明天早上再坐船去报警。"

剩下的人商量不出别的办法，只好听他的。

女仆见状，道："那我带大家去各自的房间放行李！"

众人跟着女仆和管家去房间。

十三个房间呈圆弧形排开，非直线，也不在同一水平面，像交错着的积木。每个房间门口都有一道深不见底的走廊，两边是无数道紧闭的门。

管家解释，如果十三个人沿着十三条走廊各自一路走到底，最终会在大厅里汇集，这也就是他们一开始进城堡时看到的那十三条走廊。

但他提醒，走廊里很多岔路，极易迷失，不要擅自去走。若想去大厅，最好从餐厅这边绕过去。

众人各怀心事，各自回房。

甄爱关上房门，忧心忡忡。照现在看，医生的死应该是仇杀。可那串恺撒密码是组织外围集团的初级密码，密钥是她在组织里的名字，为什么会出现在这里？

还想着，有人敲门，不紧不慢，不轻不重。

"谁？"甄爱问。

外面沉默了一秒钟:"除了我,还有谁?"

甄爱立刻从椅子里跳起来去开门,就见言溯拖着黑色的小行李箱,笔直地挡在门口。

她悄悄看一眼他脚边的行李箱,迟疑半秒钟:"你……干吗?"

言溯神色清淡,倨傲地抬起下颌:"来保护你。"

他预想甄爱漂亮的黑眼睛此刻应该闪过温柔的期待,但没有,甄爱不明白,呆呆地问:"为什么要保护我?"

言溯微微一僵,道:"闪电又打雷,我担心你害怕。"

甄爱拧着眉心,更加不明白了:"闪电和打雷不就是两片异性电荷的云撞到一起吗,我为什么要害怕?"

言溯微微笑了笑,清逸的脸上掩不住一丝挫败,他拍拍甄爱的肩膀:"不错,我只是过来试验一下。"说罢,拖着小箱子转身走了。

甄爱奇怪地看着,刚要关门,他又停了下来,转身走过来,站到甄爱面前。

甄爱仰头望他:"怎么了?"

他似乎在思索着什么,半响,下定了决心似的说:"其实,我撒谎了。"

"撒谎?"

"是我害怕闪电和打雷。"

甄爱:"……"

果真是从不说谎的人吗?逻辑学家先生也有不擅长的事啊!他的谎话说得太蹩脚了,刚才餐厅停电的那一瞬,是谁把她箍在怀里镇定地给她力量的?

"我害怕闪电和打雷。"他说这话时,眼神期待又纯净,像一只蹲在地上对主人说"抱我吧抱我吧"的大狗狗。

甄爱身子一侧,让他进来了。

关了门后,弧形走廊上一片静谧。

半刻后,某道虚掩的门也关上了。

Tau掩上房门,对坐在沙发里的人道:"先生,其实这趟您不必亲自来,我一个人就可以完成您的计划。"

黑暗中的人不说话。

Tau又问:"C小姐她……好像是来找C先生留下的东西?"

"她的事还轮不到你管。"冷清的声音,"她爱怎么样随她,不要给她造成障碍。"

"那十亿?"

"谢琛不可能把那十亿藏在这里。"依旧平静无波,"我来,也不是为了区区一笔钱。"

Tau 心里暗想着什么,但不敢明说。

对面的人又道:"城堡里有警察,你看出来了吗?"

Tau 犹豫一下,做了个和那人相关的手势。

阴影中的人点点头:"暂时不要对警察动手,把这些叛徒清除干净就行,不要惹不必要的麻烦。这座城堡不适合。"望着窗外,似乎在出神,"我不希望政府的人到这里来指手画脚。"

Tau 深深鞠躬:"我知道这座城堡的重要性。"

甄爱在房间里找到一套木头的智力玩具,和言溯坐在地毯上玩。

可不管是鲁班锁还是金字塔,言溯总能噼噼砰砰一下拆成几节,又捣鼓捣鼓几秒钟恢复原貌。跟机器人瓦力一样迅速,还摆出一副"好弱智啊好无聊啊求虐智商啊"的表情。

玩了几轮,甄爱十分挫败,倒在地毯上一滚,拿背对他:"不玩了。你这人一点情趣都没有。"

言溯探身捉她的腰,把她从地上捞起来,认真问:"你不喜欢我反应敏捷,难道迟钝就是有情趣?"

甄爱转转眼珠,言溯迟钝了会是什么样子?她觉得好玩,立刻说:"对,迟钝就是有情趣!"

言溯摸摸她的头:"Ai,你是我见过的最有情趣的女孩儿。"

甄爱:"……"

她一下子跳起来把他扑倒在地上,真想一口咬死毒舌的他。可真扑下去咬住,又舍不得下重口了。

言溯对甄爱毫无防备,猝不及防被她压倒在地上,她张口就咬。他躺在地上,背后是软绵绵的地毯,身上是软绵绵的她。

甄爱咬完才发现被他嘲笑迟钝后自己居然还亲他,太亏了,本想高傲地坐起身,可又迷恋他身上好闻的味道,于是贪心地啄了几口。

这一啄,他箍着她的腰不松开了,她也不想走,伏在他身旁,安静地闭眼不语。

窗外一道响雷,甄爱思维一跳,想起餐厅的事,抬头看他:"你有没有发现医生的死很奇怪?"

他缓缓睁开眼睛,笑了一下,没说话,眼神带着鼓励。

她知道他们又回到了之前的无数次,他喜欢看她思考,享受他们脑海中的火花碰撞。

她也喜欢:"医生和我只隔着幼师,可凶手杀他时,我没有察觉到一点异样。"

"还有呢?"

"凶手杀他时,他为什么没有呼救或喊疼?"

"嗯。"

"按照当时的情形,凶手做了下面几件事,拿了拳击手和医生的餐刀,其中一把插到医生蜡像的胸口。用手术刀杀死医生,把医生拖到桌子底下,又把对面的赛车手蜡像拖到桌子底下,把它的脑袋划得稀巴烂。可停电只有十几秒钟。"

"你……"言溯刚开口,城堡里陡然响起一声惊恐的喊叫。

两人对视一眼,立刻从地上跳起来,拉开房门。

与此同时,走廊上所有的门齐齐打开,众人面面相觑,互相一看,喊声是从作家房间传出来的。

大家立刻聚在作家的房门口。可他们在外面拼命地敲门,里面却没半点动静。

言溯冷了脸,对围在门口的人命令:"让开。"众人提心吊胆地闪开,言溯刚要踢门,门却吱呀一声缓缓开了。

作家形容憔悴,愕然地睁大着双眼。

死一样的安静。

演员、模特和幼师三个女人同时颤声:"喂,你是死是活?"

作家浑身颤抖:"我……我看见赛车手了!"

主持人将信将疑:"你又在做梦吧?"

作家僵硬转身,抬起剧烈抖动的手指,指向雷电交加的夜:"他……他在窗户的玻璃上!"

一行人涌进作家的房间,紧锁的窗户上什么也没有,玻璃外是无边无际的黑夜和海洋。城堡顶上开了白炽灯,灯光下,雨丝像一条条粗粗的流星线,混乱飞舞。

岛礁上岩石陡峭,树枝嶙峋,在暴雨中,被海风吹弯了腰。

目光所及之处,并没赛车手的影子。

模特抱着手,鄙夷地问作家:"你该不会是故意尖叫吓唬我们,好写进你的小说里吧?"

演员这次和模特站到统一战线,哼道:"你又胆小了?"

主持人很有担当地往作家身边站:"是不是太紧张了?别怕,我们明天就走了。"

作家见大家都以为他有病,急了,瞪着双眼喊:"真的!我看见赛车手了。他从玻璃上飘过去,像鬼魂一样摇摇晃晃的。"

"够了!"律师皱眉斥责,"这世上哪有鬼魂?就算是真人,外面悬崖峭壁的,他能在雨里飞起来?"

作家急得满脸通红,坚称看见赛车手从玻璃上飘过去,可没人相信。

吱呀一声,屋子里刮过一阵冷风。

七嘴八舌的众人浑身一凉，立刻住嘴。

言溯推了窗子，仰头望着瓢泼的雨幕，窗外闪电滚滚。

甄爱去拉他："有闪电，离窗户远点。"

他拍拍她的手背，表示没事，又看向作家："你说他摇摇晃晃的？"

"是。我真看见了！"作家立刻站到言溯身边找阵营。

"马上去找管家。"言溯青了脸，飞快往外走，语速快得惊人，"上岛的缆绳从作家窗口经过，有人开启了缆车。作家看见的赛车手像缆车一样从绳子上滑下去了。"

众人紧张起来，跟着他飞跑进走廊。

主持人惯性搭话："可赛车手是什么时候到岛上来的？"

律师则习惯性皱眉："现在是考虑这个问题的时候？他被吊在绳子上，死了没？"

演员一溜烟追在言溯身边，找机会说话："为什么去找管家？"

言溯沉声道："可能是风吹得他在摇晃，但也不排除他在绳子上挣扎。"

这话让人毛骨悚然。

雷电交加的暴雨夜，赛车手被吊在行动的缆车绳子上？

"所以必须马上停下缆车，把他救下来。"他声音低而沉，冷静而克制，却莫名透着一股逼人的怒气。

甄爱跟着他加快脚步，心里不禁替他难过。

她猜得到言溯的心思：见到赛车手蜡像被毁时，就应该立刻去找赛车手，或许那时他还没有死。因为他的疏忽，凶手在他面前又杀了一个人。

他神色不明地咬紧下颌，侧脸清俊，透着隐忍的怒气。她脑中莫名地想，要是言溯没有陪她来就好了，或许这些事就不会在他眼皮底下发生。

没想到他紧紧按了按她的肩膀，沉声道："不关你的事，不要多想。"话虽带着对自己冷冷的怒气，却又含着对她淡淡的温柔。

甄爱心里一酸，他怎么会知道她的想法？

一行人绕到餐厅，女仆正在搬幼师的蜡像。

幼师诧异："你干什么？"

"这是案发现场，所以把蜡像搬去大厅。"

作家火急火燎地说："缆车的开关在哪里？赶快把它停下来，有人被挂在上面了。"

女仆小姐完全不明白，却也意识到了事情的严重性："在大厅隔壁。"说着就要带大家过去。

言溯却停了一下，盯着地毯中央的白布："谁动过？"

白布下罩着两个静止的人影，看上去和之前没什么不同。

女仆不解："没人动过。"

言溯摇头："不对，之前这两个人影的间距更近些。而且……"而且赛车手虽然个子矮，却没有此刻白布下的人影那么瘦。

他心里已有不祥的预感，欺身掀开白布——甄爱的蜡像躺在医生的尸体旁。

甄爱睁大眼睛，莫名其妙。

女仆捂住嘴："不可能。我和管家先生都没碰过。"

言溯一贯处变不惊，可看到白布下露出甄爱蜡像的一刻，他的心差点蹿出来，迅速而仔细地扫了蜡像一眼，身上没有任何伤痕，他稍微松了口气，拔脚往大厅方向走，又不自觉更加握紧了她纤细的肩膀。

她不会出事，他一定不会让她出事，一定不会。

到达大厅，管家正在摆蜡像，听了女仆的解释，赶紧关了缆车。众人打了伞和手电筒，飞快跑下悬崖。

长而弯曲的石阶上只剩雨水落地声和脚步沓沓声。

跑到缆车底端，只见赛车手身体笔直地歪着，脚触地，头系在缆绳上，面目全非。只一眼，大家的心就落了下来。

这个熟悉而僵硬的姿势，是蜡像无疑。

可青白色的闪电下，酷似真人的蜡像这样歪在黑夜的绳索上，着实让人瘆得慌。

雨伞遮不住瓢泼大雨，现场的人浑身湿透。拳击手又冷又烦，踢了一脚旁边的树丫，冲人群骂："谁这么无聊。玩恶作剧也要看场合！"

甄爱也湿透了身子。她跑出房间时，来不及穿外套，这会儿呼啸的海风一吹，她冷得瑟瑟发抖，却只想着宽慰他："S.A.，这只是蜡像。"你不要自责。

可言溯没听，近乎固执地扭头，看向缆车站边的小海湾。

海上凄风冷雨，他们来时乘坐的小轮船在汹涌的海浪中剧烈颠簸，手电筒的光穿透斑驳凌乱的雨幕，照过去，星星点点的雨丝对面，白轮船的窗子黑漆漆的。

言溯缓缓地道："或许，有人想告诉我们，赛车手在这条船上。"

拳击手首先质疑："那家伙一直没出现，怎么可能在这里？"

言溯没理，径自几步跳上船，开灯找寻。

甄爱立刻跟上去，其他人见状，也去找。

可检查了一圈，船上没有半个人影。

拳击手忍不住抱怨："你不是很聪明吗？刚才在餐厅，赛车手的蜡像消失了，你就应该猜到吊在缆绳上的不是人是蜡像。你倒好，几句话把大家弄得跟落水狗一样！"

甄爱听言狠狠咬牙。言溯怎会想不到挂在缆绳上的可能是蜡像？只不过他想着如果有万分之一的可能是真人，他也要尽力来救。

她生气又心疼，刚要说什么，言溯拉住她的手腕，冲她摇摇头，脸色冷清，眸光却温和。

他不介意，可她的心像被针扎。

演员维护言溯，当即就呛声道："你这人怎么没点儿同情心，万一不是蜡像是真人呢？在城堡里，谁敢保证？"

拳击手虽然急躁，但不至于和女人争，憋了半天，重复之前的言论："赛车手根本就没到岛上来！"

"我猜他或许早偷偷跑来岛上了，"演员反唇相讥，"要不然谁那么无聊，跟他的蜡像过不去？"

"我也觉得奇怪，"作家拧着衣服上的雨水，轻轻发抖，"你们想想，医生死了，和他的蜡像一模一样；而赛车手蜡像的头被划得稀巴烂，该不会是……"

剧烈颠簸的船舱里死一般的寂静，只剩船外巨大的风浪拍打船身，哗啦啦作响。

甄爱被船晃得头晕，无意识地接话："像蜡像一样……死了？"

现场的人都颤了一下。

模特不可置信："这里根本没有赛车手的影子。他该不会藏在城堡里吧？"

管家摇头："城堡只有大门可以进入，我今天只给你们开过一次门。"

女仆也附和："我的船今天也只往返了一次。"

言溯听完大家的话，寂静的眸光忽而闪了闪，说："我知道赛车手在哪里了。"

他转身走出客舱，带大家来到空无一人的驾驶室。言溯看了一圈，没发现任何挣扎的痕迹。走过去摸了一下空调，还有余温。

女仆说："我们刚才找过，没有人。"

言溯一言不发，走到地板中央的一块方形小高台处，轻轻踩了踩，下面是轮船发动机的位置。他到控制台前，扫一眼，按下一个按钮。

方形地板缓缓打开。

众人拿手电筒一照，几束交错的灯光穿透黑暗而颠簸的海面，白色的涡轮发动机叶片上，水流湍急，却固定地漂着一团似红似黑的毛发。

海流一涌，那东西转了向，惨白的手臂像木头似的在海面上随波漂荡。

赛车手的尸体很快被打捞上来，湿漉漉躺在地板上，和之前看到的蜡像一样，头部血肉模糊。海水冰冷，已无法判断他的死亡时间。

主持人吃惊地盯着他脖子上的绳索："他怎么会被绑在船底下？为什么凶手要砸碎他的脑袋？太残忍……"

话没说完，大家不约而同地看向拳击手，貌似在场的人中，只有他能和"砸碎"这个词联系起来。

拳击手愣了愣，惊慌起来："看什么？不是我！"

管家见状，冷冷地说："你们没看到他被绑在发动机上吗？"

甄爱赞同："不能这样怀疑拳击手。凶手只用把他固定在涡轮下，发动机一开，就会把他的脑袋绞碎。"她补充一句，"和他的职业一样，被轮子绞死。"

众人毛骨悚然。

幼师捂住嘴，光听这话她就想呕吐："难道赛车手从一开始我们上船时，就被绑在船底下，一路从水里拖过来？"

众人肉跳，齐齐看作家："你是最先上船的。"

作家惊慌，看了一圈，突然指向女仆："我是乘客里最先来的，但她一直都在船上。"

女仆浑身一抖，急忙摆手："我不认识你们，为什么要杀人？再说我不会游泳，他是个男人，我也没力气啊。"

"他是在上岸之后被杀死的。"言溯冷淡的声音叫停了大家的争吵，"他活着到达了 Silverland。"

彼时他蹲在地上，检查赛车手的脖子和指甲，虽然海水冲掉了一些，但有挣扎的痕迹。他又从赛车手的领口里抽出一小块红色织物的碎片。

甄爱一眼就认出来："是我掉进海里的围巾。"

"明白了吧？"言溯站起身，笔直立着，"我们上岸后，发动机重新开启过，把这条围巾绞成了碎片。"

众人张口结舌。

作者抓着头发，想不通："不可能啊。只有这一艘船，他怎么过来的？"

"那要问女仆小姐。"言溯侧头，眸光很淡，又似乎很凌厉，"刚才你的表述有问题。你说'今天只往返了一次'，为什么不说'今天只接待了你们'？因为你知道这艘船离开威灵岛时，赛车手就在船上，还活着。"

女仆狠狠一愣，低着头双手搓来搓去，惨白着脸一句话不说。

其他人也狐疑看着，言溯突然问："女仆小姐,赛车手在驾驶室里和你鬼混吧？"

一行人诧异地睁大眼睛，比之前听到的消息还要吃惊。

女仆小姐白皙的脸又红了。

"下午六点二十分，你走进船舱时，上衣和丝袜重新穿过。"言溯有些生气，"我当时以为你难得离开一次 Silverland，所以趁此机会和你的朋友私会。现在看来，那个人是赛车手。"

管家冷了脸，斥责道："你究竟怎么回事？"

女仆猛地一抖，几乎哭起来："他很风趣，也很迷人，我、我就和他……但我没杀他，绝对没有。因为，我们还约好了晚上来船上……我也不知道他怎么就死了。"

船舱里的男人女人们极度无语，赛车手那个满脸雀斑的歪嘴巴，哪里迷人了……

几个男人心里无比懊恼，早知道这位女仆小姐这么饥渴又没有眼力，他们应该争取第一个上船。

模特冷淡地看着。演员则瞟一眼周围男人们的表情，讽刺女仆："难怪都说长你那副身材的人，都不务正业。"

女仆红着脸不敢说话。

模特一听，不乐意了："你说谁呢？"她也是身材劲爆的女人，只不过衣着保守，不像演员那么暴露。

演员倒觉得自己的性感才是恰到好处的完美，哼一声，不理会她。

风浪变大，小船摇晃得更厉害，长长的人影在船舱内晃荡，甄爱头有点晕，奇怪言溯怎么能站得那么笔直，像不受重力影响似的。

又一阵巨浪打过来，甄爱失去重心，踉跄着差点向后滑倒。言溯大步一跨，将她收进怀里，她瞬间安稳。

演员看着，眯了眯眼，半响，微微一笑："看来，我们这里还是有些好男人的。"

只是，好男人言溯像是完全没听到似的。

现场再找不到任何线索，大家决定把赛车手的尸体留在船上，重新返回城堡。

回去后，言溯认为大家待在一起比较安全，建议都留在起居室。可大家都不愿意，有的说全身湿透了要去洗澡，有的说经历了这么恐怖的夜晚，筋疲力尽了，和凶手待在一起度过漫漫长夜，还不如把自己锁在安全的房间里。

只有作家、管家和女仆支持言溯的决定。

作家说他害怕，管家绷着脸说有责任保护大家的安全，或许是担心再死几个人旅游开发计划要泡汤了，女仆则说这是证明她不是凶手的良机。

可不管这几人怎么劝说，其他人非要回房间，觉得锁上门才安全。

最终，大家各自回房。

甄爱先洗完澡出来，言溯才去。

她换了睡衣窝进被子里，床和被子都很柔软，竟像她在S.P.A基地的风格。她摸摸额头，好像有点头晕。晕船的反应这么严重？

又想起今天这一连串的案子，完全看不出谁是凶手。她问了言溯，言溯说证据太少又没有法证手段，他只是推测和怀疑，暂时不定。

但他又说有几个人说的几句话，很有意思。

甄爱细细回想了一遍，还是没有头绪。

不想了，她现在应该考虑的是哥哥留下的密码，而不是和她毫无关系的杀人案。

她呆滞地望着四方床上的纱帘，不知看了多久，突然想起什么，滚一下身子，头歪在枕头上，望着长沙发上蓬蓬的白色被子，蓦地蹙起眉心。

沙发不够长，估计言溯要蜷成一团才能睡下。

她望天，默默地想，一团白色的言溯……好喜欢……

房间里很安静，她似乎听不到窗外的狂风骤雨，只有浴室里哗啦啦的水流声，匀速又暧昧，仿佛从她心底淌过。

言溯隔着一堵墙，在那边洗澡呢。

她的心不受控制地突突跳动，轻轻拍拍自己的头，喊停，不许想了。

可脑子里浮现出她在言溯家的那次，不小心走进他的卧室，第二天早晨他光着身子下床，漂亮又紧致的背影。

现在，他立在花洒下，身形颀长，水珠一串串流过……

甄爱红着脸把自己捂进被子，羞得翻滚几圈。又一愣，刚才她洗澡时，他在外边，该不会也在想她……甄爱埋进枕头，浑身发烫地趴着，忍不住踢一下床板，羞死算了！

被子里只听得见自己打雷般的心跳声。

空气空气，没有空气，她要晕眩了，赶紧钻出来猛地呼吸。

而这时浴室门打开，甄爱慌忙闭上眼睛装睡。

地毯上几乎没有脚步声。

很快，他关灯了。

甄爱有些懊恼，他都不来床边看看她吗？

正失望时，床的另一半蓦地一沉，甄爱心一弹，下一秒钟，他扑面而来搂住了她，带着浴室里清新的皂香。

甄爱吓了一跳："你干吗跑来床上？"

"怕打雷。"

他贴着她发烫的脸颊，语气竟透着罕见的慵懒，仿佛这一刻没了诡异的城堡和案子，他难得地放松。

甄爱一听他的语气，心就甜甜地软了。

她动了动，迎着他的面抱住他的腰，却意外地触碰到他滚烫又紧实的肌肤，貌似指尖还挨着他臀部微妙的弧线。

甄爱的心怦怦怦，小心翼翼收回手，咽了咽口水，问："S.A.，你为什么没穿衣服？"

"屋里黑。"他振振有词，"就没来得及穿。"

甄爱在黑暗中眨巴眨巴眼睛，对手指："明明是你关的灯。"

"嗯。"他一点不羞愧，安之若素，"我只想安安静静抱着你睡觉，所以，不要讲话，乖乖睡觉好吗？"

"噢！"她软软地应一声，闭上眼睛。

过了几秒钟的安静……

"但是，"她在他怀里拱了拱，欲言又止，"外面早就不打雷了。"

身旁的男人默了默："我知道。"

她仰起脑袋，望他："S.A.，你突然间逻辑好混乱。"

他完全不在乎："混乱就混乱吧。我现在想睡觉，还管逻辑做什么？"

"噢。"她再度软软地应一声，闭上眼睛。

又过了几秒钟的安静……

"Ai……"

"嗯？"

"你不是喜欢裸睡吗？"

"……"

"嗷！"

得寸进尺的人，欠揍！

风雨飘摇的夜，古堡里一片静谧。

卧室内温暖而安静，偶尔有紫白色的闪电从厚厚的窗帘缝漏下来。甄爱躺在言溯熨烫的怀抱里，内心安宁。

她其实怕冷，以为暴风雨的夜，独自睡在清冷孤僻的古堡里，会瑟缩成一团。可此刻他在她枕边，呼吸浅浅，平稳而宁淡，透着男人平日里不显露出来的柔弱。

他的手臂搭在她腰间，怀抱安全又熨帖，充满了她喜欢的味道，暖进她的四肢百骸，暖得她浑身发烫，想骄傲又嘚瑟地把手伸到被子外边去凉快；又想整个人缩到他的心里，暖暖地做个窝，再不出来。

她忍不住，轻轻地弯弯嘴角。

"睡不着吗？"

他的唇原就贴着她的耳朵，甫一开口，嗓音朦胧又低沉，从甄爱耳朵吹到心尖，她忍不住浑身颤了颤。

黑暗中，她动了动身子，抬手摸上他轮廓分明的脸，手感干净而清爽。

她拇指还大胆地轻轻蹭蹭他的嘴唇，小声嘀咕，像偷偷讲小话的孩子："S.A.，你身体好热,像靠着大暖炉。"

"是吗?"他薄而柔的唇一张一翕,在她指尖摩挲,"如果我是暖炉,你为什么不抱我?"

甄爱悄悄地脸红,扭过去背对着他:"谁叫你不穿衣服的?"

"裸睡有益身心健康。"他轻而易举地把她翻转过来,认真又诚恳,"我以为在这个问题上,我们早已达成共识。"

谁要和你一起裸睡!甄爱瘪嘴:"是你一厢情愿。"

他沉默地笑了,环她更紧,黑暗中,带了笑意:"哦。"半晌,又收敛,重复之前的问题,"睡不着吗?"

甄爱认真地想。

几秒钟过去了,这次言溯没嫌弃她反应慢,自己接话:"那就是睡不着了。"末了,带着极淡的懊恼,"我以为抱着你,会让你觉得安稳。"

甄爱的心像被什么撞了一下,很暖。

下一秒钟,枕边的人不甘心地道:"科学研究表示,睡眠不好的女人如果睡在一个安逸又温暖的怀抱里,感到舒适安全,她的睡眠质量就会得到极大的提高。"

甄爱哑口,糟了,该不会挫伤到他的自尊心了吧?

果然,她还来不及说话,他稍稍遗憾地说:"试验证明,我的怀抱对你没有任何安抚的作用。我是一个失职的男朋友。当然,只是在这一方面。其他方面,我自认称职。"

这番话把甄爱的心情说得跟坐过山车一样,起起伏伏。

她一把搂住他的脖子,软软地说:"因为你,我感到很温暖很安全!只不过在想哥哥的密码,所以睡不着。"

怀中的男人僵了一下,尴尬而自省道:"我居然又忘了全面分析。"

"分析那么全面干什么?反正你今天没有逻辑。"她挨着他的脸颊,轻声嘟哝,嘴角的笑容却越来越大。

刚才他的一番科学论证,于她来说,就是好听的情话。

黑暗让普通的对话染上了缠绵而亲昵的色彩,让彼此的触感也越发明晰而清澈。

她的身子柔柔地盈满他怀抱,他整颗心都软了下来。一贯克己有度,此刻却无比依恋她身体的馨香。他真喜欢这一晚的亲昵。

但他终究是知分寸的,且此时此刻,他更关心困扰她睡眠的问题:"既然睡不着,去探秘吧。"

The sun has set, and the long grass now

Waves dreamily in the evening wind;
And the wild bird has flown from that old gray stone
In some warm nook a couch to find.

In all the lonely landscape round
I see no light and hear no sound,
Except the wind that far away
Come sighing o'er the healthy sea.

（太阳落下去了，如今，长长的草
在晚风中凄凉地摇摆；
野鸟从古老的灰石边飞开，
到温暖的角落去寻觅一个安身所在。
这四周景色寂寞
我看不见，也听不见，
只有远方来的风
叹息着吹过这片荒原。）

甄爱和言溯跟着哥哥留下的诗去城堡探秘。

古堡是砖石结构，夜晚走在弯弯曲曲的石廊，难免有种厚重的清冷。外面是暴风雨，仿佛总从看不见的缝隙里吹来阴风，走廊上的灯光摇摇晃晃。甄爱时不时回头看，灯光朦胧中，无数间房间紧闭着门，像一排排眼睛。

一般人在这里行走，估计得吓得魂飞魄散。

言溯见她连连回头，轻笑："害怕？"

"嗯？"她仰头看他，愣了愣，又摇头，"一点都不怕。"她向来神经粗。

他从她平常的声音和肢体语言判断出，她是真的不怕。他望向前边无止境的路，意味深长地道："你不怕，我倒是挺怕的。"

"怕什么？"

他只是笑笑，不解释。他怕那个藏在白布下的甄爱的蜡像有什么特别的意义。

"不害怕为什么总是往后看？"

"记路线。"

"你放心，有我在，不会迷路的。"

甄爱忽然想起那次走错路睡到他床上，他对人脑记忆路线的那番歪论，问："这么说,刚才走过的路都在你脑袋里绘成图像了?"

他"嗯"了一声。

"那你有没有发现我们走过的路,像海螺的壳?"

言溯一愣,的确像海螺壳上的花纹。一条连续的线,一圈一圈环绕,无限接近中心的终点。每圈线之间又有无数的细纹交叉,错综复杂。

"是挺像的。"他微笑,"很美。"

甄爱点点头:"嗯,很美。"

这样的夜晚,和他独处,很美。

"太阳落下,长长的草,古老的灰石,去温暖的地方⋯⋯"言溯喃喃自语,方形的城堡里,哪一栋楼可以看到落日凄草、岛上岩石,且比较冷清?

如果把这座正方形城堡放在地图上,它倾斜四十五度,尖端朝正上方。正门和主堡在右下角东南方向,面对悬崖,看不到岩石。

能够看到落日凄草和岛上岩石的,是西南方向。最清冷的⋯⋯

"是最西角。"两人异口同声,相对而笑。

"最西边是七号附堡,我们去那儿吧。"他继续往前,目光无意扫过墙壁上的烛台。这才意识到,那图案见过好多次了。繁复的圆形花纹,画着荆棘和紫露草,中央有两个较大的 L 和 C 形字母,以及一行小字。

是家族的族徽。

言溯细细看过,收回目光,随意道:"原来是 Lancelot(兰斯洛特)。"

甄爱蓦然一顿,言溯察觉到了:"怎么了?"

她不想隐瞒,实话实说:"亚瑟王的故事里,最英勇的骑士兰斯洛特拐走了王后桂尼薇儿。这也是亚瑟王国走向覆灭的起点。我小时候总听这个故事,而组织里一直有一句话:凡如兰斯洛特之叛徒,必被铲除。"

"难怪管家转达这句话时,其他人脸色都变了。"

"我和哥哥都是组织的叛徒。真不明白他为什么叫我来这里。"

为什么要叫她来这里?

言溯心里再次闪过不祥的预感,又看了一眼城堡随处可见的族徽,大写的 L 和 C。这个家族真奇怪,连 C 字母也要大写⋯⋯

城堡似是而非的传说,恺撒密码的密钥,古老的族徽,奇怪的姓氏,哥哥密码的所指⋯⋯

他蓦然明白甄爱的哥哥为什么要选这个地方。她哥哥没有不顾她的安危把钱藏在这里,密码的意义或许是⋯⋯

他脑中陡然一片空白,不肯相信自己的猜测。其实要证实,很简单。只要问甄爱一个问题。

可到了这一刻,他不敢问。

这时却听甄爱轻呼:"咦,拳击手的蜡像怎么回事?"

言溯回神,发现他们已走到大厅。十三条走廊入口有的空空如也,有的摆着蜡像。拳击手蜡像在第一条走廊入口,头上砸了个西红柿,脸上覆满红色汁液。

两人对视一眼,顿感不妙,立刻沿着第一条走廊跑进去。和管家说的一样,果然有数不清的岔路,好在言溯方向感极强。

走廊比他们想象中要长,很快他们看到了尽头拳击手的房门,可那里骤然传来一声男子惨叫声。

言溯冷着脸,不自禁握紧了拳头,甄爱陡然一痛,觉得自己的手快被他捏碎。她也慌了,这样再死一个人,言溯要气死的。

拳击手的房间在第一个。他们赶到时,其余房间的人纷纷打开房门,探出身子来。

甄爱扫了一眼,所有人都在,包括最远端的管家和女仆小姐。

大家很快聚拢在拳击手房门前,大声敲门:"拳击手先生!拳击手先生!"好几人上去拧门把,没有反应,里面也没有半点动静。

幼师朝管家喊:"钥匙!"

"只有一把。"

"让开。"言溯冷面罩霜地命令。

众人愣了一秒钟,立刻移开。

言溯过去摇一下门锁,真锁住了。他阴着脸,后退一步,突然一脚,踹开了古老的木门。

门板轰然倒地。

室内灯火明亮,拳击手双脚朝门,头部朝窗,仰面倒在地上,头上破开一个大洞,鲜血淋漓。

和他的职业一样,拳击手被重击而死。

门外的人惊呼,刚要往里涌,言溯冷声呵斥:"谁都不许进来。"众人立刻止步。

他过去按了一下拳击手的脉搏,死了,身体还热着。又去检查窗子,全部锁着。

甄爱立在门口,不可置信。房间里传出惨叫时,她从走廊那边看得清清楚楚,门一直没开过。门窗都从里面锁了,那凶手在哪里?

屋外的人也看出了蹊跷,全面面相觑。

作家诧异:"密室杀人?"

模特翻白眼:"你小说写多了吧?一定是有人杀了他,然后在我们没出房门前跑回自己房里，装作是听见声音才出来。"

幼师提出异议："听见惨叫时，我刚从浴室出来，离门很近，不到一秒钟就打开房门。走廊上一个人也没有。"

大家开房门的时间相差不过几秒钟，都纷纷作证。

甄爱也证实："是。我和言溯从走廊那边跑来。拳击手惨叫之后，他的房门一直没开过，没有人进去，也没有人出来。"

律师推测："难道是翻窗子？可外面是悬崖。"

言溯从窗边走来，脸色不好："窗子从里面锁了，不可能翻窗。房间是密闭的。"

演员刚刚洗澡，还裹着浴巾，系得很低，身上湿漉漉的。在场好几个男人忍不住多看她几眼，薄薄浴巾下起伏的曲线很是诱人。

她故作羞赧地摸摸脸："因为听到叫声担心，就立刻跑出来了，没来得及换衣服。"

女人都没反应，男人都很宽容。

演员往言溯那边扭："什么密室杀人？或许是拳击手自杀呢！"

言溯不看她，丝毫不掩饰鄙夷的语气："麻烦你用大脑思考。拳击手的头被非常有力量的东西砸了，头骨碎裂，当场死亡。请问他自杀的凶器在哪儿？"

尸体周围干干净净，除了脑袋旁边大量的血迹，没有任何别的痕迹。别说锤子之类的重物，连小刀片都没有。

演员脸通红，不太开心地把浴巾往上拉，这下什么也看不到了。

主持人帮腔："拳击手自杀的凶器就是……他自己的拳头。他……"

"请不要再暴露你的智商。"言溯冷而疾速打断他的话，仿佛再多听一个字他就耳朵疼，"他的拳头干干净净的，没有半点血迹。"

主持人面红耳赤。

甄爱微微讶异，言溯自始至终音量不高，语速也不快，甚至不徐不疾。可她还是从他不紧不慢却冷到冰点的话语里听出了狠狠隐忍的怒气。

她知道他是气又有一个人在他眼皮子下被杀死，竟还是密室杀人。

这不是他的错啊。

周围的人鸦雀无声，警惕又胆怯地看着言溯，终于明白什么叫不怒自威。

言溯谁都不理，目光冷静地落在拳击手仰卧的身体上。太干净了，现场太干净了！丝毫不凌乱，一击致命，高效迅速，绝非临时起意。

凶手是正面袭击死者，非常大胆，可谁能一拳打得过拳击手？

更奇怪的是，他看上去不仅没有反击，甚至都没挣扎。

还想着，听甄爱淡淡地开口对其他人说："这下你们同意剩下的人一起待在起居室了吧？不久前你们说各自回屋锁上房门是最安全的，现在呢？呵，如果你们一开始不那么固执，现在就不会死人。"

言溯一愣，突然明白了，她说这些，全是为他。

他的心骤然一暖。

"Ai……"

他去拉她，但她心里憋着气，不仅为死去的人，更为言溯天性的自责，她心痛，实在忍不住，咬牙狠狠道："如果现在还有谁不愿意，非要自己待在房间里，我认为这人不是勇敢，而是因为他是凶手，想要杀人。"

这话一出，没有人敢提出异议了。

女仆提议："那我们都换衣服去起居室！"

"等一下。"甄爱缓缓笑了，"我们先去各个房间搜一下杀死拳击手的凶器。"

起居室内的落地钟指向零点。一行人检查完房间，一无所获，齐坐在起居室里。

窗外的暴风雨越演越烈，女仆端来点心水果、热茶、咖啡和牛奶。古堡冷清，她往壁炉里多添了些榉木，顺带拉上厚厚的窗帘，把风雨和颠簸的海洋关在外边。

起居室内暖意浓浓，竟如海中避风港般温馨。

或许温暖与疲倦驱散了大家的防备，一路上只泛泛而谈的众人开始聊天。和以往的玩笑不同，大家聊起各自的人生经历，时不时加一些感触和体会。

模特和演员说起入行的艰辛，幼师说起严苛的家长，作家说写作的孤独，律师说难以坚守的良心，主持人说身不由己的迎合。

言溯漫不经心地听着，在想别的事。

目前三起命案，他不确定是不是同一人所为，但三个案子有个明显的共同点——现场有条不紊，死者几乎没能力反抗。

凶手用了辅助药物？

言溯从死者表面没有观察到异样。现在没有法医和设备，也检验不出。

医生的案子里，如果他座位旁的拳击手和幼师说了真话，没察觉到异样，那凶手是怎么在黑暗中杀死身体健康意识清楚的医生，而没有引起周围人警觉的？

赛车手的死也很古怪，如果女仆小姐说了假话，她是凶手，她怎么不留痕迹地制服赛车手然后把活着的男人绑到涡轮上去？如果女仆小姐说了真话，那这些人里必然有一个知道赛车手在船上。他从餐厅回房后，出门去杀了赛车手。可为什么刻意把蜡像吊在缆绳上？

拳击手的案子更诡异。门窗紧锁，所有人都在房外，死者正面受袭击倒下。房子是密室，凶手和凶器怎么凭空消失？

所有人一起搜了房间，却没有找到凶器。

言溯已经看出谁是警察,谁是组织派来的人。可这三起案子似乎不都和他们有关系,莫非是他哪里想错了?

对面,主持人聊在兴头上,说了句奇怪的话:"你们知道吗?死去的拳击手和医生之前就认识。"

"认识?"众人齐齐看他。

主持人喜欢受人注视,瞬间找回最擅长的表演状态,神乎其神地解释:"拳击手以前小有名气,拳台上表现好,但台下人品不行。没结婚之前,吃喝嫖赌样样都干。"

幼师回忆着补充:"我听说过,当年他喝酒驾车撞死了一个女大学生。"

"可你不知道内幕消息。"主持人喝了口鸡尾酒,脸颊红得发光,"他不是酒驾,而是看上了在酒吧打工的漂亮女孩,把那个女孩强暴了。女孩要报警,拳击手一急,就开车撞了她。"

作家插嘴:"那和医生有什么关系?"

"那女孩不是被撞死的。"主持人说,"她在ICU里昏迷了很多天,脊椎骨折,腿截肢了。女孩的家人准备提起诉讼,要求拳击手赔偿两千万美元。"

演员说:"我猜猜,拳击手为了少赔钱,让医生把女孩治死了?"

主持人见美人开口,立即殷勤地笑:"演员小姐聪明。"

"这么说,女孩的主治医生是和我们同行的医生?"模特好奇地打量主持人,不太相信他的话,"你怎么知道?"

主持人不太喜欢模特的质疑,敛了笑容:"干我这一行,当然消息灵通。我还知道,他故意撞人,却以醉酒驾车的缘由脱罪了。当然,还是赔了些钱。"他叹气,"从那之后,他改邪归正,戒了一切恶习,结了婚,成了好丈夫。不过,今天这么一看,医生和拳击手也算是多年前做了亏心事!"

一说亏心事,大家都端起茶水慢吞吞地喝,缄默不语。

言溯和甄爱安静地对视一眼,这个故事是真是假?和那两人的死有关?赛车手呢?他为什么而死?

事情仿佛有了亮光,又仿佛更加迷雾重重。

律师轻轻地说:"虽然不知赛车手做过什么,但,该不会凶手专杀做过亏心事的人吧?"

大家听言,都各自猜测并紧张起来。

管家皱了眉,古板而严肃:"即使是犯过罪的恶人,也只有上帝能给予判罚。以正义之名的个人处罚,都是私欲,远非正道。况且,只要真心忏悔,上帝宽容的心会包容和拯救一切罪。"

言溯和甄爱不信教义,对此不置可否,但管家先生说的有些道理他们是认同的。

这一番正气凛然的话在起居室里回荡,在场其他人的心都微微撼动。

演员颇有感触地低下头,良久才抬起:"我以前也做过亏心事。或许在场的凶手知道了,接下来会杀我。可我还是想把同行的你们当作互助小组的组员,帮我一起忏悔……我在竞争一个角色时,找人造谣诽谤过另一个女演员,她事业大受打击,后来……听说她自杀了。或许是报应,这么多年我一直没红过,也没有让人记得住的作品。"

周围的人都沉默,却没有惊讶。

幼师握住演员的手,宽慰:"只要真心忏悔,你会得到原谅的。"其他人纷纷附和。

这下子,表面平静实则饱受心理压力的众人,面对旅途中偶遇以后再不会见的陌生人,一个个"敞开"心扉,但真真假假就说不清了。

模特说她害过走T台的姐妹从台上摔下,从此离开模特圈;作家说他看了朋友的草稿后,盗取他的创意发表,从此和朋友绝交;幼师说她打骂过一个小孩;律师说他曾帮公司逃税;主持人说他曾报道不实消息,导致网友人身攻击当事人。

言溯垂眸倾听,波澜不起。

幼师问:"逻辑学家先生呢?你有没有做过亏心事?"

言溯抬眸,平淡地道:"没有。"

两个字轻轻松松,毫不犹豫。

大家的脸色变得微妙,分明是不相信。

演员轻飘飘地问:"哪有人没有可忏悔的事?逻辑学家先生,不用不好意思。做错事,并不会削减你的人格魅力。"

甄爱奇怪:"为什么不相信?我就相信他没做过亏心事。"

话一出口,大家的目光更加微妙,仿佛在叹息,涉世未深的小姑娘,真是单纯好骗。

言溯淡淡的,毫不介意。他说的是真话,不在乎别人信不信。甄爱信,就够了。他人的意见,谁在乎?

演员心里猫挠一样,很想知道这个看上去极端正经的男人究竟有没有做过亏心事。她妖娆地轻轻启唇,倚在沙发扶手上,妩媚地说:"逻辑学家先生不要担心嘛!不是说,有伤疤的男人更性感吗?其实,犯过错的坏男人更讨女人喜欢。"

甄爱拧着眉心,更加不明白:"为什么女人要喜欢坏男人?我不喜欢坏男人!"

言溯垂眸看甄爱一眼,不禁微微笑了,抬眸看演员,神色却冷淡:"很遗憾,我活着不是为了讨女人喜欢。"说话间不经意握紧了沙发上甄爱的手。

他喜欢她,她喜欢他。他相信她的好,她也相信他的好。这样就好,他人的意见,谁在乎?

演员讪讪的,强自笑笑:"学生小姐呢,有没有想要忏悔的事?"

甄爱耸耸肩:"我也没……"话突然说不出口,脑子里浮现出妈妈死的那一刻,伯特在她耳边叮咛:"Little C 恨死妈妈了,想要杀死她!"脑中顿时一片空白,她,真的不需要忏悔吗?

演员一眼看出蹊跷,温柔追问:"学生小姐没有想说的?"

甄爱早已平复,神色淡淡:"没有。"

演员摆摆手,半开玩笑似的轻叹:"不忏悔的人是会下地狱的哦!"

言溯不悦地皱眉,甄爱却自在地笑了:"下不下地狱,我无所谓。而且,相信我,我就是从地狱来的。"

除了言溯,在场没人听懂她的话,但也不会继续追问,毕竟都不熟。

演员不死心,抱着手幽幽看着他们,倏尔弯起一边嘴角:"两位的关系还真让人羡慕,这么说来,你们都没有对对方忏悔和隐瞒的事吗?"

这话问得很不礼貌又逾矩,但甄爱还是第一时间给出斩钉截铁的回答:"当然没有!"

说完,她的心蓦地空了一下,因为言溯没做任何反应。他握着她的手微微松了一点,安安静静垂下眼帘,遮去了一切情绪。

虽然甄爱平时看不太懂人的表情,但她对言溯再熟悉不过,立刻意识到哪里不对。

言溯松开她的手:"我去下洗手间。"说罢,出了起居室。

言溯立在镜子前,用纸巾擦拭手上的水珠。水早就擦干,他却走神了,手还一遍遍做着重复的动作。

良久,他瞟一眼镜子,男人穿着料峭的黑色风衣,清瘦又挺拔,只是脸色分外冷僻。

洗手间镜子下角也印着这个家族的族徽,荆棘和紫露草,中间是 LanCelot,底端小写着 C&C。

他早该把心中的猜想告诉甄爱,而不是等到现在由外人提问他才蓦然发觉他对甄爱有所隐瞒。在他看来,这是对爱人的一种背叛。他无比憎恶此刻背叛甄爱的感觉,憋闷又愤怒,自责又羞愧,他必须马上坦白。

言溯用力把纸团砸进废纸篓里,动身往外走。洗手间的门开了,女演员婀娜多姿地走进来。

言溯皱了眉,再度不悦:"我没走错洗手间,所以……你是变性人?"

演员早习惯他的不客气,一点不恼。

她笑盈盈关了门,扭着身子斜靠在门上,看上去前凸后翘的,软得像条蛇:"逻辑学家先生觉得我不够女人?不比你的小朋友更有女人味?"

她身子一挺,袅袅过来:"要是和她睡在一起,骨头都硌得疼吧?"说着,竟抬手要搭他的肩膀。

言溯眼中闪过一丝隐忍的厌恶,挪开一步,迅速和她拉开距离。

他眸光清冷,语带鄙夷:"原来你不是演员,是妓女。"

演员眼中闪过一丝羞愤,却狠狠忍了下来。这个男人还真是……

她咬咬牙,气极反笑:"演员和妓女有什么区别?就算我是妓女,看上你,我也算是一个品味不错的妓女吧。"

"同样,我是一个品味不错的逻辑学家。"言溯拉开门。

才出去,就见甄爱红着脸从女洗手间里跑出,随后模特和幼师也出来了,还笑着对甄爱说"没关系"。

言溯:"怎么了?"

甄爱搓手指:"隔间门坏了,我不小心推错了门。"

这时,演员从男洗手间走出来,几个女人全诧异了。

言溯倒是安之若素,对她们说:"你们先回去吧。"说罢让甄爱跟他走,"我有话和你说。"

走廊的窗外暴雨如注。

他扶住她的肩膀,弯下腰直视着她黑黑的眼睛,无比虔诚地说:"Ai,刚才他们说的那个问题……"

"没关系。"她打断他的话,抬手握住肩膀上他温暖的大手,笑容满满,"我信你。再说,我们之间没有可隐瞒的事情!"

他的脸色很凝重,丝毫没有因为她的微笑而舒缓:"Ai,我本来准备等案子结束了再跟你说,但是……"

她闭了嘴,眼珠乌溜溜的,专注又好奇。

"这座城堡很可能,"他咬咬嘴唇,有些艰难,却终于说,"是你的家。"

她愣住,疑惑,不解,不可置信:"怎么可能?那……管家先生讲的那个故事?"她想起什么,一颤,"不要告诉我管家先生说的是真的,不要说那个化学家是我哥哥,不要说那对年轻的夫妇是我的父母,也不要说那个在二战时卖出大量武器的是我的祖……"

她说得太快太激动,喉咙一哽,一下说不出话来。

修建这座城堡的人在二战中研发的武器杀死了太多的人,他们惶恐而负疚地躲了起来。什么武器会让他们那么惊慌,日日活在恐惧之中?

哈，一辈接一辈，一代传一代，这真是一个邪恶的家族，这真是一个活该受诅咒的家族。

她不肯相信，执拗地看着他，脸色竭力平静，却掩饰不住凄苦："你没有证据。言溯，你不要这么说。这个邪恶的地方，这里的坏人，和我没有任何关系。言溯，你不要这么说！"

他的心狠狠一疼，用力握住她的肩膀："Ai，兰斯洛特是城堡原主人的家族姓氏。C&C 可能是家族开创者的名字，也可能是你祖父母的名字。我在想，你的父母给孩子起名时，会不会效仿父辈，用两个 C 开头。"

烛光中，她的脸色白了一度。

"Ai，那串恺撒变体密码的明文是 NQQDNZHWWTDWLTQWC，密文是 KILL ONE OR BE KILLED。它的密钥是一个名字，C 开头的女孩名，Cheryl，谢儿，意思是'吾之心爱'，这是你本来的名字吧？"

甄爱颤了一下，目光空洞："即使这样，一切只是巧合。"

"是，我一直这么想，一直心存侥幸，所以没有问你。Ai，"他轻声唤她的名字，不知为何没了底气，"你哥哥的名字也是以 C 开头的是吗？你先不要说，听我说。LJ 查到埃里克斯的家就在这里。"

她望住他："所以呢？"

"埃里克斯说他姓 La Courage，我曾笑他姓氏奇怪有语法错误，现在才明白其实是族徽里的两个大写字母。Ai，LJ 还说，埃里克斯在组织里的名字是……谢琛。"

女孩脸色苍白，像瞬间冷冻住的水，再没了一丝波澜。

她静静看着他，眼睛一如既往的漆黑，没了任何情绪。就像初次见面，她从钢琴背后绕过来，带着冬天的凉意，干净又疏远。

她一字一句，问："所以，是你，按下白色键，然后埃里克斯，不，我哥哥谢琛就，没了。"

言溯的心如坠冰窖："……是。"

走廊温暖的烛光在她脸上辉映，却格外落寞："是我哥哥骗了你，他说是白色键，你才按的白色键。"

"是。"

甄爱很轻点了一下头，一动不动盯着他："你当时，没有看出来他撒谎了。"

言溯内心巨震："没有。"

他有一刹那生气她的质疑，可瞬间被潮涌般的慌乱淹没，伸手去拉她："Ai，我真的没……"

她猛地退后一步，躲开了他的手。他的手心于是抓到空气，空落落的，一如他此刻的心。

甄爱立在昏黄的烛光之下，微微笑了，很惨淡，让人想哭："言溯，我信你。"

言溯的心像被重锤无声击落，痛彻心扉。

她微笑："言溯，我不生气，真的。我只是，太多事情，想一个人走走。不要跟着我，好吗？"

她转身跑进深深的走廊，再没了踪影。

言溯追过去，甄爱早已消失在错综复杂的走廊迷宫里。

他眼前突然浮现出那个画面，他掀开地上的白布，甄爱的蜡像静静躺在医生的尸体旁。当时分明下定决心，不让她离开他的视线。心一瞬间又痛又慌，像万箭穿过。

言溯停住脚步，强迫自己冷静下来。这样盲目去追，反而更危险。

甄爱需要一个人静静，他虽然心痛，但愿意给她空间。只要保证剩下的人都在起居室，甄爱就不会出问题。

他望着前方空空如也的走廊，担心，却毅然转身回起居室。经过大厅时，特意望了一眼，甄爱的蜡像没有任何问题。

可他万万没想到，推开门，走时还暖意浓浓的起居室只剩了两个人，管家和律师，而且管家也是起身要往外走的样子。

言溯的心猛地一沉："其他人呢？"

律师说："主持人说天冷，要去房间里把被子抱过来，其他人也都去了。"说完，奇怪，"怎么？学生小姐没和你一起？"

言溯说不出话来，心里不知是种怎样恐慌的情绪，只知转身往外走。

迎面走来的是女仆，她抱着毛毯："管家先生，快一点了，我去附堡关灯吧。刚才不知谁开了大厅的窗子，把学生小姐的蜡像吹倒了。"

"该死！"言溯咬牙，一时控制不住吐出一句诅咒。

女仆惊讶瞪着他匆忙离去的背影。

甄爱穿过中央花园后，被暴雨淋湿了。

在城堡里漫无目的地走了一会儿，她按哥哥留下的密码找到了七号堡最西端的房间。

房里布置简单，宁谧幽静，壁上点着暖暖的灯。她从柔软的地毯上走过，到窗子前。

外边极尽喧嚣，里面落针可闻。

她立在静与闹的边缘，打开销闩，抓住厚厚的木窗棂，用力一扯。

耳边呼啸，来自北冰洋的海风如洪水一样汹涌奔腾，扑得她满面冰凉。风里夹杂着苦涩而冷硬的雨水，打得她脸颊生疼，狂风吹得木窗剧烈摇摆拍打。

房间的灯光微弱地投进窗外的黑夜，投下一道浅浅的亮，被黑暗吞噬。目光所及之处，礁石嶙峋，细草杂乱，被风雨打得七零八落。

再远，是一望无际的黑夜里的大海，看不到繁星，看不到城市的灯光，只有黑暗，看不见尽头的黑暗。

雨丝飘进她黑漆漆的眼睛里，冰凉又刺痛，她却固执地睁着，眼眶渐渐红了，一颗颗透明的泪滴珠子般从她冻得苍白的脸颊上滑落。

诗里说：太阳落下去了；四周一片荒芜；我什么都看不见，也听不见；只有一声叹息……

哥哥，你心里，很悲伤吧？为什么要选择死亡？明知道你不在，我在世上便孤零零一人。你明知道，为什么还要选择死亡？

她望着前方颠簸的黑夜，泪流满面，胸腔涌动着不可纾解的压抑与苦闷，想扑上去朝那片深不可测的黑暗狂吼。可窗子忽然被人关上，狂风暴雨一下销声匿迹。

世界回归温暖和安宁。

泪光闪烁中，她看见一个陌生却笔直的男人背影。

女仆小姐赶紧锁窗子。

管家看见地上的水渍，皱了眉，忍着怒气说："雨水进来会打湿城堡的地板，这些木头会长蛀虫的。"

他严厉又不满，回头看甄爱，望见她满脸的泪水，一下子愣住，脸上划过微微的尴尬。

女仆关好窗，一回头也吓一跳："学生小姐，你怎么了？"

管家常年独居城堡，不善与人打交道，看甄爱哭了，很不自在地往女仆那边挪了一步，意图拉开和甄爱的距离与责任。

但他还是有愧的，小声对女仆说："我就说了她一句，结果她哭成了这样子。"

女仆无语地看管家，走上去："你是不是和逻辑学家先生吵架了？刚才他在城堡里跑，好像在找你。"

甄爱一愣，别过头拿袖子胡乱擦去脸上的泪珠："没有。"

管家皱眉，说："下雨就不要乱跑，赶快回去。不要从花园走，出门后左拐。在你遇到的任何岔路上都左拐，就可以回主堡。"说完，他又对女仆说，"快点去关灯，我们回去吧。真担心他们一个个全在城堡里乱窜。"两人往外走，管家还在嘀咕，"管理客人真麻烦，跟老鼠一样乱跑。"

这严苛的管家连续几代人都服务这座城堡？甄爱垂眸，她很想知道这座城堡的故事，更多，更详细。

"等一下！"她跟上去，"我和你们一起。"

甄爱跟着管家和女仆走在长廊里，四处张望。

和主堡的房间结构一样，七号附堡的房间都不在同一水平面。相邻的房间看着像巨大旋转楼梯的一级级台阶，只不过坡度极缓走在上面不易察觉，只有站在尽头回望，才看得出。

甄爱望着随处可见的族徽，问："附堡不住人？"

管家斜睨她："你怎么知道？"

"构造不太一样，没有风口，很封闭不透气，又很冷，取暖设备很少。"

"你觉得冷是因为你衣服湿了。"管家收回目光，又道，"不过这座堡最冷，也是事实。这是以前的主人做实验的地方。"

实验？

甄爱斟酌："管家先生，我觉得城堡主人的经历像传奇。我很有兴趣。上次听你讲了一些，还能给我讲讲吗？"

管家很满意她虔诚的态度，冰封的脸缓和了些，骄傲道："说吧，你想听什么？"

"家族的起源是哪里？"

"欧洲。后来渐渐和世界各地有关系。兰斯洛特家分支太多，具体要查族谱。就说离我们最近的这一支吧，建造这座城堡的 Clark&Chiao Lancelot 夫妇。妻子是二战时期的中国人，聪慧贤淑的大家闺秀。"

Chiao？听这个英译，应该类似"乔"或"娇"。

"不是说他们的武器在战争中杀死了很多人？是什么类型的武器？"

"比子弹还有效的东西。"他看上去不想明说，"兰斯洛特家族历史上有很多科学家，建造这座城堡的夫妇是化学和生物方面的天才。"

不用想就是化学毒气和细菌炸弹。祖父母竟然是发战争财的，每一分钱上都带着惨死之人的怨灵，难怪他们要建这座迷宫躲起来。

甄爱的心缓缓下沉，只觉身上压了千斤的负荷，重得她呼吸困难，透不过气来。心像沉进深水，憋得难受，却找不到空气。

以前，身体遭受一系列摧残和折磨时，她都没觉得累。可此刻，她觉得活着真的好辛苦，辛苦得令她想哭！

管家接着说："起初那对夫妇生了好几个天才孩子，可孩子们觉得城堡阴郁，长大了就离开了。只有三小姐回来，带着一个高大英俊的中国籍混血男子，说是她丈夫。他们在这儿度过了一段美好的时光，第一个儿子就是在城堡里出生的。"

甄爱低头，心已经麻木。她爸爸是俊朗的中欧男人，妈妈是漂亮的亚欧混血，她不能再假装这是巧合。半晌，她小声问："那男孩后来回来过吗？"

"不知道，他被父母带走时年纪还小，即使他回来，我也认不出。"

甄爱心想,可能谢琛五年前回来买下这座岛时,管家没认出他是第三代主人。谢琛死了,现在是谁在冒充他?

她和管家女仆一起,沿着走廊关灯。厚厚的石壁上画着繁复的花纹,老旧,却古典。墙壁挂着各种画,向日葵、五线谱、花田、太阳……

都是灿烂又温暖的景象,难道这样就能改变古堡阴沉沉的气氛了?

甄爱望着冷清墙壁上绚丽的颜色,觉得恍惚,原来她的家人也喜欢缤纷的色彩,像她一样。这算是一种畸形的传承吗?

还是说,因为他们的血液都是孤独而罪恶的,所以才不约而同地格外憧憬光明和绚烂?过了那么多年,那么多代,完完整整地复制在她的父母以及她和哥哥身上。

这才是这座古堡真正的诅咒吧?

凡如兰斯洛特之罪恶者,必无幸福。

人们在做恶事的时候,真的没想过给后代造成的影响?真的没担心害怕过报应轮回,厄运会降落在子孙的头上?

她悲哀到了极致。

别过头,悄然无声地抹去眼泪,哥哥,你为什么不活着告诉我,这都是为什么?

突然,走廊上的灯全灭了,四周顿时陷入黑暗。

女仆小声轻呼:"怎么回事?"

"或许是树枝刮到了电线。"管家沉声说,语气担忧,又叮嘱女仆,"我去检查,你和学生小姐一起去房间里找烛台。"

女仆"嗯"一声,从怀里摸出打火机打开,小小的火苗在黑暗中跳跃。她一惊:"学生小姐去哪儿了?"

管家四周看,发现甄爱已经走到前面去了。女仆和管家来不及开口喊她,她的身影缓缓转过幽暗的拐角,不见了。

管家绷着脸道:"她怎么招呼都不打就自己走了?"

女仆说:"或许她想自己先回去吧。"

管家也懒得管:"走吧,去找蜡烛。"

甄爱回过神来,发现自己身处一个幽暗而狭长的地方。走廊上黑漆漆的,所有灯都灭了。刚才想得太出神,加之她本来夜视能力很好,竟没留意周围的情形。

而现在无数交错的走廊里,只有她一个人。

"管家先生?"她摸着墙壁,一步一步小心翼翼地往后退,"女仆小姐?"

漆黑的走廊里,她轻柔的试探声在长廊上回荡了一下,旋即被黑暗吞没,了无痕迹。

她四处看看,越往回走,光线越弱,即使是对她,也太黑了。周围渐渐看不清,她摸索着墙壁，碰到了栏杆，心一沉，刚才走过的地方没有栏杆。

走错路了！

她转身，却见身后某个门洞仿佛闪过一片黑影。

凶手？

她心里一惊，会有人来杀她？她赶紧离开，毫无头绪地在黑暗中奔走，现在她不会出声喊人了。她可以敏锐而准确地感觉到，黑暗中，有危险的人在靠近她。真的会被杀掉吗？

她努力奔跑，心怦怦直跳，像要从胸腔冲出来。怎么办？她要是死了，言溯会难过的！

想法戛然而止。

黑暗里突然伸来一只极其有力的手，死死捂住了她的嘴。她条件反射去抓那人，面前却骤然出现一片亮光，太刺眼了，像是打开了灯火通明的门。

她被用力推了进去。

厚厚的门瞬间合上，身后的人也不见了。

甄爱在一瞬间摆脱了束缚，望着面前白茫茫的景象，瞠目结舌。

面前银装素裹，轻雾缭绕，像是童话里的玻璃世界。

一层层白色的"水晶"下面笼着各种实验器材，瓶瓶罐罐，还有一动不动的兔子、白鼠、青蛙以及动物组织……

一个个裹在透明的晶状体里，在灯光下，闪闪发亮。

她蓦地浑身一抖，牙齿发颤，强烈的冷气从湿透的脚心钻了上来，冰刀一般在身体里搅动。旁边显示器上显示着这里的温度是华氏零下一度。

她被人关进了冰窖。

灯全关了。

管家和女仆捧着烛台，走在深夜寂静黑暗的走廊里，一小片微醺的烛光随着他们的移动从古堡石墙上划过，留给身后一片黑暗。

管家走了几步，忽然一停，转身回望，身后是看不见尽头的走廊，无数紧闭的房门和岔路。

女仆问："怎么了？"

管家若有所思："你有没有听到什么奇怪的声音？好像砰的一下。"

女仆侧耳倾听，摇摇头："没有啊，什么都没听到。"

管家不说话了，静静立着，但身后再也没了一丝声响，甚至没有穿堂的风。

"或许我听错了。"管家自言自语，端着蜡烛继续前行，"去主堡吧！"

小小的烛光渐渐移向走廊尽头，一转弯，七号堡的长廊陷入黑暗。

而此刻的冰窖里，甄爱缩成一团蜷在地上，冻得瑟瑟发抖。湿漉漉的衣服和头发渐渐结了冰霜，指甲也冻得没了颜色。

安静的冰窖里，只有她牙齿咯咯打架的声音，她觉得下巴都要冻掉了。

寒冷像是细针尖刀，一点点侵入四肢百骸，刮心挫骨地疼，她觉得神经都被撕裂了，忽然想起不久前她对言溯说：不要跟着我。

他一定不会来了。

她曾想过无数种死法，却没想过，会冻死在自家亲人存放未销毁的实验材料的冰窖里。

言溯拿着手电筒，跑遍了整座古堡还是一无所获，到处都没有甄爱的身影。

站在高处眺望，附堡的灯都熄灭了，只有主堡的下半部亮着灯。

难道他们一路错过，甄爱已经回去了？

言溯动身往回跑。他记忆力好，一会儿就轻车熟路地回到起居室。这一次推门进去，他的心再次狠狠一沉。

所有人都坐在起居室里聊天喝茶，除了甄爱。

都回来了，这意味着，凶手成功出击，甄爱或许已经遇害，就在这座城堡某个黑暗阴冷的角落里。

他心底骤然冰凉，都不知是怎么走到他们面前的，一字一句地问："有没有谁看见过她？"

起居室里的谈话声戛然而止。

大家扭头，奇怪地看他，他此刻苍白而空茫的脸色很吓人。虽然大家都知道他说的"她"是谁，但没人接话。

演员瞧出了异样，幸灾乐祸地道："她不是一直跟着你吗？"

言溯冷冷看过去，演员莫名吓了一跳。

管家说："我们刚才遇到她了。"

女仆也说："突然停电，她就先走了。我们以为她回来了。到这里见她和你都不在，还以为你们两个在一起呢！"

言溯一听"停电"两个字，更觉得糟糕："马上带我去刚才她消失的地方。"

管家想起什么，立刻起身："我就说刚才在那边听到了奇怪的声音，赶紧去！"

管家一边疾走一边努力回想那一声"砰"是什么声音，某一刻他惊觉："糟了，是冰窖的门，只能从外面开。"

言溯的脸笼在阴暗的光线后："温度多少？"

"华氏零下一度。"

"……多久了？"

"我听见那声音的时候,正往主堡走,几分钟吧!"

"我们一回来,你就来了。"女仆跑得飞快,"应该没多久。"

三人很快赶到冰窖门口,管家和女仆合力拉开厚厚的大门,白色的冷气扑面而来。

言溯低头就见甄爱蜷缩成一团,纹丝不动坐在门边,埋头抱着自己,全身上下罩着细细的冰霜,像一尊雪娃娃。

只一眼,他的心都要渗出血来,立刻上前把她抱出来。她保持着蜷缩的姿势,毫无知觉。言溯疾声问:"哪个房间里有热水?"

女仆迅速推开旁边的房门。

她脸色青白地靠在他怀里,一动不动,像是死了,又像是化不开的冰雕,周身散发着冷气,冰寒彻骨,全扑到言溯心窝里,痛得他的心缩成了一点。

他不敢相信,他居然放她在如此低温的环境下待了那么久!

女仆迅速打开浴室的水龙头调温。

"恒温华氏九十五度!"言溯把甄爱抱进浴缸,脱下她的外衣和布裙,拿过花洒,从她头顶往下浇。她的身体森白冰寒,温热的水一碰到她便骤然冷却,凉丝丝地滑落。

他望见她双眼紧闭,睫毛上还覆着冰霜,她哭过……

当时她一个人蹲在冰窖里是怎样绝望而恐惧的心情,他不敢想,心痛如刀割,毫无分寸又手忙脚乱地拉开自己的风衣和里衫,把冰凉透骨的她狠狠按进自己光裸的胸怀里。

温水哗哗地流,怀中的人还是冷得透心。

其他人不知什么时候跟过来,涌进浴室,见状全惊得目瞪口呆。

作家见言溯脸都白了,赶紧去拉他:"她体温太低,泡在水里就好,你这样抱着会把自己冻伤的……"律师和主持人也来拉他。

"滚!"言溯甩开他们,瞬间爆发的怒气惊呆了所有人。

言溯衣衫凌乱,狼狈地跪在浴缸里,怀里搂着昏迷的甄爱,像受了重伤走投无路的困兽——在看不见的某处伤痕累累,却固执而不可侵犯,带着一触即发的仇恨,像一只守护同伴的狼。绝对,不离不弃。

他一贯淡然的眼眸竟露出凶光,看着面前的众人,一字一句,几乎是咬牙切齿:"刚才,你们当中有一个人一定见过她,并伤害了她。"他嘴角苍白,清俊的脸阴森森的,有种古怪的美感,"为什么对她下手?以为她发现了你的秘密?呵,因为你对她下手,我反而知道你是谁了。这下你可以安心等待,我绝对会让你付出代价!"

低沉的一番话说得在场的人心里冷飕飕的,却又不知他空洞的眼睛究竟看着何人。

众人面面相觑,言溯已收回目光,看向女仆:"升温,华氏一百零四度。"

管家留下女仆,带众人去取被子和热水袋。

水位缓缓上升,言溯坐在浴缸里,紧紧搂着他的甄爱。

贴贴她的脸,还是冰冰凉凉的,让他心疼。

时间一分一秒过去。她的身体渐渐软下来,绵绵的,凉凉的,趴在他怀里。虽然还是凉丝丝的,但明显有了回暖的迹象。

"升温,华氏一百零九点四度。"

女仆照做。

彻骨的寒意渐渐消散,可他心头的恐惧一直萦绕,他害怕得牙齿发颤,直到某一刻……

怀里的她动了动,人还意识不清,却喃喃唤他:"言溯……"

言溯内心巨震,说不清是怎样一种狂喜和庆幸,脑子里紧绷的弦断开,可低头看她,她又闭上眼睛了。

他扶住她的头,将她泡在满满的热水里,又道:"热开水。"

女仆立刻递来玻璃杯。

他轻轻吹散热气,含住一口热水,凑到她嘴边,一点一点送进她嘴里。热水缓缓流入她的身体,温暖如春风化雪般拂遍全身,渐渐流窜到四肢百骸。

甄爱再度缓缓睁开眼睛,虽然意识迷蒙,却知道自己回到了温暖的地方。她泡在暖暖的水里,还有他的怀抱,侵入体内的严寒也逐渐驱散,慢慢被一种温热的感觉替代。

面前是他近在咫尺的脸,苍白而英俊。他吻着她,干净的香味,温热的鼻息,温馨又安宁,她可以记一辈子。

言溯喂她喝完半杯热水,感觉她的眼睫毛在他脸侧闪了一下,又轻又痒。

他猛地抬眸,就见她眼珠漆黑,像水洗过的黑曜石,纯粹而专注地看着他。嘴唇依旧苍白,却微微笑了:"别担心我。"

他愣怔地看她一秒钟,如获至宝般欣喜若狂,再度将她紧紧揽在怀里,咬着牙半天说不出话来,隔了不知多久,开口说的却是:"恒温,华氏一百一十六点六度。"

怀里的女孩忍不住轻轻笑了声,呼吸很浅很慢,声音柔弱:"我不会有事。"她仰头搭在他的肩膀上,微微笑着。

你这么着急,我怎么会有事?

他托着她的后脑,还不忘把她泡在温热的水里,胸腔里隐忍着的情绪,嗓音哽咽:"Ai,再叫我一声,我的名字。"

她一愣。虽然看不到他的脸,却听到了哭音?

她的心像被谁狠狠扯了一下,很乖地照做,只是声音还有些虚弱:

"S.A.。"

"嗯?"

她靠在他温暖的怀里,觉得眼睛里的冰像是融化了,酸酸的盈满了眼眶。

他才不会不来找她;他从来不会放弃她;有他在,她怎么可能下场凄惨?

突然,他起身抱紧她,低下头,唇舌便钻进她嘴里。

他整个压到她身上,她支撑不住他,猛地倒进温热的浴缸里,水花四溅。

他敞开的衬衣漂浮起来,胸膛狠狠贴住她沉到池底,像要折断她,双手却死死扣住她的后脑,把她捧在水面。

他吻得很用力,仿佛发泄不安与后怕。他的呼吸早已紊乱,咬着她的唇,用了全身的力气吮吸,青涩而狂乱,像个莽撞的少年。

甄爱没有一丝力气,泡在温暖的水里,被他灼热的身体压制着,进退不得。两人的呼吸紧紧纠缠,微凉而滚烫。她只觉天旋地转,又冷又发烧。空气全被他吸走,她喘不过气来,迷茫又晕眩,心缩成了一团。

水下,她纤细的躯体渐渐轻颤,体内流过温热又很陌生的暖意,她揪着他湿漉漉的衣袖,非常紧张。虚弱的她承受不了,瑟缩在他怀里,哀哀地呜了一声。

也许是听到了她的呜咽,他猛然一震,清醒过来,立刻松开她。

她眼睛湿润又清亮,嘴唇红肿,懵懂地看他,长发被他抓得凌乱。

"噢,抱歉。"他蓦地松开她。甄爱没了依附,直直往水下沉,他一惊,赶紧又捞起她。

心跳如擂鼓。

确定关系后,一直都是礼貌地接吻,从未像此刻这么激烈。

两人傻愣愣地瞪着,一声不吭。

有人轻敲浴室门,女仆小姐不知什么时候已经出去了。

言溯赶紧把浑身无力的甄爱扶好。

管家和众人带着被子和热水袋来了,幼师还拿来了干衣服。

言溯不太领情,接过东西,一句话不说把大家关在浴室外。

甄爱虽然醒了,但体温很低,四肢也使不上力气。言溯给她脱衣服擦身体,起初还不觉得,只认为这是一种正当的救人方式。教科书上说,缓解冻伤接下来的步骤是脱了衣服把身体擦干,再睡进温暖的被窝。

言溯给她脱去湿衣服,手不自禁抖了,脸渐渐红起来,目光尴尬地到处瞟,仿佛偌大的浴室找不到安置之处。

甄爱坐在水里，困窘又愣愣地盯着墙壁，心跳得一团糟，无奈体温还低，脸都红不起来。

两人都很窘迫，言溯不自在地咳了咳："你自己脱剩下的……"

甄爱低着头点一点："好啊。"

她抬起酸痛的手臂，前扣式的胸衣不难脱，手一松，小衣服掉在浴缸外。言溯低头，看着脚边的胸衣，心情难以名状。

可很快甄爱遇到麻烦，她没有力气，也坐不起来，双手笨拙地搓了半天，也没把内裤揪下去。

他侧身立着，感觉到她的困窘，突然弯下腰，单手伸到她臀后托她起来，一手拎着她身上最后一小块布料，轻轻一拉，退到膝盖处。

她条件反射地在水里并拢双腿，慌忙拿手遮，另一只手赶紧拦在胸前。可即使是短暂的一秒钟，他已经把她看遍。

他扯过一条浴巾铺在地毯上，把她从水里抱出来放在干燥的浴巾上面。

出了水，她蓦地浑身一抖。他知道她是冷了，迅速用大毛巾裹住她，搓搓她的头发，又开始擦拭她的身子，像擦一只湿漉漉的小狗。

可她和小狗不一样，手臂拘谨地揽着前胸，腰肢纤细，肌肤滑腻，两条腿修长纤细，叫人挪不开目光。她低着头，长发柔顺地垂在前胸，像条小人鱼。白皙，柔软，虚弱，滑腻。

言溯体内的血直往脑门上蹿，刚才抱着她全身冰凉，此刻却浑身发热。像被毛毛虫刺了，又痒又辣。

他默念无数遍克制，拿毛巾裹住她擦拭。

甄爱羞得浑身轻颤，埋头在他胸口，不敢抬头。

他低头给她擦脚，她的肌肤还是凉丝丝的，像从冬日溪水里捡起的玉，可他的手心烫得像夏日正午阳光下暴晒的柏油路。她觉得痒，微微一缩，小脚像鱼儿一般从他手心挣脱。

言溯收回手，拿毛巾裹着甄爱，小心翼翼抱起她，送到垫着热水袋的被子里。她从毛巾里溜出去，缩在被子中，乖乖不动了。

他再摸摸她苍白的脸颊，觉得还是有些凉，便换了条干毛巾，继续给她擦头发。

甄爱安逸地闭上眼睛，有种极其舒服又惬意的痒。她真喜欢被他爱抚着摩挲的感觉。

直到把她的头发擦得半干，他才起身给自己换衣服。

四周好温暖，甄爱蒙眬地想睡时，脑袋上温柔的抚弄停止了。他走了？

她挣扎着清醒，困难地抬起头仰望他，见他脱了衣服正用毛巾擦拭身上的水珠。

他立在朦胧的灯光下，身形俊美，像文艺复兴时期的雕像，宽肩窄腰，线条流畅，非常性感。他侧背对她，歪着头，只是简单地擦头发的动作，却牵动全身的肌肉线条，精实而不突兀，仿佛蕴含着某种蓄势待发的力量。

　　甄爱的心烫烫的，这件令人骄傲的艺术品是自己的！她满意又赧然地收回目光。

　　他不经意略微侧过身子，她的目光刚好从他腰间掠过，她的心好似突然被捶了一下的鼓，差点从嘴里跳出来，赶紧缩回去闭上眼睛。

　　可慢慢地，脸上开始有热度。

　　又不知过了多久，他换了干衣服，坐过来她身边，静静守着；她也平复了做贼似的心绪，见他只穿着薄衣，有些心疼："你来和我一起睡吧，被子里面很温暖呢。"

　　言溯进了被窝，搂住她的身体。他紧盯着她的脸颊，看了半秒钟，终于长长舒一口气，非常放心："Ai，你终于脸红了。"她终于恢复了血色。

　　甄爱窘得无地自容。她脸红不只是因为恢复。"身体里还凉凉的，好难受。"她轻声嘤咛。

　　他把她拥在怀里，拉紧被子，只露出彼此的头，温热的手指在她背上轻抚。

　　她想要躲避，他拦住，声音很低。"别动。"他说，"我的手很温暖。"

　　她真不动了，红着脸窘迫又懵懂地看着他。

　　他的手的确温暖，拇指轻缓抚摸她冰凉的背，很热乎。

　　被子里严严实实，渐渐热气蒸腾；被子外边，露出两个脑袋，安安静静。他的脸颊红了，眼眸却极为安静澄澈。而她躺在他怀里，分外温暖，缓缓入了梦乡。

　　恢复体温后，甄爱清醒过来，觉得这样和他抱着很不好意思，忙扭过身去，又被他拧回来紧紧抱住："不要乱动，热气都要跑掉了。"他声音很低，像在哄小孩儿。

　　甄爱一下心软，乖乖偎在他怀里，懒洋洋地动了动，低下头抵在他胸前，声音嗡嗡的："S.A.……"

　　"嗯？"

　　"你为什么……"她欲言又止，脸颊发烫。

　　"你想夸我温柔？"

　　甄爱硬着头皮支支吾吾地"嗯"一声。

　　言溯嘴角的笑容缓缓舒展，认真地解释："因为我对女性心理比较了解。"

　　甄爱抬头，诧异。

　　"书上不是说女性喜欢轻柔的抚摸和温暖的怀抱吗？"

　　原来如此……

　　"Ai，我知道你很害羞，这样抱着你，你都会紧张。但我们已经在一起，以后或许会发展到那一步。你放心,不要怕。鉴于我出众的学习能力和领悟能力,到那时,我一定会有更好的表现。让你心服口服不能自已地夸奖我,所以……"低调而简练地总结,"敬请期待。"

这么科学又认真地讲述如此少儿不宜的话题,真的没问题?

他没有半点害羞或开玩笑的意思,很认真,做了初步试验,然后进行心灵安抚,其次介绍自己的功能并进行推销,最后得出预想目标。

甄爱默默闭上眼睛,睡死算了。

她静静窝在他怀里,迷蒙地睡着,身体渐渐回暖。过了不知多久,她无意识地抬起光溜溜的手臂,环住他的脖子,亲昵地摸他的发。

他的头发是湿的,摸上去一点不扎手,很柔软,就像任何时候和她在一起的他。

她忽然想起不久前,她还扎了他一下。她一下子就难过了,靠近他:"S.A.。"

"嗯?"

"其实,谢琛死了,你也很难过,是不是?"

身边的男人僵了一下,有些清冷:"……他的死,是我这辈子最遗憾的事。"他搂她更紧,下颌抵在她的肩,"对不起,Ai,我没想到他会自杀。他那么乐观自信……"

他语无伦次,开始讲他最熟悉的学科:"你知道吗?科学研究表明,智商越高的人越不会选择自杀,所以他怎么可……"

"我知道。"她轻声打断,不忍听他慌乱的语言,"连我都不明白他为什么这么做,更何况是你。"

他已明白了她的心意,只能本能地抱她更紧。

甄爱想起,妈妈就是死在她手里,她不是故意的,伯特却一直强调相反的论点,让这件事成了她心底好不了的伤。而言溯呢,虽然哥哥死在他手里,但这不是他的错。他满心的包袱,是哥哥强加给他的,她再不忍添砖加瓦。

她想起大学爆炸案的那个晚上,他们两个坐在黑夜里交谈,她给他讲述妈妈的事,他给她讲述埃里克斯的事,那时他的伤痛还历历在目。

她微笑:"你和他是好朋友?以后给我讲他上学的事好不好?我好想知道他在外面是什么样子,是不是过得好。"

他深深地点头。

凌晨三点,甄爱基本恢复了体温,只是手脚和腿上留了少量冻伤的水泡痕迹。

言溯担心浴室外的人再待下去又要闹分散,便帮甄爱穿了衣服,开门出去。

外面的人有的打瞌睡,有的细声细语聊天。

幼师问甄爱:"你没事吧?"

甄爱摇摇头。

女仆忙递上准备好的冻伤药膏，其他人也寥寥说了几句问候的话。

言溯看了一眼他怀疑的凶手，那人正和身边的人聊天，没异样。

虽然他基本确定，但不能揭发。这串案子还有疑点，现场也有组织派来的杀手。

据言溯推测，组织原想清场顺带玩个游戏，没想这群人有宿怨，内斗起来，结果组织便安之若素地看戏。

杀医生用的手术刀，杀拳击手用的重锤，除此之外，言溯不知道凶手身上是否还携带了别的武器。如果他贸然指出，凶手很可能挟持在场的人。即使把他制服，那也是更大的危险。

剩余的人以为凶手被抓到，会放松警惕。而组织的杀手见凶手被抓，会亲自动手继续杀人。

现在这种大家相互怀疑的气氛，反而是最好的。

但目前更让他担心的还是另外一个问题："主持人呢？"

律师说："刚才我们去起居室抱毛毯，他说要回房间，叫我们别等他。不过……"他看看手表，"快一个小时了。"

经他一提醒，大家察觉了异样。

甄爱奇怪地问："他消失这么久，你们没人去找他？"

这么晚了，演员都没有卸妆，脸色不好，语气更不好："所有人都在这里，就他一人在外边，能出什么事？"

模特也搭腔，她抱着自己，怕冷似的整理好厚围巾："就是，万一谁去找他，发现他被杀了，去找的人脱得了干系？"

甄爱一愣，话是没错，可凶手不会正是利用大家这种不敢管闲事的心理吧？

作家站起来："既然学生小姐没事，我们赶紧回去找主持人。"

一行人起身往回走。

临行前，甄爱特意拿了盏烛台抱在怀里，小声嘀咕："万一半路又停电呢。"

"真聪明。"他走在最后面，轻声说，"我看你是想取暖吧。"

听到"取暖"，甄爱莫名脸红，轻轻瞪他一眼。

就在这时，言溯看见门口地板上悬着一根细细的东西，银光闪闪，而走在最前面的女仆脚已经绊上去。

那条线连着电源！

言溯瞬间变了脸色，立刻扭头看向甄爱，喊道："把蜡烛扔掉。"

同一时间，房间骤然坠入黑暗，甄爱的烛台砸到地上，火光闪一下，消失殆尽。

言溯刚松口气，却惊见甄爱衣服的胸口处涂了荧光材料，刚才看不出，此刻却在黑暗中发出荧荧绿光。

一片漆黑中，只有这一点光，像靶子上的中心红点。

甄爱察觉了，还来不及反应，言溯飞速把她扯到身后。慌乱中，甄爱听见什么东西乘风破浪般地"嗖"一声飞过来，没了踪迹，也没伤到她。

言溯箍着她的手腕，低声在她耳边："嘘，别作声。我没事。"

黑暗中，甄爱一动不动靠在他胸口，听着耳边他深深的呼吸声，她骤感安全，可心中惊讶，是谁三番五次想杀她？

管家和女仆反应极快地点燃烛台，周围重新恢复光明。地上落着一把弩弓和几支箭，是城堡里的仿制装饰品。

众人面面相觑，诧异而茫然。

言溯脸色微凉，盯着这群集体装傻的人，刚要说什么，甄爱却扯住他的手。他低头，她深深看着他，摇了摇头。

他的心蓦然一软，还有些痛，他才知道，她其实和他想到一块儿去了。

现在把凶手揪出来，组织的人便会杀了这个凶手，并动手杀剩下的人。

甄爱认为现在时机不对。可他难忍，不揪出这个人来，甄爱会继续处在危险里，他明知道是谁却不能有所行动，太憋闷！

更讽刺的是，甄爱很可能根本不知道凶手是谁，却本能地想着大局，想着其他人的安全。而那个凶手，仅凭猜测，以为甄爱看出了他的真面目，为求自保，就一而再再而三地对她下杀手。

言溯心疼地把甄爱揽进怀里，下颌抵着她的额头："好，听你的。"

所有人拿了烛台，一路不多话地往回走。

言溯拉上甄爱走在最后，他按着她的手腕，让她落后他半个身位，仿佛时刻准备着，前边如果出事，他会立刻挡在她身前。

甄爱拗不过他，只能顺着他。

不知为什么，从刚才到现在，他异常安静，不像前几次有人死亡时他会隐忍怒气，也不像听大家聊天时会不动声色地思量判断。此刻的他静得像潭深水，波澜不起，唯独掌心的力量大得惊人，像要把她的手腕掐断。

这种静让甄爱觉得陌生，她不知道他怎么了。

他一路不再说话，也没和她有任何交流。

走到主堡大厅，惊悚的一幕再度出现。

大厅巨大的吊灯上，悬挂着一个人，僵硬的身子随着灯影摇来摇去。众人大惊，细细一看，却是主持人的蜡像。

根据之前的规律，主持人或许已经遭遇不测。

样貌逼真的蜡像吊在大厅中央实在瘆人。律师和作家一起把它拿了下来，又叫上大家一起去找主持人。

这下，大家心里都有了阴霾，像此刻城堡外的暴风骤雨。

言溯一言不发，经过时特意侧头，认真看了一眼律师的蜡像。蜡像白色的脸上少了一只眼睛，头部有些变形——有人拿某种坚硬细长的东西从蜡像的眼睛里刺进去，又拨走了。

因为少了凶器，大家都没有注意到律师的蜡像也出问题了。

这暗示着什么？言溯垂下眸，他现在自身难保，还有甄爱这份牵挂。其他的人，他已无暇顾及。

才接近卧室，扑面而来的是浓烈的血腥味，弥漫在清冷而狭窄的走廊上，让人心惊胆战。

谁都以为主持人是被吊死的，可他坐在地上，背靠着走廊边的装饰案几，脖子上绕了根绳子，绳子另一端夹在案几抽屉里。他因此被固定，两腿蹬直，两手垂着，浑身是血，一动不动，像个破布娃娃。

真的很像。

他歪着头，睁着恐惧的眼睛，眼珠渗血，像要从眼眶中迸裂出来。头骨被砸得全是血洞。

死状相当之惨烈。

女仆小姐捂住嘴，几欲呕吐。

甄爱皱眉："刚才你们一起去起居室里抱毛毯，有谁来过卧室这边？"

好几个人都说，主持人自己要回房拿东西，他们都没有过来。

"拿了毛毯后，谁最后一个去附堡，就是我昏迷的地方？"

众人不约而同地看向演员。

演员抱着手，冷哼："我有那个力气把他打成这样？要是我杀人，我也会让他光溜溜地死在我床上。"

众人："……"

言溯心无旁骛地扫一眼现场，几个疑点立刻在眼前浮现：

一、和以往不一样，现场非常凌乱，地毯上全是搏斗的痕迹，主持人被杀时有剧烈的挣扎和反抗；可凶手之前神一样制服另外几个死者，大家都毫无反抗，为什么到主持人这里没有效果？这和主持人说的那个故事有什么关系？

二、凶手杀主持人时，先用绳子，后把死者的头砸在案几边角上，血迹斑斑，手法变来变去。临时起意？准备不充分？

三、律师蜡像的空眼睛是怎么回事？凶手原本准备先杀律师，可中途临时换人?为什么?是不是同一个凶手?

可他此刻什么也不想说。

甄爱发觉言溯一直没说话,有些奇怪,不知是她的错觉还是灯光,他的脸色似乎发白。她的S.A.怎么可能露出虚弱的表情?

下一秒钟,他安然自若地抬起头,神色坚定,说出来的话却让所有人惊讶:"我们在此分道扬镳吧。还有三个小时天亮,看样子暴风雨也会停。有人在上岛前通知了警察,所以明早七点左右,警方的人会来。剩下的四个小时,我建议你们寸步不离待在一起。如果你们想把自己关进房里,请确保不要给任何人开门,凶手的真面目会出乎你们所有人的意料。"他抓住甄爱的手腕,"我们回房。"

这一抓力度之大,让甄爱惊讶。她瞬间感觉到他的匆忙和慌乱,仿佛要逃离什么。外表看上去依旧镇定,可莫名悲哀的情绪从他的掌心蔓延。

甄爱的心一下子慌了,不知所措。

其他人面面相觑。

作家追上去问:"逻辑学家先生,你不和我们一起了?"

言溯急速的脚步顿住,甄爱差点撞到他身上。

他背对众人,平淡地说:"我想保护在场的每一个人,但显然,那是不可能的。"分明平平静静,听上去却那么伤感,叫人心酸,"与其一个都保护不了,不如保护最重要的。"

他往前迈一步,又停下:"对不起,大家。但如果你们听从我刚才的忠告,暂时不会有生命危险。还有四个小时……请大家坚持下去,不要相信身边的凶手,也不要惊慌失措去主动害人。"说完,他拉着甄爱走了。

才一进门,甄爱就忍不住问:"你怎么突然之间变得那么奇怪?"

他没回答,背对着她,稳稳地锁上房门,又极其缓慢地回身,像个虚弱的老人,一步一步走到她面前。

房里没开灯,他颓然靠在高高的柜子旁,淡淡笑着看她。

天光微弱,他的脸色惨白得吓人。

甄爱立刻开灯。

他倚在柜子上,侧脸白皙而柔弱,右手颤了颤,手指松开,一支只剩半截的木箭从他黑色的风衣袖子里掉落到地毯上。箭的前端被折断,裂口上还黏着血。

甄爱仿佛明白了,疯了般扑过去拉开他的风衣,顿时惊得魂飞魄散。他的左胸口赫然是大片鲜红的血渍,锈渍斑斑的箭头整个隐没进去。

她惊愕抬头:"S.A.……"

这就是刚才黑暗中他给她挡下的?他强作若无其事走了那么久,一路上他牵着她走在人群最后,心里多么悲伤害怕?

难怪那时他的手那么用力,隐忍着颤抖,是不是怕如果再来一次攻击,他守不住她?

"嘘!别出声。"他食指比在她唇边,脸色白得像纸,还淡淡笑着,"我没事。"

甄爱眼泪都出来了,往外跑:"我去找管家先生和女仆小姐。"

"别……"他拉住她,多说一个字都费力,"不要让任何人知道我受了伤,不然,我就真的护不住你了。"

他苍白地笑着,心痛难当。外面那些人里,除了凶手,还有组织的杀手;除了组织的杀手,还有……

他之前一直没想到过,亚瑟竟也亲自来了。

他的甄爱,他该怎么护住她?

到了现在,他还在考虑她的安全。

甄爱眼泪越发大颗地往下砸。他微弱地笑笑,长指拂去她的眼泪,又从兜里摸出一把薄薄的刀,塞到她手里。

甄爱抹眼泪:"这不是杀死医生的手术刀吗?"

"嗯,刚才去找你的时候,担心凶手身上有别的武器,就把医生的刀拔下来了。"言溯握紧她的手,"Ai,帮我把箭头取出来。"

甄爱一怔,立刻摇头:"风雨小了,我们坐船离开吧,现在就走。"

言溯握住她的后脑把她拉回来,低声说:"走不了了。"他低头抵住她的额头,眸光依旧清澈,看进她心底,

"Ai,认真听我说,我很清楚自己的状况。箭头没有碰到动脉,没有伤到骨头,也没有伤到心脏,只是刺到肌肉里去了,流不了多少血。"说完,他自嘲地笑,"他收了力,或许没想在这里杀我。"

甄爱以为言溯口中的"他"是凶手,并未留意。她扶他坐下,小心翼翼替他脱掉衣服查看伤口。

目测箭头大约两厘米宽,相当深,和言溯说的一样,伤口在心脏下方,两根肋骨之间,鲜血缓慢却不停地往外渗。

初始的心痛和惊惶过后,甄爱冷静下来。

言溯说得完全正确,必须尽快把箭头取出来,虽然留在里面会放缓流血速度,但会大大增加感染的风险,等四五个小时,根本熬不过去。

甄爱初步观察了伤口,心里大致有谱,对言溯点头:"好!"

她垫好被子,扶他躺下,从柜子里拿出应急箱和急救箱,把房间搜刮一遍,凹面镜、手电、棉花、酒精、绷带、止血带、蜡烛和打火机都有了。

她用烛台架好凹面镜和手电,确保照在言溯胸口的灯光足够明亮,点了酒精的火给手术刀消毒。

一切准备就绪要动刀时,甄爱蓦然意识到,没有麻醉剂!

认真一想,七号堡是做实验的地方,乙醚、盐酸普鲁卡因、苯巴比妥钠、氨基甲酸乙酯……实验室里一定能找到,哪怕只有一种也好。

可还没起身,脚腕就被他握住。

和胸口聚集的强光一对比,他的眼睛黑漆漆的:"我不需要麻醉药。"

心思被他看得清清楚楚,她声音都颤了:"不用麻醉?你知道有多疼吗?!"

"我知道。"他平淡地拦下她的话,断断续续地说,"你知道,我在城堡里找不到你时,那种绝望的心情吗?知道我听说你被关在冰窖里时,那种痛苦到想死的心情吗?"

甄爱哽住,泪水再次弥漫上来。

"可……真的会很疼。我这次小心,保证不会出事,好不好?你让我去拿麻醉剂吧。"她带着哭腔要挣脱缠在脚腕上的手,可他死死箍着,没有丝毫松动。

"躺在这里,担心你找药的路上会不会遇到危险,会不会回不来,比起这种煎熬折磨,我觉得,挨几下刀子算不了什么。"他唇色惨白,竭力笑得轻松,"不信我们打个赌,我一定不会喊疼,或许还能边动刀子边讨论谁是凶手。"

他若无其事地作轻松,她却笑不出来。

这时,门外传来尖锐的吵闹声。

甄爱警惕起来,精力都放到了耳朵上。言溯一愣,竟条件反射地要坐起来把她拦在身后。甄爱见状,扑上去按住他的肩膀,将他紧紧压在被子上。

房间隔音效果很好,但仍然可以清晰地听见外边的声音,可见外面的人吵得多厉害。

隔着一堵墙,走廊上,一群人相对而立,唯独少了模特。

一贯容易惊恐慌张的作家,这次是铺天盖地的愤怒,冲管家与女仆大吼:"大家都在房里,只有你们两个在外面!模特小姐的蜡像碎成粉末!你们会不知道?"

女仆小姐仿佛经历了无法承受的恐吓,浑身发抖,低着头呜呜直哭,说不出话;管家绷着脸,冷声斥责作家:"我和她一直在一起,女仆小姐绝对没有毁坏模特的蜡像,也没有伤害她。"

"那就是你们两个合谋的!"作家少见地暴躁又狂乱。

"我看是律师先生还差不多。"演员抱着胸,尖声反驳,直勾勾盯着律师,"刚才女仆小姐提议说,大家都回起居室等警察来。可律师你非说自己待在屋子里最安全,模特小姐也支持你。这下好了,她死得连渣儿都不剩。我们都在各自的房间,但说不定就是你跑出去毁了模特的蜡像，又杀了她。"

律师也失了平时的稳重，怒斥道："我根本没出过房门！明明是女仆推开这边冰窖的门，砸碎了里面的模特小姐。"

"我不知道模特小姐在冷藏室里，"女仆大哭，"是你们说要我到处找，我想学生小姐之前被关在冰窖，就去看了眼。我不知道是谁把冰窖的温度调成了零下一百四十八摄氏度。门撞上去，她人就碎了。"女仆捂着脸蹲在地上大哭，拼命地摇头，无法接受刚才的景象，"不是我，我不知道她在里面。我真的不知道。"

幼师脸色苍白："都不要吵了。从现在开始，我们所有人都去起居室，警察来之前，谁也不能离开半步！"

众人都沉默了，呆呆地盯着虚空，眼中全是彻骨的恐惧。

他们的一生，无论是亲眼所见还是听说，抑或是从艺术作品里得知，他们都不曾见过如此恐怖的杀人方法。

活生生的人被扔进冰窖，温度骤然下调上百度，身体瞬间变成又脆又硬的冰雕。撞一下，支离破碎，成了粉末，连血都没流一滴。

房间内，甄爱脸色蓦地白了。几个小时前七号堡冰窖里刺骨的寒冷还萦绕身边，而现在模特竟被关进更可怕的冰窖里？瞬间冻成脆冰？甄爱听着骨头都疼了，什么人那么丧心病狂？

她伏在他肩膀上，扭头。

他的侧脸落魄而虚弱，垂着眸，神色不明，没有一丝情绪，却让甄爱感到一种前所未有的无力。她想起他在走廊上的话："我想保护在场的每一个人，但显然那是不可能的。"

她不知道怎么安慰他，贴在他耳边，轻声说："S.A.，不要难过。我听你的话，不出去了。好不好？"

他的目光挪过来，落在她脸上，清淡一笑，尽显苍白。

甄爱起身，所有心思专注在他的左胸。箭头生了锈，掺杂着破碎的衣服布料。

她从酒精碗里拿了棉花球，替他清洗伤口，才碰上，他整个身体都紧绷了，胸肌一瞬鼓起，鲜血染红整块棉花。

她咬牙不去看他的脸，低头拿酒精棉用力擦拭伤口深处，他再度一颤，拳头抓着被子，指关节森白，青筋都鼓起了。

甄爱心在打战，手却很稳，微微眯眼，动刀极快，一下就剜下他胸口一小块受伤的肌肉组织。他的身体绷得像拉满了弓的弦，随时会断掉。

甄爱实在忍不住，看他一眼，他疼得唇色惨白，嘴唇都快咬破了，紧蹙的眉心全是汗。再这么一刀刀下去，他迟早会活活痛晕。

甄爱拿手指比了一下他的伤口，心里有数。

言溯在剧痛过后，见她停了，垂眸看过来，声音断续，却努力显得平静："我……没事。"

甄爱没回答，忽然俯身下去，用嘴堵住他苍白汗湿的唇，舌尖伸了进去，和他的舌头搅成一团，手术刀却随着她的手腕比画了一个转圈的姿势。

她睁着眼睛，盯着他的眼眸，嘴压在他唇上，大力而猛烈，像要把他的灵魂吸出来。

言溯起初是蒙的，还沉浸在爆炸般的疼痛里。渐渐才像是心神回窍，眼神也有了焦距，就见她近在咫尺的眼睛，漆黑得像夜，异常宁静。

他有一瞬间忘了疼痛，甚至动了动干燥的嘴唇，本能地想去迎合她。

而她感应到后，黑眼睛里闪过一道光，一狠心，薄薄的刀片刺进他的胸膛两厘米，手法稳健地绕着箭头周围的血肉画了个圈，干净利落。刀口一挑，箭头和布料混着模糊的血肉被掀了出来。

言溯瞳孔一黑，只觉所有的神经都在那一刻断裂，条件反射地狠狠吸住她的嘴唇，甄爱疼得差点扑倒。

他却在一秒钟后意识到了自己的行为，迅速松开她。

他整个人几乎快要狼狈地虚脱了，仍旧没发出一点声音，只是倒吸了好几口冷气，心跳很快，呼吸却极缓，一点一滴地忍着剧痛。

这一番折腾，甄爱也大汗淋漓，却不敢松懈。她很快起身，看他的伤基本挖干净了，迅速给他上药，绑好止血带。

一切完毕，她累得像落水的狗，而他自始至终一声不吭，安静而虚弱地看着她。

甄爱俯身凑近，他的视线跟着她静静地抬起，眼眸清亮而又湿漉漉的。

她拂了拂他汗湿的发，嘴唇贴着他的脸，轻声哄道："闭上眼睛，休息一会儿，好不好？"

他嗓音微哑："不想让你离开我的视线。"

甄爱再度一哽，她早该知道，他天性如此固执。

她不劝他了，从洗手间打来温水，给他擦脸擦身子，又把自己清理一遍。

她担心他疼痛难忍，便和他说话分心："怎么样？有一个会动刀的女朋友，是不是出门在外都不用愁？"

他没力气说话，但嘴角微扬，眼中闪过星点的笑意。

她得意地抬抬下巴："现在知道我的好处了吧？"

他还是看着她笑。

甄爱见他嘴唇干裂，想起他喂她喝水的情景，心里一动，拿了一小杯温水来，嘴对嘴地送进他口里。

或许因为太虚弱,他少见地温顺而柔和,很乖很听话,任由她摆布。

她一点一点将水送进他嘴里,还不舍得离开,轻摇着头在他唇间摩挲:"不给你喝太多,只润润嗓子。"

他回答:"好。"

她低着头,莫名地喜欢他此刻的柔弱,又补充一句:"还有嘴唇。"说着,含水湿润的舌尖在他唇间细细舔了一圈。

言溯凝了半秒钟,忽而笑了:"你的止痛方式很有效,我很欣赏。"

甄爱眨眨眼睛:"只对你哦。"

"那当然。"他挑了眉,苍白的脸上有种另类的美,"别人配不上。"

她乐了,咬着唇直笑,在他脸上蹭了好几下,又深深吸了口气,喃喃地说:"S.A.,我真喜欢你的味道。"仿佛不够,再重复一遍,"你身上的味道,我很喜欢。"

言溯沉默了,决定不能欺骗和隐瞒甄爱,于是认真而诚挚地说:"Ai,其实人身上有味道是因为人的毛孔会出汗。"

"所以……"甄爱脸色灰灰地看他。不破坏气氛会死吗?

某人赶紧解释:"但你别误会,其实人的汗液是无味的。但皮肤上的细菌改变了汗液的化学结构,这才有了味道。"

还不如让她误会。

他坦诚地看着她,很肯定地说:"所以,你喜欢的其实是我身上的细菌,不是我。"

"……"要是别的女人,早无语了,但甄爱愣了一秒钟,大彻大悟地点点头,"这样啊。"摸摸言溯的身体,"那你哪天给我提取了去研究。我就种几万株细菌出来,放在家里。"

言溯:"但我闻不到自己身上的味道。我喜欢你的。"

甄爱:"那把我的也种一点儿出来。"

"好。"言溯点头,"可是要浇汗水。"

"……"

说完,他略微皱眉:"我尊重你的兴趣,但我本人其实非常讨厌细菌。不干净,很不干净。"他拧眉沉默半晌,"双歧杆菌除外。"

甄爱趴在旁边,歪头:"还有乳酸菌。"

"哦,那个我也喜欢,不然就没有酸奶了。"

甄爱撑着下巴,抬头望天,"我还喜欢金黄色葡萄球菌,颜色好漂亮。"

"不要被外表迷惑,它是坏的细菌。"

……两人细细碎碎地聊天,一个小时后基本达成了共识。

他们共同喜欢的细菌有三百七十九种,甄爱单独喜欢的有一千一百三十七种,言溯单独喜欢的,零种。

甄爱把她喜欢的细菌列举一遍之后,口干舌燥地喝了好大一杯水,然后发现言溯竟然没睡着,还听得津津有味。

她觉得,他们真的是彼此找到了真爱。

讲完细菌,话题回到他们共同感兴趣的另一个问题上,案子。

甄爱趴在他身边,问:"这几件杀人案,凶手是不是不止一个?"

言溯侧眸看她,不答反问:"你从哪里看出来的?"

"我不知道模特的死亡现场是怎样,但主持人的被杀太奇怪了,和之前几个人的死完全不一样。医生的案子里,停电十几秒钟,凶手又快又准又狠;拳击手的案子里,密室杀人,现场干净,拳击手毫无反抗;凶手很厉害很强大啊。可主持人的案子里,现场乱七八糟,用绳子勒,又把他的头砸向案几的边角,太乱了。我怀疑凶手不是一个人。"

言溯看着她脸上的光彩,很喜欢这样和她探讨的气氛,待到她说完,他才微微一笑:"主持人的死亡方式,决定了能杀他的只有一个人。Ai,犯罪现场说明了一切。"

死亡方式?犯罪现场?甄爱一愣,她怎么没想到?

有人拿绳子勒主持人,而他个子非常高,在一米九以上。女人里最高的模特也不足一米八,至于男人,言溯一米八八,按他的标准目测,管家也是一米八八,作家一米八左右,律师……比主持人还要高。

"律师为什么要杀主持人?"

"两个可能,一是主持人讲的那个故事,说拳击手曾经勾结医生害死了一个女大学生。他提到有人帮拳击手打官司免去了牢狱之灾和巨额赔偿。可能律师先生是当年帮拳击手打官司的。他以为主持人是凶手,所以,与其被杀,不如先杀了他。"言溯顿了一下,"第二种可能,律师相信了一开始在盘子上看到的恺撒密码,'不杀人,就被杀'。看到周围的人接二连三地死去,他害怕了,所以随机挑选人下手。"

甄爱觉得悲哀,轻叹:"所以现在其他人全慌了,争着去杀人?现在模特也被杀了,还死得那么惨。大家肯定更乱,下一个死的会是谁?"

言溯不语,眸光清湛望向屋顶。剩下的人不会慌乱了,可能会死的人,也只剩一个了。

甄爱受了言溯的启发,给刚才的案子做总结:"主持人长得太高,只有身高和他相当或高出一点的人,才会想到从背后用绳子勒他。所有人里,唯独更高的律师满足这个条件。作案的过程就是现场表现出来的,他把主持人勒住,主持人拼命挣扎,但最后还是咽气了。律师担心他死不了,抓住他的头往案几边角上狠狠撞。但律师身上没溅到血，估计是用主持人的毛毯拦着。"

言溯嘴角微扬："真巧，我们想的一样。"

说什么"真巧"，让她莫名怃然。甄爱瘪嘴，瞪他一下，细细思索一遍又心有疑问："可S.A.，虽然主持人的杀人现场和前几个不一样，但也存在这种可能：同一个凶手会在一连串案子里表现出不一样的特征和信息。"

言溯眼中闪过一丝微笑："所以？"

她掰着手指解释："A. 律师是杀死主持人的凶手，B. 主持人的死亡现场和前几个没有相同点，由此推断出结论C，律师不是杀死前几个人的凶手。这个推理过程是错误的。"

"哦？"他挑眉，脸色苍白，却染了几分欢愉。听心爱的女人自发地用他心爱的学科论证问题，世上没有更让他觉得惬意的事了，他明知故问："为什么错误？"

他纯粹只是爱听她的嘴里讲出他心里想的事。就像偶遇，就像碰巧，一次又一次，总给他意外的惊喜，百试不爽。

"通常，人们看见杀人现场有相似的地方，就会先入为主，认为是连环杀人，反之则认为不是一个凶手，但这是错误的。杀人现场有没有相同点，和是否为连环杀人，这两者之间不存在绝对相关的联系。"她托着腮，说得很认真，"你看，如果我是凶手，我有预谋，于是我干净利落地杀了几个人。但这不能保证我忽然临时起意去杀主持人的时候，还这么稳妥。"

言溯眼底的笑意无声放大，惬意又满足，补充一句："这在逻辑学上，犯了无关推论和跳跃论证的错误。这也是为什么，我从来没有把这四起案子当连环杀人，而是一个个单独分析。前几个案子确实不能排除律师的嫌疑。"

甄爱趴在他身边，听了这话，突然开心起来。她真喜欢他严谨而专业的性格，在她眼里，只有这样的男人，才称得上性感。演员小姐说什么"坏男人更讨女人喜欢"，那是多么没有逻辑的话！

她不自觉往他身边靠了靠，很轻，怕撞上他的伤口，偎了一个舒服的姿势，才邀请他道："那我们一起，一个个单独分析吧。先从医生开始，十几秒钟的黑暗，凶手就杀了医生，把他拖到餐桌底下，旁边的拳击手和幼师毫无知觉，简直是不可能犯罪。"

言溯听言，撑着坐起身，甄爱立刻扶住他，问："怎么了？"

"配合你！"他坐到沙发上，有些虚弱地靠进垫子里，眼神却显得神采奕奕，"我是医生，你想想，要怎么样才能在十几秒钟内，神不知鬼不觉地杀了我。"

用凶手的方法思考？甄爱觉得刺激，莫名心跳加快，兴致更高了。

但在正式扮演凶手前，她下意识地担心言溯会冷，特意给他盖上了毛毯。她小心用毯子下摆盖住他的腿,又轻轻用毛毯拢住他的脖子,掖了掖。

言溯有些愣怔,还不太习惯她这样小女人的温柔贴心,但略一回想,心底就笑起来。

只是后一秒钟,她换了冷静的脸,瞬间进入状态:"我要杀你的话,方法很简单。用餐巾包住手术刀刺进心脏就好了。可是,"她微微眯眼,眼前浮现出餐厅当时的情景——医生坐在幼师和拳击手中间,木椅后面是蜡像,"可你死了就会倒下去,会砸到椅子和蜡像,发出巨大的声响,或许还会砸到旁边的人。那……我是怎么静悄悄地杀了你,又把你拖到桌底去的?"

甄爱拧着眉,百思不得其解。她看向言溯,忽然一下子搂住他的肩膀:"难道杀你之后,我很快抱住你,公主抱那样?"

言溯嘴角弯了弯。

甄爱瞪他一眼,嗔怪他不认真,脑子里继续分析,她挨着他的头,喃喃自语:"黑暗中我看不到你心脏的位置,当然要先用手去丈量一下。"

说话间,细细的手指很轻很轻地往言溯的左胸处爬去,因为顾及他的伤口,只是点到为止的触碰。

言溯看着她白白的指尖在他胸口蜻蜓点水般轻触,仿佛在弹钢琴,蓦然觉得心口火辣辣的疼痛消失了,取而代之的是一种被撩拨得无可奈何的痒。

她真是最好的止疼药。

他分心一秒,思绪又被她的声音拉回:"丈量你的胸口,这么奇怪的举动,你为什么不斥责我?我杀你的时候,你为什么不喊救命?为什么不痛呼……"

话没说完,甄爱脑中闪过一道光,几乎是条件反射:"因为你的嘴被堵住了。"

眼前陡然浮现不久前她给言溯剜箭头的那一幕,他痛得浑身紧绷,但她堵着他的嘴,即使他喉中沉闷地哼了一下,却被她的深吻吸收。

甄爱惊愕地睁大眼睛:"杀他的是个女人!"

只有女人才能吻住他的嘴,让他发不出声音,也只有女人才能亲密地去摸他的胸口,而不会引起他的排斥。

言溯淡笑,毫不吝啬地夸赞:"嗯,不错。"

甄爱很惊喜自己的发现,但想到接下来的问题,又不理解了:"可男人都很难在那么狭窄的空间里,在不碰到旁人蜡像和椅子的情况下,把医生的尸体抱到桌子底下去,女人就更难做到这一点了!"

言溯见她遇上了死角,遂摸摸她的头:"Ai,你刚才还说,不要先入为主。"

不要先入为主?这句话的意思是……她一经点拨,瞬间豁然开朗。

因为凶手是女人,所以这场杀人案才变得格外简单。

她抿着唇笑:"我知道了。这下,我们还原现场吧。"

她松开他,从沙发上跳下来,蹲到他的腿边,仰着头认真又兴奋地看着他。

他陡然察觉不妙,想要阻止,她已经开始说话:"杀了你再把你拖下来,多麻烦啊。不如,你来桌子底下找我啊。"她歪着头,语调慵懒又娇憨,带着点嗔怪的意思。

她很入戏,而他也是。

这样低头看着脚边的她,坐在他的两腿之间,他真有一种想听她的话从沙发上溜下去吻她的冲动。

与此同时,她软若无骨的小手从他的裤管伸进去,沿着他的腿,轻轻地,过电一般,一路向上摸。

言溯吃惊地盯着她。

她眼睛黑亮,像葡萄,白皙的脸纯真无邪,美得让人挪不开目光,手上分明做着勾引人的动作,脸上却不带丝毫狎昵或是引诱的味道,反而很认真地在探索。

这样的两种对比呈现在她脸上,本身就是强烈的诱惑。

她不自知,摸上瘾似的,细细的手臂整个伸进他的裤子里,和他的腿交缠在一起,绕过了膝盖窝,还要往上探。

言溯脸红了,直觉小腹像是着了火,热辣辣的,身体某处像被唤醒的弓,焦灼难耐,即将要绷起来。可是,天,他真喜欢这种亲昵的抚摸。空间有限的裤筒里,只有她的手柔柔地摩挲着他的腿,隐私又亲密,让他迷恋。

他犹豫着要不要阻止她继续往深处探索时,她的手停了下来。

甄爱原先只准备象征性地摸一下,展示女性凶手把死者引诱到桌子底下的过程,可小手伸进去,便触碰到了他手感极好的皮肤,还有饱满而流畅的腿肌。他裤子里暖暖的,她细细的手臂贴住他的腿,好亲密。

她像是上瘾了,鬼使神差地想要往更深处摸,真想把自己整只手臂伸进去和他抱在一起才好。可他坐在沙发上,屈着腿,活动范围有限,她不能再进一步了。

甄爱脸上发烫,定了定神,望住他,继续还原:"我在下面,给你暗示。所以你主动地钻到桌子底下来了。"

言溯盯着她,心跳如擂鼓地沉默着。

她缓缓从裤管里抽出手来,起身跪到沙发上,小手伸到他的脖子后边抓住他的后脑,凑近他的唇:"你到桌子底下和我幽会。我们疯狂而热烈地亲吻,我的手爬到你的胸口,你当然不会介意,因为这是亲密的爱抚。"她顾忌他的伤,手只是抚在他的肩膀上,"但就在你最放松的时候,我找准你胸口的位置,手中的刀刺进你的心脏,而你发不出任何声音,就这么骤然死了。"

言溯抿抿唇，不动声色地调整呼吸。

甄爱讲完，立刻松开他，一脸兴奋和期待，像等待表扬的孩子："怎么样怎么样，对吗？"

言溯愣愣的，半晌才尴尬地咳了咳，嗓音微干："很对。凶手是个女人，但有的女人可以排除。"

四个女人，怎么排除？甄爱抱着腿坐在沙发上，一点一滴再度回忆一遍当时的情形，每个人的位置，尸体的情况……细想了一遍，她整理清楚了思路："医生的尸体没有任何奇怪的引人注目的地方。如果是演员，她脸上的浓妆和嘴上的口红会在医生的嘴上留下痕迹，我们当场就会看出异样。"

说到此处，她抬眸看了一眼言溯，他目光中带着鼓励，示意她继续。

"然后是女仆小姐，她坐在桌子的最尾端，她要是从桌子底下爬到医生身边，这个方法太不安全。途中有可能撞到其他人的腿。所以，也不是她。医生主动钻到桌子底下去，是因为他知道那个人是谁，两人之间有亲密的默契。如果是幼师小姐，她坐在他身旁，想要亲他的话，完全没必要钻到桌下去。用这种方法会让医生觉得突兀又奇怪，他的诧异和反应速度都要消耗好几秒钟。"

原来不可能解决的案子，在这一瞬间变得简单。

"只有坐在他斜对面，没有化妆的模特小姐。"

甄爱原本觉得这些案子一团麻，可在言溯的引导和点拨下，不一会儿就轻松解决了医生和主持人的死亡案。

她对拳击手的密室杀人案很好奇，于是问："医生的死弄清楚了，拳击手呢？"

言溯刚要开口，甄爱拦住他："你先别说，我自己推理。"她抱着自己，坐在沙发上冥想。

拳击手脚朝门，头朝窗，没有还手也没有防备，立在门附近，被人用某种利器从正面一下子砸碎脑袋。

她在心里还原了现场，应该是凶手敲了门，走进去和拳击手面对面说了什么，然后突然袭击。拳击手惨叫一声，死了。那凶手是怎么瞬间消失的？

言溯看穿她的心思，把她往自己身边揽，温言提醒："先别考虑密室，也不要考虑凶手去哪儿了，先分析杀人手法，把这个弄清楚就好。"

甄爱听了，把密室问题抛一边。有了前边医生的死亡案作参考，第一步推理顺畅了很多："这次我同样认为，女人作案的可能性比较大。"

"为什么？"他的手搭在她肩上，无意识地一圈圈去缠她的发，发丝细软而有弹性，在他手心跳来跳去。

她浑然不知他的小动作，推理得津津有味："那时是大半夜，已经死了两个人。

大家表面不说，心里都有防备，还有组织的杀人密码在那儿。要是一个男人去敲拳击手的门，他会没有警惕？他是练拳击的，警惕性和速度都没话说，男性杀手在他这儿，占不到一点便宜。即使杀他，也必然会留下搏击和反抗的痕迹。反倒是女人……估计他没想到凶手是女人。"

"嗯。"他捧着她的发丝玩，看似有些分心，"这是凶手接近死者的方式。但，在杀死死者的问题上，是不是有矛盾？"

这也是甄爱疑惑的。

她胡乱抓抓耳边的碎发，拧眉："我也觉得矛盾，不管凶器多坚硬，一个女人一击就把耐打压的拳击手打死，得多大的力气？难道她是练健美的？"

"你说说，这几个女人，哪个看上去像练健美的？"

甄爱悻悻地低下头："一个也没有。"又嘀咕，"这案子不能细想，凶手从哪里瞬间变出坚硬有力的凶器？藏在身上？她拿的时候，拳击手也会立刻警惕。为什么他没反抗？太诡异了。"

言溯揉揉她的头发，鼓励她："在凶器的问题上，你想得很对。不管是凶手提在手里，还是从衣服里掏出来，都会引起拳击手的防备。这也是这个案子里最有意思的一点。"

甄爱歪头看他，有意思？

"围绕凶器有关的一切，都很诡异。拿出来的方式诡异，消失的方式也诡异。我们把每人的房间都搜了个遍。凶器去哪儿了？"她灵光一闪，"扔出窗外？"

"没有。"言溯肯定，"检查房间时，我留意过，窗户都锁着。我特意检查过窗边的地毯，没有雨点打进来的痕迹。窗户都是东南向，那时刮东南风。如果开过窗子，暴雨一定会进来。"

甄爱再度暗叹他惊人的观察力和缜密思维。当时，估计没人想到这点。

可这样一来，问题又绕回去了："凶器怎么凭空消失？"

"从来就不存在凭空消失这种事。"言溯嘴角扬起一抹笑，"凶器没扔出去，房间里也没有，那就只有一种可能，藏在凶手身上。"

甄爱摇头："根据拳击手头上的凹痕看，击打他的东西直径至少十五厘米，估计是个大锤子。可除了你，大家在屋里都脱了外套，衣服虽然不紧身，但也藏不下那么大的东西。"

"我们没注意，是因为凶手把它藏在最显而易见的地方。"

甄爱歪头看他："S.A.，我真的看不出来。作案工具不可能藏在身上嘛！别卖关子了，到底在哪里？"

言溯见她着急，更加不紧不慢："如果直接告诉你，推理就变得没趣了。"

甄爱灰着脸，要不是他伤着，真想踹他一脚。

"先不想这个，说说你对这几个女人的看法。"

"嗯？"甄爱有些惭愧，"我没注意……"

"就知道你迟钝。"

她竭尽全力地思考："女仆小姐羞涩小心，又仔细体贴；模特职业很前卫，可她低调保守，不化妆也不穿演员那样露骨的衣服；演员相反，非常开放；幼师小姐总是一惊一乍的，但有时又很安静。"

"有没有注意其他人对她们的态度？"

"主持人先生很喜欢女人，尤其演员和女仆那样身材丰满的，幼师和我这种他不太喜欢。女仆小姐身材特征非常明显，他对她最殷勤，其次是演员。"

"嗯。"言溯点头，扶住她的腰，安慰道，"别难过，我喜欢你这样的。"

甄爱："……"他脑袋里都在想些什么？突然的不正经，真让她措手不及。她轻拧他的手背，却没打开，反而往他身边挪一挪，继续说："很奇怪，模特小姐的身材比演员还好，几乎和女仆一样，但主持人对她很冷淡。每次演员说话，主持人都笑嘻嘻帮腔，模特却受不到这种待遇。"

言溯淡淡一笑："或许模特小姐没有女人味。"

甄爱抬了眉，言溯竟然会说这个词？

"女人味？你也知道？你说哪种女人才是有女人味？"

言溯愣了愣，摸摸鼻子，含糊不清道："我也不太明白。但应该是女人身上散发的一种吸引男性的魅力。"

甄爱醍醐灌顶般地点点头，觉得言溯的解释非常正确，她的眼珠一转："那你觉得岛上的这些女人里，哪个比较有女人味啊？"

言溯皱眉，觉得她变笨了："根据我对女人味的定义，还用问吗？"

甄爱抿着唇笑："你最近一次觉得我有女人味是什么时候？"

言溯把这个问题当成了课题，所以毫不避讳，特别诚实地回答："在浴室，我抚摸你时。你在我耳边轻轻哼了一声。"

甄爱足足愣了三秒钟，面红耳赤地辩解："胡说，我根本没发出声音。"

言溯没意识到她害羞，纠正她的错误："Ai，你当时真的轻轻哼了一声。而且，"他略微赧然，"我认为很好听，我很喜欢。"

甄爱反驳的话说不出来了，羞涩得脸要起火又被夸赞得心里冒泡。她猛地扯过言溯身上的毯子，把自己埋进去，觉得热得像进了蒸笼。

言溯戳她的腰："这个毛毯不是给我盖的吗？"

甄爱钻出来，红着脸用毯子把他裹好，岔开话题："模特小姐不怎么有女人味，是不是因为她太保守？捂得严严实实，衣领高高竖着还戴着围巾？"

"我一开始没觉得她有什么不对，后来想想，她一直遮着脖子，无非是因为那里有遮不住的印记。"言溯轻咳一声，咽了咽嗓子。

甄爱盯着，见他的脖子上一块圆圆的球形物滚了一圈，她忍不住拿手覆上去，捂住他的喉结："为什么它叫 Adam's apple，好可爱。你再动一下。"

言溯顺从她的意愿，再度吞了吞嗓子。

他硬硬的圆溜溜的喉结隔着熨烫的皮肤，在她手心里来回滚了一圈，像只可爱的小鼹鼠。

她恋恋不舍地收回手："你的意思是模特小姐有喉结？不会吧，女人怎么可能长……"甄爱说到一半，惊住，"模特小姐是男的？"

言溯默默看她："Ai，你的反应速度好快。"

"因为她没有女人味，因为她服装保守，你就怀疑她是男的？"

言溯摇头："你把顺序弄反了。我在怀疑她是男人后，才意识到她穿成那样是为掩盖男性特征。那天在船上发现赛车手尸体时，演员曾说女仆那样身材劲爆的女人不务正业。其实她在说模特。我不看娱乐类的节目，所以不觉得不妥。后来问其他人才知道，T台模特的身材往往恰到好处，不会像这个模特小姐这样太过于丰满。"

甄爱觉得这种细节都能被他发现，简直匪夷所思。

"你的意思是，凶手把凶器藏在身上，其他人没有察觉，认为很自然，因为……模特小姐没有两个巨大的胸部，而是藏着两个或一个空心铁球？"

"这很好地解释了拳击手头上的洞。"

甄爱震惊得回不过神来，扶着额头，缓缓摇头，又是赞叹又是不可置信："你居然能想到这个？你是怎么做到的？"

言溯挑挑眉，倨傲而不以为意："很简单。一、把拳击手的脑袋敲出一个圆凹形洞口的，是一个很重且体积不小的东西；二、没人开窗，洗手间是老式抽水马桶，抽不出去；三、哪里都找不到凶器，但我们没有搜身。所以，结论是凶器藏在人身上。要么凶手还想继续作案，要么凶手扔掉凶器反而更引人注目。她不能突然少了半边胸吧？在拳击手案子里，凶手轻而易举地接近他，这是利用了女人的特征；力拔千钧地把他的脑袋砸破，这又是男人的特征。所以……我只是通过已知的东西推出未知的而已。"

甄爱张了张口，心服口服。听他一分析，解开案子简直是小菜一碟，可没了他的观察和思维，又有几个人想得到？

"难怪。之前还说凶手拿凶器时，拳击手一定会警惕。但如果模特小姐当着拳击手的面去摸自己的胸，他估计傻住了，或许还扭头回避。这就给了模特最好的杀人时机。可模特怎么能瞬间从杀人的房间里消失？"

言溯淡淡一笑："Ai，密室杀人的多种类型里，有一种叫心理密室，指的是凶手让其他人以为这是密室杀人。你认真想想，为什么当时大家都认为这是密室？"

"拳击手死的一瞬间，所有人都在门外，我们也看见了，没有人开过房门。"

"你凭借什么判断拳击手死亡的那个时刻？"

甄爱不解："拳击手惨叫了一声啊。"

"这就是密室的关键。"

"当时发出惨叫的不是拳击手？"

"事实上，我们没听过拳击手的惨叫。但人的思维有惯性，会根据周围的环境，自动把那个声音往拳击手身上套。紧挨着拳击手房间的是模特和幼师。大家根本不会认为，两位女士的房里会发出男人的惨叫。另外，这里的弧形走廊能改变声波，不走直线。"

甄爱没想到这个所谓的密室，居然这么简单："模特杀了人，锁上门，跑回自己房间，用男人的声音惨叫？"

整个案子在这一瞬间，抽丝剥茧，拆卸得干干净净。

甄爱感叹："模特太厉害了！准备充分，一步步计划得天衣无缝。一开始就在伪装，把杀人利器藏在身上那么多天，谁都不会发觉，谁都看不出破绽。他用女人的外表做掩护杀了医生，又从意料不到的胸口掏出凶器，砸向猝不及防的拳击手，还能用男人的声音造一个密室。他太厉害了。"

要不是遇到言溯，估计没人会怀疑到他头上。更厉害的是言溯，也只有他这么敏锐的人才能看出来。

言溯低头看甄爱："模特的确费尽了心思。我一开始也觉得易装很诡异，但因为他对你下手，我更加肯定了。"

"为什么？"

言溯微敛眼瞳："你在洗手间里撞了模特和幼师的门，他或许以为你看到了什么，发现他不是女人。"

甄爱蒙蒙的："他误会了，我什么都没看到。"她的心里却在感慨，主持人的区别对待，演员讥讽的话语，洗手间意外的道歉，看上去那么自然而然，那么平常的事情，到他眼里全是蛛丝马迹，一个个串联起来。

甄爱往言溯身边靠了靠："模特杀他们的原因呢？"

言溯淡淡地回答："主持人讲的那个故事，模特或许是被拳击手侮辱的女孩的恋人。刚才听外面那些人说话，律师先生非要自己锁在屋里，或许他是内心有鬼。"

甄爱顿时明白了，言溯提醒大家如果待在房里就不要出门。模特敢出来，无非因为自己是凶手。只不过……

"他一定准备去杀律师先生，可半路被杀了。"话到这儿，甄爱抖了一下，"他死得那么惨，是谁杀的他？"

言溯静静地看她，不言。

如果说，之前他心里有百分之九十怀疑亚瑟来了，那模特的死法填补了剩下的百分之十，亚瑟就在这座城堡里。但模特惨死的原因不需要告诉甄爱，他漫不经心地说："或许是律师反击杀了他，又或许是组织的杀手杀了他。"

甄爱没有怀疑言溯的说法，有些唏嘘："模特也是为了感情而复仇，却落得冻成碎片的下场，真是个悲伤的人。"

"我不认为。"言溯瞬间阴冷，语气硬邦邦的，"既然是复仇，为什么要伤害你？打着为恋人复仇的旗号随意夺取他人的性命，又害怕自己的罪行曝光。只是出于怀疑，就把你推进冰窖。这样的人，不值得怜悯。杀人就是杀人，他不配用为了爱情这种冠冕堂皇的理由。"

甄爱一怔，没想到他会生这么大的气。

她知道他不是气她，而是被不久前她受伤的事触怒了，便轻轻拢住他的肩，小声道："好啦，我知道，他杀人是完完全全不对的。"她心一软，"死去的拳击手先生还有恩爱的妻子。模特也毁了那个女人的爱情。从受害者变成施暴者，他把自己变成曾经他最憎恨的人。"

言溯脸色松缓了些，覆住肩上她柔软的小手，刚要说什么，外面忽然传来一声类似枪击的响声。

屋内的两人异常平静，甚至没有对视，而是不约而同地看一眼室内的挂钟，不知不觉，早上六点了。

拉着厚窗帘，但外面的风雨应该停了。

这个时候，威灵岛上的警方应该出发过来了，如果是快艇，行程可以缩短到一个小时。

言溯不知不觉轻轻覆住肩上她的小手，眸光冷静：还有一个小时，要怎样才能把甄爱安全送到警方手里？

甄爱搂着他的肩，歪头靠在他的肩头，垂着眼眸：只剩一个小时，要怎样才能不让言溯的前途毁在这座岛上？

枪声很远，在西方的某座附堡，很清脆，仿佛在宣告，小打小闹的游戏结束，开始真枪实弹的杀戮。

言溯和甄爱各自猜想，却很长时间都静静地没有说话。

甄爱感觉她怀抱里的男人冷了下来，她知道，他想出去了。

自身的伤痛和她的安全压抑他那么久,他还是不能坐在这里等着外面的人一个个死去。她知道迟早拦不住他,下意识揽紧他的肩膀,岔开话题:"死的人会是谁?"

"律师。"言溯按着她的手,声音略低。

甄爱试图舒缓他的抑郁,刻意提醒:"难道他是组织打算清除的叛徒?"

他模糊地"嗯"一声,没有别的反应。

她便知自己的阻拦是徒劳的。对这个一根筋的男人来说,谋杀本身即是恶,并不会因为受害者是坏人而变得正当。生命本就不可掠夺,并不会因为他是坏人而减轻半分重量。

她沉默,又问:"你知道谁是警察吗?"

"作家。"言溯抬起眼眸,心里起了别的心思,他去找亚瑟,拖住组织派来的杀手,留下时间让作家带着幼师和甄爱等幸存者离开,至少先让女人们离开这座岛。

"你怎么看出来的?"

"记得第一次见面,我是怎么看出他是作家的吗?"

甄爱当然记得:"你说他颈椎腰椎不好,随手带笔记本,不善交际,衣服还邋遢。"

"你记得倒清楚。"言溯嘴角一弯,无疑很喜欢。

他解释:"人都有骄傲和自尊心,男人尤其如此。所以从社会心理和人际交往的角度来看,他颈椎腰椎不好,这是身体的弱势。在社交场合,他会极力掩饰,表现出健康的姿态,而非频繁揉捏,告诉全世界:你看,我颈椎不好。"

他道:"相信我,年轻男子的骄傲绝不会让他在外人面前展露出弱势的一面。"

为什么这句话像在说此刻的言溯?

甄爱心疼,脸上却是恍然大悟的配合:"这么说,他是推测出作家这个职业的显著特征,然后按照这些入戏,却忘了考虑心理因素。S.A.,你好厉害。"

"这句话你今天说了很多遍。"

甄爱不忘认真地调侃:"不,我的意思是,你这次居然会从人际交往的角度看问题。好罕见!"

言溯:"……"

"不过,即使这样,你怎么就确定他是警察?"

"他的上衣没有胸口口袋,可他好几次做完记录都习惯性把记录本往胸口放,这是警察的惯性动作。在游轮上,他表现得不善交际,可在城堡里,他总是最先表现出找人、怜悯、劝架的姿态,这是他做警察的天性和良心。"

甄爱心服口服,还要继续问。

言溯忽然打断她,仿佛这次他很赶时间,没有心思再满足她无休止的好奇心了。

"Ai,我估计作家上岛前就报警了。其他警察马上会来,可组织的人,看样子要在那之前杀了这里的人。我们坐船离开吧。"

"好啊。"她立刻起身,弯腰扶他。

言溯按住她的手:"我们带上其他人一起走。"

甄爱掩饰住心里的慌张:"嗯,我们去找大家。"

"我去找,你留下。"言溯起身站直,脸色依旧苍白,俯视她。

房间里一片沉寂,好几秒钟内,两人都没说话。

他看住她清丽的脸,抬手去抚摸,低声道:"等我,我很快回来。"

甄爱早看出他的心思,心里钝钝地疼,却没揭穿,也没反驳,只是小声问:"在这儿等你?"

"去我的房间。别人不会以为你在那儿。"

甄爱不语,他真会利用人的惯性思维。如果他真出了事,别人也不会想到,她待在一开始他就没住过的空房,至少可以等到四五十分钟后警方上岸搜索城堡。

任何时候,他都为她做好了打算。

她不想阻止他去做他想做的事,也不想任性地坚持同去,给他造成心理负担。

在他内心煎熬左右为难的时候,她才不要委屈又担心地说:不要去,让我和你一起去,不管怎样,我都要和你在一起。

她不想说这些话。

所以,她没有拒绝,仰头微笑:"好。"

言溯不说话,拇指在她柔柔的脸颊上摩挲。

他就知道,他们的想法是最契合的,他真喜欢她这样的个性。情浓时,温柔依赖;遇事时,干净利落。爱得没有任何负担。

言溯拿起风衣,心有所思;甄爱从他手中接过,帮他穿衣。剪裁合身的风衣一溜便蹿上身,她替他理好领口,又拂了拂肩上的褶皱,整理得平直笔挺。

他的目光始终笼在她安然的脸上,末了,重重握住她的手,有些艰难地说:"Ai,对不起,我……"

"我知道。"她仰头,笑望着他,"S.A.,我们都很清楚,你不是那种为了个人情感就置他人生命于不顾的人。你也不是能对杀戮视而不见置之不理的人。看着清高骄傲,其实真爱多管闲事。"她瘪瘪嘴,又忍不住笑,"可正是这样的你,我觉得很好。"

要不是他的多管闲事,江心死的那天,他就不会亲自赶去她的学校。那他们,或许就不会有后来的交集。哪会像现在发展出那么多故事?

甄爱定定地看住他,说:"S.A.,我并不认为男女之情是生活的全部,也不希望因为我们在一起反而牵绊你,让你割舍心中其他重要的思想和情感。所以,你放心地去做你想做的事吧。"她在他手心抠了抠,"你不用担心我,我会好好的。"

言溯欠身,轻轻抵住她的额头,鼻翼碰着她的鼻尖,缓缓摩挲。她的眼睛乌漆漆的,很干净,一眼看到内心。

他不知道,在她的眼里,他的眼神是否像他此刻的心灵那样纯粹而虔诚:"Ai,我这一生只吻过一个女孩,我想带她回家,然后,剩下的一辈子,都在一起。"

这是一句质朴的承诺。

甄爱眼睛泛酸,却固执地睁着,咧嘴笑:"我批准啦。"

他也笑了,牵住她。

出门去,走廊上空落落的,房门紧闭,一个人影都没有。

言溯握着甄爱的手,很紧,一路脚步沉稳,把她送到他的房间。进屋锁上门,看一圈,没有异样。

他这才退到门口,扶住她的肩膀,眼中千言万语,仿佛生离死别,最终只有一句:"勇敢的好姑娘,替我保护你自己。"

甄爱心一酸,笑容依旧灿烂,轻松反问:"我哪会有事?"

言溯深深看她,终于转身离开。

他的身体还在伤痛中,转头的侧脸那样惨白。甄爱心里再次涌上不安。

"S.A.。"她扶着门,轻声唤他。

他回眸,俊颜如画。

她给他一个大大的笑容:"我等你哦!"

他微微一愣,继而笑了,抬手对她招了招,再度离去。他没有告诉她,那声枪响是有人在召唤。面前是一场阴谋,他却不得不去。

甄爱含笑一直看他消失在转角,才敛了表情,关上门。半秒钟后开门出来,走去自己的房间,翻出之前换下的衣服,从口袋里摸出一盒针剂。

这是没关冰窖前,她从七号堡的实验室里拿来的。

她有条不紊地敲开小玻璃瓶,拿注射器吸满,扎进右手手腕。针筒活塞一点点往下推,她面色平静如水。

言溯的想法,她很清楚。说什么要带大家一起走,其实是大家一起走,他留下。

言溯一定找作家去了,让他带着其他人离开,他一个人应付。

可既然是组织的人,她不想坐在这里等。

做好一切,甄爱出去。没走几步,听见某个房间传来极轻的一声响,她听力好,是消音枪的声音。

刚才明枪,这次消音……怎么回事?

甄爱心里生起一丝不祥的预感,走到那扇门前,轻轻敲了敲。她想验证她的猜测是否正确。

半响后,房门吱呀一声打开,律师立在门口,露出半张脸,眼神惊悚地盯着她,幽灵一般。甄爱心一凉,律师在这里,那刚才一声响是……

她想马上去追言溯,可面前的律师,眼神涣散,露出半张青灰色的脸,很吓人。她轻推一下门。

律师的另外半张脸显露出来,眼洞空了,鲜血从空荡荡的眼窝里流下,布满整张脸。

开门的动作撞到律师的身体,他呆直着半只眼,笔挺地倒下去。

他死了,就在刚才。这么说,屋子里……

甄爱指尖稍一用力,门缓缓推开,一个黑洞洞的枪口对准她的眼睛。

枪口后边,演员浓妆艳抹,笑盈盈地看着她。

得来全不费工夫!

甄爱迎着枪口走进去,淡定自若地背身关门。

演员不可置信:"你不怕我?"

甄爱从律师的尸体上跨过,走向窗边:"为什么要怕你?"

"我有枪!"

"可惜你不敢杀我。"

演员憋着气。她对甄爱的印象还停留在那个话少,跟在逻辑学家身边的柔弱小美人身上。

她举着枪,甄爱却拿背对她,过去拉窗帘,白色的天光开闸般倾泻进来。暴风雨停了,早上六点多,天青色的空中覆着厚厚的云层。

演员眯着眼打量甄爱,稀有的美人,从背后看,也会让人想入非非。

她换了身白色呢子外套水洗牛仔裤,干净又清新。海风吹进来,外套贴着身子,在腰间留下纤细的线条。看上去很柔弱。这就是男人们喜欢的?除去她的容貌,只怕她的单纯柔弱更容易唤起男人蹂躏的欲望,所以A先生才对她呵护有加,念念不忘?

演员心中鄙夷,手枪一转,收回来:"你看出我是组织的人?"

"嗯。"甄爱回身靠着窗户,瞟一眼地上的律师,"刚才那声枪响,谁死了?"

演员不喜欢她命令式的问话,但也不敢拿她怎么样,眼珠一转:"作家,我杀了他。"

甄爱一眼看穿:"你不会,亚瑟交代过你,不许杀警察。"

演员脸色一凝:"你怎么知道?"第一次听人直接叫A先生的名字,她不习惯。

"这里是我家,他不希望警察来封掉这里。"甄爱平平静静,并不觉得荣幸。

可演员天生的攀比心理作祟，把这话当作炫耀，阴阳怪气地哼一声："C 小姐，你还真了解他。"

多年没听到这个称呼，甄爱恍然，隔了几秒钟才问："你叫什么名字？"

"席拉。"

"这是你的代号？"

组织等级森严，除了数不清的数字代号，还有各种地理植物天文等专有名词代号，当然最高的是英文字母代号和希腊字母代号。

甄爱听到她的名字，理所当然想成圣托里尼岛的古名 Thera 岛，以为她是用地点做代号的成员。

席拉不悦："我的代号是希腊字母 Tau。"级别比你想的高。

Tau 的写法同英文字母 T，甄爱这才了然："我就说嘛，英文代号 T 是个叫谭雅的泰国女人。"

席拉不服："我是靠自己的努力一步步爬到今天的位置。"

"加油。"

席拉脸色一僵，可甄爱漫不经心地倚着窗子背着光，她的脸颊粉白粉白的，散着透明的荧光，像稀世的玉；眼睛黑漆漆的，很深很静，能勾魂。不得不说，她美得让女人都忍不住多看几眼。

席拉更加不悦："我当然不像 C 小姐，是组织里所有女人羡慕的对象。"

甄爱微微敛瞳，不理解她的话。

席拉笑着，眼睛却很冷："说实话，除了这皮相，看不出你有什么本事。在我看来，你其实挺没用。哼，我们出生入死地挤位置，却永远到不了你的高度。没办法，不如你命好，有 A 先生的喜欢，就能高高在上。"

席拉是外来组员，所以并不知道甄爱有多厉害。

甄爱并不接话，望向窗外："他，来了？"

"没有。"

甄爱回眸，质疑："为什么模特死得那么惨？"言溯心疼她，所以不说，但她猜到模特的惨死和她脱不了关系。

席拉再度皱眉，她真讨厌这女孩的自信，看上去像霸着男人的宠爱为所欲为的刁蛮公主。凭什么她就认为模特的惨死是 A 先生为她出气？

"我来之前，A 先生命令，谁要伤害你，就用同样的方式回报过去。"

的确是令人信服的理由。但甄爱不信，模特死时她察觉了异样，而言溯的反应更让她确定，组织里的杀手不止一个，另一个很可能是亚瑟自己。

她蹙了眉，低低地自言自语："不用撒谎，我知道亚瑟在这里。我感觉到了，他在某个看不见的角落,盯着我。"

席拉哼出一声笑:"你对他有感应?"

甄爱不理她的反讽,轻轻动了动手指,打进去的针开始起作用,她没必要再和她闲聊。

"刚才那一枪其实没有杀死人吧?"

"C小姐真聪明。"席拉扬起半边眉毛,起了刻毒的心思,她想看甄爱平静淡漠的脸上露出哪怕一丝慌张的情绪,挑拨道,"枪声是我的同伴引他出去,为了杀他。"

甄爱静默,逆着光,看不清表情。

席拉以为惹怒了她,笑道:"C小姐,想去救喜欢你的男人吗?"她手指一转,枪在飞旋,"我的任务是绑你离开,你想走,要先过我这一关。"

甄爱还是没说话。

席拉咬着妩媚的红唇:"真可惜呢,那么好的男人,我看着都心动。可除了这张脸,逻辑学家先生喜欢你什么?看来也是难过美人关。"

甄爱:"你又撒谎了。他不会有生命危险。要杀他,不会等到现在。"她肯定,"亚瑟的计划,不是杀他。"

席拉眯起眼,觉得自己对甄爱的认识有待改变,她确实有不一样的地方,很聪明,太聪明了;很冷静,太冷静了。

"你认为A先生的计划是什么?"

甄爱学着言溯教她的,观察席拉的表情:"计划是,你假扮的演员角色确有其人,就在这座城堡里,被关在某个我们不知道的地方。你会杀了真正的演员,把她的尸体搬出来,让警察以为'你'死了。然后绑架我离开这座岛。原本只是清场,现在为了不留证人和多余的嫌疑人,你们连无辜的女仆小姐和管家先生也要杀掉。"

席拉面无表情,但吞了一下口水。

甄爱便知自己说对了,心顿时凉了半截:"到时,除了作家这位警察,剩余所有人,演员、女仆、幼师、管家、律师、拳击手、医生、赛车手、主持人……都死了,我消失了,活着的人只剩下言溯。所以,凶手就是他。"

席拉听她说完,勾唇笑笑,拍手给她鼓掌:"佩服。"她在房间里踱步,语调散漫又性感,"我们想想,S.A.先生曾经最好的朋友埃里克斯,是S.P.A组织的高层组员谢琛。S.A.早知道了,他和谢琛一起,两位天才合谋从中央银行盗取十亿的数字存款和现金,火速转移赃款。正因为S.A.从警方内部获取大量的信息,给谢琛通风报信,后者才得以神不知鬼不觉地逃脱。只可惜谢琛不相信S.A.,反而求助别人把钱藏起来,于是S.A.用炸弹炸死谢琛。但谢琛死前诅咒他说,有人知道他脏脏的过去。所以他这么多年来，一直在搜索十亿财富和那群人的下落。终于，他找到当年帮助谢琛藏钱的人，和他们一起来到这座岛上。他没找到钱，而这些人都认出他是和谢琛一起偷钱的。S.A. 害怕罪行暴露，就杀掉了所有人。"

席拉走得远了，一不小心踩到律师的尸体，随意地踢了一脚："这里的人都是他杀的，包括真正的演员，也就是别人眼中的我。"

她回头看甄爱，笑："C 小姐，A 先生为逻辑学家准备的结局，你还满意吗？对了，A 先生让我问你，有没有觉得他为你做的事，很浪漫？"

甄爱背着窗，沉默立着，看不出任何表情。

言溯知道这个阴谋吗？应该吧。

听到那声枪响时，他应该猜到，这样明目张胆的宣告是为了引他出去，让作家看见他在房间外行走，而其他人都死了，只有他是凶手。可即使这样，他还是义无反顾。

甄爱知道，他不愿任何人成为亚瑟设计陷害他的过程中的牺牲品。这个男人，她现在想起，又想笑，又想哭。

可现在并不是想这些的时候，如果她能解决席拉，整个计划就会改变。

甄爱漫不经心拉上厚厚的隔光窗帘，房里只有昏黄的灯和烛台的光亮着，她走过去，试探着问："你现在准备干什么？先制服我，还是先杀掉真正的演员？"

"你都送上门了，当然先安顿你。"

甄爱心里有数，很好，真正的演员还没死。也是，如果杀得太早，容易出破绽，就不好推到言溯头上。

她头也不回往门外走："Tau，我认为你没本事安顿我。"

"不许走！"席拉上前抓她的肩膀，"C 小姐，得罪了。"

甄爱等的就是现在。她背对着她，嘴角一弯，双手越过肩膀缠住席拉的手臂，膝盖一屈带动重心往前倾，抓住她的人就往前摔去。

席拉不是吃素的，当即反应过来，顺着手臂绕了一圈，敏捷地避开。

甄爱料到她防备性高，早做好被躲开的准备，一松手拉力变推力，将席拉推开，抓住她的枪，前后推错几下，枪支噼里啪啦被卸成几块，散落地上。

席拉连身退步，想弯腰拔脚上的枪，又顿住，在她弯腰时，对手会先踢她的肚子。她挑眉，对甄爱顿时刮目相看。她歪头拉筋动骨："C 小姐，刚才怪我小看了你。差点忘了，从小在组织长大，格斗是必修课呢！"

甄爱冷眼看她，没回答。

她十一岁时学过一段时间，还没学成就作废了。格斗教练在一次练习中没控制好力度，一脚将甄爱踢翻，她从垫子上摔下，后脑撞地，当场晕过去。醒来后，教练不见了。同学们各自干正事都不学了。亚瑟也禁止了她进行一切剧烈运动，包括钓鱼，理由居然是怕鱼钩钩住暗流里的石头把她拖下水。她不开心，他找人在她家附近挖了条安全的河，运了各种各样的鱼给她钓。

为此，伯特跟在她身边笑话了她整整一年。

离开组织后，甄爱为了防身，断断续续地学习过格斗，可惜右手无力，学艺总不精。她也不知今天能发挥到哪种程度，但好歹也要拼一下。

她下意识握了握右手拳头，在激素封闭的作用下，力量回来了。

席拉把拳头捏得咯咯响，甄爱激起她的挑战欲："C 小姐，很期待和你明明白白地较量。"如果能把她打倒，那将是莫大的骄傲。

她不作犹豫，气势如山拔起一脚，砍向甄爱的脖子。甄爱堪堪躲过，唰啦啦的腿风在她耳边呼啸，乱了额前的碎发。

席拉速度极快，一脚没踢到，下一脚立刻来袭。

甄爱起初只能连连躲避，待到琢磨透了席拉出脚的频率，她看准机会，一脚踢向她收势的膝盖。

后者躲避不及结结实实挨了一踢，膝盖像扎了针，细细麻麻的疼痛。席拉略微吃惊，暗想她还真聪明——远踢不到，就跟对手打了游击战。席拉索性近身袭击，一勾拳打向甄爱的脸颊，速度太快，她躲避不及，下巴挨了狠狠一拳，半边脸都红了。

甄爱退后几步，拿手背擦了一下嘴角的血。

席拉的力量比她想象中大很多。

席拉再度冲来，手砍她的脖子，甄爱弯身绕过，抓住她的手一拧，两人近身搏击，打了好几个回合，互有伤害，难解难分。

但甄爱知道，席拉起初顾忌她的身份，有所保留。可打久了，争斗的本能就上来了，席拉不再收势，越打越勇。甄爱的膝盖踢到她的腹部，她彻底恼怒，拿了百分之百的力量，一脚踢向甄爱的肚子。

"啊！"甄爱惨叫一声，被她踢飞撞到沙发，疼得抽筋切骨。

她挣扎着想站起来，可眼前一片红光，内脏都在翻搅，嘴里全是血腥味。

她竭力撑起，又一下子塌在地上，不动了。

席拉刚才昏了头，几秒钟后冷静下来，见甄爱长发散开，脸色惨白缩在地上，心里猛然发凉。甄爱的身子骨看着就不耐打，万一真受伤，她就是找死。

席拉跑去扶她，没想到一瞬间，甄爱抓住茶几上的烛台举到她面前，另一只手从茶几底摸出一小罐男士发胶，对着火焰全喷了出去。

发胶穿透烛光变成大火，浪潮般扑向席拉的脸，将她淹没。

席拉戴着演员面具，头发和脸皮都着了，捂住脸尖声惨叫。

甄爱看准机会，抽下茶几上的桌布，扑上去裹住她的头，双手揪住她脖子一个过肩摔，扔麻布袋一样将她砸到桌上。席拉痛得骨头都要断开，头被包住看不清，很快胸腔和腹部受到连番拳打脚踢，她倒在地上毫无招架之力。可头上的火很快就灭了，她双手撕开桌布，露出狰狞的脸。

甄爱把她打成内伤，但她曾是中了三颗子弹都能活活打死男人的 Tau，忍耐力极强，并不会因伤势严重失去战斗力。

她爬起来脱掉外套，一握拳，臂上鼓了肌肉，恶狠狠地看着甄爱，眼里火光闪闪："你居然给我玩暗的？"

甄爱："谁答应了陪你玩明的？"

席拉气得发疯，像只母狮朝她扑来；甄爱拿起发胶罐子朝席拉身后砸去，乓乓一声脆响，灯泡碎了。室内骤然陷入漆黑。

房门和窗帘隔光性好，屋内光线极淡。席拉什么也看不清，停下来："你以为你能躲多久？"她从裤脚摸出枪，磕磕绊绊地去拉窗帘。

这种程度的黑暗对甄爱来说，完全不成问题。她用力搬起重重的厚木茶几，潜到席拉身后，猛地照头砸去。

茶几碎得四分五裂，席拉扑倒在地，挣扎着去捡掉落在地的枪。

甄爱立刻压到她身上，从她脚腕处掏出组员必备的匕首，毫不手软地扎进她的背部，却避开了心肺位置。

"啊！"席拉惨叫。

匕首穿透她的右背时，甄爱愣了一秒钟。可不是你死就是我亡，她狠狠咬牙，怕她还有行动能力，又在她的腿上捅了几刀。抽刀时，鲜血直往甄爱脸上喷溅。

席拉惨叫连连，甄爱再度犹豫。就是这一秒钟，席拉陡然抓住她的手腕，用力一掀，把她从身上踢下来。

甄爱以为还要再打，她却跟跄跑到窗边，拉开窗户，一翻身人就不见了。

甄爱跑过去看，只见席拉坠海的浪花。

海风吹进来，冷飕飕的。

甄爱低头，身上全是血，浑身都疼。她没有停留，立刻回言溯的房间去。

冲进洗手间，就见镜子里的自己发丝散乱浑身是血，眼睛里冒着凶光，很可怕。她不敢看镜子了，脱下外套飞速清洗身上的血迹。

突然，右手腕一阵钻心的疼痛。激素封闭的副作用是，麻醉时感觉不到疼，可以正常行使身体机能，但受创部位的损伤会加剧堆积。

一旦药效失去，叫人痛不欲生。

甄爱猛地抓住右手腕，疼得冷汗直流，仿佛无数只尖尖的镊子钻进手里，一寸寸撕裂她的血肉，比刚才和席拉打架的痛还要剧烈千倍。

她猛地蹲在地上，脸色惨白，面容扭曲，疼得死去活来。

外面却传来钥匙开门的声音。言溯回来了。

甄爱一惊，立刻起身，忍着头晕目眩的剧痛，拿浴巾擦去脸上和身上的冷汗。

他走进来，她背对着他，穿着单薄的小T恤和牛仔裤，衣服贴在身上，更显得她身材窈窕，手中的白色浴巾一绕，飞下来遮住上半身。

甄爱拿浴巾裹好自己，右手还抽筋般地发抖，她咬着牙关死死用左手按着，心急火燎：该死的！不要再疼了！她不想言溯难过！

他走上去，双手从后面环上她的腰，一低头，下颌挨着她的鬓角，来回蹭了蹭，很轻，很缓，很迷恋。

甄爱疼得眼前一片模糊，却习惯性地侧头贴了贴他，以示回应。

她似乎感应到他的悲伤和庆幸，猜想他遇到了什么麻烦的事，于是她松开自己的手，落到腰间，握住他的手。

刚要说什么，心底陡然一凉，这双手，一样的修长，一样的骨节分明，却不是言溯的。

她的手定住。

他凑近她的耳边，舌尖舔过她莹白的耳垂，梦呓般喃喃："Cheryl, Ma Cherie！（谢儿，我的心爱。）"

低醇性感的法语，世上只有一人这么叫她。

甄爱的心一下冻住。她浑身冰凉，惊愕地盯着前方，从头到脚都僵硬了，做不出任何反应。

下一秒钟，身后的男人更深地低下头，狠狠地嗅一口她脖颈间的香气。这一嗅唤醒了甄爱，她用力挣开，他早料到她的反应，一下握住她的肩膀，将她的身子拧过来，猛地带进他怀里。像强势的老鹰抓孱弱的小鸡，不可阻挡，不可违抗。

时隔五年，甄爱再次清清楚楚地看到亚瑟的正脸，眉目分明，眼眸漆黑，白皙俊脸，轻薄红唇。褪去了五年前的青涩和沉默，他变得阴冷却气势十足。

看见甄爱惊怔的眼神，他脸色微变，收敛了周身散发的戾气，低声问："一千九百二十五天没见，想我吗？"

甄爱不可置信地盯着他，好几秒钟，吐出来的字眼却是："放开我！"

亚瑟的眼眸黑了一下，却没有发怒。他低头贴近她的脸，哄："还在生我的气？赌气跑了那么久，是不是也该回家了？"

"A，那里不是我的家，我的家早被你毁了！"

他听完，开心地笑了："你还是叫我的昵称，从小到大，没有变。"说着，忍不住去摸她的脸颊。

"不要碰我!"甄爱打开他的手。

这一打引来强烈反弹,他突然发力搂住她的腰,单手将她提起,另一只手紧紧按住她的后颈,低头便堵住了她的嘴。

他像一只饥饿数年的野兽,咬住她就再不松口,暴力而狂妄地啃咬她的嘴唇,舌头伸进去,把她的牙齿和唇瓣一丝不漏狠狠侵略一遍。

甄爱挣扎着想推开他,可身子被他箍着悬了空,手脚也使不上力气,踢打对他来说毫无杀伤力。

他双臂紧箍着她的身子,力气大得像是落水的人攀住浮木。她胸腔里的空气全被他吸走,耳边是他急促的呼吸,面前是他男性的味道,她愤怒得恨不能咬断他的舌头。

可他始终只是在她唇前逡巡,不越雷池半步。等到他真的伸进去,她准备咬他时,她蓦然惊觉,居然一丝力气都没了,连右手腕的痛感也消失了。

他的嘴上涂了东西!他都计划好了。

甄爱手脚都软了下来,没有力气,也说不出话,只能无力地软在他的怀里,任他疯狂地掠夺索取。

直到他终于尝够了,才依依不舍地松开她,仿佛陶醉一般,深深地吸了口气:"天,你还是那么美好。"他低头,鼻尖抵着她的脖子,一路缓缓嗅上去,最终停在她耳边,"还是那么让人心驰神往。"

侧过头来,就见她嘴唇红肿,一双漆黑的眸子悲愤而怨恨地瞪着他。

他不气不恼,继续搂着,来回蹭她的脸颊。似乎他很喜欢这样的亲密,又似乎他像某种动物,只会用最原始的亲舔和最直接的摩挲来表达喜爱。

"好久不见,你长大了。变得越来越美丽,越来越可爱,越来越让我,着迷。"他低头贴在她的锁骨上,舌尖轻轻地舔。

她头皮发麻,却动弹不得,也说不出话。

他顺着她的脖子舔上去,轻叹:"可是,你长大了,就不乖了。我不喜欢你长大。越长大,你越不听话,只想往外跑。"他说到此处,悲伤地蹙了眉,含住她雪白的耳朵,轻轻地吸,"外面有什么好的呢,让你那么不想家,不想我?和我回去,好不好?谢儿,我心爱的。这个世界都是你的,我的一切都是你的。你想要什么,我都给你。"

甄爱静静地睁着眼睛,望着白白的墙壁。她什么都不想,她只要自由。

"你喜欢外面的什么,我都给你带回去。"

亚瑟的手掐在她纤细的腰上,情动之下忍不住掀开她的衣服钻进去,女孩的腰肢细细的，肌肤软腻得不像话。

他把她横抱起来，小心翼翼放进圆形的大浴缸里，撩起她的上衣，露出腰间细白的肌肤和娇嫩的小肚脐。

他俯身下去，握住她纤瘦的腰，舌头在她腰间反复地舔舐，牙齿轻缓地来回轻磨，时不时钻进她的肚脐里。那让他心醉的触感似乎怎么都体验不够。他真想立刻带她回他们的城堡，把自己和她关在一起，尽情品尝她身上每一寸肌肤。他真的喜欢她啊，喜欢得恨不能时时刻刻把她含在嘴里。

他意乱情迷，修长的指尖不安分地探进她的裤子，大手触碰柔滑的肌肤，这样的亲密让他喉咙里不可自抑地溢出一声快意的叹息。可一抬头，却见她蹙着眉，满目悲哀。

他俊逸的脸一点一点冷却："你不喜欢？"

他发泄似的，手往更深处探，猛地单手把她捧起来，送到自己唇边，他漆黑的眸子盯着她同样漆黑的眼睛，看不出是否生气，却有暴风雨即将到来的压抑。

亚瑟盯着她近在咫尺的脸，声音很轻："谢儿，乖女孩，告诉我，七号附堡的浴室里，他对你做了什么，嗯？"

甄爱靠在他手上，心跳紊乱，全身无力，她清晰地感受到他平静语调下，阴森森的嫉妒和愤怒。那么多年，她太熟悉了。

这种嗜血的平静，只有他会，只有她懂。

就像那个突然消失的格斗教练，那个不小心把开水泼到她手上的女佣，那个笑她不会骑单车的毒品专家，那个夸她漂亮帮她系晚礼服蝴蝶结的数学家……

她强迫自己不露出任何表情。

"哦，忘了，你现在说不出话来。"亚瑟俊眉一挑，掩住眼中的凌厉，"你的身体，他喜欢吗？"他奇怪地笑，"不要紧，我过会儿亲自问他。"

甄爱的心一沉，却不敢表现出任何情绪。

他凑近她耳边："谢儿，你知道的。我对你，只有一个要求。就算你喜欢逃跑，我也心甘情愿去追。可是C，这个世上，你只许喜欢我，不许喜欢任何人，不然我会让他从这个世界上消失。"

她惊愕。

见吓到了她，他又舍不得了，又疼又恨，复而将她搂进怀里，压在浴池底，轻声哄："C，你乖乖的，听话一点好不好？你只是迷路了，像喜欢玩具一样喜欢他。你乖，好不好？那样，我不介意让你喜欢的玩具多留一段时间。我带你回家！C，我为你做的一切，你喜欢吗？"他低头再度深深吻住她的唇。

甄爱脑中一片空白。

他为你做的一切,你喜欢吗?

甄爱一岁,亚瑟四岁。

他趴在摇篮边,望着篮子里粉嘟嘟的小女婴发呆。她眼睛黑溜溜的,睫毛又长又卷,脸蛋粉嫩得能滴水。软绵绵的小身子在篮子里爬来滚去,咿咿呀呀地说着他听不懂的话。亚瑟越过摇篮去亲她的嘴巴,才碰上,重心歪掉。伯特一推,摇篮翻了个个儿,把小女婴扣在下面。

甄爱两岁,亚瑟五岁。

他把漂亮的蝴蝶结系在她头发上,伯特把她的蝴蝶结缠在树枝上,她原地转圈圈,挣不脱,越缠越紧,后来被剪掉一截小辫子,他剃了光头陪她。

她三岁,他六岁。

他拎来一只刚出生的小狗崽送她,小狗崽舔了一口她怀里的小兔子。小兔子吓跑了,甄爱哇哇哭,亚瑟扔掉小狗,一溜烟地去追兔子。其实他给小狗崽起名Love,期望别人看见甄爱抱着小狗,就会说Puppy love。

她五岁,他八岁。

他用冬青树枝和槲寄生编了圣诞花环送她,她穿着雪白的毛绒绒小衫,抱着大大的花环不知所措。他把花环套在她脖子上,像给她戴了一条胖嘟嘟的绿围脖。

可他忘了圣诞节的传统习俗,站在槲寄生下面的女孩,大家都可以亲吻她。伯特领着顽皮的男孩子们挨个把甄爱粉粉的小脸蛋啃了一遍。

他把他们狠狠揍了,除了伯特。然后被罚在雪地里站了一天。

她十岁,他十三岁。

他送她一件漂亮的红裙子,她趁妈妈不在,偷偷穿上对着镜子转圈。后来被她妈妈发现,剪碎了裙子,把她关进了黑屋。

她十三岁,他十六岁。

她求他带她去基地外边玩,可怜兮兮竖着手指,声音又软又糯:"A,求你了,就去一次!"他和伯特载着野营装备陪她去山里,在溪里抓鱼看萤火虫,疯玩一天一夜。

回来后被提前回家的她妈妈发现,关进黑屋子跪了一星期墙角。

她十五岁,他十八岁。

她妈妈又要关她,那时候他长得比大人高了,把甄爱护在身后,冲她妈妈咬牙切齿:"等我接管了组织,第一个杀了你!"

因为这句话,他被他爸处罚,受了一个月的鞭刑。

她十六岁,他十九岁。

他已是新上任的Boss。

她醒来，见他坐在床边，带着日夜兼程的风露和倦意，抚摸着她的长发，说："等你长大一点，我们就结婚吧，然后一辈子在一起。"

她揉着眼睛，不懂："可大家不是都在一起吗？"

他说："不是大家，就我们两个。"

反正和现在没什么不一样啊，她歪进枕头，继续迷迷糊糊地睡去："好啊。"咕哝着，翻了个身。

等到她十七岁，他二十岁。

她起了离开和抗拒的心思。他和伯特想尽一切办法，顺从她，诱哄她，强迫她，侵扰她，虐待她，折磨她……

可还是没有，留住她……

言溯离开房间，走到大厅后，特地留意了剩余的蜡像，不过，和他最后一次看见时没任何不同。

正巧女仆打开起居室的门，一见言溯，惊讶地迎过来："逻辑学家先生，你在屋里的时候，出了好多事。模特小姐死了，大家吵成一团。她死得真惨，冻成了碎冰……"女仆回忆起来，再度哭起来，拿手帕不停擦眼泪，"律师先生说是我杀的，我只是打工的，怎么会杀人？"

话虽混乱，却和不久前言溯在屋内听到的一样，可怜的女仆真的吓坏了。

起居室里走出两个人，正是作家和幼师。

言溯问："其他人呢？"

女仆抹着眼泪："模特小姐死后，幼师小姐提议让大家聚在起居室等警察。可中途律师先生去上厕所，然后就不见了。演员小姐坚持要去找他，再也没回来。剩下我们四个在起居室。刚才附堡那边一声枪响，管家先生也去查看，就只剩我们三个了。"

言溯敛起眼瞳。他很清楚演员是组织派来的杀手，她离开是去杀律师。但杀人的不是刚才那声枪响。

那一声，目的不在杀人，而是引他出来。演员杀了所有人，再杀掉真正的演员替代，就可以把这里的人命都栽到他头上。他并不关心自己的名誉和是否被诬陷，可他绝不希望因为亚瑟陷害自己，而让组织的叛徒清场扩大到伤害平民。不管是谁，只要能少死一个人，他都会竭尽全力。

还好他很确定，模特死后，城堡里的人无非警察、平民和杀手。这些人都不会对甄爱的生命构成威胁，这也是他能放心留甄爱一个人的原因。

言溯低头看着还在抽泣的女仆，皱眉安慰："别哭了。"话说出来却很冷，像命令。

胆怯的女仆吓一跳，真不哭了。

作家质疑:"你不是交代说待在屋子里别乱跑吗?怎么出来了?"和亚瑟计划的一样,他怀疑言溯了。

言溯不答,淡淡地道:"警察先生,请立刻带这两位女士离开。"

三人讶住。

作家愣了:"你怎么看出来的?"

言溯没兴趣回答:"现在这危急关头,你们想搬个凳子端着茶水看推理秀?"

作家的内心摇摆不定,言溯看上去知道很多内幕,或许他是组织的人。可言溯脸色白得可怕,很虚弱,看得出他是在强撑着。这个原因作家猜得出来,他看见散落在地上的木箭,推测刺到他了。他究竟是受害者,还是同犯?

作家问:"为什么要走?"

言溯简短道:"有人要杀她们。"

女仆和幼师惊住,作家再问:"你什么意思?"

言溯不耐烦:"我说的是古英语,还是你SAT考试只得了100?"

作家被他讽刺的调调弄得缓不过劲:"我的意思是,谁要杀她们?为什么你知道有人会杀她们?"怀疑的意味十足。

"因为凶手会杀了这里所有人,除了我。"言溯说,"你可以怀疑我是凶手,但请你先考虑这两位女士的安全,把她们转移到别的地方。我暂时不会离开城堡,你不用担心到时抓不到我。"

作家还在思索,言溯转头看女仆:"你有城堡的电路图吗?"

"有。这几天总停电,我翻出来了。"女仆跑去起居室抱来厚厚一摞纸给言溯。后者一张一张翻得飞快,在女仆吃惊的目光下,十几秒钟看完,交还给她,转身就走。

作家喊:"你去哪儿?"

"找人。"仿佛多说一个字会要他的命。

作家跟上:"我和你一起去。"

"不行。"言溯停住脚步,如果作家一起去,亚瑟会杀了他。毕竟,亚瑟不需要一个证明言溯不是凶手的警察。

作家见他如此固执,脾气也变了:"我不相信你,可能你是凶手,你现在要去杀人。"

言溯淡淡地道:"我不需要你相信,但先生,请你想想,律师为什么要独处?因为他锁定了杀手范围,知道有人要杀他。他知道想杀他的人不是关在房间里的我,而是和你们在一起的人。演员为什么去找律师?她有那么关心他?不,因为警察快来了,她再不去杀他,就完不成任务。"

作家很平静,丝毫不惊讶。

言溯观察他半秒钟:"看来你早就看出来了。不过你不确定凶手有几个,而且两位女士在这儿,你怕保护不了她们,对吧。"

作家被他看穿心思,露出些许无奈。

言溯道:"请记住你刚才的心情,身为警察,抓凶手和保护平民的生命,哪个更重要,你心里清楚。如果我是你,我会带着两位女士立刻离开,开船到海里,随时做好逃离的准备。另外,"他声音放缓,"作家先生,能拜托你……"

言溯顿住,能拜托作家去带走另一位小姐吗?他的学生小姐。他终究没说出口,因为不能。甄爱很安全,可如果作家带她走,那作家的生命就危险了,连带着剩下两位女士的安全也会失去保障。他没有资格要求他这么做。带甄爱走的责任不在作家,而在他。只要他抓到亚瑟,甄爱就不会被带走。

可如果失败,甄爱不见了……

这个想法让言溯的心陡然被什么扯了一下。

如果她不见,他会翻遍全世界把她找回来,哪怕用一生的时间。

他静静垂着眼睛,一秒钟后又抬起,面不改色地说:"先生,拜托你保护好这两位女士。另外,我和女朋友吵架了,我是去找她的。你们可以离岸等我们。"

后面这句话安抚了作家的疑心。

他很诚恳:"等我找到她,就去岸边找你们。我不希望因为我们耽误别人逃生。"

作家考虑一下,决定先安顿女仆和幼师。

言溯又说:"等一下,我需要借你一样东西。"

作家听了他说的那样东西,迟疑:"这个不能随便借人。"

言溯摸摸鼻子:"你恋爱了吧,应该知道女孩耍起性子来……不容易制服。"

"特事特办。"作家叹气,把东西递给他,"找到学生小姐后,马上下来,我们在船上等你们。"

言溯转身朝七号堡走去。

清晨,堡里格外安静。

空气里有股陈旧的味道,还有湿润的海风。因为身上有伤,他的步子缓了很多。

刚才那声枪响,听上去怪异,或许是实验室的响声,或许是定时装置模拟出的枪响,可以给某些人做不在场证明。

走了没多久,迎面遇上管家。

他表情和平常一样刻板,教养很好地微微颔首:"逻辑学家先生需要帮忙吗?不过,你不是说要一直待在房间里等警察来的吗?"

言溯简洁地说:"演员是假扮的,她是杀手,我要去找真正的演员。我推测女杀手在附近某个地方,马上会来杀真正的演员。"

管家绷着脸,不太明白他的意思。

言溯略微停顿,继续道:"在那之前,我有个问题。管家先生,听见枪声,作家他们怎么会让你一个人过来查看?不怕你出危险?"

管家眸光凝了凝,解释:"我当时就听出那声音不是枪声,是实验室的气体小爆炸。可能哪位客人又捣乱了,我收拾了好半天。"

言溯盯着他的脸看了半响,若有所思地笑笑:"我想也是这样。"

管家听出他的话里别有意思,稍微顿了顿,问:"你准备去哪里找你口中真正的演员?"

言溯慢慢往前走:"我看了城堡的电路图,路线加固过很多次,缆线在地下室。最近城堡总是停电,不是因为线路不好,而是有人困在地下室,有意无意碰到了邻近的电路。"

管家肃着脸,不同意的样子,人却跟着他从阳光微醺的走廊里穿过:"如果你说的那个杀手把真正的演员绑在地下室,那她是怎么溜进来的?你们来的那天,只有一艘船过来。"

"当然不是和我们一起来,而是很多天前就被绑了。"

管家冷冰冰的,不说话了。

言溯很快走到目的地,是一处高高的楼梯间,他望着虚空,沉思半秒钟。

找甄爱的时候,他跑遍整个古堡,现在城堡的立体三维图清晰地呈现在他眼前。女仆给他看的近百份电路图,在脑海中由平面变立体,和城堡的三维结构,一个结点一个结点重叠串联起来。眼前所有的电路都亮起了红光,一条条错综复杂地交错。

他轻声道:"第一次,全部停电,女仆在主堡内推开备用电路,城堡亮了一半。"脑海中的电路图熄掉一半。

"第二次,甄爱出事,只有七号堡停电。"又有无数根电路熄灭。

"后来,管家和女仆关掉所有的灯,只有主堡的下半截独立亮着。"再度熄灭无数。

"第三次,回来找甄爱,管家和女仆打开七号堡的备用电。"

幻想的城堡在旋转,无数条线路交叠,串联并联的电路,无关的电线全部熄灭,红光流淌聚集到了一点……

他望着地下室,非常肯定:"数次出电路事故的地方,就在这里。"

面前只有往上的楼梯,他走了一圈,地板很牢,沿着墙壁敲打一阵,某处传来回声。

管家听出来了:"你在找地下室?这里有。"他按下旁边的按钮,厚厚的墙壁打开,出现一道短楼梯。

下面确实有地下室，可干干净净，空空如也。

管家淡淡地道："先生，这里什么也没有。"

"曾经有。"言溯很肯定，他扫一眼空空的地下室，似有似无地弯弯嘴角，"一个空置的地下室，居然打扫得这么干净，灰尘蛛丝都没有？"

管家微愣，看向空荡荡却格外干净的地下室。

言溯蹲下，胸口的疼痛感陡然放大，他下意识握拳忍下，朝上面望一眼，和他想的一样，破败的天花板上露出很多条电线。他直起身，按下按钮，地下室的门缓缓合上。

言溯去到走廊上，望着窗外无际的大海，不动声色地调整呼吸，道："唯一的解释是，有人想掩盖这里关过人的痕迹，所以清扫掉了。这反而暴露了痕迹。"

管家走上去，站在他旁边，望着外面淡蓝的天空："你是说，人原本关在这里？"

言溯抿了抿唇，垂眸看着窗台上的细草，又抬眸，眸光深深地看着大海："这种问题，你还要问我吗，亚瑟先生？"

管家望着窗外，眉梢抬了抬，一秒钟后，古板严苛的脸松动了一下，长期紧抿的嘴角浮起一抹玩味的笑容："S.A.先生，不得不说，你是个很有意思的对手。"

他们分别立在两扇紧挨的小窗子前，晨光从窗外打进来，在身后的走廊和墙壁上折出两个同样冷静而瘦长的影子。

窗外，岩石嶙峋，凄草摇摆。

言溯浅笑："还是慢了一步。不过，人被挪走了，说明你没来得及杀死真正的演员小姐和管家先生。"说完，侧眸看他，"亚瑟先生，你的计划出了什么问题？"

亚瑟亦看向他，很失望似的撇撇嘴："杀手被一个可爱的小女孩扔进海里去了。"那语气分明是骄傲的。

言溯愣一下，明白了。他琥珀色的眼眸微微眯起，望向远处的白云，嘴角不经意地弯弯，笑了。

他走的时候对她说："勇敢的好姑娘，替我保护好你自己。"看来，那丫头是保护了他呢！

"为什么没有杀掉真正的演员和管家？因为你真心实意地扮演管家这个角色，身上没有带武器？"

"你说得也对。"亚瑟低头揉一下太阳穴，"但，我很久前，戒杀人了。对一个小女孩承诺过。"

言溯嘴唇动了动："所以，不'亲自'杀人。"而是安排别人杀戮。

亚瑟有些愣怔，道："可以这么说。"他盯着古老窗台上雕刻着的繁复的族徽，略微失神。

他曾带谢儿出去,不巧遇到袭击,他搂着瑟瑟发抖的她,杀了很多人,血染了她一身。回去后她天天做噩梦,尖叫着醒来,一看见他就躲,他哄了好几个月才把她哄回来。

后来,他杀了她的家人,他不知道要哄多久,她才会回来。

言溯轻轻吸了一口气,胸口的疼痛比他想象的厉害。这次的伤处恰在上次银行爆炸案他断掉的两根肋骨之间,不得不说,他那一箭真有创意。

"真正的演员和管家在哪里?"

亚瑟回神:"在警察搜完整座城堡也找不到的地方,而且,"他慢悠悠扭头,"他们的失踪不妨碍你成为最大的嫌疑人。"

言溯泰然自若地笑了:"既然我是最大的嫌疑人,不如,我们两个做共犯吧!"

"咔擦"清脆的一声,亚瑟的右手腕上环了一圈冰凉,最先进的双重锁板铐,一边一个,牢牢箍住了他和言溯的手腕。

白色天光从走廊的无数扇窗子里洒进来,落在两个同样身形颀长的男人身上。

两人铐在一起,却离得很远,各自面色沉静如水,不徐不疾地从窗户洒进的斑驳天光里穿过。一路不说话。

大厅里死气沉沉,目前站立的蜡像只剩言溯、甄爱、作家、幼师和演员,东倒西歪的。

言溯拉开城堡的大门,早上的海风带着暴雨后的咸腥味扑面而来。面前碧海蓝天,除了蓝,再无其他多余色彩。

言溯立在千级台阶的顶端眺望,海面平静得像宝石,很纯。陡峭石阶底下,那艘白色小艇离了岸,在不远处停泊,或许在等他和甄爱。

旁边的人动了一下手铐,他侧头看他。

亚瑟指指石阶:"介意我坐下吗?"瞟一眼他的左胸,"为你考虑。"

言溯知道瞒不住受伤的事实,索性和他一起坐下:"谢谢。"他的动作有些艰难,却不失风度,"那一箭是你?"

亚瑟眸光闪了闪:"别人没有那么好的箭法。"

"谢谢。"

"不客气。"

对答一下,言溯居然笑了,缓缓吸一口海风,问:"你在这座城堡待多久了?"

"你说她的城堡?"亚瑟意味深长地歪了题,自问自答,"一辈子。"

言溯不言。

亚瑟坐在石阶上吹风,忽而问:"我这次演技如何?"

"满分。"言溯答,"从头到脚都很完美,看不出一点瑕疵,也没露马脚。"

亚瑟挑眉："还是被你看出来了。"这次他下了很大功夫，根本没想到言溯会发现，坏了他的计划。

"冰窖。"言溯的回答依旧简短。

"因为我带你去救她？"

"不是。"言溯回头，平静地看他，"我抱她出冰窖，你和女仆小姐关门时，门没有发出声音。"

亚瑟怔了片刻，心服口服："呵，那个关头，你居然还能留意到这个细节。"

言溯复而望向遥远的海平面，风吹着他的黑发："根本没有关门的声音，可你说听到了。因为你知道那附近有冰窖，见她消失，就……"他迟疑了，但还是说，"就习惯性地担心她是不是出事，是不是被凶手关进去了。"

亚瑟的脸凉了些许："仅凭这一点？"

"对，仅凭这一点。这个行为，不是受上级命令，而是下意识的担心，带了个人情感。后来模特的死更加验证了这点。他被关进冰窖瞬间变成冰冻，这不仅是清场，更是强烈的仇恨。并不是执行命令的人随机表现出来的，而是本人。"

亚瑟手肘撑在膝盖上，低头揉了揉鼻梁："B说，我总是因为她坏事，总会毁在对她的感情上，果然。"他摇着头，笑了笑。

太阳出来了。薄薄的金色从东方洒下来，笼在两人的发间和侧脸，同样的稀世俊美。

言溯左手搭在膝盖上，淡金色的阳光在手背上跳跃。他翻转手心，指尖动了动，蓦然想到来的时候，甄爱站在船舷边，伸着细细的手指抓风。他真喜欢那时她脸上无邪的笑容。

他盯着手心的阳光："你来这儿就是为了告诉她，她的身世和谢琛的死？"

"是。"

亚瑟眼眸暗了一度，心有点疼。他没料到甄爱那么相信言溯，那么快就和他和好如初。

当初谢琛死了，他一直瞒着她，可她还是知道了，发了疯对他又踢又打，撕心裂肺地喊着要杀了他。他给她匕首，她真的捅进他的胸膛。

现在，他不理解，她最亲爱的哥哥死了，她怎么能原谅言溯？

但他也知道谢琛是借言溯的手自杀的。比起言溯，甄爱或许更多地把谢琛的死怪在他头上。他真没想逼死谢琛，即使他知道谢琛想带她走，即使他恨不得把他碎尸万段，却因为他是她心爱的哥哥，他从没想过杀他。无数的恨，都忍了下来。

可万万没料到，谢琛选择自杀，生生切断了甄爱对过去生活的最后一丝留恋，用自杀的方式在他和甄爱之间划了一道沟，把他彻底从她的世界里推了出去。

不仅如此，谢琛还指使他的旧部，把她从组织里、从他身边，偷走了。

现如今，每次想到谢琛，亚瑟都恨不得把他粉身碎骨几千遍！

想到此处，他不自觉握紧拳头，指甲抠着手心，生疼。

言溯听了他肯定的回答，低眸："请你放手吧，她已经很痛苦，不要再折磨她了。"

亚瑟脸色更阴了，不以为然："五年前，她从来不知什么是痛苦。是外面的世界在折磨她。想要越多，期望越多，她才越痛苦。没有你们的教唆和引诱，她还是以前那个单纯的女孩。"

"甄爱她有权利追求她喜欢的任何事，任何方式的生活！"

"真正适合她的，你们谁都不会懂！"

两人虽然爱着同一个女孩，但观念和方式截然相反，谁也不可能说服另一个。

很长的时间内，两人都沉默。只有清爽的海风从微波的海上逆着石阶吹上来，吹动短发飞扬，衣角翻动。

遥远的海平面上出现一抹条纹，一点点放大，是威灵岛上的警察来了。

亚瑟眯眼望着那个点，似乎在出神，隔了一会儿，缓了语气："你知道吗？她小时候很喜欢哭，也不是小时候，三四岁以前。哭起来脸上全是水滴，我最怕她哭了。她一哭我就心疼，是真的疼。但那时候她也喜欢笑。挠她痒痒，她团一小团在草地上滚来滚去，笑得像铃铛，头发上身上全是草。"

言溯静静听着，茶色的眼眸里看不出任何情绪。

"后来她长大一点，被她妈妈带走了。她妈妈对她很严，很多事不许她做。她变得胆小，也不出来和小伙伴玩了。偶尔露面，都是怯怯地抓着谢琛的衣角，形影不离地跟在他身后，像跟屁虫。谢琛小时候谁都敢打，有他在，连伯特都不敢欺负她。谢琛不在，她就跟在我身后。我曾经希望，谢琛最好永远在外面不要回来。"

可如今，他前所未有地希望谢琛能活过来。

"我给她吃糖，她就每天巴巴地跟着我，抱着她的小兔子，在门边偷偷探头望我。我手里捧着糖，她凑过来舔糖果，会舔到我的手心。她的舌头和嘴唇，很柔软。我也会舔她的脸和手，像动物亲密的本能。"亚瑟嘴角浮起一丝笑，"那时她很乖，不会乱动，也不会抵触。不像对伯特，每次他一碰她，她就尖叫着躲起来。"

"她没有任何玩具，连宠物都是白色的，后来她妈妈把她的兔子没收去做实验。她五岁，头一次大哭大闹，摔坏了无数实验器材，不肯做实验。她妈妈把她关进黑屋。一整天，整栋楼都是小女孩的尖叫声，伯特很喜欢，一直坐在门口听。我却很难过。起初关她，要好几个大人拧着她的脖子，她又哭又叫，乱踢乱打，蹭在地板上被人拖几百米。后来，她不哭也不叫了，自己平平静静地走去，关上门。"

言溯听到后面这句，胸口疼得要裂开。

眼前仿佛出现那个小女孩，束着利落的马尾，穿着小小的一尘不染的白大褂，沉默无言走在空空的走廊上，小脸淡漠平静，带着死寂而驯服的气息，自己走进黑屋，毫无抵抗地关上门。

他想起甄爱妈妈的墓碑前，她失控地踢着石碑，哭喊："我就是不听话！你从墓里出来骂我打我呀，你把我关进黑屋子啊！"

他的心一扯又一扯，痛得无以复加。

亚瑟眼睛里映着白茫茫的天光，似有懊恼又似乎坦然："那时我要救她，可我太小，大人们不允许，我妈妈也不允许。她给我讲了马戏团小象的故事。"他扭头看言溯略显苍白的侧脸，"你对人的心理和行为很有研究，应该听过马戏团的小象。"

言溯当然知道，那是一个心理和性格成长上极其经典而残忍的故事。马戏团小象从出生就绑着锁链，它力气小，一次次挣不开。等长大了，却习惯了，有能力挣脱，却早失了信心。

他声音很低，有一丝难以察觉的怒气："她是人！不是实验对象！"

亚瑟收回目光，望着海上渐近的船只："她在那个世界长大，简简单单地活了那么多年，这样一辈子也很好。她太柔弱，太胆小，外面的世界，你们的世界，根本不适合她。她会好奇，但过久了，只会留下伤害。"

"不，她不是。"言溯出奇地肯定，"她不是你说的那样。"

他扭头看向亚瑟，眼眸坚定而平静："在枫树街银行，我就和你说过，即使在危难关头，她也是一个可以照顾好自己的女孩。她是一个聪明智慧、勇敢坚强的姑娘，总是在不经意间爆发出惊人的能量。就像刚才你说的，她把你的杀手扔进了海里。"

虽然他还是会担心，但……

"最重要的是，她因为发现自己的力量和坚强而开心，而快乐。她喜欢自己独立自信的样子。亚瑟，她不是马戏团里被锁链困住的小象了。"

亚瑟绷着下颌，良久阴郁地沉默着。这正是他最担心最惶恐的，却被言溯一番话挑破。

他真恨他把她变成了现在的样子，不需要他保护了，再也不是那个躲在他身后的小女孩了。就好像，没有他，她也过得很好。

可没有她，他过得很不好。

心像被刀切，亚瑟心中怨恨的情绪萌生："呵，你说她变了？只可惜，在我面前，她还是像小时候那样，"他下意识握了握手掌，"挣不掉，逃不脱，也无法反抗。"

刺激的话说出来，言溯却没有任何反应，继续波澜不惊地看着海面，警察船只的轮廓越来越清晰了。仿佛亚瑟口中说的女孩，他毫不关心。

亚瑟见他始终镇定，收回目光："你要和我坐在这里等警察？"

"嗯。"很短很简洁，仿佛言溯已经不想和他交谈。

"还是不要吧，"亚瑟转了转手腕，有点幸灾乐祸，"我要是你，就去看看她。"

旁边的人听了，还是没任何反应，身上所有情绪都消失了，静得没有一丝动态。

言溯不看他，淡淡地道："我认为她现在很安全。"

"为什么？"

"你不会伤害她。"

"是吗？"亚瑟淡笑，"实话告诉你，刚才我最后一次见她，她一丝不挂地睡在浴缸里。"

言溯微咬下颌，眸光极淡地闪了闪，脸上却干干净净，没有任何情绪。

"浴缸一直在放水，我离开时，水已漫过她的身体，现在应该漫过了她的嘴唇。啊，她的身体和嘴唇，"亚瑟微微合眼，极尽陶醉，"很柔软，很虚弱，让人不能自拔。"

言溯侧头，视线平静无波，淡淡落在他的脸上。

亚瑟也扭头看他，挑衅而较量："那种味道，你知道的。只可惜，你再也尝不到了。她马上要淹死了。"

"你撒谎。"言溯肯定地下结论，却避开了亚瑟刻意刺激他的部分，"你不会杀她。"

"我不'想'杀她。"亚瑟纠正他的用词，耸耸肩，"可，人有一种情绪，叫冲动。还有一种情绪，叫因爱生恨！她真是不听话，一直挣扎，一直反抗。不过，终究是女孩子，徒劳无用。"他眯起眼睛，赞叹着摇摇头，"天啊，她的身体真是……让人沉迷。"

可随即他的眼瞳一暗，一字一句，咬牙切齿："她很不情愿，一直哭，还喊你去救她，你说我会不会失手弄死她？"

言溯的身体陡然一僵，很轻微，但通过手铐，亚瑟还是感到了隐忍的紧张。他很不喜欢，不喜别的男人紧张他的女人。

最后这话彻底刺激了言溯的神经，他脑子里忽然浮现出那种画面，甄爱被亚瑟按住，无助又徒劳地哭喊：S.A.，救我！

而且亚瑟眼中的仇恨和疯狂太过于深刻入骨，他再怎么理性分析甄爱不可能有事，也拦不住心里直落千丈的紧张和恐惧。

言溯看着亚瑟，脸色平静，浅茶色的眼睛像上古的琥珀，闪过一道光。

亚瑟看懂了。

阳光渐渐灿烂，大海的蓝色美得像宝石，清淡的海风中，两人较量地对视着，安静了好几秒钟。

亚瑟打破沉默："现在水漫到她的鼻子了。你是继续在这里等，还是去救她？"他望向海面，警察的船正在靠岸，摆在他们面前的还有上千级台阶。他笑笑，看向言溯，"S.A.，你在想什么？我猜，警察还有三分钟就来了。你先把我交给警察，然后再赶去救她，把她从淹没头顶的水里捞起来，给她做心肺复苏。"

"咔嚓"清脆一声，言溯似乎没听亚瑟的话，半秒钟前还镇定如山的人一下打开手铐，起身就朝城堡里跑。

亚瑟头也不回地喊他："S.A.！"

跑到门口的言溯顿了一下，亚瑟逆着风，短发吹得张牙舞爪："记住你刚才那刻恨不得毁了我的心情，我也是如此，一直都是如此。"

言溯没有回头，很快消失在门口。

亚瑟望着手腕上开了半截的手铐，自言自语："你当然不会等警察来，当然不会把我交给警察后再去救她。"淡淡一笑，不无失落，"因为你知道，心肺复苏在医院外的成功率仅有百分之七。"

我亚瑟会在她的问题上栽跟头，你言溯又何尝不是。

言溯先生，抓到你的软肋了！

言溯跑去房间，推门就听浴室里哗啦啦的水声，漫到地板上了。心一沉，猛地推开浴室门，池里满满全是水，却没有甄爱。

所有用理智压抑的担心，在那一刻爆炸。

难道这一切都是亚瑟的骗局，甄爱没把演员杀手扔下海，而是被她控制带走了？

不会，提到杀手时，亚瑟没有撒谎。甄爱还在城堡的某个地方。七号堡？不，他恨那间浴室。甄爱的房间？

他冲进去，浴室，床上，没有。

急速的奔跑让他伤口裂开，鲜血透过衬衫渗出来，他犹不知，一个房间一个房间地找。

脑子里全是甄爱昏迷在浴缸里的画面，水漫出来了，她却沉在水底，双眼紧闭。

甄爱，她到底在哪里？几千个房间，几千个浴缸，亚瑟把她放在哪个房间了？

该死！他留下甄爱的时候，凭什么认为他的房间才是最安全的……一瞬间，他蓦然明白了亚瑟的心情，飞快跑去最后面管家的房间。

推开门，心就落下一半。

甄爱静悄悄睡在被子里，海风从窗外进来，吹着纱帘从床中央飘过。

言溯缓步走过去，她睡得安然，唯小脸素净，面色苍白，他不免提起心来，手指抬起，碰碰她的嘴唇，几秒钟后，感应到她温温浅浅的呼吸，羽毛般撩过他的指尖。

悬着的心彻底放下。

他记得埃里克斯曾笑他清高，不理会女生的追求。那时他回答："感情是这世上最无聊的事，让一个逻辑学家研究感情，哼，浪费时间！"

谁会想到，现在，从不容许自己犯错的他，在这个问题上，心甘情愿地栽了跟头。

言溯走到窗边往外看，蓝绸缎般的海上，亚瑟的快艇拉出长长一条白线，箭一般远去，很快变成一个点，消失在地平线上。

他有种预感，序幕，才刚刚拉开。

言溯走回床边，略微迟疑，轻手掀开被子一角。甄爱穿着白色睡袍，蕾丝领口宽松，露出深深的吻痕。指尖落在蕾丝上，顿了良久，最终没有拨开一看究竟。

他大概猜到甄爱和亚瑟的过去，不知她在组织里被囚禁的那段时间，究竟受了哪方面的伤害。而刚才亚瑟对她做了什么，不得而知。

无论发生过什么，他不介意，也不计较，唯有怜惜与心疼。

她睡颜安静，他也钻进被子，忍着胸口的疼痛侧过身子，手臂搭在她平坦的小腹上，温温的，微微起伏。她还活着，幸好，足够。

他把她往身边拢了拢，挨着她的耳，轻声："Ai，对不起……对不起……"

被子里，她的手忽然一动，探到肚子上，攀住了他的手臂，没有力气，很轻很缓地抓了一下，挠痒痒似的。

他抬眸，她仍是闭着眼，睫毛又黑又密，无意识地往他怀里靠了靠，喃喃低声："S.A.。"小手双双认主似的，又抓了抓，趴在他手臂上不动了。

他嘴角极浅地弯了弯，安然闭上眼睛。他也累了。

警察到达城堡后，在女仆等三人的指引下，找出了各位受害者的尸体，并检查现场。本地人口少，少有恶性案件，当地警察看见古堡里诡异的蜡像和多具尸体，全觉得阴森悚然。

有警官自言自语："Silverland 的诅咒能杀人。"

众人沿房间挨个儿搜索，走到一间房前，门没关，一男一女居然盖着被子在安详地睡觉。

警察暗自腹诽：这心理素质也太好了。

幼师去叫他们。

甄爱一下惊醒，记忆还停留在失去意识的一刻，条件反射地踢了一脚，被子飞了出去。可一看她躺在言溯怀里，狂跳的心又平复下来。

警察脸都黑了：你们真是来这鬼地方亲热的啊。

开窗有风，言溯探身把被子拉回来，裹住甄爱单薄的身子，目光清冷地看向众人。

"我先换衣服。"一伙人退出去。

甄爱不知自己是怎么回到房间的,不知该怎么和言溯开口,他却道:"去换衣服。"

"哦。"她溜下床,拿起叠在床头的衣服,躲进浴室。

换衣服时发现右手的疼痛消失了,这才意识到亚瑟嘴唇上涂的应该是药。亚瑟不会把她扔在浴缸,肯定是他抱她来床上的。可这不是她的房间,看窗外的景色,应该是最尾端管家的。

管家是亚瑟吗?和言溯闹别扭的那天,她曾和管家在七号堡边走路边聊天。言溯那么聪明,一定察觉到了什么,会不会有误会?她低下头,有点懊恼。

开门出去,随警察来的医生在给言溯上药。他裸着上身,笔直坐在床边。地上的纱布上全是血,医生不免教训:"受了伤怎么能剧烈运动?"

甄爱不知是因为言溯回来找她时跑太快,伤口裂开了。

言溯嫌医生话多,盯了他一眼,不客气地拿衬衫穿上,拿起风衣,拉甄爱出去。

出门迎上作家和警察在讨论,说演员和管家不见了。

言溯顿住脚步,耳边回响起亚瑟的话:藏在你们翻遍整座城堡也找不到的地方。他拧眉细想片刻,这个地方,其实很简单。

警察从城堡南面的海域来东南面的正门,关人的七号堡在正西方。

"靠近七号堡西北面的墙壁,真正的演员和管家很可能被吊在城堡外墙上,活的。"

作家探究:"你怎么知道?"

言溯:"你总是抓不住重点,现在最紧要的不是救人?"

警察往言溯说的地方去,果然找到被吊在外边吹冷风的演员和管家。仔细一看,和之前的两人无论是样貌还是身形,都有细微的差别。

作家等人这才知道,原来那两人是假的。这下头大了,两名最可疑的嫌犯戴了面具冒充,无法发照片通缉,至于指纹,他们会在手上涂胶水。

在场的人做笔录口供,留下联系方式,保留随时配合威灵岛警方的义务。

周围忙碌成一片,言溯把甄爱带到一边:"过会儿要和警察一起坐船走了,四处看看?"

甄爱知道他的意思,这一走,下次来就难了,哥哥的密码还没解开。

两人根据密码在最西边的房间找到暗门,最终走到城堡最顶端,三十多平方米的正方形眺望台,四面开着小窗,视野极好。

甄爱立在塔楼的最尖端,目光所及之处,天空海洋,整个世界都是深沉而纯粹的蓝。海风咸湿,她仿佛置身于时光封印的蓝宝石中心,天地间只有海风穿堂而过的呼啸。

她心里静悄悄的，听见心在缓缓地跳。

"S.A.，我感觉，曾经有一个晚上，谢琛就站在这里。"

言溯凝视前方，这里白天阳光灿烂，晚上会是一片漆黑，倒符合那首诗的下半段。可是，他微微眯眼，可以看到海平面上有一个点。

那首诗应该还有另一层意思。

渐渐地，太阳从海平面升起，夜晚黑漆漆的城堡在阳光照映下，开始变幻色彩。甄爱惊讶。

光线所及之处，偌大的城堡外墙宛如施了魔法，从阴森的黑变成红橙黄绿蓝靛紫，彩虹一般。亚瑟扮演的管家说得没错，白天这里是漂亮的糖果屋。

甄爱的眼睛一瞬间湿了。

"怎么了？"言溯低头看她。

她眼里噙着泪水，却闪着温馨的光："我明白哥哥的意思了，太阳落下去，总会升起来的。"

那一年，她十五岁，哥哥二十岁。

哥哥送她的巨大毛绒熊被妈妈扔进壁炉，她生平第二次叛逆，又被关黑屋，这次她不像小时候那么听话。七天后，大家发现从窗洞送进去的食物和水半分未动，少女奄奄一息。

强行注射营养液后，她打破温度计吞下水银，用最后的力气死死咬着牙，无论亚瑟、伯特甚至妈妈怎么求，她都不肯张嘴洗胃。最后还是谢琛赶来。

事后她没哭，只是望着天上的彩虹说："我讨厌妈妈强迫我过的生活，要是能住进彩虹一样的城堡里就好了。"

谢琛揉揉她的头，说："人生还很长，你的任何愿望都会实现。答应我，不管多难，都不要放弃生命。只有活着的人，才能看见太阳的七色光。"

从那之后，那么多年，不管遇到怎样的绝境，她都没有放弃。而此刻，这座城堡，就是哥哥留给她的色彩！哥哥答应她的事，从没食言过。

言溯则想起另一件事。

博士毕业时，他们见有本科女生抱着毛绒玩具照相，谢琛说："那个小天才如果上学的话，这个年纪也该毕业了。"他叫上言溯去了玩偶店。

言溯以为他给邻居小女孩买玩偶，拎了巨大的熊，说："喏，小家伙都喜欢大玩具，心理上有安全感。"

巧的是，遇到甄爱后，他送了她同样的大熊。

原来很多年前，他们之间就有联系了。

甄爱低头看脚下，蔚蓝的海面上只见彩色的城堡，像她小时候梦过无数次的糖果盒子。她闭上眼睛，心底一片宁静："谢琛，我回家了。"

离开的路上，甄爱忘了晕船，趴在船舷边恋恋不舍地望，深蓝色的丝绸包裹着一盒糖果。谢琛送她的礼物，她好喜欢。

言溯从她口袋里摸出手机，甄爱不解。

他手伸进风里，从背后拢住她，轻声喃喃："笨蛋啊。"一按键，手机屏幕上，美丽定格。手机回到她手里。甄爱微窘，她总不记得用高科技的东西。

装好手机，她看见同船的演员，忍不住杵杵言溯："你怎么看出之前的演员是组织的人？"

言溯脸上闪过一丝尴尬："她对我太殷勤了，一定有所图谋。"

甄爱愣了，这个男人从来没注意到他真的挺有魅力吗？

"另外，她有句话说错了。"

"哪句话？"

"发现赛车手尸体时，船身摇晃，我去扶你，演员说'看来，这里还是有些好男人的'。"

甄爱明白了，佩服得五体投地。

"些"，演员用了复数。

以她对男人不屑一顾的态度，这话露马脚了，说明在场有她的同伴。现在回想，当时演员想说言溯是好男人，而管家，就是亚瑟也在场，她当然得把Boss算进去。

"那赛车手是谁杀的？"

"演员。从杀人动机考虑，杀了人一般不想让人发现。复仇的话，没必要用蜡像把所有人都吸引过去。杀人目的是为造成恐慌。"

甄爱点头。组织的计划是一开始随机杀掉其中一个，再依靠盘子上的威胁密码逼迫其他人自相残杀。但这群人先内讧了。

"停电的时候，赛车手的蜡像是演员搬到桌子底下去的？"

"模特忙不过来。模特和赛车手中间隔着演员，如果模特去搬赛车手的蜡像，会在黑暗中撞到演员。"

案子彻底水落石出，只是凶手不能抓来归案了。

甄爱心里略微惆怅，来时那么多同行的人，活着离开的，寥寥无几。

可到威灵岛后，一切不好的情绪都抛在脑后。

两人订了当晚的机票回纽约，下午，言溯带甄爱逛集市，重买了她掉在海里的红围巾。

买完东西，他带她在岛上散步，有意无意地来到一座教堂前。

甄爱看手表:"该去机场了。"

"先拿谢琛留给你的东西。"

甄爱怔住:"他留给我的不是彩色城堡吗?"

"那只是其中一样。"言溯道,"别忘了,他为什么让你在夏至来?"

甄爱蹙眉,这确实说不通。

"夏至这天,太阳到达北回归线,过了这天打道南移。Ai,他说的太阳落下去了,不是说太阳从西方落下,而是说从地图上的北回归线往下。"

"下,就是南方。"甄爱猛地抬眸,"Silverland 正南方是威灵岛,他留的东西不在 Silverland,而在威灵岛上?"

"嗯,诗里描述的古老灰石,凄凉的草,你看到了吗?"他指指教堂。

甄爱没有看见,但知道了。中世纪,教堂附近总是伴着杂草灰石的墓地。那首诗其实是指威灵岛教堂。

言溯继续:"他说'在寂寞的景色中,什么也看不见听不见',说寻找'安身所在',这些话说的是棺材。"

死人躺在冰冷的地下,就是这种场景。

"这里没有墓地,但有储物墙。"

甄爱一愣,储物墙,可不正像骨灰墙一样,似小小的棺材。

两人进教堂和牧师说明来意,便来到了储物墙前。墙上一个个小盒子,每个上面印着一句《圣经》文。甄爱很快找到 A.L.C 的。

言溯留意了一下,盒子外写着:I am the first and the last, the beginning and the end.(我是首先的,我是末后的;我是开始,我是终结。)

甄爱输入 cheryl,小门弹开,里面蒙了灰,存着一个白色盒子。打开来是七个太阳光颜色的 iPod。原来,哥哥给她留了话。

甄爱抬头,惊喜地看着言溯。

他淡笑:"去找充电器。"

甄爱坐在头等舱,捧着正在充电的糖果色 iPod,望着窗外渐渐变小的岛屿发呆,飞机起飞,她再次看见蓝色海洋上的糖果屋。

不自禁握紧手中的 iPod,丝滑的触感她很喜欢。

冬天认识言溯,夏天解开哥哥的密码,以后还有怎样的惊喜?她很期待。

她的生活,开始变成彩色的了。

这么想着,心头忽而划过一丝阴影。她和亚瑟的事,言溯肯定知道了,可两人都避而不谈。侧头看他,他靠着椅背,闭目养神,睫毛下有淡淡的阴影。她知道他累了,小心翼翼地拿毯子给他盖上。毛毯才落到他身上,他睁开眼睛,眸光澄明盯着她。

甄爱以为吵醒了他,有点窘。

他一眼看穿她的心思,淡淡地道:"这种地方我睡不着,在思考问题。"

甄爱心一跳,小声问:"思考什么问题?"这一刻,她变成了小女人,忧心他是不是在考虑亚瑟和她的事。他坦然道:"在考虑和这件事有关的一切密码。"

甄爱:"……"她高估他的情商了。他的脑袋,当然时时刻刻装着密码。

"嗯,"她下意识挪了挪身子,仿佛座位上全是刺,支支吾吾的,"在岛上,你不问我吗,那个……"

言溯盯着她拘谨又惶然的样子,静静的,明净的眼中浮起清浅的笑意,说:"不问过去,不惧未来。"

八个字,堵住了甄爱的口,打消了她心中所有的不安。

他重新闭上眼睛,安然自若。

甄爱靠进椅子里,心里柔软得像温水淌过。她塞上耳机,闭了眼睛。

时隔多年,再次听到哥哥温沉的声音:"谢儿,今年几岁了?还在天天做实验吗?有没有因为总是失败而发脾气摔东西?哈哈!"

她瘪瘪嘴,我脾气哪有这么不好?

"……有没有忙得忘记吃饭,哥哥不在,有没有人欺负你,有没有怕黑缩在被子里?有没有太孤单想哭,有没有觉得周围没你认识的人而寂寞,有没有一个人默默地抹眼泪?……啊,"深深地叹息,"你一个人,是不是过得不好?是不是想哥哥了?"

她黑而密的睫毛上闪过泪花。没有,我很坚强,我不孤独,我过得很好。只是,很想你。

"有没有过上正常人的生活,上学了吗?老师同学好不好,你那么可爱,他们都喜欢你吧?不要不说话,多交朋友好吗?谢儿那么漂亮,有很多男孩子追求你吧;你这胆小鬼,是不是害怕得躲起来?……记得保护自己,不要喝别人的酒,不要……你有没有遇到喜欢的人,他好不好?啊,我们谢儿会喜欢怎样的男人呢?好想看看。哥哥教你表白好不好?我可是很担心的,会不会被骗……"

她捧着小小的 iPod,闭着眼睛,睫上挂着泪,嘴角含着笑。

旁边的言溯也淡然合目,心里却没那么轻松。

和他想的一样,为了甄爱的安全,谢琛没有透露十亿的下落,可他总觉得这个密码没有完。

另外,谢琛留下的 iPod 少了一个颜色,被人拿走了。

卷七　爱之幻想

Dear Archimedes

甄爱和言溯回到N.Y.T后，日子清闲了一段时间，几个月前撞警车招致的二十三个小时的社区服务还剩三个小时。最后一次在市公立幼儿园。

去的路上，甄爱十分忧愁。言溯做社区服务确实很认真，但是，太认真了。

在博物馆，他服务两个小时，花三个小时的时间把解释牌上的错误全标出来，批上注解。

在图书馆，他认为图书员的索书方法太老套，给计算机换了全新的查询系统，让图书员完全蒙掉……

不胜枚举。N个馆长黑脸了，他还矜持地得意着，认为他拯救了公共服务领域。

这次去看小孩子，应该不会出岔子吧？甄爱在心里祈祷。

去了后，意外遇到熟人，城堡里遇见的幼师小姐在市立幼儿园上班。她见到言溯和甄爱也特惊讶，热络地上前打招呼。甄爱应承几句。

言溯始终淡漠，没有表情变化。直到跟着园长和幼师走进游戏室，看见满地乱跑的小东西们，他才瞬间皱了眉，转身出去："一群满地滚的小土豆。我不喜欢，交给你了。"

甄爱立刻把他抓住："不许逃跑。"

言溯显然不喜欢她的用词，挑了眉："不是逃跑，是自保。"

"你怕小孩子？"

他脸上挂不住了："不是怕，是排斥。你的语言真匮乏，总是找不到恰当的词。"言溯嗓音冷淡，恢复了机器人的表情，"命题A：小孩子是世界上最没有逻辑的生物；命题B：言溯排斥一切没有逻辑的生物；结论：言溯最排斥小孩子。推理完毕！"

游戏室里扭在一起的小土豆们一瞬间鸦雀无声，全仰望着小脑袋，圆溜溜的眼珠像葡萄，望着言溯，好奇又懵懂。

幼儿园园长一脸惊悚：上帝啊，这个年轻人在孩子们面前说的是什么造孽的话！

甄爱直觉园长阿姨想敲言溯的头了，赶紧把他拉到身边，歉疚地看一眼一屋子表情呆呆的小豆丁们，对阿姨解释："他说的'YANSU'是他家养的一只小狗，因为被小孩儿踢过屁股，所以怕小孩。但我们'S.A.'，他很喜欢小孩子呢！"说着，推了言溯一把。

言溯听她说"YANSU"是小狗，已经很不满："我喜欢小孩子吗？我怎么不知道？"甄爱狠狠戳他，他这才规矩了，木着脸看园长："是的，园长。"

园长这才放心，让幼师小姐留着看守。

甄爱转身，瞪了言溯一眼："你给我规矩点。"

言溯蹙眉，觉得冤枉："我一直很规矩。"

415

甄爱无语地叹气："你对小孩子们好一点行不行？你以后也会有自己的小孩，当提前训练不好吗？"说着，走过去和小朋友玩。

言溯看着她瘦弱又安静的背影，愣了愣，她说这话是什么意思？嗯……这是一件很严肃的事情。

如果他拉了一个女孩的手，如果他亲吻一个女孩的唇，如果他爱抚一个女孩的身体，如果他和一个女孩发生关系……事情接下来很可能会这么发展——他和这个女孩结婚，然后和这个女孩生小孩。于是，小孩子出现了，叫小小溯。

这下，他确实不能排斥了；所以，他要提前练习。嗯，她一定也是这么想的。

言溯点点头，从柜子里拿了吉他，盘腿坐下，轻咳一声："小不点们，我给你们唱歌吧。"

甄爱狐疑看他，突然态度三百六十度大转弯是怎么回事？

认真的某人接下来说："给你们唱一首十分具有教育意义的歌，它会教你们认识这个世界的真相。"

听上去像探索频道，甄爱更好奇了。

小朋友们一下子全跑到言溯跟前，一圈圈围着他，摇着小脑袋拍手，活像一排排整整齐齐的蘑菇。

言溯不太习惯，神色有些许尴尬，低下头轻轻拨弄一下吉他，拍了两下就开始唱起来。

甄爱坐在一旁，微笑听着。第一次听他唱歌。他低醇清冽的嗓音，像山涧的泉，和着轻快的吉他声，说不出的悦耳动听。

幼师小姐也很开心，忍不住轻轻摆头，只是……这歌词怎么越听越不对劲儿？

不要相信爸妈，也不要相信老师，
因为他们都是大骗子；
妈妈说小狗送到奶奶家，
其实可怜的它早就病死啦；
爸爸说奶奶去了天堂，
她变成了灰烬埋在地下；
妈妈说圣诞老人喜欢乖孩子，
她悄悄在你床上放中国制造的圣诞袜子；
爸爸说牙仙会带走你脱落的牙齿，
其实他偷偷塞钱在你的被子……

幼师小姐的下巴差点掉到地上,心想:完了,明天绝对会有一大拨愤怒的家长来投诉!

甄爱却不觉得,乐呵呵地听着,直到她发现小朋友的脸色不太对,全都是一脸呆愣地望着言溯,各种颜色的眼珠滴溜溜地转,小小的脑袋都在纳闷地思考。一看幼师小姐脸都黑了,这才发现,难道言溯惹祸了?

甄爱从小到大,没有妈妈呵护着说:小狗不见是送去了快乐农场,爸爸不见是去了天堂,乖孩子会收到圣诞老人的礼物,牙齿掉了牙仙把它带走,然后塞给你十美元……这些美丽的谎言,她的童年都没有。

所以她不知道对小孩子来说,这些善意的谎言有多可爱。

相反,她清楚小狗不见是妈妈拿去做实验了;爸爸不见是被人枪击了骨灰撒进太平洋;另外,在忠实的唯物主义者看来,诸如拉着雪橇在天上飞的白胡子老人,以及扑扇着翅膀来偷牙齿的精灵,那是不可能存在的。

她不知道,她的小时候不正常。

而这首在她看来弱智的歌,对幼儿园的小朋友来说,简直是跨出幼稚园的启蒙教育!

所以,小朋友和他们的小伙伴都惊呆了。

言溯唱完,轻轻拍了拍吉他,看小孩子们跟一颗颗小土豆一样毫无反应,皱了眉:"这时你们应该鼓掌。"

小孩子们还是很听话的,立刻稀里哗啦地拍起小手。

甄爱:"……"你不要和小孩子这么较真也可以……

言溯满意了,散漫地问:"平时我不给听众留提问的时间,但你们长得很……短小,你们可以提问。"

坐在地上的小家伙们一个个举手,争先恐后:"我要问,我要问。"

问的无非是生活中各种爸爸妈妈和他们说过的话,全都在问言溯,爸爸妈妈是不是在说谎。

等社区服务结束时,园长差点没赶人,幼师小姐也十分尴尬。

两人在园长阿姨恶狠狠的目光里走出教室,才出小楼,听见后面小孩子脆生生的声音:"S.A.!"

回头见几个小孩捧着一个匆忙包装的小礼物跑过来,羞怯怯地踮起脚,小手高高举起。

言溯面无表情,看向甄爱,用中文说:"毫无逻辑的情况出现了,我拒绝面对。你问他们,这个丑丑的东西是什么?"

甄爱瞪他,问小家伙:"这是什么?"

小孩子们脸红红的，其中一个小女孩抢着回答："礼物，谢谢他说了很多真话。"

甄爱觉得意外，言溯却欠身，接过小孩儿手上的东西，淡定地评价："过度包装，浪费社会资源。"

他这次说的是英文，但小孩子的词汇有限，没听明白。

甄爱看着小孩子们一脸窘窘有神的表情，嘿嘿笑了两声。

言溯把盒子拿在手里，摇了摇，毫不掩饰地皱眉："你们这群小家伙，居然把教室里的闹钟包起来？知道吗？在中国是不能给人送钟的。而且，我起床不用闹钟……"

甄爱看着小孩们张大的嘴巴，立刻打断言溯的话："孩子们，他的意思其实是说谢谢。"

言溯扭头看甄爱："我是这个意思吗？"甄爱再次狠狠戳他，怒道："说！"

言溯轻轻地抬了抬眉，半响后，看向小朋友，规规矩矩地颔首："谢谢你们给我送钟，我非常喜欢。"中英双语。

甄爱："……"她要是听不出他的讽刺就怪了。

孩子们不知，嘻嘻哈哈地跑回去。言溯这才离开，转身又看到幼儿园阿姨们不满的目光。

言溯："幼儿园的阿姨还是那么讨厌我。"

甄爱笑了："你小时候不讨幼儿园阿姨喜欢？"

"我问题太多。"

甄爱忍不住在脑袋中想象："呀，你也有问题多的时候？我想想，你在幼儿园里，小小一个，天天追在大人身后十万个为什么，肯定特可爱。"

言溯无语，不觉得这种事有什么可爱的。

她却似乎很有兴趣，难得地笑得开怀。

阳光很好，映在她黑漆漆的眸子里，亮闪闪的。

他看着她白皙的笑颜，心里莫名地安宁，也不想回嘴说什么，只觉得，让她这样笑，真是不错。

甄爱开心地幻想完毕，又说："幼儿园的阿姨是一种奇怪的生物，我们不要理她。比如说刚才你唱的儿歌，我就觉得很好呢。"

"可是听众好像不能接受，还送了我一个钟。"言溯拿起手中那个包裹得乱七八糟的盒子，摇了摇。

甄爱一跳，跑到他前面，面对着他，背着手一步步后退："我接受就好啦，我是你的粉丝。"

言溯愣了愣，半响后，扭头看向别处，吐出一个词："俗气。"说完，却又忍不住在阳光里笑开了。

幼师小姐回到家的时候，发现门口放着一个沙漏，捡起来一看，小小的玻璃瓶里灰白的沙粒缓缓流淌，真是漂亮。

她四处看看，没人，也不知是谁放在她门口的。

推门进去，手中的钥匙乒乓一声掉在地，沙漏叮叮咚咚地滚落。

门，缓缓合上了。

白色城堡的图书室里，夏日静好。

言溯坐在轮椅上拉小提琴，琴声轻缓悠扬，上午的阳光从彩绘玻璃窗投下来，笼在他眉目分明的脸上，天使般静谧美好。

甄爱趴在地毯上玩贝壳。这些都是从威灵岛上带回来的。

小鹦鹉 Isaac 立在她的肩膀上，这些天，它和甄爱很熟了。

甄爱单手托腮，小腿叠在一起摇晃，偶尔左右一偏，歪了重心，带动整个人扭翻过去，又趴回来，活脱脱一只反应迟钝又笨手笨脚的兔子。小鹦鹉跟着歪歪扭扭的。

言溯装没看见，等她红着脸垂下了眸，他才瞥她和鸟一眼，暗想：笨蛋。

可他喜欢笨蛋。笨蛋正低头玩贝壳，花花绿绿的色彩她很喜欢。每每长发垂落，素手拨回耳后，露出光洁莹白的耳朵。笨蛋托腮垂眸的姿势，温静得像天使。

她正伸着指头，摸一枚白色贝壳的"肚皮"，或许是贝壳的触感很好，她一边摸一边偷笑，真是自娱自乐的典范。

言溯瞟一眼那枚贝壳，头还歪在小提琴上，不温不火地说："那叫子安贝。"

"子安贝？"甄爱仰起头，赞叹，"名字真好听。"

言溯给她科普："从很久以前，子安贝就是繁殖和女性生产的象征，人们把它送给新娘，祝愿早生贵子分娩顺利。"

前面听着还像模像样的，后面一句怎么怪怪的。贝壳上有一道细细的沟，甄爱戳戳又摸摸，问："为什么它有这种意思？"

言溯慢条斯理地回答："因为它的外形像女人的阴户。"

Isaac 学了新词，一个劲儿地扑腾翅膀叫唤："Vulva！Vulva！"

甄爱窘迫地顿住，仔细一看，中间一道沟，旁边两瓣柔滑的贝瓣，果然很像。他还看着她喜滋滋地摸来摸去。她瞬间通红了脸，小声嘟哝："拉你的琴，干吗跟我说这个。"

她的脸差点滴出血，这个男人简直天生有种宠辱不惊的破坏力！

他不觉有异，收回目光，继续拉小提琴。

阳光穿透玻璃，在白色钢琴键上投下一束束彩色的光。言溯看着，想起谢琛留给甄爱的七个 iPod，七种彩色，看上去很完美。

但少了银白色。那是代表甄爱的颜色。

言溯能想到是被谁拿走的。

不会是组织的人,他们会拿走全部;只剩 CIA。很可能,CIA 的人早已破译密码,找到这八个 iPod,听取了里面的所有内容,却拿走最后一个银色的。为什么?他有他的猜想;如果真是他想的那一种结果。他应该找 CIA 的人谈谈。

小提琴声戛然而止。

甄爱抬起头,愣愣望他。

言溯放下小提琴,坐到地毯上,突然提议:"Ai,我数细菌给你听。"

甄爱坐起来,装宝贝似的把贝壳装进玻璃罐里,不知道他为何突发奇想,但还是开心:"是我喜欢的一千五百一十六种细菌吗?"

"嗯,我们共同喜欢三百七十九种,你单独喜欢一千一百三十七种。"

她兴奋地点头:"好啊好啊。你都记得?"

"质疑我的记忆力?"言溯不满,拿手指指脑袋,"装在这里,分类是'甄爱''细菌'和'亲密'。"

这三个看上去毫不相关的词组让甄爱微微脸红,想起了在糖果屋里的事。

言溯不觉,认认真真给她数细菌:"醋酸菌、双歧杆菌……"

甄爱抱住膝盖,歪着头认真听,时不时插嘴点评几句:"大肠杆菌是矮矮的小胖子……炭疽菌是个脾气暴躁的男孩儿……双歧杆菌长着可爱的小鹿角……"

两人除了讨论细菌的个性和外貌,还约好下次探讨谢琛最熟悉的化学元素原子电子,就连 Isaac 都记住了好几个新单词。

于是,一个上午……愉快……过去了……

甄爱开心又兴奋,言溯也满意,等到临末了却渐渐收了笑意,转开话题:"Ai,和我在一起无聊吗?"

"啊?"甄爱还沉浸在刚才的欢乐气氛里,回不过神。

那就是无聊了。言溯心灰地抿唇,安静地说:"Ai,你知道光速多少吗?"

"二点九九八乘以十的八次方米每秒钟。"

"光都可以跑那么快,为什么你的反应速度不能更快一点?"

他突然怎么了。想想这些天,他们的相处模式,无非是各玩各的。他弹琴看书设计密码顺带帮 CIA 和 FBI 解密,她在实验室忙碌,在他家的时候也多半坐在高高的图书室栏杆上看书,跑上跑下。

各自在忙自己事情的间隙,看对方一眼。最多的交流反而是做饭时,他依旧嘲笑她,她依旧欣赏他。

这么一想,难道他怕她嫌弃他无聊,所以才陪着她数细菌?甄爱心里温暖,回答:"不无聊,很开心!"

言溯的脸色缓了些,又问:"一天不会无聊,一个星期呢?"

甄爱摇摇头。

"一个月呢?"

甄爱又摇摇头,这次会抢答:"我们认识大半年,和你在一起的时候,从来没有无聊过。"

虽然是他诱导的,但言溯也把这话当作是她的表白与赞美,眼中闪过淡淡的得意:"如果我们认识了很多年后呢?"

甄爱还是摇摇头,很乖:"就算和你一起很多年,也不会无聊。和别人一起才无聊呢。"

言溯笑了。

甄爱自顾自地感慨他小小的不自信很窝心,准备再夸他几句,没想到他挑了挑眉,颇带骄傲:"Ai,我很欣慰,自从认识我后,你的品位和精神境界得到了提升和飞跃。"

甄爱愣了半秒钟:"可我没认识你之前,也不觉得生活和工作无聊啊。"

言溯脸色僵了一秒钟,低声对自己说:"没注意到这个问题。"

甄爱茫然地抱着装贝壳的玻璃罐子,搞不懂他的重点在哪儿。

小鹦鹉蹲在她的肩膀上,歪头啄自己的羽毛,觉得这两人不能更无聊了。

"Ai,你有没有想过以后?"

"啊?"这个问题又把甄爱难住,以后?她从来没想过,她的身份,她的处境,从来没有以后这一说。可言溯对她说,不问过去,不惧未来。她可以像正常人一样计划以后吗?

她不知道,很忐忑,也很惶恐。

这次,言溯没有嘲笑她反应慢了。

他低眸看着她,那么静,那么顺其自然,问:"如果你想过以后,有没有把我算在你的以后里?如果你没有想过以后,那我可不可以申请,让你把我算在你的以后里?"

甄爱的脸上没了表情,只有睁大的眼睛盯着他。这一连串循序渐进,滴水不漏的话,是要干什么?

他欠身,托起她的手,拇指肚不经意滑到她的脉搏处,她激烈的心跳尽在他的掌心。

他清澈明净的眼眸直直对上她乌黑澄澈的眼,嗓音好听得像蛊惑:"Ai,你愤怒吗?"

她缓缓摇摇头。

"你想和我做爱吗？"

她再度摇摇头。

他淡淡一笑，抬手拍拍她的肩，一下，两下："Ai，不要害怕。"

瞳孔放大无非三个原因：害怕、愤怒、性欲。

甄爱听言，狂跳不止又紧张的心一下子舒缓了，她深深望住他，浅浅地笑："是，我很害怕。一个人的时候，不怕；喜欢一个人后，就怕了。"

"怕什么？"

"怕你受伤，怕你会死。"她笑着，有点哽咽。

他不以为然："知道每年有多少人在车祸、海啸、地震等天灾人祸中死去？受伤的就更多了。不管是谁都会遭遇意外。"

她哭笑不得，为了安慰她，他竟然拿出这样烂的理由。

甄爱心里又酸又暖，偏偏任性地辩解："虽然有意外，人都要避害不是吗？"

"可你不是害。"谁都辩不过他，"Ai，关于生命长短和死亡的问题，我们之前讨论过。"

甄爱想起，去纽约的车里，他说："如果我生命的旅程到此为止，我也可以问心无愧地视死如归，因为，我从未把我的力量用在错误的地方。"

言溯知道她想起来了："Ai，我认为和你在一起，并不是把我的精力用在错误的地方。正因为热爱生命，我才热爱你。"

甄爱的心被震撼了，当初那一刻的心情复制到了现在。即使厄运尾随，她也要豁然开朗。她的爱问心无愧，即使戛然而止，也没什么可遗憾。至于他，他的生命他的爱，从来都是这样，无惧无畏，坦坦荡荡。

她抿唇："好，我不怕。"

言溯复而低头看住她的手，拇指肚沿着她细长的左手无名指，缓缓摸上去，停在手指根部，轻轻摩挲。

他若有所思，她喜欢有颜色的东西，去找外婆拿范德比尔特家族的蓝宝石，还是找奶奶拿言家的古翠？

蓝色和绿色，她更喜欢哪种？

手心她的小手僵了一下，貌似察觉到什么，紧张起来。

言溯抬眸，见她垂着眼帘，长长卷卷的睫毛扑扇扑扇的，忽而笑道："唉，真可惜，做实验的手，是不能戴东西的。"

这么一说，不是摆明了说戒指？甄爱更紧张了。刚才那一切，难道是求婚的前奏？她强自镇定，耳朵里全是心跳声。

"不过……"他俯身，执起她的小手，低唇在她左手无名指根部印下一吻，抿一下，他的唇温热而柔软。

她的心一颤，他已直起身："好了。"

甄爱眨眨眼，什么好了？不要自说自话啊。

来不及弄明白，温馨的气氛突然被打破。门铃响了。

玛利亚过来，说来了位陌生的小姐。玛利亚说言先生不见非预约的客人，但那位小姐坚持，还说她和言先生在枫树街银行见过一面。

甄爱警惕起来，不会是安珀那个疯女人吧？

走到前厅，苏琪站在门口。

甄爱对她有印象。银行抢劫那天，她表现得非常镇定。甄爱自作主张请苏琪进来，又让玛利亚倒了茶。

言溯看着她不经意间流露出的女主人姿态，不予置评。

苏琪说明来意。原来那天的言溯也给苏琪留下深刻的印象，她特意查了言溯的资料和简历，得知他的经历，所以登门请他帮忙。

苏琪说，她的朋友不见了。

言溯没兴趣，双手插兜，利落地起身："喝完这杯茶就离开吧，我不奉陪了。"

苏琪忙喊："你们都见过我朋友。"

言溯脚步停下。

"和你们一起去Silverland的作家先生。"

甄爱不解："他是警察，他不见了，会有警察给你找啊。"

苏琪脸上闪过尴尬："他曾经是警察，但几年前被开除公职，早就不是了。"

言溯问："你的职业？"

"特工。"

甄爱诧异，但又明白，难怪那天在银行她表现得那么恰到好处，原来是专业的。

言溯退回来，重新坐下，问话直入主题："你不报警却来找我，理由？"

"米勒，就是作家，几年前因为不可抗的外力，给国家造成巨大的损失，被开除职务。他这些年一直在补救，四处搜集信息，他认为背后有个神秘组织，但没有证据。好多次向上级反映，都被驳回。"

甄爱垂眸不语，又听苏琪说："米勒自己找线人，打听到组织叫Holy gold，是一个俱乐部。"

甄爱微愣，不是S.P.A？米勒找错方向了？不过细细一想，S.P.A下属的各种组织一大堆，也难怪。

"那是专门为男人打造的俱乐部，"苏琪斟酌用词，"里面收集了很多女人。

进俱乐部要缴纳高额的费用，会员都是这个社会顶级阶层的精英。"她拿出一张照片，"这就是米勒之前找的线人。"

甄爱看一眼，蹙眉：幼师小姐？

苏琪从包里拿出一枚存储卡："能用一下你的电脑吗？"

言溯垂眸："是什么？"

话音未落，白鹦鹉立在茶几上扑腾翅膀，无比欢乐地喊："Vulva！Vulva！"

苏琪脸色一僵，不知言溯这么正经甚至古板的人，养的鹦鹉怎么会学到这种词汇。

言溯厉色看 Isaac 一眼，后者马上闭嘴，扑腾飞到甄爱的腿上，乖乖蹲好。甄爱轻轻给它顺毛。

苏琪介绍那枚存储卡。据知，幼师小姐早年被男朋友骗去 Holy gold 俱乐部，过了一段非人的凄惨生活。

幼师对作家描述，说那是一个庞大而组织精细的俱乐部。地下牢笼里囚禁着各类女子，肤色瞳色年龄发色性格身材各不相同。

女子白天过着被囚公主般的生活，物质上得到极大满足。到了夜里，选中的女子被送到戴着假面穿着黑斗篷的男人中间，满足他们一切正常或不正常的要求。

幼师在俱乐部里不知陷了多久，有天，一位救助失踪女童的志愿者装成受害者潜入俱乐部，引发一场骚乱。幼师趁乱逃出，以为脱离苦海，没想再度被抓，他们以名誉和生命胁迫幼师拐卖新的少女进入俱乐部。

幼师逃不脱那些人的掌心，由受害者变成加害者，不断拐骗少女甚至女童进去。直到作家出现，提出除掉那个窝点，幼师可以申请证人保护，重新开始。幼师心动了，两人商定好近期又以输送新少女的名义联系俱乐部，找出接头人顺藤摸瓜。

结果，两人都突然消失了。

而这段视频是苏琪从幼师的电脑里取出来的。她怀疑视频拍摄了俱乐部内部的情况，但她给 FBI 调查小组的人看过，他们认为证据不充分，拒绝受理。这才来找言溯。

甄爱为幼师和作家的遭遇惋惜，想催促言溯快些看看究竟怎么回事。但言溯很淡漠，听完苏琪的话后，也不多问，只说："我不看。"

苏琪吃了闭门羹，很失望："为什么？"

言溯语气平淡，却掩不住讽刺："恕我直言，特工小姐，如果所有的警察都像你们 CIA 这样，这个国家的法律体系就完蛋了。"他问，"幼师小姐失踪了多久？"

"十二个小时。"

"不到十二个小时，也没有法律批准，你就窃取了她的，我猜是性爱视频。目前只是你的推测，如果幼师不像你想的那样，平安回来了，你已经找一群人看过她的视频,小姐,你不认为你的行为很不恰当?"

苏琪一怔,无可反驳,面红耳赤:"对不起,是我的不对。"

甄爱也低下眼眸,刚才那些是苏琪的一面之词,即使她说的是真心话,也不能保证她以为的就是正确的。这样浅显的道理,她居然要等到言溯提醒才发现。

"但我有怀疑的理由,"苏琪又拿出两张照片,"这是在幼师和米勒家出现的,他们的家人说,这不是他们的东西。"

第一张是幼师家,柔美的女式床头柜上摆满各种可爱的装饰,其中一个格格不入。木头底座的沙漏,十分陈旧破烂。

第二张是作家的书桌,摆着医学军事方面的书和手枪模型,也有不相称的东西,一个小地球仪,轮廓很粗糙,看得出也是上了年头的。

沙漏,地球仪,这两样东西在照片里格外突兀,两者有什么关联?

言溯拧眉,蓦然想起了之前在大学爆炸案里收到的琵琶和鹦鹉螺,该来的还是来了。

甄爱凑过去看,奇怪道:"地球仪的轮廓和绘图是十八世纪前的,可没用牛皮纸,还特意上了色,用的四色原理。"

言溯沉默,上下两截的沙漏,四色的地图,是杀人的序号。那1和3在哪里?

"作家有没有跟你提过幼师准备送去的少女还有接头人的信息?这可能和他们跑去 Silverland 有关。"

苏琪摇头,问:"你想到了什么?"

言溯抿唇,斟酌一会儿,说:"先看你带过来的视频。"

甄爱有点紧张,又不动声色遮住了 Isaac 的眼睛。

视频并没有声音。

屏幕一度被幼师小姐的身体填满,她手脚被束缚。镜头从各个方向拍摄,男人们在折磨她,镜头曾划过幼师的脸,起初疯狂挣扎,后来唯剩呆滞,像任人宰割的木偶娃娃。

甄爱呆呆看着,很懵懂,毕竟是她见过的幼师,且场景太暴力,难免于心不忍,同时又耳热心跳,旁边还有言溯在,更觉心情诡异。

可言溯一点异常反应没有,脸不红心不跳,就连呼吸声都没有变化,淡漠如初。

苏琪起身去洗手间,客厅里只剩了言溯、甄爱和鹦鹉。

甄爱摸着鹦鹉的毛,脸红红的。

Isaac很享受她的抚摸,乖乖睡在她的手臂上,小脑袋一动,望住甄爱的脸就叫嚷:"Apple, apple."

言溯侧眸一看,甄爱的脸红得跟苹果一样。他望一眼正午室外的阳光,并不觉得室内温度高,奇怪地道:"热?"

甄爱不好解释:"嗯,有点。"

"你的体质真脆弱,又怕冷又怕热。"

甄爱无语,瞥了一眼电脑,目光不满地转到他身上。

言溯被她怨念的眼神看得凝滞好几秒,反应过来,恍然大悟:"你不好意思。"收回目光去,"可你不是号称看过无数男人和女人的身体?"

甄爱真想捶死他:"那是实验台!这两者能比较吗?"

言溯点点头:"嗯,死的不会动,活的会动。"

甄爱听他这么一解释,才缓下去的脸蛋又要发烧了,"动和不动"说明了关键问题。

言溯开解她:"你把它当成是活塞运动就行。"

Isaac 学了新词,在甄爱手心咯咯叫:"Piston, piston."

甄爱木着脸,真是受够了这个二货男人和这只二货鹦鹉。

"在你看来,这和活塞有异曲同工之妙?"

言溯听了,认真思索后诚恳地说:"只在坚硬的时候像。"他与她纯然地学术探讨,"活塞本身是一种生殖器象征,像火箭跑车,我们提到生殖器象征时,默认指的是勃起的……"

甄爱瞠目结舌地红了脸。自己好不容易说句重口的话来羞他,结果……好挫败。

言溯说到半路,见甄爱根本没听,只一个劲儿地脸红,于是默默闭了嘴,想了一会儿,终于搞清楚怎么回事了,便解释:"我不觉得尴尬,是因为我只观察现象,没有带入感情。在工作和推理中,我不会让自己被感情影响。"

"什么意思?"

"你们看到的是男人和女人发生关系,我看到的是别的。"

"别的?"甄爱忘了害羞,她最喜欢他眼睛里看到的不同。

苏琪也回来了,坐到沙发上:"我看了很多遍,但这就是普通的性爱视频,我甚至找技术人员分析过光谱,却找不到能证明这是邪恶俱乐部的证据。S.A.先生,你看出什么了?"

言溯道:"镜头里只有一男一女,但现场的男人,不下十个。"

苏琪一怔,扭过屏幕直瞪眼睛:"哪里?背景全是黑色,技术人员连场地的基本情况都分析不出来。没有其他人啊!"

"他们两个在中间,谁在摄像?"言溯淡淡地反问,"每个角度都拍到了,视频没有剪辑,是连续的。镜头的转换很不规律,出现大幅度的跨越和夺抢,不是自动摄影,而是从一个人手里换到另一个人手里。整个过程没有变焦,观察者有人站得近,有人站得远。"

苏琪蓦然醒悟,又觉胆寒。

言溯关了电脑,声音平静,脸色却不好:"每换一次角度都可以发现,拍摄者的喜好和重点不同。有人喜欢看身体的结合;有人喜欢看折磨与伤痕;有人喜欢看整体,比如男人的凶猛和女人的颤抖;有人喜欢看细节,比如垂落的双腿和无力的双手;还有人享受悲痛和绝望的神情。"他交代完他看到的情景,做排除筛查,"这绝不是普通伴侣之间的视频,也不是某个性虐狂对他猎物的记录,因为自始至终没有出现男人的脸,没有记录他享受的姿态以及他和猎物间的主从交流。"

甄爱和苏琪鸡皮疙瘩都起来了,战栗地听他下结论。

"这个男性施虐者,整个过程做得非常完整。其间没有透露他是否尽兴,但做足了全套。"言溯顿了一下,"他在教学。"

甄爱不可置信地睁大眼睛,教学?

"他在教授技术,而周围的人,在学习。"他补充,"其中不乏有人在欣赏,在探索,在好奇。"

甄爱脊背发凉,言溯早关了屏幕,但幼师小姐最后空洞的眼神像鬼一样浮现在她面前。甄爱无法想象,当年的幼师是怎样绝望悲凉的心情。而她更无法想象,现在的幼师会为这个俱乐部服务,把当年她经受的痛苦复制给其他女人。

"这个视频的场地非常特别,一块巨大的黑布背景,再无其他。在他们看来,秘密性和反侦查是最重要的。苏琪小姐,虽然我目前并不确定幼师和作家在其中扮演的真正角色,但我开始怀疑,你口中的那个俱乐部,的确存在。"

苏琪听了言溯的话,压抑住激动:"米勒付出那么多终于不是白费。我们应该去哪里找这个俱乐部?"

言溯看她一眼:"找不到。"

苏琪被泼了凉水,不解。言溯从视频里看出那么多信息,好不容易有一丝曙光,却又立刻被掐灭。可她清楚,录像的那个俱乐部隐秘性非常高,连场景都看不出,无从分析地点。她这是强人所难。

但言溯补充:"视频中用过的器具,制作精细,不是通过普通渠道购买的。你在 CIA 内部,资源丰富,可以找人搜索。考虑到视频是幼师小姐早年拍摄的,只怕都更换过。换了供货商也说不定,别抱太大希望,但也别放弃尝试。"

苏琪经过提醒,忙点头:"谢谢,你太厉害了。如果我有什么发现,再过来告诉你。"

甄爱看着苏琪离开,轻叹一声:"幼师小姐以前好可怜。"

言溯不予置评,却问:"你没有觉得不舒服吧?"

甄爱一愣:"还好。"

说实话,视频上她有些微不适,但不至于震惊。毕竟,她从小就认识一个变态,真正的变态。他不会亲自做,但会指使别人,且他欺凌的招数比视频里有过之而无不及,他折磨人的方式在很早以前就从身体上升到精神凌迟。

甄爱记得,每次经过他的实验楼,都能隐约听到刺耳的经久不息的尖叫。

她曾偷偷跑去看,上锁的房门上有条细长的竖形玻璃,窥视进去,像是芭比娃娃的漂亮房间,每道门后都是不一样的景观。

有次,甄爱看见房间里有辉夜姬的五折丝质屏风,上面绣着传说中的佛前石钵、蓬莱玉枝、火鼠裘、龙头珠玉和燕子安贝,风格婉约,远古而幽静,屏风旁摆着一瓶樱花插花艺。

小案几,榻榻米,跪坐着一位穿和服的少女,脸上涂了厚厚的粉。案几上茶烟袅袅,可她的眼睛空洞得像死人。

甄爱刚从古罗马古希腊风情的房间走过,看到东亚的景色,多盯了几秒钟。

身后有人靠近:"Little C,喜欢吗?"他一手拦住把手,一手按住门板,把她圈在狭窄的空间里。

甄爱侧头看他近在咫尺的笑脸,不感兴趣:"B,你好无聊。"

他凑过来和她一起往里面看:"哎?我觉得很好玩。要不,我带你去参观我的实验室?"

"不要。"

屋子里的日本少女察觉到了,眼从涂了厚厚白色脂粉仿佛面具的脸后面看过来,直勾勾盯着甄爱。眼瞳突然有了焦距,扑过来用日语大声叫喊。

甄爱听懂了她在喊救命,吓一跳,条件反射地往后躲,撞到伯特身上。

少女扑过来见了伯特,惊恐得仿佛见了死神,尖叫着瞬间躲到屏风后不见了。

伯特若有所思地揉揉被甄爱撞到的胸口,眼里闪着漂亮的光,低头凑近她苍白的小脸:"她是不是吓到你了,我们把她杀掉吧?"

甄爱不肯,可没过几天,她做实验的手术台上居然躺着那个日本少女的死尸。从头到脚,惨不忍睹。她终于得知那栋楼里发生了什么。

她气得要死,大半夜冲进伯特的卧室,把他绑在床上,抽了一顿。她做好了伯特给她妈妈告状然后她受处罚的准备,但伯特从没提过这事,最后竟不了了之。

离开组织后,甄爱从她的特工们那里听说了各种变态的故事。

她得知,通常来说,大多数变态把女人关在脏乱不堪的地方,卫生条件极差。而伯特不同。他有严重的洁癖,又是完美主义,这种个性展现在虐待上,是令人毛骨悚然的灾难。她记得伯特的那栋楼里,每个女孩的吃穿用度都极其高贵,实验室里，一切都干净得一尘不染，泛着冷静的银光。

以至于苏琪说到那个俱乐部精致的囚笼时，甄爱脑中竟蹦出了伯特的身影。

Holy gold 俱乐部会不会是 S.P.A 组织旗下的机构？

她低头，轻轻摸鹦鹉的羽毛，这些问题让她很累。

她从小生活在那样的环境，没有是非对错的观念。十七岁前，她只认为伯特是个癖好奇特的男孩，总是气她捉弄她，但也总是护着她。

但现在，所有的事情都变了。

言溯见她若有所思盯着 Isaac，问："你想把它的毛拔光吗？"

甄爱回神过来，吓了一跳，她不经意间拔了鹦鹉的毛？赶紧把 Isaac 捧起来左看右看，一点茸毛都没掉，才知他在逗她。她白他一眼，继续摸 Isaac。

言溯见 Isaac 躺在甄爱手心很享受的样子，说："别摸了，再摸它要掉毛了。"

甄爱赶紧捧起来看看，瘪嘴："怎么可能？"

言溯故意逗她，违背常识撒谎："你的体温会烫死它。"

甄爱惊讶："我又不是笨蛋，鹦鹉的体温比人高。现在是夏天，我摸它，它会觉得凉快。"

意识到他的小女朋友没那么好骗，他轻声嘀咕："生物学家啊。"

甄爱没听见，低头自顾自想问题。她该怎么说，说她莫名其妙想到伯特？现在俱乐部的事只是苏琪单方面的陈述，说出来只会徒增烦扰。

还犹豫着，言溯电话响了，他习惯性地微蹙眉心，问几句后，挂了电话。

甄爱见他脸色有异："怎么了？"

"FBI 的 BAU（行为分析）小组接到一个奇怪的案子。"笔记本嘀嘀地响，言溯拿过来点开邮件，甄爱瞥一眼，发送者名叫里德，想必是刚才打电话的那位。

附件里一段音频文件，才点开，撕心裂肺的女人尖叫立刻充斥整个客厅，像是最惊悚的恐怖片，甄爱瞬间脚底发凉。

一声一声撕扯着听者的神经，惨绝人寰。在夏天的午后，把室内的气温陡然拉到冰点。

不同女人的尖声惨叫，持续了足足一分多钟，甚至还有一个小女孩的声音。

音轨十分干净，除了尖叫没有任何杂音。

言溯凝眉听着，表情不曾有丝毫波动，听到最后两秒，尖叫声停止，出现一个机器变音，稚嫩而诡异："S.A.，你在听吗？"

甄爱抱着自己坐在沙发上，愕然，有人向言溯宣战？为什么把录音发给 BAU，而不是直接给言溯？

言溯倒是淡然，合上笔记本。甄爱不解："不听了？"

"已经记住了。"他淡淡的,"四个女人,最小的五岁左右,最大的三十岁左右。三十岁的尖叫时间最长,其次是二十七八岁的,五岁的最短。初步推断她们受虐待的程度随年龄增加。"

这么多信息?

"这代表什么?"

"不知道。"片刻前还光芒四射的某人突然收敛,"信息太少,刚开始就主观判断,不利于后续的客观分析。"

甄爱点头,隐隐觉得这些尖叫总让她感到似曾相识,问:"会不会和苏琪的案子有关?"

"目前看不出任何联系。苏琪提到的案子里,作家消失了,但这里没有男人的声音。"

"那该怎么办?"

言溯听言,奇怪地笑了:"他不会只发这么一段音频的。"

甄爱明白了,对方点名寄给言溯,一定会有后续,现在没有任何头绪,也只能等了。

她原以为在等待的时间里,言溯会十分焦躁不安。可出乎意料的是,他跟没事人一样,那晚还按事先约定的带甄爱参加 N.Y.T 夏季摇滚音乐会。

甄爱挺奇怪,觉得他的兴趣爱好真广泛,古典的、大众的,他都能欣赏。

在公园门口,他特地买了很多根彩色的荧光棒。

甄爱看着他手中一大把彩色,说:"一样一种就好了,没必要买那么多。"

言溯不理会,拿起一根根荧光棒,捣鼓几下,像扎气球的路边艺人,几秒钟弄出一只大嘴巴的荧光鸭子,递到她面前:"喜欢吗?"

甄爱讷讷的,这是怎么弄的?她不知言溯还有心灵手巧这个属性呢。

言溯眼睛亮闪闪地看着她,见她半天不说话,以为她不喜欢,拆掉小鸭子,手指飞快地动几下,扎出一只闪闪发光的大耳朵小狗:"这个呢?"

甄爱没反应过来,言溯又拆掉,几分钟的时间,荧光棒在他手中各种变化,小蛇、兔子、小鸟……甄爱眼花缭乱。

到了最后,言溯眼中的亮光一点点黯淡,干脆把几十根荧光棒首尾相接,连成一根奇长无比的杆子,塞到她手里:"这是最后一种,没想到你这么没创意,喜欢钓鱼竿!"又低声道,"十几种造型,你一个都不喜欢。还好我只花了一分钟学习。"

甄爱握着那根彩色的巨长的鱼竿,仰头望,荧光棒连在一起太长了,重心不稳,柳枝一样在她手里晃来晃去。她真担心歪下来打到别人的头。

她目光收回来,慢慢地说:"其实我都挺喜欢的,可每次,我还没反应过来,来不及说喜欢，你就拆掉换下一个了。"

言溯："……"他又忘了考虑她的反应速度。

甄爱把鱼竿拆成一把，递给他："我最喜欢小熊的，就是像言小溯的那个。"

言溯不乐意，但还是三下两下捣鼓出一只小熊给她。

甄爱抱着镂空的小熊往草地里走："一开始我不是反应慢，只是在想别的事，有些奇怪。"

"奇怪什么？"

"明明有那么严峻的事等着你，你却好像没事。我担心，你是不是怕我担心你，才弄出这种事不关己的样子。"

话说出来真拗口，言溯淡淡笑了，半响才解释道："工作是工作，生活是生活。有事情的时候，要全力以赴；没头绪的时候，就把它隔离起来，不影响日常生活。很多这类职业的人，如警察律师和医生，都是这种处理方式。如果一直想着负能量的事，会影响状态。"

甄爱想了想："你说得很有道理。"

他和她缓缓走在清凉的夜风里："看到苦难，会生气，也会怜悯。但在生活的间隙，还是要看光明的一面。积极生活，才能百分百地积极工作。"

甄爱微笑，这就是他不被日常沉重案子影响的缘由？

言溯低头看甄爱一眼，心底也在微笑。

以前一个人，只是习惯性地这样自我调整，而现在，两个人了，更加下意识地考虑这个问题。

以后，如果不是一个人，如果有了一个家，他会是一家之主，有虽然独立却仍会不经意依赖他的妻子，有一天天长大却在幼年时期仰望他的儿女。和他们在一起的时候，他希望给家人最全心全意的珍贵时间，而不希望因为工作忽略家人，更不希望把工作气带到家里。

他想给甄爱最完美的家，想给她最完美的正常人的生活。

年轻人在舞台上肆意地张扬歌唱，她望着台上，漆黑的眼睛里映着舞台陆离的光，而他望着她，眸光深深。

音乐会结束，回去的路上，甄爱安静地坐在副驾驶位置闭目养神，偶尔睁开眼睛望着窗外的夜色，回想不久前青春涤荡的音乐，内心平静而安详。

人生，虽然总是有苦痛，但也总要在生活的间隙里享受乐趣。这样，真好。

甄爱坐在休息室大理石台旁的高脚凳上，托着腮荡着脚。

玻璃窗对面的实验室里，冒着紫色泡泡的AP3试剂还在制作中。甄爱恍惚出神，LJ？她听言溯说是Lea Jan的全名缩写。之前觉得耳熟，现在想想，原来她是哥哥的女朋友。

在甄爱看来，她俩的关系很简单，LJ感染了妈妈研制的动物毒素，她有责任替她解除痛苦。除此，她没有探寻的想法。

现在，她的心思是……

距离刚才吃巧克力，蜗牛台钟才走了十分钟。可言溯规定过，最少要半个小时才能吃一颗。蜗牛怎么走得这么慢？甄爱咬咬唇，哼哧一声别过头去。

盯着紫色泡泡看了一会儿，甄爱扭回头，闷闷看着蜗牛台钟。

她说实验室的钟坏了要重新买一个时，言溯居然指着那金属蜗牛说："反应迟钝的家伙，为你量身定做的。"

甄爱瞪了蜗牛几眼，把它捉起来："你比我还慢。"说完，在蜗牛的屁股后边按了几个钮，时间一下跳过半个小时。

"时间到。"她从椅子上蹦下来，开心地去抱巧克力罐子，调一次吃一颗，调两次吃两颗……

很快"一天"就过去了，甄爱面前一堆金灿灿银亮亮的锡箔纸，她伸手在罐子里摸摸，啊，触底了。再摸摸，抓住一张小便签，上面有言溯漂亮的字迹：不守信用又贪吃的骗子，蜗牛鄙视你。

甄爱盯着字条，睫毛眨眨，跟被抓了似的，一下脸红了。

她站在台子旁边想了想，把字条稳稳当当地放回罐子底下，又把锡箔纸全搓成一个个圆球球塞进去，盖好盖子，心虚地小声嘀咕："我没看见。"

工作完出实验室，欧文照例过来接她回城。

不知不觉，盛夏已过，甄爱要从学校毕业了。她对学校事务向来不参与，原准备办了手续默默溜走，但戴西约她去拍毕业照。言溯也说陪她，所以甄爱答应了。

回去的路上，甄爱歪在车窗旁，望着道路两旁茂密的树木和流动的阳光，轻轻哼起了歌。

"Ai，自从和S.A.在一起后，你变得开心了很多。"欧文说。

听到"在一起"，甄爱愣了一下，想起自己好傻，一开始她以为去市政厅注册才是在一起，还对言溯说："我们做实验项目也要先登记报备，等上面批准了才能开始。"

当时言溯脸都红了。

甄爱不好意思地笑："嗯。"

欧文也淡淡一笑，道："最近没什么事，以后我对你的保护转到地下。"

甄爱没意见，趴在窗边吹风。

欧文沉默良久，又道，"如果有天你躲起来了，能设计一个只有言溯能懂的暗语吗？"

甄爱回头："什么？"

校园里到处是鲜花掌声和毕业生。甄爱下车便朝言溯跑去，他倚车站着，见了她，直起身走来。

才靠近，他眸中闪过一丝笑意，嘴角一弯，从身后变出一大捧五颜六色的花："小姑娘，毕业快乐。"

甄爱的心突突直跳，不明白为什么每次见他都像第一次亲吻般怦然心动。她怀里抱着满满一大束鲜花，开心得直冒泡泡。

言溯知道她最喜欢一手都抱不下的礼物，满满当当的，会给她一种装不下要溢出来的幸福感。

淡淡的花香萦绕身边，甄爱低头望着满怀抱的彩色，觉得自从和他在一起后，自己像回到了缺失的小时候，心想事成，无忧无虑，可以撒娇任性，还可以得到很多彩色的东西。

她像被他宠坏了的小姑娘。

他静静看她立在夏天的阳光下，抱着花束抿唇轻笑，美得让他心跳都漏了好几拍。他忽而想起一项科学研究，说越是喜欢一个人，越是深爱一个人，她在你眼中就越是漂亮。

他想：一天又一天，她越来越美丽。等到老了，她会是全世界最美的姑娘。

他欺身，习惯性去吻她的额头。她却飞快退后，朝他伸出手掌心，骄傲地扬起下巴："礼物呢？"

小家伙一副蛮横的讨债模样，他真是欠了她的。

他努努嘴："这花不是啊？"

"你刚才说了，这是毕业礼物。"她分得清楚，"不是每次的见面礼。"

他答应过，见面一次，送一个礼物。

他弯腰，凑近她耳边："当然没忘记，过会儿再给你。现在看不出效果。"

声音低沉又性感，落在甄爱耳朵里直发痒，她期待着点点头，又问："言小溯呢？"

言溯把大熊从车里拉出来，她一下子扑上去抱住。

很快，甄爱联系上了戴西。

毕业生们大都有父母家人陪伴，几乎人人手里都有鲜花和玩偶。

甄爱看了一圈，人家的花束都没她的大，大家的玩偶最大也只有言小溯的一半呢。她开心又骄傲，把言小溯抱得更紧。

戴西来时吓一大跳，盯着被大熊和花束淹没得不见人影的甄爱："这谁啊？"

甄爱慢吞吞钻出头来，介绍："S.A Junior."言小溯。

戴西一头黑线，还起了名字啊……

甄爱和同学们去照相了，言溯和欧文立在不远处看。

她比较拘束，在镜头前不怎么自然，最多只会呆呆地摆一个V。同学们要摆夸张的性感的姿势，她又摇头又摆手，拼命往镜头边缘逃窜。

言溯看着好笑又心酸。

欧文坐在车前盖上，看了一会儿，仰头问："S.A.，甄爱哥哥留的密码，我去查了，那十三个索书号不存在。"

"嗯，去Silverland前我在国会网络图书馆查过，一本都没有，所以才让你查。没想到还是这种结果。"言溯微微眯眼，"我九岁为锻炼记忆力，把国会图书馆里的书名和索书号对应记了一遍。我很肯定那十三个索书号的确存在过。"

欧文蹙眉："你说得应该对，不然甄爱的第二步解密也会出错，得不出Silverland。"

言溯沉默，望向远处的甄爱。他早猜到，密码是哥哥保护甄爱的方式。谢琛设计一个完全和十亿美金无关的密码，却说谜底是那笔钱，说密钥是兄妹间的回忆，说只有甄爱能解开。政府和组织都迫切需要。所以只要谜底一天不揭晓，甄爱就能继续平安地活下去。

他也料到凭空消失的十三个索书号，消失的银色iPod，是CIA解开了密码，所以特意毁掉消除痕迹。可他不知道，这一切该如何对甄爱说。

还想着，甄爱抱着大熊蹦到他面前，一人一熊仰着头，神气活现的。他脑子里复杂的思绪全部散开。她脸上的每一种表情，他都喜欢。

他低头，轻吻她的嘴唇。她乖乖地闭闭眼睛又睁开，安静柔顺地看着他。

他拂拂她肩上的被风吹乱的长发："不玩了？"

"不好玩，我不喜欢照相。"她瘪瘪嘴，"没什么好纪念的。"

他心念一动，从兜里拿出手机，搂她入怀，贴近她的脸颊："如果和我呢？"

甄爱一愣。他的手机已高高举起。她看见晃动的镜头里，她抱着大熊愣愣望着，而他抱着她，下颌贴着她的鬓角。

嗯，平时不觉得，这么一看，好亲密……她微微脸红。

言溯举着手机，就着屏幕里的图像调整角度，下意识把她揽得更紧。

她看着，小声说："还有言小溯呢。"

他鄙视："它头大，露一只耳朵就好。"

"好吧。"甄爱看着屏幕，不太好意思地凑去，微微仰起脸，贴住他的下颌，抿唇一笑。

咔嚓，非常好看，非常般配。

欧文在言溯家吃完晚饭后，照例去山林里散步。

回来时，城堡里半明半暗，他准备上楼睡觉，却隐约听见轻缓的歌，从图书室传来。那里没有开灯。

他轻轻上了走廊。

图书室里静悄悄的，没亮灯。但夏末的夜色很好，夜空中繁星点点。月光穿透彩绘玻璃窗，投下一道道朦胧而迷彩的光。

欧文看到，月光下，言溯和甄爱在跳舞，他们拥在一起，赤着脚，贴着脸，温静而安然。

甄爱一脸沉醉，仰头贴在他怀里；言溯低着头，搂她的腰，缓缓与她慢舞。

她光裸的足偶尔会故意踩到他的脚。

大大的熊宝宝歪头坐在钢琴上看他们，像是被感动了。

留声机里女孩的歌轻得像纱，最适合这样月光朦胧的夜晚。

Don't you worry, I'll be there for you, I'll catch you if you would fall.（别害怕，有我在这里；如果你摔落，有我接住你。）

这是言溯想和她说的话？

欧文淡淡微笑，转身出门，开车离去。

而她仍旧和他在月光下赤足慢舞。

她仰着头，半合着眼，呢喃："跳到什么时候呢？"

月下，他的脸更显白皙，拢住她，散漫地低声说："什么也不想，就这样抱着。"

她便不语了。

就这样什么也不说，偎在一起蹭蹭，感觉真很好。仿佛身上的月光都有了柔软的温度。

待到曲终，他倚着书架坐到地毯上，不知从哪儿拿出一个盒子递给她："礼物。"

她当时是开玩笑，没想到他真准备了。接过来一看，是只复活节彩蛋！比她以往见过的都精致。

彩蛋大概有男人拳头那么大，珐琅材质，复古又典雅，白色基调，壳上有红色玫瑰、蓝色蝴蝶、绿色小草。

"真漂亮。"她黑黑的眼睛里星光闪闪。

"打开看看。"

她扭头望他，一脸兴奋："可以吃吗？"

言溯："还给我。"他才不会说复活节那天，她望着彩蛋眼里放光的表情让他一直懊恼又自责地记在了心里。

"不给。"甄爱赶紧一缩,把彩蛋捂在肚子上,"逗你玩的。"

彩蛋腰上一圈金线和小按扣,她是笨蛋才看不到。

甄爱小心打开,一瞬间,金色的光从蛋壳缝隙里挥洒出来。

壳里"种"着镂空的花儿,中心一块透明水晶,小花旋转,水晶散着光,一圈一圈,通透的金色像流星旋转飞逝,细细碎碎洒满整个图书室。

她望着墙上浮动的光影,惊叹:"好漂亮。"

他搂紧她纤细的腰说:"沙皇亚历山大三世和尼古拉二世都喜欢给王后送彩蛋。收到彩蛋的人会幸福。传说俄罗斯工匠打造过一枚收录了沙皇家族图片影像的彩蛋。我没那么厉害的手艺,只能送你最简单的。不过,"他下颔压在她肩膀上,"以后每年,我都送你一颗彩蛋,保证一次比一次精致。或许等到七八十年后,我能送你一个传说。你把它打开时,墙壁上灯光旋转,映着我们一辈子的经历,好不好?"

甄爱望着满天金色的星光,感动得一塌糊涂,她扭过身子,一下子搂住他的脖子,小声嘟囔:"言溯,你对我太好了。"

他理所当然地说:"我就喜欢你一个,当然要对你好。"

"我也只喜欢你一个。"她亲他的脸颊,"这个礼物我太喜欢了。"

"哦,因为今天是我们在一起的百天纪念。"

甄爱一哽,以后谁还敢说她家男人情商低!

"我是个天才。这世上没有我不会的事,在谈恋爱方面,也一样。"

她扑哧一笑,埋头在他怀里,又仰头看他,可怜巴巴地说:"对不起,我没有给你准备百天的纪念礼物。"

他盯着月光下她白皙得透明的小脸,想说"把你送给我吧",但终究舍不得,只说:"亲一下好了。"

甄爱乖乖凑上去吻住他的嘴唇。

恋爱一百天,她和他在懵懂生涩中渐渐习得了亲吻的技巧。她不轻不重地吮吸着他,舌头调皮地划过他的唇齿,吻得动了情,小手竟伸到他的发间,捉住了他的后脑勺,以俯视的角度亲吻他。

他仰望着,仿佛她是他的女神。

月光下,两人紧紧箍住,像化作了一体。

她吻得过了火,贴着他的身体滑倒下来。

这一滑,坐到他双腿之间,臀部一下坐到某个硬硬的东西上。甄爱惊得魂飞魄散,立刻跳起来:"呀,压坏了!"

"没。"他手一抬,把她捉回来,揽在怀里,微微笑着,脸却很红,"咳,不是。是礼物盒子。"

甄爱一愣，呼着气拍拍胸脯："吓死我了。我以为……"说着，就把那硬硬的盒子抓起来。

一把抓住，还没来得及拿起，言溯的脸色变了变，僵了一秒钟，像是被逆着摸了毛的猫。他脸更红了，缓缓抬起手，手心抓着礼物盒子，手背蹭了蹭鼻子，咳了咳："嗯，这次……是真的。"

甄爱手里的东西硬硬的，隐隐发烫，却不及此刻她脸颊发烫，她几乎是一根指头一根指头地松开，窘得无地自容，羞得脸都红到了耳根："都是你，谁让你……"她低眉看一眼他，"谁让你……它……"

后面的话怎么也说不出来。

言溯也窘迫："雄性荷尔蒙作祟，不是我。每次亲你超过三十秒钟，就会有反应。"

甄爱咬他："那你以后亲我要计时！"

"你不讲道理。"

"你不是可以一心多用吗？"

言溯："？"这种时刻一心一意都不够用。

留声机碟片里继续放着老歌。

I'll send you all my love everyday in a letter, and seal it with a kiss.（每日送你一封写满爱意的信，以吻封缄。）

甄爱偎在他怀里，月光在她睫毛上跳跃，她幸福得像被他捧在心尖。

手机突然响了。

言溯松开她，起身去一旁拿起了手机，月光下，俊朗清秀的脸沉肃起来。

"出事了？"

"快了。"言溯顿一下，眉心未舒展，对她却依旧温柔，"你不是对BAU好奇吗？去看看。"

他对她好奇心的满足和纵容，真到了一种无法无天的境界。

言溯和甄爱赶到新泽西州边境上的太阳树小城时，已经晚上十一点。

太阳树市警署里灯火通明，聚集了附近多地的警察。

会议室里聚了BAU小组的便衣特工，是牺牲了休息时间，连夜坐专机来的。除了FBI，还有CIA的人，包括苏琪。

室外，几对夫妇坐在长椅上垂泪。

言溯未作停留，径自走到门口，轻叩两下门。

里边的人原在低声讲话，循声看了过来。BAU的侧写员大都在三十到四十岁左右。有个戴黑框眼镜的年轻些，和言溯的哥哥差不多大。

他见了言溯，老朋友般适度而克己地一笑："嘿，S.A.!"

言溯也打招呼:"嘿,斯宾塞!"

和言溯的哥哥一样的名,姓不同,是斯宾塞·里德。

甄爱诧异,言溯习惯称呼人的姓,保持尊重和疏淡的距离。连那么熟络的伊娃他都叫她迪亚兹。看来斯宾塞·里德和言溯关系不错。

其他人也和言溯打招呼。

FBI 这边是 BAU 小组,包括上次在枫树街银行出现的妮尔特工,办案多年的组长库珀,强壮的黑人史密斯,和伊娃一样身材迷人的拉丁美女联络员洛佩兹,还有一位年龄较大的男士,不像行为分析侧写员,反倒像这群人的行政长官。

他走过来,一举一动都透着十足的官场做派。

里德看出什么,刚要阻止,后者已朝言溯伸手:"S.A. 先生,久仰。"

言溯看一眼他伸出的手,无动于衷。

里德道:"莱斯先生,我以前就说过人的手上有上百万种细菌,甚至病毒。握手其实很不卫生。"

言溯很赞同,仿佛找到知音:"共同遏制病毒的传播,为公共安全做贡献。"他十分真挚又严肃,真不是开玩笑。

莱斯行政官脸完全僵掉,他这搞行政又时常和上下级打交道的人,遇到言溯,平日左右逢源的技巧没处使,千言万语化作一句:"哦,好的。"

甄爱莫名想到伊娃曾形容言溯为"恶劣环境"。她盯着里德看了好几秒钟,这世上真有和言溯在一个频道的人。屋子里其他侧写员都心领神会地笑了。

言溯察觉到大家的目光落在甄爱身上,脚步一顿,回头看她一眼:"嗯,这是 Ai,我的学生。"

甄爱:"……"

相比 FBI 的随意,坐在桌子对面的 CIA 特工则冷淡很多,只是简短的自我介绍,分别是苏琪、贝森和霍克。

苏琪说,CIA 最近在调查 Holy gold 俱乐部的事,怀疑和这件案子有关系;加之其中一位受害者是 CIA 前任特工,所以和 FBI 一起合作调查。

大家并未太多寒暄,很快切入主题。

"本地警方正在采集失踪者的信息和图像,"洛佩兹拿遥控器点开显示屏,"这分别是四个城市的五个家庭收到的视频,内容都是他们的孩子被虐待了。"

甄爱蹙眉,五个?

洛佩兹说完开场白,顿了一下,看向众位:"你们先做好心理准备。"

妮尔:"洛,我们见过多少恶劣的案子?"

"相信我,即使是你们,也会觉得……阴森。"

这话让室内的气氛在不经意间绷了起来。

第一段视频是在四面白壁的地方,一位少女双臂大开,被绑在粗厚的十字架上,洁白身躯上全是鞭子等物虐待过的痕迹。

她垂着头,长发披散,头皮少了圆形的一块,露出森森的颅骨。

屏幕里传来机器变音:"我的孩子,忏悔吧。"

少女无力地颤抖:"如果我忏悔,是不是就可以结束?"

机器声没回答,重复:"我的孩子,忏悔吧。"

少女断断续续地哭诉:"大学时,我兼职给人带小孩。对不起,那时我年轻不懂事,小男孩太调皮,我生气把他扔在街上,害他后来走丢。我错了,请你原谅。"

视频断开。

第二段在同样的地方。视频中的人竟是苏琪口中失踪的幼师小姐。她以同样的姿势绑在十字木架上,饱受虐待。胸部和嘴唇没了。提示音响起,幼师声音模糊:"不怪别人,全是我的错,忏悔也不够。五年前,公立幼儿园那个活泼的五岁小女孩梅根·卓拉失踪,是我利用这孩子的信任,把她骗走,送给恶魔。她或许早死了。如今的一切是我活该。我忏悔?有用吗?"

第三段视频里的女人更凄惨,面目全非,看不清脸,像受过古时的凌迟极刑,一团血肉模糊:"我忏悔。忏悔我这一生行为放荡,不付真心,屡负真心。"她的嗓音嘶得像地狱的鬼,"我抢了很多好友的男人,和已婚男人偷情,还背着妈妈和继父搅在一起。我应该羞耻。对不起,我忏悔,请你饶恕!"

机器声不满:"我的孩子,忏悔吧。"

屏幕上泼了盆热水过去,女人哭叫:"老天,是我错了!我插足检察官的婚姻,污蔑他的妻子有婚外情,推他怀孕的妻子下楼,我不知道她怀孕了,我不知道……"

再次掐断。

甄爱用力按着太阳穴,她要看不下去了。

看看周围的人,言溯轻蹙着眉,照例认真思考的表情;其余侧写员也都认真看着,仿佛没有看到苦痛邪恶。倒是CIA的几个特工,日常接触的不是这些,脸色都不太好。

第四段视频出乎意料,并不血腥,受害者换成了男人,是消失的作家先生。

甄爱立刻扭头看苏琪,后者狠狠攥着拳头,面色僵硬地盯着显示屏。

镜头只拍到作家的上半身,留着鞭打的伤痕。他紧握拳头,肌肉一动一动的,让甄爱想到实验室里的青蛙。他望着镜头,眼神涣散:"我没什么可对你忏悔的。作为一个男人,我不欺凌女人;作为一名警察,我没有利用职权侮辱他人。"

这个回答似乎让人不满,不知发生了什么,作家剧烈颤抖,汗如雨下:"我杀了我的男孩,这不是我能控制的,这是我一生唯一的罪过。"

第五段视频出现时,有人轻轻抽了一口冷气。

大大的十字架下搭着凳子,小小的女孩踩着凳子被绑在十字架上,她没穿衣服,身上全是伤痕。她睁着大大的眼睛,声音稚嫩而懵懂:"我忏悔,我和吉米吵架,把他从车上推了下去。妈妈说我把他送去天堂了,我很难过。"

声音很乖,说得在场的人心里一揪一扯。CIA 的贝森特工拳头捏得咯咯响。

屏幕一白,结束了。上面蹦出一行黑字:"S.A., are you enjoying?(S.A.,你享受吗?)"

甄爱一愣,又是给言溯的?

言溯脸色平静。其他人也没什么异样,唯独莱斯神色复杂地看了言溯一眼,问:"你有什么想法?"

不知道言溯听出他的言外之意了没有,回答:"视频里的人,应该都死了。"

莱斯神色更微妙:"你怎么知道?"

甄爱不喜欢他的语气,可言溯不介意,看着莱斯,疑似玩文字游戏:"这里的人都知道。"

莱斯眯眼,他只是 BAU 小组的上级行政领导,并非侧写员,他不知道。

里德接过言溯的话:"我们上年度的统计数据显示,百分之九十八的特定目的虐待狂会在达到目的后杀死受害者。从目前的情况来看,不明人物折磨这些人是为让他们忏悔。忏悔后,他们的存在就失去了意义。"

库珀神色凝重:"在不明人物看来,他折磨受害者的手段是逼他们认罪的正当方式。他把他们绑在具有宗教意义的十字架上,像耶稣受刑。他在举行仪式,是站在道德制高点的司仪。很可能,生活中他是个道德感非常高的人。"

里德转着圆珠笔,补充:"他从头到尾只重复一句话'我的孩子,忏悔吧'。用这种口吻,他以为他是谁?救世主,神父,还是上帝?"

妮尔:"有几个受害者说'请你宽恕'。这个'你'指的嫌疑人。说明他在施虐过程中,和受害者有交流。可录像中,当受害者不按他的意志忏悔时,他没有回答和训斥,而是重复那一句话。这说明什么?"

"他和他们保持距离,"史密斯接下来,"为什么?他太高傲,把自己当判罚者,高高在上,不屑与他们交流;还是说他不善交际?"

甄爱听了一会儿,觉得这种描述似曾相识,却想不起来,这才发现言溯从很久前就没开口了,他端坐着,脊背笔直,一如既往的淡漠肃静。她知道,他在倾听,在深思。

他和现场的 CIA 特工一样,深知自己面前是专业的犯罪心理侧写员,所以只是倾听,并不开口。

妮尔推测:"这个不明人物在惩处邪恶。"

洛佩兹听言,及时打住:"只是初步推断,在受害者的具体情况没出来前,先到这儿!"

其他人都没异议,莱斯是外行,不懂行为分析最忌先入为主和经验主义,还纳闷那么厉害的脑力交流怎么戛然而止。

里德赞同洛佩兹,可脑袋里想着别的事,不由得敲着手中的马克笔,自言自语:"总觉得哪里不对。"

他看向言溯,眼神很直,在思考:"不明人物没有录下折磨的过程,看上去他的目的是这些人的忏悔。他的行为像我们在其他案子里遇到的'自诩卫道者',非常符合 BAU 对这一类罪犯的画像:注重仪式,清除黑暗。不过……"

不过什么?他在自说自话,但结束讨论的其他人的注意力都被吸引。

一直没参与犯罪画像的言溯突然开口,接过里德的话:"不过,为什么受害者里有个小女孩?如果不明嫌疑人想充当卫道者,目标是逼迫他眼中的罪人忏悔,那小女孩并不符合'罪人'的定义。即使小女孩意外伤害了伙伴,把它定义为'犯罪',太过于牵强。"

"对。"里德眼中闪过一道光,"就像……"

"就像他在误导我们。"言溯语速极快,仿佛思想碰撞出了火花,"这个人很聪明,他会设置误导选项。"

"双重误导选项。"里德此刻只和言溯交流,"他在玩游戏,不,不仅是玩游戏,还在编写游戏。"

"是。他在操纵,他懂行为分析和侧写。"言溯接得密不透风,"很有可能刚才分析出来的一切,他都能猜到。"

"不止猜到,他在引导我们做分析。"

两人一来一去,像两把机关枪,不,机关枪都快不过他们的思维。

一番对话叫现场所有人都愣了不知多少秒钟。

好半天,会议室里落针可闻,直到有警官敲门,说失踪者的家属准备好,可以提问了。

众人这才陆陆续续去做准备。

甄爱慢吞吞跟着言溯,心中感动。

言溯一垂眸,脸色微僵:"你这副家长一样欣慰的表情是要干什么?"

"哦……"甄爱解释,"我觉得上次希尔教授训斥你后,你表现好乖。"

言溯:"……"

莱斯行政官走在最后边，看着言溯离开的身影，问洛佩兹和库珀："你们或许很懂行为分析，但，是不是忽略了最关键的一个问题？"

"什么？"

"那段音频，这段视频，都是发给S.A.的。"

洛佩兹不以为然："我们没有忽略，莱斯。但干我们这一行，要明白一个道理：变态不是因为你的行为而堕落成变态的。他想挑战你，难道是你的错？与其怪罪谁，不如多花心思找到犯罪者。"

甄爱走出会议室，认真思索了一遍言溯和里德的对话。

乍一看，不明人物通过这几段视频表现的内容很明确：我是一个卫道者，这五人都犯了罪，是法律的漏网之鱼。我要代表法律和上帝，让他们受苦，让他们忏悔。BAU的侧写员们，你们来分析我，揪出我的真身吧！

可经过言溯那么一说，事情好像没那么简单。

这个不明人物了解犯罪心理，他在误导大家，让大家以为他是卫道者；可其实他的目的并不在于此。不是惩罚他心中的罪恶，那究竟是什么？

甄爱想着，又绕了一层。如果这个不明人物那么聪明，会设置误导选项，那他有没有可能把误导选项设置成正确的？就像猜剪刀石头布，成了无限的死循环。

她该不该提醒言溯？可自己是门外汉，好像不妥。

还想着，言溯拿手背轻轻碰碰她的手背，低声："别担心，我不会那么早下结论。"

甄爱的心落了下来，真是瞎操心。他总是那么缜密，不会出问题。

最擅长与人打交道的洛佩兹单独去询问失踪者家属，人多会给他们造成心理压力，所以其他人都待在隔壁房间。为了对号入座，询问顺序按照视频中的先后顺序来。

第一个是少女的父亲，从衣着打扮上看处于社会较低阶层。他说少女的母亲早跟人跑了，他独自抚养女儿长大。女儿乖巧懂事，性格内向，从不和谁有纷争。这段视频对他是晴天霹雳。看到女儿受尽凌辱，他捂脸痛哭："为什么那个变态会找上我的女儿？"

对于视频中女儿提到的扔掉帮佣家的小男孩，这位父亲不相信："一定是她不堪折磨乱说的。她最温柔和顺，不可能做这种事。"

第二个是幼师的父母，那是一个幸福的中产家庭。

父亲母亲自始至终紧握着手，眼中含泪，却极度控制。他们说幼师是个完美的女儿，性格好，博爱又善良。见到女儿被切掉部分身体器官，父母脸上写着剧痛，却因自持，从没哭出声，只大睁着眼睛落泪："我们并不知道是她诱拐了幼儿园的小女孩，当年梅根·卓拉失踪，全城都在找。我们帮着贴传单，还给卓拉家送过花。老天，我们对不起那对夫妇。"

甄爱立在玻璃墙这边,眼睛湿润。家庭真是一根扯不开的纽带,尤其父母与子女。

心理分析师最喜欢分析罪犯的童年,认为父母的罪责往往给孩子留下终身的阴影和伤痕;可反过来,孩子的罪责更会给年迈的父母刻下带入坟墓的苦痛,这是另一种更深刻而无法纾解的悲哀。

第三个是视频中下场最凄惨的血人的母亲。母亲哭成泪人,说前夫死得早,从小太宠女儿,让她变得性格骄纵,小小年纪就独自去纽约闯荡。她从视频里听到女儿和继父搅在一起的事,一会儿骂那个男人,一会儿又骂女儿,哭了好半天。

第四个是作家的父母,看上去极度悲伤,但表现得比其他人平静些。母亲靠在作家哥哥的肩上流泪,父亲则红着眼睛说:"这孩子五年前起就很少回家,他工作特殊,我们早做好了失去他的准备。"话虽这么说,声音却哽咽,"两个月前最后一次见到他,他还好好的。我的儿子,他一直都是个正直的孩子。"

这时,妮尔进来把采集到的失踪者信息表发给众人。

甄爱接过来一看,狠狠愣住。

除了幼师和作家,视频中第一个少女竟然是糖果屋城堡里打工的女仆小姐,第三个血人是真正的演员小姐,而小女孩则是市立幼儿园里给言溯送闹钟的那个。

甄爱心头猛地一动,担心地看向言溯,后者却只是微微锁眉,脸色平静,看不出任何多余的情绪。

身旁,苏琪跟洛佩兹说:"小女孩是幼师准备送进俱乐部的,演员是接线人。"

甄爱心有余悸。原来,作家为调查俱乐部的事被引去 Silverland,可其实他中了套。结果矛头再一次指向言溯。凶手就是冲着言溯来的,他在杀和言溯接触过的人。该不会……

可她记得伯特不喜欢录像,至少,不喜欢录这些女人。

第五个是小女孩的父母,孩子年岁太小,母亲好几次说到一半就扶住额头哭:"我们的宝宝很可爱,她不是坏孩子……吉米是她弟弟,那只是意外……她那么小,有什么罪?那个疯子怎么能这样折磨一个孩子。"

甄爱怔住。小女孩忏悔的是她弟弟的意外死亡?

她想起小女孩说"我妈妈说他去了天堂",这位妈妈在儿子意外死亡后却给犯错的女儿编了一个善意的谎言。可现在,仅剩的女儿也凶多吉少。

问话完毕,除了幼师和小女孩,其余失踪者的家庭背景职业等信息没有任何相似或重叠。在目标人群分析这块,遇到了难题。

没有固定的受害者类型,就很难判断不明嫌疑人的心理出发点。唯一的联系也只有 CIA 的俱乐部调查。

一行人坐在会议室内，努力从各种角度探索不明人物选择受害人的方式时，言溯突然静静地开口："最近，我见过这五个人。"

一句话，室内鸦雀无声。

没人说话，却各怀心思。莱斯意味深长地说："音频和视频都指向你。言先生，有人在杀你身边的……"

里德打断："这是个不错的线索，我们可以查查S.A.身边的可疑人物。"

洛佩兹也说："不管他折磨这些人是为什么，他一定会在死者身上留下特有的印迹。我们现在的任务是发现这些印迹，把后面的人找出来。"

甄爱知道他们在维护言溯。

时间太晚，大家先回酒店休息。

甄爱担心言溯的状态，把他送到房间，可到了房门口，他忽地拉她进去玄关，灯都没开，抵她在墙上，低头便吻住她的唇。比往常用力，却保持一贯的温柔。

黑暗中更加亲密，她没有拒绝。

他渐渐吻到她的耳边，嗓音低醇："Ai，别怕，我一直都在。"

甄爱这才知他的吻是鼓励和安慰。他一定是担心刚才那些视频太血腥，怕她吓到。可她并不害怕："S.A.，我比你想象中的坚强。"

黑暗中，他无声笑了："我一直都知道，只是，最近忘了。"

甄爱心里一暖，他不是忘了，是更加习惯性地想保护她了。她摸开灯，傻呵呵地看他一会儿，还拉门要出去。可他固执地箍住她的手，不放行。

甄爱脸微红，不大好意思："不要了，隔壁其他人都在，发现了不太好。"

"为什么不好？我们又不是偷情。"沉吟半晌，"哦，你怕别人听见。可墙壁很隔音，而且我没打算今晚和你发生关系。"

甄爱大窘，非要回去。可他来劲儿了，握着她的手腕，就是不松开。

甄爱挣了一会儿，忽然反应过来，心里就痛了："S.A.，你不会是担心我出事吧？"

言溯微愣，答："没有。"

可她知道他有："你该不会在心里认为，那些人是因为你才死的吧？"

他这次回答得快些了："没有。"脸色却不经意冷了一度。

甄爱低下头，半晌又仰起笑脸，搂住他的手臂："伯特第一次听到的女孩子尖叫，是我。他觉得很好玩，所以在世界各地找女孩的尖叫声，把她们收集起来。可人只会在痛苦和恐惧的时候尖叫，所以他……"

"Ai，不要说了。"他把她揽进怀里，"不要说这些。你知道的，这不是因为你，也不是你的错。"

她瘪嘴："抓不住重点，笨。"

他有些愣怔,倏尔微笑:"好,不是因为我,不是我的错。"

第二天早晨,有人发现了尸体,在城镇交界处的树林。

意外的是,五具尸体抛在一处,套上了睡袋,整整齐齐地摆着。乍一看像五个露营者在安静地睡觉。发现尸体的是当地一群晨跑的运动员,一排整齐的死人把他们吓得够呛。

五个死者脖子上都系着名片。

伊娃拉开睡袋,尸体都没穿衣服,赤条条的,明显清洗过。她蹙眉:"这哪里是睡袋?简直是装尸袋。"

言溯蹲下,看着睡袋上面掉落的花粉,又望周围的环境,道:"中午开花,至少昨天中午前就抛尸了。下午死者家属才收到视频,他很谨慎。"他站起身,"五具尸体,他需要用自己的车运来。夏天落叶太厚,没有留下车辙,树林很深,他没有迷路。可见他十分熟悉这里的环境。"

"很可能是本地人。"妮尔接话。

言溯不语,问伊娃:"有什么新情况?"

伊娃脱下手套,神色凝重:"不得不说,如果这个凶手是虐待狂,他绝对是虐待狂中的艺术家。"

洛佩兹问:"什么意思?"

伊娃不可思议地摇头:"作为法医,近几年我在尸体上见过的所有伤痕,都汇集到这五人身上了。更可怕的是,他们五个人身上,没有轻伤。"

莱斯不解:"这又是什么意思?"

言溯解释:"轻伤代表初级的探索和尝试。没有轻伤,意思是他是一个高手,这很可能不是他第一次作案。"

里德赞同:"初级的连环杀手会一个接一个寻找猎物,一边杀人一边升级;而这是我们第一次遇到一次性控制五个人的情况。"

然而,苏琪和史密斯昨晚就熬夜搜查了全国范围内的类似虐待案例,包括小动物和欺凌案例,结果是,没有。

这让所有人疑惑。

不明人物头次出招,就达到了高手的级别?

"除此之外,"言溯盯着地上的尸体,蹙眉,"还有一个矛盾的地方。"

甄爱:"什么?"

"这个人已经表现出了超高的手段和能力,随着杀的人越来越多,他对生命的态度会越来越漠视。他从杀人中获得的快乐也会越来越少,这也是通常连环杀人的手法会一次次升级的原因。"

甄爱思考一下，明白了他的意思："所以，虐待和折磨过程中得到的快感达到极限时，凶手会在抛尸的过程中，继续施加羞辱，比如把尸体扔在垃圾堆里，比如肢解，比如给尸体摆出羞辱的姿势。"

言溯沉默了一下，忽然看住甄爱。

甄爱一愣："怎么了？"

"Ai，你会像变态一样思考了。"

甄爱瞪他。

他淡笑，收回目光，眼神渐渐严肃起来。他揉揉鼻梁，自言自语："装进睡袋，是在给他们收尸。为什么把他们洗干净？为什么在最后一刻给他们一个体面的死法？"

没人能回答。这个案子，太蹊跷，疑点太多。

很快，法医队伍带尸体回去做检查。

不久后，伊娃把大家叫到解剖室，说的第一句话是："死者身体内没有药剂，在虐待过程中，他们都是清醒的，除了小女孩。"

气氛一下子诡异。

"除了你们在视频里看到的各种伤痕，这五个人都有不同程度的生殖器官损伤。另外，每个人身上或多或少地缺失了一些东西。

女仆被掐死，头顶少了一块带头发的头皮；幼师鼻子里有棉絮，被枕头捂住窒息而死，没了嘴唇和胸部；演员活活疼死，没了耳朵和皮肤；作家被枪打死，死后被挖掉心脏；小女孩安眠药致死，凶手对她做了……"伊娃脸色变了，匆匆说出一个词，"割礼。"

洛佩兹以前是做妇女儿童保护的，听了这话，拳头捏出了声。

伊娃扶住额头，声音很小："请你们一定要尽快抓住这个恶魔。"

组长库珀沉默良久，对众位道："马上集合，开始画像。"众人很快回到会议室，每人心中都有了大致的轮廓，只等着互相补充互相纠正。

库珀开头："凶手有备而来，计划周密。除了小孩，另外四人都独居，其中有一名前任CIA特工，他能轻而易举带走他们，不只靠人格魅力诱骗，很可能有武器，有体力制服特工。我们要找的人体能好，懂枪，甚至出身军队。"

史密斯接话："他发来的视频看上去重点在忏悔，可尖叫声和受害者身体的惨状都表明，他的重点是虐待。尤其是他留下的那两句话，'你在听吗''你享受吗'，这是他的内心特写。我们要找的是十足的虐待狂，和性有关。他是S.A.先生身边的人。"

里德举出数据："FBI调查显示，性虐待凶手多是男性，与受害者多是同一种族。这批受害者年龄在五到三十岁之间。概率统计,性犯罪凶手的年龄比最大受害者小,所以他应该在二十五到二十八岁之间。考虑到他非常聪明早熟,年龄缩小到二十三到二十六岁。"

洛佩兹也补充:"虐待狂是一种情感宣泄,他的发泄没有逐次升级,而是同时在五个人身上爆发。可以想象他曾受过非人的虐待,可能年幼时来自家庭,也可能是其他被虐经历,如病痛、被俘。他不同情他人的痛苦,但五个死者里,男性受到的虐待程度最少,死因是最痛快的一枪毙命。从心理学角度看,凶手十分爱他的父亲。我们要找的人,很可能在幼年时期和他的父亲相依为命。"

妮尔道:"凶手把视频寄给被害者的家人,是对家庭的心理折磨。同时便于事后回味。他让受害者忏悔,可他寄视频的行为在宣告:我不需要你们宽恕。这样的人为什么没有粗鲁地抛尸?为什么放弃对死者和家庭最后侮辱的机会?这一点可以从受害者的忏悔上看出端倪。凶手偶尔透露出怜悯和宽恕的姿态,他潜意识里认为自己站在道德制高点上。我们要找的人可能从事非常体面的职业,甚至代表这个社会的正当面。"

里德接着说:"另外,他的对象非常杂。即使如此,虐杀现场整洁干净,视频背景是白色,抛尸地很有条理,他有洁癖。那段机器音,他和受害者保持距离,很可能在男女关系上缺乏信心或人际沟通不良。他在人前人后有双重的性格。抛尸时间在发录像带之前,说明他很有条理,一切都在他的计划中。他在看着我们。"

苏琪和贝森他们听着全过程,十分诧异。

甄爱静静听着,平时一个言溯就让她惊叹了,现在她感觉坐在一群言溯中间,大家的思维都在高速运转,天衣无缝地接下来。照这么下去,过不了多久,就要画出犯罪者的画像了?

可,为什么言溯一直没说话。

她看向言溯,而后者刚好从沉思中回过神来,接过里德的话,流利地道:"五人从失踪到受虐到死亡,时间不超过两天。他的组织能力和计划能力让人惊叹。他虐待和杀人时没有犹豫,聪明有手段,不胆怯。想法明确,非常自信,他表现出来的一切证明,他习惯杀人。"他顿了一下,"他,可能在我们的队伍当中。"

其他人都沉默着赞同。

"另外,"言溯放缓语速,"根据受害者的职业,以及他们身体里被凶手带走的部分,我大概想得出,死者之间的联系了。"

在众人的目光中,言溯道:"这是一个男人,全套的性幻想。"

"他在收集女人,不,应该说他在收集情欲。"言溯道,"就像少年收集棒球卡,恋物癖收集内衣,食人癖收集器官。而这位不明人物,他收集情欲,并带走纪念品。"

其他人都没说话，只有甄爱问："你刚才说联系到他们的职业。你的意思是，他从每个人身上带走的部分和他们的身份有特定的对应关系？"

"聪明。"言溯侧眸看她，眼中闪着淡淡赞许的光，进一步解释，"首先是女仆小姐。她被割去了头顶一小块带发的头皮。在所有文化中，头部都是最具尊严的。"

甄爱想起小时候看过的书，立刻道："我记得战争中的印第安人会割下俘虏的小块头皮，这是对战俘尊严的践踏和侮辱。"

莱斯小声嘀咕："这意思，凶手是印第安人？"声音太小，没人听见。

言溯只看甄爱，像只和她一人说话："女仆小姐最大的特点是顺从。她代表了和服务有关的一切制服行业：护士、空乘、服务员。这是男人普遍想征服的类型，也是容易诱发男人欲望和施虐倾向的类型。割下她的小块头皮，是纯粹的施虐与征服，甚至超过性的意义。"

甄爱恍然大悟："就像很多成人用品店，最畅销的服装，都是制服服务类。"说完，她面色微窘，她这种了解的语气怎么回事。最开始学习上网时，电脑会自动跳出来，她没点开看过啊。

言溯眸光闪了一闪："嗯，是的。"

甄爱收了心思："凶手选择掐死女仆小姐，这是最能表现力量和征服的方式。"

"Ai，你很厉害。"他只看她。

甄爱脸红，催促："幼师小姐呢？"

"幼师这个职业的特点是母性。"

母性，不说自明了，弗洛伊德的经典学说。

"俄狄浦斯的恋母情结。这算是最……"甄爱找不到合适的词来形容，初性？原始？本能？这种复杂的情绪无法用善恶形容，却普遍而原始地存在于男人内心深处。

她转而问："最有母性特征，最让孩子依恋的，是母亲的胸部；所以，凶手取走了幼师的胸？"

言溯点头："那是孩提时代的爱恋；是男人和女人第一次亲密接触。从某种程度上说，也是男人柔弱和依赖的一面。"

"嘴唇呢？"

"母亲给孩子的吻。"他看着甄爱，"知道为什么女人嘴唇柔软丰满，涂了红色唇膏，就容易唤起男人的性欲？"

甄爱讷讷摇头。

"因为那像肿胀的女性生殖器，对男人有致命的诱惑。"

言溯说得坦然而学究，但甄爱在他灼灼的目光里，心跳加速了。脑子里很快划过另一个想法：难怪那么多男人说茱莉亚·罗伯茨性感。可她呢，嘴唇很薄，很多时候还略显苍白。

她，并不性感。

言溯的身子往她这边倾一点，低了声音，只限她一人听到："Ai，我很喜欢你的嘴唇，"加一句，"我只喜欢你的嘴唇。"说完，觉得哪里不对，调整重音再来："我只喜欢'你'的嘴唇，不是说我只喜欢你的'嘴唇'。你知道的，我喜欢你的全部。"

虽然声音小，但两人窃窃私语的姿态大家看在眼里。甄爱看到洛佩兹和里德对视一眼，眼神相当精彩。

她不好意思地低下头，言溯却不觉不妥，绕口令似的说完那一番话后，回味半晌，居然兴致盎然来了句："语言真有意思。"

甄爱："……"她回归正题，"用枕头捂死她，是一种拥抱和怀抱的感觉吗？"

"嗯。"

"演员呢，为什么没了耳朵？"

"非洲文化认为，耳朵象征人的性能力。"

又成非洲的了？莱斯插话："凶手想夺去她的能力？"

"嗯，耳朵代表无法控制的野性，以及对肉体的诱惑。"

里德点头赞同："就像古希腊神话里的森林之神萨梯。"这话估计只有言溯听懂了。

甄爱木了半秒钟，问："演员小姐代表什么？"

"不用负责的危险关系。"

甄爱恍然："的确是最大的引诱。不管是登徒子，还是正人君子，或许每人心里都有一点恶念，都有对危险的向往和刺激。不同的是正直的人能够压抑住。还可以说，有的人不是真善，而是不想承担恶念带来的负担。不用负责，就开启了恶念的大门。"

就像苏琪口中俱乐部的客人，个个都是人前光鲜亮丽，可戴了面具，不用负责，就暴露出邪恶的本质。

甄爱轻叹："一边喜欢不用负责的邪恶和刺激，一边又在道义上鄙视这种情绪，所以才把演员小姐伤害得那么惨？她血肉模糊，面目全非，不是对她最大的否定和摧残吗？"

言溯点了点头，话少了些。

他在不经意间把说话的重头权交给了甄爱。尽管面前坐着好几位专业人员，他也忍不住优先和她碰撞思想。

甄爱在他默认的鼓励下,竟忘了周围的人,主动说:"小女孩是不是代表恋童情结,和男人对年轻身体的渴望和向往?另外,"她犹豫一下,"恋女情结?"

言溯道,"小女孩的死亡方式最温和,是安眠药,给她营造一个梦境,让她永远沉睡入梦。这是男人在父性方面的表现,也是大男子主义的表现。"

甄爱皱眉:"那为什么对小女孩用割礼?"

"很多落后地区和有些宗教认为,外生殖器会让女人淫逸。而割礼让她们永远享受不到性爱的快感,让她们永远忠于自己的丈夫,杜绝通奸。"

甄爱汗毛倒竖:"凶手期望小女孩给他最纯粹忠贞的性与爱。这是男人都有的占有欲?"

"嗯。"言溯简短地总结,"男人在性与爱方面的征服欲、柔弱、野心、父性、大男子主义和占有欲,都表现出来了。"

甄爱灰了脸,话这么说没错,平时说没事,也有女人觉得男人这些特性挺迷人。可到了这一刻,这么一分析,总觉得阴森。

洛佩兹揉了揉额头,叹:"S.A.,谢谢你,干了十年的侧写员,我从来没像此刻这般对男人失望。"

言溯微微颔首:"不客气。"

甄爱:"……"笨蛋,人家没表扬你。

妮尔总结:"所以,我们的这个凶手,他除了拥有虐待狂和性虐者的基本特征,还掌握相当丰富的符号学和表征学知识,对多种文化都了解甚至深有研究。很可能在他的成长过程中,接触过多种文化,发达的,欠发达的。"

言溯眼光凝了一秒钟,说:"是。"

洛佩兹道:"那我们的画像里还要加一条,有欠发达异国的生活、服役、工作经历。"

莱斯奇怪地看言溯,这些广博而广泛的东西,言溯是怎么想出来的?他和那个不明人物是双胞胎还是怎样?可他只问:"男性受害者呢?他代表什么?"

言溯沉思一秒钟,库珀却接过话:"同性之恋。一半是较量,一半是男人对男性自身的欣赏。取走他的心,算是对同性别的尊重与爱慕。"

言溯依旧蹙眉,不对,取走心脏不该是这个意思。心脏这个部位应该有更强烈的情感,可偏偏情感是他的弱项。

库珀说完,起身:"大家各自准备一下,五分钟后,发布画像。"

"等一下,"言溯放缓语速,提出另一个一直困扰他的问题,"这五位的身体上有各种虐待痕迹,却少了一样。"

几人面面相觑:"少了一样?"

"最能代表性暗示的,牙印。"言溯起身,"牙齿的尖锐和穿透力,最能代表性侵略意义,为什么一个性虐待狂的受害者身体上没有牙印?"

里德顿悟:"是,以往都会有,太反常了。"

苏琪忍不住皱眉:"难道他牙齿不好,有蛀牙或掉牙?"

这的确是关键细节。库珀沉思了片刻,带众人出去。

甄爱走在最后边,慢吞吞跟着言溯,小声道:"S.A.,刚才你一说,男人都不可靠了。"

"都?"言溯轻轻挑眉,倨傲道,"其他男人都不可靠,对你有影响?"

甄爱低头轻笑,瘪嘴:"你把男人分析了那么多,现在要说你不是那样?"

言溯垂眸看她,微微笑了:

"如果我现在跟你说:从逻辑学上看,我刚才分析的逻辑范畴是'绝大部分男人',这个概念和'所有男人'不等同。如果我这么说,好像虚伪又矫情,偏执又愚蠢。可是……"他轻叹,"也不知道为什么,从小到大,我真好像没有那么多的欲望,也没有那么多想要的。"

甄爱心里暖暖的,知道他说的都是肺腑真心的话。是啊,金钱、名利、地位、头衔、目光……他都不在乎,这算是无欲则刚吗?也难怪,不管遇到表扬奉承,还是质疑挑战,他从来不生气不焦躁,不嫉妒不记恨,不轻浮不飘然,在自己的世界里活得踏踏实实、安安稳稳,永远那么淡定从容。

她走上去,轻轻握住他的手。

甄爱在洗手台前洗手,苏琪也过来,脸色很不好。

甄爱知道她在伤心作家先生的事,但她不会安慰人,起初便一声不吭,想了想,却问:"苏琪小姐,S.A.让我问你,上级怎么会让你调查这个案子?听说米勒先生是你的前男友,应该避讳才是。"

苏琪略显惨淡却平静地一笑:"分手很多年,关系太松散,所以没关系。"

甄爱哦一声,慢吞吞补充:"你,节哀。"

苏琪叹气:"不然又能怎样?还好,FBI的人一定会抓到凶手。"

甄爱出去,走了没几步,就撞见欧文。她从Silverland回来后,欧文改变了以前的保护模式,总是暗中跟着。甄爱反倒喜欢,没有异议。

她以为他还在守她,便走上去:"不用等我的,我和S.A.一起就好了。"

欧文略显腼腆地笑笑:"不是,我刚才有事找S.A.和伊娃。"

"噢。"甄爱耸耸肩,细细看他,"欧文,你最近好像好累的样子,注意休息哦。"

他愣了一秒钟,笑笑:"好。"

此刻,言溯在饮水机边接水。

妮尔走上去："S.A.，刚才你说的话真是让我大开眼界。你们男人，想法还真多。"

言溯来不及开口，旁边的里德木讷地道："没有，我没那么多想法。"

妮尔翻白眼："我错了，不该和你们这两个怪胎谈这个！"又问，"S.A.，里德，你们听过那个选择题没？一个女人，要么白天是天使夜晚是魔鬼，要么白天是魔鬼夜晚是天使，你们选哪个？"

"白天魔鬼夜晚天使。"里德耸耸肩，"我把这个问题看成是外在与内在，我更偏向内在交流。"

言溯捧着水杯，慢慢喝着，眼前浮现出甄爱的样子，她会迟钝，会木讷，会拿枪，也会打人……他淡淡一笑："都可以，看她喜欢什么。"

妮尔挑眉："你们俩的回答还真是爽快。我的朋友从来没有在五分钟内想清楚这个问题的。"她摇摇头，自言自语，"要是我，宁愿都不要。"

五分钟后，众人集合。

库珀对几地的警署发布第一次正式画像："我们要找的不明人物身材高大，体能很好，心理年龄在二十五到二十八岁之间，由于他智商极高，实际年龄可能偏低两岁。懂枪，与女性交往有障碍，在男女关系上缺乏信心，人际沟通不良。他是S.A.先生身边的人，和父亲关系密切，这里说的密切并非亲密。他工作体面，站在道德制高点，代表这个社会的正当面，看上去是个会怜悯会宽恕的正直人士。他有可能童年不幸福，父母离异，关系恶劣，他孤僻不合群。可他在学识方面拥有强大的自信，常常表现出高傲的姿态，有双重性格。他很有条理，有很强的组织计划能力。做事毫不犹豫，有手段不畏惧。他很博学，拥有相当丰富的符号学知识，对多种文化深有研究。他有欠发达异国的生活、服役或工作经历。他牙齿有问题，应该受过伤……"

甄爱听到一半，渐渐不太舒服，甚至有些愤怒。在她看来，她（除了性别），还有哥哥都基本符合那个画像。凭什么？凭什么小时候有不好经历的人，就有成为变态的潜质？

等一下，除了她和哥哥，言溯更符合那个画像啊！

她不经意握紧了拳头，忽然，他的手覆上去，温柔地握住。她愣了一下，抬头望他。

言溯眼神清澈："Ai，命题反推不成立。"

他总是能一眼看出她的心思，不会温柔地安慰，只会用那么生硬又笨拙的逻辑来揭穿她不合理的想法。真是，讨厌死了。她咬唇，不开心地看着他。

他拍拍她的肩："小爱乖，别生气。"

她定定地，还是不说话。

言溯摸摸鼻子："嗯，我已经指出你的逻辑错误。Ai，如果你再生气，我会质疑我的智商。"

甄爱瘪嘴:"笨,这属于情商的范畴。"

他眉梢轻扬:"啊,这样啊。那就没问题了。嗯,你继续生气吧。"

甄爱扑哧一声笑了。

另一边,库珀最后总结:"各位,这个不明人物有非常强烈的掌握能力,他在我们当中,看着我们行动。他是我们中的一员,很可能参与到了此刻的搜查过程中……"

旁边,莱斯轻推妮尔:"你有没有发现,我们这里,有人完全符合这个侧写。"

妮尔纳闷,顺着他的目光看过去,欧文在和伊娃讲话;同一个方向,甄爱低着头,看上去有点不经意撒娇的柔弱与乖巧,那个从来淡漠疏远的言溯,双手插兜,迁就地俯着身,对她轻语微笑,伸手揉了揉她的头。

甄爱立在墙角,扭头回望。上午十一点,警察们根据BAU发布的第一版不明嫌疑人画像,投入到紧张的工作中去了。

第一次见证侧写员利用心理分析来描绘嫌疑人,甄爱总觉得玄乎。认认真真回想一遍大家的分析,每个都有道理。可细细斟酌,又觉得拿行为来分析心理,虽然神奇,但难免有太绝对的嫌疑。

甄爱没有提出心中疑惑,却对言溯的那番"性幻想"理论很有兴趣。嘴唇、耳朵……

她仰头望他:"鼻子呢?鼻子有没有什么性方面的意思?"

言溯弯了弯嘴角,很喜欢甄爱的好奇,这个对人漠不关心的女孩只对他好奇:"以狩猎为生的民族很看重代表嗅觉的鼻子,他们认为鼻子大小象征人的性欲,男人的鼻子最好大一点,女人则小巧……"他说到一半,目光下滑,落在她小巧如玉的鼻子。

甄爱也是同一时间,不动声色地看向他的鼻子,挺拔俊俏,峰度完美,以前看着只是他精致五官的一部分,此刻看着有种微妙的性感。

这真的和性有关系?他的……也这么漂亮性感?甄爱愣了半秒钟,被自己稀奇古怪的想法弄得偷偷脸红了。

言溯低头:"在想什么?"

甄爱吓一跳,自然不敢说真实的想法,条件反射地说:"咳,S.A.你没有匹诺曹那样的大鼻子。"

"因为我不撒谎。"言溯坦荡荡地回答,说完发现自己理解错了。

而甄爱话说出口,也察觉到这话背后有另一层意思,她红了脸,挪开目光。

言溯倒不介意,欠身凑近她:"Ai,这是没有科学依据的,不要担心。我不是性冷淡。"

甄爱别过头去:"我没有担心。"话说出来,更奇怪。

言溯看着她红红的脸,微微一笑,走了神。后天就要到了,要不是突然碰上这一件案子,现在他应该带她去汉普顿了。不论如何,他选好的日子,亿年难遇,他不会让任何事影响他,影响他们。

甄爱不知,以为言溯在思索案子,于是说:"S.A.,我觉得符合这个画像的有好多人,就这样去抓人,随机性太强。"

他回过神来:"这只是第一步。BAU的成员还会继续搜集信息,进一步丰富画像,不是一蹴而就。而且他们比你想象的更严谨。"

"我不是担心这个,"甄爱有点急,脱口而出,"我是担心你。这个画像简直和你一模一样。"

言溯并不讶异,他早看出来了,没想到现在甄爱也看出来,还替他担心。"没事。"他揉揉她的头。

"我也觉得应该没事。"甄爱嘴上这么说,却不免忧虑,"但凶手那么聪明,还懂犯罪心理,有没有可能这一切都是他隐藏自己的本性,刻意制造出来的。就像学生按照教材做题。可能真正的凶手不是画像画出来的那样,因为画像是凶手按照教材设计出来给我们分析的,并不是他的本性流露。"

她的智慧总是让他眼前一亮。言溯淡笑:"我也是这么想的。"

甄爱得了鼓励,兴奋地问:"那我们该怎么找到他?"

"很遗憾,如果真是我们想的这种情况,那迄今为止的一切分析很可能和凶手没有任何关系。"他心里清楚,这个凶手不只是按照教材模拟,而是创新设计,完全按照他言溯的样子设计了一个杀手画像出来。凶手在对他说:S.A. Yan,这是我对你的心理画像!他不想她担心,所以没说那么多。

甄爱没追问,心里却很清楚。

真正的不明嫌疑人那么高智商,能按照言溯的样子设计出一场杀人游戏,把所有的蛛丝马迹引到言溯头上,却把和自己有关的信息掩盖得干干净净。这样的人该怎么去抓?

言溯看出她的心思,安慰道:"Ai,真的不用担心我。我会很快抓到他的,我想到他的遗漏之处了。"

甄爱眼中闪过一道光,抬头望他:"是不是作家先生的心脏问题?我看莱斯和库珀说话时,你表情不太对。"

"作家的死很违和,他并没有受到羞辱,这和其他人的遭遇格格不入。其他人是一整套的完美设计和收藏,可他不是。而且,心脏作为人体最重要的器官应该有更强烈的意义。"

甄爱蹙眉："更强烈？心的意思不就是爱情吗？大家表达感情的时候，总是说'我的心都给你了'。"

言溯怔了一秒钟，像被点醒了般，一下子，所有信息都串联到一起："Ai，你还记得录像里，作家忏悔的第一句话吗？"

作家说：我没有什么可对"你"忏悔的！他第一句话就在和凶手交流；他并不害怕，他认识凶手；视频没有剪辑，整个过程他都没有试图透露凶手信息；可见他们不仅认识，而且亲近，亲近到临死也不想揭发；凶手或许是同样的感受，所以没有虐待他，所以一枪杀了他，所以因为想给他体面的死法，才连带放弃了继续羞辱另外四个人的机会。

"Ai，我想我知道凶手是谁了。"他敛了眼瞳，拔腿走向会议室。

甄爱跟上去："谁？凶手是谁？"

"很简单。显露凶手信息的不是教科书般的虐待和谋杀，而是他暴露的错误。"言溯语速飞快，"凶手在杀人的途中受到了干扰，为什么作家先生能干扰他；为什么他必须杀了作家却对他手下留情；为什么特工出身的作家能轻易被制服？"

甄爱听言一惊，陡然停住脚步："你说苏琪？我看见她刚才去停尸房了！"

言溯一顿，飞奔而去。可那里早无人影，五具尸体沉默地罩着白布，静静躺着。

言溯脸色很差，过去掀开作家的白布。

甄爱惊愕地睁大眼睛，作家的心脏回来了，放进原本空洞洞的胸腔。她脑子轰了一下：苏琪杀了人抛了尸，还请言溯帮忙找这些人，目的是把言溯牵扯进来？

言溯盖上白布就跑出去。甄爱跟着他一路飞跑，在警局里到处搜索，甚至跑去街道上寻找，却再也没有苏琪的身影。

言溯重回警局，把苏琪找他的事情告诉了里德和大家。会议室内，久久沉默。CIA 的另外两位特工根本不信，可苏琪已经联系不上。

莱斯："言先生，为什么如此重要的信息，你向我们隐瞒那么久？"

言溯淡淡地道："因为我在判断，幼师和苏琪的隐私，是否和这件案子有关系。"

莱斯脸很黑，讥讽道："现在呢，有关系吗？"

言溯瞟他一眼："先生，我们不能用结果来评判过程。"

"你！"莱斯差点被他噎死。

贝森考虑再三，向大家介绍了苏琪的基本信息：家庭幸福，性格开朗，成绩优异，西点军校毕业直入 CIA，多次出色地完成机密任务，每年的心理测评都良好。最近刚通过升职评估，下个月要升官，Holy gold 是她做特工的最后一个案子。

听完，所有人都有同一个想法：这样一个女人，和 BAU 描写的心理画像完全违背!

甄爱心里涌上一种不祥的预感,言溯一步步走进了谁设计的套子里?

言溯并没受影响,问:"她成功完成的机密任务里,有没有一项营救任务,目标地是几年前的 Holy gold 俱乐部?"

贝森摇头:"没有,这是她最近接手的。"

甄爱心中一震,连苏琪的身份都极为完美,刚好和画像截然不同!这是陷害言溯的阴谋啊!头一次,她的心从最深处发冷,冷得她止不住地颤抖。

可言溯的手伸过来握住她,很紧很用力,告诉她不用担心。

她抬头,见他清俊的侧脸上还是一贯的淡然沉静,不慌不忙,永远那么从容有度。

言溯淡静地看着 FBI 和 CIA 两拨特工,说:"我早就预料到了。"

一句话让甄爱莫名安心,他总是自信沉稳,任何问题都难不倒他的。

洛佩兹不解:"什么意思?"

言溯讲述了之前和甄爱讨论的那番话:"这次连环杀人案,不管是设置错误选项、虐待方式,还是器官与性的代表意义,都是很典型而精致的心理画像试题,设计巧妙,费尽心思。这个人并没有请我们给他画像,而是在挑战我们,他按照他自己的设计画了一幅像,让我们跟着他的步伐分析。这样,我们按照画像找出的人不是真正的凶手。所以,画像和凶手并不相符。"

里德蹙眉:"或许这解释了受虐者的身上为什么没有牙印。一来会看出性别,二来 CIA 特工有牙印记录。"

库珀不信:"是你复杂化了。"现在,案子的扑朔迷离和层层环环让人不停地开始怀疑。他脸色凝重看着言溯,"你的意思是,尽管苏琪不符合画像,她也完全可能是凶手。"

"是。"言溯说,"设计这场游戏的神秘人,并不亲自执行。苏琪是凶手,但不是设计者。"

妮尔皱眉:"什么?"

"能设计这场游戏的人,智商、控制力和管理能力极高,如果他执行这场杀戮,一定不会出现意外。苏琪在女人的虐待和杀戮上表现完美,但她出了意外,就是作家先生。"

大家都沉默了,言溯提出的观点太匪夷所思,大家无法完全相信。只有里德脑子转得飞快,跟上言溯的节奏:"设计这次游戏的神秘人像教学一样把所有的步骤教给苏琪。苏琪根据从'老师'那里学到的课程,一步一步施虐,并杀害了这些人。"

"对。"言溯继续,"因为她是乖乖学习的学生,照搬了老师教授的全部内容,所以,她本人和我们的画像几乎没有联系。"

洛佩兹听罢,怀疑地皱眉:"S.A.,你的意思是我们遇到了一个绝顶聪明、绝顶变态,还可能永远抓不到的人。"

"这么聪明又变态的想法,言先生的脑袋居然能想出来,我很佩服。"莱斯的语气怪异,"好像你和那人脑子里的想法一模一样。"

言溯没理会莱斯的意有所指:"现在我们必须马上找到苏琪,只有通过她,才能找到她背后的神秘人。"

莱斯不松口:"幕后坐着发指示却不动手的神秘人?言先生,你能不能解释为什么那么强大的特工苏琪会乖乖听神秘人的话,干出这些事情?"

言溯沉默一秒钟:"我能猜得出,但我不能说。"

莱斯冷哼一声。

甄爱不知道言溯为什么不肯说,可她猜得到他又是犯傻气了,认为有些话不能说,所以宁愿大家更加怀疑他也没关系。她低下头,心有点疼。

众人讨论一会儿后,没有最终定论。言溯说有事,带甄爱先离开。

莱斯望着他离开,眯了眼:"你们难道没发现,我们的分析一直被他牵着走?"

其他人沉默,都不吭声。

莱斯道:"他说神秘人和'凶手'苏琪是老师和学生。可你记不记得,言先生刚来的时候,是怎么介绍他身边那位小姐的。他说,她是他的学生。"

凌晨三点,甄爱工作完毕,整理了实验器材,像往常一样准备在实验室休息。脱下白大褂顺手往口袋里一摸,言溯给她的钥匙凉凉地躺着。

他家的钥匙似乎给了她一种神奇的归属感,她捏着小铁片想了想,穿了外套走出去。

想回去言溯的城堡,这样,明天早上就可以和他一起吃早餐。

甄爱从地下出来,从森林里这片废弃的社区穿过。

月光下,残破的建筑发出阴白色的光,有点吓人,她却早已习惯。

她走在落叶深深的林子里,抬头望天,夏天的星空很灿烂,像静谧又高远的梦境。凌晨的风也清凉,前边黑漆漆的树旁,她的车边还停着一辆车。

是欧文。

她跟他说,她会一直工作到明后天,让他不用守。现在出去是临时起意,没想到他始终在外面等。甄爱有些歉疚,跑去车边,敲敲玻璃:"欧文。"

车窗落下来,欧文面容安静,看不出疲劳的迹象。

她弯着身子:"不是说让你不用守着我吗?"

欧文笑笑:"你看,你还不是突然想出去?"

"去城堡吗？"他问。

甄爱略微脸红，低头"嗯"一声，捋着头发走去副驾驶。

一路上两人都没话。

不知不觉中，欧文的话一天天越来越少。以前是她沉默，现在她开朗了，他却不说话了，像两人掉了个儿。汽车驶离森林，走上黑夜中的高速路，甄爱没话找话："苏琪抓到了吗？"

"没有。"这不是欧文的职责范畴，但他也在关注。

"事情过去不到两天，没那么快。"

欧文望着车前灯投下的灯光，微微眯眼："她做了十年的特工，CIA 的处事方式她最清楚。不会那么容易被抓。"

"欧文，以你的经验看，苏琪她还会继续杀人吗？"

"通常来说，会。"他从后视镜里看见她紧蹙的眉心，"Ai，你在担心？"

"没有。"

"担心 S.A.？他不会有事的，有人守着他。"

甄爱一愣，守着？言溯被监视了。

"他们在怀疑 S.A.？"

"我不知道，"欧文说，"不管怀疑与否，S.A. 都不可能是幕后凶手。这是一个讲证据的国家，你不用担心。"

的确，怀疑不能说明任何问题。甄爱想起当初赵何的案子，心里安稳了些，又看向欧文坚毅沉稳的侧脸，永远耿直而忠诚，不管是对她，还是对他的国家。

她扭头望窗外黑色的原野，不说话了。

半个小时后到城堡，堡里亮着微弱的夜灯。

门前有一盏路灯，光束里飞舞着夏天的小蚊虫。

欧文送她到门口，她困窘地从兜里拿出言溯家的钥匙开门，他并没说什么，甄爱有些尴尬，邀请："欧文，太晚了，你住在这里吧？"这话一说，女主人的姿态更明显。

欧文婉拒，说送到这儿就放心了。

她进屋，关门前四处看看，看不出有人监视的样子，或许是她看不出来罢了。

甄爱轻手轻脚上了二楼，Isaac 把小脑袋埋在羽毛里睡了，她微微笑，沿着长长的走廊去言溯的房间，心里想着他安然睡觉的模样，半路却看见二楼的书房亮着灯。

还没睡？甄爱过去，轻轻推开书房门，想偷偷看他，可出乎意料没人。

书桌上放着五张照片，内容分别是熄灭的蜡烛，木架的沙漏，枯萎的鸢尾花，四色的地球仪，喝剩的红酒。

甄爱想起苏琪说过，幼师和作家的家人发现了不属于他们的沙漏和地球仪，看来另外这几样是留在其他受害人家里的。

才拿起照片，书房门被推开。

下一秒钟，言溯出现在门口，裹着睡袍，端着托盘，盘上一小碟三明治，一杯燕麦片，一小碗水果。原来是去做消夜了。

一去一回，书房里多了一个甄爱，言溯微笑："这么晚过来不累吗？"

甄爱摇摇头，摸着兜里言溯家的钥匙，心里很有精神。这是前天从警局离开时，他交到她手心的。这样，她任何时候进他家都不用玛利亚来开门。

就像此刻，深更半夜，她想来就来，像回自己家。

凌晨的夜，书房里灯光温馨又明亮。

"今天有时间，不用工作？"他把盘子放在书桌上。

"不是，我早上再走。"甄爱说完有些不好意思，不过几个小时就天亮了，她还特意跑来看他，真是……

言溯绕到桌子后边，拉她坐到自己腿上。甄爱没被他这么抱过，感觉像被抱着的小孩子。她有点羞赧，但更觉亲昵，往他怀里靠了靠。

这一靠，不经意间蹭开了的睡袍，手臂的肌肤贴在他光露而微烫的胸膛。她心弦微颤，却假装没察觉，别过脸去指桌上的照片："怎么还在看这个，有别的意思？"

言溯环住她的腰，下颌抵在她的肩膀上："可能是序号。"

"序号？"她来了兴趣，把照片捧起来。

顺序已排好。言溯手长，拿过燕麦片，舀一勺送到她嘴边，她含住，咕啾："蜡烛难道是数字1？"说完自己都不相信，笑太简单了。

言溯道："我也认为是1。"

甄爱诧异地挑了眉："真的？剩下的，嗯，沙漏有两截，是2；干枯的鸢尾花三个花瓣，是3；地球仪用的四色定理；红酒……"

他把蓝莓递到她嘴边："目测有5毫升。"

甄爱张嘴一咬，牙尖轻轻蹭过他的手指："接下来会不会有6、7、8、9？"

言溯没回答，他垂眸看一眼抽屉里的琵琶和鹦鹉螺，悄悄把抽屉关上。

Ai，不会的，最后一个是数字7。一切，他已明白。

荷兰画家乌马提斯·奈尤画过一幅虚空派静物画，没有名字，大家习惯叫它：琵琶与鹦鹉螺。画里不仅有琵琶和鹦鹉螺，还出现过沙漏、地球仪、红酒、蜡烛、干枯花草、骷髅……

虚空派静物画的有趣之处在于每个物体都有特定的含义，大都代表时光飞逝，生命虚空，死亡降临。

言溯收到的琵琶，意思是：英年早逝。背后刻了一个小加号，那不是符号，而是中国古时的记数方法，数字7。他早料到自己是神秘人的目标。看到苏琪提供的照片里的沙漏和地球仪时，他就知道了事情的严重性。

至于甄爱的鹦鹉螺，代表着稀有的完美和永恒。

七是宗教里天人合一的完美，十字架是献祭仪式。之前死去的五位死者，全是祭品。言溯就是这个案子里第七个祭品。

杀了他，神秘人会迎接回他心中代表完美和永恒的鹦鹉螺。

一切都是为了得到甄爱，得到他心中的完美和永恒。

将死的第六个人是谁？

言溯垂下眼眸，预感大战即将到来，可不管如何，他将保护她，绝不松手。

甄爱安心吃着樱桃，想起欧文的话，不知言溯有没有察觉有人在监视他。

"S.A.，莱斯他们在怀疑你。"她搂住他的脖子，埋头在他的脖颈，"你会不会觉得冤枉难过？"

"不会。"他稍稍愣怔，笑她突如其来的孩子气，"Ai，我没事。且莱斯警官的怀疑是必须且正当的。做他们这一行，不能感情用事。在其他人相信我时，他依据客观的线索怀疑我，我认为这是严谨与正直。"

甄爱不说话，真没见过他这样的男人。别人都怀疑他是连环杀手虐待狂了，他还感到欣慰。笨蛋！她不担心他因此被抓，却担心他的名声和心情。不过现在看来，她真是杞人忧天，他那么豁达，哪儿会在乎？

言溯想起正事，问："今天要工作到什么时候？"看一眼桌上的闹钟，"现在是凌晨四点，下次见到你不会是明天凌晨吧？"

甄爱摇头："不知道。有事吗？"

"想和你一起吃晚餐。"他的声音温柔下来，让她耳畔发热。最近彼此总是各种事情，很久没有一起好好吃顿晚餐了。

她点点头："嗯，好。"

言溯看她一眼，小小红红的樱桃贴在她唇上，无法描述的旖旎。他圈紧她，微微一笑，生活本该如此。不必患得患失，珍惜现在就好。没有任何前奏，他突然就问："Ai，你想和我发生性行为吗？"

甄爱一哽，一颗大大的樱桃直接咽了下去。

这话题转换得也太……她扭头，惊讶地看他。

言溯刚才说的英文，不是暧昧的Make love，不是普通的Have sex，不是平常的Do，不是口语的Hook，不是粗鄙的Fuck，也不是下流的Take，而是用了非常学术的 Intercourse。真是符合他的风格。

他的手放在她腿上，大拇指轻轻摩挲，提醒："Ai，你反应的间隙，光都从我们这里跑出太阳系了。"

甄爱把小玻璃碗放下，挪开目光："为什么突然这么问？"

言溯很诚恳："我们彼此的精神已高度结合，为什么肉体不紧密地结合，跟上精神的节奏？"他脸不红心不跳，十分庄严肃穆，搞得像甄爱不和他肉体结合就不专业不学术。

甄爱眨巴眨巴眼睛，居然觉得他的话挺有道理。她又反应几秒钟，才打消了差点迷迷糊糊洗洗干净了爬他床上躺倒的心情。

她低头揪着手指："要不要都不好吧。我不知道啊。"

"我以前也对性行为持疏离的态度，但我最近认真研究过，科学表明，适度的性行为可以改善心情，促进身体健康，还能调整状态，提高人的反应速度。"他补充，"这些，你挺需要的。"

甄爱灰脸："你这种牺牲自己为我服务的精神真伟大。"

"这不是我的重点。重点是既然性行为能带来这么多福利，我们为什么不开心地享受？"

甄爱："……"禁欲的逻辑学家先生，你说这句话，真的合适吗？

他或许为了表达普天同庆的意思，脑子也不知怎么转的，来了句不合语法的 Enjoy happily。不仅 Enjoy，还要 Happily。

"S.A.，你的词语表达有误，Enjoy 就有 Happy 的意思。你重复了。"

言溯愣愣的，竟然被她揪出错了，可他脑子转得极快："是两个人，当然要双重的快乐。"

这人真是……甄爱想逗他，抿唇笑："但我觉得吧，我们应该超脱平凡的欲望。我并不在乎肉体的享受和欢愉，和你精神交流，我认为已经足够欢乐和震撼。"

言溯听她说完，愣了几秒钟，半晌哦一声，再过几秒钟，大彻大悟般点点头，脸干净得像被超度了似的。他搂住她，紧紧的："Ai，我尊重你的想法。顺便一提，我太喜欢你。"

这个拥抱发自内心，这句话无关情欲。

甄爱再度被震撼，可震撼后是长久的发蒙。她就随口一说，他真铩羽而归了？这下她弄清楚了。他爱她的心远胜过爱她的身体，她刚才疑似提出了精神恋爱的模式，而他竟欣然接受。他该不会真和她谈一辈子的精神恋爱，以后再不会动想要碰她的心思了吧？这种感动又懊恼的无力感是怎么回事？她也不能自己主动扑上去啊！

甄爱软软靠在他怀里，忧伤地闭上眼睛。

甄爱窝在言溯的床上和怀抱里，安安稳稳睡了三个小时。早晨和他一起醒来，如愿以偿一起吃早餐。

他煎鸡蛋，她烤面包，他做三明治，她热牛奶。

早餐在温柔的气氛中度过，彼此互给一个早安吻后，甄爱出门。

言溯送她到门口，玛利亚正在用言溯的签章收快递，快递员往房子里搬东西，十几个巨大的长方盒子。

甄爱奇怪："什么啊？"

言溯面不改色："三楼的房间要换书架。"

甄爱并没多想，又踮起脚尖在他脸颊上啄了一口，出门去了。

出了城堡走下小山坡，甄爱坐上欧文的车，从包里拿出装着三明治和水果的保鲜盒给他。欧文接过来道了谢。和往常的腼腆谨慎不同，这次他边开车边吃了起来，看来是真的饿了。

甄爱小声道："欧文，我今天晚上六点再回来。这期间，我不会乱跑了，真的。你可以先回去休息，我保证中途不会出来。"

"嗯，我知道。"他回答得简短，但明显不会听她的话。

可快到目的地时，欧文接到一个电话，听他回答的内容大概是上面有事找他，而他坚持说要有至少两位特工过来接替，才会离开。

甄爱听着，皱了眉，不知道是不是误解，欧文这些天看上去比以往紧张了很多。

但她没问，留欧文在原地等交接班，自己先去实验室了。

下午一点，言溯基本把三楼的房间布置好，清一色的纯白。

他立在一片雪白之中，四周检查后，非常满意。刚准备试验效果，手机响了，是里德问他有没有从那五张照片里看出除序号之外的其他信息来。

言溯早已准备隐瞒："没有，但我预感，接下来还会死人。"

里德却说："我认为，他的第一轮杀人已经终止。"

"第一轮？"言溯走出房间，拉上门，"为什么这么说？"

"S.A.，我无意间把五位受害者的地址画在地图上，得出一个五角星。这个图形自身稳定了，所以我认为以苏琪为刽子手的第一批杀戮已经终止。可背后的神秘人肯定不会停止继续操控傀儡杀人，我才说第一轮杀人终止。但，第二轮、第三轮，以后还会继续。"

五角星？对苏琪来说，原本要杀的是四个女性，作家的死是突发事件，为什么死者的地址会刚好连成五角星？神秘人设计了苏琪？

言溯立在走廊上，望着窗外无边的森林："里德，苏琪她不会乖乖听神秘人的话停止杀人。作为CIA的特工，她有自己的创意和独立性。她之所以听从神秘人的话虐待这些女性，是因为她心里本身就有强烈的愤怒。这一次发泄开启了她的黑暗盒子，她会继续，且下一次杀人，她不需要神秘人的指示和帮助，她会独立行动。"

里德答："我知道，所以我们现在面临的情况是，神秘人开始挑选下一个杀手替他杀人；而苏琪从神秘人那里学有所成，蜕变成了一个独立而可怕的杀手。我们要抓的人变成了两批。"他顿了一下，"最可怕的是，神秘人的教学行动会继续，他会培养出更多像苏琪这样的变态杀手。"

"对，这是一个杀手培育学校。我们一天不抓到他，他的学生会一天天越来越多。"言溯声音很低，"就像病毒复制。"

这话让两个人都沉默，但言溯依然怀有希望："我们先找到苏琪，活的。从她那里或许能找出神秘人的线索。"

里德道："要找到她，我们先要猜到，她下一个会杀谁。"

刚从恶魔学校毕业的学生，第一次自主选择受害者，她会选谁？刚毕业的学生总有学院派的气息，更渴望证明自己，凸显自己的中心和重要位置。

言溯脑中闪过一道光："里德，那个五角星是正五角吗？"

"是。"

"正五角的五个顶点在一个圆上，地图的圆心是哪里？"

那边传来飞快地翻纸张的声音："幸好，圆心是荒野森林，无人居住。普林斯山脉。"

最后几个字，重锤一样打在言溯的头上，耳畔响起那天在警局欧文对他说的话："S.A.，Ai 的实验室在废弃的普林斯遗传学基地的住宿区地底下，伪装成了 FDA 的普通工厂。如果我有意外不能保护她，你要知道她在哪里。"

他的心骤然坠入冰窖。

苏琪不是组织成员，她不会对甄爱手下留情。如果她抓到甄爱，她真的会杀了她，会以比对那四名死者更残忍的方式。

而他的甄爱，不会像对待赵何、金、席拉那样动手，甚至会放弃反抗。因为她知道，如果最大的嫌疑人苏琪死在她手里，饱受怀疑的言溯就更难脱离干系。

那个傻瓜，虽然他跟她说了无数次他不在乎，可她一定会为了维护他而承受一切，比如，死亡。

星期三下午的偏僻公路上，只有言溯的车在飞驶，车速过快，他反应敏捷地绕过路中心的小松鼠时，打了个弯儿，差点没把他甩出去。

甄爱的手机关了，她进实验室必须关机。可这种紧急时刻，欧文的手机也打不通。高速的风呼啦啦地吹，他的背后全是冷汗。难道已经迟了，甄爱不会已经被……

可他依旧是言溯，即使在最危急的时刻思维也能高速运转，立刻找了甄爱的助理赖安的电话。

赖安听了言溯语速极快的描述后,不为所动。他说这是机密,且他认为甄爱在实验室里很安全,毕竟那里有普通工厂做掩护,还有很多道密码门。最后一道通往甄爱实验室的,就连赖安都不知道密码,还是视网膜指纹扫描的。

言溯问:"你确定全世界只有甄爱一个人知道密码,你确定没有人能得到她的视网膜和指纹信息?"

赖安被唬住了,犹豫半晌,告诉了他甄爱实验室的加密电话。

漫长的嘟嘟声之后,电话终于接起来。

是甄爱的声音,陌生而冷淡:"你好?"

听到她安全,言溯竭力让自己平静:"Ai,马上离开实验室!"

甄爱听是言溯,态度稍微转变了一点,但依旧比平时他们相处时淡漠:"你怎么会打电话进来?"

"有人会去杀你,你现在很危险。"他的车开得要飞起来,"我报警了,可你那里太偏僻警察要十几分钟才来。我会在十分钟内到你那里,你马上离开实验室找安全的地方藏起来,过会儿听到警笛声再出来。"

"哦!"她静静的,一点不慌乱,说完就没任何反应了。

几秒钟诡异的沉默。

"Ai?"

"嗯?"

"马上出来!"他近乎命令。

又是一秒钟的沉默。言溯的车奔驰在夏季茂盛的原野上,他的天地间一片安静。而她的声音极为平淡:"不行。"

他心一沉,没问为什么,等她的回答。

那边是有条不紊的摁键声。

几秒钟后,她淡淡地道:"我要先把实验架上的病毒和毒素销毁。"这里的分量可以毁掉一座城,要是被带出去,后果不堪设想。

言溯张了张口,无话可说。呼啸的夏风中,他眼睛红了。

良久,他闭了闭眼,轻轻道:"Ai,我不敢相信我接下来会说这句话,但有那么一瞬,我还是希望你能立刻出来,只……"如果是他自己,他会义无反顾地选择留下销毁病毒;可,那是她,比他自己还重要的她。

甄爱在电话那边,听出了他的欲言又止,她的语气松动了,接过他没说完的话:"只是你知道,我不能马上走。如果这样跑了,这将成为我这辈子最后悔的事,到死都是罪。"

她捧着电话，一个一个打开销毁程序："如果是你在，即使下一刻粉身碎骨，你也无所畏惧。S.A.，我和你一样……"犹豫半秒，"嗯，我希望和你一样。"

他的心跳乱了，竭力深呼吸："不是希望，你一直和我一样。不，你比我更好，更好。"

另一端她没再说话，只有仪器嘀嘀嘀的声音。一秒又一秒，度日如年。她不说话，让他紧张。

他努力想缓解气氛："Ai，自从你做我的学生后，越来越乖了。不得不说，我对你刮目相看。"

甄爱浅浅地道："不得不说，你又变成了以前那个自恋狂。"扑哧一笑，透过电话传来，那么好听。他愣怔，也微笑了。

她那边又默了半晌，呼一口气，怀念般自言自语："天，忽然好喜欢刚认识你时那种欠扁的语气。"

言溯嗓子一哽，要说什么，甄爱那边低低道："好了。"

他心里落了一大口气，语速飞快地指令："马上从地下出来，不要去停车场，不要往社区外面走，去废弃的房屋顶上，警察马上会来……"

听筒里突然传来一声刺耳的鸣叫。

言溯心里涌上一种不祥的预感："怎么了？"

甄爱声音很轻很淡："有人来了。"默了半刻，或许是没信心等到他来，她换掉工作时淡静沉稳的语气，依依地低声唤他，"S.A.……"

他一听这语气，心都停了："Ai，其实我今天要向你……"

话没说完，电话断开，再没了甄爱的声音和呼吸，空落落的。他紧紧握着方向盘，手上的青筋都暴起来，再拨过去，已经接不通了。

言溯手心微颤，咬了咬牙，眼眶就湿了。

其实我今天晚上要向你求婚……

实验室里，甄爱看着显示器上亮着的红灯，放下电话。

有人开了最后一道门，连助理赖安都不知道密码的门。那道门距这里是一条五十米的走廊，来杀她的人正向她一步步靠近。

留在这里只有等死，她当然不会坐以待毙。

甄爱有条不紊地抽出电脑数据卡，用安全钳剪断了主电线。

实验室和外边的走廊瞬间陷入一片黑暗，只有独立运作的销毁程序散发出最后的微光。闪一下，骤然熄灭。

即使是甄爱的眼睛，也无法适应这没有任何光线的黑暗，什么都看不见。

她依靠记忆，很快摸到实验室门口，蹑手蹑脚打开厚厚的门，面前是一望无际的黑暗，没有丝毫光线。

以往，这里是一条密闭的白色无菌走廊，此刻，这里是一道漆黑不见五指的深渊，某一处潜伏着伺机而动的杀手，像一座黑色的坟墓。

她生存的唯一希望，是从黑暗的走廊穿过，不要和同样摸黑过来的杀手迎面撞上。

甄爱竖着耳朵听，或许杀手还在另一头，或许厚厚的地毯吸掉了脚步声，空旷的黑暗中死一样的寂静。她弯腰把蜗牛电子闹钟放在门口卡住，不紧不慢地踏上这条漆黑而柔软的路途，悄无声息。

走廊宽五米，她走左边还是右边？

对方可能按习惯从右边来，所以她应该从自己的右边过去，这样就会错开；可对方如果推测到她的心理，在她的右边堵她，所以她应该走左边？又或者对方猜到她足够警惕多想了一层，猜到她会走左边？死循环了。走中间？没有视觉参照，人无法走直线。

甄爱有点紧张，狠狠地揉揉眼睛，可密闭的地下长廊里一丁点光都没有，她什么都看不见。满世界都是她剧烈的心跳声。

黑暗中每走一步，心跳就加快一度。

她不想死，她和言溯约好了一起吃晚餐。这么一想，双腿微微打起颤来，身体不受控制，心里却怪异地幸福着，幸福得眼睛都酸了。以前遇到危险，她都无所顾忌。曾经有人把枪抵在她的喉咙上，她心跳都没有丝毫紊乱。

可现在，因为有了牵挂和不舍，所以会害怕。会害怕的感觉，她居然觉得很幸福。

甄爱再度揉揉眼睛，悄悄深呼吸，努力平息了怦怦的心跳声，定下心来，一步一步，极轻极缓地往黑暗中走。

每一步都极为漫长，冷汗渐渐湿了后背。没有光，没有声音，什么都看不见，也听不见，她从没觉得五十米的距离能走得那么吃力。

像是过去了一个世纪，她不知道自己究竟走了多少米。

应该二三十米了吧？

心里稍微跳出一点希望，要迈下一步时，耳边传来极浅的呼吸声，她甚至听见毛毯上细微的窸窣，近在咫尺。凶手就在她对面，听声音，距离不过半个身位！

甄爱僵住，脑子空白一片，对方却也停住了，没有继续前进。

难道凶手感应到她了？甄爱屏住呼吸，雕像般一动不动。

她条件反射地去摸兜里的毒素针，握了一下又松开，不到万不得已她不会再用；一来当初安珀哥哥的死状太惨；二来言溯正在过来的路上，她不希望他看到她恶魔般的手段。

静谧的黑暗中,两人面对面,静止着。

甄爱额头上渗出了汗,全身紧绷。某一刻,她敏锐的耳朵捕捉到对方脚下地毯的窸窣,她一个机灵,从来人对面挪开,僵着身子平移了过去。

擦身而过!

甄爱高度紧张,不敢有半点疏忽。她耳朵灵,听到对方在她身后越走越远了,才移到边上摸着墙壁快速而无声地往前走。

心里在倒计时,十、九、八……

她的指尖终于摸到厚厚的密码门,密码键盘和指纹识别都可以在黑暗中进行,但视网膜扫描需要光线激活,哪怕只是一星半点的光。

甄爱深深吸了一口气,倒数三、二、一!

黑色的坟墓中忽然传来叮铃铃的响声,一道淡蓝色的光穿透黑暗。

走廊里潜伏的凶手风一般扑向那个疑似手机的光源,抓到的却是一只慢吞吞的蜗牛闹钟。凶手反应极为迅速,又风卷般地回身跑,就见甄爱已经通过视网膜扫描拉开了厚重的大门。

外面的灯光像刀一样撕裂黑暗。

甄爱的眼睛被刺痛,却不管不顾地拉开门跑出去,才迈出一只脚,身后的人狮子一样扑上来,扯住她的脚踝往后一拖。

甄爱摔趴在地。

那人很快跳起来,抓住厚重的门往甄爱身上狠狠一关,砸在她腰上把她卡住。

甄爱撕心裂肺地惨叫,疼得脑子都蒙了,好几秒钟才从剧痛中回过神来,本能地双手推开门,回身拿脚踢开那个人。

她踢到来人的头,那人痛叫一声,是个女的。

甄爱一愣,一回头,见苏琪白色的脸映在漆黑的走廊里,格外恐怖。而她第一秒的反应是,不管遇到什么情况,就算是被活活打死,她都不能用毒素针了。

如果苏琪死在这里,言溯就完了。

就这一秒的工夫,苏琪找回了状态,扑上前拎起甄爱,一拳打在她头上。甄爱再度被砸在地上,吐出几口鲜血,脑子嗡嗡的,像要炸开一样。

苏琪是特工出身,别说甄爱,就是几个专业的男性打手她也拿得下。

甄爱撑在地上,嘴里全是血腥:"苏琪,你……"

苏琪见她挣扎着要爬起来,一脚踩上她的后背把她压垮在地上:"枫树街银行,我认出你来了。你和他们是一伙的,你和 Holy gold 俱乐部的人是一伙的!我在那里见过你!一辈子都忘不了!"

甄爱被踩在地上动弹不得,艰难地发声:"我没见过你,我也没去……"

苏琪阴了脸,脚板心一使劲,踩得甄爱痛哼一声便趴地上说不出话来,看上去只有出来的气了。她语气又冷又狠:"你不用否认。为什么枫树街银行爆炸你没死?为什么米勒去的Silverland,你也无恙?我看出来了,你是那群人里的间谍,甚至是主谋!你和安珀一样在玩杀人游戏。现在的滋味好玩儿吗?"

原来特工小姐对那个俱乐部有恨,怀疑甄爱是俱乐部管理层的人,把气撒来她头上,顺带又站在正义面教训她了。

甄爱趴在地上,竟笑了:"苏琪,是你在玩。你杀了那些人,我没有。"她话语中的嘲讽掩饰不住,"你口中那个主谋教你杀人了对不对?你那么恨他,为什么听他的话杀人?你已经是变态杀人凶手,想杀我又何必找正当理由?杀死那个幼儿园小女孩的时候你是怎么安慰自己的?杀死你男朋友米勒的时候,你又是怎么安慰自己的?"

苏琪被她说到痛处,身子僵了一秒钟。甄爱逮到机会,突然不知哪里爆发出力量,将她从身上掀起来,反应极快地抓起门口的铁椅子往她头上摔去!

苏琪一下子倒进黑暗的走廊里。

甄爱手脚并用地爬起来抓住把手跑出去关门,可身后的苏琪再度扑上来把她拉倒,扯着她的脚腕狠狠一拧。

"啊!!"甄爱惨叫,痛得几乎晕过去,却本能地抓住门缝想往外爬。

但苏琪的力量简直能比过男人,水草一样缠住她往黑暗里拖。

甄爱剧痛之下冷汗直流,咬着牙死死抓着门想使劲,可身体还是一点一点被吞进黑暗的沼泽里。

除了甄爱的实验室,外面的普通工作室连带地面上方圆五公里的荒原都是全监视覆盖。虽然她身份保密,无真人看守,但有机器验证。且周围的环境和地下普通工厂是最好的掩护,不可能有外人找到最深处的通道。

苏琪怎么大摇大摆进来了?还没有触动警报?

重重的门一度一度被合上,甄爱眼睁睁望着逐渐变窄的光线,突然什么都没了,只有一个想法。是不是再也见不到S.A.了?

她手里握着极窄的一束光,咬着牙不肯放手。可终于力气到了极限,被迫一松,却落到一个熨烫而有些汗湿的手心。

一瞬间,针细的光线突然被扯开,裂了个大口子,白花花的光倾泻而入,像天堂之门。

下一秒钟她被从泥沼里拔出来,蓦地撞进熟悉又宽厚的胸膛,被牢牢箍住。

来不及对视一眼,言溯抱住甄爱敏捷地闪进实验操作台后蹲下,还不忘习惯性地低头在她额头上匆匆一吻，很用力，带着满满的安抚。他呼吸急促，身上热气腾腾，是狂奔而来的。

甄爱瞬间心安。

与此同时，一发子弹从黑色走廊里射出来打进墙壁。

苏琪带了枪！甄爱一下清醒，问言溯："你怎么进来的？"

他目光锐利，扫视着周围的环境："门全是开的。"

甄爱的身体一刹那冰凉："你不该来，有人在设计你。"

言溯波澜不惊，专心致志地目测四方："后半句，我知道；前半句，我反对。"

事到如今，他很确定苏琪背后的神秘人是谁。

听到五角星的中心在普林斯山时，言溯即使知道鹦鹉螺的代表含义，也不可抑制地担心甄爱会有危险。驾车奔驰过来，他很清楚这是一个陷阱，甄爱就是给他的诱饵。

起初的紧张和担心过后，言溯知道，那人盯着甄爱，她一定不会死，苏琪杀不了她。可甄爱会落到别人手里，从此从他的生活里消失。

那段视频还在他脑子里，他无法想象甄爱被带走后会受到怎样的伤害。他无法解释自己为何如此牵挂，可他非要看到她好好的才安心。

干净的地板上，苏琪的脚步声渐渐靠近："S.A.先生，我不需要杀你。把她留给我，你可以安全地离开。"

甄爱也想让言溯走，可他根本没听苏琪的话，专心扫视着周围。最近的门在十米开外，通往外边的工作室。甄爱最终没开口，她很清楚，即使是普通人，言溯也不可能视而不见地抛弃，更何况是她。

一点都不珍爱生命的家伙！她下意识抓紧他的手。

言溯拉上她，猫着身子沿实验台拐去另一边，还特礼貌地和苏琪交谈："可以问问，你为什么要杀她吗？"

苏琪绕过实验台，没人。继续前行："她是俱乐部高层的人，和那些恶魔是一起的。这些恶魔把人命当游戏，当初的枫树街就是这样。S.A.先生，我听说过你，是个正派的男人。"说到这儿，她冷笑一声，"呵，男人终究是男人，还是会被女人迷得神魂颠倒，尤其是白天有天使外表夜晚有魔鬼内心的女人。"

甄爱木讷着，不作声，她不知道苏琪为什么对她有这种印象，说话越来越难听。她倒是无所谓，只是和言溯一起听人骂自己，有点尴尬。

"死掉的那几个女人里，你的小爱人表面像女仆，内心像演员。这两款果然是男人的最爱，你的小爱人是天使与魔鬼，开放又不用负责，柔弱又温顺。再好的男人也无法抵御这种诱惑吧？"苏琪慢慢走来，以为言溯至少要生气了。

但蹲在台子下的言溯脸色不变,八风不动地回了一句:"米勒先生是个很不错的男人。"甄爱拿手背遮住嘴,面无表情,但其实想笑。

苏琪脸色变了,她要是听不出言溯的讽刺就见鬼了,这样看来刚才她那一大堆话全是在说米勒和她自己。

两军对战最气的是,你轰隆隆敲了一段鼓,人家淡定从容地一支羽毛箭把你的战旗射下。

苏琪靠近方台拐角,逼近言溯声音的所在。台子后突然冒出什么东西飞速跑向另一个台子,苏琪条件反射地瞄准开枪。两声枪响,一面玻璃墙骤然裂开,噼里啪啦碎裂在地。滚出来的是几卷纸。

言溯瞟一眼,他从赖安那里得知,玻璃墙那边是储物室。

枪响瞬间,他毫不停留地拉着甄爱往反方向跑,去到另一个实验台下躲起来。

苏琪走过去,看他们藏身的台子离门口不过五米,猜出他们逃跑的路线,笑了:"既然你不肯走,那就去死吧!"

某人疑似抬了杠:"我死之前,能问问你杀死米勒时的心情吗?"

苏琪脸部抽搐。什么心情?当然是痛苦又负疚的心情!

她只是想折磨那几个女人,可中途米勒出现了。米勒那么善良正直,不可能容忍她的行为,也不可能坐视不管。她听了俱乐部 Boss 的蛊惑,把他绑起来,他没有反抗。她对他只是轻微的虐待,可竟从中获得了至高无上的快感。现在想想,或许就像那人说的,她天生就是个虐待狂。

最终她一枪结束他的生命。她不忍心把他扔在垃圾堆,细心把他洗干净装进睡袋。她挖他的心是因为觉得这颗心纯净得想让她一直留住。可她又听说失心的人无法上天堂,赶紧跑去还他。

言溯见地上苏琪的影子不动了,淡淡地继续:"米勒没什么可忏悔的,他说杀死了一个男孩,是你曾怀孕过。但因为你身体和心理的原因,他让你放弃了那个男婴。他说是他杀死的,是不希望你难过和自责。"

苏琪手指攥着枪,指甲掐得森白,伤口一点一点被剥开的感觉让她痛不欲生:"你是谁!你知道多少!"一道巨大的黑影从台子里滑出去,被激怒的苏琪扑向门口开枪射击,打中的却是一台小推车。

这一瞬,言溯和甄爱如闪电一般反方向跑进苏琪刚才打碎的玻璃洞里,消失在储藏室不见了。他们一开始就没想从正门逃走。

苏琪迅速追去,里面灯火通明,摆着无数排储物架子。也不知存放了什么,空气里全是甲醛的刺鼻气味。

言溯和甄爱才进去,苏琪的子弹就追了进来。

第五枪。

甄爱被言溯抱着，在打飞的杂物和纸片中奔跑。她可以自己跑，可他非要保持这种把她完全裹住的姿势，子弹撞到她前，起码有他拦着。

她知道拗不过他，索性不挣扎，乖乖地配合。她分了心思数子弹，等打完九发子弹，或许可以制服苏琪。

苏琪追上去朝灯光闪过的影子又是一枪，储物架上的盒子掉下来，纸片乱飞。

她咬牙切齿地重复着："你是谁！你知道多少！"

言溯清淡的声音响起，不紧不慢，规规矩矩地回答："我是S.A. Yan，知道很多。"

苏琪气得吐血，眼珠一转，狠狠地笑："S.A.先生，你该不会在数我的子弹吧？等我的子弹打空了再出来？我告诉你好了，手枪里有九发，还剩三发。你说，这够不够打死你？"

"不够。"言溯冷淡道，"但你身上带着弹匣，子弹还有更多。"

甄爱一愣，苏琪故意提醒言溯数子弹，是想诱骗他在打完第九发后出去？

苏琪的心思被看穿，更怒，循着他的声音再度射击。子弹击倒言溯身旁的盒子，一大堆东西滚下来，也不知撞到什么，地上的传送带转起来。

苏琪走到架子尽头，看见一个大池子，泡着各种奇怪的骨头。

气味刺鼻，是福尔马林。

另一边，言溯捡起一只空心铁球，和甄爱闪开。

苏琪转回去，并没看到他们，只听言溯的声音在架子间的小走廊里晃来晃去，完全找不出具体的方向。

"你第一次去找我的时候，说幼师小姐曾被俱乐部抓获，在一次营救过程中意外逃脱。这件事，你撒谎了。最合理的解释应该是，你以便衣的形式进入Holy gold 内部，幼师或许在你的帮忙下被救出来。"言溯顿了一秒钟，"但很不幸，你被囚禁了。"

苏琪定住，不说话。

半晌，她铁青着脸，乒乓地拆换弹匣。铁器撞击声在静谧的储藏室里回荡。

甄爱贴在言溯怀里，眼睛一眨不眨，苏琪曾受过哪些待遇？她是卧底，只怕当时的遭遇更凄惨吧？

甄爱忽又想起当初莱斯质问言溯，说苏琪那么优秀的特工有什么动机被操控杀人时，言溯说："我能猜得出来，但我不能说。"原来是这件事？

苏琪装好了枪。死一般的寂静后，竟笑了："真聪明。知道吗？我小时候最大的愿望是当警察，可现在，我这辈子最后悔的事，就是当警察。"她轻轻地呓语微笑，带了刻骨铭心的愤恨和痛苦，"从小到大我都是家里的好孩子，上最好的大学，干最好的工作,从没做过坏事。我曾经是多么骄傲又自尊的人,却被他们当工具一样践踏。作为特工,我受过专业的虐待训练,可那里摧毁了一切。一天一天没日没夜。煎熬永无止境,想死都不行!"她声音颤抖,咬牙切齿,"我为保护这个国家的女人和孩子奉献了一切!可我最绝望无助的时候,没有一个人保护我!"

"不对,"她又笑了,像个疯子,"那些折磨我的人正是这个国家的精英,或许我还曾保护过他们呢!你们说,可笑吗?"她眼睛里笑出一丝泪花,转瞬即逝。

多可笑啊,在那个永无天日的地方,没人来救她。她曾发誓,如果谁救她出去,她会从此跟随。可放她走的是 Boss,那个戴着黑色假面从不碰她只在一旁观赏的沉默男人。

她回到平凡的生活,可一切天翻地覆,任何接触,于她都是阴影。

她的身体,她的精神,她的信仰,饱受摧残。

心彻底冷了,冷到米勒用几年的时间守她护她爱她,还是热不起来。

她或许还爱米勒,却恨他没能成功拯救她。而她脑子里想的最多的却是另一个男人,无数次,他欠身凑近她耳边,嗓音好听又蛊惑:"苏琪,疼就叫出来。"

那些不见天日的日子里,只有这么一个男人与她交谈,看她流泪。

她怀疑,自己是不是不争气地患了斯德哥尔摩综合征。

甄爱听了苏琪的话,能够想象她经受的炼狱。可有件事她无法理解,以致一直沉默的她忍不住发声:"苏琪,有一点我很奇怪。你受到了非人的待遇,可为什么你不去报复伤害你的男人,而把同样的痛苦施加在无辜的女人身上?更让我无法理解的是,你和当初伤害你的人成为同伙了是吗?因为这一点,我虽然同情你,但无法理解你。"

苏琪再度被她戳中痛处,大吼:"没有经受过我的惨痛,你就没资格教我怎么做,也没资格说这些冠冕堂皇的话!"

甄爱或许有资格,但她无心和她争辩。毕竟,苏琪的过往无法想象。

苏琪说话的工夫,不忘靠近猎物。而她说话的间隙,言溯没闲着,在架子上找到一根扁平的木条和量杯,把杯子倒立形成支架,放上空心球。布置完对甄爱使了个眼色。

甄爱心领神会,顺着苏琪的方向潜到她旁边,刺激她:"苏琪,我猜,你对支配你的那个人产生了复杂的感情。"

苏琪怒了,这次听到甄爱近在咫尺的声音,立刻转过去把枪对准她。

甄爱瞬间闪开。而言溯立在直角上,瞄准苏琪的手,单手一记高尔夫挥杆!

苏琪余光里察觉到不对,来不及转身,空心铁球击打过去,准确无误地撞上她的手腕。

巨大的力量让苏琪痛呼一声，手枪坠地。

甄爱瞬间扑上去抢到手枪，苏琪跪身要摸脚上的枪，黑漆漆的枪口已对上她的额头。

甄爱静静看她："手举起来，不要动。"苏琪恶狠狠回瞪她，但照做了。

甄爱低头去卸她脚下的枪，苏琪看准时机，抬手就要扭她，没想到甄爱早预料到她的意图，飞速抽出她腿上的枪。另一手抵着她的腰，扣动扳机。

"砰"一声枪响，苏琪浑身僵硬，脸色发白。

可没有痛感，低头一看，并没受伤。子弹穿透了她的外套。

甄爱是在给她警告："我说了不要动！"

苏琪这才知甄爱不像她想象的那么柔弱。她的脸色难看起来，看仇人似的，恨不得把甄爱吃掉。

甄爱陆续拆下她身上其他装备，站起身，让她起来。

苏琪不甘心地看了甄爱身后的言溯一眼，竟有心思称赞："S.A. 先生，球技不错。"

言溯没理她。

她哼一声："S.A. 先生，我在 Holy gold 俱乐部见过你这位小女朋友，她没你想的那么好。"

言溯不咸不淡地看她："放心，我比你了解她。"而甄爱淡淡的，没有任何表情。

苏琪见他们俩这么互相信任，神色复杂，不全是恨。

言溯不肯碰苏琪，甄爱也不想和她有身体接触。于是，苏琪在甄爱的枪口下，乖乖转身走在前面。没几步，头不回，手却朝后面伸过来。

她袖子里还有支袖珍枪！

言溯不曾松懈，反应极快地抱住甄爱闪进旁边的走廊。甄爱立即朝苏琪开枪。子弹打得架子上的东西乱飞。

袖珍枪只有一枚子弹，苏琪抓住机会立刻跑开。

不料她没看清路，一脚踩在高速滑动的金属传送带上，缠进带上的固定铁链里，人被拉倒在带子上快速被拖走，而金属带的尽头是高浓度的福尔马林池。

言溯很快找到传送带电源，可开关松动了，电源怎么都关不上。

甄爱追着苏琪过去，见了这情况，第一反应竟是扑上去扯住苏琪的手想把她抓住。可那传送带像是感应到了什么，陡然间加大马力，硬是拖着苏琪和甄爱住池子过去。

金属传送带彻底失去控制。言溯一回头，见到这种场景，立刻飞身抱住甄爱的肩膀，用脚腕勾住旁边的架子。

传送带挪动几厘米,将三人拉成直线,一寸一寸绷着,停住了。

一秒又一秒,带子上巨大的机械力量迅速聚集到三人身上。

苏琪的脚缠在带子上,发动机的马力拉扯着她的脚,像受着分尸的极刑,要把她活生生撕裂。可无论她怎么努力,绳索都挣脱不开。

甄爱双手死死拉着苏琪的手,两人的手臂都抓得红白红白的,破了皮。

至于言溯,他仅凭脚踝勾着架子,抵抗着整个传送带发动机的力量。

机械的力量就连手腕都难以承受,更何况是脚踝。不出十秒,他的额头就冒出了细密的汗珠。所有的力量都聚集压迫在他身上,撕扯着他的脚腕,挫骨撕皮般无法承受的痛。

可尽管他下颌都咬合得紧绷起来,仍没有半分松懈。

几秒钟,苏琪的脚被生生拉脱臼,痛得死去活来。她见甄爱脸色苍白,指甲都抠进她肉里还不松手,不可置信地问:"为什么要救我?"

甄爱使了全身的力气攥住她,疼得没有多余的力气理她,可心疼言溯,不免又气又恨:"我不想救你,我要把你交给警察。活的!"

苏琪愣一秒钟,苍白的脸上浮起一丝奇怪的笑。

发动机的力量迅速堆积,言溯紧紧蹙眉咬着牙,脸都白了,却还以惊人的毅力支撑着,双手死死揽着甄爱,脚腕也没有半点松开。

就连特工苏琪都惊讶他的耐力,他没有半分懈怠,但满满当当的架子松动了,摇晃一秒,倾斜,一下子整个斜歪着倒下去。

瞬间,几十排储物架像多米诺骨牌,连锁地震般倒塌。盒子,纸张,器具,稀里哗啦地响,仿佛世界都坍塌了。

三个人陡然失去支撑,飞速朝池子滑过去。

杂物从四面八方砸过来,言溯翻了个身,把甄爱护在怀里,用自己的背替她挡开地上各种杂物。

四周已经没了任何可依附的地方,言溯看一眼面色痛苦的甄爱,命令:"Ai,松手!"

"不!"甄爱突然带了哭腔,语气里全是凄凉的不甘心,"她死了你怎么办?他们已经怀疑你了。我要把她交给警察!"

言溯一愣,心都痛了。

苏琪被拖得高速后退,散落在地的杂物全往她身上撞,差点把她扎成刺猬。她像是不疼了,望着和她一起急速滑行的两人,忽然凄凄地笑:"鹦鹉螺。"

"什么?"

"我被他设计了,他早就想杀我,他从没把我放在眼里。"苏琪笑得悲凉,喃喃地说，"我忘了我的骄傲了。呵，为什么我是女人？为什么这个世界有那么多种欺凌女人羞辱女人摧残女人的方式？可悲的是，我也变成了这样的人。对不起，真的，对不起。"

金属传送带拖着连在一起的三人飞速滑向福尔马林池子。

言溯没再劝甄爱，而是抱着她和她一起滑过去。他知道，只要他不松手，甄爱就一定会松手。

果然，苏琪被拖到池边的瞬间，甄爱猛然回神，意识到他会跟她一起被拖下去，骤然松了手。苏琪被机械的拉力扯进高浓度的福尔马林里，刹那间就卷到三米深的池底，卡住带子停了下来。

甄爱在巨大的惯性作用下，高速滑向池子，坠落下去，脸即将碰到池面的一刻，被言溯拉住。刺鼻的甲醛气味让甄爱作呕，眼睛被池面挥发的毒气刺激得酸痛难忍。

她微张着口，眼睁睁看着池子底端，浓浓的液体灌进苏琪的耳鼻喉咙，她的身体像风中的纸片，疯狂地抽搐痉挛。

甄爱呆呆的，一动不动。池底看上去那么浅，就像两人只隔着一道镜面，伸手就能碰到。

言溯把她抱起来，她忽然像惊醒了，扑过去要捞苏琪。

"Ai！"言溯用力把她拉回怀里紧紧揽住。如果池子只有一米，还可以跳下去把苏琪的头托起来，可水太深，毒剂浓度太高，不出几秒就会死人。"来不及了。"

话音没落，池底的苏琪已静止不动。

甄爱被他箍在怀里，一声不吭。起初只是固执又反抗地使劲，像不听话的孩子，非要挣脱他，渐渐委屈地哼哼，后来轻轻抽泣起来，再过一会儿，终于不可抑制地大哭："她死了你怎么办？S.A.，你怎么办？"

"没事，我不会有事。"他摸她的头，不停地哄，目光却渐渐下落到福尔马林池子里。

苏琪背上刺入的各种异物掉进池底，她的身后，血水像花儿一样在略微浑浊的液体里蔓延开。她惊愕地睁着眼睛张着嘴巴，尸体半浮在各种骨头之间。双手张开，白色的池底有两条交错的黑色十字线，像挂在十字架上。

掉进池子前，她忏悔了。

那段虐待视频里，绑在十字架上忏悔然后被杀的仪式，还在继续。

苏琪的衣服前胸画着两个白骷髅，四只眼睛阴森森地盯着言溯。

第六个人死了，只剩最后一个了。

他怀里的人呜呜哭着，肩膀直颤；他搂紧她，低下头，深深埋在她发间。

没一会儿，警察们全来了。不是地方警察，而是FBI。

言溯早料到自己被他们监视，是以并不讶异他们的速度。甄爱瞬间止了眼泪，悄悄在他衣服上蹭干，和他一起站起来。

莱斯见到言溯，目光犀利地把他上上下下扫一遍，第一句话便是："S.A.，现在最大的怀疑对象死了。而现场只有你，和你的……学生。"

由于言溯和甄爱有重大嫌疑，妮尔他们按规矩都没靠近和他说话。但洛佩兹叫了医生过来给他们检查和处理伤口。法证人员迅速展开工作，检查传送带等各个地方。

甄爱裹着毯子，让医生处理伤口，言溯也是。他刚才拦着甄爱，替她抵挡带子边的杂物，背上受了很多处伤。虽然不重，可看着那么多道长短不一的伤口，甄爱很心疼。

言溯感应到她的眼神，回眸笑了笑："听说伤疤让男人更有男人味。"末了，别扭地加一句，"Ai，我很骄傲。"

为安慰她，他竟说了句他从来不会说也不认为合理的话。

"什么男人味？没逻辑。"甄爱瘪嘴，凑过去，"我闻闻，怎么闻不到？"

言溯低头看她，笑着不说话，其实知道她表面轻松，心里却在隐隐替她担心。

里德走了过来，等言溯周围的医护人员都散开了，才低声问："S.A.，发生什么事了？"

"正当防卫和意外事故。"

"能不能跟我描述一下？"

言溯沉默半秒钟，摇头："不能。"

"现在情况对你很不利。"

"我知道。但，我没有任何想说的。"

里德便不问了，只让他注意休息。

在现场待了不过两个小时，指纹传输对比结果出来了。

空心铁球、传送带开关……全部只有言溯的指纹，包括甄爱拿过的枪。

甄爱一听，条件反射地说："不可能，那几把枪我……"

"律师还没来。"言溯低头看她，温和地打断了她的话，"现在说话会对你不利。"

甄爱止住，直直看着他，眼睛里一点一点弥漫出水光。

一定是他在她不注意的时候擦掉了枪上的指纹，不可避免地连苏琪的一起擦掉。没了指纹，只有留下他自己的。与其被怀疑，他认为他被怀疑比较好吗？

言溯见她要哭了，弯弯唇，摸摸她身上的绷带："真是不坚强，有那么疼吗？"

甄爱不觉得好笑，目光笔直望着他，点了一下头："有，很疼。"

言溯脸上浅浅的笑容就凝住了，眸光深深，把她的头揽进怀里，低声安慰："没事。他们想给我定罪，弹道测试和硝烟反应都过不了。"

莱斯走到言溯跟前："S.A. Yan，我们有足够的证据怀疑，你在苏琪死亡案里有重大嫌疑，请你配合我们回警局一趟。从现在开始你有权保持沉默，你对任何警察说的一切都将可能被作为法庭证据对你不利……"

甄爱听着，心一分分变凉，言溯握握她的手，表示没事。

莱斯飞速说完米兰达警告后，征询："请问，你愿意在没有律师在场的情况下回答我们的问题吗？"

言溯平静听完，摇摇头："我选择充分行使我的沉默权。"

莱斯："OK，律师到之前，我们不会问你任何问题。"

眼看着警察要过来请言溯，甄爱下意识紧紧搂住他的手臂，低着头，不说话，也不松手。

莱斯眯眼，问："小姐，你是重要的证人，如果你愿意和我们回去作证……"

"可以。"甄爱立刻点点头。言溯握住她的小手，走了出去。

坐在警车上，甄爱情绪很低落，言溯却始终淡静，安抚地搂着她。某个时候，他望一眼窗外茂盛的夏天，忽然自顾自笑了。

甄爱歪在他怀里，仰头望："怎么了？"

言溯："你更加珍贵了。"

他虽然严于律己，认为自己承受的痛苦不是伤害他人的理由，却也从不会用自己的道德标准去要求别人，所以他认为苏琪的堕落情有可原，也替她惋惜同情。他恪守自己的原则，但不批判他人的想法，也无意强求和说服。正因如此，找到一个志同道合的人，才格外珍贵。

今天的事再次让他发现了他们俩的共同点，甄爱和他一样。她不仅这么认为，更在不经意间这样实际行动着。她真的，每一天都让他刮目相看。

甄爱没听懂，拧着眉看他。

言溯也不解释，扬了扬嘴角，道："别担心，我们晚上还可以一起吃晚餐。"

亿年难遇的夜晚，不能错过。

蓝天下，草地绵延起伏。身形颀长的年轻男子戴着帽子，一身白色运动衣，看上去朝气蓬勃。他双手握着高尔夫球杆，一个标准的挥杆，白色小球飞到老远。

安珀手捧毛巾立在一旁，偷偷地打量。听说他和 A 先生长得一模一样。此刻，她只见到他戴墨镜的样子，鼻子和下颌的弧线都很漂亮。

她看不出是真是假。听说他们善于易容。安珀希望进入组织，不希望像苏琪那样没有依附，可她很疑惑，B 先生答应过会保障苏琪的安全。

他回过头来，戴着墨镜看不清眼神，却隐隐有股冷气。安珀浑身一凉，抖了抖。

他目光落在她的手上，皱了眉。席拉用盘子端上毛巾："先生。"

他拿起来擦擦头上的汗珠。

安珀尴尬地低头，她光手捧着毛巾，他嫌弃她。

他声音冷淡："男人的承诺是不可靠的，尤其当这个男人眼里没有你。"

安珀一怔，发现他在回答她心中所想，她不敢接话。

席拉说："先生，调查 Holy gold 的米勒警察，就是城堡中的作家，还有他的线人联系人都死了。我们只损失了苏琪。"

"她本就该死。"他拿着毛巾，一根根细致地擦手指，"她让 Little C 受伤了，我很心疼。"他侧脸冷硬，话却异常温柔，叹了口气，"真想把她的尸体拖出来绞成肉末。"

安珀心里冷飕飕的，想起甄爱，又怨又恨，但什么也不敢说。

他扭过头来，墨镜黑漆漆的，看得安珀毛骨悚然。她记得苏琪说，他有一双像琉璃般漂亮的眼睛，可从不对任何女人温柔。

"你还是想杀她？"他挑了眉，嘴角浮起一丝诡异的笑，"安珀，我讨厌不知好歹认不清自己的女人，尤其是不听话的女人。"

安珀脑子发热，忍着愤怒反驳："C 小姐听你的话吗？"

"当然不听。"他没因此生气，反而淡定道，"但我喜欢玩双重标准。"

B 转身上了走廊，看见厚厚的重门，顿了一秒钟，忽然自言自语："应该停下传送带把苏琪救出来。"

安珀以为他反悔，但席拉一听就懂，想起苏琪抓着门狠狠往甄爱身上砸。

他无比惋惜地叹息："应该把她绑在门缝里，摔到她死。"

众所周知，FBI 和 CIA 极度不和睦，甚至会互相安插卧底。做大事，两个部门各有各的方法主张，各持己见鸡飞狗跳。因为两方对抗而不合，给安全带来的危机不在少数。做小事，FBI 认为 CIA 特工是眼睛长在脑袋上、目中无人的自诩的知识分子；CIA 认为 FBI 特工是爱管闲事、刻板霸道的警察。

尤其在此刻。

甄爱站在走廊转角，望一眼玻璃窗那边争执的两拨人，低头继续冲咖啡。

她之前答应配合调查，是为了和言溯一起回警局。

关于实验室，她不用提，CIA 会介入阻止 FBI 调查。关于苏琪，现场的物证被改变，她还没想好怎么说。

刚才到警署，才下车就看到斯宾塞·范德比尔特，身后跟着整个律师团。他们提醒言溯："不要对警察说任何话。"

面对多余的提醒，言溯并没像往常那样无视，而是微微颔首。

甄爱问:"你们可以保释他吗?"

"保释?"律师眼中闪过精明的光,"不要被警察吓到,他们没有逮捕令。S.A.并没被逮捕,警方没有证据,他可以任何时候去任何地方。"

甄爱一愣,她一时着急,竟忽视了这一点。难怪言溯说今天不会误了晚餐。

当时莱斯听了,脸色阴沉:"我们会尽快申请禁制令。言先生,近段时间你最好不要尝试出国。"

言溯疑似抬杠:"那我一定要在禁制令下来前溜出去。"莱斯脸黑了。

后来询问甄爱,她也耍赖:"我想保持沉默。"

莱斯差点气死。他试图用各种方式让甄爱开口,但CIA的人站到了甄爱这边。他简直不知碰了什么瘟神。然后两拨人争执到现在。

甄爱端着咖啡和言溯坐在一起。

"没想到你哥哥会来。我以为你至少会先配合调查,给他们录口供。"

言溯漫不经心地看一眼手表:"会的,但不是现在。"他有很重要的事,暂时没时间配合。苏琪死了,即使把发生的事和盘托出,也抓不到背后的人,而且他的话不一定被相信。

已经被怀疑,配合或不配合,唯一区别是怀疑的程度。言溯并不在乎。

最终,CIA和FBI达成一致出来,脸色都不好。

斯宾塞过来叫言溯去一旁交谈。

甄爱看见了便装的安妮,以言溯嫂子的身份出现,并非以工作身份和警察交涉。

安妮走来和甄爱隔了一个椅子坐下,看上去像不熟。她看着地上,声音很低:"苏琪手上资源太多,才弄出这种局面。但欧文为什么和你失去了联系?"

甄爱摇头。

"苏琪把信息往外界输送过,你的身份暴露了。这也是为什么你走到哪儿,组织的人就能追到哪儿。"

甄爱不作声。

"CIA内部知道你身份的人寥寥无几,我们最近调查这些人,结果没问题。但痕迹调查显示苏琪还有同伙,我们怀疑在FBI。所以,我们暂时无法控制。为了你的安全,我建议你再次换身份。"安妮说,"彻底和你认识的所有人断掉联系,包括我。"

甄爱心中一骇,握着马克杯,指甲发白。她一声不吭,可身体语言非常明显:不要!

安妮:"恕我直言,你没有选择。"

"不!"甄爱情绪反弹。

安妮记忆里，甄爱一向服从命令，从未如此强硬。她愣一下，收势了，扭头看向另一端，言溯和斯宾塞，同样的高高瘦瘦的两人在低声谈话。

甄爱听她不言，抬头顺着她的目光看过去，她的言溯还是习惯性地双手插兜，侧脸平静又安逸，白衬衫上有淡淡的血渍，偏偏看着就是那么干净。

两个女人望着各自爱的男人，或温柔，或静默。

"斯宾塞是纽约州最年轻的参议员。"安妮嘴角弯起，"他真的很棒。天知道我有多爱他……因为爱他，所以爱他的家族，所以希望他的弟弟能好好的。"

甄爱默然。

"不管是从姐姐的角度，还是从我丈夫家族名誉的角度，我都希望S.A.能像以前那样，生活得单纯又平安，干干净净的。"

甄爱轻声："他一直都很干净。"

安妮笑了笑："正因为如此，这样纯粹的孩子被冤枉抹黑，才叫人格外心疼，不是吗？"

甄爱一怔，脸色发白。

"他很幸运，出生在一个讲证据的国家，还有强大的家族支撑，所以无论如何，他都不会因为没做的事入狱。纵使有一天，陷害他的人把他弄得声名狼藉。"

甄爱清丽的脸又白了一度，声音不像是自己的，很虚："S.A.他不在乎。"

"我相信他不在乎。但我惊讶你竟不在乎你会给他带来的灾难和厄运。"安妮直言不讳，让甄爱脸红了，"S.A.的家族有无数像他一样的科学家，像你一样的科研者，还有更多像斯宾塞一样的从政者。家族庞大，所有人的名誉都息息相关。S.A.的确不在乎自己的声誉，但他一定会对家族里其他正直生活努力工作的人心存内疚。"

甄爱脸上红一阵白一阵，攥着杯子，脑子里空白一片，像被扔在空茫茫的冰天雪地里，寒冷，迷茫，不知所措，没有方向。

安妮望着言溯的白衬衫，道："你看，他又受伤了。"

甄爱心里悲凉，却不甘心，近乎发泄地挑衅："等现阶段的研究完成，我会终止和你们的合作，不管我和他结局怎样。"仿佛这样就能争气了。

安妮不信，淡淡地道："可我认为，你不会放着你妈妈留下的烂摊子不管。"

甄爱哽住，大感挫败。

刚才的较劲和闹脾气其实是无理取闹，安妮说的本来就是对的，她现在好想变成不明事理任性胡闹的女孩，可她终究不是。

仿佛这一刻，儿时的驯服个性终究占了上风，她沉默良久："你们又怎么能保证我下一次的安全？"

"自从你乱跑去哥伦比亚大学听讲座后，他们就摸到你的行踪。你应该清楚，你不是平常人，不能任性地去想去的地方。"安妮说，"我记得在欧文之前，前一任特工刚死，你那时情绪很抵触，说……"

"一辈子住在地下吗？"甄爱面无表情地替她说了。

那时她一直深居简出，偶尔去人多的地方就会出事。换了几位特工后，她深深自责，说不要人保护，永远住在地下实验室里做研究好了。

那时她不觉得这是什么艰难的事，还习以为常。可上面出于心理健康的考虑，没有把她和外界隔绝。

回去的路上，甄爱心都是凉的，从没像此刻这么绝望。

她知道，除了欧文，很多时候还有其他人在暗中保护她。如果没有证人保护计划，她会很快被亚瑟抓回去。现在他迟迟不动手，不过因为盯上了言溯。

或许真的到了再次换身份，从这个新世界消失的时候。

她埋头在言溯的胸口，不肯抬脸看他，只是紧紧把他搂住，像孩子抱着唯一的玩具。

以前，她觉得时光是静止的，日复一日，年复一年做着永无尽头的实验，做一只小机器人也挺好。关在实验室里，很多年后，死在自己的工作岗位上，也算乐得其所。

一个人，和这个世界没有任何交集地活着，没有任何挂念地死去。很好，很适合她。

可现在她不想走了，她的生命里，只有他这么唯一一丝光亮，她怎么舍得放弃？只是想着再见不到他，她的心就像刀割一样惨痛。她从来不知道孤单和寂寞是什么，可现在变了，她爱上他了。

再回去，心回不去了。如果自己一个人，天天想着他，那么长的一辈子，她怎么熬得过去？但就像安妮暗示的，他带给她无尽的希望和快乐，而她带给他的是无尽的苦痛与灾难。

情感上出现颠簸，理智也混乱了。她陡然觉得自己的人生过得实在是懵懂而冒昧。她这样的人其实一点都不适合言溯。他那么好，可她呢？

从小到大，她的生活圈子极其简单。没人教她正邪对错。她不知道外面的世界是什么样子，一度以为亚瑟他们做的事自然而正当。

有时候想多了，自己都搞不清楚。外面世界定义的正义和公平就正确吗？还是每个人都站在自己的立场，团结立场相同的人抱成团，替自己的组织辩护发言罢了。就像苏琪，她从两个极端里走过。她究竟是对是错？

甄爱想不明白。她不知道自己心中对好与坏的定义是什么，很多时候没有明确的标准，只是随心去做，不想让心里难受内疚。

可如今，她什么也没做，心里却是无法排解的痛苦自责。忽然想起年少看曼德拉的传记，那位自由战士被囚禁在罗本岛监狱时，说：有时候，一些注定消逝的东西，无论你怎么努力，都无法挽救它消失的命运，终是徒劳。

她心里，悲观的情绪在蔓延。

言溯见她情绪不对，贴近她的额头："怎么了？"

她很迷茫，眼神空空："S.A.，苏琪背后的神秘人是伯特，一定是伯特。"

他并不意外："我大致猜到了。"

甄爱脑子疼得厉害："S.A.，我不喜欢现在保护我的正义人士，他们总说一些让我讨厌自己鄙视自己的话，总让我的心发疼。"她揪着他的手臂，语无伦次，"我知道说这些话很荒谬，但以前我从没觉得伯特的行为哪里不对。他一直都是那个和我一起长大性格怪异的男孩子。我因为他的维护把他当亲人。虽然我不该这么说，但在我离开组织之前，我从来没有因为自己的行为而羞愧，可现在，每一刻我都觉得无地自容。"

言溯眸光暗了，手臂下滑，紧搂住她不住颤抖的身子，想给她传递力量，可她的迷茫与惶恐来自心底，连声音都是抖的："自从逃离后，我就很清楚，我是坏人，是恶魔。我在 CIA 他们面前不敢抬头，不敢看他们的眼睛。我讨厌他们！"

她眼睛里泪雾闪闪，满是惊恐，说话越来越快，完全混乱："S.A.，如果我只是从一个组织逃脱进入了另一个组织，不，我不该这么说。他们是对的，我却和他们吵架，还说气话不肯再工作。我竟有这种想法，我怎么能不弥补妈妈犯的罪孽？我怎么……"

"Ai，不要说了。"他见她几近失控，脸颊紧贴住她的嘴唇，"我都明白，不要说了。"

他的唇贴在她的耳边，心跳紊乱。他的一贯沉静，此刻却因她的迷茫和动摇而微慌。他知道，她受欺负了，他没有保护好她，她在不安在惊慌，他却无能为力。

突如其来间，他脑子里跳出一个荒诞的想法，她会不会觉得外面的世界没有 S.P.A 好，想回去？

他蓦然一僵，手臂下意识收紧，把她细细的身子按进自己怀里，声音却很轻："Ai，怎么了？为什么迷茫，为什么没有信心？"他嗓音低醇，像一把琴。

甄爱被束缚在他怀里，很难过。他总能轻易给她温暖，让她的委屈感弥漫上来。她的嗓子哽咽了："你为什么从不迷茫，为什么总有信心，你怎么知道你目前坚持的正确就是正确的？"

她其实想问，你怎么知道你现在喜欢的人，就是你理想中的爱人？可她不敢，怕提醒了他。

言溯悬着的心缓缓落下，之前被莱斯怀疑他都不急，现在倒体验了一把囚犯入狱又被释放的感觉。她被他箍得太紧，呼吸有些乱，却不愿像往常那样挣开，反是树袋熊抱树枝一样牢牢环住他的腰。

他任由她往他心里钻，隔了半秒钟，吻住她的头发："Ai，我坚持心中的正确，但不认为它是绝对的。每人心里都有自己的标尺。当你的思想和别人碰撞摩擦时，如果不懂得守护自己的本心，就会动摇。我不跟随任何人，也不依附任何势力；或许因为这样，才始终坚定。但，你想问的不是这个吧？"

他稍微松开她，手掌捧住她的脸，手心温暖，眼神清澈，直直看进她心里："Ai，请你相信我的眼光，尤其是我看女人的眼光。"他又看出她的心思了。

甄爱心里平静地被震撼着，小小的脸在他的巴掌里，静静盯着他。

他微微低头，额头抵住她的额头："Ai，我希望你以后能做你想做的事。如果你觉得现在的工作你其实是喜欢的，就抛开你施加给它的情感，或负疚，或重担，把它当作单纯的工作来做。你要是选择这条路，我愿意和你一起改变身份；如果你厌倦了它，也请你放下所有的包袱，轻轻松松地跟我走。不需要证人保护，我保护你。我们取道古巴，然后环游世界。你要是怕有谁认出我，会伤害我，我不介意毁掉现在的容貌。"

甄爱心中大震，他什么时候自顾自下了这么重大的决定？

"为什么？"

"因为我爱你。"第一次说爱，他没有丝毫的迷茫。

一瞬间，很多问题不必问了，他已经给了最可靠的答案。

第一次听他说爱，她怔住，没有反应。他也不介意，从风衣怀里摸出一封信，递给她："差点没有机会给你。"

第二封信？

甄爱心跳加速，接过来，白色信封，印着红玫瑰封印泥。她一下想出那个画面：书桌上的古典台钟悄然无声地行走，他低头坐在桌前沙沙执笔，侧脸安然而隽永。

打开来，质地料峭的纸张，清俊隽永的字迹，依旧中英文加印鉴——

Ai，我多么喜欢你。

你经历了最黑暗的苦痛和折磨，却依旧相信最美好的情感，依旧纯良而美好，依旧真实而有尊严。

有人说虽然世界充满苦难，但苦难总是可以战胜的。这句话我愿意从全人类宏观的角度去看，它永远正确，因为人类的苦难总是可以战胜。但这句话放在个人身上，是让人心痛的坚强与挣扎。而从你身上，我看到，即使是伤痕累累，你也一次次在沉默中战胜了降临在你身上的苦楚与磨难。从不屈服,从不倒下。

对这样的你,我常怀钦佩。

我相信,这世上总有一群人,在为他们心中的正确,而孤独地行走;偶尔迷茫,从不后悔;偶尔疲惫,从不放弃。正是因为这种信念,每一个孤独行走的人才从不孤独。因为我们有相同的目标,相同的坚持。就像我一直在你身边,你一直在我身边。

Ai,请不要害怕,不要自卑。爱默生说,只有战胜恐惧,才能汲取人生最宝贵的财富。你过去经受的一切苦难,最终都会变成最重要的珍宝。Ai,请你相信,你的人生并不空虚,而是满载着财富。

对这样的你,我常怀敬畏。

Ai,我们都认为,我们坚持一件事情,并不是因为这样做了会有效果,而是坚信,这样做是对的。

要做到这一点,多难啊。那么寂寞的路,谁能坚持?

可是你,那么瘦弱的小姑娘,哪里来那么坚定的信念,那么执着的毅力,在无数次失败和看似没有效果的实验中,更多次的坚持下来!

对这样的你,我常怀爱慕。

Ai,我真的好喜欢你。

Ai,我爱你。

S. A. Yan

甄爱温柔地闭上眼睛,幸福的泪水缓缓滑落,她像是泡进了暖融融的温水里,温暖安宁的感觉渗入四肢百骸。

从那以后的很久,每每想起那封信,她便觉温暖到了骨子里。

言溯,曾经,我那么忐忑,那么自惭形秽,那么羞愧自己的过去。可你的喜欢,你的赞许,你的认同,把我从尘埃里拉起来。

我好喜欢你,好喜欢和你在一起时的我自己。

那么光明,那么温暖。

愿此刻永驻。

愿永远和你在一起。

甄爱躺在浴池边上,双目微合,耳旁流水声潺潺,她好似看见了春暖花开,蓝天大海。

言溯洗过澡,换了干净的白衣白裤,蹲在池子里给她洗头。她懒散地躺着,闲适得差点入眠,忽而清醒,抬眸凝视言溯。他卷着袖子,露出白皙精瘦的手臂。一手托着她的头,一手轻重有度地揉着她的头发。

白色的泡沫在他的指尖她的发间跳跃，滑溜溜的，散着极淡的香气。是他的洗发水，气味闻着很舒服，不带一点侵略性，兀自清雅疏远，像他。

　　他修长的指尖划过她的发根头皮，酥酥麻麻的，痒到心底。她意识松散，莫名觉得他们像两只不能说话、只能用肢体语言表达爱意的动物，坐在太阳下，收起尖尖的爪子，用手指笨拙而亲昵地帮对方梳理毛发。

　　很多动物靠气味吸引和分辨爱人，他现在给她头上涂了他的味道。刚才她还用了他的香皂洗澡。现在，她从头到脚都是他的味道。嗯，她还在他的窝里。

　　真是浮靡，她却不为这种想法害羞。

　　言溯悉心洗完，拿温水给她冲，温温的水流在他手指的引导下，从她的发丝穿过。

　　甄爱闭上眼睛享受着，像在冬天太阳下睡觉的懒猫，心底无限轻松惬意，懒洋洋地动了一下身子。她扭过肩膀，伸手搂住他的腰，不知这一动，长发轻甩过去，打湿了他的裤腿。他不介意，小心遮着她的耳朵，缓缓冲水。

　　"我记得，谢琛是棕色的卷发。"他说。

　　"嗯。"她合着眼睛，"他的发色像我妈妈，眼睛的深蓝色也像。"而她不像父母任何一方，眼睛黑漆漆的，头发也黑，隐隐透着亚麻色，据说像奶奶。

　　洗完了，言溯拿大毛巾披在她肩上，扶她起来，又用另一块毛巾裹住她的头轻搓。

　　她是一只刚洗完澡的小狗，懒得自己抖抖，索性歪七扭八地享受他干净的宠溺。他给她揉头发，她舒服得骨头都软了，坐不稳，像只虫子，歪歪扭扭地往他怀里倒。

　　言溯的胸口被她蹭湿，无可奈何地哄：“先把头发擦干好不好？会着凉。”

　　她这才慢吞吞坐直。

　　言溯给她擦拭到一半，见她微闭着眼睛像要睡着了，长长的毛巾绕到她的脖子后，双手一带，她重心猛地前倾撞到他怀里，睁了眼睛，愣愣望他。

　　他手中的白毛巾环着她半湿的黑发和小巧的脸颊，原本只是想逗她，此刻却忍不住低头，手腕一绕，带动毛巾往自己跟前一送，含住她小小的嘴唇，吮了一下。

　　她散漫的思绪彻底聚拢了，睁着乌溜溜的眼珠，一眨不眨。像是刚醒的孩子，懵懵懂懂的。

　　他松开她的唇："以前，你说我不懂情感？我现在就在表现，你看见了没？"

　　她被他的小动作和温言软语弄得心里怦怦直跳，点了点头。

　　他满意地摸摸她的头，拉她起身："有点晚了，我给你看一样东西，然后晚安，好吗？"

　　"什么东西？"

"到了就知道了。"他刻意不说。

经过走廊,一旁的小鹦鹉 Isaac 叫唤起来:"Ring! Ring!(戒指!戒指!)"

言溯心虚,听它说戒指,当时脸就灰了,一把将小鸟从架子上捉下来,塞进笼子,命令:"关你禁闭,不许说话。"

小鹦鹉扑腾扑腾翅膀,伤心地歪头埋进羽毛里,不吱声了。

甄爱看它好可怜,说情:"Isaac 不是说电话响了吗,你干吗处罚它?"

言溯一木,Ring 确实还有多种意思,他这算不算做贼心虚?

可他决定继续厚颜:"电话没响,它说谎了。说谎是个不好的习惯。"

甄爱没异议了,跟他上楼,到小厅门口,他忽然伸手捂住她的眼睛。

什么这么神秘?甄爱条件反射地去抓他的手,却听他在耳边低语:"Ai,你相信我吗?"

她一愣,抬起的手,缓缓落下。

言溯拥着她,一步一步往前走。

甄爱陷入了黑暗,他的手捂得很紧,没有光线,也没有声音。她微微忐忑起来,好奇他营造了怎样的神秘,好奇得心跳都紊乱了。好在身后紧紧贴着他牢靠而结实的身体,她安了心。

终于,言溯站定了,一点一点松开手,手臂滑到她的腰间,用力箍住,轻声道:"Ai,睁开眼睛。"

甄爱缓缓睁眼,陡然内心巨震,好似跳停一秒,双手不经意猛地抓住腰际他的手臂,狠狠屏住了呼吸。天,她竟然站在宇宙的中心!

没了天空,没了地面。头顶和脚下,四周全是浩瀚的星空。一望无际的黑色宇宙里,点缀着无数颗亮灿灿的星星。大小形状各异,像极了黑色天鹅绒上未经雕琢,刚采出来的碎钻石。

她是如何突然来到外太空的?

举目之处,有恒星静静在燃烧,放出五颜六色的光,像一颗颗彩色古典的大宝石,有行星带着光晕围绕恒星运转,像穿着纱裙的小公主,活泼地玩丢手绢;有双子星互相环绕,像牵着手转圈圈的欢乐孩子;有彗星拖着长长的尾巴,像骑着扫帚的调皮小精灵;头顶还有闪闪的彗星雨。

甄爱立在星空之高,四周静得没有一丝声音。除了星星,没有多余的光亮,逼真得她都担心会不会呼吸不到空气。

她小心翼翼地低头,脚底也是无尽的太空,星星拖着扫帚从脚下飞过。

她飘浮在太空中,只有言溯抱着她。

太美了!太震撼了!

她忍不住轻轻颤抖。一颗彗星从她身边飞过，仿佛就在眼前。她探手去捉，却捞不到它的痕迹。言溯贴在她身后，轻轻笑了，一手抬起她的下巴："看到那颗星星了吗？"

她的目光上移："天狼星。"距离地球 8.6 光年的星星此刻近在咫尺，触手可得，像巨大的钻石。

他拨她的下巴："旁边这颗。"

那是颗拖着蓬蓬尾巴的彗星，像羽翼清透的蜻蜓，缓缓靠近天狼星，但她知道，其实它速度极快。

她不认识："它是谁？"

"它叫伊赛，是天文学家前几年发现的彗星，最近才进入地球人的视野。它在宇宙中漂泊了十亿年，一个人。"

彗星静静的，甄爱声音低了下来："一个人吗？真是一段悲伤的旅程。"

"我倒觉得，它或许自得其乐。"言溯下颌贴住她的鬓角，"天文学家说，它的运行轨道会在今天和天狼星相交。一小时后，或许它会和天狼星擦肩而过，或许它会被天狼星熔化而陨落。那样，十亿年的孤独旅程到此终止。"

甄爱盯着那两颗星，不可自抑地激动起来，手有些抖，紧紧握着言溯："希望它被天狼星熔化，不然它独自继续在宇宙里漂泊另外一个十亿年？好难过。"

"要看它的意愿了。如果它不喜欢天狼星，我想它会不作停留地继续往前走。"言溯不紧不慢地说着，嗓音闲适而温润，像清泉里的玉。

"十亿年，它一个人漂游，经受着孤独。或许，它有自己的选择和信仰，并不会随意屈就或停歇。"

甄爱大感意外，没想他会说这样感性的话，她瞬间明白他的意思，微微笑了："这是一段找寻了十亿年的爱情。"

"嗯。"他低声道，"宁缺毋滥，哪怕孤独十亿年。"

甄爱内心一震，这，不正是言溯？

身后，他低头，薄唇碰上她的耳垂："Ai，在遇到你之前，我从没想过爱情，甚至感情。我就像这颗自得其乐的家伙，按照自己设定的轨迹，准备一个人走完一生。"

甄爱屏住呼吸，精神全集中到耳朵上，一丝不苟听着他的话，每一个字，每一个标点符号，都是他发自肺腑地在表达她对他的重要。

她固执地睁着眼睛，心里泛酸，又暖成一片。

她有那么好吗？有吧。他不会说谎的。他说有，就是有了。因为是他，这些话才更有含金量，更让她信服。

真的。她好喜欢他，她好喜欢和他在一起时的她自己。

言溯是紧张的，把她的细腰掐得很紧："Ai，因为有你，因为有所有和你心有灵犀不言而喻的理解和共鸣，我的人生，变成了两倍。或许，说成'圆满'更确切。如果现在和以后没有你，我会很不好，很不好。Ai，爱了你，不舍得也不能再失去。因为，"他在她耳垂上印下一吻，吻进她颤抖的心里，"Ai，你就是我的宁缺毋滥，哪怕孤独一生。"

甄爱的身体僵住，唯独胸口涤荡着感动而震撼的情绪，强烈得无以复加。

她望着面前那颗白茫茫的彗星，那就是言溯吗？他一个人孤独地走了十亿年，茫茫宇宙，浩瀚无垠，只有她一个能融化他，让他停止孤独的旅程。这就是他的意思？

此刻，她觉得自己是这世上最重要的人。从来没像此刻这样觉得，她这个人，她这段生命，具有那样非凡而不可估量的意义。

面前飘来一颗蓝色的星星，停在她面前，不动了。

她定睛一看，不是星星，却是一枚蓝宝石戒指，托在他白皙的手掌之中，折射着全宇宙的星光。那样纯粹而通透的蓝，光彩熠熠，比天空还高，比海洋还远。

"Ai，我们结婚吧。我们一辈子都在一起吧。"他的语气是那样认真，"你不要再一个人，我会心疼。我也不要再一个人，我会想你。"

甄爱嗓子酸痛，泪水一点点漫上眼眶。其实，她又何尝不是一颗孤独的星，那么多年，一个人孤寂而悄然地生活着，没有悲欢。那么多年，只有他能给她温暖，融化她的不安与戒备，这个宇宙，只有他一个。

她泪眼模糊地盯着他手心的蓝宝石戒指，小声哽咽着说："S.A.，我好喜欢这个颜色。"

他托起她的右手："我给你戴上，然后，你嫁给我，好不好？"

她整个人都在颤，手也在抖："我，可以吗？"

他明白她的忧虑，安抚地说了一句："Ai，过去属于死神，未来属于你。"

她凝滞一秒钟，一切豁然明白。很多话不用再说，过去已经消亡，未来只属于自己，属于彼此。面对如此浩渺的宇宙，她的忐忑和迷茫是多么渺小。回想路上他说的话，他写的信，她的担忧彻底打消。

她幸福微笑，把左手放在他的掌心。

求婚过程中竭力镇静的言溯，到了这一刻反而有点乱，稍显笨拙地把戒指套在她左手无名指上。

甄爱低头看，细细手指上一颗大大的蓝宝石，好漂亮，那是她爱的色彩。

言溯下意识地按了按她手上的戒指，确定牢牢圈住她了，才不动声色地呼了一口气，声音里隐忍着欣喜与激动："Ai，我多么爱你。"

那么无厘头又突然冒出的一句话，让她再度感动。

她的手被他包裹在掌心，安全又踏实。温暖而圆融的情绪缓缓涌进她心里，她微微闭上眼，未来的路或许还会有坎坷，可有他在，她再也不会迷茫。

她要和他一起面对，一辈子。

言溯搂着她的腰，良久没说话，半晌，忽然冒出一句："嗯，比预想的早。"

甄爱扭头："什么？"

言溯诚实地解释："我怕你不答应我，之前还准备说'Ai，我们打个赌，如果伊赛撞进了天狼星，我们就结婚好不好'。但没想到……"

"你怎么能打赌？"她惊讶，"居然把求婚的成功率押在这颗星星上面。"

言溯挑眉，说不出的得意："我没那么笨。Ai，伊赛在8.6年前就撞进天狼星里了。只不过，从地球上，等到今天才观测得到。"

所以他是打好了算盘，准备骗婚吗……连求婚都是科学设计的……算了，不计较了，反正她甘愿。

她转身，扑上去便吻上他的唇。她手臂环着他的头，满世界都是他的味道，叫她心里发痒，她主动把舌尖探进去，勾住他的舌头。

她把他拉弯了身子，半仰着被他的长腿和胸膛包围，像两把交叠的弓。

言溯迁就地欠着身，放任她的胡作非为，双臂滑到她臀下，稍一用力便把她竖抱了起来。

身体突然悬空，甄爱心一颤，霎时浸入飘浮的刺激感里。她坐在他烫烫的掌心，低头亲吻他。渐渐地，身下传来一阵陌生的触感，她身子一凝，松开他的唇，低头静静看他。

言溯也直视她，她的眼睛清黑澄澈，嘴唇有点肿，白皙小脸带着绯红，映着她身后浩瀚灿烂的星空，美得不可方物。

"S.A.，你在想什么？"

他被她黑黑的眼睛吸住，实话实说，嗓子有些哑："你上次和我说喜欢精神恋爱，所以不用担心，即使我们结婚，只要你喜欢，我愿意陪你谈一辈子的精神恋爱。"

她的玩笑他竟然当真？她又好笑又感动，没有急于解释。

或许因为亲密的悸动，她身上的血一点一点往头顶冲，她思绪涣散，不信他没有别的想法，遂小声问："没有别的了？"仿佛期待什么。

言溯垂眸犹豫半晌："嗯，还有。"

"什么？"

"天然美景能提高女人身体的敏感度，性行为过程中的敏感度。"他脸微红，咳嗽一下，"我也不知道脑子里为什么突然冒出这个想法，很不科学。这并不代表我刚才说的关于精神恋爱的事不算数。"

甄爱心一颤，不自禁缩紧身体。

"S.A.。"她声音好小，像只蚊子。

"嗯？"

"你的瞳孔放大了。"

"……嗯……是吗？"

她低头，长发撩过他的脸："我猜，你其实想和我做爱吧？"

甄爱坐在他手心，眼神清澈，呼吸缓缓，平坦的小腹紧贴着他的腹肌，所有的肢体语言都弥漫着蛊惑的暗示。

她盯着他，等待回答。好几秒过去，她不免心慌又羞愧，是她太冒昧了吧？现在该怎么办？说是玩笑？就像他之前问的那样？

言溯当然看懂了她的意思，他其实并没有不知所措，相反，他的脑子高速地运转着。顿了半刻，无比沮丧又懊恼地叹了口气："之前，我以为你想和我谈精神恋爱，就没有做这方面的准备。"意思再明显不过了，他担心他们之间的第一次会不完满。

自信星人也有忐忑的时候啊！他真是为她的一切费尽了心思。甄爱忍不住笑了，厚着红脸皮说："可你不是说，梦幻的环境会提高女人身体的敏感度么？现在，咳，不要浪费这样的环境，咳。多可惜啊。"

天！她傻傻地瞪着眼睛，她说了些什么话？可以反悔吗？

但没有机会了，她话音没落，言溯已抱着她缓缓跪下，把她放倒在星空之上。她后背贴着冰凉的布面，而他俯身过来的身躯挡住了她头顶所有的星光。

世界安静了，只有她的心怦怦跳着。她对自己说：她爱他，他爱她，这是再自然不过的事，她应安然。可强烈的紧张和迷茫涌上心头，交杂着陌生而奇异的期待，各种情绪堵住了她的嗓子。她差点儿牙齿打颤，慌得咬住嘴唇。

言溯考虑她会害羞，先脱自己的衣服，却是跨跪在她腿旁，当着她的面，在她头顶上方。她的视线早被他盖住，无处可落，眼睁睁看着他脱上衣，猎豹一般精窄的腰身，腹肌绷出有力的轮廓，满满的全是男性的力量。

平时他太过冷淡疏离，看不出来。现在脱了衣服，身上每一处皮肤肌肉都是雄性荷尔蒙。光着这样，她的心早已不可抑制地乱颤。

甄爱看呆了，她已经耳热心跳。言溯俯着身子看她，眼神沉默而幽暗，隐忍着什么。

甄爱从他的眼神里看到一种陌生而原始的欲望，她的心咚地蹦一下，僵住。她猛然发觉，她很有可能不知死活地开启了他属于男性的某种动物本能。

他一言不发地看她几秒，手才落下去脱下衣。甄爱不敢看，猛地往上抬眸，可头顶的一角彗星光芒也无法分散她的注意力。

甄爱全身僵硬,脑子轰地一炸完全蒙了,突然萌生一种想逃的念头,呼吸陡然加快。

这时言溯眼神愣了一秒,急促呼吸的胸膛克制着,缓缓起伏了两下。

甄爱只觉无处安身,红了脸,缩着肩膀要侧身,却不及言溯动作快……

酥麻的触感蔓延开来,却不及她一低头的视觉震撼。他的头贴在她胸口,在她怀里。她大为窘迫,全身都在发热,偏偏她躺在地上无处可退,索性紧紧闭上眼睛。

言溯放之任之,爱抚亲吻她身体的每个角落。

黑暗和安静让她的身体高度敏感,每一个吻都闪电般落进她心里,引发一串巨震。她整个人都在抖,惶然地睁开眼睛,面前的宇宙和星星美得惊心动魄,叫她身体愈发的敏感。她真是要被这个地方害死了……

言溯直起身子,见她目光涣散,发丝凌乱,她玲珑的身躯像条小白鱼,整好睡在一条星河之上。身体清秀又纤细,粉雕玉琢的肌肤因为刚才的热度而散着粉红的光,又像是散着星光,迤逦而通透。

这世上不会有人比她更美。言溯俯身过去,近乎难耐地轻轻唤她:"Ai。"

她漆黑的眼睛渐渐有了焦距,湿润而懵懂,脸红红的,乖乖看着他:"阿溯。"

他捉住她柔软的小手,眼眸暗沉,盯着她:"Ai?"

"嗯?"

"你害怕吗?"他问。

"我不迷茫。"她答。

"你迷茫吗?"他又问。

"我不彷徨。"她又答。

"你彷徨吗?"他再问。

"我不害怕。"她又答。

"你,想要我吗?"他终于问。

"我,等你主动。"她答。

……

抬眼看她,她双眸微阖,轻咬下唇。白皙清丽的脸在暗夜星空下美如星辰,光华流转。只消一眼,他已挪不开目光。

她飘浮在太空里,周围星光婉转。此刻,他想和她一起感受,而非把她压在身下。

他俯身,扶她坐起来。她躺在他的手心,迷茫地睁开眼睛,就见他把视线还给了她。

彗星在身旁飞驰,星座在旋转,全宇宙的星星都在看他们……

甄爱迷蒙地回了意识，余热包裹着，灼然而甜腻。神志迷蒙中，她以他手臂为枕，白衣为席，身躯为被，安稳地睡在他怀里。

身边的言溯睡颜安然，呼吸清浅。他侧着身，半个身子压在她身上，和大毛巾一起将她密密实实地裹住。

甄爱依恋这亲密的温度，贪心地享受了好一会儿，才懒懒地睁开眼睛。

他们依旧飘浮在太空之中，沐浴在星光之下。面前和身下是遥远而闪烁的星河宇宙，亘古得忘了时间。

甄爱的确忘了时间，她已不知过了多久。她只知道，这将是她一辈子最灿烂最值得回忆的时刻。他给了她最梦幻的求婚，最梦幻的第一次。

她相信，他还会给她最梦幻的一世相守。

甄爱抬眸，言溯依旧睡颜安宁，透出男人不对外展示的柔弱。

她像是被带回了世俗的小女人，痴痴地看他。半响，小手探过去抚他眉目如画的脸，利落而微微扎手的短发，浓浓的眉毛，深邃的眼窝，乌黑的睫毛，高挺的鼻梁，轻薄的嘴唇。

他的神色安详而放松，天使般静谧美好。他仍沉沉睡着，手臂却搭在她腰间，习惯性拢着。

甄爱的心静悄悄的。

此时此地，她的掌心，她的男人温柔得像一捧美玉，纯净通透，不染尘埃。蓦地，她心里骄傲得意起来，言溯只会在她面前，才露出这样柔软而赤诚的一面呢。

她和他，同盖着一张毛巾，飘浮在静谧而久远的宇宙深处，一个人都没有，只有按照各自轨迹运转的天体，和仿佛停止了的时光。

她望着没有边际的星海，心微微一颤，要是真的在太空就好了，要是只有他们两个，被流放，在没有时间和空间的宇宙里放逐流浪就好了。

只要有他，即使一辈子漂泊，她也不会觉得难过。

真是感情用事，甄爱嗤笑自己。她转一下身子，拥着他，细手搭在他的腰际，忽然起了玩闹的心思，抓了抓他的臀。

一抬头，言溯不知什么时候醒来了，浅茶色的眼眸映着星辉，神色复杂难辨。

甄爱指头一僵，被抓错的学生一般愣愣盯着他，小声问："你醒啦？"

"没有，我习惯睁着眼睛睡觉。"

又开始说反话……

甄爱像被逆着摸了毛，尴尬又困窘。她吞吞口水，努力岔开话题："我只是想看看男人的皮肤和女人的有什么区别。"

言溯散漫地应了一声，嗓音透着凡人的慵懒。仿佛经过这一番，他才从那个淡漠禁欲又正派笔直的人，变成一个拥有女人会柔软闲散的男人。

"我真喜欢一醒来就听你给我讲生物相关的话题。"

甄爱："……"我们难道不是超越了精神和身体的亲密小伙伴，这种时候还讲反话！

她气了，噘着嘴瞪他，翻身要起来。才弯腰，身下一阵抽疼，她痛呼一声，栽倒在他怀里，一屁股坐在一颗小行星上。星星还在发光，好窘。

他搂住她："怎么了？"

她不好意思说，撒谎："脚扭了一下，没事。我们出去吧。"说着，飞快地穿上衣服。

"嗯。"他去捡T恤，却发现不对，铺在地上的白毛巾有隐隐的血丝。

他眯起眼，掀开毛巾，白T恤垫在最底下，上边赫然大片血迹，像怒放的红梅。

言溯惊讶，甄爱她是……他以为……他垂下眼眸，心里笼上阴霾，是无法描述的懊恼。早知这样，他会更温柔一些。他们之间的第一次，完美程度打了折扣。

言溯想检查她的身体，但甄爱早积极主动地穿好衣服，说肚子饿了。

才到门口，叫唤着要走的她又对四周的星空产生了兴趣，望望外边的阳光和走廊，又望望里边的深邃太空。她立在异度空间的边缘，惊叹："你是怎么把太空的影像弄到这间房里来？"一边说一边到处摸机关。

他拦住她的手："你有兴趣，下次再带你来。"

出去才知已经是第三天的早上。

甄爱坐在餐桌前，吃着玛利亚准备的早餐，有点尴尬。她边往嘴里塞沙拉，边胡思乱想：他们在那个屋子里做的事，该不会被玛利亚听到了吧。

她大窘，抬头却见言溯神色安然，和以往一样脊背挺直，姿态优雅，像表演餐桌礼仪的典范。只是言先生，你的脖子上有女人的吻痕和牙印好吗！

你现在这副绅士用餐的姿态，就像一个抱着妖女念圣经的神父。

甄爱羞死了，恨不得把头扎到盘子里，可低头一见无名指上的蓝宝石戒指，怦怦乱跳的心就得到安抚。她已经是他的未婚妻了！不久，她将成为这座城堡的女主人。

未婚妻，女主人，这样的词给了她莫大的归属感，仿佛她一直漂在茫茫的大海上，这一刻才找到可以永远停靠的小岛。未来的一切都要改变了。她终于可以安定下来。

未来，多么美好的未来。

感恩节，圣诞节，她会和他一起在厨房忙碌，小孩子在脚边追赶，壁炉里炉火暖暖。再不是她一个人戴着口罩面对冰冷的实验台，忙得忘了微波炉里的三明治和汉堡。

她会在他温柔的亲吻中醒来，会在他熨烫的怀抱中睡去。

她的未来，有温度了。

她暖暖地憧憬着，牛奶杯移过来，在她微凉的手背上贴了贴，有点烫，却暖心。抬头看见他淡淡的眉眼，他寻常地叮嘱："要凉了。"

她怔松了两秒钟，他习惯边吃饭边思考，神色平静而淡漠，像平时的他，一点不像和她温存时的样子。这样的对比叫她兴奋，她安之若素地捧起来，乖乖喝下去。

又听言溯划开手机，自言自语："嗯，和莱斯行政官约好了做笔录。"

"什么时候？"

"昨天。"

"……"甄爱低头，他从来不爽约，生平这一次，是为她，还是她的温柔乡。对言溯这种人来说，简直不可思议。

甄爱好奇："我以为你不会配合调查。"

"我不会推卸作为一个合格公民的义务。之前是有更重要的事。"当然是指求婚。他安之若素地说着，想到什么，嘴角弯了一下。"估计莱斯行政官气得够呛。"

"那你现在要约他？"

言溯摇头："今天有别的约会。这个也很重要。"他放下餐具，"先去洗澡吧，过会儿去汉普顿。"

甄爱一愣，见家长？

上了楼，言溯见甄爱不去他的浴室，上前箍住她的手："不和我一起？"

甄爱要挣脱："虽然我们已经发生关系，但我依然拥有自主且独立的洗澡权！我不放弃且坚决要求行使这项权利。"

他被她认真又紧张的模样逗得发笑，脑子都不用转就轻轻松松反驳："我也拥有崭新且合法的和未婚妻一起洗澡权。我不放弃且坚决要求行使这项权利。"

甄爱愣怔一秒，知道说不过他，小女子动口不动手，张嘴就在他手背上狠咬一口。

言溯始料未及，吃痛地松开。她跟窜逃的松鼠一样，一溜烟闪进隔壁房间没影儿了。他低头看看手上一排细细的牙印，摇摇头，哭笑不得。

言溯走进浴室，刷牙洗澡完毕，换了衣服出卧室时，习惯性瞟一眼镜子里的仪容，干净清爽，一切正常，唯独衣领旁隐隐一块暗色。

他欠身凑过去，轻轻拨开衣领，白皙的脖子上赫然几道深深的吻痕，小小的，暗红色。他对着镜子，微微偏了一下头，看另一边，几道细细长长的红色指甲印。

甄爱不留指甲，倒是没有抓破皮，只是他皮肤敏感，起了红痕。镜子里自己的脸，分明和以前一样干净清淡又一丝不苟,他看半晌,手指修长,摸摸脖子两边的痕迹,笑了。立直了身子走出去,莫名心情愉悦。

但考虑到过会儿见家人,对甄爱的影响不好,又特意把衣领竖了起来。

只是几个小时后,汉普顿庄园的餐厅里,气氛就没那么融洽了。

范德比尔奶奶倒没什么非议,只在言溯介绍甄爱为未婚妻时,看了一眼甄爱手上戴着的他们家的宝贵戒指,夸赞:"你戴着很漂亮。"意思就是接受孙儿的决定。

哥哥斯宾塞和以往一样,维持着疏淡而礼貌的距离,看不出任何多余的情绪。甄爱无意看到他握了一下言溯的手臂,想必是对弟弟表示支持。

她看得出虽然兄弟俩个性清冷,但关系很亲密,就像实验室出事那天,身为政客不便出面的斯宾塞竟亲自带着律师团把言溯从警局捞出来。他本应避嫌。

海丽除了惊讶也没别的情绪,她清楚言溯的个性,不可能受外界干预。戒指都戴到甄爱手上,这个未婚妻是铁板钉钉的了。只是坐上餐桌,她总觉得哪儿别扭,盯着言溯看了一会儿,提醒:"亲爱的,注意你的仪表,衬衣领怎么能竖着?"她极轻蹙眉,奇怪儿子怎会犯这么低级的礼仪错误。

言溯神色淡然地把衣领折下来。

同桌人的脸色变得耐人寻味。那个清心寡欲任何场合毫无瑕疵的言溯,怎会如此失控?大家意味深长看甄爱,她竟让言溯和她这么折腾?

海丽脸色变了一分,挥手:"还是竖起来吧。"

甄爱低下头,羞愧得无地自容。

言溯淡定自若地竖起衣领,从桌子底下握住她的手,拇指肚轻轻摩挲,安抚她。

安妮事不关己地淡淡微笑。她也很意外甄爱和言溯能发展到现在的地步。她和斯宾塞一起长大,从小认识言溯,她可从来没想过这个古怪却单纯的男孩会谈及爱情,没想过这个孤僻又禁欲的男人会像世俗中其他男人一样,和某个女人发生肉体关系。

气氛尴尬。

奶奶虽然觉得这不符合言溯整个人,倒也表现得十分开明,居然对言溯眨眨眼睛:"哎,我真怀念年轻疯狂的时候。"

老人都发话了,诡异的气氛得到缓解。

唯独贾丝敏,他脖子上的吻痕和指甲印火一样灼烧着她的眼睛,痛死了!

她无法相信,她见过的最完美的男人会被这个不知从哪儿冒出来的女孩拐走。除了一张勾引男人的脸,她还有什么?

贾丝敏脑子里像被谁伸进去一只手,撕扯着她的神经,疼得她几乎要尖叫。

抬头见对面的言溯稳妥地用刀叉切牛排,一小块一小块悉心放进甄爱的盘子里，旁若无人。他中途不小心碰到甄爱的手，便习惯性地在她手心轻抠一下，像传递某种只有两人会懂的密语。脸色淡静，却掩不住眼眸里一闪而过的温柔。

贾丝敏仿佛有什么东西被颠覆。记忆里那个从小就拒人千里之外，甚至和亲生母亲都身体接触寥寥的男孩，越长大越孤僻疏淡，永远衣冠楚楚无懈可击，和亲人拉着无法逾越的距离。而如今，这世上有一个女孩成了例外。

从此，他眼中的格局由"他自己，全世界"变成了"他和她，全世界"。

贾丝敏掐着太阳穴，无法容忍。

她很想找甄爱谈谈，可没有单独相处的机会，言溯到哪儿都带着她，像生怕一转眼她就人间蒸发了似的。

到了下午，言溯找了自行车，要载甄爱去海边玩。

贾丝敏看着糟心，拖出另一辆自行车："沙地很难骑，你们一人一辆吧。"

甄爱困窘道："可我不会。"

贾丝敏暗中嗤笑，这女人也太假了，装不会骑车故意让言溯载她，恶不恶心？

可甄爱真不会，小时候才开始学就撞进树里，从此被亚瑟禁止了。

贾丝敏想和甄爱单独说话，提议："甄爱，海边不好玩，我教你骑自行车吧。"

甄爱没意见，点头。

言溯却不批准，长手一拉，把她揽去身后："她今天身体不舒服，下次。"

甄爱一脸茫然，我怎么不知道？但下一秒钟，她明白过来，红了脸。

贾丝敏也看出言溯说的她不舒服，是怎么不舒服了，她气得够呛，眼睁睁看言溯把甄爱带走。

晚饭后，言溯单独去找奶奶和妈妈。

他行事向来我行我素，关于结婚，要不是有求于人，都不会这么早带甄爱过来见家长。

一切只因他想给甄爱一个完美的订婚仪式。

订婚礼，他若是不提，她傻乎乎的，也不会在乎。她和外界隔离得太久，在仪式上没那么多的要求和执念。可即使如此，他也希望给她最好的。

订婚仪式，婚礼彩排，盛大婚礼，蜜月旅行，答谢宴……一整套都要做齐。

不需要外人，但需要亲人的祝福。他知道她表面呆呆的，可在这方面，尤其是和他有关的事，她都心思细腻而敏感。

听说这种事会成为女人最珍贵的回忆和谈资，他想给她完满，想看到她惊喜的表情。嗯，他真喜欢她淡静清丽的脸上出现任何一丝快乐喜悦的神情。

言溯怕甄爱一个人紧张无聊，特意把她托付给保姆艾丽卡。

艾丽卡在言溯小时候曾照顾过他。她和甄爱讲起那时的趣事，说家族里有几十个孩子，堂兄弟表姐妹一大群，满院子窜。

唯独言溯，从小就很孤僻，孤零零一个人，要么顶着太阳蹲在外边刷篱笆，要么搭着梯子坐在树枝上搭鸟房，更多的时候，躲在阁楼里看一些大人都不懂的书。

海丽好几次认为这孩子精神有问题，拎他去做检查，各种什么自闭症人际交往障碍抑郁症精神分裂甚至反社会心理都筛查了。结果是，除了智商高得惊人，没有异常。

甄爱好笑又难过："他为什么会这样？"

艾丽卡轻叹："四岁的孩子，很清楚自己和这里格格不入。他父亲和海丽离婚，关系非常糟糕，两人一度互相憎恨。S.A.小时候不爱说话，不讨人喜欢，他们都不要他。美国的姥姥带着他住，后来中国的奶奶接他回去。他父亲早就再婚，继母对他不好。有次，美国的姥姥想他，接他来，发现他被打过，就不放他走了。可这里只有奶奶能照顾他，海丽太年轻，经过第一次婚姻打击，精神不稳，行为极端又歇斯底里。"

甄爱静静听着。虽然是很久以前的事，虽然现在他长成大男人，看上去很好很好，可她还是抑制不住地为他心疼。

在庄园里转了一圈，她意兴阑珊，想回房等言溯，便和艾丽卡告别。才上走廊，迎面遇上贾丝敏，看那架势是守着她的。甄爱停了脚步，等她说话，但贾丝敏脸色不好，也没有反应。甄爱懒得等，动身走向房间。

她见她要走，冷不丁问："你听说了吗？BAU给那个骇人听闻的虐杀案做了画像，警察搜来搜去，结果发现S.A.最符合。"

甄爱侧身看她，没有回答。她当然知道。只是现在再听一遍，还是不好受。

"法院已经批准了对S.A.的禁制令，禁止他以任何理由任何方式离开这个国家，否则视为畏罪潜逃。要不是厉害的律师护着，他现在要被请去配合调查了。"

甄爱心里一跳，强颜镇定："他本来就准备配合警方。"

贾丝敏皱眉："你听不懂我的重点吗？他和你来汉普顿一趟，有多少警察盯着？虽然案件不公开，可你知道在警察内部，对他的名誉有多大的损害？"

甄爱不作声。

"自从遇到你后，他总遇到一些奇怪的事，大学爆炸，银行抢劫，Silverland，还有现在这个变态。"

甄爱："你想说什么？"

贾丝敏目光锐利，可她脸色格外平静，没一点紧张胆怯，就像以前在江心的被杀案、在安娜的被杀案里。她心中暗叹，早该猜到这个女孩不简单。

贾丝敏质疑："甄小姐，你会说中文，名字也是中文。但你的长相和轮廓，比东方人明显很多。我猜,你身份是假的,名字是假的。你该不会是欧洲的……"

甄爱脸色平静得滴水不漏,却听贾丝敏突发奇想:"你是间谍!"

甄爱无语,淡淡地道:"想象力真丰富。"

"S.A. 不会杀人。是你在害他是不是?你为什么要害他?"贾丝敏不知道自己的推测是否有依据,但她的怒气无处发泄,不管合不合理,她必须找出甄爱的可疑点,必须阻止他们在一起。

甄爱道:"我不会害他。"

"因为案情恶劣,警方担心模仿犯罪,并没把案件情况公之于众,但死者家属失去耐心,已经寻求媒体对警方施压了。现在报纸都在用'性虐变态'称呼这个杀手,斥责警方无力。警方为保护嫌疑者隐私,即使承受巨大的压力,也没向媒体透露言溯是怀疑对象。要不然,他就完了。一天又一天,知道言溯是怀疑对象的人会越来越多,现在连我都听说了。谁知道警察内部会不会有人向媒体透露?"

贾丝敏咄咄逼人:"把S.A. Yan的名字和凶杀女人、虐待女童的变态牵扯到一起,你不会心疼吗?"

甄爱脸色微白,她早料到事态会越来越严重,但她只想当一只鸵鸟。

心疼吗?她当然心疼,他是 FBI 和 CIA 的特别顾问,那么多年单纯地学习,正直地生活。那么执着而努力,那么寂静又沉默,不争锋不招摇地维护他心里的公平与正义。

没人知晓,他也觉得没关系。他做过的一切不为人知,可他犯的"错"却会让他闻名于世,声名狼藉。

大家不会知道他付出多少,不会知道他其实是个多么认真单纯又正派可爱的男人,而是会把他和历史上那些恶心倒胃口的变态,诸如绿河杀手英国屠夫山姆之子十二宫混为一谈。

她怎么会不心疼?

可是,虽然她心知这一切和自己有关,但她还是选择相信他,相信他有能力渡过难关,有能力除掉他们之间的阻碍。

她相信他,不容置疑。

甄爱波澜不惊地迎视她:"你说的这些,和我有什么关系?我不是你想的什么间谍,他的幸运和厄运,我都会陪他一起度过。同样,他也会这样对我。"

"你……"贾丝敏觉得不可思议,这女人哪里来的底气,竟说出这种话。

可偏偏这一句话把她的冠冕堂皇拆卸得支离破碎。她气得七窍生烟,小孩子吵架似的恶毒咒怨:"甄爱,你是个倒霉鬼,谁遇到你都倒霉。他活了快二十四年都没事,一遇到你就出意外,不停地受重伤,不停地被人怀疑!都是你这个倒霉鬼。"

她凶恶得眼珠子快瞪出来,"为什么你总是一个人?你的朋友家人呢?该不会都死了吧?"

甄爱脸白了。

她知道猜对了,更加张狂:"你室友死了,你在银行遇见的人都死了,和你在Silverland岛上待过的人全死了。家人也都死了吧?你就是中国人说的那种……天生会把身边的人克死的女人!你要是和S.A.结婚,你会把他也害死。不,现在他就要被你害死了!"

甄爱愕然看她。她和人交往少,这辈子都没遇到过如此汹涌的恶意。她不太明白,很茫然,脑子里转了一遍贾丝敏说的话,摇摇头,认真地说:"S.A.他不在乎,他说,他只想和我在一起。"说完,又呆呆地补充一句,"你说我是倒霉鬼,这些话没有科学依据,不合逻辑。我觉得,不管你们怎么说,我和他在一起开心就好了。"

贾丝敏差点气死,这人软硬不吃,油盐不进。也不知神经怎么搭的,说话总不在一个频道上:"你怎么能说这种话?你怎么这么自私?"

甄爱手背在身后,默默地揪着手指,顿了一秒钟,坦然地说:"我本来就自私啊。"她不以为然,"我不像S.A.,我本来就不高尚。而且,他也知道我是个什么样子。"最后一句话,带了丝她自己都没有意识到的骄傲。

不管她是幸运星还是倒霉鬼,他都不介意,他都喜欢。这一点,她很清楚,骄傲地清楚着。

贾丝敏气得眼睛血红。为什么S.A.喜欢这个女人?为什么他不是永远一个人?她知道S.A.不会喜欢自己,但至少因为家庭的联系,她会是这个世上和他最有牵连的女人。

她嫉妒得要死:"他一定会抛弃你,你们不会有幸福。我太了解S.A.,像他这样的男人,没有女人配得上他,他的心永远是他一个人的。他对你的喜欢不会久过他家里的书。"

甄爱:"你没我了解他。"

"你!"贾丝敏狠狠瞪她几秒钟,转身愤愤地下楼了。

甄爱诧异地看她离开,慢吞吞走回房间。进去后关上门,扶着门把手,忽然定住了。

她盯着虚空,一动不动。其实很清楚现在的状况,其实很担心,可是……

她深深低着头,弯弯嘴角,有些悲伤,近乎任性地自言自语,声音小得像蚊子:"我不管,我就要和他在一起。"

手中的门把手忽地往下一转。

甄爱一惊,那边像是有什么感应,动作缓了一下,门轻轻推开。她瞬间调整了情绪,下一秒,言溯清俊如画的眉眼进入视线。

他原本神色淡淡,看她的瞬间就染上了只对她才有的温柔,自然地搭讪道:"给我开门?"

"是啊。"她巧笑嫣然,挽住他的手,"S.A.,我听艾丽卡说了好多你小时候的事,好可爱。"

"是吗?"他关上门,玩味地瞥她一眼,"我倒不希望将来我们的孩子有像我那样的小时候。"

甄爱没有羞,心里隐隐作痛,更紧地搂住他的手臂,在他手背上画圈圈,安慰地撒娇:"可是S.A.,我觉得现在的你,很好。"

言溯沉默半晌,认真地自我反省:"我太孤僻了。"

甄爱想宽慰他,违心地说:"哪有?你哪里孤僻了,一点都不。"

言溯点点头,仿佛获得了认同,变回一副毫无自知之明的样子:"其实我也不觉得我孤僻,但大家都这么说。"

甄爱:"……"

就是这无语的一个眼神,言溯笑她:"噢,撒谎了吧?"

甄爱:"……"这种时候还有心情给她设套……

他的手落到她腰际,带着温柔的憧憬,缓缓道:"Ai,等将来我们有了孩子,我认为,他会有恩爱的爸爸妈妈,他会健康快乐地成长,他会过得很幸福。"

"S.A.,你是不是觉得童年很遗憾?"

他摇摇头,很坦然:"那倒也没有。毕竟,好,或不好,都有它的意义,都算是人生途中合理而珍贵的记录。"

所以他才始终云淡风轻,宠辱不惊吧?

甄爱蓦然想起小时候去教堂唱诗,《圣经》里有一句话,不正说的是言溯?

He is like a tree planted by streams of water, which yields its fruit in season and whose leaf does not wither.(他像立在溪水旁的一棵树,按时令结果子,叶子也不枯干。)

那样自然而然,随着季节变换,时空变迁,按着人生的时令做着他该做的事。不迷茫,不彷徨,永远淡定从容。

听上去那么简单,做上去那么难。

她微笑点头:"好,就像你说的。以后,我们的小孩要有很幸福的家。我们一起。"

他低头在她额头上印上一吻。

吻完忽然想起什么,手臂移到她腰下,稍一用力,把她抱起来放在大理石长桌上。

甄爱骤然腾空,吓一跳:"你干吗?"

"检查你受伤了没。"他不由分说把她的裙子掀到腰际，一连串动作，不过五秒钟。

甄爱又急又羞地拦他："别闹。"

言溯已探头去看，清俊的脸上竟摆着拧眉钻研的表情。甄爱会被活活羞死。她脸颊发烫，拼命乱扭，低声嚷："我没事，你别看了。叫你别看了！"

"别动！"他认真地命令，双手按住她的腿。也不知在想什么，凑过去，轻轻吹了吹。

凉丝丝的麻麻的感觉直抵心尖，甄爱一惊，蹦起来，血红着脸瞪他："你干吗？"

言溯抬起头，目光清澈又赤诚："我怕你疼，给你呼呼。"

甄爱一愣，讶住，不知道是好气还是好笑："你哪里学来的？"

"我跟你说过，我是个天才。"

甄爱笑出声，他却皱眉，认真道："Ai，你的身体好神奇。"

"什么？"

他像个学者："女性的那个部位很柔软，但其实从生物学上看，复层鳞状上皮是人体细胞里最耐摩擦的。"

……他用孩童那种"十万个为什么"的探秘态度和好奇的求知精神说这种话，真的合适吗？

甄爱愣了一秒钟，全身血液猛冲到头顶，脸顷刻成了西红柿！这个脑袋多根筋的人，她无语了。

她要给他羞死了，鼓着脸推他，可他手一拨，她立刻就发软。

在求婚一事中成功见识到言溯叹为观止的创造力和想象力后，甄爱在这件事中见识到了他惊人的学习能力和领悟能力。

……

第二天早晨，甄爱迷迷糊糊地醒来，脸上有一抹懒洋洋的暖，似有淡淡的阳光在跳跃，耳旁是言溯均匀而有力的心跳声。她缓缓睁开眼睛，阳光和他都在。胸腔瞬间被暖暖的幸福填满，幸福得快要被融化。他的睡颜还是那么静谧而安然，美得像一幅画。

薄纱窗帘外，是海边一夏，阳光热烈又灿烂。隐约可见，葡萄架上藤蔓随着早晨的风轻轻摇曳，这是个安宁又温馨的夏天早晨！

和他在一起的每一天都会这样，然后，就变老了。她缩在他怀里哧哧地笑，轻轻捂住大大弯起的嘴角。

言溯和甄爱起得有些晚，错过了早餐。不过今天庄园有活动，请附近的邻居们吃早午餐。

两人坐在海边的花架下,自得其乐。

途中,艾丽卡和海丽说,贾丝敏不见了,到处找不到。仆人们说最后一次见贾丝敏,是今天拂晓,她端着杯红酒进卧室。在那之后,竟没人再见过她。

海丽诧异,去她房间,依然没人。

"这孩子一声不吭跑哪儿去了?"

言溯立在一旁,目光凌厉地把卧室扫了一圈,手机在床头,被子没叠,隐约有红酒渍,酒杯却没见,窗户松散地关着,窗帘没拉。

他微微拧眉:"报警吧,她被绑架了。"

"什么?"海丽惊愕。

言溯却突然没了反应。说出那话的瞬间,脑子里猛地划过一个不祥的念头,却不是关于贾丝敏。

他心一沉,蓦地回头看,家里的人都跟过来了,她却还没有。

她当时走在最后边,偷偷抠他的手心,声音小小软软的,有点娇:"S.A.,你先和海丽去找贾丝敏,我去下洗手间。"

他脑子里一片空白,拨开人群就冲了出去。

甄爱走出洗手间,立在欧式洗手台前冲手,低着头,却隐隐觉得镜子里有什么晃了一下。

她尚来不及抬眸,就听背后有人嗓音性感,带了一丝标志性的轻佻和傲慢:"Hi!"

甄爱心中大骇,双手凝滞在半空中,哗哗的流水如珍珠般从她白皙的指缝冲刷而过。她浑身冰凉,几乎是一寸一寸地抬起目光,望住镜中的那个男人。

他有着非常深邃而深刻的五官,身子很高,散漫地双手插兜,斜倚着墙壁。

见她惊怔的眼神终于在镜子里和他的交汇,他手肘一抵,从墙边站直了身子,眼眸幽幽,嘴角带了一抹淡笑:"Hi, little C!"

卷八　溯爱

Dear Archimedes

"玩了这么久,还不回家?"

"嗯,走吧。"

……

汽车里播放着甄爱很喜欢的经典老歌"*Hotel California*",她曾以为,听着这首歌会看到加州的灿烂阳光和碧海银沙。可此刻,她的心情低落得像掉进海里,一点一点往下沉,窒息、无依、绝望、离阳光越来越远,坠落的无力感永无终点。

伯特时不时透过车内镜瞟她。她侧着脸,那么美好,和记忆里的一样美好。

长长卷卷的黑睫毛,清澈漆黑的眼睛,高挺小巧的鼻子,粉粉的像花瓣的嘴唇,长发迎风乱飞,撩着白皙清透的肌肤。美得让世界都失去色彩。

这就是她,这就是 Little C。

只不过她看上去并不开心,沉默而又安静,没有丁点情绪。

他认为,她在和他赌气。小女孩赌气嘛,哄哄就好了。他并未在意。

车内的吉他音乐悠扬婉转,车后数不清的警灯闪烁警笛鸣叫,在漫长的洲际公路上,在夏天茂盛的原野上,像一条闪烁的河流,汹涌奔驰。

甄爱望向后视镜,不是监视言溯的 FBI,而是暗中保护她的 CIA。

她没兴致地挪开目光,看着原野上的灌木,问:"贾丝敏呢?"

"谁?"听见陌生的名字,伯特并不挂心。

她更淡漠,像无精打采,又像对任何事都提不起兴趣:"汉普顿庄园里不见了的那个女人,被你抓走了吧?"

"哦……"伯特想起来了,语带讥嘲,"你说那个不知好歹的女人?运走了。"

运走?甄爱慢慢抬起眼睁:"她会怎么样?"

伯特车速极快,还敢扭头看她,看了足足三秒钟,一副"你怎么能不了解我"的埋怨表情:"还用问我?"

甄爱蹙了眉,光是想想就觉得不适:"放了她吧。"

在她看来,贾丝敏除了说话颠三倒四毫无逻辑,没什么大问题,实在不至受到那些待遇。安妮说过,大家族里人的命运是连在一起的。她不希望别人看见言溯就说:愿上帝保佑你的妹妹,希望你们家早日走出阴影。

伯特没直接回答,反问:"放了她,你会开心吗?"

甄爱不配合地别过脸去,不说话。

他耸耸肩:"那就算……"

"会开心!"她违心地回答。

其实,如果见不到言溯,任何事任何人,谁死谁活,她都不在乎,她都不会开心了。想到言溯,她的心陡然刺辣辣地疼。言溯现在在干什么?一定疯了似的在找她。

后面的车追得很紧,伯特的车猛地一转弯冲下公路,甄爱从座椅上飞起又狠狠砸下,安全带勒得生疼。她心情不好,捂着胸口,深深皱了眉。

伯特见她脸色不好,清黑的眼眸深了一度,闪过不耐,看看后视镜,自言自语:"这些人是该死。"一掌砸向某个按钮。宽敞的车发出声响,车顶也发出机器音,甄爱抬头一看,竟是霰弹枪!这一弹出去,能炸毁一辆车。

"伯特,不要杀人!"

上车这么久,她第一次叫他的名字。伯特脸色有点儿奇怪,顿了好几秒,抑扬顿挫说了句:"好,我答应过你,当然不会杀人……K!"

车后的科尔立刻抱枪,打开小窗口瞄准。他不杀,可以叫别人杀。

"你倒真是守信。"甄爱讽刺,眼见K真要开枪,斥他,"你敢!"

K面色驯服,真没动静了。

"我说了,不要杀他们。"

伯特点点头,赞同:"好。然后我们被杀。"语气一如那个任何时候都爱和她较劲斗嘴说反话的男孩。

甄爱面无表情:"他们不会杀我。"

伯特一听,顿时脸就灰了:"可他们会杀我!呀,Little C,你还真是不心疼我。"

甄爱抿抿唇:"……他们也不会杀你。"

"是啊,他们会活捉我。"伯特眸光闪闪,勾一下嘴角,像是好气又像是好笑,"我被他们抓去,你忍心吗?他们虐待我怎么办?"

汽车群在原野上疯狂追逐,他手脚敏捷地操纵着时速几百迈的车,竟还神态自若,用聊天的语气和她玩笑。

甄爱头大,莫名被他惹怒了,冷冷地道:"不是每个人都像你是个虐待狂。"

伯特听言,开怀笑了,很得意:"是吗?你真这么想?"好像这是他很唯一的特殊之处。

甄爱差点骂他:"我没表扬你!"

K端着枪,脊背发麻,好久没见C小姐,也好久不见谁敢这么和B先生说话了。

甄爱心头笼着阴霾,扭头望苍茫的原野,抿着唇,良久不作声。

她不知道自己现在是种什么心情,她不想跟他回去。可也不想让伯特死,不过,或许他可以被CIA抓走,说起来伯特是和她一样的生物医药天才,他们会不会把他捉起来让他搞研究?

她木了脸,这种想法好无聊。她都不知该怎么逃走,唯一的希望是身后紧追的警察。

伯特很聪明,知道如果在别的地方抓她,她一定会逃,一定会抵死反抗。

可那是奶奶的庄园,她要是不平平静静跟他走,他会眼睛都不眨一下杀了那里所有人,言溯的家人。

言溯……

伯特至今还没提他,这反而让甄爱不安。她隐隐感觉,伯特准备好了一切,给言溯写了结局,所以他才从容不迫,随性又随意,丝毫不提和言溯有关的事。

可即使他看上去那么轻松,偶尔还挂着笑,但甄爱太熟悉他了,一眼就看得出来他心里其实忍着气,很强烈。

他和亚瑟不一样。亚瑟生气会不说话,甄爱偶尔哄他,一句就好了,更多的时候甄爱太迟钝,不知道他在生气,他就会自己消气了来找她;可伯特生气,会表现得格外轻松,绝口不提让他生气的事,等到甄爱不注意时狠咬她一口,让她永远都记得他什么时候生过气。

甄爱忐忑,恍惚觉得在等待注定悲哀的结局。

伯特不知从哪儿拉来一条厚厚的棉被,把她裹住,随即车身猛地一晃荡,甄爱从神思中回神,哐当乱撞,却撞进软软的棉被里。她一愣,原来汽车重新冲上公路。

路上是渐渐聚集的上班族车辆,他在拿平民做掩护。

甄爱吃惊地看他。果不其然,他的侧脸安静了,眼睛幽暗。警察长时间的紧咬不放让他渐渐失去耐心,偏偏顾忌她的情绪又不想开枪。

早晨上班的稀疏车流中,他的车像一尾灵活的鱼,超车、抢道、避让,游刃有余。所过之处车辆鸣叫刹车,躲避不及乒乒乓乓撞在一起,后边警车速度太快,有的避让刹车,有的从公路上翻滚下去,有的撞在路边。

甄爱抓着扶手,在被子里颠来倒去,头晕目眩。

后视镜的一幕让她心惊肉跳,她坐的车溜得飞快,后面车流却完全崩溃,一片狼藉。

他转眸,自得地看她:"这不能怪我吧?"

"……"甄爱心烦意乱,懒得理他。隔了半秒钟,望着后边的人仰马翻,"你没必要这么做……他们是想保护我。"

"他们是想利用你。"他语气生硬又霸道,说完,叹了声,"傻!"

甄爱脸色僵了。

"跟我回家吧。他们不会保护你,我们才会,也只有我们有能力保护你。"他微微眯眼,轮廓分明的侧脸闪过一丝柔和,又不悦,"你那么聪明,难道不明白他们的保护是什么意思?他们看中的是你脑袋里那些可以毁灭世界的力量。"

"他们保护的不是你,而是你的能力。因为你能制造小剂量就让生物大规模瞬间死亡的毒药和解药;你懂克隆人技术;你会制造改变人体生物能的药;你会制造动物药和异能药，让人拥有和动物一样的能力或异能。他们很清楚，光是其中的一种，卖给恐怖组织或是其他政府科研机构，都是大把的真金白银。掌握在手里，也会上升到战略的高度。这就是你的利用价值。"伯特眼神阴暗，紧绷的脸上透出隐隐的怒气，是替她不值，是气他们那样对他的Little C，"你和他们本土秘密研究这些东西的科学家不一样。对他们来说，你永远是异类，是邪恶的一方，不值得信任。等你没了利用价值，他们会立刻站到正义的一面，杀了你。"

甄爱不为所动："我有本事让自己永远有利用价值。无所谓，各取所需。"

那么危险的力量，不能只让某一方拥有。总要有制约和平衡。她想起言溯养的那尾小鱼，和爱因斯坦一样的名字。S.A.很喜欢吧！

伯特双手抠着方向盘，手背上青筋绷起："你就那么不想回家？在那里，你什么都有。你要是不喜欢，一辈子都不用再进实验室，我来管。"

"自由。"甄爱望着窗外的风，"我只想要自由。"

"你可以有。A说以后不会关着你，世界各地，你想去哪里都可以。"他讥讽，"他们给你自由了吗？"

甄爱不语。她不是傻子，知道自己其实被CIA变相囚禁着。可她遇到了言溯，和他在一起的每一刻，即使是被他束缚在怀里，她也觉得是自由的。

身体是，心更是。

甄爱缓缓抬起眼帘："B，如果哥哥没有死；如果我没有因为怨恨你们而逃出来；如果我没有看到外面的世界，我或许还会像以前一样，懵懂而无知。我或许还会像以前一样，认为S.P.A做的一切都合情合理，认为你对实验楼那些女孩做的一切再正常不过……或许还认为，和亚瑟还有你，三个人一起，是自然又恰当的。如果真是那样懵懂，我会因为无知而过得很幸福，结婚了，有好几个孩子，随心所欲，享尽一切，单纯地被亚瑟和你宠爱着。"

伯特静静听着，深幽的眼眸波澜不起，寂静而沉默。

甄爱的话语那么简简单单地一转，让他的眸光瞬间暗淡："可现在我觉得这一切都不对。我变了，心再也回不去了。B，现在，我的自由就是，远离亚瑟，远离你。"

伯特寡淡一笑，越发暗沉："很遗憾，你要失去自由了。C，这世上的一切我们都会找来给你，唯独这项，不能。"他隐着凌厉的气势，飞打方向盘，扬长而去。

甄爱猛地一怔，不可置信望着镜里逐渐变小的嘈杂混乱，心一下跌到海底，警车没追上来……她分明抱着希望，等他们来救她的。

她不想跟伯特走！

他见她错愕得像受了毁灭性的打击，小脸空茫得可怜，又忍不住哄："生气了？"

"没有。"

"你不开心。"不容欺骗的语气。

甄爱不想理他,手却不自觉往下移,去摸安全带。才动作,耳旁响起他微凉的警告:"C,别想跳车。"

他收敛了之前的一切情绪,又冷又硬。

她脊背僵硬,不舍又悲凉,缓缓收手。

阳光洒进来,给他额前的碎发染上温暖的光晕,映在他墨色的眼眸里,灿灿的像水底的黑珍珠:"C,别想跳车……别伤害你自己。"

甄爱顿感挫败的无力,和他根本说不通。她望着外边飞驰的景色,闭紧嘴,绝望又木然。

而她刚才摸安全带的举动无疑刺激了伯特,他脸色更平静了,车速猛地开快,仿佛这样就可以把她从身后的世界抽回来,回到以前。

车厢里诡异地安静,只剩天地间的风声。

甄爱渐渐不安,他忽然开口了:"S.A. Yan!"

甄爱心里猛然一震,屏着气,竟不敢贸然接话。

"你变了。"伯特不等她,自说自话,"那个男人给了你很大的勇气。"语调平稳得没有一丝起伏,像暴风雨来临的前兆。

甄爱咬了咬牙:"对,我要和他走。"

"走?哼,谁准你走了?"他冷声,气氛陡然降到冰点。

后边的K立刻低头。

甄爱不怕他,面色平静,像冰封过。

寂静过后,伯特弯了弯嘴角:"很遗憾,你再也见不到他了。"

甄爱的脸颊极轻地颤了颤,安静的眼眸里一闪而过淡淡的凄哀。

她很想言溯,很想。

伯特从镜里看她,她立刻垂下乌黑的睫毛,蝴蝶般扑扇,遮住黑黑的眼睛,白皙的脸上是说不清的凄凉。

他想起小时候,她妈妈要没收她心爱的兔子,她细细一个立在角落里,小手死死揪着裙子,固执而僵硬地对峙着,委屈、悲愤又无助。那时,她就是这个样子,这个眼神。

"亚瑟呢?"

伯特听言,奇怪看她,竟笑了:"怎么?如果他在,你就会哭,让他心疼吗?"

"你不一样会心疼?"冷笑的神情其实不适合她。

伯特一愣,哼一声,掩去眼里的尴尬。

"那些女人,是谁安排苏琪杀的。你,还是A?"

"他计划,我执行。"他轻慢道,"特地为 S.A. Yan 量身定制的反侧写、反犯罪心理画像,精彩吗?哦,忘了告诉你,就在刚才,有人向媒体泄露了警方的嫌疑人名单。那个'有人',就是我。"

难怪在孤岛,亚瑟那么轻易就放他们走。原来孤岛只是前奏,真正的大戏在后头。FBI 迟早会翻出 Silverland 的杀人案。现在连甄爱都不见,言溯的嫌疑要成几何倍数增长。

"C,你全程见识了 BAU 小组的犯罪心理画像,听到他们对幕后主使的分析。你也听了 S.A. Yan 对这个'变态'心理的揣测和解剖。是不是觉得他很厉害? C,这就是他自己!你从视频里看到的一切,受害者尸体上表现出的一切,BAU 小组都没有看出来的,只有 S.A. Yan 懂。我们画出来的东西,只有相似的心思才看得明白。他就是!你认为他很光明?不,人心总藏着阴暗的角落。我不过把这个角落挖出来,让他看见,让所有人看见。而他没让我失望,一眼就看懂了这幅画像。"

所以,他们不单纯是在陷害言溯,还按照对他的心理分析,唤醒他心中的阴暗面?他们只是用人命在画像,让言溯从中找到共鸣?

甄爱摇头,很固执:"不对,他不是你说的那样。"

"是吗?"伯特的话耐人寻味,"你这几天没发现他和以前不一样,他有事对你隐瞒?"

这几天?甄爱下意识回想,他没什么不一样,他没隐瞒什么……不对,唯一不同的是,他们……发生了关系。不可能!他没那么脆弱,没那么容易受影响。一切只因为,他爱她。一定是这样。

甄爱再度摇摇头,更加坚定地重复:"不对,他不是。"

"那就等你眼见为实。"

甄爱一弦:"你们准备把他怎么样?"

"像谢琛一样身败名裂,然后死。"

甄爱更加决然,脱口而出:"那我就和他一起死。"

伯特愣了一下,眼中闪过冷意:"你在威胁我?"

"没有。"甄爱极其冷静,"他为我付出太多,我只是做我想做的。"

"为你付出?"伯特深觉可笑,却又听出别的意思,脸色一下变了,"呵,我从不怀疑你的魅力。"

他眼中闪着奇怪的光彩:"K,你说,我们 Little C 几年不见,是不是越来越漂亮了?"

K 点头,却是不敢看甄爱的。

甄爱不明白。

"K！"伯特把座椅放倒，科尔立刻接方向盘。

甄爱见自己的靠背也倒了，惊愕之时，伯特已俯身凑近，低沉而危险的声音回荡在耳边："我刚才就觉得不对了。"

他手臂下落，用力箍住她的细腰，冰凉的鼻尖贴在她的脖子上，狠狠地嗅，像猎犬嗅一块肉。她惊得一动不动，却听他阴沉道："C，你身上的气味变了。"

甄爱蓦然头皮发麻，心跳骤停。脖子上窸窸窣窣。

他吸着她的香气，从她白皙的脖颈间抬起眼眸，目光阴森，像某种嗜血的兽："你把你的贞洁给了那个男人！"不是询问，而是肯定。

他大掌滑下去，隔着裙子薄薄的布料，很烫，很用力。

甄爱羞愤至极，用力挥开他的手。

他松散地任她打开，鼻尖和嘴唇仍贴着她的脖子，纹丝不动，寂静中有种不动声色堆积的森然愤怒。

"你怎么能这么不乖？"他隐忍而凌厉的气息太近，甄爱浑身冰凉，想动却动不了。

他的唇摩挲着她的脖颈，一张一合："知道A和我最喜欢什么水果吗？"

她僵硬着身子，不回答。

少年时的亚瑟和伯特在她实验室外开了果园，种了好多果子，到成熟的时候，放在漂亮的竹篮里打上蝴蝶结，搁在她的实验台上。

她喜欢精致的篮子和蝴蝶结，收藏起来；亚瑟和伯特敲她的门去回收，她说被外面的松鼠偷走了。

亚瑟很配合："那我去找松鼠要。"

伯特却捣蛋："该不是你这贪吃鬼把篮子烤了吃了吧？"

她气得摔门。

可此刻的伯特那么危险，一点不像那时的少年。

他紧紧贴在她身后，身体温热又结实，声音却冰冷："种的果子悉心呵护了好多年，成熟前却被别人摘走咬了一口。这种心情，你明白吗？"

安静。

甄爱被他束在怀里，头发发炸，不敢呼吸。

他拧住她的下巴，把她的脸扳过来，直视："Little C，你惹我生气了。"

伯特的脸色格外平静，静得可怕，深深的眼中闪过一抹紫色，是他怒意爆发的前兆："你说，A要是知道你背叛了他，他会多生气？"

甄爱大惊，毛骨悚然，下意识一缩，却没能逃脱。

伯特单手把她从安全带里捞出来，拢到车后宽敞的空间里。

甄爱毫无还手之力，猛地被他拎去后边，她忍不住"啊"地失声尖叫。

这一叫，伯特陡然停下来，怀抱不由自主地颤了颤。

他低头，微微眯眼看她，眸光闪闪，带了一种情欲挑起又得到释放的迷醉，仿佛身心都得到极大的满足和抚慰。

身体像触电般狠狠战栗了一下，他死死扣住她的下巴，拇指肚抚摸她颤抖的唇，合上眼睛仰起头，仿佛沉迷地享受着身体里某种疯狂流窜的痛快。

他白皙而修长的脖子上，喉结滚了一下，几近呻吟似的长叹："天啊！Little C！就是这个声音。"

甄爱全然不懂他说什么，此刻，他周身散发着极度危险的气息。

他手掌紧扣她的脸颊，脉搏像失了控般疯狂搏动。她蓦然明白她只怕唤起了他的某种欲望。她又羞又气，奋力去推他的手。没想他更快，一下把她按倒在水平座椅上，整个儿压上去把她结结实实罩住。

伯特压着甄爱的肩膀，力道大得她挣扎的力气悉数被化解，他鼻尖抵着她，呼吸急促又狂热，和刚才的他判若两人。连嗓音都变了，性感又沉哑，朦胧地唤她："Little C，告诉我，你被男人压在身下时，是哪种声音？嗯？比刚才温柔性感上千倍？是不是让人骨头都麻了？S.A. Yan 有没有很喜欢听你呻吟？嗯？他是怎么让你叫出声的？告诉我，乖，叫给我听听。乖，让我听听，别怕。"说着，手探下去掀她的裙子。

甄爱大骇，吓得面容失色，力气比不过他，几乎想不出别的办法，绝望之下慌不择路地大喊："你要是敢碰我，亚瑟不会放过你的！"话音没落，甄爱自己先蒙了，她在说什么？

伯特瞬间停了下来。

"是吗？"他不怒反笑，"现在知道这世上，谁能保护你了？C，这是你的本能。"

甄爱怔了，愕然看着他琉璃般漂亮的眼睛，他得逞了似的笑意盎然。

他刚才是故意刺激她？

伯特没有松开她，忽然收敛了情绪，眼眸变深，低下头。嘴唇在她唇上，很轻很轻碰了一下，不带任何多余的动作，很干净。

甄爱愣愣的来不及反应，他已毫不留恋地抬起头，眸光灿灿，嘴角轻弯，一如无数次他捉弄她，成功惹她哭、惹她气、惹她叫、惹她斗嘴的快乐自在。

甄爱知道被他耍了，气劲儿上来，一拳挥去，却蓦然停在半路。虽然伯特这一刻没动作，但他仍沉沉压在她身上，神色玩味。甄爱像一只被小狗盯上了的肉包子，全身汗毛都竖起来，装作没在意，凶他："你起来！"

伯特表情微妙地看她一秒钟,真跪坐起身了。

她落了口气,没想下一秒钟他拉上隔帘,跪在她腿间解开裤子。

甄爱惊得面色煞白,扭过头去,拼命往后缩,可他抓住她脚踝一扯,把她再度拉倒在他身下。"你敢!"甄爱尖叫,"伯特!你敢!"

"你看我敢不敢。"他笑,语气像斗嘴。

"我杀了你!"

"我倒认为你不会舍得杀我。"伯特笑容更大,双手将她的裙子掀起,压了下去。

甄爱怎么用力都推不开,气得眼睛红了,止不住的恐惧像冷空气侵袭到四肢百骸。

他见她气得发抖,又不忍,哄小孩似的抱住她的头,在她耳边喃喃,声音竟有些柔弱:"Little C,别动!就一下,乖!我怎么会伤害你?但我现在很难受,不要把我推开。好不好?"

甄爱一蒙,蓦然发觉他并没碰她,却滚烫地紧贴着她,像只不听话的动物在用力磨蹭。甄爱空白了一两秒,陡然羞愧难当,皱眉呜咽着推他:"我不要!你走开!"

他按住她的肩膀,眼神失控,不知是警告还是谈条件,一字一句咬牙切齿:"知道吗?我更想看你在我怀里颤抖,听你控制不住地呻吟尖叫,"他眯着眼,声音都在颤,"你的表情、眼神和身体的战栗,我都想知道!可我不想强迫你。所以一人让一步,你乖乖的,不要推开我,好吗?"

甄爱被这串话和他脸上强烈的渴望震住,真不敢动了。她怕他受了刺激失控,把她就地处置。她咬咬牙,狠狠抿住嘴唇,任他紧贴着她,任他呼吸越来越快身体僵硬,任她的腹部变得温热湿润。

纵使他声音沙哑地唤她的名字,纵使他咬着她的耳朵毫不压抑每一丝喘息和快意,她始终默然,一声不吭,仿佛没有任何情感,只是一个娃娃。可对他来说,全世界,只有她不是娃娃。

末了,他撕下她一角裙子,替她擦拭干净,道:"我会非常期待我们的第一次。"

甄爱恶狠狠瞪他,一副恨不得吃了他的表情,愤怒地拉下裙摆滚去角落。

她背对他,侧躺在座椅上,静了一下,脑子轰地炸开,腹部还残留着剧烈摩擦后的痛楚。身上都是腥膻味,挥之不去。她又气又怒,又羞又耻,仿佛前前后后做了一大串背叛言溯的事。想到言溯,她突然委屈,眼睛莫名发酸。

"好啦,别生气了。"他凑过来哄她,"我都没碰你。"说得还很遗憾。

"你滚!"她掀开他的手。帘子前边,K听了,惊得差点从椅子上跳起来。

"我不滚。"他慢悠悠的。

甄爱气疯了,正想跳起来抽他,空旷的原野上突然传来三声尖锐的汽笛,前一声长而缓,后两声短而急,甄爱一下惊起,这声音是……她猛地翻坐起来,趴着窗子往后一看,不正是他吗?

SUV从斜前方过来,瞄准车腰直冲,行驶角度刚好交错,即使是K刹车打方向盘要避也来不及。

"C!!"

眼见那辆厚重的SUV猛撞过来,伯特条件反射扑上去揽甄爱,想把她护在怀里。

甄爱愣了,有些不忍,却在极短的时间内一狠心,猛地推开他,卷着被子拉门滚了下去。

盛夏已过,秋意淡淡。

茂盛又初见衰败的原野上聚了多辆车,警灯闪烁。现场拉着长长的警戒线,各路人马进进出出。没人伤亡,却引来了CIA和FBI的精英。

FBI认为最近发生的恶性虐杀案,言溯是头号嫌疑人,甄爱是他的学生,两人关系密切。

CIA则比较狡猾,说甄爱因为指证连环杀手,参加了证人保护计划,其实是普通学生,最近在普林斯山的地下工厂做实习调查。

周围忙忙碌碌,言溯挺拔又孤独地立在撞成废铁的两辆车前,面色沉默而冷清,脑子运转得有条不紊。能让甄爱一声不吭离开庄园的,只有苏琪背后的神秘人,伯特。被撞的是伯特的车,斜插而来的车是欧文的。可,他们消失去了哪里?

言溯绕着被撞的车走了一圈。

后门开着,车内座椅全放倒,地上一块撕碎的裙角,他再熟悉不过。只一眼,竭力平静的心像被谁撕开一道大口子。

裙子是他买的,今早亲手给她穿上,那时,她在他怀里咯咯笑,仰着脑袋转圈圈。

此刻,碎布之上黏着陌生的浊液,属于男人。车厢里萦绕着淡淡的雄性腥味,像原始动物用体味彰显身份划分领地,又像在宣告对女人的占有。

言溯心一凛,仿佛撕裂的伤口被倒上冰。他神色依旧,担心甄爱有没有受伤,更担心她有没有哭。

特工们在一旁交流想法,初步推断有人劫持了甄爱,特工欧文虽然中途拦截,但很可能被一起抓走了。

言溯目光扫向四周,荒原,山丘,海湾。

欧文并非突然出现,而是一直独自暗中跟着。这儿距离伯特把警察甩开的地点很远,他追车那么久,为什么选在这个地点撞车?

他望向远处随风摇摆的灌木丛,不跟任何人打招呼,突然奔跑过去。

丛林落叶,无尽的奔跑,海阔天空,熟悉的山脚,嶙峋怪石,海风,他从陡峭的海边悬崖滚落下去，浪涛拍岸，风卷沙石，尽头是那半壁山岩，整整齐齐削掉了一块——当年谢琛自杀爆炸的地方。

就是这里，隐蔽的林中海湾，怪洞极多，处处连通，易守不易攻。

身后的特工和警察们已追上来。

"欧文带着甄爱躲在这附近。"言溯肯定地丢下一句话，再不多说，钻进附近的山洞里。

走了几个山洞，徒劳无获。莱斯开始怀疑言溯的判断，将要命令撤人时，言溯的目光却落在海水线上的一块巨石上。从崎岖的石上走过去，转过弯，能容纳两人的洞口赫然眼前。

外边是海洋，这个地点果然奇佳。

里德有了某种预感，警惕地掏出枪，打手势招呼大家过来。等待的间隙，一扭头，言溯空手进去了，寥寥的身影很快被黑暗吞没。

弯弯绕绕走了不知多少米，光线越来越暗。言溯渐渐放缓脚步，调整眼睛的适应力。屏气倾听，黑洞里没有任何声响，隐约只有遥远的滴水声和漏风的轻啸。

他指尖点着墙壁，一步一步继续往里，面前越来越黑，某一刻，迎面撞上一个黑洞洞的枪口，直直对着他的眼睛。

言溯静静的，白皙而清俊的脸上，表情并不清晰，模糊进了阴暗的背景中。

对面，枪的主人，是欧文。

欧文举着枪，手臂端直，那样笔挺而庄严地立着脊梁。面容硬朗而坚毅，可一双灰蓝色的眼眸彻底涣散，没有丝毫的光彩。

身后的手电筒追了上来，强光从他的瞳孔划过，没引起任何生理反应。

言溯无声地，深深地，蹙了眉。

良久，退后一步。

一束束更多的手电筒光照射进来，把狭窄的洞内变成白昼。

身材高大的欧文，右手搭在石壁凸起上，保持着举枪瞄准的姿势，一动不动。

石壁上无数弹坑，他被打成筛子，衣服上没有一处不被血液浸透，地上的猩红色像毯子一样铺开，红得像花儿。

在场之人倒吸一口冷气，没人能想象当时的惨烈。

即使血液流尽，子弹打光，他依旧站得笔直，战斗到最后。仿佛不管谁来，他都要坚定不移地保护他身后的人，仿佛再来一个人，他依旧可以醒过来开枪。

那么一张年轻而帅气的脸，写满了平日里少见的凶狠与决绝。

言溯定定和他空洞的眼睛对视，他茶色的眼眸中划过一丝深刻的沉痛，耳畔回荡起欧文曾经说的话："拼尽全力护她安全，即使殉职也在所不惜。"

那时是冬天,当时那么简单的一句话,到了秋天,他用如此悲壮如此惨烈的方式兑现。

几平方米的空洞里,再没有别的人影。

没有甄爱……

他心里原本存有最后一丝侥幸,期盼欧文救走了甄爱。

直到这一刻,言溯才真真切切感受到一种深彻肺腑的可怕,像寒冷、疼痛又潮湿,一点一点浸润到血脉——甄爱,真的不见了。

竟然就这么……他脑子空了,无数次重复今天早晨的噩梦轮回,她柔柔笑着,轻轻抠他手心,分明前一秒还在眼前,转身就不见……转身就……再也不见……

他愣愣的,转身回头看,没了,真的没有她了。

分明,连一句好好的告别都来不及……

法医检查欧文的尸体:"正面二十一处枪伤,子弹口径统一为11.43mm;背后一处枪伤,子弹口径11.2mm,直接穿透心脏,这也是致命伤。"

CIA的贝森特工听言,凝重地皱了眉:"甄小姐的枪就是11.2mm口径。"

莱斯等人听言,纷纷露出怀疑的神色,欧文的背后留给他保护的人,照这么看,甄爱不是受害者,可能是同谋?

特工们互相交换着眼神,而取证的法证人员中,突然传来惊呼:"炸弹!"

现场气氛一下紧绷,无数双眼睛循声看去,杂乱的干枯海草下边,赫然一片红色倒计时,在昏暗的背景下,红得像血,触目惊心:00:00:59

一瞬间的死寂后,有人狂吼:"撤退!"众人立刻迅速而井然地往外疏散。

只有言溯,纹丝不动,没有要撤离的迹象。

他目光平静又锐利,急速扫视着周围的环境,石壁上,缝隙里,欧文的身上,地上的角落,每一个空间都不放过。

红色数字飞速流逝,像是谁不可挽回的生命。

窄洞中,人越来越少,洛佩兹特工近乎命令地朝言溯大喊:"S.A.!立刻撤退!"

言溯突然面无表情地迈开步子,还不离开。他在山洞里疾步走动,手电筒光飞速在洞内扫过,眼睛的速度更快,把每一寸模糊的影像都刻进心里。

脑袋前所未有地高速运转,处理着他眼睛看到的一切视觉印象,可时间一秒一秒飞逝,没有任何有用的信息。他目光凌乱而紧张,却死都不肯放弃,再次举着手电筒寻找。只是,脸色一寸一寸僵硬冷寂,像原本侥幸却希望破灭的心。

00:00:39

"S.A.!撤退!"妮尔特工朝他喊。

他听不进任何人的话,他是不要命了,没希望了,固执地、沉默地、手指颤抖地,检查着山洞里每一个可能的疑处和线索。

里德蓦然明白了言溯的想法，跑上前拉扯他："S.A.，你不想活了！法证人员已经尽力，只剩三十几秒，来不及了！"

言溯骤然爆发一声怒吼，手电筒猛地大力砸向石壁，砸得稀巴烂。

周围人惊愕地睁眼，死一般寂静。S.A. Yan，从未如此暴怒而情绪失控过。

言溯掀开里德的手，双手紧紧抱着头，像一只失去眼睛的重伤的狮子，不安又急躁，飞速在狭窄的山洞里走来走去，仿佛无处可以安身，无处能给他安抚和平静："不能走，爆炸了就什么痕迹都没了！欧文为什么选这个位置，他想说什么？他和Ai 一定留了线索。在哪里？没有，都没有！"他不作停歇地低声喃喃，仿佛停一秒就会空虚，就会惶恐；话语不停，说出的单词都在颤抖，在惊慌，"地理坐标、经纬度、海岸图形、洞穴隧道、数字、名字、字母……都不是！都不是！他们想说什么？密码！密码！在哪里！"

"她在哪里！"他悲愤喊着，一脚狠狠踢向石壁。

看得人心惊肉跳，他却感觉不到疼，再度疯了一样抓起手电筒找寻线索："有海鸟来过，涨过潮水，海洋滞潮的垃圾……"

炸弹上红色的数字飞速消减！

里德上前箍住他往外拖："S.A.，你不要这样，你忘记你对生命的态度了吗？走！"

言溯推开他，高瘦的身体在颤抖，仿佛心中恐慌的情绪再也控制不住，一贯澄澈又坚定的眼眸到了这一刻，全是说不出的无助与迷茫："这是我生平第一次感觉到恐惧，我不知道这种时候，应该采取什么态度。"

他这一生的处变不惊和淡然自若，到了这一刻，尽数崩溃。

里德怔住，眼眶竟湿了。

可言溯这让所有人瞠目的失控，也只维持了几秒钟。

他忽然平静了，双臂缓缓垂下，深深低着头，声音更低，像被打垮了，又像在哀求，很轻很轻："上天，求你了……"

昏暗的山洞中，他的侧影，那么固执而隐忍，沉默而无声，撑立着。可那具躯壳里，分明有什么垮塌了。

洛佩兹嗓子发酸，眼中一下就涌出了泪水。

可下一秒钟，她飞快拿手背蹭去泪光，吼着下命令："把他拖出去！"

时间只剩十秒，里德和史密斯立刻上前拖言溯。

他不肯走，怎么能走？

洛佩兹一狠心，抓着枪托狠狠砸向他的后脑……

言溯睁开眼睛时，在医院的病床上。狭窄山洞里爆炸的余震，洛佩兹专业的一击，给他头部留下不小的脑震荡后遗症。

给他检查包扎的，是家庭医生班杰明。

给头顶换了纱布和药膏后，班杰明道："S.A.，你这是第五次经历爆炸。体内器官组织的创伤不是仪器能检测出来的。今后哪怕有一点觉得身体不对的地方，都必须立刻回医院检查。不然，后果不堪设想。"

言溯脸色苍白，浅茶色的眼眸望着虚空，没有任何反应，不知听没听见。

"你奶奶，还有海丽、斯宾塞，他们都很担心你。"班杰明微微叹了口气，"S.A.，告诉我，你还有哪儿不舒服？"

言溯缓缓抬起寂静的眼眸，默了良久。

"这里……"他抬起食指，点了点心窝，一下一下，茶色的眸子隽永而死寂，"疼。"

嗓音很干，苍茫而嘶哑，就像他的灵魂已经苍老，已经凋零。

推门进来的洛佩兹听到这话，差点又掉眼泪。

她和同行的里德与妮尔一样，和言溯合作太多太熟悉。印象中，他始终没有悲欢，那样坦然，那样从容。她从没见过他如此不像他。

可这样的人，即使是痛苦，也是安静而不动声色的，像夜里的潮水，无声无息。

三人交换眼神，良久不说话。最终，妮尔说明来意："S.A. Yan，警方拿到搜查令，已经去你家搜查了。"

病床上，言溯眸光转过来，淡淡笼在妮尔身上，没有生气，还很配合，点了点头。

妮尔反而不知接下来该说什么，沉默了好几秒钟，才道："S.A. Yan，FBI 正式要求你同我们回警局配合调查。"

"他的身体还不……"

班杰明医生话没说完，言溯已掀开被子下床，平淡地看众人一眼："请等一下。"

虽然面容虚弱，但他无疑又变回了之前那个永远彬彬有礼的绅士，涵养与家教俱在。

洛佩兹和里德看着言溯走进换衣间，背影消瘦，一时也无言；他看上去像没事了，可又像有什么东西，从他身上消失了。

言溯坐车到达警局时，门口聚了一些和平示威的人群。

这起案子因为恶劣的虐待行径和对幼龄女童的虐杀引发了广泛的社会关注，警察的迟迟未破案也招致大量媒体质疑和民间非议。而就在今天，有人向 CNN 公布了 BAU 小组的嫌疑人画像和名单。

于是，示威者白条红字拉着横幅。

"去死，下地狱！"

"骗子，伪君子！"

"终止他的恶行，结束他的生命！"

言溯下车走进警局，围观人群有些骚动，但都有秩序地挥着横幅，不至于冲撞或袭警。

人们望着警察护送的那个高高瘦瘦的年轻男人，那样俊逸而冷漠的侧脸，不免感叹：人面兽心。

警局里，受害小女孩的父母也在，见了言溯，控制不住激动情绪冲了上来。

小女孩的父亲竭力克制，一双红眼瞪着言溯恨不得把他生吞活剥；母亲则满目仇恨，声嘶力竭地骂："浑蛋！畜生！你对我的孩子做了什么？你做了什么！她那么小，她还在幼儿园给你送过礼物！你这个变态！恶魔！呸！"

她情绪激动，猛地一口唾液啐到言溯脸上。

众人始料未及。和言溯一样有重洁癖的里德第一时间反应过来，拦在言溯面前，低声警告她："现在只是嫌疑，还有待查证。"几个警察立刻上来把她拉去一边。

言溯平平静静，掏出随身携带的手帕，缓缓擦去脸颊上的脏东西，拭了一两下，道："我去趟洗手间。"

他立在洗脸池边，有条不紊地冲洗完毕。一低头，手心不知何时多了滴血。他不言不语，抽了纸巾擦干右耳，把带血的纸揉成团丢进纸篓。

脑子里回想着欧文的很多事情，他们很早就认识，和甄爱有关的，欧文也说过很多——

"S.A.我有一个小妹妹，遇到了密码难题，帮个忙吧？"

"不管她是对是错，我都会尽职保护她。"

言溯关上水龙头走出去。

律师立在审讯室外和莱斯交涉，言溯熟视无睹，推门进去："我不需要律师。"

莱斯如获至宝，立刻和妮尔以及洛佩兹进去询问言溯，其他特工则在外边看着。

言溯走进去，拉了椅子，脊背笔直地坐下。

莱斯抱了纸盒放在言溯面前："这是在你家里找到的相关证据，希望你能配合。"

言溯看都不看："莱斯行政官，心理施压对我没用，尤其是FBI这种用烂了的空盒子手法。"

莱斯吃了个闭门羹，不快地把纸盒推到一边，刚要开始询问，言溯先看向他。

暗柔的灯光在他眼中映着浅浅的光泽，透着说不清的凉："在你们询问之前，我想听欧文身上的监听器录音。"

莱斯想也不想："不行。"他知道，询问最忌谈条件。

言溯落落大方站起身："我需要律师。"他头也不回往外走。

三人对视一眼，妮尔立刻冲他的背影道："可以。"

很快，设备拿过来了。

打开前，妮尔解释："没有甄爱的，她总是自己拆掉监听设备。欧文偶尔也会关掉，但这次他没有。"

言溯不言。

录音打开，铺天盖地全是呼啸的风声和海浪，欧文极低地轻呼："Ai，小心！"

"没事。"这是甄爱的声音。

"没料到你速度那么快。反应敏捷。"

"是吗？"女孩的声音带了一丝兴奋，一点不像逃难的孩子，可下一秒提到了某人，就低落下来，"S.A.还总说我慢呢。S.A.……嗯……S.A.……"

她不经意间重复他的名字，三遍，一遍比一遍轻柔，一遍比一遍想念。

言溯静静听着，眼神幽深专注，表情始终淡漠冷清。

"呵，"欧文似笑非笑，"你毕业时，我们带你去游乐场，他打地鼠还没你快。"

这句话没什么安慰，甄爱似乎更难过了，声音小得像蚊子："欧文，我想S.A.了……明明都没有分开多久。"

言溯不言不语，碎发下的眼眸深邃得像夜里的海，平静而深沉，看不出任何情绪。

"欧文，他会找到我们吗？"

"会。"

"你来和我一起好不好？"

"……"很长时间内，没有人声，连呼啸的海风都没了。

良久，欧文呼吸沉沉，很粗很重："Ai，我其实很喜欢你头发束起来的样子，很漂亮。"

可这个时候，甄爱没有回应。

接下来仿佛世界都安静，没有一丝声响。众人屏气听着，突然，一声尖锐的惨叫撕裂了安静："啊！"

女孩儿的尖叫，凄厉又悲哀。

是甄爱。

声音戛然而止。

言溯头上绑着绷带，映得利落短发越发乌黑清秀，也衬得受伤后的脸庞越发苍白，俊俏的脸上再也没了数天前，带着他的"学生"给罪犯画像时的温润神色，声音也不再清雅，而是沉沉如水："欧文的葬礼什么时候？"

妮尔犹豫片刻："CIA发现了一些别的东西，而且欧文数度违反规矩私自查取机密，他不能以军礼下葬。所以……"

言溯不语，想起欧文举着枪死死立着的样子。

外边有人敲门，说有封信寄到警局，收件人却是S.A. Yan。

其实不是信，而是一张相片冲印纸，黑漆漆的，什么也没有。

洛佩兹等人面面相觑："这是什么意思？"

妮尔蹙眉："密码？信号？"

言溯盯着那片漆黑，看了几秒钟，懂了。

他很长时间内说不出话来，良久才抬起手指，一下，一下，戳那块黑色，

"甄爱……她在这里。"

面前三人愣住，不可置信；妮尔瞪大眼睛，足足愣了好几秒钟："什么？"

"她，被关在黑屋子里了。"言溯深深低下头，拿手遮住眼睛。

他记得，甄爱曾无所谓地说："小时候，一不听话，就被关黑屋子。哼，有什么可怕的，我都习惯了。"

习惯了……他知道，甄爱不会哭，也不会尖叫。她会很安静，很沉默。

而他，手指抚着那片黑暗，心像是被重锤狠狠一击，没了声音。

言溯平静抬眸，看向审讯室墙上的玻璃，上面有一层他的光影，薄薄的，模糊而微凉。

他眼睛的轮廓太深，以致眉毛下只留了一汪深深的阴影，黑漆漆的。头上的白色绷带格外显眼。或许是绑得太紧，言溯头有些疼，像被一双铁手紧紧攥着，耳朵嗡嗡直响。

他看不清自己的脸，忽然想，毁掉它换一张也不错。她应该不会介意他的容貌。如果，这次他还回得来……

莱斯坐下，挡住了他的视线。他的目光缓缓聚焦在莱斯脸上，那是一张怀疑却认真的脸。

对视几秒，莱斯觉得不管如何，审讯的毕竟是病人，为了保险，问："S.A. Yan，你现在说的话都是在清醒状态下吗？"

"是。"他看上去很配合。

"迄今为止，死亡和消失的人，你都认识或见过？"

"是。"

"苏琪死亡现场的枪支上为什么只有你的指纹？"

"为了自保，我当然会夺枪。她手上应该涂了胶水，但被腐蚀了。"这么一看，他其实没那么配合，而且脑子转得相当快。

莱斯预感到不会轻松。虽然言溯的脑子被撞了，但思路清晰敏捷得可怕。

洛佩兹接着问："传送带呢？"

"苏琪撞开的，我想去关，关不了。"

妮尔抬眉："所以你当时试图救一个想杀你的人？"

"你们做警察的很清楚。"即使警察追捕在逃的人，也会尽量不杀死对方。

"苏琪为什么要杀你？"莱斯补充。

"这应该由警方调查。"言溯有条不紊。

莱斯被他堵了，换个说法："据我们所知，案发前不久，苏琪去过你家？"

"对。"

"干什么？"

"问 Holy gold 俱乐部的事，让我帮忙找幼师小姐和米勒先生。"

"五位受害者中的两位？"

"对。"

"为什么？"莱斯紧追不舍，"之前你说苏琪是杀死这五人的凶手，S.A.，凶手为什么上门请你去找受害者？"

"陷害我。"

"她为什么要陷害你？"

言溯淡淡看他，重复："这应该由警方调查。"

莱斯没法了，看向周围的同伴。

妮尔接着问："S.A.，我们知道苏琪去过你家，但不知道原因。你刚才说的原因，有没有撒谎？"

"没有。"

"我们要如何相信你？"

"甄别对错的责任在你们，不在我。"言溯神色寡淡，意思等同于"爱信不信"。偏偏被他说得还格外有道理有礼貌。

妮尔停了一秒钟，莱斯接着问："苏琪死了，无人对证。S.A.，你认为这是巧合还是有人刻意为之？"

"主观性问题，拒绝回答。"

莱斯抬抬眉梢，他算是弄明白言溯为什么不需要律师了。进来这么久，三人审讯一人，他每个问题都答得滴水不漏。逻辑条理，法律条文，职责权限，他样样清楚，哪里需要律师？

从头到尾，他有礼有度，从容不迫，话语简洁有逻辑，用词正式又严谨。小到语调脾气，大到坐姿态度，无一不在潜移默化中透着淡雅的条理，甚至极高的涵养与家教。

BAU成员都清楚,这样的人,要么是绝对坦荡、心无尘埃;要么是极端心理强大、善于伪装。若是后者,那将是非常可怕的敌人。

洛佩兹沉默良久,忽然问:"为什么不告诉我们,案子里死的成年人,都是你在Silverland城堡里见过的人?可以说,那里你见过的人,都死了。"

言溯不置可否:"真正的管家先生没有死。"

"他失踪了。"妮尔补充,"你说演员和管家是假扮的,但演员死了,威灵岛警方发现管家不见了。现在甄爱也不见了。"

"所以?"

莱斯:"S.A.,你见过的这些人都死了,你没什么想辩解的?"

言溯乌黑的睫毛垂下来,默了半晌,复而抬眸:"愿上帝保佑他们!"

莱斯:"……"

言溯说完却想起那次去纽约,他也说了这么句话,欧文低声嘟囔"骗子,他才不信上帝"。那时,和他还不熟的甄爱坐在车窗旁,抚着被风吹乱的长发,低头浅浅笑了。

他有些愣怔,不明白这种时候怎会想起那么久远的画面。原来在那时的不经意间,他已经注意过她的笑容,很浅,很小心,就这样刻进他的记忆里。

他沉默地回想几遍,又听莱斯问:"据CIA情报,这些人都和当年的十亿美金失窃案有关。而盗取十亿的埃里克斯·兰斯洛特是你的好朋友?"

出于审讯制度,莱斯无法把话问得更明显,但聪明如言溯,不可能听不出他的意思。

事到如今,言溯不得不佩服亚瑟和伯特给他布置了这么大一盘棋。

"我给你们总结一下。"即使被逼到这种地步,他身上仍然雅致与气度俱在,"现在情况是,你们怀疑我参与了当年的银行盗窃案,杀了Silverland上和失窃案有关的人。另外,我是一个极度可怕的变态杀人狂,虐杀了Silverland上的幸存者。之后我把罪名推给苏琪,然后杀了她灭口。"

分明波澜不惊,却隐隐给人气势全开的压迫。

一番话说得太完整,囊括了他们对他所有的怀疑,所以他说完后,好半天没人接话,审讯室里一阵诡异的沉默。

莱斯低下眼眸,揉了揉眉毛,洛佩兹则歪头揉着脖子,神色尴尬。

倒是妮尔很镇定:"S.A.,这是我们的工作。"

"我知道。"他很大度的样子,带着平平静静的凌厉,"但很可惜你们没有任何证据。Silverland的事没有证据,不然CIA早让我从医院里秘密消失。这起案子也没有证据,不然你们就不会费心坐在这里听我打击你们可怜的问讯能力。"

逻辑分析强大,自信得近乎嚣张。对面三人被他说中,相视无言。

"我的生物钟计时,进来四十五分钟了。我只给你们一个小时审讯,接下来你们还能扣留我二十三小时,但这些时间我交给律师。所以,"他缓缓靠进椅子里,平静地挑衅,"最后十五分钟,你们有什么有效的问询方式?"

他不动声色地张扬起来,面前的人略显措手不及。

莱斯三人面前放着平板,方便和外边的里德、史密斯还有库珀交流。可到了现在,他们还没发现任何异样。

言溯始终没有多余的肢体语言,面部表情也冷淡疏离,嘴角眉梢、眼珠瞳孔,全无异样。

毫无破绽,无懈可击。心理素质好得不像话。

他们早料到审讯一个同行是多么难,但没料到审讯言溯会困难到这种地步。

库珀立在玻璃窗外,蹙眉:"里德,他突然不配合了,而且……他在刺激他们。"

里德不出声,盯着玻璃里的四人,皱眉思索。

史密斯疑惑:"刚才,审问S.A.的任务是谁分配的?"

"没有分配,是S.A.申请让他们三个问话的。"库珀说完,隐隐觉得哪儿不对。

里德拿手机划了几下,审讯室里三人的平板上出来一个提示:甄爱。

莱斯继续问:"甄爱是你的学生吗?"

这下,言溯回答前明显思考了一秒钟:"不是。"

"你那天为什么撒谎?"

"想把她带在身边,一眼就可以看得到的地方。"回答相当坦率。

妮尔补充:"从现场看,她是杀死欧文的最大嫌疑人,你觉得呢?"

"百分之八十五的可能性。"

妮尔微微眯眼,提议:"我问你一些问题,你只回答是和否,可以吗?"

言溯考虑一两秒钟:"可以。"

话音一落,妮尔不给他任何时间,立刻开始:"你认为把欧文和甄爱逼到绝路上的人,是你说的苏琪背后的神秘人吗?"

"是。"

"神秘人杀苏琪是为了灭口?"

"否。"

"是为了陷害你?"

"是。"

"你认为寄黑色照片的是那个神秘人?"

"是。"

"甄爱今天穿的白色裙子?"

"是。"

"你喜欢白色?"

"是。"

"你认为甄爱是那个神秘人的同伙?"

"否。"

"神秘人放炸弹是为了消除痕迹?"

"否。"

"是为了泄愤?"

"是。"

"这张黑色的照片是你寄的?"

"否。"

"你知道甄爱在哪里?"

"否。"

"甄爱喜欢吃甜食?"

"是。"

"你喜欢黑色?"

"是。"

"甄爱是你的学生?"

"否。"

"她是你的性幻想?"

"……"言溯盯着她,眼眸幽幽的,一动不动。

"请回答,她是你的性幻想吗?"

"我没有幻想过性……"

被打断。

"请回答是与否,甄爱是你的性幻想吗?"

"……"

"S.A. Yan,回答。"

"……是。"

"你和她发生过关系?"

"私人问题拒绝……"

再次被打断。

"请回答是与否。"

"……"

"你和她发生过关系?"

"是。"

"是在这起案子之后?"

"是。"

"你受了案件的影响?"

"否。"

"对以前的你来说,和女人发生关系,是不可想象的?"

"……是。"

"她和这起案子有关?"

"否。"

"你们今天早上发生关系了?"

"……是。"

"她是你的学生?"

"否。"

"你喜欢黄色?"

"否。"

"你曾指导过她干什么事吗?"

"否。"

"你认为她是案件的杀手?"

"否。"

"你认为她是神秘人?"

"否。"

"你现在还认为视频中的女性死者是神秘人搜集的一整套幻想?"

"是。"

"你认为甄爱包含在这套幻想中?"

"……是。"

"你很小的时候,你的母亲酗酒?"

"……"

"请回答。"

"……是。"

"你仇恨女性?"

"否。"

"你的继母曾经体罚你？"

"……是。"

"这时你的父亲会保护你？"

"是。"

"你仇恨女性？"

"否。"

"你认为甄爱是那个神秘人的最终幻想？"

"……是。"

"你爱你的父亲？"

"是。"

"你没有亲密的女性朋友？"

"是。"

"你讨厌和女性身体接触？"

"不仅是女……"

"是与否？"

"是。"

"甄爱是你的最终幻想吗？"

"……"

"甄爱是你……"

"是。"

"甄爱是那个神秘人的最终幻想？"

"……是。"

"你是那个神秘人？"

"否。"

"你知道甄爱在哪里？"

"否。"他飞快答完，画上句号，"到此为止。"

而妮尔问出下一个问题："你认为甄爱被关进黑屋了吗？"

两人同时发声，言溯不再作答。

他表现平稳，即使只言片语把儿时的痛处剥开，侵犯他的隐私，他依然淡静如水，没有愤怒，不带悲哀。良好修养被诠释到淋漓尽致。

审讯室里再度陷入静谧，言溯目光平静，看了妮尔好几秒钟，疑似赞赏："你很会问问题。"

妮尔微微笑了一下:"我以前做过专业测谎。"

"看出来了。"言溯点头,"一套问题的次序频率、干扰校正、排除矛盾都设计得非常合理。"

妮尔讶了一秒,言溯竟看清了她这串问题的结构?那刚才他的回答是真是假?

众人已无话可问,问讯暂时中止,言溯因嫌疑太大滞留在警局,不能自由行动。

组长库珀很头疼,一方面言溯完全符合他们对凶手的画像,加上苏琪死亡与甄爱失踪,他的嫌疑更大。按照死者都是言溯见过的人这个定律,他们推测失踪的甄爱很可能性命不保。可现在完全没有她的下落,就像人间蒸发了。

另一方面,协助CIA调查Holy gold俱乐部的里德和史密斯也没有任何进展。案子所有的调查和线索拧成了一团麻,疑点重重,似乎只有一个出路——言溯。只要言溯是凶手,所有的问题都迎刃而解。

唯独没有证据,这点BAU很清楚,言溯更清楚。

上次之后,警察一直在言溯的城堡附近盯梢,没有异常,今天的搜查也没发现异样。

他们最多能扣留他二十四小时,在那之前,如果没有决定性证据,就要放言溯走。现在所有的希望都在审讯上,要么让言溯自己开口承认,要么在审问中让言溯露马脚。

可谁都知道,无论是哪种,几乎都不可能。

小组成员聚在一起商量了很久,也没想出好的方案。

像这种确定某人就是凶手却偏偏不能捉拿归案的时刻,BAU遇到过。他们知道,有些高智商的犯罪就是这样,你毫无办法,只能被动地等待对方出现纰漏;只能等他下一次犯罪时留下证据。

言溯立在走廊尽头,深邃的眼眸倒映了窗外的落日余晖,可那么荒芜。

他其实想象得到甄爱现在的情况,一个人,抱着自己缩在角落里,警惕又紧张,害怕又期望,在想:S.A.怎么还不来救我?

她在发抖,却没有哭。

正想着,面前递来一杯咖啡,妮尔摇摇纸杯:"今天晚上估计睡不成了。"

言溯摇摇头:"不需要。我很清醒。"

妮尔收回杯子,自顾自地喝另一杯:"S.A.,甄爱小姐是你的……"

"未婚妻。"他答。

"你不要担心,她会没事的。"妮尔安慰。

"我知道。"

妮尔一愣,觉得疑惑,却没有问;没想到言溯问她:"妮尔特工,你认为我是这一切的幕后凶手？"

妮尔再度愣一下，随即笑了："S.A.，认识那么多年，我很相信你。但我们现在做的一切都是必须的，希望你不要觉得……"

"我明白。"他打断她的话，"可我等不了二十几个小时，不然别人会先找到她。你能看在友情和信任的分上，帮我离开这里，而不被警察追捕吗？"

妮尔讶异："什么？"

言溯紧紧盯着她，像把所有的希望都放在她身上："甄爱并没有被那些人囚禁，她被欧文藏起来了，他们也在找她。我必须在他们之前找到，不然……"

"可你不是说她被寄黑色照片的人关进黑屋子了吗？"

"没有。如果他们抓到甄爱，根本不会给我寄黑色照片，那反而会转移警方对我的注意力，仔细一查就会发现不是我寄的。欧文中了那么多枪，每枪都避开关键部位，是泄愤；后来的爆炸，更是无处发泄的愤怒。原因很简单，欧文非常成功地把甄爱藏了起来，正因如此，惹怒了那个人。他才死得那么惨。"

妮尔瞠目结舌："你的意思是，你知道甄爱现在在哪里？"

"嗯。"言溯望向窗外，脸色寂静，"欧文说得很清楚了。"

夜幕降临。

库珀警官看一眼手表，决定继续审问："过去七个小时了。S.A. Yan 呢？"

洛佩兹："一直和他的律师团在一起，里德去看他了。或许看在里德的分上，他会配合一点。"

库珀听这话奇怪，眼神锐利："你去看看。"

洛佩兹刚要动身，里德推门进来，神色紧张："S.A. 挟持妮尔特工，驾车逃走了。"

会议室里的人一脸诧异。

唯独莱斯行政官，脸色越来越沉，忍了好几秒，终于爆发："别装了！你们当中还有谁帮着他逃走！"

原本一个个诧异的人全装傻，默默望天。

莱斯毕竟是行政官，下命令："所有人立刻抓捕 S.A. Yan！史密斯联系上级，申请调动纽约警署和 FBI 马上追捕。"

夏末初秋的高速路旁，夜风一吹，乔木上的叶子簌簌坠落，从挡风玻璃前划过。

车厢里太静，显得外边的风声尤其大。

妮尔坐在副驾驶上，不太自在；旁边，言溯心无旁骛地开车，白皙秀美的侧脸隐匿在昏暗的车厢内，像写生教室里关了灯后的石膏人像，肃穆、清高又……诡异。

人太冷清了，一不经意，气氛就沉寂下来。

"S.A.，你不要太……"妮尔找不到合适的形容词揣度他此刻的心情，干脆撂下，"甄爱小姐不会有事的。"

"谢谢。"他反应很快。

妮尔瞟一眼后视镜，后方看得见警车了："还有多久到你家？"

"五分三十七秒。"

妮尔诧异，他一直在计算车速和路程？车速不断在变啊，但考虑到他的智商，也就见怪不怪了。

"甄爱小姐在你家？"

"不在。"

"为什么去你家？"

"线索。"他像多说一个字都会死。

妮尔等了一下，看他没有解释的意思，继续："我不太明白。"

"哦。"

妮尔头大："S.A.，我冒着危险带你出来，你能给我解释一下是怎么回事吗？"

言溯沉默几秒钟，平淡开口："CIA取消欧文的军士下葬礼，因为他是双面间谍，还和当年埃里克斯·兰斯洛特的十亿盗窃案有关。"

妮尔惊愕："什……"

话音没落，被不想交流的言溯打断：

"他很清楚甄爱的身份，也很清楚她面对的困境，所以他很早前就为最后一战做准备，筹划甄爱的安全和后路。他刻意从甄爱身边消隐，却在大家都以为她失去所有保护的时候挽救了她。他早有准备，所以他会在看似不经意的地方留下线索。"

妮尔回味半刻："你说那段录音。"

"嗯。他说甄爱束起头发很漂亮。"

"是挺漂亮的。这话有问题？"

"不对。"他记得，银行爆炸后，他和甄爱一起养伤，有次欧文进门看见甄爱长发垂肩低头看书的样子，赞她漂亮，提议她不做实验时披着头发。当时言溯不经意多看她一眼，附和了一句。从此，她和他在一起时就散着头发了。

言溯说："他喜欢她不束头发的时候。"

妮尔疑惑："所以？"

言溯望一眼后视镜里越来越近的警灯，再度踩了油门："甄爱的发带在我家里。"

四分钟后，汽车飞驰到了白色城堡。

妮尔回头望，夜幕中的环山公路上全是警车彩灯，像无数只巨型昆虫的眼，潮水般涌来。

她压抑住心头的诡谲,转身,城堡墙体在夜里格外森白,黑色窗子像人的眼洞,墙上被愤怒的民众涂了譬如"恶魔""下地狱""变态"之类的字眼。

瘆得慌。

言溯好似没看见,快步开门进去。

玛利亚听到动静,很快跑出来。可怜的女仆吓坏了,始终跟在言溯身后轻诉:"先生,今天来了很多可怕的年轻人,在墙上乱涂乱画,我拦都拦不住,他们……"

言溯三两步上楼,冷冷清清:"你没受伤吧?"

玛利亚一愣,眼泪都快下来:"谢谢您的关心,当然没有。但墙全给弄脏了,太脏了。先生,您别生气,我明天找人来刷……"

"先别管它。"

玛利亚愕住,先生是不是气糊涂了,他怎能忍受脏乱?

警笛声入耳。

妮尔往窗外看,闪烁的彩灯像渐渐拉拢的网,她紧张起来:"S.A.,前面不能走了。"

"车在后面。"言溯找到甄爱的发带,疾步下楼,随口对紧跟着的玛利亚道,"记得给 Isaac 喂吃的。"

玛利亚惶恐:"先生,您要出远门?"

彼时,言溯正好拉开城堡的后门。清冷的夜风吹进来,卷着他的薄风衣起飞,他似乎顿了一下,又笑了:"我是说,如果这些笨警察非要抓我坐牢的话。"

玛利亚见言溯走下台阶,穿着拖鞋就追出去:"先生,您是好人,您不会有事的。"

"谢谢,玛利亚小姐。"他没回头,上了车。

汽车瞬间加速,从狭窄陡峭的山坡上冲下去,玛利亚心惊肉跳,再一眨眼,无数警车从前面绕过来,疯狂的蝗虫一样追着言溯的车,磕磕绊绊在山林里呼啸。

玛利亚不禁攥紧拳头:S.A. 先生,一定要没事啊。

山路颠簸,妮尔坐在车后,好几次差点被颠飞撞上车顶。

前边言溯开着车,稳如泰山,不受半点影响。后边山林漆黑,车灯刺眼警灯闪烁,密密麻麻欺压过来。

警车不熟悉山路,起初言溯在城堡耽搁了时间,离开时被车流死死咬住。可山路上颠簸不过几分钟,言溯的优势十分明显,渐渐把身后的车甩开。

车后传来莱斯行政官的警告:"S.A. Yan,马上停车!"

言溯冷淡不听。

莱斯的车陡然加快,完全不考虑山地因素飞驰而来,不想一下磕到石块藤蔓,突然翻倒,在重力和速度的双重作用下,沿着陡峭的下坡路,三级跳似的翻着跟头滚下去。失去人力控制的车钢球般往下滚，砸向坡下言溯的车。

妮尔趴在车后座，惊住："S.A.，他的车失控了，要撞过来了！"

言溯沉着看一眼车后镜，有条不紊地换挡，加速，碍于地形，继续走直线。

妮尔眼睁睁看着黑色SUV像雪崩里的石头疯狂地奔来，近在咫尺，她手心狂出汗，尖叫："撞过来了！！"

可车陡然一转弯，SUV和他们的车尾蹭过，撞进树里。

妮尔被急转的离心力一甩，狠狠撞在车内壁，痛得要命，心却仿佛大难不死，跳个不停。

汽车行进公路，平稳起来。

身后，警灯仍在闪耀，却拉开一定的距离，让他们有了些许喘息时间。

妮尔平复好自己，细细观察车厢。这车改装过，里边无数奇奇怪怪的电线。后面没有座椅，却有几个软垫箱子。妮尔一眼就明白了："这车是欧文的？"

言溯不答，手握方向盘，指尖摩挲发带，一手撕开，捏出一枚芯片，塞进车内的微型电脑里。控制台的显示屏嗞嗞跳动几下，清晰起来。

镜头一片白色，有些虚幻。甄爱穿着白色的长衣，头发高高束着，侧身立在被强光照得模糊不清的实验台前。

言溯瞟一眼显示屏，就挪不开目光了。

这就是甄爱工作时的样子，干净又洁白，清秀而疏淡，看似柔弱孤寂，实则专业权威。

他再度想起从Silverland回来后不久，那次私下和安妮的谈话，他其实……

"小心！"妮尔惊呼。

言溯骤然回神，猛打方向盘，和对面行驶的车辆擦身而过，有惊无险。车漂移出去，很快重回控制。

"S.A.，你走神了？"

言溯的脸色在黑暗中看不清，还是不回答，又瞟向显示屏。

甄爱低头望着显微镜，像在自言自语："荚膜梭菌是个爱生气的孩子，嗯，你是气球吗？碰一下就爆炸？不过，我喜欢爱生气的家伙哦。"

他望向前方的长夜，静静听着。他知道，这一定是欧文提前让她设计的。

身后的警笛声越来越响，妮尔回头看，道路平坦，警车又追上来了。

"S.A.！"

言溯手一划，汽车飞快转弯，远离郊外进入市区公路。

妮尔明白，但更加着急："城内车多可以做掩护，但有红绿灯，半路堵住了怎么……"

"把箱子打开。"言溯平静地下命令,眼看要进入市区,他却没有放缓速度。

妮尔照做,拿出一台接着很多线的计算机,打开一看,竟是 N.Y.T. 市内的道路交通指示图。可放大缩小,无数路口的监控自由调集,甚至有每个交通信号灯的红绿开关。

现在,他们可以直接控制整个城市的交通。

妮尔:"这也是欧文准备的?"

言溯还是没答,注意力全放在甄爱的声音上,她似乎在自言自语:"肉毒梭菌像大肠杆菌,是个矮矮的小胖子。不过他不爱说话,脾气也不好,惹不得呢。嗯,我喜欢不爱说话脾气又不好的家伙。这是我第六喜欢的细菌。"

话音未落,视频变成了雪花。

妮尔正在调电脑,分心看过来:"视频没了?"

"足够了。"

妮尔不解:"甄爱在哪……"

话没完,被言溯的命令打断:"1 号路和 N.Y.T. 主干道十字路口,绿灯。"

妮尔没听清,呆呆望着前方渐渐出现的繁华市区,脑子发蒙。

身后是紧追的警车,前边是堵车密集的晚高峰,这下前后夹击了!

"S.A.,减速,会撞上的!"妮尔紧贴着车内壁,喊。

言溯继续挂挡,下更简单的指令:"妮尔,34 号路口,绿灯。"

妮尔低头看向花花绿绿的计算机,完全搞不清那些闪着不同彩光的地图和线路是怎么回事,只能应激性听他的话键入数字和指令。

前方拥堵的路口突然变了绿色,夜间车流潮涌着缓缓行进。他们的车飞驰着冲进那条车河。妮尔望着扑面而来的汽车尾灯光,莫名有种高空坠河的窒息感,猛地往后一缩。

言溯稳握方向盘,转弯,超车,避让。四周车辆骤停,刹车,躲避。无数轮胎在地面划出阵阵刺耳尖叫。一声还比一声高。

数度有车撞过来,他始终面不改色,只手把方向盘打得华丽地回转,惊险避过。

汽车乱撞乱停,无数车灯在空中飞旋,晃花人眼。

妮尔在高速的车内,贴着车窗玻璃,只觉在坐过山车,次次从玻璃外猛撞过来的私车面前划过,次次像在亲吻死神的脸。

言溯毫不减速冲过了繁华路口,沉着冷静,准确地下决断:"红灯。"

妮尔赶紧坐稳,把身后的路口变成红灯。一回头,对面的私家车全部骤停,警车被拦在小车筑成的钢铁堡垒后,闪着警灯干着急。

妮尔松了口气,暗想言溯是不是把路线和对应的信号都记全了时,她的想法得到验证。

身后暂时没了警察,但言溯的脸依旧紧绷,丝毫不松懈,车在大街小巷流窜,他语速也快得妮尔差点无法处理:"我现在要去城市的南边。他们会分批从东边绕紫藤路、艾薇路过来;还有西边的3号和8号包抄。所以,"他眼神直而定,仿佛眼前有一张城市路线路,几股势力在他面前流动,而他一眼看穿警察的一切动向,"这几条路的路口,东西向全部绿灯,南北向全部红灯,拦住他们。"

妮尔精神高度紧张,手心出汗地放大那几条路,迅速切换红绿灯。调出路口的监控一看,一拨又一拨警车堵在红灯和横穿而过的车流后,不少警察下了车气愤地摔门,看上去在骂骂咧咧,气得够呛。

妮尔见没人追击,舒口气:"欧文准备的这个东西太厉害了!"

言溯神色莫测,看上去更加冷寂:"只能入侵一分三十秒。之后,交通系统会恢复正常。"

妮尔诧异,低头一看,屏幕恰好黑掉。

她紧张地回头望,视野之内没有警车影子。但没了监控和调度,周围莫名生起一种诡异又不安的气氛,仿佛附近的某条街道某个转弯处,随时都会蹦出一辆警车。

晚上车流太多,到时候再逃走,就没那么容易了。

妮尔问:"你现在要去找甄爱?"

"嗯。"

"为什么要弄得这么声势浩大?直接找警察去救,不行吗?"

"我怀疑警察里有内奸。"言溯道,"我怕有人提前走漏风声,等警察赶到时,她被别人抓走了。所以我要亲自来。现在警察在抓我,到时可以把我和她一起抓到警局里去,那样反而安全。"

内奸?妮尔想了几秒钟,要问什么,没想到汽车一转弯,猛地停住。

惯性太大,妮尔狠狠撞到副驾驶上,只觉一瞬间世界白花花的。她慌得抬头看,路的尽头不知汇集了多少辆警车,而他们车的两旁是有序行驶的单向车流。无路可退了。

妮尔紧张地看言溯:"怎么办,弃车跑?"

"你疯了吗?"言溯淡淡的,眯眼望着对面一排坐等收网的警车,似乎笑了,带着他特有的倨傲。他单手用力一推,倒了挡,侧身回头望向后方,猛地一踩油门,汽车飞一般倒退而去!

他要从这条三道的高峰车流单行道上倒车出去?妮尔惊愕:"你疯了吗?"

眼看后边一辆车开过来,妮尔尖叫:"刹车躲开呀!"

言溯拧着眉,目光笔直看着后玻璃外扑面而来的车流,单手扶着椅子,单手打着方向盘。脚踩油门不松开。

车在他手中，方向、速度，样样完美，像片叶不沾身的高手，游刃有余倒着从逆向的车流中溜过，不碰出一点伤痕，却留给身旁一片瘫痪咒骂的交通。

他反应速度太快，追过来的警车因为逆向难行，行驶艰难，倒不及他的速度。

妮尔在好几次和迎面而来的车辆擦肩而过后，狂跳的心也慢慢放缓。她额头全是汗，看过去，言溯依旧侧身，眉目专注地望着车后。他狂打方向盘的白皙手指间，还捏着甄爱的发带。

妮尔生平第一次坐在逆流中飞速倒车的车里，不可置信："S.A.，你跟谁学的？"

"是第一次，"他淡淡的，一丝不苟地躲避车辆，"我一向是个遵纪的司机。"

她没再问，回到之前的话题："视频里，甄爱留了什么信息？"

"她不喜欢荚膜梭菌。"言溯猛打方向盘，车倒进巷子里，骤停，启动，转进另一条巷子，"那种细菌能导致细胞出血，组织坏死，体内充气，受害者死相极惨。"

妮尔精神集中，压低了声音："我记得那次有个人死状就是这样，她还说爆炸什么的……"

前方巷子口突然插出一辆车，言溯立刻刹住。

对方却是洛佩兹。他见拦住了言溯，有些诧异，对视了一秒钟，居然左顾右盼，像什么都没看见一样，自言自语道："这里没人啊！"

然后……倒车走了……

言溯没急着开车，突然对妮尔道："下车吧。"

妮尔一愣，旋即尴尬："你看出来了？"

"嗯，里德让你带了定位器。"他神色疏淡。

妮尔开门下去，解释："S.A.，我们想帮忙的。"

"谢谢，到此为止。"言溯踩了油门。

自上次爆炸后，枫树街银行一直在重新装修，最近却因合同原因停工。

夜晚，这处很静。整栋楼没有一点光亮。

言溯独自走进黑漆漆的银行，摸黑缓缓走到地下。直到眼睛再也分辨不清楚，他才掏出手电筒。沿着空落落的地下走廊继续往前，他记得路的尽头有个密码箱库房。装修未完成，那里应该很空。

长长的走廊只有他这一束光，周围全是宁谧的黑暗，静得诡异。

他的脸隐匿在手电筒光后，看不清。

终于到了尽头，他拉开门，走进去，光束一划，挂着一个白色的影子。他手往墙壁上摸，打开了灯。

四壁白色的空房间里，竖着一个黑漆漆的十字架。

她，一袭白裙，双臂张开，被缚在十字架上。像是睡了，深深低着头，长发披散，遮住了脸庞。

再无其他。

"Ai！"他大步过去，想要捧起她的头，手却顿在空中。

碎发下，她的脸……

他不可置信。

身后一枚子弹破空而来，从他耳边呼啸而过，打进墙壁。

言溯收回手，插在风衣口袋，回头。

一群黑衣男人捧着狙击枪，齐齐瞄准他；中间的女孩从刚才举枪的左臂上抬起头来，温柔一笑："Hi！S.A.！"

黑布条密不透光，系得太紧，言溯的头一丝丝疼起来。

耳机里播放着肖邦的《升C小调夜曲》，他不知道是音乐本身，还是他自己，听上去时大时小，断断续续，头更疼了。

车速时快时慢，来来回回不停地绕。

纵使是言溯，也无法推断出他此刻所在的具体位置。只知汽车行驶三个小时一分钟后，速度降到最缓。

黑暗中，依旧只有肖邦的音乐。

他被带下车，黑布条和耳机都没取，空气中有蜡烛的香味，古龙水，还有一丝极淡的腥味，像鱼，又像血。

地毯很软，他走在环形的长廊里。不到十分钟，停了下来。

他知道，这是到了。三个小时车程，距离枫树街银行约二百公里。

很快有人过来给他摘掉耳机，音乐声远离，世界顿时清静。

那人又给他解头上的黑布条，或许身高不够，伸手时不小心轻轻掠过他额前的碎发。言溯不经意就蹙了眉，似乎极度不悦。从身高可以感觉出来，是个女人。

席拉在Silverland岛上冒充过演员，差点死在甄爱手里，那时就对言溯印象不错，原见言溯蒙着黑布更显白皙俊秀的脸，她心怦怦直跳，可一下就被他深深蹙起的眉心打击。

她把黑布扯下，怪腔怪调地问候："好久不见，逻辑学家先生。"

陡然重回光亮，言溯眯了眯眼，适应半刻，见席拉离他太近，退后一步，拉开和她的距离。席拉不太痛快，挪到一边去。

言溯立在灯火通明的大厅，周围整整齐齐站着几排执枪人。

视线正前方是一个男人，长腿交叠，坐在宽大的单人沙发里，和他对视着，神色莫测。男子看上去心情不太好，眉宇间笼着极淡的戾气，坐姿却是十分舒适的样子。他面容出众，神态闲淡，漆黑的眼瞳中有一抹金色的诡异，必然就是伯特。

伯特缓缓抬眸，用法语一字一句地说："Bon Soir! S.! A.！ Yan!（晚上好！言！溯！）"

言溯漫不经心地弯唇："Bon Soir!（晚上好！）"

伯特对他的笑颇感意外，灼然的眉眼盯他半刻，嘴角浮现一抹浅浅的笑。半响，收了笑，瞥安珀一眼，后者扔一堆小型器械在言溯面前的地上。

正是刚才在枫树街银行，他们从言溯身上收缴的窃听器、摄像头、定位器、追踪仪。

伯特慢悠悠地摇头："一群愚蠢的警察……包括你。连这点警惕和智商都没有，当我是蠢货？"

言溯意味不明地淡笑："我认为这是他们用来监视我的。当然，全拜你所赐。"

伯特眼神幽深："我以为你没那么蠢。"安了这些东西，你会不知道？

言溯直言："我没你那么坏。"我遵纪守法，当然得服从警方的监视。

他的话，伯特并不全信，却不妨碍他觉得他很有意思。

言溯不动声色扫一圈周围的环境，这里的人他只认识两位，席拉和安珀。而刚才被绑在十字架上的白裙女子，不见了踪影。

那张脸，他以为看到了幻觉。可他当时没有碰她，没有确认。

伯特似乎看出他的心思，插着兜落落起身，目光与他平齐："跟我去见她吧。"

言溯没有拒绝。

侍从弯着腰，恭恭敬敬拉开厅侧的大门，长长的白色弧形走廊上几步一烛台，再无一物。

伯特带着客人参观，客气又礼貌："你是第一个参观我的收藏的人，也是最后一个。"

言溯不拘礼地回应："我的荣幸。"

"S.A.，你果然喜欢。"伯特嘴角一弯，"苏琪应该告诉过你，这里收藏着什么。"

言溯没有辩解，淡淡反问："据我所知，这里其实不是你的收藏，应该说是你藏品的复制品。"

伯特侧眸看过来，眼瞳背着光，很黑："她连这些都和你说？"

他还是不正面回答："我认为，你收藏的东西，未必愿意拿出来与他人分享，更别说分给俱乐部里其他男人。"

伯特慢慢笑开，傲慢又闲适："你很懂我的想法，就像你一眼看出那段视频里的幻想。聪明的头脑，邪恶的思想，总是物以类聚，碰撞出奇妙的火花。S.A.，能看到你的这一面，我很荣幸，但也很……惋惜。惋惜你即将英年早逝。说实话，亚瑟想过让你加入S.P.A，给你一个很高的地位。但是，"他的眼色阴暗下来，"你碰了他最珍贵的东西，不可饶恕。"

言溯自动忽略掉他后面的话，不紧不慢道："我能理解你的想法，并不代表和你有情感上的共鸣，只关乎智力。另外，S.P.A不适合我，谢谢A先生的好意。"

伯特桀骜的眉眼间闪过一丝志在必得的讥诮："我却认为，你很快就会发现你身体里最阴暗最肮脏的一面。"

言溯不置可否，淡淡直视他的目光。

"当然，先请客人参观我的收藏。"伯特笑笑，做了个请的手势，绅士有礼。

他们已到弧形走廊的尽头，肃穆的侍从拉开一扇重重的木门，温暖的霓虹彩光流泻进来。

面前的景象宛如童话中的嘉年华，又像现实中的马戏团。环形走廊两边是无数的房间或者说牢房。唯一不同的是铁栅栏全部刷了彩色。每个房间布置了一个场景，囚着一个女人。

言溯的左边，黄绿色栅栏后布置着爱尔兰风格的房间，放着白风车，一位穿格子裙的棕发绿眼少女坐在床上发呆，有人走过也浑然不觉。深紫色栅栏后身材火爆的拉美裔女郎；粉红色房间里穿着和服的日本女孩……

汇聚了世界各地的精彩……与绝色美女。

室内风格不同，配备却大同小异，床、梳妆台，不带遮帘的浴缸马桶。

有位肤白貌美的东南亚女子立在浴缸里冲澡，见人来也不羞不躲，早已习惯橱窗生活。

在这儿，羞耻早被磨平。

和监狱不同，这里的牢笼干净得一尘不染，空气中有淡淡的香味，"闺房"前甚至有女孩的姓氏名牌。

有人冷漠，有人微笑；有人介于驯服和挣扎之间，只直直望着。

言溯无法描述那是怎样一种眼神，不像等待，也不像期盼逃生，一眨不眨，悲哀又空洞。像在祈求，却不言不语。

走廊仿佛很长，走了很久却没有尽头，迎接他的总是另一个装饰精致的笼子，关着一个供人玩弄、没了表情的活人芭比娃娃。

伯特："有你喜欢的类型吗？"

"没有。"

"我相信你的品位。"一句话轻而易举藐视了这里所有苦命的女人，他话锋一转，"得到过最好的，自然再看不上别的。"

言溯抿唇不答。

伯特:"你很爱她?"

"是。"

"为她死,愿意吗?"

"好像没有选择了。"

前方陡然传来尖叫,有人拼命拍打铁笼:"放我出去,你们这些浑蛋!"她圆弧对面笼里的女人们漠不关心地看一秒,各自做自己的事去了,早已习惯。

言溯的心微微一沉。贾丝敏。

走过去,见那名牌上写着她的名字。

"你妹妹很不听话!"

言溯无声看去,她的状况比他想象中好,换了身名贵的晚礼服,没伤没痛地关在暗黄色的栅栏后。

见到言溯,贾丝敏怔住,几乎是惊呆了,眼泪汪汪扑到栏杆后,凄凉地哭:"S.A.,救我。我不想待在这里,一刻也不想。"

伯特讽嘲:"你认为他救得了你?"说完,不作停留地继续前行。

言溯脚步顿了一下,贾丝敏眼泪哗地就下来,她被化了妆,睫毛膏给泪水打湿成黑乎乎的,声音很轻,没了歇斯底里:"S.A.,你知道他们会怎么对我吗?如果是那样,我宁愿死,宁愿死。如果你不能救我出去,你就杀了我。"

言溯不带任何情绪地收回目光,沉默前行。

弧度拐角更急,才几步,就到了终点。

白色房间装饰得像城堡里的公主房,欧式的帷帐蓬蓬床,椭圆木制梳妆台,放着糖果盒子和小兔宝宝。白裙女孩坐在镜子旁梳头发,面容白皙又清美。

言溯看着镜中她绝美的容颜,不经意眯了眼。事到如今,他要重新评估伯特的变态等级了。

她安安静静的,暗色的眼眸一抬,撞上他的目光,忽然就扔了梳子起身跑过来,小手抓着栅栏,哀哀看着他。

言溯依旧淡漠,不为所动。

伯特:"这个呢?是你喜欢的类型?"

"不是。"言溯声音冷清,淡淡地道,"她是不能复制的,伯特。就算你整容出几百个面貌身形和她一模一样的女人来,我也能一眼看出,我的那个,在哪里?"

后边不远处的席拉安珀和贾丝敏都怔住,笼子里和甄爱一个模子刻出来的女人也愣住,半响,收敛了刚才做作的神态。

言溯走过去,把反放的名牌翻过来:谢丽·兰斯帕德,名字都是仿造的。

"你连一个真名都不给这位小姐。"

名字是伯特造的，可叫这名的人换了多少批？就像做实验，造出一个谢丽，过几天他不满意了，毁掉旧的换新的。

没有一个会让他满意的，因为无数的谢丽都不是他想要的谢儿。

"这世上只有一个谢儿·兰斯洛特。"伯特把手伸到铁栏后边，那个有着甄爱脸庞的女孩立即顺从地跪下来，捧着他的手，仆人一样亲吻。

那张脸……看着说不出的怪异，言溯挪开视线。

伯特轻轻抚摸她的嘴唇和脸庞，喃喃自语："她的名字，每一部分都好听。"

他斜睨跪在脚下的女人，脸上突然闪过一丝嫌恶，猛地抽回手，拿出随身携带的消毒纸巾狠狠擦了一遍，阴沉着脸："第十五个，还是不够好。"

纸团砸在她身上，谢丽吓得缩成一团。

席拉和安珀倒不敢小看谢丽，毕竟这个女人还能近身碰到伯特。

伯特不快地看她一眼，问言溯："今天是星期天，俱乐部的客人们都在等。S.A.，你说选哪个女人出去，贾丝敏还是谢丽？"

几个女人全惊住，谢丽也要对外开放了？她从来只是跟在伯特身边看戏的！

谢丽愕然地瘫软在地，呆滞半刻，突然扭头看向言溯，不说话，只一个劲儿地眼泪汪汪。到了这个时刻，她还记得，不准和别的男人说话。

言溯看着"甄爱"，神色不变。

贾丝敏呆若木鸡，直直瞪着眼睛。选谢丽，S.A.是她哥哥，他不能选她，他必须选另外那个女人。

可言溯说："我不会选择送她们任何一个去受虐。"

贾丝敏听言几乎崩溃，疯狂地拍着铁栏杆，大哭："S.A.你怎么能不选她？你为什么不救我？就因为她和那个女人长得一样，你就想救她？S.A.，你疯了！你怎么能不选她？"

走廊里瞬间充斥着女人凄厉的哭喊。

言溯不作声。

贾丝敏不明白，这和甄爱无关。不管谢丽长成什么样子，他都不会做这种选择。

伯特手指轻叩白色栅栏："我以为这位先生会救你呢。谢丽，很遗憾，虽然我讨厌那聒噪的贾丝敏，但我答应了 C 小姐不虐待她。我想讨 C 小姐的欢心，所以 Holy gold 的最后一场盛宴，以你为女主角。"

贾丝敏愕住，甄爱给她求过情？她陡然如蒙大赦，再也不敢"聒噪"发声。

谢丽仗着伯特平时待她不错，以为他开玩笑，现在听了这话，整个人都垮掉。她仰着绝美的小脸，望住他哀哀地哭泣："不要，先生，不要。"她的声音和甄爱并不相似。

伯特淡淡挑眉："真奇怪，分明是一样的脸，看着却一点都不心疼。"

随从打开铁栏去拖谢丽，女孩无助地大哭："先生求你了，我以后乖乖听话，我一定乖，你不要这样。求求你，不要！"

"求我？果然一点都不像。"伯特眼眸阴暗，嘴角的笑容缓缓扩大，"十五号谢丽，以前和我一起观看表演的时候，你不是很开心地笑着说好玩吗？今天就让你玩个够。"

女孩惊愕地瞪大眼睛，像是整容后没定形，面容扭曲得突然不像甄爱了，尖叫着挣扎着，却摆脱不了被拖去刑台的命运。

"你没必要这么对她。"言溯脸上已是说不出的冰冷。

"特地为你准备的。客人来了，当然要看一场大戏。"伯特狡黠地笑，带他出了长长的走廊，沿着石阶往上走，停在白色的栏杆前。

这是一处圆形大厅，头上是高高的穹顶。

言溯他们站在半空中的圆形走廊上，俯瞰下方。

下方一片漆黑，谢丽一身白裙，手脚固定在黑色桌子上。灯光太刺眼，几乎看不清她的脸，她幻化成了白雪公主。可公主没睡着，一直在哭，一直在挣扎。

这样的哭叫只会让围绕着她的穿黑袍戴面具的人更兴奋。

那张脸……言溯不动声色地攥紧了拳头。

伯特却揉着耳朵，嫌弃："真难听！"他无奈地叹气，"我不想碰她们，我只想找到好听的声音，可为什么这么难？"

这次没有导师教学。每一个遮得严严实实的人早已学成高手，聚拢在桌子前，裙子碎成雪花，女孩儿的身体白得像玉。

每人的手上都闪着银光，有人松开谢丽的束缚，女孩弹跳起来，往桌下逃窜，却被无数双手抓了回去。

有随从受不了画面和靡靡声音的刺激，脸红发热。伯特回头看一眼，意味深长地笑："喜欢哪个？去吧。"一群人好似得了恩赐，飞快跑去弧形走廊。

伯特几不可察地扫一眼言溯的西裤，笔直服帖，没有任何异样。

言溯咬着下颌，眼神极度的阴郁，却偏偏没有收回目光，一直看着。

伯特轻笑："我知道你会喜欢。"

言溯没理，俊脸冷肃，紧紧盯着那群人身上的每一处不寻常。

有个男人的皮鞋后跟沾了一枚青黄的叶子，是银杏？脑海中，他在地图上画了一个圆，这块区域哪里的银杏会因为气候土壤等各种因素在九月便泛黄？

有人不小心露出袍子里的衣领，那上面的粉末是——蒿草花粉？旷野、山坡、路边、河岸？

有人在激烈的动作下露出了头发，夹在碎发和面具之间的羽毛是——红翅黑鹂？沼泽，浅水区？

刚下车时的奇怪气味——磷化氢？

他平静抬起头，望着上方的穹顶，夜里明亮得像是来自天堂的光。

他知道他在哪里了。

言溯收回目光："在你的原计划里，她本来就是要死的，何必再让她受折磨？"

客人不看戏了，伯特也奉陪："哦？我的原计划是什么？"

"你想在我家里栽赃证据，不巧我家被 FBI 监视，无法下手。现在 CIA 盯这个俱乐部盯得很紧，你想杀了我，杀了 Holy gold 所有的女人。不止 Silverland 和幻想案，还要把这个俱乐部幕后主使的罪名扣在我头上，让我彻底名声扫地。"

言溯预言着自己惨烈的结局，云淡风轻："你需要更牢靠的东西给我定罪。你想让我，像那些受害者一样忏悔。"

伯特手指轻敲栏杆，眼中的笑意渐渐放大："S.A.，我喜欢你这样的对手。"

"我不喜欢你这样的对手。"言溯侧脸白皙俊逸，并不看他。

伯特离开圆形栏杆，带他去下一站。言溯很快看到了视频中的白色房间与黑色十字架。

伯特做了个请的手势，言溯神色淡定："我没有需要忏悔的。"

"我不认为。"伯特礼貌地微笑，又渐渐收敛，忍了一个晚上的问题，到了最后，不得不问，"她在哪里？"

"安全的地方。"

"这世上，没有她安全的地方。"伯特哼笑，讽刺又轻蔑，"那个叫欧文的，是你的朋友？太天真，以为他可以保护她，以为可以把她藏起来？现在你也一样。S.A. Yan，不管她改变身份，藏多少遍，我都找得到她！"

"找不到了。"他倨傲而清冷，不容置疑。

"怎么？因为连你也找不到她？"

"伯特，我已经找到她，把她送到安全的地方去了。"言溯利落地说道，"你之所以每次都能找到她，是因为 FBI 有你的线人。我已经找到她，刚才假装去枫树街，是为了抓你的内奸。幸好你的人伏击了我，伯特，幸好，我的计划和怀疑，因此成功了。你刚才不是问我，有没有爱她到愿意为她而死吗？"他浅茶色的眼中闪过淡淡的笑，"用我一条命换她的自由，义无反顾。"

伯特盯着他，漆黑的眸子越来越阴沉，陡然间闪过一阵紫罗兰色的光，正和 LJ 发怒时的眼睛一样。

言溯蓦然明白，闪躲已来不及。

他一拳狠狠砸向他的胸口,言溯猛地撞向墙壁,身体有如爆炸裂开,身后墙壁在剧烈晃荡。

这是一种怎样的力量!

鲜血顺着言溯骤然惨白的嘴角溢出来,胸口撕裂后的余震更加摧人肺腑,他疼得头轰隆隆地炸开,一瞬间什么都听不见了。

伯特的眼睛像开了紫罗兰的花,冷笑:"疼吗?这是还给你的!"

"枫树街的爆炸,亚瑟因为你和她,卧床两个月。"伯特阴恻恻看向一旁早吓得双腿哆嗦的安珀,"你不是想加入S.P.A吗?现在,把刚才我打碎的他的肋骨,挖出来!"

"S.A. Yan,忏悔吧!"

"我没有任何需要忏悔的。"言溯低着头,嗓子在冒烟,额头脊背全是汗。

时而被绑上十字架,时而被解下来。

隐约记得,似乎一天一夜了?他觉得恶心又昏昏沉沉,像在发低烧,喉咙干燥得烟熏火燎。

眼前的一切在不知疲倦地旋转,他明明没有一丝力气,脑子却偶尔清醒,想,妮尔的身份应该暴露了。

好在库珀组长相信他,配合他演戏。

妮尔"帮助"言溯从警局逃离之前,库珀和里德对她说:"我们猜到言溯要逃,正好!偷偷在他身上放监听和追踪设备,等他找到甄爱,犯罪证据就有了。"

妮尔不知道自己被设计,当然应允。

驾车逃亡去枫树街是言溯临时想的。在车上说出甄爱藏在枫树街这句话时,言溯短暂地关闭了监听设备。可妮尔不知道,以为设备另一端的特工听到了。即使她给伯特通风报信,所有人也会一起成为怀疑对象。可其实,只有她一个人。

现在,她一定被逮捕了。

这么想着,他安心了些,思绪又涣散了。神经异常地兴奋活跃,时不时,他感觉到甄爱在亲吻他,她的舌头很软,在舔他的耳朵,舔他的脖子,很痒,痒得直钻心窝。

可睁开眼睛,他的甄爱却像西洋镜里的烟雾美人,袅娜一闪,不见了。

视线渐渐清晰,伯特的脸冷寂而肃然:"她在哪里?"

言溯重重喘了一口气,不回答。

伯特冷眼看着他苍白的脸,讥讽:"看见你的幻想了?"

言溯汗意涔涔,还是不答。

"很难受吧?哼,她不是你该碰的女人,当然,"他不无鄙夷,"她也不是你能保护得了的女人。你愿意为她死,那就慢慢地死吧。"

伯特看一眼身边的人,有人上前,冰冷的针头猛地扎进言溯的血脉。

言溯手臂上的肌肉狠狠紧绷,人被绑在十字架上,双手握成拳,一动不动。药水一点一点推到底,他始终低着头,乌黑的碎发下,脸色白得吓人。

伯特冷冷看着,转身走了。

言溯坠入一个五彩斑斓的世界,又看见甄爱了。这次,她歪着头,眼波如水,美得让人挪不开目光。

他呼吸急促,嗓子干得冒烟,她终于走过来,冰冰凉凉的,抱住他,蛇一样缠住他的身体,他和她纠缠成一团,可不能止渴,身体和心里像是被无数只蚂蚁啃噬,痒得让人发疯,却找不到痛点。

他的骨头似乎都紧缩成一团,恶心得切骨剥皮。他全身冷汗直冒,发抖得连牙齿都在打战,在挣扎,不出几刻,整个人都虚脱了。

席拉在不远处守着,见那一贯清俊挺拔的男人此刻乌发尽湿,薄衣汗淋淋贴在身上,像从水里捞出来的,身体不停痉挛,她有些担忧,自言自语:"是不是注射太多了,他不会死吧?"

安珀淡淡挑眉:"他衣服都湿了,这么看起来,身材真是不错。"言溯来这里后不久,短短几句话,她已经看出这个男人对甄爱的深情,固执的、倔强的、隐忍的、沉默的。

而她,恨死了甄爱。

席拉听言,打量言溯一眼,十字架上的男人,手臂舒展修长,腰身精窄紧瘦,长腿笔直……湿润碎发下,五官精致,垂着头,最先看得到挺拔而白皙的鼻梁。

席拉莫名耳热心跳。

安珀瞥她一眼,忽然笑了:"他现在是囚犯,过会儿他们把他解下来送回房间时,你在他的水里放点东西就行了?"

席拉不作声。

安珀耸肩:"我还以为你喜欢他呢!你不要,过会儿我自己上,到时你别去打扰我们。"

席拉冷眼瞪她:"他是我的,你还没资格碰。"

就在二十四小时前,妮尔等三人刚结束对言溯的审讯。

小型会议室里,律师们七嘴八舌争论着自救方案。言溯恍若未闻,坐在落地窗边望着夏末秋初的街道。

里德推门进来,去言溯身旁坐下:"之前你说妮尔给我们讲的'天使与魔鬼'的说法,你也听苏琪说过,我并不太相信。但刚才的审讯过程中,妮尔确实有异样。……可S.A.，她是我多年的伙伴。是她带我进FBI，她就像我的导师。"

言溯望着窗外，对他的情感纠结漠不关心："她有好几个问题。首先，她问我传送带开关上怎么有我的指纹，我说我试图关掉传送带，她反问'你救一个想杀你的人？'"

里德点头："我注意到了，当时她的表情质疑又轻蔑。可正直的特工不会对任何人见死不救。"

他其实佩服言溯，这家伙一开始不过是奇怪为什么甄爱每次换身份都能被找到，才开始注意每一个和甄爱接触的特工，包括枫树街银行案中亲自到场的妮尔。

要不是为了确定，言溯根本不会接受他们的审问，更不会回答那一串隐私问题。而他的悉心设计，有了成果。

"第二，我总结你们对我的各项怀疑和指证后，三位特工哑口无言。洛佩兹很尴尬，就连莱斯也不自在，但和我合作多次关系很好的妮尔特工没有半点不自然，甚至眼神都没回避。"

里德："对，这不是有情感的人的正常反应。"

"第三，她设计的那串测谎问题，问神秘人放炸弹是否为了泄愤。这个问题非常私人和主观。作为题目设计者，她自始至终没问我，是否认为甄爱还活着。因为，她很确定，甄爱没有危险。最后，她私下和我交流时，安慰我说：'别担心，甄爱会没事的。'"

里德垂下眼帘，无力地接话："无论任何时候，警察都只能说'我们会尽力'，而不能说'我们保证不会有事'。"

"欧文早怀疑CIA的苏琪泄露机密，接收方是FBI的妮尔。"言溯俊脸清冽，"他在最后一段音频里说得很直接，说甄爱玩打地鼠时反应很快，'地鼠'就是内奸的俗称。他知道特工死后，身上的音频会被分析，即使妮尔从中作梗也不能阻拦。他怀疑妮尔，却没有证据，只能用最笨的方法设计最后一战，用生命赌一次，把她藏起来，留下信息，把剩下的事交给我。"

里德想起欧文的惨死，痛惜："S.A.，我们没有证据。一切只是猜想，无法对妮尔审讯。"

"她想找到甄爱，又想把我抓起来，既然如此，我可以做诱饵，引她上钩。"

"不行，太危险了。"里德立刻否决，"现在的情况已经对你很不利，你还要去蹚浑水！S.A.，你能不能先考虑怎么解救自己？神秘人想毁了你的声誉，想杀了你。他的计划是……"

言溯接话："或迟或早，他会把我抓到Holy gold去，杀了那里的所有囚徒，还有我。"

"那你更不能去。"

"最近你和史密斯在调查 Holy gold，里德，你不想把那里的女人都救出来？"

"就算要卧底，也是警察去，轮不到你。"

言溯靠进椅子里，脸色平静得没有一丝波澜："可你们没有选择，只有我能去。抓内奸，救人，一举两得。"

里德震住，这一刻，他分不清这个固执又沉默的男人究竟是为了正义还是为了爱情。

他无法定夺，将情况反馈给库珀组长，最终商议决定，让言溯装备齐全地离开，警察配合演一场追捕大戏，送言溯入虎口。计划对妮尔隐瞒。

可在计划执行前，言溯提了一个要求。

下午四点，言溯坐在黑色 SUV 后座，捧着笔记本，画面中白衣的甄爱对着显微镜说："肉毒梭菌像大肠杆菌，是个矮矮的小胖子，这是我第六喜欢的细菌。"

错。她不喜欢肉毒梭菌，而大肠杆菌是她第五喜欢的。

那天在图书室讨论时，甄爱说它矮矮胖胖的很可爱，言溯条件反射地答道："它明明是长长胖胖的，和火箭手枪跑车一样，像男性生殖器。你觉得它可爱，说明你潜意识里觉得男性生殖器很可爱。"

当时甄爱红了脸，气得打他。

这些正是言溯在哥伦比亚大学演讲的内容，五和六是最后一刻的密码转换。

甄爱其实在大学爆炸案中利教授被绑的地下实验室！

言溯、里德和 CIA 新特工换了清洁车，神不知鬼不觉地进去了。

星期天，实验室里干净洁白，空无一人。大家沉默而忐忑，轻手轻脚地翻箱倒柜，寻找每个能藏身的地方。

言溯强自镇静的心到了这一刻，打乱了规律，怦怦乱跳。他知道自己的推断不会有错。他从来自信满满，可现在他无法承受失算的风险。

手指微颤地拉开一个柜门，忽然感受到细细的阻力，谁的小手捉着柜门不让他打开？

他的心一刹那停了跳，弯曲的腰身缓缓跪下来，对着那白色的柜门轻唤："Ai。"柜门那边的力道顿了一下，陡然消失。

他缓缓打开门，甄爱脏乱不堪，来不及看清样子，就大哭着扑进他怀里："S.A.，欧文死了，欧文死了！是我打死他的，对不起，对不起！我躲在另一个山洞，从缝隙里看见伯特逼问他我在哪儿，他不说，中了那么多枪他都不肯死。伯特要给他注射毒素，我怕他疼，我怕欧文会疼……对不起，对不起。"她死死揪着他的衣领，泪湿的脸冰冰凉凉，埋在他脖颈之间，"我开了枪就一直在很多山洞里跑，一直在躲，听见警车的声音，我也不敢出去，因为欧文说警察里有地鼠，叫我沿着他给的路线跑，不能回头。我才没去找你。对不起。"

她像是被从噩梦里捞出来的，哭得伤心欲绝，像受尽委屈的孩子。

"Ai……"言溯用力贴住她的鬓角，才唤一声就说不出话来。不过几个小时，压抑在心里的疯狂思念和恐惧全后知后觉开闸般倾泻而出。

她在他怀里颤抖哭泣，他亲身感受着，才敢相信她真的回到他身边。

他紧紧箍着她单薄的肩膀，手掌握成拳，咬咬牙，温热的眼泪夺眶而出。

良久，言溯低头用她的肩膀按住眼睛，布料缓缓吸干他的眼泪。他没抬头，抱着她，压在她肩上，嗓音干哑而缓沉地说他的计划。

CIA紧急会议后决定，给她换全新的特工和高层管理人员，请她去中部的科学家实验地，到时她不会一个人，有同事，有志同道合的朋友。他们愿意把她当储备人才，当一个阵营的科学家，而非孤立利用的敌对分子。

言溯避而不谈他对安妮的施压，也不谈他其实想抓住内奸保她无后顾之忧，只说想等他身上的官司解决后再去找她。

那时再听她的选择，她愿意留在CIA或是离开，他都奉陪。

甄爱微讶，然后沉淀下来，眼底染了一层哀凉，转瞬即逝，望着天就微笑了："好。"

言溯这才抬起头，温热的手心覆在她冰凉的脸颊上，轻轻摩挲。

她眼睛湿润，却笑着："S.A.，我知道你是骗我的。你要去Holy gold对不对？"

他心一震，静静的，不回答了。

"你有把握把那里的女孩都救出来吧？"她骄傲地整理刚才揪皱了的衣领，"你想去就去吧，我不拦你。"

因为我爱你，所以不想牵绊你去做任何你想做的事。

"Ai……"

"你刚才说的那些，其实是给我做安排？担心你回不来，所以给我最安全最好的结局？可我希望你回来我身边呢。"她低下头，轻轻搓他的手心，自我安慰，"FBI的人会保护你的，对吧。"

"嗯。"他扶她站起身，低头抵住她的额头，"我当然会回来找你，我们还会结婚，还会……生小孩子。"

"是吗？"她配合地惊喜着，声音却很小，不害羞地嘀嘀咕咕，"等我有了你的孩子，我一定天天抱着他，到哪儿都舍不得放手。"

言溯的眼眶一下就湿润了。

时间紧迫，他不能和她说太多的话，走去地下停车场的路上，甄爱一反常态，出奇地话多:"可如果你以后去找我,他们把我藏起来了怎么办?"

他知道她竭力掩饰着忐忑不安,道:"Ai,你不相信我的智商吗?"他习惯性的自信和倨傲总有一种安抚的力量。

"那就是你一定会找到我的啦。"她自言自语,再重复确认一遍,让自己安心。又问,"我现在就走了吗?"

"要等几天,有些程序还没办完。"他撒了谎,其实是他们没那么快给妮尔定罪,还需要几天把她周边的线索梳理一下,确保彻底清理地鼠,万无一失。

"你先去我家待几天,玛利亚接受保护去了,你扮成她。"

她听了,是开心的:"那最近,你会回家吗?"

"应该不会。"他说完,见她失望了,又轻声道,"也有万一,而且我在图书室里给你留了一封信。你离开家之前,一定记得看。"

"在哪里?"

"你最喜欢的童话书里。"

渐渐靠近地下停车场,甄爱心思混乱起来,莫名害怕再也见不到他,她还有好多话没有和他说。CIA的特工们请她上车。

她的心底,悲哀和不舍突然像潮水一样泛滥,往前走了一步,又退回来,小手攥住言溯的衣角,低着头不肯动了。

特工看手表,轻声催她:"S.A.先生如果回警局太晚,会被怀疑的。"

她难过地抿嘴,手攥得更紧,把他的衣服拧得皱巴巴的,偏是不松了。

"再给我们一分钟。"言溯握住她的肩膀,把她带到几米开外。他欠身看她,其实心情也很沉重不舍,"Ai……"

"我还有好多话没来得及跟你说,好后悔之前那么大把的时间,没有用来和你说话。"她哽咽地打断他的话,情绪蔫到了谷底。

一瞬间,他一切安慰性的话都说不出口了。

她语无伦次,急急忙忙道:"S.A.你知道吗?我哥哥给我讲,爱尔兰有一个传说,二月二十九日遇到的男孩,会是你的真爱。"

"我知道。"

你就是在二月二十九号走进我的世界。从此,改变我的一生。

她急匆匆说完,低落下去,说不出地懊恼和沮丧:"还有好多好多,可现在说,都来不及了。"

她蓦地抬头:"S.A.,你不会死的,对吧?"

他很缓很慢地,点了一下头:"对。"

她再次确认:"我们只是分开一小段时间,等这些结束了,不管有没有人阻止你,你都会找到我的,对吧?"

"对。"他点头,目光没有半刻离开她的脸庞,其实很想拥抱她一下,却不能。怕她会哭,怕她任性,怕她不肯走。

终于,言溯伸手拍拍她的肩膀,一下,两下,一如最初的开始。

她也很乖,顾忌着周围人灼灼的目光,没有扑到他怀里,她只是恋恋不舍地歪头,脸颊贴住他的手背,蹭了又蹭。泪,便盈满眼眶。

"S.A.,我妈妈总和我说:'人生,就是得不到自己想要的。'可是,我想要的只有一样,就一样,我就是要,怎么办?"

剔透晶莹的泪,琉璃珠子般从她温柔的脸颊上滑落,砸在他手背,湿漉漉地润开。

看着她眼睛里一漾一漾的泪光,言溯眼底一片荒凉,叮嘱:"记得坚强。"

甄爱点头。

"记得勇敢。"

甄爱点头。

"记得微笑。"

甄爱点头。

"记得自由。"

甄爱点头。

"记得……我。"

她的眼泪哗啦啦尽数砸下,脸颊紧紧贴着他的手背,依恋地蹭蹭,头再也不肯抬起来,像是小孩留恋她最心爱的糖。

"S.A.,如果你死了,我会害怕活下去。"

言溯心头一疼,眼眶再度湿了。手掌轻轻翻过来,捧住她柔软泪湿的小脸,仿佛不舍得再松开。

可一分钟到了,特工带她离开,她一步三回头,扭头望他,莫名有种不祥的预感,仿佛她终究是,错误的时间,遇上了对的人。

她还是害怕,复而又向他喊:"S.A.,你一定会找到我的。"

他淡淡地笑,浅茶色的眼眸中水光闪烁:"一定会找到。"

甄爱的车先开,她趴在车后座望他,汽车渐渐开动。言溯双手插兜,跟在车后走,看着她,没有笑,也没有说话。

车速渐快,他也走得更快,很固执,很沉默。

一直跟着,直到出了地面,才停下来。

甄爱嗓子酸痛得说不出话,世界在她的泪水中晶莹闪烁。

学校林荫道旁,茂盛的绿叶开始泛黄。他的身影挺拔,立在一片金色落叶里,那样的孤寂冷清，正如那个冬天她第一次见到他。

车一转弯，他黑色的高高瘦瘦的影子忽然不见，她的心猛地一颤，缓缓坐好，泪水再度砸下来。

很快，她抹去泪水，努力微笑，S.A.一定会找到她，一定会。

第三天了，言溯再度被绑上十字架。

前一晚他整夜没睡，药物让他的精神高度亢奋迷乱。整晚，他像掉进幻境，分不清真实虚假。甄爱一直陪着他，他沉迷却又担忧，不停催她离开。可她耍赖地箍着他的腰，就是不肯走。他前所未有地着急，怕她被抓。直到骤然惊醒，才发觉一切都是假的，甄爱并不在身边。

言溯浑身是汗，却蓦然心安。

此刻，他被绑在十字架上，俊脸寂静又平淡。

不知为何，上次匆匆一别，听她提起爱尔兰的闰年传说后，这段时间他总想起今年的二月二十九日，她抱着大信封，带着冬日雪地里清新的寒意进来，安静又略微紧张地从钢琴后探出头，乌黑的眼睛十分干净，拘谨却淡漠，小声说："你好，我找言溯先生。"

想起她那时的样子，虽然此刻他身体难受得不行，却不禁微微笑了。

一旁守着的席拉和安珀奇怪。安珀推席拉："他出现幻觉了？"

席拉不答，只觉他虚弱侧脸上的微笑温柔得足以打动人心。

安珀低声问："你在他水里放东西了没？"

席拉得意地弯了一下嘴角，言溯的身体脱水严重，必然需要补充水分。

安珀提醒："B先生过会儿才来，你抓紧时间。"临走前，不忘阴狠地瞪言溯一眼。

席拉见安珀把人都带出去了，缓缓走去言溯身边。

她原本就性感妖娆，化过妆后嘴唇殷红，大眼睛扑闪扑闪的，只穿了件吊带短衫和小裙。双腿修长，胸前的乳白色呼之欲出。

她抱着胸，似有若无地托着胸脯，走到他的目光下站定，嘘寒问暖："逻辑学家先生，你很难受吧？"

他没有回应，淡漠地别过头去。被折磨了那么久，他始终清淡寡言。

但其实，言溯也察觉到了身体里的异样。和平时被注射的药物不一样，这次，体内奇痒难忍，没了忽冷忽热的煎熬，只剩要烧成灰烬的灼热。

除了热，便只剩下热。

席拉瞧见他紧紧咬着的牙关，他白皙的下颌绷出一道硬朗的弧线，满是男性隐忍的气息，她不免心猿意马，妩媚地凑过去，问："需不需要我陪你聊天？或许你会好受一些。"

还是没有回应。

席拉不介意，反觉他一声不吭、死死忍着的样子很可爱，轻笑起来："逻辑学家先生，你要是难受就说啊，我可以给你帮忙哦！"

言溯不看她，也不说话，忍着体内不受控制的焦灼，忍得额头上的青筋都突了起来。

席拉越发觉得他正经得惹人爱，嘻嘻哈哈："表面这么正经，下面应该没那么乖吧。"她水蛇一样的手探过去拉他裤子的腰际。

不等靠近，言溯冷了脸，一脚把她的手踢开，却因为她是女人，并未用力，只是用鞋底把她的手挡开了。

席拉愣了一秒钟，陡然不快，脸上又红又白。她也算是很有姿色的女人，哪里受过这种待遇，吃了药还强撑着正经，这个男人是想死吧！

她眼色变了变，冷冷道："你那么能忍？就忍着吧，我看你能坚持多久。"末了，又幽幽一笑，"不过，我很喜欢你，所以，你要是受不住了，我还是愿意帮你的。"

说罢，她拉了把椅子，泰然坐着看戏。

时间一分一秒地过去，他碎发汗湿，牙关几乎咬断，全身的肌肉都绷起来了，却自始至终一声不吭。

席拉看着手表，不可置信。她知道那种情药有多强，非是不信了言溯会坚持下去不求她。

过去了很久，席拉等着等着，反而心烦意乱起来，再一看他却没动静了。

席拉过去一看，顿时惊得手脚冰凉。

言溯垂着头，嘴唇生生咬烂了，嘴角下颌上鲜血淋漓，不断往外涌，只怕是忍着药力，咬断了牙齿或舌头。

席拉大惊，飞速冲出去找医生。

安珀也不可置信，好在医生检查没有生命危险，只是伤到了半边舌头。

言溯很快清醒过来，虽然配合医生，但还是不言不语。

席拉看他那固执的样子，不知是替甄爱感动还是替自己怨恨，狠狠看着他，阴阳怪气地哼："你还真是忠贞啊。也是，您是正派人士，我们是反派邪恶的下贱小人，配不上你。"

安珀不无蔑视："是你，不是我们。"

"你！"席拉恨不得抽她。

却听言溯嗓音喑哑，道："我有精神洁癖。"

他没说"我有洁癖"。即使是在这种时刻，他也没有显露鄙夷女人或看低女人的姿态，更没有嫌她脏嫌她不配的意思。说精神洁癖，意思就很简单。他已经有过一个女人,所以此生只会对她一人忠贞。不管别的女人好或是坏,他余生只会和她一人发生关系。

席拉和安珀愣住,莫名从这短短一句话里听出了尊重。到了这一刻,即使是敌对,他也习惯性地不讽刺和蔑视女人,不践踏她的颜面。

看着这个绅士教养渗进了骨子里的男人,席拉已震撼得无话可说。

安珀更觉不甘,恨得剜心掏肺,甚至想把这个身心都属于甄爱的男人彻底毁灭。

不知何时,伯特出现在身后:"这主意谁想的?"

席拉心思混乱如麻,低下头认错:"对不起,是我。"

伯特研判地看她,可安珀脸上一闪而过的慌张并没有逃过他的眼睛。他冷笑:"无聊!蠢货的脑袋只知道低级。"席拉低着头,安珀羞耻得脸上起火。

"全滚出去。"他冷斥。两人立刻出门。

言溯经过一番天人交战,前所未有地虚弱,听见伯特的话,艰难抬头看他一眼。

伯特淡笑:"我不想拉低 Little C 的身段。"既然他是和 C 睡过的男人,那其他的女人就不配。

言溯不予回应。

他来了,他的酷刑又开始了。

冰冷的针管第十几次扎进他的手臂。

身体很快被唤醒,冷热交替,颤抖发自心底深处,体内的奇痒密密麻麻像洪水猛兽一样侵袭而来。他的视线渐渐模糊,像掉进了万花筒。面前的影像虚化,重叠,交错。他看见地板上的彩绘圣母图变成了恶魔,狰狞的脸扭曲着旋转着。

身体被固定在十字架上,却止不住抽搐痉挛,不出一会儿,全身上下都给汗水湿透,像被人从头到脚泼了冷水。

"S.A. Yan,忏悔吧!"

"我没有任何需要忏悔的。"言溯垂着头,喉咙里烟熏火燎,冷汗顺着惨白的脸颊淌下来。

势如破竹的一鞭子抽过去,空气打得噼啪作响,在他前胸划下长长一条崭新的口子,撕裂了他的衬衫和肌肤,与昨天的伤痕交叉在一起,血肉模糊。

他的耳朵轰地一下炸开,火辣辣地灼烧着,疼痛好似放在火上生烤的鱼肉。

一鞭又一鞭下来,无休无止。

伯特坐在椅子里,俊脸罩霜:"S.A.,不要固执了,为你此生做过的错事,忏悔吧。"

他嘴唇发白,缓缓地一张一翕:"没有。"

"给你提示。比如谢琛死的时候,你其实知道他想自杀,可你装作不知,把他炸死了。因为你是他偷窃十亿美元的同谋,你想独吞钱财。又比如,你心理阴暗,杀了幻想案的受害者,又杀了苏琪。因为你是 Holy gold 的幕后老板,事情败露,你还要杀了这里所有人灭口。"

十字架上,言溯无力地低着头,看不清神色,嘴角却微微嘲弄地扬起:"说了这些,你就会杀了我。"

伯特抛着手中的监听器和微型摄像仪,淡笑:"这不是 FBI 给你的设备吗?等你想说的时候,我就让他们看看,顺便放在视频网站上。"

他想到什么,摸着下巴沉吟:"点击率第一。嗯,S.A.,你要火了。全世界会有很多变态视你为人生偶像。"

言溯虚脱得没有力气,摇了一下头,对他的调侃表示拒绝。

"S.A.,你痛苦吗?"伯特放缓了声音,像在催眠。

言溯不回答,他全身上下,没有一处不在体验着最惨烈的苦痛折磨。

"S.A.,按我说的去做,我给你解脱,把你从痛苦的酷刑中解救出来。"

"不是。"言溯缓缓吸一口气,摇头,"你让我忏悔的两件事,第一件让甄爱恨我,第二件让世人恨我。无论如何,你都不会痛快杀了我。"

伯特被他看穿心思,笑了一下:"到现在还这么清醒,看来,还不够。"

伯特还没问出甄爱的下落,纵使知道,他也不会轻易杀他。他恨不得将他千刀万剐。且言溯说对了,比起杀死他,伯特更希望打垮他,让他成为万人唾弃的恶魔。

随从上去,在言溯的手腕上固定了铁环,长长的线连接着装置。

伯特道:"知道你不会说出她在哪儿,这么喜欢她,让你感同身受一下。"

随从推动装置上的电闸,强烈的电流瞬间窜遍他全身。

言溯脑子里骤然白光一闪,好似被一柄剑从胸口狠狠刺进心脏,灵魂出了窍,顿时失去知觉。可他是清醒的,精神空置一两秒后,电击后遗的压力陡然像重锤一样猛击他的胸口,片刻前骤停的心跳忽然紊乱狂搏。

他全身发麻,忽冷忽热,胃里恶心翻涌,本能地呕吐,吐的却是一汪汪清水。

他挂在十字架上,脸颊嘴唇白成了灰色,细细的汗直往外冒,肌肉紧绷着不停地抽搐,痉挛。

一波一波的电击让他脸色惨白成了纸,他整个人剧烈颤抖,不断呕吐反胃,脑子里似乎全是电流在窜,白光闪闪,空白一片。

恶心无力又焦灼的感觉让他发狂。

分明什么都不能思考,却偏偏想到甄爱,莫名想到她右手腕上的伤。只是一想,胸腔便涌上一种比电击还要沉闷、还要凝滞的窒息感。

是前所未有的心疼!

想起她握着刀叉切牛排时笨拙又困窘的样子,他的心脏骤然像被谁狠狠揪扯,垂着头，眼泪就砸了下来。

记忆里，他从未落过泪，即使小时候受欺负，也没哭过。可认识她后，就不同了……

他也以为，自己对死亡视之泰然，从容不迫，可现在，突然之间，很舍不得，很不想死了。

突然之间，还想在这个世上多活几天。

突然之间，还想多见她几面……

身上的疼痛，远不及思念带来的蚀心入骨的痛苦与惶恐。

想起那天匆匆分别，她歪头靠在他手背上轻蹭着落泪，他说："记得坚强……记得勇敢……记得微笑……记得自由……记得……我。"

可她只是流泪，轻轻呜咽："S.A.，如果你死了，我会害怕活下去。"

这正是他担心的。每每想起这句话，他的心就像被戳得千疮百孔。

他不想死，怕甄爱从此失去笑容，怕她变回之前的甄爱。沉默又冷清，那么冷的冬天，不戴手套，不穿保暖靴子，脚腕上绑着冰冷的枪，一个人从寒冷的山林里走过。

怕她再也不多说话，不哭也不闹，穿着空荡荡的白大褂，静静站在实验台前，日复一日寂静地做实验。没有朋友，没有亲人，不会撒娇，不会任性。

怕她不再憧憬未来，也不再提及过去。

怕她从此孤独一人，就像对待她哥哥的事一样，把他尘封在心里，再也不对任何人提起。

怕，如果他死了，她会害怕活下去。

言溯深深低着头，忽然微微笑了。

所以，Ai，我一定会回来，回来你身边。

甄爱醒来了。

睁开眼，言小溯乖乖躺在她身旁，和她盖同一个被子。它胖嘟嘟又毛茸茸，不会闭眼睛，纽扣眼珠很黑，表情憨憨的，看着她。

秋天来了，被子里全是她一个人的热气，黏在大熊身上，暖呼呼的。

她突然不想起床，贴过去紧紧搂住熊宝宝粗粗的脖子。它几乎和言溯一样高，毛毛的，又胖，她一扑，整个儿陷进它怀里。

抱着依偎了一会儿，她钻进被子，反复在言溯床上蹭了又蹭，停下来，便目含轻愁。

过了这么些天，床上言溯的味道已经淡了。

家里的网络和信号不知为何断掉了，无法和外界沟通。

空落落的大城堡,她一个人给 Isaac 喂小米。言溯不在,鸟也变笨了,除了扑着翅膀嚷"S.A. is a genius.(S.A. 是一个天才。)"其余的再也不说。

她一个人醒来,一个人看书,一个人抱着大大的言小溯在城堡里走来走去,吃饭时给它一把椅子。

一天,又一天,他还不回来。

今天,她要离开了。

外边有人敲门:"甄爱小姐,该出发了。"

她不作声,埋头在言小溯的胸脯上,情绪低落到谷底。

可不到五分钟,她下楼,说准备好了。

随行的特工略微诧异。甄爱束着马尾,穿着没有花纹的白色外套和连衣裙,干净又利落,除此之外再无他物。

"你行李呢?"

她略微侧身,让人看见她背着一个极小的包。

特工再次确认:"私人物品带齐了?"

甄爱不觉困窘,反而习以为常,摇摇头,表示没有任何要带的。

"我们不是去旅游,以后都不会回来了。"

虽然知道,但被他这一说,甄爱的心还是轻轻咯噔了一下。

"我可以把言小溯和 Isaac 带走吗?"她微嘲地反问,眼里闪过一丝期待。

"那是什么?"

"我的熊,还有小鹦鹉。"

"不可以。"

"那你还一直说。"她目光飘到外边去。

特工微愣,但不以为意。

甄爱沉默了一会儿,问:"我以后不想换名字了,一直叫甄爱,可以吗?

我怕他找不到我。

"应该是可以的。"特工说完,催促,"要赶飞机,我们出发吧。"

甄爱觉得双腿像灌了铅,怎么都走不动。身体不想走,心更不想走。

特工见她浑身上下都写着不愿意,也不催促,提醒说:"只有你先安全了,S.A. 先生才会安全。"

甄爱低着头,寂静了下来,半晌,顺从又静默地往外走。

快到门口,忽然听见钥匙开锁的声音。

甄爱一喜,飞奔过去,却被特工捂住嘴巴拦到桌子后边,其余五六个特工全部就位,握着枪警惕又专注地瞄准门缝。

下一秒钟，里德出现在门口。

甄爱挣脱特工，跑去："S.A. 回来没？行动结束了吗？他有没有受伤？"

"你怎么还没走？"里德被突然冒出的人吓一跳，又被她一连串问题弄得头大，"还没，但快了。"

他不动声色把手中一摞纸塞进口袋里。甄爱警觉地发现了，却没问。

"过这么久了，为什么还没他的消息？你们之前不是计划好了吗？"

里德目光躲闪，摸着鼻子："这就是他的计划。"

"什么意思？"

"他知道神秘人警惕性高，会搜走随身设备，我们会无法得知 Holy gold 内部的情况。但神秘人想毁掉他，一定会折磨他逼他开口，把他的认罪视频昭告天下。只有这个时候，他才能给外界透露信息。"

听到"折磨"一词，甄爱的心凉了半截，颤声："既然已经受折磨，那他为什么还不开口？"

"如果他轻易认罪，神秘人会相信吗？只有让人看到他身体精神遭受重创，看到他濒临崩溃，这时候，他的话才会被相信。"

崩溃？甄爱像光脚立在冰天雪地："那，如果他忏悔供罪了，他会被杀掉吗？"

里德愣了半秒钟，才说："不会，甄爱小姐。神秘人还想知道你的所在地，而且他更希望看到 S.A. 屈辱地活着。"

这种话算不上半点安慰。甄爱没动静。

里德催促她："别让 S.A. 为你担心，先走吧。"

不要让他担心。甄爱静静点头，跟着特工们离开了。

里德看她离去，心里笼着阴霾，不甚明朗。其实他们已经收到言溯的视频。

时隔近两个星期，言溯带的摄像头和监听器突然打开，FBI 特工看到言溯供罪了，视频被人发到视频网站上疯传。

里德带着密码纸过来，用言溯留给他的暗号，估计很快就能破获俱乐部的所在地和内部结构图。如果顺利，今晚就可以行动。

但中途有个意外，CIA 收到一份极度血腥的视频。身姿颀长的男人被缚在十字架上，有人用刀切开他的胸膛，剜了一根血肉模糊的肋骨出来。

整个过程他似乎是清醒的，狠攥的拳头森白，却以惊人的意志力死死忍着，只沉闷地痛哼了一声，只有一声，最终活活痛晕过去。

很快，医生给他止血缝合伤口，镜头里忙忙碌碌，有声音清淡地响起："谢儿·兰斯洛特，我只要她。要是不把她交出来，我会把这个男人身上的骨头，一根一根，拆下来。"

CIA 的态度是，他们不会交出甄爱，若是救不出这个男人，那是 FBI 无能。

另外，作为绝密内容，他们也不会提供这段视频作为言溯洗刷罪名的证据，若是让他受冤枉，那也是 FBI 无能。

FBI 焦头烂额，这下算是见识到了神秘人的变态和聪明。

里德看到那段视频，眼泪都涌了出来，他甚至想去告诉甄爱，可刚才下车掏出言溯留给他的钥匙，小信封里溜出一张卡片，上边是言溯提前写好的字迹：No matter what happens, DO NOT say a word!（不论发生什么，不要告诉她。）

所以，言溯提前切断屏蔽了城堡附近的一切通信信号。

所以，里德住口了。

山里的叶子全黄了，金灿灿的。

里德望着远去的车辆，想起言溯的话："如果我出意外死了，她问起，就说，我接受证人保护计划了。"

应该是第二个星期了？

言溯做了一个很长的梦，清醒又迷茫。他自己变得很陌生，浑浑噩噩，焦躁不安，这一点不像他。

或许毒品的作用终于稳定下来，他的思维开始自动自发编织出无数似真似假的幻想梦境。在那些光怪陆离的影像里，他又看见了甄爱。

她睡在星空之下，面颊绯红，柔情似水凝视着他。他听见她的声音娇弱又难耐，哀哀唤着他的名字。

可忽然她一转身，变成了一只兔子，眼睛红红的，嘟着嘴看他，神色委屈。他要去抓她，她摇着短尾巴蹦蹦跳跳，一转眼就不见了。

他茫然，不知所措，陡然间胃疼得厉害，恶心又难受的感觉无法用言语形容，像是得了狂躁症，无论坐立与否昏睡清醒，都是不安。

身体和头脑始终混沌不开，思维却极度的活跃与兴奋，没有片刻喘息的空间。

甄爱又回来了，穿着兔女郎的装扮，拘谨地遮着纤细又白皙的腰肢。手里抱着一只乖乖的小兔子，她红着脸怯怯地看他，小声说："S.A.，等我有了你的孩子，我一定天天抱着，到哪儿都舍不得放手。"

他顿时痛得剜心挫骨，才知这些天深入肺腑的痛，叫思念。

他翻来覆去，猛地惊醒，额头手心和脊背，大汗淋淋。

醒来房里坐着个人，依旧是短衣短裤，修长双腿交叠成魅惑的姿势，还是席拉。

言溯像是不久前沉进漩涡里和海草生死挣扎过，浑身虚脱。不过，虽然没了力气，脑子却安宁地清醒了片刻。他寂静地望着头顶上方的浮雕画，不言不语。

席拉神色复杂，他即使被药物整得如此虚弱又落魄了，清高冷冽的样子却一点没变，比当初在 Silverland 有过之而无不及。

她不免不快，抱着手从椅子上站起身，俯视他想冷嘲热讽几句，可看见他苍白清俊的容颜，语调不自觉缓了下来，问："C 小姐的名字叫 Ai？你昏迷的时候，喊了她很多次。"

安静。

席拉瘪嘴："可惜你喊的那个名字是假的呢。她叫谢儿，不是属于你的女人。你为了她，真傻。"

她觉得怜惜，凑上去："世上那么多女人，何必呢？这么为她死了，她不见得记住你，或许转头就和别的男人好上了。不过谁要和她好上，都要倒大霉。像你，现在弄成这个样子。"

安静。

席拉看他俊脸苍白汗湿，那样沉默冷清，觉得性感，伸手去碰，尚未触及，他掀了毯子给她打开，冷着脸从床上起来，把自己关进洗手间去清洗。

席拉落了个没趣，坐在一旁等，伸手一摸，床单上全是熨烫的汗渍。

长时间的酷刑，她还没见人能挺到现在。她也清楚，即使他马上被救出去，他的身体也垮了。况且，剂量太多，毒早就种进去。头一次，她替人难过。她一下一下用力揪着床单，闷不吭声。

言溯洁癖太重，身上有一点不干净清爽便会觉得不舒服不自在，每次去受刑前都要强撑着虚弱发软的身体把自己收拾一遍。

只是，有些事远超出能力范围。身上的各类伤痕与灼伤，暂时消除不去了。

清洗后看向镜子，眼睛下淡淡的黑眼圈掩不住，下巴上也冒出青青的胡楂，摸一下，还很扎手。

蓦地想起，甄爱有次问："S.A. 你为什么不留胡子？我想摸摸看是什么手感。"

他认真道："我习惯起床就刮胡子，你要想摸，最好是趁早去我床上睡。"

她又羞又气，狠狠瞪他。

他不明所以。

那天在汉普顿，早上醒来，甄爱窝在他怀里，小手在他下巴上摸来摸去，一个劲儿地傻笑："好痒，哈哈，好痒，哈哈。"傻呵呵的，无限循环。

想起不算旧的旧事，他不禁淡淡笑了一下。

这些天脱水严重，他捧着龙头的水往嘴里送，嗓子干燥太久，普通的吞咽动作都会在喉咙里留下灼烧的痛楚。

他缓慢又一丝不苟地把自己清理完毕。走出洗手间，席拉还在那里，表情不太开心。他也不理，坐到椅子上，弯腰去穿鞋。

平日很简单的动作到了现在,是最艰难的折磨。

他僵硬地折下脊背,脸色又发白了。

席拉见了,下意识凑过去:"我帮你。"

"别碰!"他冷冷斥开她,手不受控制地抖,很缓很慢地把鞋穿好。

"你不喜欢身体接触啊。那C小姐呢?"

没回应。

他虽然虚弱,却整整齐齐,干干净净。那么井然利落,一点不像是去受刑的。

席拉蓦然有种错觉,他的精神和意志远没有被打垮,或许,根本就不可能被打垮。

席拉心里有说不出的情绪:"逻辑学家先生,你真让人费解。你那么聪明,应该一眼就看得出来C小姐是个危险分子。那你一开始干吗去爱她?你还为她做了那么多危险的事,不知道危险吗?你怎么不爱惜自己的生命?我以为聪明的人都珍视生命。"

她絮絮叨叨说了一堆,以为他会像往常一样置之不理。

没想他沉默半刻,缓缓地开口了:"我比大部分人都爱惜自己的生命。但有些事,不会因为危险而不去做;有个人,不会因为危险而不去爱。"言溯说完,剧烈咳嗽起来。

席拉被震撼住,愣了足足三四秒钟,越发为他觉得不值:"可你要是残了死了,你为她做的一切,她或许都不知道。"

"不需要知道。"他竭力止住咳嗽,艰难起身,"如果是负担,不需要知道。"

而且,他一定会回去她身边。

"你有没有问过她,被你爱上,是什么感觉?"

席拉才问,有人进来了,要带言溯去接受新一轮的拷打。席拉没跟过去,她不想看了。

言溯很快被再度绑上十字架,而伯特的脸色较之前再没了轻松。

两个星期过去了,还没有甄爱的影子,她就像凭空蒸发。发给CIA的视频并没换回任何信息,他讽刺言溯被CIA抛弃了,言溯也只是寡淡地笑笑。

言溯一直不肯屈服,但伯特并不信他能死撑下去,一天又一天,每天的拷问都会加大时长。他认为,他就快崩溃了。

可这人总能一句话把他惹爆。

就像今天,伯特刺激他:"S.A.,即使你不说,我也会把她翻出来。"

"哦。"他嗓音虚缓而喑哑,"你抓到我的当天晚上,她就已经,离开这块大陆了。"

伯特没说话，只是笑笑。然后，新的折磨从上午一直持续到次日拂晓。

身上的陈疾新伤最终堆砌爆发，言溯一次次晕过去，又一次次被针剂刺激醒来。

清晨，他发了高烧。

始终惨白的脸色渐渐泛上大片诡异的潮红，眼眸也浑浊起来。不知是因为体内的药物，还是因为灼热的高温，他的神志终于受了影响，混沌不清，开始说起胡话。

在第几百次听到"S.A. 请忏悔，我让你解脱"之后，十字架上的男人颓废地低着头，最终气若游丝地吐出几个字："我忏悔。"

早上的 VIP 候机室里寥寥几人，甄爱他们特地没有坐私人飞机，此刻特工们三三两两扮成商人学者，散落在各个角落。

甄爱望着黑黑的电视屏幕，叫来服务员："我想看电视。"

服务员很抱歉："刚好坏了。"

甄爱不言，心里奇怪的感觉更明晰。

她坐立不安，起身去洗手间。女特工跟着她，见她长久地立在洗手池边发呆，猜她心情不好，也就退出来了。

甄爱的心不知为何总是忐忑，怦怦乱跳。

她很想去找言溯，可不知道 Holy gold 俱乐部在哪儿，又觉得里德说得对，只要伯特没找到她，就不会杀了言溯。这是理智。

但情感却疯狂蔓延：我想见他，我想见他，我想见他……

可她还是很听话的。要是他，一定会告诉她听理智的话。她低头拿冷水泼发烫的脸，努力镇定下来。

他会好好的，不要去打扰他。

他答应过她，他会好好的，她要相信他。

她默念好几遍，转身要出洗手间，隔间却走出一个赶飞机的女孩，捧着手机惊叹："我的天，他真是个恶魔。"

甄爱没理会，但手机里男人的声音传来，她突然就定住。女孩把手机放在洗手台上，甄爱的目光渐渐挪过去。

她看到了那张让她魂牵梦萦的脸。只一眼，眼眶就湿了。

半个月不见，他消瘦得可怕，眼窝和脸颊深深凹陷下去，清瘦的下巴上，胡须落拓，眼睛却清亮澄净，看上去神志清醒。穿戴也整齐，坐在白色的背景布前。

若是不认识的人，根本看不出他有什么不对。他如此淡静从容又清瘦矍然，或许正符合大家对聪明的变态的印象。

他正符合他缓慢而娓娓道来的姿态："是的，我厌恶女人，极度。像那个虚荣又肤浅的我的继母，像那个酗酒又脆弱的我的母亲。她们那样的女人总是虚伪又软弱，总以为可以用强制或眼泪改变男人，她们的丈夫或者她们的儿子。愚蠢。她们不知道男人最擅长阳奉阴违。她以为我认真在听牧师读经，我却在看不正经的修女小姐用脚勾有妇之夫的腿；她以为我不爱说话，长大了不会有作为，可现在全世界都认识我了。这样聪明的头脑能做什么？埃里克斯·兰斯洛特，他是犯罪者心中的传说。Hi，是我杀了你们的传说。不仅杀了他，还让FBI那群蠢蛋认为他是自杀的。他死的地方风景很美，爆炸的瞬间太刺激了。我不凡人生的起点，埃里克斯，谢谢！另一件值得称颂的作品在Silverland，十二个小时杀死十二个人，这样的幅度，你们惊叹吗？真正让你们认识我的，是最近的幻想案。又是女人，令人厌恶的女人，她们都有罪，我是替天行道。所以，不用谢。你们如果生气，怪FBI那群蠢货吧。在我家外蹲守那么久，也拿到了搜查令，却还是没有发现我家的秘密施虐的基地，我罪恶的中心。放心，我不会永远杀人下去。好的作品，以稀为贵。今晚，送给你们我最后的礼物。再加上五十六个女人的生命，最后一刻。谁想要来救她们，请先找到我。可是，你们能逆转时间吗？我在此恭候。最后的别离辞送给她。请她，节哀。"

甄爱深深低着头，白皙的手撑在洗手台，缓缓握成拳，温热的眼泪夺眶而出。

甄爱相信，伯特的兴奋点不在杀人，而在虐待；她也相信，比起杀死言溯，伯特更喜欢看他屈辱地活着。

可她不相信，当FBI特工带着特警队冲进Holy gold俱乐部摧毁他的收藏（即使只是复制品）时，心高气傲的他还会耐心地慢慢把玩言溯。

他要是知道那么久的虐待没有打垮言溯，反而被言溯耍了欺骗了，他非得亲手把言溯抽筋剥皮。

甄爱很确定，他真的会这样做。

而言溯会成为这次Holy gold营救行动的"附带型伤害"，"不可避免的牺牲"，一人挽救五十六位女性（和以后更多未知）的英雄。

国家会给他一个辉煌的葬礼。然后，墓前的鲜花枯萎，他被遗忘，大家各自幸福生活。

只有她记着他。

只剩她，用一辈子的时间记着他。

他不会在乎，但她不肯。

她本就不高尚，她的言溯，用全世界的人命，她都不换。

正义于她来说，原本就是奢侈品。

不管她的出现会让计划行动变成什么样子，不管那些被囚的女人会不会死，她都不管。她只知道，绝对不准他死。

看到言溯视频的第一刻,她就看出他在哪里,里德的解密都不会有她快。

此刻她立在纽约州郊区的一座教堂门口。

正午的太阳和煦温暖,推门进去,一片阴冷。教堂空空的,初秋的阳光从高高的彩绘玻璃窗落下来,穿过十字架的受难耶稣,洒落在一排排长椅上。

光束里,微尘飞扬。

一位牧师在祷告。甄爱随手关门,"吱呀"一声。

牧师回头,问她需要什么帮助。

"B在哪儿?"

环形走廊上,甄爱的出现引发了不小的骚动。笼子里的女人把她当作了谢丽,讽刺咒骂不断,讥笑说她也有今天。

甄爱恍若未闻,到了尽头,看见白色笼子里衣衫残破满身伤痕蜷缩在床上的人,见了和自己一样的脸庞,才明白。

谢丽也看见了甄爱,仿佛终于看到她的原版,她悲运的根源。她浑浊呆滞的眼珠瞬间闪出凶光,扑上来朝甄爱嘶吼,像野兽。

随从扬起枪托狠砸栏杆,动作轻蔑,像教训一只狗,谢丽尖叫着缩回去。

她衣衫残破,露出红痕斑斑。甄爱别过头去,快步走开。

老远看见伯特凝眉低头,大长腿在厅里迈步,走来走去。没了一贯的阴邪,罕见地忐忑焦急。望见她第一秒,他大步上来就把她扯进怀里搂住,摁着她的头发,又急切又庆幸:"天啊,Little C,我和他以为再也见不到你了。"

他力气太大,甄爱脖子被捏疼,想挣脱却又忍住,闭了闭眼:"B,你把我弄疼了。"

"噢,抱歉。"他赶紧松开,想给她揉揉。

甄爱这次没忍住,躲避地退后一步。

伯特的手抓到空气,脸上的温柔在不动声色间凝住。他缓缓收回手,居然没说别的,也没问她是怎么找来这儿的,温和道:"没吃午饭吧。"

席拉以前只听说两位Boss对C小姐极好,安珀一直认为伯特仇视并爱虐待世上所有女人。现在一见,分明是这世上,他只把她当同类。安珀对甄爱的恨早已超越杀兄之仇。以前有哥哥宠着,她拿这个世界当游戏,现在才知她和哥哥都是棋子,真正有资格玩转世界的,是独受宠爱的甄爱。

席拉心里不舒服,替言溯不值。他快死了,她却安之若素地吃午餐。

几十道丰盛佳肴摆在面前,甄爱与伯特分坐长桌两端。仆从彬彬有礼,菜盘端来摆去,甄爱似乎胃口不错,每样都吃一点。

伯特倒不急不忙,慢悠悠看她娴静无声的样子,恍惚回到从前,忽而笑了:"C,今天的晚餐,应该会在家里。"语气中不无怀念。

半天的时间，足够跨越大西洋。

甄爱淡淡应了一声，专心喝汤。

伯特似乎心情不错，深邃的眼睛里眸光闪闪，忽然试探："我挖了S.A.一根肋骨。"

甄爱垂眸看着碗里的骨头汤，勺子轻轻搅了一下，道："他活该。"

伯特听言微微笑，目光依旧研判，晃晃手中的东西："放心，不在你碗里，在这里。"

甄爱抬眼，他手中把玩着一根森森的肋骨，惨白色，还有几缕干枯的血色经络。她手指几不可察地捏着桌沿，表面却毫无兴趣地低头继续喝骨头汤。

每一口都变得恶心，语调却漠不关心："那个谢丽是怎么回事？"

伯特嫌弃地把那截骨头扔在桌上："你不在，我需要人陪伴。可她让我不满意。"语气似乎怪她，"Little C，都是你不好。"闲适温和，略带慵懒的语调让从未见识过的旁人头皮发麻。

甄爱嘴角微扬，轻蔑道："别再制造我的复制品了，也别把她们的死活扣在我头上。B，我要是不想回到你身边，你杀了全世界的人，都没用。"

一旁的席拉看见她阴冷的笑，脊背发冷，为什么言溯喜欢的人，像是从地狱最深处来的魔鬼。

但伯特喜欢她的笑，也笑了："杀了他呢？"

"以前有用，现在没用了。"她看似坦然，"他杀了谢琛，还玩弄了我。你就算拆掉他二十四根肋骨，也都是他活该。"

伯特幽幽一弯嘴角，不太相信，也不予置评。

甄爱漫不经心："飞机到了吧，什么时候回去？"

"等计划完成。"

"哦。"甄爱缓缓思考着，目光一挪，端起红酒杯，"不要庆祝一下？"

伯特面前只有水杯。他和LJ一样吃过动物能的药，平日斯文风雅，真动起手可以一拳把人打死，她见过他拆人跟卸枪一样，三下两下变成碎片。他虽然答应过她不会再杀人。可今天，他会被逼急的。短暂消除药效的方法就是酒精。

伯特怎会猜不出她的心思，漆黑泛金的眼瞳里浮起一丝玩味的探寻："中午不喝酒。今晚到家了，你想要我喝多少，我都遵命。"

"遵命"一词让席拉和安珀怀疑耳朵出了问题，又觉得毛骨悚然。

"晚上当然还要喝，可现在我心情不好，要你陪我喝。"她颐指气使，歪头靠在白皙的手背上，脸颊贴着潋滟的酒杯，眸光清澈又安静地盯着他。

越过一桌的晶莹杯盘与烛光，说不出的绮丽。

伯特微微眯眼，不说话了，眸光很深，不知在想什么，最终微微一笑："C，等晚……"

甄爱拉开椅子，端着酒杯走过去，他目光追着她，渐渐拉近。

她一转身，坐在他腿上，贴近他的耳朵，嗓音里不无诱哄："怎么？我要跟你回去了，这不是值得庆祝的事？"

他精明不减："我想准备更隆重的庆祝。"

话这么说，他手臂却不由自主攀上她柔滑的腰肢，情不自禁一收，把她纤细的身体狠狠束进怀里。

像是较量。

红酒微微荡漾，他呼吸紊乱，长长呼出一口气："Little C，你知道，我爱你。但此刻，我不相信你。"

甄爱耸耸肩，笑着含了满满一口酒，薄唇凑过去。黑瞳挑衅地盯着他，浅浅的呼吸喷在他脸上。

伯特眼瞳微暗，静默半晌，在旁人惊异的眼光中，无比驯服又顺从地缓缓张了口。

甄爱歪头把酒送进去，却突然被他紧紧箍住头，狠狠吮吸起来。

她挣一下，红酒一滴没洒被他吸入。

甄爱带着满腔的怒气恶狠狠咬他一口，愤然推开，从他怀里跳起来。

他疼得要死，却一脸得逞的笑，好似开心极了。

她恨不得拿鞭子抽死他，他眼眸一转，故意用力揩了一下嘴上的血渍，目光里不无挑衅。

甄爱见他看着别处，一转头便惊得魂飞魄散，不知什么时候，言溯出现在餐厅另一端。

原来，她座位后的屏风撤掉，另一边便是他受刑的地方。

只消一眼，甄爱便心痛得有如撕心裂肺。

十字架上的言溯，形销骨立，不成人形。记忆里极度爱干净的他，那么脏乱，那么狼狈。

黑发长了，湿漉漉贴着苍白消瘦的脸，脸颊一侧有隐约鞭子留下的伤疤。他瘦得太厉害，衬衫空落落的，上边全是被刑具撕裂的口子。

她不敢想象破败的衣服下边，他的躯体是怎样的惨烈。

可即使如此，他依旧没有任何颓败的姿态，混乱却不邋遢，落魄却不可怜，反像一棵苍老的树，那样永恒，没有悲欢。一如过往的他，非常沉默，非常孤傲。

言溯头往后靠在十字架上，仿佛自身无力支撑，目光微落，凝在她脸庞，很长时间都没表情，只是隔着长长的时空望着，望着。不知不觉，他疲惫的眼中渐渐漾起灿灿的水光，又寂静无声地消融下去。

甄爱的心霎时疼得千疮百孔。他在想什么，她再明白不过。他丝毫没有气她刚才和伯特的"亲密"，他也知道她不会相信那些忏悔，不会误会他。他是心疼她了。心疼她的伪装，心疼她来涉险。

那份忏悔供罪录，最后两句其实是给她的情书。碰巧和他设计的密码以及留给里德的密钥撞成一处。她看懂了，便一眼看出他的所在地。

他前所未有地后悔，那些天疯狂又神志不清的思念压抑太深，而一步步靠近死亡，让他想她想得发疯，才留下那一句情话。

他和她那样直直望着，同样面无表情，同样痛彻心扉。

甄爱死死掐着玻璃杯，脊背僵硬一动不动。

她觉得自己面临着前所未有的精神折磨与较量，她拼命克制，可全身上下都叫嚣着，只想飞扑过去和他死死搂在一起。

什么都不管，就一起死了吧！

可她舍得自己，却舍不得他。

伯特起身贴到甄爱背后，俯身凑到她耳旁，眼睛却盯着言溯："我们Little C 喜欢强大的男人，可现在他身体垮了，精神塌了。C，你说，他还配得上你吗？"

"当然不配。"她冷淡地放下杯子，转身离开大厅。

言溯的目光寂静又沉默，一直追着她，直到消失。

甄爱飞快闪进走廊，安珀追过来，递给她一只录音笔："B先生说，有人给你的留言。"

甄爱一手扯过来，见安珀还窥视着自己，又往前跑了几步。再次转过一道弯，她顿住，手心止不住发抖。

伯特今天要离开俱乐部，在那之前，他会杀了所有被囚的女人。他以为言溯被毁了，杀这些人是最后一步栽赃。

所以，从某种意义上来说，这些女人死了，言溯反而就安全。

唯一的变数在于，FBI和特警队随时会来。一旦伯特发现言溯其实向外传递了信息，他就完了，所以……

甄爱紧紧握拳，狠了狠心，她要催促伯特立刻杀了那些女人离开，一定要在FBI来之前。

"你没事吧？"席拉跟过来，虚假的关心里带着试探。

甄爱别过脸去，不看她，也不搭理。

这人脾气还真是……席拉真不想和她说话，可忍了忍，还是问："C小姐，你觉得他会死吗？"

甄爱一身警惕，冷冷地答："不知道。"

席拉连撞几个钉子，转身要走，才一步就退回来，忽然缓缓问甄爱："我很好奇，被言溯爱上，是什么感觉？"

甄爱心头一震，眼眶蓦地就红了。她背对着她，声音极小："很好……"

好到宁愿毁灭全世界，也不愿放开他。所以，这里的人命都记在她头上。下地狱，也让她去吧。

席拉还要问，伯特过来了。

甄爱回头，换了淡漠的表情："什么时候可以离开？我一刻都不想待在这里。"

"我以后不回这里来了，人都要处理掉。"伯特说。

"那你快点。我不想等了。"她有些不耐，"现在马上杀了那五十六个女人。"

伯特似笑非笑，忽然欠身，凑近她："Little C，不要装了。我太了解你心里想的……"

"A先生。"K递来手机，只有A的电话才敢打断。

伯特直起身子，意味深长觑着甄爱微白又死撑着的脸颊，拿起电话走去旁边："A？"

"马上带她回来。"亚瑟声音很淡。

伯特低了声音："他呢？"

那头，亚瑟沉默了一会儿："我担心她会反弹。"

"OK，让他活着……我把这边的事处理完就立刻带她回……"

"B，我说了，现在！立刻！"亚瑟命令，沉默一下，"B，你被S.A.耍了。"

几乎是同一时刻，K急匆匆地打断："B先生，特警队包围了山脚。"

伯特愣住，随即淡淡笑了，摇摇头，揉揉眉心："呵，嗯，S.A.，呵。"笑着笑着，眼睛里闪过一道凶光，重新抓起电话："A，我想看C抛弃他，或者亲手杀了他。"

亚瑟明白了他的意思，冷冷制止："那段录音暂时不能给她听到，我不希望我不在她身边的时候她情绪失控。"

伯特哼了一下。

"B，我要你立刻带她回来，其余的都放下。"

"好。"伯特咬牙切齿地忍下一口气，转眼却见甄爱戴着耳机，目光呆滞，脸色惨白。

伯特从没见过她如此空洞的神情，蓦然心慌："A，她已经听到了。"

甄爱静静地听着，耳边只有熟悉的声音，言溯和安妮。

"谢琛留给Ai的七个iPod，看上去很完整，其实少了银色。如果是组织的人，他们忌恨谢琛，会拿走全部。只有CIA，会拿走唯一对你们有用的东西。密码不难，你们早就解出来了,却骗了她,所以才注销那十三个索书号。欲盖弥彰。"

"哦?我们为什么要拿走甄爱小姐的银色 iPod?"

"要挟她。"

"要挟?我们没做过。"

"你们一直在做,一直在用道德良知和所谓的赎罪在要挟她。"一贯云淡风轻的男人,嗓音里透着陌生而隐忍的愤怒,"你们为什么藏起谢琛给她的录音?谢琛为什么费尽心机把音频设计在密码里?除非是个大秘密。比如,甄爱的父母并不是你们说的那样。他们早已经不是什么最邪恶的科学家;比如,她父母并非违背了组织的禁忌,而是因为想离开想带甄爱出来而被杀死;再比如,她的父母早已经想脱离组织,甚至有可能一开始就和你们联系做交易,想把手中的机密交给你们,以此达到与 S.P.A 的平衡对抗。可没来得及,就死了。而甄爱很消极,你们担心她知道真相后,没有了心理负担,就不会再继续为你们服务。是你们在绑架她。"

"不。她的父辈的确是 S.P.A 邪恶组织的创始人之一,他们的确研制了无数罪恶的毒药和杀人工具。只不过……"

"只不过他们研制药物后,配置了相应的解药。你们想拥有这些技术,他们也曾经想和你们合作,可最好的时机过去,他们惨死。现在他们的女儿落到了你们手里,你们为了留住她,便不遗余力地混淆视线。说他们之前邪恶的事实,却对他们后来向善的想法和行为只字不提。"

"所谓后来向善的想法和行为,只是一个意图。他们意外死了,如果没死,会不会中途又改变主意,继续为 S.P.A 卖命呢?"

"可甄爱呢?配置解药的任务根本就不在她身上!"

"那你告诉她真相啊。"

"……"

"让她离开我们,不再为我们服务。OK,我无所谓,让这些危险得像原子弹一样的生物炸药只存在于 S.P.A 手里,没有机构没有政府能和他们对抗。让恐怖组织用去大规模杀人吧。反正死的都是贫困国家的悲惨平民。和我没有半点关系。"

"……"

甄爱静静地听着。他从没向她提起过。

位于半岛悬崖上的这座教堂是附近郊区唯一的一座,星期天下午,附近居民陆陆续续过来祷告。

FBI 和特警队严阵以待,靠近教堂时,钟声在敲,唱诗班歌声悠扬。

当地警察很快找到教堂管理人说明来意,管理人与牧师惊愕万分,赶紧疏散人群。中年夫妇们搀着老人抱着小孩,急匆匆却有条不紊地往教堂外疏散。

海风呼啸,从悬崖吹上来。直升机到位,戴着头盔全副武装的特警队员们恪守岗位,一丝不苟等待教堂里的平民撤离。

他们不知道的是,这座古老建筑的地底下,很快就会变成一片火海。

伯特为毁掉藏在教堂底下的俱乐部,特地安装了一条汽油管道。随从得了伯特的命令,要把汽油灌到整个弧形旋转走廊。

但甄爱突然出现了,不等随从一间间倒汽油,她直接拧开了闸门,透明的液体哗啦啦洪水一样顺着台阶一级级流淌,空气里瞬间充斥着刺鼻的汽油味。

甄爱面无表情,和哗哗流淌的汽油一起从走廊下去,笼子里的女人们尖叫着躲避,呼天抢地。

地宫走廊的尽头,立着言溯和伯特。

言溯双臂张开,深深垂着头,破败的身体绵软无力地悬在十字架上,濒临死亡,只怕都感觉不到疼痛了。就连伯特看他嶙峋的模样,都失去了虐待的兴趣。

K小声禀告:"FBI已经包围了地面。"

伯特不知听也没听,丝毫不着急,目光意味深长凝在言溯身上:"S.A.,你果然不错。"

他蹲下,拍一张地图在地上,拿出一枚圆规。

他复述着言溯忏悔词里的内容:"拿到了搜查令,却还是没有发现我家的秘密施虐中心。"圆规的中心脚钉在地图上的山区,言溯家城堡的所在地。

他单手用手指拨开圆规的另一只脚:"我不凡人生的起点,谢琛,谢谢你!"指针落在地图的海岸线上,谢琛当年的自杀地。

"十二个小时杀死十二个人,这样的幅度,你们惊叹吗?你们能逆转时间吗?"伯特两指捏着圆规头,逆时针轻轻旋转一百四十四度。

"加上五十六个女人的生命,最后一刻。"圆规再走五十六度。

指针走到纽约附近的海岸线,落在他们所在的这座教堂上。

"你说你小时候看到修女和牧师。S.A.,你很有创意。"他在地图上画圈圈,"是我疏忽了,你们在Silverland并非待了十二个小时,死的也只有五个人。我以为你忏悔时糊涂了,没想到你很清醒。"伯特拿起圆规,"这是你给她的情书?很感动,真的。看来你喜欢和她在精神层面交流,很有趣。所以,就算我杀了你,也没什么用。"他叹一口气,"只可惜,你的恋人现在……"

K突然打断,声音很急:"C小姐放火了。"

伯特愣了半秒钟,倏尔得意地笑开。

言溯垂着头,没有回应。地下的温度不知不觉升高了,他呼吸困难。

伯特扔下圆规,站起身:"苏琪曾窃取过一段音频,是你和CIA某个执行官的对话，关于谢琛留下的银色iPod，记得吧？"

言溯虚弱得没了力气，听到这话，眼波动了一下，却没有任何表情。

"S.A.，即使是我，都对你失望。"伯特轻轻摇头，"她对你来说，是一件可以放弃的附属品？"

言溯抬眸看他。

"嗯，你想说不是。"伯特替他回答，"但在你的世界里，在你的正义面前，她绝对是可以牺牲掉的那一个。"他奇怪地笑一声。

汽油的刺鼻味道由远及近，越来越浓，他回头望，走廊的白色墙壁上隐隐闪着红光。最近的几个笼子里，女孩们尖叫着去开水龙头，却什么也没有。

"我的Little C回来了。"他心情很好，转眼斜睨言溯，"听说FBI要过来围剿Holy gold的时候，我一瞬间明白了你的忏悔视频，当时真恨不得剥下你的皮。可谢儿意外听到那段音频，现在她比我更恨你，我反而不在乎你的死活了。"

十字架上的男人依旧不作答，沉默得像失去了声音。

伯特双手插兜，微蹲下身，歪头正视他低垂的头颅："让你活着。即使FBI帮你洗刷了冤屈，今天这里的五十六个人还是会被活活烧死，你注定救不了她们。我留你在这儿，让你亲眼看着，亲耳听着，什么叫地狱。高尚的高贵的言溯先生，今天会成为你一生的噩梦吗？"

他挑衅地盯着他寂静的眼眸："在这里，S.A.，你将永远失去那个叫'甄爱'的女孩，你的真爱。呵，正直的善良的言溯先生，你的良心会受折磨？你伤害了她对你的信任，你把她从天使变成恶魔。接下来的缠绵病榻的一辈子，你会不会后悔，和CIA的人一道用那些道貌岸然的正义，欺骗她，辜负她？"

"他当然不会后悔。"甄爱的声音冷冷淡淡，在身后响起，"没了我，他也可以过得很好。"

伯特回头，惊得魂飞魄散。

透明的液体追着她的脚步流淌进来，她身后的环形走廊里火光大闪，仿佛有一头血红色的猛兽嘶叫着狂奔而来。

火光骤然变成呼啸的火球。

"小心。"伯特风一般冲过去把她从汽油边拉开，火舌飞速顺着透明的"河流"流窜，拍打着空气，跳跃到人高。

伯特护着她，额前的碎发被跳得老高的火苗燎过，差点没掠上他的面颊。他脸上发烫，怒了："谁把汽油泼过来的？"

"我，怎么了？"她心情非常不好，挑衅又霸道盯着他，用力甩开他的手，自己一个站不稳差点跌进火海里。

伯特赶紧上前拉住她,他从没见过她此刻不顾一切的表情,仿佛带着要毁灭全世界的恨。

他蓦然无措,想起亚瑟说的"失控",他什么也不管了:"C,我们回去。现在!马上!"

"我还有事没做完。"甄爱脸色阴冷,再度甩开他的手。

熊熊的火苗顺着不断流动的汽油在大厅里奔走,桌椅帷帐地毯,全部点燃。空气瞬间沸腾,热气流灼得人睁不开眼。

她脚步踉跄,走向言溯。

言溯被高密度的空气呛得呼吸困难,听见她的声音,极度吃力地抬头。

晃动的红色热气里,他心心念念的女孩从滔天的火光和女人们凄惨的尖叫声中走来。她陌生而冰冷,漆黑的眼里没有一丝情绪。

甄爱一言不发,在他面前站定。

迎着他落魄却温柔的眼睛,她的脸上空空荡荡,半晌,她轻轻靠近,木偶一样缓缓搂住他消瘦的腰身,一点一点靠进他怀里。

她盯着虚空,泪雾就上来了:"S.A.啊。"

只一声,言溯白皙的脸上便闪过一丝无法言说的剧痛。

她的手绕到他身后,眼底冷清,手指狠狠掐进他的伤口:"你疼吗?"

他疼得浑身一抖,眉心狠狠抽搐,红色火光映得他脸色惨白。"Ai……"他闷哼一声,嗓音哑得像沙砾。

甄爱偎在他怀里,歪头蹭蹭他下颌上落拓又扎人的胡茬:"好痒,呵呵。"她黑黑的眼睛里水光灿烂,映着漫天的红色火光,像吸血鬼,"你知不知道,我有多爱你?我有多信你?"

言溯竭力低头,贴住她微凉的脸颊,身体的每一处都渴望着想抱她,手臂却无力挣脱十字架上的绳索。

她单手搂住他的腰,另一只手攀上他的胸口,一下两下拿手指轻轻敲:"这么伤我,你会心疼吗?"

言溯本就脱水严重,被高温烤着都流不出汗。可她这么一戳心口,他骤然疼得眼睛酸了,视线变得模糊:"Ai,不是……"

"你知道吗?你是我的全世界。"她不听他的,只管喃喃自语,"我的世界只有你一个,只有你是彩色的。你为什么那么好?世上那么多人,只有你懂我;世上那么多地方,只有你这一束光。S.A.,你是我的整个……整个世界啊。"她微弱地深吸一口气,声音在发颤,"所以,你要是抛弃我,你要是不在,我就什么也没有了,什么都没有了。"

火舌飞舞，高温蒸腾着彼此的每一寸肌肤。

言溯泪光闪烁，嗓音干哑："Ai，我不会。你不要这么说，你知道不是这样的。"

"是。"她狠心抓着他血迹斑斑的胸口，固执地摇头，"你不一样。没有我，你也可以过得很好。你的生活与世界本来就干净又精彩。而我，死气沉沉，那么黑暗。和我在一起的时候，你在想什么，是不是在想，啊，那个女孩好可怜，甄爱好可怜，我去拯救她吧。你是这么想的吗？"

"Ai，不是，你不一样。"他艰难发声，想说更多，被疼痛折磨得嘶哑的嗓子根本不允许。

她仍是没听，执拗地睁着眼睛，晶莹的泪水珠子一样落下，很快烤成蒸汽："你成了我的救赎，现在又为了救别人把我扔下。你真好，知道我是恶魔之子，所以帮助正义的CIA把我关起来，拯救全世界。你怎么能这么好？"

她一扭头，埋进他的心窝，泪水滚滚流进他胸口："我以为，被你爱着那么好，那么好。只要能得到你的爱，我愿意毁灭一切。可你愿意为了一切，毁灭我。你那么了解我，应该知道哥哥还有妈妈的事，对我而言是多么巨大而沉重的负担。你明明知道，却为了别人瞒着我，和他们一起把这些重担压在我身上。言溯啊，你怎么能……"

她哭腔掩饰不住，哽咽得说不出话来。

言溯眼中划过蚀骨的痛，渐渐沉淀下来，在某一刻，变得死寂。

她停了哭泣，冷却下去："我的心情，你比谁都清楚……所以，你比谁都可恨。"

她松开他，退后一步。空茫无神的小脸已被火焰的高温熏得通红，全是泪水。

火越烧越大，满世界都是女人凄惨的尖叫。大厅的屋顶陡然晃了一下，尘土碎落，这座建筑要垮塌了。

伯特早已无心去管，见甄爱发泄完，立刻过来拉她。K也急匆匆来汇报："特警队和我们的人在上面火拼，管道快到极限了。先生，快点撤退吧！"

甄爱犟着不动，只直直看着言溯，一眨不眨地盯着，像要把他刻进骨子里。

言溯预感到她要做什么，眼底闪过野火般的恐惧，猛地挣了一下，十字架晃动着，绳索牢牢拴着，他消耗了所有的力气却纹丝不能动。

他慌了，悲恸了，眼眶全红了，几乎是用魂魄在盯她，一字一句地警告，极尽悲怆与无可奈何："Ai，我知道你想干什么。你不要这样。请你不要！你要是敢，我这辈子都不会原谅你……"

那刻，甄爱突然挣脱伯特的手，飞蛾般扑过去，死死搂住他的脖子，满是泪水的嘴唇堵住了他未完的话。

大厅剧烈地晃荡，火光冲天。

涤荡的热空气带着焚烧的灰烬和屋顶的尘土将两人包裹。灼人肌肤的高温中，熨烫的身体紧紧贴在一起。

她呼吸熨烫而紊乱，霸道而用力地撬开他的唇舌，竭力吮吸亲咬，狠狠吸着他身上的味道，仿佛这辈子再也无法亲吻。

言溯虚弱却赤诚，脸上已全是泪水。想说什么，却本能地疯狂地吻着她，带了前所未有的欲望，虽是不能拥抱，却想把她熟悉的气息全部吞噬。他干燥而枯裂的嘴唇很快被她润湿，可这样激烈又仿佛此生再无的亲密，怎么都不能解渴，怎么都不够。

言溯用了仅剩的力气吮吸住她，全身的力量和依附都集中到双唇之间，可最终她还是用力一推，松开了他。

滚烫的火海里，他的心骤然冰凉。她一言不发，简单又粗暴地解掉他身上的绳子。

言溯松开便要搂她，却被她狠狠一推。他身子太虚弱，无法支撑，陡然撞到十字架上顺着架子滑落在地，背靠桃木坐着，连喘气都艰难。

热空气飞旋，她的黑发和白裙在火焰里翻飞，黑漆漆的眼睛也染着红色："你想救的这五十六个人，要被我烧死了。我成了名副其实的恶魔。"她笑了一下，宛如破釜沉舟，"这下好了，你是光明之子，我却永远得不到救赎。我们一个天堂，一个地狱，永远不可能在一起了。言溯，你就好好活着，记恨我一辈子吧。"

她说完，转身看伯特："可以走了。"

刚要迈步，言溯不知哪里来的力量猛地站起身扑到她背后，将她紧紧箍住，绝望的气息萦绕在她耳边："Ai，不要……"

"你住口！"她脸色清冷又坚硬，狠狠掰他的手臂。

分明被折磨得不成人形的男人，此刻却像变成了钢箍，用某种可怕的意志力死死撑着，死都不放手。

甄爱一根根抠着他的手指，眼泪噼里啪啦往下砸。

他还是不松，她狠狠把他踢开。

言溯终究是虚弱，摔倒在地，蜷成一团，无法控制地剧烈咳嗽。荡漾的热空气里，他的脸惨白惨白。甄爱转身离开。

"Ai……"身后，言溯艰难唤她，"Ai……"一声一声，起初低沉而挣扎，渐渐揪心而浑浊，每一丝都透着剜心挫骨的剧痛，"Ai！"

他哪里不知道她的心思，刚才的一切都是伪装，是她在伯特面前的伪装。只有她越恨他，他才越安全。

他不需要这样的安全。可他的甄爱面无表情，头也不回。

言溯倒在地上,竭尽全力,嗓子里溢出一丝苦痛而模糊的音节:"她要自杀!"

大厅旁有好几个拱门,其中一条笼罩着火光浓烟,是囚禁那些可怜女子的地方。

K在某道门前摸索一下,撕开壁上一层墙纸,赫然出现一道黑色的门和密码器。伯特松开始终牵着甄爱的手,刚要输入密码,余光却感应到有什么不对。

他心一沉,转身就去拉她。

可她速度极快,瞬间闪进环形走廊尽头的牢笼里。那里地势最低,渗漏的汽油早漫过栅栏底基,缓缓流了进去。

她面无表情,一下拉上铁栏。

"不要!"伯特疯了一般扑过去,地上的火苗蹿起来烧到他了也不顾,可撞上栅栏的瞬间,铁栏上落了一把金色的锁,钥匙环套在甄爱的手指上。

他手臂伸过栅栏,猛地去抓。甄爱飞速退后一步。他的指尖掠过那把金色的小钥匙,金属片带了火场的高温,却让他的心一分分发凉。

"C,把钥匙给我!"

甄爱幽静看他,不予回应。

伯特气得差点发狂,双手抓住白色铁栏,狠狠一推。栏杆极轻地晃了一下,岿然不动,并没像往常那样被他轻易推倒。

他心一震,蓦然想起甄爱喂他喝酒的画面。他超凡的能量被抑制,此刻的力量相当于普通人。

他也不能近距离用枪,一丁点火星就会引起大燃烧。难怪她自动自发去倒汽油,原来是早不想活了。

螺旋走廊变成了火海,由于铁栅栏有底座,两边的牢笼倒没进多少,全缓缓流到最后这间房里。亏得随从及时扑火,挖了砂石拦住。

躲在牢笼里的女人们望着外面的火光凄厉尖叫,而身处最危险地带的甄爱却安安静静。

伯特全然没料到她来这么一出,一时间恨得胸腔如刀剜般发疼,猛地发力,狠狠摇晃栏杆:"把钥匙给我!"

甄爱静静的,淡淡笑了:"B,你不是很喜欢听我尖叫吗?等火烧到我身上,我就惨叫给你听,送你最后的礼物。"

"不!"伯特凶狠打断她,不敢想象她被火烧死的画面。这辈子他头一次发慌,心在止不住地颤,竭力克制下来,冲她微笑,"C,你乖,听话好不好?你出来。有什么不开心,我们出去再说。"他说得极缓极重,诚恳得恨不得把心掏出来给她看,"你不开心,就过来打我骂我,像小时候一样,你发泄出来。你出来,出来再说!"

甄爱不语,空空茫茫。

伯特被她的眼神看得发凉，火光把她的脸颊染得绯红，可他只看到一种苍白的情绪：万念俱灰。

满世界的汽油味熏得甄爱头晕，热风气流卷着她的裙子像白蝴蝶般飞舞，她瘦弱的身子轻轻晃了一下。伯特心惊胆战，伸手去捞，还是抓空："你站稳了，别倒下。"

地上都是汽油，他生怕她黏上。

甄爱默不作声。她早就料到，她不走，伯特也不会离开。他不肯走，就会被抓。

屋顶上方传来一声爆响，是弹药轰击。地底空间猛烈晃荡，尘土木屑簌簌下坠，弄脏了所有人的头发衣衫。

火越烧越大，K不用伯特指令，早已分流堵住汽油，又安排人贴在栏杆边用碎布把牢笼里的汽油吸出来。

砂石不够，K喊人挖开墙面，用泥土拦了个小型堡垒。

众人匆匆忙碌，K过来提醒伯特："先生，必须快点救C小姐出来。空气温度过闪点了，稍微一点火花，她那里会瞬间变成燃烧球！而且FBI下来了，再不走就要……"

他不敢说"被抓"这个词。

伯特恍若未闻，身后滔天的火光灼得他浑身汗湿，皮肤被热气烫得通红，他一贯洁净，这辈子都没像此刻这般脏过。头发湿漉漉贴在脸颊，他也不顾，徒手一下一下猛烈击打着铁栏，连踢带踹，不一会儿手掌手臂膝盖处就血迹斑斑。他不知道疼，一刻都不停止，声音低低，很绝望："C，你出来！我什么都答应你，你出来！！"

甄爱不作声，苍茫地看着他。末了，缓缓往下蹲。

伯特惊愕了一秒钟，不可置信地瞪大眼睛，惊慌而恐惧："不不不……不！不！！不！！！"

她面无表情，坐进汽油里。他的心像被千万只尖爪在抓，又急又痛，剜心戳肺，抓着头发望天，茫然转了一圈，突然转身狠狠一脚踢向铁栏，再没了平日的淡定从容。

他彻底被她逼疯了，吼："谢儿·兰斯洛特！"他恶狠狠盯着她，漆黑的眼睛里是不顾一切的疯狂与仇恨。

一瞬间，K都不敢过来催促。可火焰的另一端，螺旋走廊尽头传来激战的枪声，FBI入侵了俱乐部地道的门。虽然有阻拦的火海和等待营救的受害者，但FBI很快会过来。

情况危急，可伯特喊甄爱名字那一瞬间爆发的戾气让所有人都不敢上前，或许谁都明白，他这次是非带甄爱走不可的。

只有甄爱，依旧丝毫不惧怕他，淡漠地说："B，我把自己关起来，是想死，其实，也是想拖累你。你不肯走,这样,FBI 和 CIA 的人就可以把你抓起来。你很坏很坏,太坏了。这么坏的人,活该被控制,受处罚。"

听到如此残酷的话,伯特嘴角一弯,冷冷笑了:"我知道。"

她愣怔。

他问:"为什么要说出来?"

她别过头去,很是寂寥:"很奇怪,到了这种关头,我却不想看到你死。我知道,你是宁死不会投降的。所以,你走吧。再不走,真要被俘虏了。"

只是如此稀薄的温暖,却叫伯特红了眼眶:"你居然还担心我的死活?"苦笑着说完,眼中的水汽便蒸腾了,"你以为我会扔下你,让你被烧死?"

"B,你放过我吧。"她毫不动容,木木的脸上没有任何情绪,"我的世界已经塌了。这世上,再没了任何我想做的事,没了任何我想见的人,也没了任何我想去的地方。这五十六个可怜的女孩,是我迁怒了她们。我虽然没有把汽油泼进去,但肯定有几个因为浓烟窒息死了。很好,恶有恶报,我本就不想活,就陪她们一起死。"

即使是不久前倒汽油的那一刻,她也刻意避开了牢笼内。可能她们会因浓烟窒息,但总比随从们把她们一股脑全活活烧死好。她或许潜意识不想看她们用那么惨的方法死去,但她更确定,她需要有人幸存,证明她才是那个凶手。

看她轻描淡写给她的人生画句号,伯特几近崩溃。

"你想死!你竟然想死!"他咬着牙,在冷笑,眼里却涌出晶亮的泪,清俊的面容已扭曲,话语几乎是一个字一个字从唇缝里蹦出来,低沉而狠烈,"你对得起我吗?你对得起亚瑟吗?"

他忍不下滔天的怒气与绝望,暴吼一声:"你以为你的命只属于你一个人?"他狮子一样扑上去狠命晃着栏杆,愤怒而癫狂,仿佛他才是笼子里的困兽,"就算是你,也没有资格杀掉你自己!"

"可我已经这么做了。"她淡淡看他,挑衅而不惧。

望见他脸上前所未有的疼痛与挫败,她垂下眼帘,低声道:"B,你放过我,让我离开吧。"

"不!可!能!绝对不可能!"眼泪在他脸上河一般流淌,与他强硬的姿态形成鲜明对比,他霸道又强势地威胁,"C,你这一生都别想让我放过你!"

终究是逃不掉吗?连死都逃不掉?

她低着头,震了一下,仿佛有什么东西从她身上消失,渐渐隐消下去,再也不动了。

是的,她根本就逃不掉。既然如此,用她一命,换言溯一命,很好。

不管从录音里听到了什么,她都相信言溯有他的理由,会给她解释。刚才的表演,无非是为了让伯特看着,看着言溯被抛弃,让他不至于在临走前直接一枪杀了言溯。

同时,也为此刻她"自杀式"的留下提供最恰当的理由。

现在,她必须留下,不能走,不能被伯特带走。她走了,这里的人全部会撤退,汽油会涌下来,迟早烧死言溯。

强烈的热风夹着火舌,如浪涛涌过来,吹起甄爱的长发,凌乱地飞旋。她乌黑的眼睛沉静又湿润,白皙的脸颊早被烫得粉红,像烈火里盛开的花儿,美得惊心动魄。

她仿佛真要被涌动的热气流带走。

热浪和汽油毒气轮番侵袭,她已经很虚弱,却执拗地死撑着。

软硬不吃,世上怎会有如此倔强的女人!

伯特再无他法,低了声音,一句一句:"C,我求你了!出来!"他抓着栏杆,低下又卑微,"Little C,他伤害了你,我带你回家。总有一天,你会忘记;总有一天,你会好起来的。"

甄爱目光空洞,恍若未闻:可是伯特,我不想忘记,我也不想好起来了。

她不想回S.P.A,也不想回CIA,死也不要回去。可夹缝中,已没有她的生存之地。她的世界塌了,唯一一丝光亮也熄灭,活着,就像重新回到黑屋子,漆黑,冰凉,一个人,一辈子。

那样绝望的生活,她已经没勇气走下去。

走廊尽头传来女人期盼而发泄的求救与哭号,FBI靠近了。

木制顶板起了火,接二连三地开始坍塌,尖叫声呼救声越发刺耳。

K忍不住了:"B先生,您先走吧。我留下劝C小姐。"

伯特没听,却安静了下来,泪止了,脸色也恢复了一贯的冷峻阴沉:"你和Tau离开,我和其余人留下。"说着,从K手中夺过霰弹枪。

K急了,甄爱满身汽油在一旁,伯特根本不可能开枪,他会担心火星引爆甄爱。

"先生!"

"住口!"伯特冷冷斥他,一双决然而坚定的眼睛冷静得可怕,"想抓我,呵,他们太高估自己了。"他讥讽而藐视地弯了弯嘴角,冷傲得目空一切:"K,你怕我会死在他们手上?"

K低头:"您自然可以逃脱,可……"他看一眼关在笼子里的甄爱,立刻跪下去求,"C小姐,您出来吧。真要看着先生被抓吗?他不会甘心被抓,他们会杀了他的。"

"你住口!"伯特冷冷打断他,默一下,"你和Tau带着第一第二级别的组员,先撤退。"

K不听,直接抱了另一把霰弹枪,扑到远处的角落,一发轻型炮弹打出去,走廊里火势更猛。女人的尖叫声撕心裂肺。席拉训练有素地在不远处搭掩体,动作迅速干练,也不撤退。

他们这边地势低,沙石堆砌的掩体另一面,成了实际意义上的火海,汽油不断缓缓涌来,堆积成潭,熊熊燃烧。

屋顶墙壁的木质结构烧得噼里啪啦作响,世界却静得可怕。

伯特忽然意味不明地笑了一下:"C,我知道你在想什么。"他缓缓摇头,自嘲似的笑,眼里却再度闪过一丝水光,"傻啊!"

他看出来了,她把自己陷入如此危险的境地,除去她拉他下水的狠烈,除去她烧人偿命的倔强,其实还有一念。有她在,他们会坚守最后一块领地。不然,汽油不间断地奔流而来,原本就着火的大厅会在片刻间被火舌吞噬,而言溯就……

她在等外面的警察来灭火,来救言溯。

伯特笑得凄凉:"Little C啊,你做这些,他知道吗?"

她淡淡垂眸,无欲无求的样子。

"我当然知道。"沙哑却坚定的声音。

言溯不知什么时候走过来,步履艰难,才靠近便用力抓住发烫的栅栏,极力撑着身体,目光一刻不离,胶在甄爱身上:"她心里想什么,我都知道。"

甄爱低着头,一动不动。

伯特凝眉想了一秒钟,却也一言不发,虽然依旧恨言溯,心里却存着一丝屈服的侥幸——万一言溯能劝她出来。

言溯吃力地扶着栏杆,看甄爱静默而无声地坐在满地的透明液体里,分明这么近,却仿佛隔着生死的天涯之远,他眉心全拧到一处,说出的话却轻柔,只属于她一个人的温柔:"小爱乖,不要生气。你出来,我有话和你说。"

"小爱乖,不要生气。"他以前就是这么笨笨地哄她的。

甄爱眼中泪光闪闪,缓缓抬头,目光从他苍白而虚弱的脸上划过,不作停留,望到天上。

"不要!"

"不要!"

她听见他们惊恐地大喊,她望着天空,头有些晕,张开嘴,小小的金钥匙放进去,狠狠一咽,喉咙剧痛。她疼得眼泪出来了,顺着眼角流进头发里。

她吞了钥匙!伯特一副世界坍塌的空茫神情,不可置信!为了救他,她竟然如此决绝!

FBI狙击手的微型炮弹射过来，不远处，墙壁炸得稀巴烂，木屑泥土夹着火花满世界乱飞。

言溯寂静的脸上闪过一丝蚀骨的痛，渐渐沉淀下来，对伯特道："用密道里你准备逃生的车和船锚，把栏杆拆卸下来。90%的木制结构和泥土，10%的钢筋。几辆越野车的马力足够了！"

伯特如梦初醒，没时间佩服言溯的推断能力，带着随从过去，大厅的地板已经展开。宽阔的斜坡通道上，几辆黑色的越野车整装待发，路的尽头是外界。

他愣一秒，才意识到刚才他试图按密码时，手指碰过L键。

那时言溯就注意到了，然后猜出密码是LITTLEC。

在那种关键的时刻……这个男人真的很可怕……

伯特微微拧眉，心里有了一闪而过的打算，什么也没多说，吩咐众人把缆绳绑在五辆车上，又系在白色栅栏上。

随从们忙碌奔走。

伯特担心最后一刻，那边有子弹过来引爆这里，亲自过去掩体作掩护。他枪法精准，几枚炮弹先把天花板和墙壁打得稀巴烂，早被火焰烧得脆弱不堪的走廊瞬间尽数垮塌，摧枯拉朽一般，全部埋进火海。

烈火熊熊，越烧越大。

言溯看着始终不语的甄爱，为保存体力，缓缓顺着栏杆坐到地上，竭力掩饰去语气中的艰难："Ai，我知道你心里在想什么，我都知道。你一开始装作和我生气，怪我害死你哥哥，你认为和我界限分明就能保护我。可你知道你的伪装没有瞒过伯特。后来听到那个录音，你其实信我，却把录音当成从天而降的好机会，在伯特面前表现出伤痛和怨恨，和我决裂，来保护我。Ai，你所有的心情我都了解。"

甄爱低着头，眼泪下雨一样往下砸，他那么了解她，值得了。

可伯特还在，她不能承认，只能强迫自己继续演下去："你少自以为是了。言溯，听到那些话，我看清你了。你不是爱我，只是施舍。为什么喜欢我，同情心泛滥？你觉得我身世太可怜，被全世界抛弃，哪里都没有安身之所，所以你这样的光明之子产生了怜悯之心，要代表世界拯救我，收留我。我那么可怜，是你需要救助的对象吧？喜欢我这样的恶人是不是让你很有成就感和道义心，还是让你迷茫，让你无法坚持自己的良心？好了，我成全你了。我杀了很多人，我就是喜欢杀人。我们的界限划清楚了，你也不用再为难。"

"Ai，不要说这些话。"她每一句都在戳他的心，"你知道我不是这么想的。我也知道你做这一切都是为了我。"

"最后一次，还你之前对我的好。"她别过头去，强忍着不看他，蓦地又笑了，

"你那么善恶分明,我这样不分是非的邪恶的付出,会让你欣赏感动吗?不会。言溯,你的道德观其实是厌恶排斥的!"

言溯狠狠一怔,陡然发觉甄爱道出了原本的真相,可他竟然没有意识到,他生平头一次完全忽略了他一贯的价值观。

他眼睛湿了,摇摇头:"没有。Ai,我没有厌恶,也没有排斥。我只是心疼,心疼你。我知道,你为了我泼出汽油的那一刻,心里有多惶恐多害怕。我也知道,你刻意避开了牢房里,要不是你,更多的人会被活活烧死。我还知道,即使如此,窒息而死的那些人命,也在你心里留下了永远的负疚。因为你那么善良……"

"你不要说了。"甄爱哽咽着尖叫,此刻她恨死了他执着不肯放手的样子。

他其实是那么好的男人……

"Ai,不要哭,是生是死,我都陪着你。"他努力往她的方向挪,调整一下呼吸,"你听我……"

"先生,请让一下。"随从过来提醒。

汽车和绳索准备就绪。

言溯艰难起身,站到一边。

五辆顶级配置越野车开足马力,粗粗的缆绳宛如五只长手,蓄势紧绷起来,绳子越拉越紧,死死收缩。

眼看着栏杆出现松动,尘土铁屑扑扑地坠,一粒子弹打过来,击穿其中一根缆绳。

FBI特警逼近,不长眼的子弹打中了救甄爱的绳索。那辆脱缰的车猛地冲下跑道,直接撞破悬崖半路的护栏,掉进湛蓝的大海。

绳子断裂,子弹擦过的地方起了火星,闪一下,眼看要在高浓度的汽油空气里蓄势燃烧起来。

言溯扑过去,毫不迟疑,双手死死握住起火的绳索,竟用掌心生生捂灭。

甄爱惊呆,疼得钻心,一下子站起来扑到栏杆边:"S.A.!"

言溯双手渗血,脸色惨白,却用力拉住绳索,使劲往外扯,命令:"全部过来!"一旁随从们见了,全涌过来拉绳子。

"一!二!三!"

钢铁的栅栏终于不堪重负,剧烈摇晃着,猛地一震,直直坍塌下去,砸出尘土飞扬。汽车奔驰而去,猛地刹车。

言溯和众人齐齐摔倒在地,他被人撞到胸口的伤,剧痛之下,眼前一片血光,耳朵轰鸣阵阵,可他什么也顾不得了,都不知道自己是怎么站起来的,什么也听不见看不见,只有甄爱。他预感到了什么,冲过去本能地抱住她,往地下通道里跑。

还有几步,身后密集的子弹飞过来,空气中的汽油被引爆,一瞬间,仿佛有蓝色的电流一闪而过,在狭窄的空间炸开绚烂的花。

强大的冲击波把他们抛了出去。

坠落之时,他把她护在怀里,用自己垫在她身下。

轰然之后一瞬间的安静,甄爱听见他的后脑砸在水泥地上,发出一声闷响,令人毛骨悚然,心灰意冷。

清凉的海风从洞外吹进来,甄爱浑身冰凉,她看见鲜血汩汩从言溯脑后流出来,染红了枯灰的水泥地面。

风吹着他额前的碎发,沾满了泥土和碎屑,可即使这样躺着,也一如当初的气宇轩昂。

他睁着眼睛,静静看着她,浅茶色的眼眸疲惫却依旧温柔,那样澄澈干净,正如那个冬天第一次相见。

他张了张口,嘴唇苍白干裂,想说什么,已经连说话的力气都没了。

他后脑勺的鲜血温温热热的,烫着她的手心。她呆呆地睁大眼睛,目光笔直,盯着他:"S.A.……"

可他只是沉默地、固执地睁着眼睛,瞳孔里只有她的倒影,认真又专注,执拗地不肯闭上,那么安静,那么隽永。

那么的……没有了光彩。

她呆呆地,鲜红的手伸过去,覆在他的左胸,什么也感受不到。她僵硬地,固执地,弯下身子,耳朵贴在他的胸口。

"啊!!"甄爱撕心裂肺地哭喊,"不要!S.A.……"她泪如雨下,扑过去抱住他的头,疯了般不停亲吻他的嘴唇,他的鼻子,他的眼睛,他的脸颊。

"不要!不要!不行,不行,你不能……"她大哭,像失去一切的可怜孩子,"不行!"她拼命地喊,不断地摇头。

心痛,如千疮百孔。

可他只是静静的,似乎在看她,却再没了回应。

"不行!不,不行!"她嗓音嘶哑,泪如雨下,哭着吻他,泪水打湿了他的唇,"不!"突然有人把她提了起来。

伯特从火场里跑出来,被人掩护着,拉起甄爱就走。

"不要!"甄爱尖叫着挣扎,陡然又受了一股阻力。言溯的手死死握着她的脚踝,他分明瞳孔都涣散了,手却本能地攀着她,一动不动,像是机器,紧紧箍着。

甄爱的眼泪滔滔下落,越发汹涌。

伯特冷笑:"还没死吗?拿来当人质吧。"说着一脚踢开言溯垂落的手,俯身抓起他的肩膀把他往外拖,半个多月的折磨,他消瘦得很轻了。

甄爱死死箍住已没了呼吸的言溯,大哭:"伯特你不要碰他,他受伤了。你不要碰他!"

伯特不理她的哭喊,钳住她的肩膀往外拖。到了转弯处的悬崖,甄爱瞥见还有一辆车,沿着悬崖山路蜿蜒而下,不出半分钟就可以到海上坐船。

如果言溯变成人质,不赶快就医,他必死无疑。

甄爱眼里空了一秒钟,突然划过一丝狠戾,低头狠狠咬上伯特的手。

伯特吃痛一松,言溯摔在地上,不动了。而甄爱来不及看他的情况,带着冲力扑到伯特身上,倒向一侧的悬崖。

在伯特惊愕的眼神里,他们双双摔倒在悬崖边。

甄爱的力量在伯特面前,太小了,不够把他扑进海里。

伯特眼里划过一丝阴森,咬牙切齿:"C,你为了他,想杀我?"

甄爱没能把伯特推进海里,又内疚又痛苦又懊恼,痛得生不如死。

她的眼泪哗哗地流,全滴落在他脸颊上:"伯特,我和你掉进海里,还有生的可能。要是他被你挟持走,就死定了。你要是敢动他,我杀了你!绝对杀了你!"

见她落泪,他神色稍缓,却依旧冷清,沉默地峙着。

可过了半秒钟,两人陡然惊住,都一动不动了。

有一抹红色的光点,落在伯特的左胸。甄爱瞬间止了哭,惊愕:"头顶上有什么?"

她把伯特扑倒在悬崖边,根本不知天空的情势。

伯特躺在地上,微微眯眼,漆黑的眼睛里映着天空的湛蓝,很是清澈。望了半刻,居然笑一下:"军用直升机。"

"这下好了,我死了,你就轻松。没人欺负你,也没人叫你 Little C 了。"他淡笑着说完,眼眸稍稍暗淡下去,"Little C,这世上,也会少了一个爱你的人。"

甄爱沉默着,身体却缓缓右移,挡住了那抹红色的光点。

伯特愣住,斥她:"你干什么?"

甄爱很认真很警惕,身体害怕得在抖,却轻声沉静道:"他们的目标是你,不会杀我。我给你拦一会儿,等过会儿K出来,用霰弹枪把直升机击毁,你就可以安……啊!"

甄爱凄厉惨叫,在冲力的作用下猛地扑倒在伯特怀里,右肩被子弹击穿,鲜血直涌。

伯特眼中瞬间烧起了毁天灭地的火,伸手要去抓不远处的枪,却被甄爱死死拦住。她中了枪,脸色惨白如纸,却仍然遮着他:"你别动,他们会杀了你的。"

"他们也会杀了你!"伯特盯着落在甄爱头顶的红光,心里发凉,眼里恨得几乎冒出了血,眼见那抹红光停住,他想也不想,抓住甄爱的腰,猛地翻身一转,推开她往外翻滚。

枪声响彻天际,他为护她,坠落海底。

甄爱做了一个漫长的噩梦,起初被火焰烤得焦灼,陡然撞进冰冷的水里,半路被人捞了起来,一路颠簸。

她始终昏昏沉沉,仿佛给人剥了层皮,累得筋疲力尽。

梦的尽头,终于安息。

她睡在谁温暖而安全的怀抱里,思绪被安抚着,渐渐平静入眠。

甄爱蒙蒙睁开眼睛,室内拉了窗帘,光线暗淡,壁炉里燃着篝火,温暖舒适。柔软的天鹅绒床上,有一股清淡的天然香味。

风从窗户的缝隙里吹进来,凉沁沁地撩起公主床的白色帷帐。

轻纱从她脸颊拂过。

她安静地扫一圈室内的装饰,梳妆台油画花瓶全是中世纪风格。阔别五年多,她再次回到了自己的房间。

世界很静,除了窗户缝隙的风声,再没别的声音。

甄爱静了一秒,顾不得右肩上的剧痛,陡然坐起身,掀开厚厚的天鹅绒被溜下床,来不及找拖鞋就直奔门口,拉开宽大厚重的木制门跑了出去。

外边很陌生,是漂亮而温馨的古典城堡。她在基地里住的那幢房子不是这样。

她迷茫又不安,不知自己在哪儿。惶然时,她听见走廊边有女仆低声细语,拔腿往光亮的户外跑。才几步,身后响起女仆的惊呼:"C小姐!"

这个称呼让她的心沉到谷底。

尽头的白光越来越刺眼,甄爱一下子冲出去,赫然发现她立在一个巨大的天景下,对面有一个小开口,外面是绵延不止的远山。

下雪了,山林披着厚厚的雪衣,白得刺眼。而城堡外墙上涂着令人心醉的蓝色。

甄爱蓦然明白,她不是在S.P.A.基地里,而是在亚瑟的城堡里。

以前她被限制出行,只在照片里看过亚瑟在基地外的很多座城堡。当时她指着这座蓝色的城堡说:"这个最漂亮,我最喜欢这个。"

亚瑟点头,莫名其妙接了一句:"好。等我们结婚了,我就带你住到那里去。"

她那时多想早点儿看看基地外的世界啊,一下拉住他的手,急切地问:"那我们什么时候结婚,快点儿好不好?我不想住在妈妈的房子里了。"

那时的亚瑟只有十五岁,困窘又害羞地红了脸,捣蒜一样点头:"嗯,好,我会努力,快点长大。"

她拧起细细的眉毛，不解："长大这种事，也是可以努力的吗？"

时过境迁，她最近才明了结婚的真正意义。她这辈子想嫁的只有一人，却不是他了。

空旷的古老城堡里，上上下下好几层圆形露台上跑出十几个男仆女仆，纷纷涌来捉她。甄爱转身往下跑，洁白而蓬松的睡袍在宽大的螺旋楼梯上拉出一大朵洁白的花。

落山的风从天景坠下，托起她乌黑的长发如黑蝴蝶般飞舞。

十几名仆从从四面八方跑过来，有围拢的趋势却不敢碰她，更不敢抓她，卑微地劝："C小姐，您回房去吧。"

甄爱原本还慌，转而发现局势变得十分滑稽。

她跑，他们追；她停下或是快撞上了，他们又躲瘟疫一般闪开，和她保持安全的距离，万万不敢靠近了惹她。

宽敞的琉璃石大厅里，她像一块磁石，微微一动便吸引四方八方的小磁针，可一靠近，又同性排斥出去。

他们虽不抓她，可她也甩不掉他们，全跟昆虫似的围着，她跑哪儿他们追到哪儿。

甄爱围着城堡跑了一圈，来回几下猛地抓了空隙朝后门冲去。可刚跑过门厅中央，整个房子突然间铃声大作。她吓一跳，猛地低头。

光洁的脚腕上不知什么时候套了个绚烂的水晶钻石脚环，之前悄无声息，此刻却一闪一闪亮着光。她知道外面有护卫的队伍，逃不掉的。

把定位追踪器设计成这么昂贵精致的脚环，真是费心了。

身后的人没有追上来，空气变得低冷。她抬头，户外雪地的刺眼光线渐渐散开，出现一个人影。

甄爱直直立着，不动了。

他逆着光，俊脸白皙，透明得要融进天光里，唯独一双漆黑的眼睛，冷静而赤诚，含着少见的温柔。

山风带着雪地的凉意拂进来，她冷得心都在颤。

"把门关上。"亚瑟命令。很快白光挡在门后，他的眉眼变得真实。

甄爱定定的，一句话说不出来，想跑，可她怎么跑得出去？

亚瑟身姿峻峭地立了几秒，朝她走来。

她愣了，慌得连连退后，又惊又惧。

"你肩膀上有伤，别摔倒了。"他终究是担心她，止了脚步，隔着两三米的距离轻声问，"Cheryl，你很怕我？"

她愣愣的，垂下眼帘，良久摇了摇头，摇完又飞快点点头，好像自己都搞不清楚。

亚瑟看她懵懂木木的神色，忽而觉得像回到很久以前。很小的时候她就是这样，问什么都只能问一般疑问句，她不说话只摇头点头，要么摇得像拨浪鼓，要么点得像小鸡啄米。

他想起以前，唇角不禁染上极淡的微笑，复而挺拔地迈开脚步朝她走去。

这次，她似乎迟钝了，没有后退躲避。

他终于再次靠近她，低头看她近在咫尺的脸颊，那么虚弱苍白，他心下怜惜，伸手去抚。

她余光察觉到，立刻警惕地别过头去。

亚瑟的手晾在半空中，顿了一秒，并没有执意去摸她，另一只手从背后拿出一双绒绒的拖鞋，蹲了下去。

"光着脚跑，会着凉。"他手心温暖，握住她微凉的脚踝，给她穿上鞋子，目光又落在裙底她白皙纤细的小腿上，眼中闪过一丝心疼与自嘲，"你要多吃些东西，这样身体才会好。"

甄爱不回答，脚心垫在柔软的拖鞋里，冰凉的感觉不再有了。

亚瑟起身把她横抱了起来。甄爱不言不语，也不挣扎，就那么安静顺从地给他抱着走上走廊，穿过长长的拱形雕花走廊。

他见她没有排斥，小心翼翼地呼了一口气，掩饰住心头的激动和不可置信。

她在他怀里，垂着眼帘，乌黑长长的睫毛在脸颊上投下淡淡的阴影，良久不说话，眉心却轻轻拧着。

"在想什么？"他步履很稳，似乎时刻注意着她的表情。

"他还好吗？"

"你说伯特？"亚瑟奇怪地笑了一下，明知却故意。

"我说言溯。"

"死了。"

甄爱低着眸，睫羽颤了一下，抿抿唇，渐渐像是来气了，固执地反驳："你骗人。"

"那你还问我？"女仆推开房门，他抱着她走进去，毫不客气，"他是死是活，你比我更清楚。别再幻想了 Cheryl，你应该看得出来，他当场就死了。只是你不肯接受这个事实。"

怀里的人儿僵了一下，不动了。

亚瑟把她放到床上，轻轻掖好被子，生怕碰到她肩上的伤。

甄爱侧身躺着，一动不动，睁着眼睛望着窗外，又似乎望着虚空。

他见她头发凌乱散在枕头上，忍不住去拂，她也不动，任由他顺她的头发。他的手指有意无意掠过她光洁的额头和耳垂,她也不躲。

亚瑟莫名欣喜而激动,探索式地想摸摸她的脸颊,这下却发现了不对。枕头上已有一大片濡湿的泪渍。

他探身去看,被她粗暴地打开。她抓住被子一下子把自己埋进去,起初静默无声,渐渐轻轻地抽泣,再后来终于失声,呜呜哭起来。

她越哭越伤心,越哭越大声,怎么也止不住,像小时候一样大哭起来,小小一团捂在被子里,哭得整个人都在颤抖。

亚瑟很久没见她这么哭过了,手足无措去拉她的被子,她却不知哪里来的力气,死死揪着不松手,不肯出来,气得语调不畅,哽咽又悲愤地嚷:"你骗人!呜呜!你骗人!"她哭得浑身发抖,满是委屈和无助。

一听她哭,亚瑟完全没有应对办法了,连求带哄:"好好好,是我错了。他没死,他还活着。"

被子松了,他赶紧掀开。

一会儿的功夫,她哭得脸上全是泪水,脖子上背上捂得热汗淋漓,头发一缕缕打湿了粘在脸上。纤瘦的身子蜷缩着,一下一下地抖。

亚瑟心焦,赶紧从敏觉的女仆手中拿过毛巾,替她擦去脖颈上后背的汗,担心她会感冒了。

她愣愣盯着头顶的帷帐,不发出哭声了,眼泪却还是一个劲儿地流,咬着嘴唇,满目委屈和伤心:"死就死了,他活该。"

她痛苦地闭上眼睛,泪珠大颗大颗地往下砸。

教堂地下危险的一幕已经过去,她对他发自爱情本能的关心渐渐被强烈的背叛感压抑,被欺骗被辜负的感觉戳心摧骨,她痛得想死。

言溯啊,竟然连你都骗我。没想到就连你,都想限制我的自由,都想往我身上压负担。你死了活该!

可是,为什么她此刻前所未有地担心他?脑子里全是他面色灰白躺在悬崖上的画面,毫无生气,死气沉沉。

他不会真的死了吧?那么重的伤他要怎么好起来?

甄爱把脸埋进枕头里,温热的泪水不断往外涌。

好想再见他一面,就一面。

好想,好想。

甄爱流着泪睡着,竟一觉无梦。醒来后,脸上没有干涸疼痛的泪痕,她知道一定是睡觉的时候,亚瑟用温毛巾给她擦掉了。

她睁开眼睛,帷帐里飘着一串彩色的心形气球。她愣住,记起言溯给她买过一串，她抬手扯住绳子拉了一下，胖嘟嘟的气球你推我攘，挤成一团在空中跳啊跳，可欢快了。

她玩了一会儿，没什么兴致。

扭头又见床头柜子上放着一个复活节彩蛋，珐琅蓝蝴蝶的图案，十分精致好看。

甄爱觉得怪异，溜下床去，门口蹲着一只小白兔，和她小时候养的那只像极了，耳朵长长尾巴短短。似乎很怕生，见甄爱走过来，一步两步慢吞吞跑开了。

甄爱赶紧去追，一路到了餐厅，见亚瑟慢条斯理在吃晚餐，才知道那兔子是他的间谍。她心情不好，不想和他相处，可他旁边的椅子上赫然坐着一只巨大的栗色毛绒熊。

甄爱盯着看了几秒，一下子走不动道儿了，那……那不是言小溯吗？

她盯着大熊，缓缓走过去，在它身边站好，仿佛遇见久别的熟人一样，略微紧张又手足无措，围着它漫无目地转圈圈，终于停下来，以只有自己才听得到的声音嘀咕："你是言小溯么？"

大熊坐在椅子里，歪着毛茸茸的大脑袋，不回答。

甄爱揪着手指，转头看亚瑟。他端着玻璃杯正在喝水，目光对上她的，一副不知情的样子。

甄爱索性不问他了，抱住比她还高的胖胖熊，有点儿困难地从椅子缝里挪出去，抱到自己座位的那一边放下。大熊胖胖嘟嘟，毛茸茸软绵绵的，和言小溯一模一样。

这只熊似乎给了她极大的安抚，她不经意在它脸上蹭了蹭，小手探过去揉它的肚皮，这一揉，她的脸色就凉了半截。

它的肚皮绵软轻柔，没有任何异样的感觉。可言小溯的肚子被剖开过，又被言溯拿针线缝起来。表面上看没什么，仔细一摸就有差别。

它不是言小溯。

甄爱一声不吭，把它从自己椅子旁边抱起来，放回亚瑟身边，自己又远远地走回自己的位置上。

亚瑟放下水杯，斟酌半晌，透过烛光望她："你不喜欢它？"

"不喜欢。"她一下一下杵着沙拉碗，头也不抬。

亚瑟吩咐女仆："把它扔进壁炉里当柴火。"

甄爱一愣："不准！"

"你不是不喜欢它吗？"

"那我不喜欢在这里，你让我走吗？"她淡淡反驳。

他愣了一秒，垂眸掩饰眼睛里的伤痛，平静道："Cheryl，这是我们两个的家。我们说好了的。"

甄爱低着头："可我现在不想在这里了。"

"你想去哪里？"亚瑟从容切着盘子里的食物，"美洲、中国、俄罗斯、非洲……我不会再限制你。你想去哪里，我都带你去。"

甄爱不作声，最初一番激烈的发泄后，她的情绪已稳定下来。没了起初冲昏头脑的感情刺激，她渐渐理性地思考了。

她想去找言溯，想找他问清楚。

那天在牢笼外，他说他打算在案子结束后就告诉她的，她不知道他有没有撒谎，可她愿意相信他。

她记得他说留了一封信给她，可待在言溯家的那些天，特工限制了她的行动范围，不许她接触到有纸张有笔的房间，她没找到那封信。

她要去求证自己是不是误会了他。

有了这个疑虑，相信他的可能性在心里发了芽，挠痒痒一样抓得她难受。

其实心里已经相信他了，却不自信地想找他问清楚。她在他面前杀了人，他都不怪她，这本身就违背了他一贯的原则。他那么爱她，怎么会伤害她呢。

可……

她不能去找他。

那天在起火的牢笼外，伯特一字一句对她说"这辈子都不可能放过你"，她相信。

亲眼看见自己给言溯带来的灾难后，甄爱心里其实是发怵的，他被绑在十字架上受尽折磨的惨状是她这些天持续的噩梦。

甄爱闭了嘴，只字不提言溯的事。

对面的亚瑟道："Cheryl，如果你觉得孤单，你可以去交朋友。基地里从小和我们一起长大的朋友很多，你如果喜欢 party，可以开；你如果不喜欢做实验了，你以后都可以不做。我想说的是，你以后可以做任何你想做的事，不做任何你不想做的事。这就是我给你的自由。"

甄爱不知听没听，整个人都安静了。

她只想做一件事，却是不能和亚瑟提起的事，也是他唯一不可能答应的事。说出来，只会于事无补，只会适得其反。

她顿觉前所未有的无力和挫败，毫无胃口地吃了几口晚餐，回房继续睡觉去了。

亚瑟端了一碗粥跟过去，到她床边哄她吃。不知是真的饿了，还是想让他快点儿走，甄爱坐在床上一口一口吃完，又立刻钻到被子里："我要睡觉了，你走吧。"

亚瑟把碗碟送到门口，关了灯落了锁，轻轻一声响，敲在甄爱心里。她一惊，立刻警惕起来。亚瑟没出去。

屋子里黑漆漆的，甄爱刚要起来，没想被子被掀开，亚瑟上了床，把她揽进怀里，很轻很缓，没用力，像她是易碎品。

甄爱头皮发麻，拿脚蹬他："走开。你要是敢碰……"

"我不会动你，就是，想抱你一下。"黑暗中，他贴着她的脸颊，呼了口气，语气里竟透出哀凉，"好多年没有抱你睡觉了。"

甄爱一怔，静止不动了。

以前他们不懂事，很多个夜晚就是这样相拥而眠，没有一丁点儿越距的行为。

甄爱的妈妈管得严，亚瑟每次都得在夜里很晚很晚，等甄爱妈妈的房间熄灯了，才小偷一样翻墙进来。这些时候，其实甄爱也朦胧睡了，模模糊糊被他搂住，第二天天不亮，她还没醒，他又翻墙离开。

有一次摔下去被树枝挂到了脖子，朋友还笑他被泼辣女人的指甲抓了。

一贯冷清脾气不好的亚瑟居然没生气，意味深长看着甄爱，笑："嗯，是被女人抓了。"而甄爱直到很久以后才明白当时他眼底温柔的笑。

此刻，她不敢推他，怕会招致他的不良反应。她轻轻阖上眼睛，遮去眼底的一丝光亮，不动了。

亚瑟搂着她，前所未有地安宁与平静。

夜色沉默，月光如水。

不知过了多久，他仿佛梦呓，忽地喃喃自语："C，给我生一个孩子吧，这样，你就永远不会离开我了。"

渐有睡意的甄爱猛地被这句话惊醒，浑身僵硬，以为他要做什么，他却没了动静。她侧头看他，夜色中他闭着眼睛似乎睡了，俊脸格外白皙，眉目如画。

不知为何，或许因为有她在，亚瑟的睡颜格外的沉静安然。

可甄爱宛如浑身被扎了针，不安又惶恐。他在身边，被窝里变得格外熨烫，她蓦地想起了言溯的怀抱。

渐渐，想起了他在忏悔视频里给她的情书。

别离辞：节哀。

夏天的时候，她和言溯坐在图书室里看书，说起了诗人邓恩最经典的爱情诗。

言溯说，他喜欢那首诗里纯粹净化了的爱情，即使别离，即使不相见，爱人的精神与思想也永远凝在一起。

所以，那夜，在机场的洗手间里听到他说"给她最后的别离辞，请她节哀"，她瞬间泪满眼眶。

黑暗中，甄爱微微笑了，漆黑的眸子里月光涌动。

夜深，她蹑手蹑脚从床上下去，回头看他一眼，那张脸对她永远没有冷淡凌厉，在她面前，只有柔和。可她终究是转身，推开阳台的门。

雪天的夜里十分静谧，没有风，天地间也没有一丝声响。白雪皑皑，繁星闪闪，月光如水银一般洒在山林的雪地上，美得惊心动魄。

她搬了椅子，站到栏杆边，俯瞰着一尘不染的雪地。

一缕风吹过，鼓起她白色的睡袍，她冷得瑟瑟发抖，椅子都跟着晃起来。抬头望天，星空之高远，那么深邃，像言溯清澈的眼睛。

再也见不到阿溯了，迎接她的又将是行尸走肉的生活。还有各种她不可预知的危险，她不要和亚瑟做那种事……

她的心只属于言溯，身体也只属于他。可再也见不到他了……

轻风吹起她凌乱的发，她深吸一口冷气，牙齿打战，喃喃念起那首诗里最经典的片段，听说，自由爱情的男女就像圆规的两只脚：

"你在中心，我走天涯；我漂泊的一生，为你侧耳倾听；

相聚之时，才能彼此相拥直立；

你坚定，我的轨迹才会圆满；你不移，我才能回到最开始的地点。"

她已经拥有这世上最美的爱情，了无遗憾。

这样美丽的景色，这么死去也不可惜吧。

她微微一笑，缓缓闭上眼睛，摇摇欲坠之时，有人猛地踩上椅子，一把将她狠狠搂在怀里。

"C！"身后的男人颤声，咬牙切齿，恨恨想要说什么，眼泪全涌了出来，溢进她的脖子里，瞬间冰冰凉凉，"你怎么能……"他哽咽，又恐慌又威胁，"你怎么敢在我面前自杀！你要是敢我就……"

他梗住，蓦然发觉他早就伤了她的家人，再也没有任何可以威胁她捆绑她的感情负担了。他死死盯着无边的黑暗，不住地颤抖，害怕。

甄爱一动不动，望着天空的星星："A，你不要强迫我做我不愿意的事。你也……"

"我从没想过强迫你！我只是想等你。"亚瑟死死箍着她，凶狠地打断她的话，"一年不行，两年；两年不行，十年；十年不行，二十年，一辈子……时间那么长，总有一天你会忘记外面的世界，总有一天，你会回到我身边。"

甄爱呆呆的，眼睛湿了，摇头："不会。我早就回不去了。A，不要对我抱有希望，我不会和你……"

"C，你不能死！"亚瑟咬牙狠狠闭眼，深深低头在她的脖颈，泪水滴落，他极尽痛苦，"你已经怀孕了。"

这年冬天，下了很大的雪。山林里白茫茫一片，像上天洒下的厚厚绒毯。

有风的夜里，几棵仿佛开着雪花的树长在房子旁。

雪停后，月色很好，皎洁地笼着大地。星空墨蓝，树林安静，白色的城堡在天幕下泛着一层灰蓝的微光。

时隔两年，仍然有当地居民和各地慕名而来的游客送慰问和鼓励的礼物，树下的草坪堆满了气球爱心卡片和鲜花。

有的色彩鲜艳，多数早已枯萎。

人们送礼物表达他们对英雄的敬意与谢意，谁也不会料到那个一夜之间臭名昭著的"变态"，其实做好了牺牲自己生命和名誉的准备，摧毁了 Holy gold 俱乐部，营救出三十九个女孩。

深夜回家的男人显然对这些东西漠不关心，行李箱风尘仆仆，从瘪掉的气球皮上滚过去，上面写着"S.A. YAN, A GREAT MAN！（言溯，一个伟大的人！）"。

家里没有留灯，黑漆漆的。

言溯走上客厅的大台阶，随手拉开案几抽屉，扔了一沓票据进去，和一整抽屉花花绿绿的机票船票车票混在一起，很快被关进黑暗。

走廊尽头，月光从彩绘玻璃透进来，图书室里半明半暗，仿佛泡在乳白色的牛奶里，静谧而满是书香。

言溯没开灯，径自走到钢琴边，从架子上拿下厚厚一摞世界各国行政地区图册。他翻出中亚乌兹别克斯坦蒙古等几国的行政地图,把去过的城市小镇村庄一一标注。

这一次他离家五个月，走过的地方用两个小时才注解完全。

身上带着的屋外的冷气渐渐褪去，大衣上的雪花早已融化，渗出斑斑点点的湿润痕迹。

言溯坐在轮椅里，伏在钢琴上标完最后一笔，脑子里忽然浮现出一个陌生的画面，仿佛那时天光灿灿，有人从钢琴那边走来，轻声细语："你好，我找言溯先生。"

他似乎第一次听到这句话，女孩的声音，轻轻缓缓，很好听。

言溯握着笔，心里一颤，紧张又略微忐忑，身子慢慢往后倾，目光从钢琴架绕过去，可视野里除了月光，空空如也。

依旧没有看到她。

他的心一点点坠落，白皙俊秀的脸上仍是淡然从容。有些遗憾，却没多大的伤悲。细细一想，最近好像总听到那个女孩的声音，总有新的模糊的幻影在他眼前一晃而过，却像烟雾般捉不住。

言溯记录好一切，放下笔上楼休息，经过楼梯间时，小鹦鹉扑腾着翅膀唤："Idiot! Idiot!"

脚步陡然顿住。一瞬间，有如时空穿梭，很多陌生又分外熟悉的画面一股脑地拥挤着，在他眼前呼啸而过。那个女孩又出现了。

这次带了更多细腻的触感，他紧张地细细回想，朦胧间忆起她发间的香味，她轻轻的笑声,她柔软的小手,她温柔的嘴唇。

她瑟瑟发抖的娇弱的身躯,拥在他怀里,脖颈白皙,乌发散开,仰望着璀璨的星空,哀柔地唤:"S.A.……"

言溯全身僵硬,屏住呼吸等她低头,想看看这个女孩的样子。可陡然之间,所有画面像湍急的流水一下奔涌而去,他急切想抓住,却消失得干干净净。

空了。

他抓了抓头,罕见地急躁而不安。

不对,这个女孩一定存在过,一定在他生命里存在过。

可,想不起来,真的想不起来。

第无数次,他杂乱又毫无章法地把整个城堡翻了一遍,依旧没有任何和女孩有关的东西。她消失得干干净净,不留一丝痕迹,仿佛从来没出现过,仿佛只是他做了一场梦。

唯独阁楼的房间里关着大熊风筝彩蛋等东西,可他对那些奇奇怪怪的东西没有任何印象,不明白以自己的性格怎么会买这些小玩意儿。

理智告诉他,或许真的没有这个人,不然她为何消失了,为何这里的东西她一样都没有带走。可萦绕心头挥之不去的画面是怎么回事?

半明半暗的楼梯间里,他扶着栏杆,长身而立,背影挺拔,说不出的孤寂与茫然。

"Ai……"他低头,碎发下清澈的眼眸里一片荒凉,只是喃喃唤一声,胸口便如刀剜般疼痛,仿佛被谁活活挖出一截肋骨。"Ai……"

究竟是很多年前,还是时隔不久?脑中虚幻又捉摸不定的影子究竟是什么?

记忆虽然模糊,可他认定了,有一个叫 Ai 的女孩。

大病前一两年的记忆很不清晰。他记得夏末秋初,他去了大火焚烧的地狱;醒来时,第二年的春天已近尾声,他躺在植物人疗养院里。

漫漫冬夜,他始终沉睡,梦里总有一个女孩,脸颊泪湿,贴在他掌心:"S.A.,如果你死了,我会害怕活下去。"

"S.A.,我妈妈说,人生就是得不到自己想要的。我从来没想要任何东西,我只想要你。我就是想要你,怎么办?"

她乌黑长长的睫毛上全是泪水,歪头在他手心,他很努力,却总是看不见她的脸。

醒来也没见到,关于她的一切像场梦,模糊而隐约,无论他怎么努力,总是记不起来。

他问身边的人,没有人认识她。

他花了好几个月,终于记起他曾常常唤的一个字:"Ai"。

他平淡的心境渐渐被一种叫"不安"的情绪替代。

一边每日做着枯燥而痛苦的复健治疗，一边想办法寻找每一个认识的人，妈妈、伊娃、里德……

"我是不是认识一个叫 Ai 的女孩？她是我的真爱。"

可每个人都很疑惑，回答："Ai？你身边从来没有这个人。"

他被拦回去，苦苦想了很久，带着细枝末节来问："我是不是带她参加过斯宾塞的婚礼？"

妈妈和安妮摇头："不对，你是一个人来的。不信，把宾客名单给你，你一个个去问。"

他真的一个个敲门去问，可谁都不知道 Ai 是谁。驾照卡电话卡也都查不到。

言溯想得很辛苦。

频繁的脑震荡和重伤毁掉了他部分的记忆。他记不得他们相处的事，记不得她的声音，记不得她的相貌，甚至记不得她的名字。

唯有一种缠绵却坚定的情感：这个模糊的女孩是他的真爱。

直到有一天，他在隔壁房间的床头发现一行陌生而秀气的法语：Souviens-toi que je t'attends.（你要记住我在等你。）

言溯不知道那是银行抢劫案后，甄爱在他家疗养时，渐渐发现对他的感情，无处可说，才忍不住用没有墨水的钢笔划在床头。

而甄爱更不会知道，为了她这么一句话，他从此踏上漂泊的旅程，走遍世界，去找寻他心尖的爱。

记忆模糊了，他却始终坚定。

世界欺骗了他，于是，他再没对身边任何人提过那个名字，只是有一天，沉默地拖着箱子离开了，不与任何人告别。

他其实也不知道去哪里找，因为他的生活里，关于她的一切都被抹去了。没有任何线索。

言溯偶尔停下来，也会笑话自己做了个梦就变得毫无理智。

可他像在遵循他的本能。

他隐约记得，他对谁承诺过：如果你不见了，我会翻遍世界把你找出来，哪怕漂泊一生。

不会有人知道，他每走一步有多难。

记得她说过中文，就走遍全中国，把人口系统里所有名字有 Ai 音节的人的照片都看一遍，虽然他仍记不起她的样貌，可他认为如果见到她，他会认识。

那么多人没有信息，他于是跋山涉水去找黑户。

记得她在墙壁上刻下了法语，就去法国……

地球上七十亿人，他只找一个。

渐渐，距离甄爱消失的那天，两个冬天过去了。

回来的第一夜几乎无眠。

第二天早上，言溯坐在轮椅里闭目养神，伊娃来了。

他模模糊糊听出了她的脚步声，却不睁眼。

伊娃心知肚明，他在生她的气。说起来，伊娃也挺震惊。

即使全世界都言之凿凿说没有一个叫 Ai 的女孩，即使全世界都找不到她留下的痕迹，即使言溯自己都想不起她的样子，他还是那么坚定那么纯粹地守护着心里那个模糊的女孩，无论如何，都不放弃她。

以至于，他认为伊娃骗他，所以不理。

伊娃走近看他一眼，身体本来就不好，又瘦了，一个人沉默地常年孤独地在外漂泊，其中的艰辛和苦楚估计只有他一人知晓。

可即使如此，他闭目养神的样子依旧淡然安详，脸庞一如当初的清逸秀美，不带风露，不染凡尘。

"S.A.，你身体好后都没有按医嘱休养，一直在外面跑，这么下去身体会不行的。"伊娃劝他，说完有些唏嘘。

言溯重伤被判定为植物人，躺了好几个月器官肌肉快要衰退才醒来。

而醒来才是噩梦的开始，身上各处的伤全面爆发，还有深重的毒瘾，医生以为他即使醒来也撑不下去，会被打垮。可他竟然在三个月内站起来了，连医生都吃惊的耐力与毅力。

伊娃知道，他下定了决心要去找甄爱，所以才那么努力。

她刚才说的话，言溯没搭理，依旧闭目。伊娃知道他固执，也不劝了，从包里拿出玻璃管和试纸："你妈妈让我来的，检查一下你最近有没有吸毒。"

言溯睁开眼，一声不吭从她手里捞过东西，把试纸放进嘴里含一下，很快塞回玻璃管还给她。

伊娃看着透明的小玻璃管："嗯，没有。"

她再度恍惚，想起他戒毒的那段时间有多惨，那时身上还有别的病痛，简直是个惨不忍睹的废人，每天都活在炼狱。

起初医生考虑到他身上别处的重伤和剧痛，提议用吗啡，等病好了再戒毒。

言溯不肯，没日没夜地被捆绑着，那么高大的男人，蜷成一团，颤抖，呕吐，甚至晕厥。

谁会想到，他沉默而倔强地熬过去了。现在，他好好地活在所有人面前。

有毒瘾的人大部分会复发，因为意志力不够。伊娃把玻璃管塞回包里，蓦地一笑，她差点忘了他是言溯。

"没事我先走了。"伊娃转身离开，没几步又回头，"你下次去哪儿？不会又只待两三天就走吧？"

没人回应。

伊娃忍了忍，快步返回："喂，S.A. Yan！你……"她看到他的右耳，愣了一下。

言溯睁开眼睛，眼眸依旧清澈，不带感情："有事吗？"

伊娃的火气一下子扑灭，问："你又忘戴助听器了？"

"不是忘记。"而是故意不戴。

"为什么？"

"没有想听的话。"他休息够了，起身去书架上拿书看。

伊娃望着他的背影，有些难过："S.A.，你好好过自己的生活，不要去找那个不存在的人了。"

"即使全世界说没有这个人，我也知道她存在。我只是，"他揉了揉额头，似乎疲惫了，透出些许力不从心，"只是很想知道，她究竟长什么样。"

"如果你一辈子都找不到呢？"

"对于我一生唯一爱过的人，我当然要给她一个男人对女人最高的礼遇。"

"什么礼遇？"

言溯没回头，语调淡然："她活着，我用一生寻找她；她死了，我用一生铭记她。"

伊娃震撼了，眼眶有些湿，抬头望天，努力眨去雾气："一生那么长，你总会遇到……"

言溯猜出她要说什么，不客气地打断："我的爱情，和时间没有关系。"

"你连毒都可以戒掉，一个人……"

"我的爱情不是习惯出来的，戒不掉，也不想戒。它也不是日子久了适应妥协出来的。"他垂下眼眸，微笑，却有说不出的伤，"我不记得她，可我记得我很爱她。好像，比爱全世界还爱她。"

"我记得那种心情，那种珍视她的心情，那种为了她而心痛的心情，还记得我想为了她放弃一切。"他轻扬嘴角，心里却疼得撕心裂肺，很轻很缓，像在述说他珍藏的梦，"我不记得她，可我记得她很特别很美好；记得一开始，我懂她，她懂我；记得她是世上唯一能让我心疼的女孩，她就那么安静着，我也会心疼。我此生的爱人，已经遇到，不想再遇。"

伊娃哑口无言，她忽然很想知道，如果世界某个角落的甄爱，知道她刻下的一句玩笑话，让言溯终其一生，都在漂泊，都在寻找，让他给她一个男人能给女人的最高礼遇，她会不会感动又心痛得落泪？

悲哀的是，甄爱不会知道。

言溯也不在乎，他不记得甄爱的容貌，甚至不记得她的名字。

伊娃陡然发觉，言溯像得了阿尔茨海默病的老人，衰老的手紧紧握着他模糊不清却不肯割舍的人，到死拖进坟墓都不松手。

明明关于甄爱的一切都记不清了，却执拗地、纯粹地、固执地、骄傲地、沉默地、倔强地坚守着他心里模糊的女孩和清晰的爱情。

伊娃深吸一口气，平复了情绪："你慢慢找吧，我先走了。"

言溯不搭理，过了几秒钟回头看伊娃的背影，脑子里忽地又浮现出那个画面。

那个画面他想过无数遍，所以渐渐熟悉。

似乎是在初春，有一条树木抽出新芽的林荫街道，名叫Ai的女孩穿着小靴子走在前面，腿干细细的，小手背在白色外套身后。她轻轻摇晃着头，声音闲适快乐像风中的铃："啦啦啦，我没听；啦啦啦，我没有听。"

那时的天空很高、很蓝，她很舒展，心情很好，却不回头。

同样的场景还有，更加茂密的林荫道，她侧头望着路边的花儿，小声地不好意思地问："那你了解我吗？"

"不了解……但，想了解。"他低头看她，好像要看到了，却只瞥见她羞得通红的侧脸。风吹起她的长发，她开心地快步小跑到前边去了。

依旧是背着手，大踏步地走，骄傲又自信的样子。

言溯回想了很多次，可她始终没有回头。

而他，一直记不起她长什么样。

他蓦地慌张而急躁，好像他珍贵的记忆盒子被谁偷走了，他却抢不回来。

好像他盒子里原本有无数张美好的照片，可龙卷风来袭，他的记忆漫天飞舞，他惶恐又急切地去抓，满身是汗，心中大骇，却无法挽回照片被风吹散的结局。

都被风吹走了，剩下的寥寥几张被雨水打湿，全模糊了影像。

可即使是残存的记忆"照片"，他也小心翼翼把它们收到"Ai"的盒子里，珍惜地抱在怀里。

言溯立在书架前，闭了闭眼，渐渐平静下来，转身去厨房拿水喝。

端着水杯一回头，目光无意掠过自己空空落落的肩膀，思绪晃了一下，蓦地想起是不是夏天的晚上？他背过一个醉酒的女孩？

那天，路上光影暧昧，夜风沉醉，他看见她手腕上深深的伤痕。

言溯握着水杯，微微蹙眉，她怎么会受那么重的伤？

她靠在他肩膀上，歪着头喃喃自语，她的鼻息又热又痒。

他很小心地回头看，两年来，记忆中她的脸第一次变得如此之近。他心跳如擂鼓,看见她额头的肌肤很白,散着玉一般的光泽,还带着醉酒的绯红。

想再往下,角度挡住了,还是看不清。

他的心失控地乱跳,着急地转头想要看清,竟握着空杯子原地转圈圈,可身后什么也没有。

言溯的脸色渐渐平静而平淡,心仿佛从高空坠落。

他记得从城堡出去,她背着手在他前面走,但她不转身,背影很模糊;他记得她穿着雪地靴陪他散步,可雪地白得刺眼,她白皙的脸融进幻化的光里,看不清;他记得背过喝醉酒的她,记忆里他看到了她的手,转头看她歪头靠在自己肩膀上,还是没看到正脸;他还记得在不知哪里的浴缸里,她浑身冰冷地僵硬在他怀里,他死死搂着她泡在热水中。她醒来了,他狠狠去贴她冰冷的脸颊,依旧没有看到她……

言溯深深凝眉,竭力去想,可所有的画面撞在一起,破碎开了。

他握着空空的杯子,寂静地立在大理石桌子旁,沉默而又安静。

半晌,他放下杯子走了。

出发的前一晚,言溯习惯性失眠,他独自走到图书馆里,坐在钢琴边的轮椅里,不知为何,忽然想弹一首曲子。

他不记得是哪里来的曲调,可弹着弹着,隐约想起,这首曲子叫作《致……》,致什么?

言溯手指按着黑白色的琴键,坐在彩绘的月光下,清凌而安静的面容忽然间极尽痛苦。

仿佛,有一首钢琴曲是写给她的,是他此生的至爱。

可她究竟是谁,在哪里?为什么还是想不起来。

渐渐地,他手指颤抖,曲调却还在悠扬地飘着。音乐中,他想起。似乎在地下的洞穴里,他紧紧抱住火光里的女孩坠落在地,当时,他的心里只有一个信念:"Ai,活下去。一定要,活下去!"

他把她的头按在怀里,拥抱她的触感还那么清晰,可她抬起头时,他的瞳孔和意识却涣散了。他的世界变得黑暗,他还是没有看到她。

钢琴曲戛然而止。

言溯的手剧烈颤抖起来,两年来漫无目地地找寻与执著,如此接近却还是没有结果。

他的心里,一片荒芜,像秋天长满了野草的原野,一时间涌上无尽的蚀骨般的悲哀与荒凉。心痛得千疮百孔,在思念。

可他连自己究竟在思念谁都不知道。

他像是无处依附,猛地抓了一下钢琴上的乐谱,纸张飘飞,忽而飘出一张白纸片,落在洁白的钢琴上。

拾起来,是冲印纸的质地,光滑的纸面写了几行字:

Ai,我很喜欢,你那种追求太阳温暖的努力;我很喜欢,你那种渴望光明的向往;我很喜欢,你那种用力活下去的心情。我很喜欢你整个人,整颗心。

他缓缓把冲印纸翻转。

皎洁的月光披着彩绘的纱,温柔地洒落在那张照片上。

夏天灿烂的阳光下,他弯着唇,嘴角的笑意温暖而肆意。怀里的女孩戴着硕士帽,捧着花束,绯红的脸颊亲密地贴住他的下颌。她天使一样美丽,笑靥如花。

笑靥如花啊……

在那个月色微荡的夜里,面色清俊的言溯形单影只,满目悲伤。

我记得,我认识一个叫甄爱的女孩,她是我的真爱。

我记得,我答应过她,一定会找到她;翻遍全世界,也会找到她。

冬末春初,天空缀满繁星,璀璨得像洒满钻石的天鹅绒。月光稀薄,气温还很低。前几天下过大雪,雪夜的山林银装素裹,一片静谧。

风从车窗的缝隙里吹进来,凉沁沁地撩起甄爱鬓角的碎发。

安全带空空地挂在一旁,甄爱扭头望,白色的欧式城堡在白雪与月光的衬托下,干净又典雅,像童话故事里王子和公主住的地方。

她缓步下车,冷气扑面而来。

天地间一片安静,只有漫天呼啸的风。

上了台阶,她掏出那把带在身边好几年的钥匙。插进去,轻轻一拧,开了。

三年了,他还没有换锁。

城堡里安安静静的,没有人。门廊里也没有可以换的鞋子。看上去没人常住,可室内的一切仍旧干净整洁,不曾积染灰尘。

装饰仍是熟悉的中世纪风格。

世界很静,只有外边的风声。

她没开灯,走上长长的台阶,穿过走廊,图书馆还是老样子,亘古般的宁静。

并不黑,因为今晚月光很好。

忽然就想起初见那天,也是雪后,她绕过钢琴,看见后边年轻人清俊而深邃的眉眼。

这一次,钢琴和轮椅都在,他却不在。

三年前,伯特掉进海里。言溯止了呼吸。而她瞬间被特工们带走,甚至来不及看言溯被送上救护车。

她"被"假死,然后藏了起来,这几年,她接触过见过的人,是个位数。

组织的人找到她的"尸体",但或许并不信,还在继续找她。可这三年,她躲藏得很好,他们找不到任何信息。

甚至从言溯这里也找不到。

因为……据说,他成了植物人;很久之后,醒了,却失忆了。

听说,他忘了她。

现在他世界各地走,做他的研究。连组织都放弃了从他这里找甄爱的可能性。

所以,这次她才有机会出来看看。

她坐在钢琴前,轻轻戳着钢琴键,弹出不成调的音符。

听说,他忘了她。

这样很好。他可以像没认识她之前一样,过得单纯,至少,平安。

而她,一点也不难过。得到过他那样纯粹的爱情,即使是回忆,也足够她纪念一生。

分别的这些日子里,没有尽头的实验,何其枯燥。可每一天,她都会把他的情书想很多遍,包括他在那段忏悔视频里给她的情书。

别离辞:节哀。

她一看就懂。

那个夏夜,月光皎洁,他们脱了鞋,赤足在图书室慢舞。一舞完毕,言溯轻轻给她念起诗人邓恩最经典的爱情诗。

他说他喜欢邓恩把一对爱人比作圆规的两只脚,喜欢那首诗里纯粹净化了的爱情,即使别离,即使不见,爱人的精神与灵魂也永远凝在一起。

所以,那日,在机场的洗手间里听他说"最后的别离辞给她,请她节哀",她瞬间泪满眼眶。

而此刻,雪天的夜里十分静谧,天地间没有一丝声响。繁星闪闪,月光如水银般洒在彩绘的玻璃窗上,美得惊心动魄。

她抬头望天,星空之高远,透过玻璃窗,那么深邃,像记忆里清晰的言溯的眼睛,澄澈,明净。

他,是她此生的至爱。

甄爱仰着头,立在白纱般的月光里,微微笑,喃喃地念起了那首别离诗。听说,灵魂相爱的恋人就像圆规的两只脚。

你在心中,我走天涯;我漂泊的一生,为你侧耳倾听;

相聚之时,才能彼此相拥直立;

你坚定,我的轨迹才会圆满;你不移,我才能走回最初相遇的地点。

她曾拥有这世上最美的爱情,了无遗憾。

月光，山林，雪地，这样美丽的景色，她一个人欣赏，也不可惜。

此刻戛然而止，短暂地回到他住的地方，再告别，也不可惜。

玻璃窗外星空如洗，她恋恋不舍地低下头。

看看手表，已经过去十分钟，该走了。

走之前，想从他的书架里带一本书走。记忆突然回转，想起上次分别，他告诉她有一封信，藏在她最喜欢的童话书里。

甄爱一惊，立刻从书架上找出那本不算厚的《阿基米德传》，因为激动，手竟然发抖，书一下摔在地上，书页里掉出白色的信封。

或许时间太久，封缄的红色印泥褪色了，没开启过。

信封上写着"Ai"，印泥上戳着"S.A. Yan"。

甄爱愣愣的，飞快拆了信，是他的字迹啊！

月色映在她的眼里，一片水光。

Ai，原打算等案子结束了，再怀着认真而诚恳的心意向你道歉，并告诉你关于我隐瞒事件的原委，可事情突发变化，我知道欧文把你藏在哪里，我马上会去见你，但彼此说话的时间已然不及，只能用信件向你忏悔。希望你看到这封信的时候不要惊慌，我虽然是去危险的地方，但我一定会回你身边来。

写这封信并不代表我没有信心回来，而是信中的内容太重要，你必须知道真相，不论我生死，都无法阻拦。

Ai，谢琛留给你的iPod其实有八个，除了看似完美的七彩色，还有银色。我认为被CIA拿走了，种种迹象（你有兴趣以后再和你讨论）让我怀疑谢琛留下了关于你母亲的信息。很有可能你的母亲并不是你想象中完全邪恶是非不分的科学家，她很可能比你想象的有良知。

Ai，以后不要因为母亲而哭泣而自卑，你的母亲是爱你的。

以上几点我在和安妮的对峙中得到了肯定。这也是我要向你忏悔的地方。对不起，我从Silverland回来后就找安妮谈了，可我没有及时告诉你。

说起来，和安妮的谈话中，有一点让我意外。

安妮很有理地说如果甄爱不为CIA服务了，没有解药会让恐怖组织更猖狂，世界会很危险。

我当时不知怎么想的，回了一句："去他的全世界！"

安妮惊讶了，我自己更震惊。我以为我为你颠覆了自己一贯的价值观，我深感迷茫。可很快，我发现，并没有。因为纯粹的正义不容许欺骗和虚假，不容许强制与胁迫。我认为我的行为很正确。

有人牺牲自己为了大众，这值得称颂；可为了大众牺牲别人，即使是亿万个大众面对一个别人，那也是强取的伪正义。所以，我坚决不允许他们这么做。

　　当然，我很羞愧说了不文明的话，我保证这是第一次，也是最后一次。

　　我说："甄爱很善良，也比你们想象中的更有责任。即使你们不用道德压制她，她也会做她应该做的事。但如果她不愿意，我也支持她。"

　　安妮很快说："你可以告诉她真相，如果她愿意继续，很好；可如果她想离开我们，不再为我们服务，对这么一个不为我们所用，却拥有那么多尖端技术的人，你说她的下场是什么？你能从政府和国家手里挽救她？你认为自由比生命重要，所以 S.A.，你要替她选择自由放弃生命吗？"

　　那一刻，我哑口无言。我一贯藐视势力，可那时我无比痛恨自己，不能把你好好保护起来。理智让我很清楚，我一个人根本无法和政府与 S.P.A 的双重势力作战。

　　我其实想说，如果你愿意留下，我陪你过再不见光的日子；如果你不愿意，我也陪你浪迹天涯。可我不知如果你不愿意的情况出现时，我们该如何安全地离开。

　　Ai，我的生命，你的自由，我会选择后者，义无反顾；可如果是，你的生命，你的自由，我只能让你活着。你的生命，比一切都重要。

　　从安妮那里回来之后，我并不轻松。我知道你母亲的事情在你心里是多大的负担和愧疚，我知道它把你压得头都抬不起来。

　　没有人比我更了解你，所以没有人比我更心疼你。

　　这件事一直在折磨我，我渐渐认识清楚，虽然我爱你，但爱不是理由。我不能以爱之名擅自为你做决定。

　　是我太霸道，只因我不能承担失去你的风险，就欺瞒你。我认为你的生命比一切都重要，可是呢，你会说"不自由，毋宁死"。

　　我知道，从你的心情考虑，你是宁愿死，也不愿背负这些情感与道德负担的。而我，必须给你自由。

　　即使这份自由可能以你的生命为代价，我也必须把选择权交给你自己。

　　我意识到了错误，一边想告诉你，一边又想解决方法。

　　某一天终于豁然开朗，记不记得那天我对你说，隐姓埋名，毁掉现在的脸也不错？那时，我就做决定了。

　　正因为放下了心里最大的负担，我才能够心无杂念，纯粹而真诚地向你求婚。

　　Ai，以上就是我对你的忏悔，我非常惭愧，向你表达十万分歉意。请你原谅。

　　在此，立字据保证：一生对你再无隐瞒。

S.A.Yan

中英文双份，签字印鉴。

她痴痴地微笑，泪水盈满眼眶。

虽然一早就相信他，虽然心情早已平静如水，可如今看到这封信，她依然震撼。

言溯，你怎能如此爱我。

值得了啊！即使这一辈子只能躲起来，过着单调的机器人一般的生活，也值得了。

她飞快擦去眼泪，把信笺和书本抱好，转身要离开，可安静而昏暗的古堡里，传来一声清脆的开门声。

甄爱的心狠狠一磕，停了跳动。

她紧紧抱着书，贴着书架，一动不动。

幽静的城堡里，有一瞬悄无声息；渐渐有脚步声，不徐不疾，走过大厅，上了台阶，敲在走廊的地板上，一步一步靠近，甚至开始在图书室里回响。

甄爱的心已提到嗓子眼。

这个脚步声，虽然变了一些，却正是她熟悉的那个人。不会有错。

她死死搂着书，听着那声音越来越近，她猛地上前一步，期盼却惶恐，脚步又陡然止住。隔了半秒钟，心仿佛要从嗓子里蹦出来，脑子里已然没了想法。

又拔脚走了一步，于是，刚好，他也走进图书馆。仿佛还是那年站在路边玩单词变位游戏时的样子，墨色风衣，灰色围巾，个子高高的，挺拔清秀。

他风尘仆仆，手里拿着一摞纸张，像是忙着什么，甚至没在进门后脱下风衣和围巾。

这一点都不像那个行事古板的他。

她死死盯着他，张了张口，却发不出一丝声音。

他亦感觉到家里有人，清瘦的身形顿了一下，缓缓从纸张里抬起头来。

这夜，月光如此皎洁，更显他眼眸深邃，肤色白皙，棱角分明仿佛上帝亲手雕刻。尤其一双浅茶色的眼眸，澄澈明净，像此刻雪夜里高远的星空。

古堡内外，一片静谧。

雪地，山林，星空，月光；美得惊心动魄，悄无声息。

城堡里，天光昏暗；城堡外，白雪皑皑。

雪早已停了，门口台阶的雪地上，一行小小的字，写在雪里，风一吹，淡了……

For you, a thousand miles!

番外卷

Dear Archimedes

谢琛·兰斯洛特

谢琛·兰斯洛特五岁的时候，小妹妹降临人世。

他趴在摇篮边发呆，看着天鹅绒被上的小婴儿。她盯着他，眼睛好大，黑溜溜的像葡萄，脸颊软嘟嘟的像最鲜嫩的花瓣。

她很乖，小声地哼哼呜呜，不哭也不闹，咬着手指吐泡泡。

谢琛伸出一根手指碰碰她的脸颊，好软好萌。摇篮里的小女婴短短地笑起来，肉嘟嘟的小拳头一下子攥紧他的食指，不松开了。

小家伙的力气居然不小。

"嗨，我是谢琛，我是你的哥哥，你喜欢我吗？"他弯腰，把她从篮子里抱起来，很缓很慢地转圈圈。

他贴贴她的小脸，欢喜地赞美："怎么会这么漂亮呢？你是我见过的最漂亮的小婴儿。"

小婴儿发出"卟卟"的声音，像在给他回应。

三岁的亚瑟和伯特伸着脖子，围着他蹦："我也要看，我也要看。谢琛，我也要看。"

"去去去！"谢琛拿脚轰他们，"又不是你们的妹妹。"

亚瑟和伯特对视一眼，齐齐冲他："哼！哼！"

他怕摔到小妹妹，小心翼翼地把她放回摇篮里，松手时又忍不住揉揉她软绵绵的小脚。她打了一个滚，继续咬手指。

亚瑟和伯特努力地踮着脚，好努力好努力，脑袋才和栏杆边平齐，他们急急忙忙围着摇篮转圈圈，歪头想了想，从摇篮缝隙里去捉她的小脚。

谢琛十分敏捷，把他们的手打开："别碰别碰，她会疼的！"

伯特不服气："我只摸摸，又不会捏她。"

"摸摸也不行。"

亚瑟凑过去小声告诉伯特："不要紧，等谢琛不在，我们再来。"

伯特点点头，立刻狡猾地乖乖道："那我们只看看，不碰。"他踮着脚往篮子里瞄，刚好小女婴滚过来，黑漆漆的眼珠眨也不眨地盯着他，认真又懵懂。

真的好可爱！

伯特愣了一秒钟，扭头对摇篮边另一个小脑袋说："A，她好漂亮呀！"

亚瑟点点头。

"我要揪揪她的脸，看她会不会哭。"他伸手去碰，又被谢琛一下打开，"你要是把她弄哭了，我就揍你。"

伯特瘪嘴，瞪着谢琛，这世上还没谁敢凶他呢！可他还小，真的有点怕谢琛，他嘟着嘴从摇篮上蹦下来，趁谢琛不注意，踢了摇篮一脚。

可小孩子的力气哪里动得了摇篮？

小女婴啊呜一下，翻滚到另一边去了。

但亚瑟发现了他的小动作："你干吗？"

伯特不满："凭什么这个漂亮的小娃娃不是我们的妹妹？凭什么是谢琛的？我也要，我也要。哼，我去找妈妈要一个。"

亚瑟没有表示赞同，趴在摇篮边盯着可爱的小婴儿不作声。

伯特走了几步，见亚瑟没过来，想了想，叹口气又走回去，和亚瑟排排趴着，小声说："我还是等谢琛走了再摸摸她吧。"

三个小孩子围着摇篮看，小女婴的爸爸过来了，还有女仆们。

"小宝宝该吃奶啦。"女仆温柔地把她从摇篮里抱起来放在腿上，把奶瓶喂到她嘴里，小婴儿扑腾着小手小脚咕噜噜喝起来。

小家伙们赶紧围到女仆身边，好奇地观望。伯特趁谢琛不注意，偷偷捏了一下她的脚，好软，像棉花糖。他兴奋又开心，立刻推亚瑟一下。

亚瑟会意，也偷偷摸了摸。

宝宝热乎乎软绵绵的小脚踢了一下亚瑟的手心，他蒙了蒙，喃喃自语："Petite Cherie!（亲爱的小姑娘！）"

谢琛听了，情不自禁碰碰小女婴的脸蛋，唤她："Cherie!"心爱的小家伙。

爸爸也听到了："她还没有名字呢，嗯，Cherie 好，她是我们最亲爱的，心爱的小姑娘，就叫她 Cheryl（谢儿）吧！"

三个小家伙都很开心，围着她轻轻哄："亲爱的谢儿，你好！"

爸爸摸摸谢琛："你是哥哥，以后要保护妹妹！"

谢琛用力地点头："一定会的。"

"听说妹妹是哥哥上辈子伤害辜负过的小情人。"

"怎么会？"谢琛拧着眉毛仰头看爸爸，爸爸笑而不语。谢琛低下头，盯着心爱的小妹妹，有些难过："怎么会呢？"

他小小的心里很忧伤，暗暗嘀咕：我一定会保护妹妹的啊，一辈子。

他的确一直都在保护她。

S.P.A. 科研中心基地出生的孩子从落地那一刻起，就面临着极度残酷的生存与排位竞争。他们的父母通常都已经是组织的核心技术人员。

他们从小就要进行高强度的专业学习，如果十岁前没能在自己的专业领域取得突破性的自主创造与发明，就会被基地剔除。

留下的，面临着更加无情的排名争夺。十岁后，他们很多没了自己的名字，只有代号。厉害的可以挤进字母或单词里，差的只能拥有数字编号。最差的没有价值的，一辈子活在鄙夷的目光里。

不会有人想背叛和逃走，因为他们是马戏团小象，生长环境驯服而封闭，他们很清楚组织的强大。他们除了自己的专业，一无所知。

科研基地只是S.P.A.的半边大脑。

另外半边大脑是世界各地尤其欧美的兄弟共济会，聚集了社会最高阶层的精英。他们更像是S.P.A.的股东，不参与组织排名，除了定时的例会，平日过各自的社会生活。出于转移财富、平衡权力、制约政府或其他目的，他们为S.P.A.提供智力内幕等多种绝密信息。与公司股东不同的是，他们的出发点不在获取财富，而在他们心中崇高的精神满足。

如果组织内出生的小孩长大后排名反而不如外来组员，这对他们的父母来说，是极大的羞辱。这种情况……其实很常见。

在等级森严的组织里，排名等于无限的权力、荣耀、财富，甚至生机。

因而，每个父母都对孩子严格要求。S.P.A.的高层组员，谢琛的父母更是如此。正因为父母地位太高，所以更无法容忍孩子沦为平凡。

谢琛还在妈妈肚子里，就跟着她在书籍文献实验里流连，他是在实验室出生的。八岁前，他独立发明了十几款新型化学武器和化工材料。从那之后，他出现的任何地方，其他孩子都要停下手上的任何事，对他九十度鞠躬。

除了化学科研，他小小年纪就在战略计策和行动策划方面展现出高人一等的谋略和智慧，几个大人都很清楚谢琛的能力，商议之后决定把他往共济会的决策和情报方向培养。

所以，他很小就离开Artland基地，跟着共济会会员，进入外界社会的顶级阶层。在那之前，他陪着他的小妹妹一天天长大。

爸爸妈妈没时间管谢儿，他就带她学步，她总是摇摇晃晃走几步，扑通一屁股坐在地上。摔倒了也不哭，只哈哈哈地傻笑；他教她说话，她啊啊呜呜唱一堆只有他听得懂的火星语。

她会说的第一个单词是"谢琛"，然后是"亚瑟"和"伯特"，"爸爸"和"妈妈"甚至排在"试管"后面。

一旦谢琛不在，亚瑟和伯特就跑过来找她玩。亚瑟蹲在地上，摇着铃铛冲她拍手："谢儿，过来过来，到我这里来。"

她黑溜溜的眼珠子盯着铃铛，好奇地眨巴眨巴，圆嘟嘟的身体一扭，就撑着软软短短的小手小腿，一步一步，晃晃悠悠地往亚瑟跟前爬。

她好不容易爬到他跟前,欢欢喜喜地仰起脸,小手去捉铃铛。

亚瑟把铃铛举到头顶,她便摇摇晃晃着往他身上爬,小手乱抓,小腿乱蹬,费劲儿地蹭蹭。还没碰到,伯特跑来把她抱起,小小一坨搬回地毯的另一端。

她坐在地上仰头,黑溜溜的眼珠十分困惑,望望伯特,又瞧瞧地毯那边的亚瑟和铃铛,歪着头想一会儿,不明白,索性扭着屁屁,哼哧哼哧又往亚瑟那边爬。

爬到他身上,又被伯特抱回去放到起点,周而复始。

他们可以就这样玩一整天。

谢儿从小就长得特别漂亮可爱,大人小孩看到她,都会说"天,多漂亮的小娃娃",然后揉她的头,捏她的脸。那时她不会走路又不会说话,懵懵懂懂地盯着。偶尔一躲,就歪倒在地上,费劲地蹬蹬腿,哼哼呀呀的,蹬半天也爬不起来。

谢琛非常不喜欢大家把他的妹妹当洋娃娃,决定用布条把妹妹背在身上,走到哪儿都带着,谁要是碰她,他就打人。

一开始,有年纪大点的孩子笑他。

"看,谢琛背着女孩子喜欢的洋娃娃呢!"

"那不是娃娃,是他的妹妹。"

"不是他妹妹,是他的孩子,哈哈!"

"谢琛背着他的孩子哈哈!到哪儿都舍不得放下哩!"

"你们看,他像不像一只蜗牛,背着一个重重的壳?"

后来,即使是大孩子也被他这个小不点儿教训得很惨,再没人敢说了。

而谢儿就这样趴在哥哥的背上,咿咿呀呀,抓抓手、踢踢腿,看着哥哥看书做实验,就这样,慢慢会说话会走路了。

这时候的小孩更加难管,谢儿又找了柔软的布条,一端绑在自己身上,一端系在妹妹腰上,他学习和做事,她就绕着哥哥转圈圈,有时扑腾扑腾走远了,被布条给扯回来。

妹妹和他的性格不一样。或许是被他保护得厉害,她很胆小,总是揪着哥哥的衣角,躲在他身后,探出脑袋怯怯地往外看。

她是那群孩子里年龄最小的,没有爸爸妈妈看护,哥哥或亚瑟伯特不在时,免不了被其他的大孩子推搡或孤立,渐渐地,她也不爱说话,很多时候只是点头摇头。

但不会有人敢真的欺负她。

她上幼儿园的那段时间,就是这样。

最小的她总是一个人坐在角落里,安静地望着园里的孩子们玩,望够了就自己跑到门口往街上望,小小一个揪着栏杆,拧着细细的眉心,咕哝:"哥哥怎么还不来接我呢?"

孩子们之间总有磕磕绊绊,她也不哭不闹不生气,表情呆呆的,大家都以为她是个傻娃娃。

直到谢琛出现在幼儿园门口,她的眼睛才闪了光,稚嫩地喊:"我哥哥来接我啦!"

她小鸟儿一样飞扑过去,表情却瞬息万变,小小一坨死死抱住哥哥的腿,放声大哭,指着幼儿园里的孩子就嚷:"他打我!"

也不管是谁碰了她一下,抢了她的筷子,弄脏了她的小手帕,撞倒了她的水杯……各种罪行都变成言简意赅的一句告状:"他打我!"

小小的人儿,哭声却响,矮矮一个抱住哥哥的腿不松开,鼻涕眼泪全往他裤腿上蹭,哭声极尽伤心,那个可怜悲伤哟,小手颤抖着一个个地指,仿佛受了天大的委屈。

孩子们看着高高的谢琛,全吓住,摆着手争辩:"没有打她呀!"

"他们打我!"她号啕大哭,心碎死了,一屁股坐在地上,抱住谢琛的脚,小腿乱蹬,十足蛮横的混世小霸王。

谢琛当然把她指过的孩子都揍一顿,然后谢儿不哭了,心满意足了,乖乖爬到谢琛的背上,让他给背回去。

回家的路上,小家伙一边听哥哥给她唱歌讲故事,一边把鼻涕眼泪往哥哥背上蹭。

他背着她,柔声问:"谢儿今天在幼儿园有没有听话?"

她小手揪着哥哥的肩膀,很骄傲:"没有。"

"有没有乖?"

"也没有。"她得意地仰着头,鼻音很重,瓮声瓮气的,小鼻子凑到哥哥的T恤上蹭了蹭鼻涕。

他见她要滑下来,托住她的小屁股往上颠了一下,她急慌慌赶紧搂住。

"不听话就不听话,我们谢儿想怎样就怎样。"他说。

"嗯。"她用力点点头。

"有没有和小朋友玩?"

"还是没有。"她动静很大地别过头去,软软糯糯地咕哝。

"那你在幼儿园干什么?"他回头看她。

"在想谢琛啊,"她小手伸到他面前,乱抓抓变花样,"想你怎么还不来接我呢。"

就这样,他温声细语,她嘀嘀咕咕。

他背着她,从夕阳微朦的暮色中走过。

春天过去了,秋天来了。一天又一天,幼儿园的孩子们一边抹眼泪,一边委屈:

"为什么我没有谢儿她那样的哥哥,我去找妈妈要。"

后来谢琛离开 Artland 基地,谢儿跟着妈妈进了实验室。虽然有妈妈照顾妹妹,但谢琛并不太放心,每天给她打电话。

妈妈发现孩子们经常通话后,不准,认为会分心,掐断了兄妹间的联系。

谢琛便暗地里叫人给她传信,也常常特意赶回来看她,直到稍微大一点,兄妹俩都拥有了更多的权力,才有了可以每天通话的机会。

一开始,那么小的孩子哪有天生喜欢枯燥实验的?

有次通话,谢儿对他说:"谢琛,我不想待在实验室里,我想出去玩。你为什么不带我一起?"

那时,作为哥哥的他,有和所有家长父母一样的想法。

他尤其这么想,妹妹性格柔软,要在组织里有一席之地,只有科研这条路。不然,她的美貌和柔弱会成为一种灾难。

所以他对她说:"我们谢儿那么聪明,你要是不愿意,S.P.A. 损失真大啊。我还想看看,我们谢儿能做到哪种程度呢!还想听别人说,我们谢儿有多厉害呢!"

她静默了一两秒钟,立刻斗志昂扬:"我一直都为哥哥骄傲,我也希望成为哥哥的骄傲呢!你好好看着哦,我会努力的!"

后来,谢琛再从别人口中听到妹妹的消息,便是:兰斯洛特家的那个女孩,别看她闷不吭声,小丫头比她哥哥还厉害呢,七岁就把 AP 系列药物从十三种拓展到了十七种,知道这给组织创造了多大的价值吗?

谢琛在电话里把他听到的话告诉了她,她立即反驳:"胡说,哥哥最厉害。我哪里能和哥哥比?"

谢琛爽朗地笑了:"傻丫头,听到这种话,你知道我多开心吗?"

每每回去看她的间隙,他发现,一年又一年,这个妹妹渐渐长大,渐渐比他记忆里的,更漂亮,更安静,也更沉默。

仿佛,电话里的是一个妹妹,见到面的是另一个。

她十三岁生日前夕,他回去看她。

她又长高了很多,一袭白裙子立在欧式雕花的栏杆边,有点紧张又拘谨地看着十八岁已然成年了的哥哥。

相对好久,她只是抿着唇笑,好久才羞怯地唤:"嗨,谢琛。"

他对她表现出来的生疏并不介意,微笑上前,拥她到怀里,轻轻拍拍她的肩膀,她便微笑,头一歪,靠在他肩膀上。

一瞬间,那个亲密无间的妹妹就回来了。

他从不担心她会和他生疏,而比起这个,更让他觉得隐忧的是,一次次,她和那对双胞胎，也更亲近了。

她小的时候，他不在意。毕竟他不在她身边，而她太柔弱，有亚瑟和伯特在，没人敢欺负她。

可她一天天长大，身材抽得亭亭而苗条，胸脯也有了玲珑的曲线，她是一个小姑娘了。那对双胞胎男孩也长成了少年，变了声音，拔高了个子。

她却似乎没有那么清楚的性别观念。

有时，她在前面慢慢走，伯特从后边跑过来，揉一下她的脸又瞬间跑开，她只是极轻地瞪一眼，没了；有时，亚瑟和她分别，手搭在她的腰上，唇凑过去亲亲她的脸颊，她也安之若素。

她生日 Party 那晚，谢琛看到，她几乎不和同龄人说话，来的玩伴都谨慎小心，看着亚瑟和伯特的脸色说话行事。

这样的气氛太诡异，谢琛找了人问话。那人说："上次有人嘲笑她是书呆子，运动能力差，下场可惨了。"

谢琛问："她的反应呢？"

"没反应，早习惯了吧。"

这让谢琛忧心。

那天，生日 Party 只持续了半个小时，妈妈过来斥责，没收了她所有的礼物。谢琛说了半天的好话才没让她被关黑屋。

Party 上，人一个个被轰走时，谢琛觉得无力，可看看妹妹，她很安静，很沉默，一点都不生气。

正因她不生气，才叫他更加不安。

小孩子都会趋利避害，在她的世界里，严苛的父母和调皮的同伴都是害，处处顺着她哄着她宠着她的亚瑟和伯特才是利。

果然，一眨眼，她不见了，和亚瑟、伯特一起消失了。

他像疯了一样，从没有那么说不出缘由的紧张，找了她一个晚上。直到第二天上午 6 点，她准时出现在实验室，穿着小小的白大褂做实验。

"昨晚去哪儿了？"他围着她转，吾家有妹初长成一般忐忑。

"亚瑟和伯特带我去帝国之星上玩了。"她倒是诚实。

他脑子蒙了一瞬："整个晚上？"

"嗯。"

"你们……"他声音有些虚，"在干什么？"

"看星星，放烟火，吃蛋糕，嗯，很甜。"她盯着显微镜，平静地一五一十地回答。

他仿佛松了口气，又仿佛更加不安，围着她走来走去，却蓦然发觉像是回到了小时候，倒了个个儿。那时，他站在实验台前，她和他用一根线系着，以此为半径，一岁的她绕着他学步转圈圈。

他看着妹妹清丽的侧脸，忽然就笑了起来。

她愣了一秒钟，抬起头看他，不用问就明白，也笑了。

她似乎是开心的，忍不住多说了一些："上星期，亚瑟他们偷偷带我去了一座很高的山上，看得到外面城市的夜景，好漂亮。可惜只待了两天，回来还被妈妈关了黑屋，但我一点儿都不难过，还很开……"

"你和他们在山里待了一天一夜？晚上住哪里，搭帐篷？"谢琛脸上的笑意瞬间收敛，那两个十六岁的男孩，该明白的都明白了。

"嗯。"她不觉得哪里不对，"哦，我好喜欢帐篷，我让他们给我在实验室里搭了一个，我带你去看……"她放下实验器材，拉着他往休息室里屋去。

他把她扯回来，脸色阴沉："他们有没有欺负你？有没有把你怎么样？你跟哥哥说，不要怕，"他急得用力握住她的肩膀，眼睛都气红了，"要是……我杀了他们。"

她被他的气势吓到："什么怎么样？要是……是什么？"

"就是那个……"谢琛噎住，不知该如何解释，心里也渐渐惶恐，他蓦然发觉，她不像外面世界的人，也不像 S.P.A. 组织里的人，更像一个与世隔绝封闭成长的狼孩。

他拉了高脚凳坐下，告诉她迟来的女孩教育："谢儿，我好像忘了教你，女孩子长大了就不能离男孩子那么……近。你以后，要记住。"

她戳着笼子里的小白兔，很乖："我都不和别人讲话呢，也没有人会靠近我。"她说得悠然，丝毫不孤独的样子。

他默默看着，忍住一丝心痛。

他看得出，她像放在真空玻璃罩里的花儿，没人能靠近。他其实想暗示她不要和亚瑟伯特走得太近，张了张口，却不忍心。

或许她的世界里，只有这么一点安慰了。

谢琛沉默一会儿，闭了闭眼，换个说法，问："亚瑟和伯特，你选哪一个，喜欢哪一个？"

她停下来，迷茫又困惑："为什么要选？"

谢琛的心再度一沉，却没立刻回答。

她从小没人管没人教，他太早离开，母亲除了责罚便是责罚，她没有朋友没有亲人，被亚瑟和伯特的圈子禁锢着长大。

她完全没有系统的关于爱情人生世界的价值观念，即使是对"研究"和她口中的"亲人",她也没有多大的悲喜,像一个机器人完成她该做的程序。

他不知该从何说起,她的世界观,又怎么可能几句话颠覆?

他竭力一笑,从背后拿出一块漂亮的蛋糕:"先不说这个了,昨天,你还没来得及吃我给你的蛋糕,就不见了。"

她接过花花绿绿的盒子,听言,一下内疚得不敢看他。他看出来了,心里百感交集,欣慰,担忧,又莫名地惆怅和失落。

她拆开来,蛋糕上画着一个小男孩,牵着一个小女娃,画得丑死了:"不会是你自己做的吧?"

"那么难看?"他倒是有自知之明,凑过来。

"是画得挺难看的,但颜色搭配得真好。"她眼睛里亮光闪闪,"真喜欢。"她很舍不得似的咬了一小口,甜丝丝的。

"哥哥的东西总是最好的。"她说。

一句话让谢琛莫名放了心,从兜里拿出相机递给她:"喏,这是生日礼物。"

"怎么又是相机?"她转身去柜子里拿出另一个几乎崭新的,"上次送的都没有坏呢。"

"用过吗?"他打开,看里面的照片。

第一张就让他忍俊不禁:她用了自拍功能,被闪光吓到,惊讶地眯起一只眼睛,龇牙咧嘴的,却很漂亮,像只炸毛的可爱小动物。

他扑哧笑,往后按。

下一张是试管架,放着酚酞石蕊之类的,五颜六色冒着泡泡,很漂亮。

再往后,却没有了,只有两张?

"没了?"他微愣,"不是让你把喜欢的都拍下来吗?"

"好像也没什么喜欢的。"她平常地说,眼珠一转,把相机拿过来,对着他"咔嚓"一下,他没反应过来。

谢儿看着相机里表情愣愣的谢琛,抿着唇笑:"好啦。"

谢琛笑得苦涩,把这次的相机推给她:"今天送的这个和那个不一样,你看看。"

"可我看它们两个长得一样呢!"她瘪瘪嘴,但还是听他的,认真打开。

一瞬间,她黑亮的眼睛里便全是惊喜。小小的相机里装着大大的世界:热闹的大街,花花绿绿的行人,缤纷的嘉年华,绚烂的舞台,还有他的大学和同学,很多人在一起……

这就是外面的精彩?

一张又一张,她看了不知道多久,满心欢喜。

看到其中一张,他和同学们一起过圣诞,他的同学都比他大很多,只有一个,看上去像个小小少年,双手插兜立在缤纷闪耀的圣诞树前,皱着眉,像在鄙视圣诞树。

谢儿指着这个身影料峭的白衬衫少年,好奇:"他不喜欢圣诞树吗?多好看啊!"

谢琛瞥一眼,笑了:"他说圣诞树是毁坏森林,彩灯和礼物是浪费资源。"

"有人会不喜欢彩灯和礼物?"她费力地琢磨几秒,懵懂而茫然。"毁坏森林"和"浪费资源"这种词对她来说,很陌生,也很新奇。

她想了一会儿,点点头,脸很红,小声嘀咕:"也对呢。"她抬头看他,"这就是哥哥经过的风景吗?好漂亮!"

"嗯。"谢琛微笑,拢住她的肩膀,"谢儿,以后,哥哥带你出去,去外面生活好不好?"

"真的?"她又惊又喜,"可以带我出去吗?什么时候?"

"等你长大一点,"谢琛摸摸她的头,神色莫测,"也等我再长大一点。"

谢儿不明白:"哥哥十八岁,已经是大人了啊!"

"还不够,"他说,"还不够。"

她想问等到什么时候,但终究没问,只是乖巧地点点头:"嗯,我慢慢等。"想了想,又问,"亚瑟和伯特一起吗?"

谢琛微愣,斟酌半晌:"他们不想让你出去。那你,想跟着谁呢?"听上去似乎有些失望。

她急忙争辩:"当然是哥哥了。"说完,又思想斗争了,"那我可以一直在外面,偶尔跑回来看他们吗?"

"如果你回来,他们还会让你出去吗?"他问。

她蒙了,愣好久,下定了决心似的:"我想和哥哥一起。我想一直都跟着哥哥。"

言家宝宝的养成方式

（一）

很多年后，言溯先生带着他家的言宝宝散步。快到家的时候，经过一条冰封的河流，冰层很厚，走在上面有些滑。言宝宝坐在小鸭子学步车里，被爸爸拖着走。

言先生望着漫山的白色，想给宝宝讲故事，于是就说："宝宝，爸爸给你讲童话。自然界的同一种物质，相同体积下，通常都是固态比液态重。水却不是，冰就比水轻。"

还不会说话的言宝宝坐在小鸭鸭车里：？

……o(´□`)o

言先生低头看着脚底的冰面，有一条鱼从下面游过去。他继续："所以冬天，冰层浮在水面上，水底的生物还能照常存活。不然全部结冰，淡水生态系统就会完全崩溃。"他微微一笑，"所以，爸爸最喜欢的东西是水。"

言宝宝咬手指：？？

……+_+

言先生见宝宝东张西望不听话，决定要努力："我们继续讲童话，宝宝你知道吗？100%纯度的水表面的水膜比钢还硬，别说人在上面走，坦克都行。但是，这世上没有100%纯度的水。"

言宝宝吐泡泡：？？？

……⊙_⊙b

言先生讲得异常开心啦，眼睛里是雪地的白光："因为水是世界上最宽容的物质。它会主动地溶解和它接触的东西。它从不固执，它包容万象。如果不是水的包容，大到风雷雨雪，小到动植物细胞的光合作用氧化作用，都会坍塌。这个世界，就会一片死寂。"

言宝宝东张西望：？？？？

……－－ －－

他兴奋地说："宝宝你说，我们生活的大自然，多么的神奇哇！"

言宝宝望天：？？？？？

……＝ ＝

言先生牵着小鸭子的车在冰面上继续走："宝宝，以后别人问你你听过的最美的童话是什么，你就要记得，是爸爸刚才给你讲的，叫水的故事。"

言宝宝：ZZZZZ……

（二）

某天，言溯先生蹲在家门口用油漆刷篱笆，言宝宝坐在小鸭鸭学步车里，晃悠悠地学走路。小鸭鸭车上系了一根绳子，末端牵在言先生手里。

言先生把小鸭鸭拉过来，对车里的言宝宝说："过来，爸爸教你刷篱笆。告诉你，刷篱笆不是谁都干得好的呢。"

言宝宝在学步车里扑腾扑腾……

言溯眉梢轻抬，很是骄傲："我还没见过谁的篱笆刷得比我好的。"

言宝宝歪着头，看着那一排漂亮的白色篱笆，眨了眨黑溜溜的眼睛，半晌，表示没兴趣，蹬着小短腿往外扑。

言先生继续得意："你妈妈曾经对我说，'为什么你做什么事都那么好？言溯，你真的是个天才。'"

言宝宝：……

"但是她把顺序弄反了。"言溯一扭头，见言宝宝扭着小屁屁，趴在学步车里骨碌碌地滚远了，很不满意宝宝不认真听讲的态度，一拉绳子，小鸭鸭车里的宝宝滚回了原地。

言先生继续演讲："不管做任何事情，无论大小，我都习惯把它当成一件打上了我名字的作品。百分百地投入。不管是为何而做，为谁而做，只要是出自我的手，我就要把它变成艺术。它就是刻了'言溯'名字的作品。"

言宝宝扑扑要走开，又被爸爸扯了回来。

言先生微微眯眼，回忆："那时候，你妈妈说：'如果人人都是你这样，就没有瑕疵品，也没有假冒伪劣了。'"

言宝宝放弃了学走路，捣鼓捣鼓学步车上挂着的油漆桶。

言溯刷完几排，往旁边挪了一步，言宝宝"拎"着油漆桶跟着挪一步。

言先生傲慢地说："知道我是怎么回答妈妈的吗？"

言宝宝歪着脑袋，懵懂地看着爸爸，可注意力只集中了半秒钟，就含着小手指，一边吐泡泡一边东张西望。

言先生继续傲娇："所以，大部分人都是碌碌无为的平庸之辈，然后说我是天才。"

言宝宝：……

言先生摸摸宝宝的脸："宝宝，不管你以后做什么事，每一件都要当作是印着你名字的作品、艺术品哦！这样，你就会是天才。"

言宝宝蹬着腿，望天：爸爸，我要先学走路哇……

（三）

言宝宝两岁的时候，过圣诞节。

言先生单手抱着小宝宝从街上走过，言宝宝趴在爸爸肩头咬小手，乌溜溜的眼珠望着街道两边的圣诞树，问爸爸："爹地，为什么我们家没有圣诞树？"

言先生说："我们要保护森林。"

言宝宝蹙着小小的眉心，这是什么意思？

街边的推销员凑过来："买棵圣诞树吧，绿色回收的。"

言宝宝立刻扭过身子，盯着圣诞树扑闪扑闪眨眼睛。

言先生："……"

嗯，买一棵吧。

夜晚，言宝宝扑腾着小手小腿，往自己的床脚挂长筒袜。

言先生问："这是干什么？"

言宝宝仰着小脑袋："等圣诞老人给我送礼物。"

"宝贝，"言先生蹲下来，摸儿子毛茸茸的头，"爸爸告诉你，圣诞老人其实不存……"

"圣诞老人觉得我不是乖孩子，所以不给我送礼物吗？"言宝宝眼泪汪汪的，黑黑的眼珠里噙着闪闪的水滴。

言先生说不出话来，半响，手掌握住言宝宝的脑勺，把他抱进怀里："其实，圣诞老人要给你送很大一份礼物，因为小小溯一直很乖。"

深夜，言宝宝乖乖地缩在被子里睡觉了。言先生蹑手蹑脚走进宝宝的房间，来来回回运了一堆的礼物在宝宝床边，最后，在他小小的脸蛋上，轻轻一吻。

（四）

两岁的言宝宝趴在小桌子上睡着了，面前放着打开的书——达尔文的《物种起源》。

（作者的眼神＝＝）

言溯坐在台灯下看书，从书里抬起头来，见言宝宝小小的脑瓜歪在书页里睡了，放下书起身，过去轻手轻脚地托起宝宝小小的身子，把他揽进怀里。

言宝宝在睡梦中自动地伸出短短的小手，习惯性地搂住爸爸的脖子，拱了拱，在爸爸的手臂里找了个舒服的姿势，不动了。

言溯小心翼翼地把他抱到儿童卧室，放到床上，又把宝宝的手从他脖子上轻轻掰下来，给宝宝掖好了被子。

小枕头上一小颗毛茸茸的小脑袋，呼呼地睡着。言宝宝的睫毛长长卷卷的，在白嫩嫩的脸蛋上留了一小片阴影。他的头发和言溯不一样,是亚麻色的,还有点儿卷,很可爱,像大熊言小溯。

言溯低头在儿子头上吻了一下,走出了房间。

回到书房看了一会儿书,听见房门被谁轻轻推开的声音。

他再度从书里抬起头来,目光沿着门缝下滑,又下滑,就见小小的宝宝从门外探出小脑袋,小脚丫踩在小板凳上,踮着脚尖,伸着手,费了好一番力气才拧开门。

小家伙穿着卡通的小熊睡衣,揉揉眼睛,从小板凳上走下来,嘟着嘴,有些委屈地看着爸爸。

言溯放下书,走过去在他面前蹲下,目光和他齐平,揉揉他卷发的小脑袋:"怎么了?害怕?"

"不是。"小宝宝脸蛋嘟嘟的,声音又软又糯,有点委屈,"爹地,你还没有给我晚安吻呢。"

其实爸爸给了,可你在睡觉啊。

言溯把言宝宝搂过来,小家伙站不稳,一下子扑到爸爸怀里。他单手把儿子抱起来,又拿起小板凳,哄:"那我们再来一次吧!"

言溯把宝宝抱到小床上,掖上被子。小家伙黑溜溜的眼珠期待又开心地盯着他,那么的纯粹。

他低头,在宝宝的额头上深深吻了一下。

刚要起身,小宝宝搂住他的脖子,在爸爸的脸上给了一个大大的Mua:"爹地,我也给你一个晚安吻。"

他笑了,使劲揉揉他的头。

小宝宝咯咯地笑,稚声道:"爹地,还有哦,我今天学了一首歌,我唱给你啊。"

I climbed up the door and opened the stairs.

I said my pajamas and put on my pray'rs.

I turned off the bed and crawled into the light.

and all because you kissed me goodnight.

Next morning, I woke and scrambled my shoes.

I shined up an egg, then I toasted the news,

I buttered my tie and took another bite.

and all because you kissed me goodnight.

(我爬上了门,打开楼梯。

穿上裤告,说完了睡衣,

然后关了床,钻上灯。

全都因为你吻了我道晚安。
第二天早上我醒来,搅了鞋,
擦亮鸡蛋,烤几片新闻,
我连左右都分不清,
全都因为你吻了我道晚安。)
宝贝,我很开心,全因你吻了我道晚安。

(五)

中午,言先生立在厨房里,有条不紊地做饭。大理石台子上井然有序地摆着小天平、量杯、滴管、直尺等各种器材。

台子这边,言宝宝坐在高高的儿童椅上,咬着勺子,瞪着乌溜溜的眼睛,好奇地看着爸爸。爸爸卷着衬衫袖子,站得好笔直,像棵大树,他要努力地仰着小脑袋才看得到呢。

爸爸转过身去烤奶酪了,言宝宝眼珠一转,探着小身子,手一抓,抓住了试管架上的小试管,拿起就往嘴里倒:"啧啧。"

味道好好哇!

言先生听到声音,回头:"小朋友,你把我的调料吃了。"

言宝宝眼睛亮闪闪的:"爹地,好好吃。"

言先生无奈,摇摇头,重新调配,又把器材移到另一边,言宝宝小手够不到的地方。

言宝宝乖乖坐着,见爸爸又转身烧番茄牛肉酱了,趴到台子上,小手一抓,抓住小小的蛋糕盘子,一只小手指按上去,小心翼翼拖过来。

言先生做好了意大利面,一转身,见言宝宝眼睛黑溜溜的,乖乖看着他,嘴巴上全是奶油和蛋糕屑。不远处的蛋糕盘子上盖着一层餐巾。

言先生欠身,手指往他嘴边一勾,摸下来一抹奶油:"奶油蛋糕刚才咬你了?"

言宝宝嘟着嘴,抗议:"爹地,不公平。"

"噢?"他坐在高凳子上,放一盘泥巴状的意大利面在桌子上,"什么不公平?"

言宝宝抹抹嘴巴:"妈妈喜欢吃蛋糕,你就准她吃。"

言先生忍了一下,低头,嘴角就有了淡淡的笑,抬头又看对面的小宝宝。和小爱一样黑黑的眼珠,和小爱一样爱吃甜食的习惯。

"没有不准你吃。"他把意大利面推到宝宝跟前,"得先把正餐吃完才行。"

言宝宝盯着盘子,小小惊恐地看着爸爸:"爹地,这不是意大利面,这是意大利泥巴!"

"我当年就是这个反应,"言溯挑眉,长手从桌子越过去,揉揉小宝宝绒绒的卷发,"不错,是我儿子。"

(六)

冬天,山里又下雪了。

言溯睡眠不好,五点就醒了,照例在晨起之后出门去山里散步。下楼的时候望了一眼窗外,虽然还早,但因为下雪,外边很亮,很美。

走到门口,却见玄关里,有只小动物窸窸窣窣的,是他家的小宝宝。

言宝宝只套了一件薄薄的羽绒服,正笨拙地给自己系小围巾,小小一只,毛茸茸的,活像一只挖洞的小雪兔。

言溯走过去时,小家伙已装备好,在给自己穿小雪地靴。

靴子厚,有点难穿,他一蹬脚,小身板就歪了,小手抓着靴子和脚,手忙脚乱,一只在地板上歪歪扭扭,滚来滚去。

"在干什么?"言溯问。

听见爸爸的声音,言宝宝一回头,立刻欢欢喜喜地扑过来,鞋子歪歪扭扭地甩掉了也不顾,一下子扑到爸爸腿上,树袋熊一样紧紧搂住他的腿:"爹地!"言宝宝仰着小脑袋,黑眼珠乌溜溜的,声音又软又糯,"我要和爹地一起去,我要和爹地一起。"

言溯俯身,摸摸言宝宝热乎乎的小脸蛋,分明还带着被窝里的热乎气儿,哄:"可是要走很远哦。"

"要一起,要一起。"小家伙两只脚蹦着跳啊跳,在爸爸腿上直蹭,"要和爹地一起。"

"好吧。"言溯拿他没办法,蹲下来,给言宝宝穿鞋。小小的脚握在手心,软软的,往绒绒的雪地靴里一塞,就溜进去了。

"爹地好厉害,我自己都穿不好。"言宝宝张大了眼睛,崇拜地看着爸爸。

言溯笑了,揉揉他的卷发,拉他起来:"走吧。"

山里很美,一切都笼罩在皑皑的白雪下,银装素裹。

言溯通常都会走很远,但这次考虑到小宝宝在,还是缩短了路程,又选了一条雪比较浅的路,跟着小家伙急匆匆却其实慢吞吞的小步伐,缓缓走着。

有时候言宝宝被路边的景色吸引了目光,如树枝上掉落的积雪、忽然振翅而飞的小鸟,言溯便立在一旁等他,也不打扰。他依旧双手插在风衣兜里,身姿挺拔而高挑。

某个时刻,他缓缓走着,却听见言宝宝小声怯怯地唤他:"爹地……"

回头一看,调皮的小宝宝不知什么时候走偏了路,踩进了深雪区,整条小短腿都被积雪淹没了进去。好不容易自己抽出一条腿,要迈开,"咚"一踩,又把雪地踩出一个深深的洞。

言宝宝一动不能动,像栽在雪地上的一棵小树,可怜巴巴地看着爸爸,等待救援。

言溯忍不住笑,走过去抱住他,轻轻一提,跟拔葱似的把他拎了出来。小家伙慌忙低头,好奇地看着那两个深深的洞。悬在半空中,还不忘拿手指指,兴奋地喊:"爹地,雪和我的腿一样高呢!"

言溯拎他出来,拍干净他腿上的雪,又拍拍他的脑袋,小家伙立刻再度欢乐地跑进雪地里了,像只小鸟儿。

但这样的精神劲儿并没维持多久。

小家伙起来得太早,没多久就累了,哼哧哼哧喘着气,脚步越来越慢,一下子望天,一下子转圈圈。

走了一会儿,言宝宝终于鼓足力气,跑到爸爸跟前,奶声奶气地撒娇:"爹地,我走不动了。"

"哦。"言溯答。

言宝宝愣怔一秒钟,见爸爸继续往前走,再度跑过去,声音又糯又急:"爹地,我走不动了,真的走不动了。"

他跺跺脚,小小的雪地靴在雪地里踩出一串串小梅花,像小狗的脚印。

两岁的小孩儿,还很娇气,尤其是他在的时候。

这一点都不像他,也不像他妈妈。

言溯低头看他,言宝宝小小一坨站在他脚边,箍着他的腿不肯走,见爸爸眼神看过来了,立刻伸出短短的小手求抱抱,小腿儿乱跳:"爹地,抱抱!爹地,抱抱!"

小家伙很着急,生怕爸爸不理他似的。

言溯想让他自己走,可看着小孩儿黑漆漆又慌慌的眼睛,心里软软的狠不下心,最终弯下腰,单手往言宝宝的腿后边一拢,就把他抱了起来。

言宝宝不用走路了,一下子有了依靠,欢欢喜喜地搂住爸爸的脖子,小嘴在爸爸脸上亲一口:"爹地!小小溯爱爹地。"

言溯微微一笑,歪头蹭蹭小家伙毛茸茸的头发。半晌,问:"记得爸爸以前给你讲过的水的故事吗?"

"嗯哪。"言宝宝在爸爸怀里点小脑袋,"水是大自然最包容的物质。"

小孩儿声音糯糯的,"我以后要像水一样。"

"好。"言溯微笑。

言宝宝在他怀里拱了拱,软软地说,"但其实,我以后更想像爹地一样呢。"

言溯一愣,心里像被什么暖暖的小东西撞了一下,不说话了。

言宝宝起得太早没睡好,有些困了。爸爸的怀抱好温暖,他小小的一团,坐在爸爸的手臂上,动了动,找了个舒服的姿势,趴在爸爸的怀里,渐渐睡意浓了。

小小的雪地靴在爸爸的风衣上蹭蹭。

"爹地,"言宝宝在睡梦中咕哝,"我以后要像你一样。"

言溯、甄爱和他们的小海豚

很多年后，小小溯也能清晰地记起他度过的每一个圣诞节，尤其是初雪的那个圣诞节。

圣诞前夕，天蒙蒙亮，他就醒了。

他抱着小海豚玩偶从床上爬起来，壁炉里的火还很温柔。他溜下床，爬到窗台上往外望，山林里雾蒙蒙的，没有太阳，隐约看得到常青松树墨绿色的树梢。

他从窗台上蹦下来，脚钻进毛绒靴子里，跑出房间，到爸爸的房门口敲门，仰着头呼唤："爹地！妈咪，圣诞节到了。"

里面传来妈妈的声音："圣诞节到了。"

他拧开门，欢乐地跑进去蹦到床上，钻进爸爸妈妈的被子里打滚。爸爸妈妈在他的脸颊两边给了两个早安吻。

他问："可是爹地和妈咪的早安吻呢？"

"已经亲过啦。"妈妈脸有些红，拧他嘟嘟的小脸。

"那个不算。"爸爸却这样说。

小男孩趴在被子上，张着嘴巴仰望，看着爸爸把妈妈搂过来，温柔地亲吻。他们合着眼睛，嘴唇碰着嘴唇，很轻很柔很认真，吻着吻着，就微笑了。

他记得，那是一个很美好的吻。

早上六点，一家三口准时起床，小小溯穿好羽绒衣戴好帽子，换了雪地靴，和爸爸一起出发。

妈妈送他们出门，临行前踮着脚亲了亲爸爸的下颌，与他吻别。

他小小一个立在爸爸脚边，仰头望着，耐心等待；妈妈俯下腰，亲亲他柔柔的脸蛋，正了正他的毛绒帽，说："加油，小男子汉，记得快点回来吃早餐。"

他重重点点头，把小手交给爸爸，拿上工具一起出门。

冬天，室外温度很低，可他一点不觉得冷，扑腾着小短腿，飞快跟着爸爸的脚步。呼出的热气像棉花一样在他面前飞，真有趣。

很快到了目的地，是爸爸买下的冬青树林，这样每年他们都可以用自己家种的圣诞树。

爸爸让他选了棵他喜欢的，然后动手挖。其实，两父子都不想砍树，便在林木工人的帮助下把树搬到移动土壤里，等新年再种回来。

忙活一会儿，小家伙因为运动，脸蛋红扑扑的，像苹果。

树移到树盆里后，还得给它修剪枝丫。

小男孩站在高高的架子上，学着爸爸的样子给树剪枝。在他眼里，爸爸干什么事都是专注认真、心无旁骛的。

"爹地,你担心她吗?"他站在爸爸脚边,挥舞着小锯子。

"谁?"

"Ai。"他调皮地学习爸爸对妈妈的称呼。

爸爸忍俊不禁,问:"担心什么?"

他有些热,抓抓围巾:"妈妈说不要你帮忙,要一个人准备圣诞大餐哦,这不值得担心吗?"

"你是说这个。"

"嗯,万一很难吃怎么办?"他吐吐舌头,小声咕哝。

"不是有玛利亚小姐帮她吗?"

"玛利亚小姐能扭转局势吗?"

爸爸淡淡笑了,拉他到身边,给他解下围巾,问:"如果难吃怎么办?"

小家伙脸红扑扑的,呼着热气,问:"如果我长得很难看,爸爸妈妈会不要我吗?"

"当然不会。"

"那我当然会开心地吃。"

很快,在工人的帮助下,他们把树运回了城堡。

路上,爸爸招呼他:"小海豚,快点儿。"

父母都爱给自己的孩子起动物昵称,比如小猴子、小猫咪、小兔子之类的。

他哼哧哼哧跑过去,揪住爸爸的裤腿,扑腾腾地走:"爹地,你会用什么形容妈咪呢?"

爸爸迟疑一下,极淡地笑了:"蜗牛。"

"因为蜗牛反应慢吗?"

"……"爸爸弯唇,"有一部分吧,但主要是别的。"

"是什么呢?"

爸爸低头,看看脚边仰着小脑袋的他,看着那双酷似他妈妈的黑眼睛:"给你讲个故事,从前,有一只小蜗牛,她身上背着很重的壳,她总是走得很慢很慢。有一天,一只小毛毛虫经过,看见了小蜗牛,就问:你怎么背着那么重的壳呀,你看我,没有壳,跑得可快了。小蜗牛就说:因为你会变出翅膀,有天空保护你。小毛毛虫就走了。"

爸爸的嗓音低醇干净,和着雪地上清朗的风声,有种安宁的意境:"又一天,有只小蚯蚓经过,问:你怎么背着那么重的壳,你看我多轻松。小蜗牛就说:因为你会钻土,有大地保护你。再后来,有只小鱼也问:你为什么背着壳,你看我游得多快。小蜗牛说：你会游泳，有海洋保护你。她说：而我，只有自己保护自己。"

他听得痴痴的，鼓着小手掌赞叹："小蜗牛好厉害。"

"是。你的妈妈，是我见过最勇敢最坚强的女孩子。"雪光落在爸爸深邃的眼眸，泛着极淡的温柔，"亲爱的小海豚，你有和她一样纯净的眼睛。"

进门就闻到香香的黄油烤面包，干活那么久，他的肚子早就咕咕叫了。但妈妈并没有让他吃太多，说要留着肚子给晚上。

吃完早午餐，妈妈开始准备晚餐，小小溯和爸爸去装扮圣诞树，准备礼物。

他们往树上挂了好多的彩灯彩球，树下堆了很多的礼物，他给爸爸妈妈还有玛利亚小姐的礼物也在里面。

树下坐着一只很大的栗色毛绒熊。那是他见过的最大的熊，他还不到熊熊的大腿。第一次看到它，他都看呆了，乌黑的眼睛盯着它，一眨不眨。半响，他凑上去小心翼翼抓了抓它的脚，软乎乎、毛茸茸的。

他想，趴在大熊熊的肚子上睡觉肯定很舒服。

爸爸才把熊熊放在树旁坐好，他就立刻跑到熊熊的怀里，真的好舒服。他拱来拱去，大熊脑袋一低，把他整个儿埋了起来，他又赶紧钻出来。再一看，爸爸不见了。

他四处看，走去厨房，那里有淡淡的苹果派的香味。妈妈在洗牛排，爸爸站在她旁边，卷着袖子，手里拿着玻璃碗和勺子，在调制酱料。

小小的他立在门廊边，抱着他的小海豚，歪着头安静地看着，乌黑湛湛的眼睛里倒映着最真挚最温暖的光。

即使那时候他还小，他也莫名感觉，这样的画面真美好，温暖到了心底。

后来的晚餐，他塞了好多好吃的进肚子，他认真地计算着菠萝包上的芝麻点点和排列组合，没有注意听爸爸和妈妈的对话。

只隐约记得，爸爸和妈妈时不时说着话，谈论着火星微生物分子结构物质之类的东西，语调缓缓的，轻轻的，安逸而放松，像是一首遥远的歌谣。

那时候，炉火温暖，窗明几净，果蔬飘香，夜晚静好。

夜晚睡觉前，爸爸和妈妈挤在他的小床上，一起给他讲述福尔摩斯的故事。等到他要睡觉时，爸爸妈妈照例给他晚安吻。这时，妈妈忽然看向窗外，说："下雪了。"

爸爸把他从床上抱起来，放到窗台上去。

妈妈也坐在窗台上，推开窗子。

他在爸爸和妈妈的怀里，屏着气仰望。

墨蓝色的夜空，一小片一小片的雪花缓缓飞旋而下，美得清晰而纯粹。很快，雪花越来越密集，越来越大，晶晶亮亮地从夜里砸下来，看得他呼吸都急促起来。

他嚷："这是我第一次下雪的圣诞节。"

妈妈说:"初雪在圣诞,明年会是幸福的一年。"

是啊,圣诞就应该下雪啊!

爸爸说:"以后每一年都会是幸福的。"

他听了,抬起小脑袋去看,看见妈妈靠在爸爸的怀里,头枕在他的肩上,注视着他,爸爸也凝视着她。

有时候,爱不用说出来,就那样静静的,就能被感觉,像呼吸一样。

他记得,那时候的感觉,就叫爱。

窗外的白雪,窗边的他们,美得从此刻进了记忆。

他还记得,一年又一年,无数的早安吻,牵手散步,吻别,默契相望,晚安吻,很多点点滴滴,一天天沉淀,变成他们眼中与日俱深的爱意。

他是多么幸运,生在如此幸福美满的家庭。

他听说,爸爸曾对妈妈说:一天一天,你越来越美丽,等你老了,你会是全世界最美丽的姑娘。

他不懂,问爸爸:"这是真的吗?可妈妈看上去,没有变化啊!"

爸爸答:"等有一天,你遇到你的真爱,就会明白。只不过,真爱可遇而不可求,有些人,一辈子也不会遇到;有些人,遇到却错过;还有的人,一直在珍惜,一直在爱。"

他那时的确不明白,可当时间以十年为计算单位跨越,他蓦然发觉,他们一直在变化,越来越可爱,越来越懂爱,越来越有爱。

那种一生难遇的情愫,渐渐沉淀,却依然生机勃勃。

它在寒冷的窗台上,在干净的咖啡杯上,在璀璨的彩绘玻璃窗里,在黑白的琴键上,在金色的琴弦里,在厚重的书架间,在古典的走廊里,在清晨的山林……温暖地,悄悄地,成长。

风在雪地上吹,有深深的、静静的爱,在传递,在流淌,那种爱带着盛大的生命力,生生不息。

爱与旅行，永无止境

六月，如果从天上看，爱尔兰岛像漂浮在大西洋上的一颗绿翡翠。这座游离在欧洲大陆之外的岛，走到哪里，都是绿树成荫，河流纵横。

言溯和甄爱住在科里布湖边的一处草原牧场。

森林茂盛，绿地遍野。

暑假的时候，他们常常可以带着言宝宝在树林、田野、丘陵、麦田里玩上一整天，教小家伙认识很多大自然里的动植物，小花或小虫子什么的。

言宝宝学习能力很强，和言溯一样过目不忘。父子间的对话也常常让甄爱无言以对。

有次两人带宝宝去山里，宝宝小小一坨蹲在地上，拿小铲子翻泥土，观察落叶层下边的小昆虫。

言溯插兜立在他旁边，正蹙眉注视着松树上的一颗松果和枝丫上的蜂巢。

"小海豚，"他唤言宝宝，"你看那里。"

蹲在地上的言宝宝仰起头，自然而然地张开嘴巴，望了望，欣喜："松果，蜜蜂！"他黑漆漆的眼珠子闪着爱尔兰湖水般的光芒，"爹地，我常常觉得世界好神奇。"

"为什么？"言溯嘴角含笑，低头看蹲在脚边的一小坨。

"为什么大树会把它的果子结成数字排列，为什么蜜蜂可以把它们的家建筑成最坚固又省材料的六角形呢？因为它们是数学家和建筑师吗？"

"你觉得呢？"

"是哒！"他萌萌地说着，小手抓抓自己卷卷的头发。

"我也这么想。"

言宝宝刚要低头，又奇怪了："为什么我抬头的时候会把嘴巴张开呢？"

"你觉得呢？"

"因为我的嘴巴在想，哇，天空好漂亮。"宝宝说，"爹地觉得呢？"

"我觉得是脖子上的肌肉拉缩的。不过我想，还是你的想法比较可爱。"

言宝宝开心地低下头，继续挖落叶去了。不一会儿，他看中一只甲壳虫，一边蹲着挪着脚步跟它走，一边说："爹地，我们玩游戏好不好？"

"嗯……"言溯慢慢踱步，提议，"悖论？"

"好呀。爹地，我先说。"言宝宝还蹲在地上追小甲虫，"匹诺曹说，我的鼻子马上就会变长。"

言溯接话："打椅子的木匠说，椅子不是由说真话的人打造的。"

结果一大一小接下来半个小时都在讲悖论。

言溯在树林里慢慢走,言宝宝时不时挖挖树叶,时不时见爸爸走远了,又赶紧扑腾着小腿追上去。他仰着小脑袋和言溯对话,偶尔伸手抓抓他的裤子,偶尔又蹲在地上看虫子了。

甄爱跟在后边,嘴角含着淡淡的幸福的笑。

阳光透过高高低低的大树,一束束地洒进树林。

他们三个前前后后穿梭在光雾之中,空气清新,满眼碧绿。常常有鸟儿鸣叫,小动物簌簌跑过,还有他们的脚步踩在落叶断枝上清脆又温润的声音。

空气都是清淡淡的甜味呢。

她低头轻轻笑着,忽听见宝宝脆脆的声音:"妈咪,你也和我们一起玩游戏呀?"

甄爱抬头,几步开外,言溯侧着身子,眼眸安静瞧着她,小宝宝则提着小桶和小铲子,立在爸爸身边。

"她好像又发呆了。"言溯低头对脚边的小不点说。

小家伙仰着圆圆的脑袋:"妈咪为什么走路都可以发呆?"

甄爱:"……"

她几步上去,参与到他们的游戏中:"今天,我要给家里每一个不为自己做晚餐的人做晚餐。"

言溯微微一笑,将她的手握入掌心,继续缓步往前走。

言宝宝和言溯甄爱玩了一会儿,发现前边跑过一只小鹿,他追着跑到前边去了。

甄爱见言宝宝跑远,轻轻瞪言溯一眼:"你呀,天天就知道和宝宝玩这种游戏?"

"这是最基础的知识。"

"是是是。"甄爱说,"瑞典皇家科学院会给你颁发诺贝尔逻辑奖的。"

言溯颇为认真地纠正:"诺贝尔没有逻辑奖。"说完,见她低头偷偷地在笑,他慢慢回过味来,扬起眉,"哦。你是在讽刺我。"

她只笑不语。

她被他牵着,不必担心前路,便自由地仰头望天空,那么高,那么蓝,纯粹得叫她心里平静而安宁。

这样的日子,清醇得像来自远古。

七月,言溯和甄爱带着言宝宝做一次全景列车旅行。他们要乘一列全景玻璃的列车南下去西南部的山林海崖。

甄爱说,哥哥告诉过她,兰斯洛特家族是最早移民定居在爱尔兰西南部的。她想去寻找兰斯洛特家族的印迹。

这一路上,他们可以赏遍爱尔兰美不胜收的田野清溪。

登车前,他们去附近的宠物集市上走了一圈。

集市人多，言溯不让宝宝自己走了，把他抱在怀里。言宝宝对什么都好奇，坐在爸爸的手臂上左看右看，小身板转来转去。

经过一个露天水族馆时，甄爱停住脚步，贴着玻璃看里边游弋的彩色热带鱼。

"哇，这里的鱼好漂亮。"

"哼，比 Albert 难看。"这是言溯的回答。

甄爱心里磕了一下。他寻找她的那几年，曾把他的朋友小鱼 Albert 托给家人照顾，可它最终因照顾不周，死掉了。

她回头："S.A.，我们再养一条吧。你看那个，它和 Albert 长得一样呢！"

"不一样。"他看也不看，说，"这世上只有一条 Albert。"

"你要是想念它了怎么办？"

"我记得它的样子，一直记得。"他点了点脑袋，"在这里。"

甄爱不说话了，轻轻箍住他的手臂，亲亲言宝宝的脸蛋，继续往前走。

走几步，遇到了五彩斑斓的鹦鹉。甄爱看见一片彩色，眼神又被吸引过去。

言溯一眼看出她的心思："不要鹦鹉，我们已经有 Isaac 了。"

"但是，我们可以给 Isaac 找一个伴。"

言溯一愣，微微懊恼："哦。又忘了从人际……鹦鹉际关系上考虑问题。"他拿出手机，给随他们去原野牧场的玛利亚小姐打电话，"让 Isaac 接电话。"

他们通过视频，让 Isaac 挑中了一只蓝色的鹦鹉。

甄爱很开心："以后它们会生很多鹦鹉宝宝呢。"

言溯想了想，满意地说："我们也一样。"

言宝宝正趴在言溯的肩上望风景，听了这话，仰起头："我就是宝宝呀。"

"对。"言溯微微笑了，低头吻上小儿子的额头，"是宝贝。"

言溯一家人的座位在列车中部的七号车厢。上车时，车厢里有七八个拿着不同乐器的音乐家，正互相帮忙着安置背包和乐器盒子。

言溯抱着言宝宝从走廊经过，宝宝依旧好奇地东张西望。一位小提琴师瞧见了趴在爸爸肩膀上的小豆丁，惊呼："呀，好漂亮的小宝宝。"

言宝宝睁着黑溜溜的眼睛，纳闷地看了她半晌，有些害羞，赶紧一扭头，扎进言溯的脖子里不出来了。

身后的甄爱微微颔首："谢谢。"

小提琴手笑了笑，看着这一家三口，暗叹每个人都惊艳美好得像是从古典画里走出来的。

车厢里乘客很少，除了这个音乐团和言溯他们，再无他人。

列车驶出车站后，周围风景美如仙境。车厢周围都是透明的玻璃，原野上繁花盛开，湖泊小溪星罗棋布。

天空湛蓝，阳光也不浓烈，淡淡的金色从头顶落下来，温暖宜人。

"好美。像在原野上飞。"甄爱抬头仰望，高高的蓝天让人心旷神怡，她说，"晚上会是怎样的美景呢，一定繁星满天，像在太空里。"

言溯听言，抬眸看她。

他浅茶色的眼瞳里映着香槟色的阳光，清亮而澄澈。甄爱见他的眼神，忽然意识到什么，脸微微红了，轻轻别过去。

走廊旁边座位上的男萨克斯手听见，热情地凑话："对啊，这个季节可以看到美得让人惊叹的天鹅座呢！"

"天鹅座？"甄爱问，"北十字座吗？"

"对啊。还有好多呢。"萨克斯手翻看着iPad上的星座图片，给甄爱看，"绚烂的星系，是不是很美？"

"真的。"甄爱惊叹。

一旁的言溯瞟了一眼，道："你喜欢的只是处理过的图片，绝大多数的星系亮度不够，只有黑白灰，都需要后期处理。"

"……"萨克斯手一脸幻灭，"真的啊？"

言溯一副做了好事不留名的表情。

甄爱则困窘地点头："……嗯，真的。"心里默默地想，我曾经也被他幻灭过。

甄爱背后座位上的小提琴手慢悠悠地笑："他就是喜欢外表绚丽的东西，却没看见它内心单调而灰暗。"

甄爱没来得及回头，和萨克斯手坐在一起的女单簧管手也幽幽地扬起嘴角："外表丑陋也不见得就是内心美丽的标志。"

萨克斯手脸上划过尴尬的神色，附近的钢琴手大提琴手等人立刻岔开话题。

甄爱没太明白。其实，小提琴手并不丑陋，只是长相普通。不过单簧管手很漂亮，加上妆容精致，看着就赏心悦目些。

中午饭后，众人陆陆续续从餐车回来。

言溯买了冰激凌。言宝宝坐在座位上，小动物一样啄着三个冰激凌球。宝宝嘴太小，比不过冰激凌融化的速度。

甄爱帮他把冰激凌放进杯子里，递了勺子给他。

正好遇上停站，车厢新来了一位客人。是一位英俊的男士，坐在甄爱的斜对面。他上车看了一会儿风景后，拿报纸看了起来。

言溯起身去洗手间，埋头吃冰激凌的言宝宝立刻抬起脑袋目送。等言溯走了，他的目光却又被别处吸引。

甄爱见宝宝仰着脑瓜，黑眼睛乌溜溜的，也顺着他的视线看过去。原来，他望着男士手里的报纸。

斜对面的男士感受到什么，从报纸里抬头，对可爱的小宝宝微笑："你在看什么？"

言宝宝小小的指头指了一下，水滴般的眼珠一眨不眨，嫩声道："这个照片被我破译了。"

男士翻过来一看，是一个石油钻井工人的宣传照。

"什么？"男士摸不着头脑。

言宝宝已经低头下去，认真吃着冰激凌，嘀嘀咕咕："从工人的着装和现在A国的天气可以判断油田的地点在他们国家北端的苏子港和约城之间，从工人手中的工具可以判断出油田的类型，他身后油井之间的距离可以推断出油田的产量。"

甄爱微微一笑，揉揉言宝宝毛茸茸的卷发小脑袋。

那位男士大开眼界，A国的人怎会想到一张宣传照暴露了国家机密？

他惊叹："孩子，你太厉害了。"

可小家伙并不太领情，嘟嘟小嘴巴，咕哝："这只是很简单的。"

旁边的萨克斯手惊讶极了："孩子，你怎么会有这种本领？"

"爹地教我的啊。"言宝宝仰起头，骄傲又幸福，"我爹地是世界上最厉害的人呢。"

说完，乌乌的眼珠转了转，扭过身子凑上去亲亲甄爱："妈咪也最棒。"

言溯从洗手间回来后，单簧管手也回来了。她在走廊上正好迎面遇见新上车准备去餐车吃午餐的英俊男士。漂亮的单簧管手和他擦肩而过，冲他笑笑，算是打招呼。

她才回到位置上，就听小提琴手讥讽地哼一声："放浪。"

单簧管手挑眉："你说什么？"

小提琴手不看她，而是望着萨克斯手："你的女朋友刚才在和一位英俊男士调情呢！"

萨克斯手皱眉，单簧管手无辜地瘪起嘴巴："没有，只是打个招呼而已，我并没有觉得他有多英俊。"

言溯一直望着甄爱望向窗外的侧脸，听了这话，回头："事实上她说谎了。她认为刚才经过的那个男士很有吸引力。"

争论的那三人奇怪地看过来。

"她朝那位男士迎面走去时，特地把长发揽到远离男士的一边，离男士近的那一面则露出整段脖子，这极具性暗示意味。和他擦肩而过时，走廊很窄。一般女性会下意识地背对男士而过，这是性别意义上的下意识的自我保护。但她侧身时，用正面面对男士，胸脯和对方的手臂相擦而过。"

他淡定寻常地列举出一堆证据，全车厢的人都傻了眼。

"S.A.！"甄爱瞪他一眼。

言溯默默捧起水杯："当我没说。"

可萨克斯手生气了，离开座位坐去钢琴手那一桌。单簧管手脸色尴尬又难看，赶紧追过去哄。

言宝宝仰着脑袋瓜，左看看右看看，细细的眉毛蹙成一团，大人们都怎么了？

到了下午，列车离开青黄相接色彩斑斓的田野，进入茂密的森林，流水淙淙，阳光灿灿。森林挡去大半的午后阳光，绿树间一束束的光芒透过全景玻璃洒进来。列车仿佛穿梭在光之绿隧道。

车厢里非常安静，只能听到森林里的鸟叫声。

言宝宝贴着落地大玻璃，亮晶晶的眼珠好奇又专注，时不时学着鸟儿："唧唧！啾啾！"

车厢里其他人则都安静欣赏着全方位的美景。在大自然的美景前，所有人都被折服，满心欣赏与敬畏。

某一刻，车厢里传来低沉舒缓的大提琴声。

长发的大提琴手为森林的风光沉醉，不自禁地用音乐表达心中战栗却安宁的心绪。很快，其他人也纷纷加入进去。

音乐团随心而动，闭上眼睛，如痴如醉演奏一曲森林交响乐。

悠悠扬扬的音乐像阳光，温暖每个人的心房；又像泉水，滋润清凉每个人的思绪。

下午茶时间，言宝宝又吃了一份冰激凌。虽然甄爱只许他吃一球，可他还是开心极了，又吃了一小块柠檬派。

甄爱给他切着柠檬派，拧拧他嘟嘟的脸蛋，轻声说："吃那么多甜食，小心虫子把你的牙齿吃掉。"

"他爱吃甜食的个性，和你一模一样。"言溯说。

甄爱瘪瘪嘴不理他。

不一会儿，服务员过来收走餐盘。之后的旅途也是风波不起，直到半个小时后，列车重新驶上原野。

甄爱望着青一块黄一块蓝一块红一块的彩色原野，完全被自然的颜色吸引。

某个时候，她回头，见言溯蹙着眉心，目光凝在那个音乐团上。团员们聚在一起玩扑克。甄爱以为言溯在算牌。但他说："单簧管手去洗手间了。"

"所以？"

"已经四十分钟了。"

甄爱一愣。音乐团的人都在玩牌,或许这样时间过得很快,没有人注意单簧管手,连萨克斯手都专心于牌局。

甄爱起身走去车厢尽头。一个洗手间是空的,一个锁着,有人。她敲了几下门,半刻后,心里便有了不好的预感。

里边没人回应,门锁也打不开。

一群人围着洗手间,看服务员打开了门。里边,单簧管手倒在马桶上,静止不动。

萨克斯手立刻要冲上去,被言溯拦住。他探了一下她的脉搏,又看看她的脸,说:"死了。中毒。"

众人大惊,萨克斯手悲痛得大哭。

钢琴手不解:"是自杀吗?因为刚才和萨克斯手吵架,他不理她?"

大提琴手:"不至于吧。"

钢琴手指着洗手间:"这里就她一个人。没人能进来啊。除了服务员有钥匙。"

服务员吓一跳:"这和我没关系,我一直在收盘子,再说我又不认识她。"

"那就是自杀了。"钢琴手说。

很快,乘警赶来了。

乘警勘察了现场,又听了大家的话,得知单簧管手去洗手间后,只有萨克斯手去过那个方向。乘警指着萨克斯手说:"她如果不是自杀,就是你过去和她说话,给她下毒,她关上洗手间后,毒发死了。"

萨克斯手惊呆:"我为什么要杀她?"

"因为你和她有过争吵。"

"不是!"

蹲在地上检查的言溯淡淡开口:"请问,单簧管手中毒后,为什么要重新把自己关进洗手间?"

乘警一时语塞。

言溯用手帕捡起地上的口红:"顶端有剧毒的氰化钾粉末。死者是补妆时,被口红毒死的。"

"原来是这么下毒的啊。"乘警一拍脑袋,又感叹,"那就难查了。或许是有人在她上车之前涂的药呢,凶手或许不在车上。"

"在。"言溯起身,扫了一眼音乐团的众人,"单簧管手在午饭后也补过妆,那时,她并没有出事。我想,凶手很清楚单簧管手有饮食后补妆的习惯。在午饭后到下午茶的这段时间。死者的口红发生了变化。"

"凶手手上一定还有盛氯化钾粉末的瓶子。"乘警瞬间来了精神,"这个车厢里的人一个也不许走,把东西都拿出来搜。"

言溯刚准备说不用,但想了想,沉默了下去。

很快,男女乘警们分成两拨,把车厢里所有人的物品以及身体都搜寻一遍。整个车厢的座椅花瓶垃圾桶甚至洗手间的一切都找过。但并没有发现。

乘警奇怪了:"这是为什么?"

言溯道:"随身带着毒物,不方便。而且在车上给死者的口红下毒,很难掩人耳目。"

"车上不能下毒,又不是在上车前下毒。那到底是怎么回事啊?"

言溯:"上车前在一支口红里下毒,上车后,把这支口红和死者的调换。"

一下子,所有人都瞪大眼睛:"原来如此。"

"替换的那支口红,应该和死者原有的这支一模一样。不然,死者会发现不同。"言溯说,"找到和死者一样的口红,那个口红的主人就是凶手。"

可,乘警还是蹙着眉毛:"刚才我们检查氰化钾容器时把所有东西都搜过了,并没发现口红啊。除了死者,车厢里有三位女士。但这三位都不用化妆品。男士们就更不用说了。"

言溯沉默不语,走了几步,随手拿起小提琴,慢慢拉起来。

甄爱抱着小宝宝,对众人解释:"他想问题的时候,习惯这样。"

众人并不认为能有什么转机,虽然一个密室死亡案在他的解释下变得异常简单。可现在找不到口红,他的设想就无疑是天方夜谭。

乘警想了想,看向萨克斯手:"还是你,你把备用的口红扔进厕所了。"

萨克斯手喊冤:"那会堵住马桶的。"

乘警遂无话可说。

就在大家都以为要陷入死胡同时,小提琴声戛然而止,言溯平静地说:"刚才你们演奏交响曲的时候,我就感觉这把小提琴的音色不对。"

他拧松了琴弦,拿着手帕伸进琴身里。很快,他的手停住,似乎掰了一下。

等他的手拿出来时,手帕上赫然一支和死者用的一模一样的口红。

众人的目光齐齐聚在小提琴手身上,后者脸色煞白。

言溯:"只要检查这支口红,就可以找到死者的生物痕迹。"

小提琴手垮下了头:"对,是我。"

萨克斯手不可置信:"为什么?"

小提琴手抬起眼睛,泪雾迷蒙:"是我先认识的你,也是我把她带到团里来的。我把她当好朋友,把喜欢你的心思告诉她。可她知道后,立刻去追你,还天天和我讲述你们之间的恩爱。我没生气。但是昨天,她告诉我,她根本就不喜欢你,只是因为我喜欢才追去玩。她太可恨，我不能原谅！"

萨克斯手呆若木鸡。其他人也陷入沉默……

列车到终点站，小提琴手被警方带走了。

言溯他们下了车，乘务员追上来："车上还有一个箱子呢，你们谁忘记行李了？"

音乐团的人检查一遍，把萨克斯手和小提琴手的东西也查了："不是我们的。"

言溯和甄爱也没少东西。

但转身刚走一步，言溯脑子里突然闪过一道光。那个中途上车的英俊男士不见了。

"我上去看看。"言溯拍拍甄爱的肩膀，立刻返回车厢。

遗留的箱子果然在那位男士的座位上，没有上锁，只有两个搭扣。

言溯过去打开搭扣，要掀起来，见甄爱正好站在外边的月台上，隔着一大块玻璃，在阳光下对他静静地笑着。言宝宝则坐在行李箱上，仰望着爸爸。

他亦回报一笑，把箱子转了个方向，盖子挡住甄爱的视线。

箱子里放着一把乐器，却不是刚才那个音乐团。因为，那是一把中国古典乐器，琵琶。

他把琵琶翻转过来。背面，有一个刚刚刻上去的新鲜痕迹，一个"+"号。

多年前，他在哥大校园的台阶上收到一个袖珍迷你的琵琶，背后刻着小小的加号，是古老的计算方式，数字七。宣告他会是幻想案里第七个死去的人。但，当前面的六个人一一死去后，他活了下来。

如今，实物版的琵琶又来了。琵琶的意思是：英年早逝。

言溯稳稳地把琵琶放回去，关上箱子，对乘务员说："不是我的。"

乘务员挠头："果然还是那个音乐团丢下的吧。"她抱起箱子去追了。

言溯立在空空的车厢里，对玻璃外的甄爱笑了笑，转身下车。月台上的甄爱亦转身去车门边和他会面。

他在车厢里走，她推着行李箱和宝宝，在车下走。

阳光照在玻璃上，绚烂而透明，仿佛不存在了。

贝拉小公主

一望无际绵延起伏的山林深处，鸟语花香，溪水潺潺。小溪的尽头，山顶之上，有一栋巨大的彩色城堡。

春天的风从塔楼的阳台上吹过，洁白的纱帘翻飞，像新娘娇羞的白纱。

两岁的小女孩穿着蓬蓬的白裙，趴在地上画画。羊绒的波斯地毯上铺满了彩色蜡笔，微风吹着她亚麻色的卷发轻轻飞舞，额前的毛绒碎发柔柔软软的。

楼下远远传来了汽车响，小女孩立刻扔下蜡笔，提着小裙子，光着脚丫就往栏杆前跑，漂亮的小脑袋从欧式雕花栏杆里探出去看，看见从长车里走出来的身形笔挺的男人，立即摆着细细的小手胳膊，欢乐地呼叫："Papa！Papa！"

小女孩清脆娇软的声音在山林里回荡，惊飞了一群白鸟。

楼下的男人抬头看了一秒，见小女孩美丽的小脸映在湛湛的蓝天下，半个身子都悬在了栏杆外，惊出一声冷汗，风一般冲进城堡里。

"诶？Papa怎么不见了？"小女孩缩回来，坐在地上咬手指。回头一看，鞋子都掉了哩。她爬起来，蹦跶蹦跶跑去找鞋，抓起来就往脚上套。

一旁的女仆跪到一旁："Princess Bella（贝拉小公主），我帮你穿吧！"

"不要！"小女孩嘟着粉粉的小嘴，很有志气，"我要自己来，我很厉害的。"

厉害的小丫头还分不清左右，拿着反方向的鞋子怎么套怎么觉得不对劲，小小的身板和鞋子较劲起来，抓着小白鞋和自己的脚，在地板上歪歪扭扭，滚来滚去。

"你们在干什么！"亚瑟冷冷地训斥。

一瞬间，一屋子十几个女仆全部吓得伏在地毯上，小女孩却仍欢乐地抓着鞋子在地上打滚。听见爸爸的声音，小宝宝回头，立即快快乐乐地扑过来，才穿好的鞋子扑腾扑腾全甩飞了。小家伙一下子扑到亚瑟腿上，像一只小小的树袋熊，牢牢搂住他的腿。

"Papa！"小贝拉仰着小脑袋，齐肩的头发编成了花瓣瀑布，柔顺地散在身后，一双浅茶色的眼眸像稀世的琥珀，清亮澄澈，小家伙的声音软软糯糯，听得人心都要化掉，"Papa，贝拉好想你哦！"

亚瑟俯身，冰封的脸像瞬间融化，露出柔和的神采，摸摸小贝拉软绵绵的脸蛋，刚要说什么，又想起了某件事，脸色瞬间又冰冷起来，直起身子，阴沉沉看着一众女仆："刚才小公主跑到栏杆边去，那么危险的事情，为什么没有人拦着她？"

一群人低着身子颤抖，却没人吭声。

亚瑟等了片刻，淡淡一笑，对身后的伊凡命令："E，她们所有人，每人一小时的电刑。"

小贝拉一直攥着爸爸的裤子,乖乖立在爸爸的脚边,慢吞吞地小脚互搓脚丫,听了这话,好奇地仰起小脑袋,扯一扯爸爸的裤腿,奶声奶气地问:"papa,电刑是什么?好玩儿吗?"

亚瑟愣了一秒,看向伊凡,疑似求助;伊凡没见过A先生这般的眼神,头皮发麻,绞尽脑汁,困窘地说:"呃,不好玩。"

亚瑟:……

小贝拉很遗憾的样子,嘟嘟嘴:"不好玩就不要让她们玩啊。"

一群女仆如蒙大赦,全部泪光闪闪看着小公主。

亚瑟沉默了半晌,从她们挥挥手:"算了,罚你们跑步,绕着城堡跑20圈。"

伊凡差点儿厥倒:……

这是什么突发奇想?

先生,这种处罚以后说出去,不怕丢人么?不怕没有威信了么?

女仆们感激涕零,争先恐后地跑步去了,赶鸭子一样涌出去。

小贝拉扭头,睁着眼睛好奇地看着,半刻,两只脚蹦啊跳啊的,小手揪着爸爸的裤腿直蹭蹭:"Papa,我也要跑步,我也要跑步。"

伊凡一愣,不禁暗叹:先生英明。

亚瑟蹲下来,揉揉小丫头毛茸茸的头发,温柔地哄:"可是会很累哦。"

"Papa和我一起去。"小丫头一下子扑到爸爸怀里,嫩嫩地撒娇,"我要是累了,Papa抱我~~~"

亚瑟把她小小的身子搂进怀里,微笑着蹭蹭她的头发:"好。"

他捡起地上的鞋子,小小的,不及掌心大。

双手轻轻一托,把她抱坐在他腿上,手臂从她背后护着,绕到前边给她穿鞋,软软的小脚往鹿皮小靴里一套,就溜进去了。

小丫头坐在粑粑怀里,开心地拍小手:"Papa好厉害。"

他笑了,又整一下她的头发,系好了蝴蝶结发带,欠身牵她柔软的小手:"走吧。"

小贝拉才出城堡的大门,就像白色的小鸟一样飞出来,张着手臂在草地上飞跑,白色的蓬蓬小裙花儿一样绽开。小女孩的声音像风铃一样好听:

"Papa你看,Papa你看,我是不是要飞起来了。"

亚瑟漫步在后边跟着,偶尔回答她几下,偶尔抬头回望城堡最高处的阁楼,那里,风吹着白纱飘飞。

管家们侍从们女仆们全亦步亦趋地跟着,不敢离太近打扰了他们的兴致,又不敢离太远怕小公主突然出了什么意外。谁都知道小公主是A先生心头的宝贝。

亚瑟还望着天，突然听"啊呀"一声，小贝拉跑得太快，一下子摔倒在地上，青草乱飞。

亚瑟一惊，立刻冲过去把她抱起来，左看右看，紧张得心都要滴血："告诉爸爸，哪里疼？哪里受伤了？"

小贝拉缩在他的掌心，怯怯地摇头："不疼，哪里都不疼呢。"

亚瑟不听，检查她细细的手臂，裙子下的小短腿，还好，真的都没有受伤，甚至没有蹭破皮。他呼了一口气，又说："风太大了，不玩了，好不好？"

"哦——"她可怜巴巴看着他，伸出小手，"Papa，抱抱——"

他心底一片柔软，双手把轻盈的小孩子抱进怀里，蓬蓬的小裙子在他怀里铺开。

小贝拉坐在爸爸的手臂上，粉嘟嘟的小嘴亲他一口，又软软道："Papa，刚才，我的腿突然又没有力气了。"

"我知道。"他歪头，轻轻蹭她毛茸茸的头发，哄，"等我们贝拉身体慢慢好了，就学骑自行车，去更远的外面玩，好不好？"

"好呀。"她开开心心地回答。

后记

曾经有人问我,你觉得世上最好的爱情是什么。

我说,是精神的独立与合一。

在于彼此对自己,对对方,对世界,相似的认同。

这种认同不是互相说服,而是发现另一个自己,是相似的独立灵魂之间天然的吸引,不需要去迎合,也不需要迁就。

我想写这样一段爱情,于是就有了言溯和甄爱。

想到他们的时候,我看到冬天的深山里,甄爱冻得瑟瑟发抖,走进温暖的城堡,对钢琴后的年轻人说:"你好,我找言溯先生。"

那一天,是闰年2月29号。

爱尔兰传说,闰日遇到的男孩会是你的真爱。于是,他们开始了一段严肃的真爱。

我想写一个如阳光清风般的男主,他闪着人性的光辉,兼人文情怀和人格魅力与一身。虽然他不善交际情商奇低,却光明无私,正直纯净,有一颗像孩童般澄澈的心。

于是,有了言溯。

我想写一个在黑白地带游走的天使。

她来自深不见底的地狱,却是最干净的天使。

我以为,她是一个很可爱的女孩。可以爱,值得爱。她不懦弱,不胆小,不懂矫情,很木讷,很迟钝,不会计较,却勇敢坚韧,追逐光明。

于是,有了甄爱。

她没有快乐,没有梦想,也没有温度。遇到言溯,她的生活才由黑白变成彩色。

有一天,他和她坐在图书馆里讲故事。

他问她,最喜欢的童话是什么。

她从小孤寂,没有接触过童话,只有一个,是阿基米德的童话。

他没听说阿基米德还会写童话。

"不是他写的,是以他为主角的故事啊。"那一瞬间,女孩乌黑的眉眼里眸光流转,

"他很自信,说'给我一根杠杆,我就能撬动地球',一个人的力量可以改变世界,不是很有豪气,振奋人心吗?后来罗马兵破城来杀他,他蹲在地上写写画画,满不在乎地说……"

"先等我把方程式写完。"

"先等我把方程式写完。"

异口同声。

男孩情不自禁地附和,他意犹未尽,说:"是啊,任何时候,科学和知识,都不能向政治和武力低头。学者更不能向强权低头。"

那一刻,女孩的心里微微撼动,起了涟漪。她垂下眼眸,腼腆地微笑,说:"这是我听过最美的童话。"

阿基米德,亲爱的阿基米德。

他是正义之光,她却是恶魔之子。

这样身份迥异的两个人,他们之间的爱情却最为纯粹柔软。因为彼此不需要迎合。真正的合一,是相似的灵魂之间,天然的吸引。

当爱情不是牵绊,自由的灵魂便跨越了距离和时间。如果能遇到这样的爱情,你会甘愿一生漂泊吗?

"亲爱的"系列还会继续,S.A.YAN 的故事还会继续,他们的爱也会继续。

言溯和甄爱重逢的那天,应该是在又一个闰年,雪夜。

天空是墨蓝色的,星光璀璨,亘古而遥远。

雪夜的星空,清澈而干净。

是的,我想写一个像星空一般清澈而干净的故事,于是有了《亲爱的阿基米德》。不知不觉间,这个故事写了三年多了。

现在想想,好像还能看到冬天的深山里,甄爱走进温暖的城堡,和言溯初次见面的场景。

我很爱言溯和甄爱,总希望有更多人知道他们的好,更多人爱他们。投入的个人情感也格外深。而几年来,喜欢他们爱他们的人越来越多。

他们值得,不是吗?

文里言溯说,爱情是相似灵魂间自由的吸引。我想,读者和作者看对眼,也是这样一种缘分,是相似气质的吸引。

常有人问,你喜欢你的作品给读者带去什么。我认为,应该是读者在文里找到了什么,是否找到了相似的心情和气场,或者共鸣。

这世上,每个人都有各自独立的一套观念,说服和强加,都是一种勉强。每个人的想法都合理地多元化地存在,碰撞着找到相似,就很好。

写《阿基米德》的初衷是想塑造一个言溯,一个很好的人,他正直,坚定,单纯,透明,澄澈,干净,善良,有信仰,不迷茫,有希望,有光明,不消沉。严于律己,宽以待人。

我希望每一个品质都是真实存在的,而不仅仅是褒奖词。

回头看，我很庆幸他做到了。

也以此人勉励自己，希望我和他一样，在生活的点滴中汲取正能量，心胸开阔，多看书，多识人，甚至包括（且尤其是）那些价值观道德观与你完全相反的书和人，不偏激，不批判，让自己获得内心的平静和丰盈，做一个好人。